PRÉFACE

L'inachèvement du *Temps retrouvé*

Avec la parution du Temps retrouvé, *en 1927,* À la recherche du temps perdu *est dénouée. Le dira-t-on comme d'un roman dont le lecteur attendait avec impatience la solution de l'intrigue? Multipliant les réflexions théoriques, la dernière section de la* Recherche *ravive plutôt, en apparence, la question posée par Proust à l'orée de son œuvre : « Suis-je romancier[1] ? » Le terme de dénouement convient pourtant si on lit* À la recherche du temps perdu *comme l'« histoire d'une écriture[2] ». La préposition que Proust a placée en tête du titre général de son roman attire du reste l'attention sur le parcours du héros. Aussi ce titre paraît-il plus heureux que celui de* La Recherche de l'Absolu, *de Balzac, qui annonce trompeusement une étude philosophique et risque de détourner les lecteurs d'aborder une des intrigues les plus romanesques de* La Comédie humaine.*

Romanesque, À la recherche du temps perdu *l'est autrement que par son titre. Mais elle l'est mieux aussi que par ses rebondissements d'intrigues, amoureuses ou mondaines. Mû dès l'enfance par une vocation d'écrivain, un narrateur imaginaire erre, durant près de trois mille pages, avant de toucher au but. En romancier soucieux de ses effets, Proust a même placé en amorce de*

---

1. *Carnet de 1908*, 1976, p. 61 (les ouvrages dont nous ne détaillons pas les références figurent dans la bibliographie, p. 363).

2. Roland Barthes, « Proust et les noms », dans *Nouveaux essais critiques*, publiés à la suite de *Le Degré zéro de l'écriture*, « Points », Le Seuil, 1972, p. 121.

*son histoire certaines révélations incomplètes, comme le goût de la petite
madeleine trempée dans du thé, dont le lecteur n'approfondira le sens
qu'en atteignant le dernier volume. Les différences s'atténuent, pour
finir, entre les épisodes sentimentaux ou mondains et les développements sur l'esthétique, dans la mesure où les uns et les autres
figuraient des expériences sur la voie de la vocation. Ainsi est-on porté
à considérer que les digressions prolifèrent, dans* Le Temps retrouvé,
pour mieux éclairer et magnifier ce dénouement.

*Il faudrait donc s'empêcher de sourire quand on lit au beau milieu
de grands développements théoriques : « Une œuvre où il y a des
théories est comme un objet sur lequel on laisse la marque du prix[1]. »
En comparant la politique dans un roman à un coup de pistolet
au milieu d'un concert, Stendhal permettrait de même de trier entre
les pamphlets plaqués par des apprentis et l'orchestration thématique
du* Rouge et le Noir *ou de* Lucien Leuwen. *Convenons-en, ces
distinguos sont subtils. Il est très vrai que dans la* Recherche, *les
réflexions sur l'art concourent à l'épanouissement du héros-écrivain,
d'autant qu'étant directement siennes, elles figurent ses erreurs, ses
repentirs, ses découvertes. Mais on ne blesse pas la mémoire de Proust
en s'avouant parfois déconcerté par la forme d'une œuvre qu'il a
laissée inachevée. À certaines pages du* Temps retrouvé *fait défaut
la patine du style. Ces développements esthétiques, prolongés dans les
marges du manuscrit, augmentés de paperoles, avant d'être raboutés
faute de mieux par les éditeurs, Proust n'a pas eu le temps d'en unifier
la pâte. Tel qu'il se présente,* Le Temps retrouvé *offre pourtant
(mais on le dit pour chaque volume de la* Recherche*) quelques-unes
des pages les plus fortement écrites du roman, et aussi la clé de
l'esthétique proustienne.*

*Commençant par écrire d'affilée le début et la fin de son œuvre[2],
puis la nourrissant de l'intérieur, Proust s'est d'emblée prémuni contre
la pire conséquence de l'inachèvement : un défaut de conclusion. De
1909 à 1922, à tout moment d'une existence qu'il sait menacée, il
est en mesure de laisser à la postérité un roman où se lirait l'essentiel
de son message. Mais treize ans de travail vont, au bénéfice parfois
d'événements imprévisibles, l'amplifier considérablement, et son
épaisseur même finit par faire sens en distendant le temps vécu par*

---

1. P. 189.
2. « Et avant vous me lirez — et plus que vous ne voudrez — car
je viens de commencer — et de finir — tout un long livre » (lettre à
Mme Straus, vers le 16 août 1909, *Correspondance* de Marcel Proust éditée
par Ph. Kolb, Plon, t. IX, p. 163) ; « le dernier chapitre du dernier volume
a été écrit tout de suite après le premier chapitre du premier volume.
Tout l'"entre-deux" a été écrit ensuite » (lettre à Paul Souday,
17 décembre 1919, *Correspondance*, t. XVIII, p. 536).

Marcel Proust

À LA RECHERCHE DU TEMPS PERDU

VII

Le Temps retrouvé

Édition présentée par Pierre-Louis Rey,
établie par Pierre-Edmond Robert
et annotée par Jacques Robichez
avec la collaboration de Brian G. Rogers

Gallimard

*le héros et en donnant d'autant plus de prix à son illumination
finale qu'elle a été précédée par une multitude d'épreuves. Que le
roman soit par essence un art du temps,* L'Éducation sentimentale *en offrait une démonstration « en creux », en égrenant
une succession d'épisodes où se délitait la vie du héros ; À* la
recherche du temps perdu *le prouve en racontant la vie d'un
personnage qui bâtit au contraire sa vision du monde à partir de
l'émiettement du passé. S'il tombe sous le sens que le peintre doit
dominer l'espace, l'impressionnisme le signifiant avec éclat du moment
que l'artiste impose à une myriade de touches lumineuses une
construction personnelle, il restait à Proust à donner au roman
une mission analogue dans l'ordre du temps. Treize ans ne lui
ont pas suffi pour achever l'édifice. Lorsqu'il déclare à Céleste
Albaret au printemps de 1922, environ six mois avant de mourir :
« Cette nuit, j'ai mis le mot "fin"* [1] *», son expression est à prendre
à la lettre : vraisemblablement, il vient de formuler la dernière
phrase de son roman, mais des incohérences subsistent au sein de
l'intrigue, notamment du* Temps retrouvé [2] *; au reste, entre la
phrase qu'il vient de rédiger et le mot « Fin » s'intercalera une
nouvelle rédaction* [3]. *Pour l'essentiel cependant, l'œuvre, outre sa
réussite formelle, a gagné au fil des ans une ampleur et des effets
de symétrie dont Proust n'avait pas même l'idée lorsqu'il en découvrit
la formule.*

*Outre celui du montage de développements flottants, qui se pose
à des degrés divers pour les trois volumes posthumes, l'inachèvement
de la* Recherche *soulève le problème de la délimitation des deux
derniers. Aucune indication de coupure ne figurant sur le manuscrit,
la question « Où finit* Albertine disparue *? », avec son corollaire
« Où commence* Le Temps retrouvé *? », se pose d'autant plus que
seule la « Matinée de la princesse de Guermantes », deuxième moitié
du* Temps retrouvé, *justifie le titre du volume. L'édition originale
de 1927 faisait débuter* Le Temps retrouvé *vers le milieu de l'épisode
de Tansonville. Dans la première édition de la Pléiade (1954), Pierre
Clarac et André Ferré choisirent de réunifier l'épisode en tête de la
section, plaçant ainsi en incipit la découverte par le narrateur de
la proximité des côtés de Guermantes et de Méséglise qu'il avait
toujours crus situés à l'opposé l'un de l'autre, bouleversement
géographique dont la matinée de la princesse de Guermantes, ancienne
Mme Verdurin, fournira un équivalent au plan social. Les éditions*

1. Céleste Albaret, *Monsieur Proust*, 1973, p. 403.
2. Ainsi la « résurrection » de Bergotte et de la comtesse Molé, ou
les deux morts successives de Cottard et de la Berma.
3. Voir p. 362.

récentes de la Recherche[1] *reviennent à la coupure de l'originale.
S'il est vrai que celle-ci scinde artificiellement en deux l'épisode de
Tansonville, Proust avait dû consentir une division plus choquante
encore en suspendant, à la fin de* Du côté de chez Swann, *l'histoire
de Gilberte aux Champs-Élysées. En contrepartie, le volume ainsi
composé est doté d'une ouverture (réflexion du narrateur dans sa
chambre) thématiquement proche de celles de « Combray » et de* La
Prisonnière. *Mais faute d'une volonté exprimée par l'auteur, les
deux solutions peuvent être jugées arbitraires.*

Origines de l'esthétique proustienne

À *l'automne de 1912, Proust présente* Le Temps retrouvé *comme
le pendant du* Temps perdu *au sein d'une œuvre qu'il prévoit
d'intituler* Les Intermittences du cœur[2]. Le Temps retrouvé
*doit alors couvrir la moitié ou le tiers du roman selon que celui-ci
sera publié en deux ou trois volumes ; il s'achèvera par « L'Adoration
perpétuelle » et le « Bal de têtes », esquissés dès 1909. Ces deux
sous-titres, disparus de l'édition finale, composent l'actuelle « Matinée
chez la princesse de Guermantes » ; ils correspondent aux deux formes
de révélation du temps : temps intérieur, que le héros « retrouve »
en soi grâce à la mémoire involontaire, et temps extérieur, dont il
mesure l'écoulement sur des visages qui lui étaient familiers depuis
l'époque de son adolescence.*

*Bien qu'il contînt de nombreuses parties narratives, présentât
plusieurs personnages et menât jusqu'à sa déchéance la destinée du
marquis de Guercy (baron de Charlus dans la version finale), le
projet que Proust avait développé jusqu'au printemps de 1909 n'offrait
d'autre conclusion possible que l'exposé critique de la méthode de
Sainte-Beuve. On a coutume d'appeler « Cahiers Sainte-Beuve » les
dix premiers cahiers de brouillon, consacrés en priorité à cette réflexion
que Proust intitule lui-même, dans sa correspondance, un « Contre
Sainte-Beuve ». Si l'on admet d'ordinaire que le Cahier 51[3] est le*

---

1. En particulier l'édition GF-Flammarion et la nouvelle édition de la
Pléiade.
2. Une lettre à l'éditeur Eugène Fasquelle du 28 octobre 1912 permet à
Proust d'exposer en détail ses projets : « je donne au premier volume le
titre *Le Temps perdu*. Si je peux faire tenir tout le reste en un seul volume
je l'appellerai *Le Temps retrouvé*. » Des hypothèses d'édition envisagées dans
la suite de la lettre, il ressort que *Le Temps retrouvé* est moins long que *Le Temps
perdu*. Cette disproportion, on le sait, s'accentuera considérablement.
3. Les numéros des cahiers, classés ainsi à la Bibliothèque nationale,
ne correspondent que rarement à leur ordre d'utilisation.

dernier de la série, c'est qu'il s'achève sur l'invitation du héros à
une « soirée » — qui deviendra « matinée » — chez le prince et
la princesse de Guermantes. Les invités qu'il a connus auparavant
lui paraissent aussi grimés qu'ils le seraient dans un « bal de têtes ».
Du moment où Proust conçoit la scène finale de son œuvre, l'essai
s'efface définitivement devant un roman, auquel le vieillissement des
personnages de la « soirée » confère sa durée.

Ainsi sa nouvelle œuvre trouve-t-elle l'aboutissement qui manquait
à Jean Santeuil. *Dans ce roman, abandonné au plus tard en*
1902, le héros éprouve déjà les surprises de la mémoire involon-
taire. L'« odeur fine du linge propre » d'une serviette lui rappelle
son « arrivée à la campagne », « l'odeur moisie d'un livre » suffit
pour l'enivrer. Le rapprochement des deux odeurs, en dégageant
« l'essence commune aux deux », lui donne en outre un « sentiment
de vie permanente » qui éloigne sa crainte de la mort. Mais ces
sensations sont limitées au domaine olfactif. Surtout, Jean n'y puise
pas la matière d'un livre. Imaginant un héros promis à une vo-
cation littéraire, Proust manque, à cette date, de la culture et du
pouvoir créateur qui lui permettraient d'aboutir à un chef-d'œuvre.
Dans Jean Santeuil, *roman à la troisième personne plus*
autobiographique que la Recherche *elle-même, l'insuffisance du*
romancier détermine celle de son personnage et provoque l'inachève-
ment de l'intrigue.

Que Proust s'adonne à une étude systématique et passionnée des
œuvres de Ruskin vers l'époque où il se détourne de Jean Santeuil
semble prouver cette conscience de ses manques. Chez le philosophe
et critique d'art anglais, il puise une leçon d'architecture dont nous
lisons les fruits dès les premières pages de la Recherche *et jusque*
dans la comparaison avec une cathédrale dont il éclairera, dans Le
Temps retrouvé, *la conception de son œuvre. Chez Ruskin, surtout,*
il goûte une véritable « religion de la Beauté ». Bien que sa reli-
gion ait d'abord été celle de l'Évangile, Ruskin témoigne par ses écrits
qu'il voit dans la Beauté « une réalité infiniment plus importante
que la vie, pour laquelle il aurait donné la sienne[1] *». Catholique*
de naissance et de tradition, mais probablement agnostique, Proust
n'aura d'autre idéal que l'œuvre d'art. La coloration religieuse de
l'« Adoration perpétuelle », peut-être due à l'héritage de Ruskin,
se présentera comme franchement métaphorique dans Le Temps
retrouvé.

Dès janvier 1904, cependant, avant même que ne paraisse sa
préface à La Bible d'Amiens, *Proust prend ses distances avec*

---

1. Voir la préface à *La Bible d'Amiens*, que Proust traduisit en français,
dans *Contre Sainte-Beuve*, Pléiade, p. 109-111.

Ruskin. Dans la préface à Sésame et les lys[1], *qui ne paraîtra qu'en juin 1905 sous le titre « Sur la lecture », avant de devenir dans le volume* Pastiches et mélanges *: « Journées de lecture », il réfute « le rôle prépondérant[2] » accordé par le philosophe anglais à la lecture. Si celle-ci demeure préférable à la conversation qu'on peut avoir avec un ami en ce qu'elle nous permet de continuer « à jouir de la puissance intellectuelle qu'on a dans la solitude », « notre sagesse commence où celle de l'auteur finit, et nous voudrions qu'il nous donnât des réponses, quand tout ce qu'il peut faire est de nous donner des désirs[3]. » À croire qu'une vérité est déposée entre les pages des livres comme le miel dans les rayons d'une ruche, l'artiste se condamnerait à la stérilité. Swann, dont la personnalité et la culture fascinent longtemps le héros, illustrera dans la* Recherche *ce risque d'échec. Il est important que sa figure se soit effacée lorsque le narrateur se présente au seuil de la révélation.*

Les premiers germes du *Temps retrouvé* (1908-1909)

 Le « Carnet de 1908 » (utilisé en réalité par Proust au-delà de cette date) et les « Cahiers Sainte-Beuve » révèlent les hésitations de Proust non seulement sur la fonction, mais aussi sur la présentation romanesque de la méditation esthétique. Certains fragments du carnet montrent combien les racines d'un projet de roman s'enchevêtrent avec celles de l'essai sur Sainte-Beuve. Ainsi ce passage écrit vraisemblablement au cours de l'été de 1908 : « Arbres vous n'avez plus rien à me dire, mon cœur refroidi ne vous entend plus, mon œil constate froidement la ligne qui vous divise en partie d'ombre et de lumière, ce seront les hommes qui m'inspireront maintenant, l'autre partie de ma vie où je vous aurais chantés ne reviendra jamais[4]. » Repris presque littéralement dans Le Temps retrouvé[5], *il exprimera, avant l'« Adoration perpétuelle », ce que le héros prend pour un adieu à la littérature. De l'automne de 1908 doivent dater des notations sur la vieillesse qui préfigurent le « Bal de têtes » : « Mylord me reconnaissez-vous ? (vieillesse, vieillesse de Plantevignes, Scène de l'*Éducation)[6] », et le motif des dalles inégales : « Nous croyons*

---

1. Proust a traduit avec l'aide de Marie Nordlinger, avant de le préfacer, *Sesame and Lilies*, de Ruskin, traduction qu'il prêtera au narrateur (voir ci-dessous, p. 139).
2. « Pastiches et mélanges », in *Contre Sainte-Beuve*, Pléiade, p. 174.
3. *Ibid.*, p. 176.
4. *Carnet de 1908*, p. 52.
5. Voir ci-dessous p. 161.
6. *Carnet de 1908*, p. 59. Allusion à l'avant-dernier chapitre de *L'Éducation sentimentale*, où Mme Arnoux découvre ses cheveux blancs à Frédéric.

le passé médiocre parce que nous le pensons mais le passé ce n'est pas cela, c'est telle inégalité des dalles du baptistère de St Marc (photographie du baptistère de St Marc à laquelle nous n'avions plus pensé, nous rendant le soleil aveuglant sur le canal[1] *», fragment où est dénoncée l'influence déformante de l'intelligence sur la mémoire.*

Un « *morceau de percale vert bouchant un carreau au soleil* », noté vers la même époque, sera retenu quelque temps parmi les réminiscences involontaires, avant d'occuper une place plus aléatoire[2] dans la version définitive. Après avoir ouvert l'éventail des sens (limités à l'odorat dans Jean Santeuil) qui peuvent restituer son passé à la mémoire du héros, Proust restreint le rôle de la vue, le plus couramment utilisé par les hommes, le plus vulnérable aux analyses de l'intelligence, et par conséquent le moins propice à une plongée dans notre moi intérieur. Analysant vers la même époque l'œuvre de quelques grands écrivains, il élargit la réfutation de la méthode critique de Sainte-Beuve, coupable d'avoir méconnu que le moi qui compose une œuvre est un moi profond, sans rapport avec celui dont nous observons le comportement en société. Ainsi, à propos de Chateaubriand à qui le gazouillement d'une grive restituait un pan de son passé — expérience qui sera, au seuil de l'« Adoration perpétuelle », rapprochée des réminiscences involontaires du narrateur —, Proust note comment, quand il parle dans les Mémoires d'Outre-Tombe *du Grand Condé ou d'une petite fleur cueillie à Chantilly,* « on sent sous sa phrase une autre réalité ». « Cette réalité est supérieure à celle d'un tout autre ordre qui fait l'importance historique des événements, même la valeur intellectuelle des idées, même les réalités de la mort et du néant[3] », hiérarchie qu'on retrouvera, jusque dans la gradation peut-être suggérée par l'ordre des trois termes, au fil de la Recherche. À la suite des Mémoires d'Outre-Tombe seront invoqués, dans Le Temps retrouvé, les modèles de Sylvie, de Gérard de Nerval, et des poèmes de Baudelaire, œuvres où la sensation joue un rôle de premier ordre dans le mécanisme de la mémoire[4].

Mais Nerval et Baudelaire fournissent aussi, dès *1908*, des exemples d'écrivains qui ont hésité sur la forme de leurs œuvres : Sylvie et Les Chimères, Les Fleurs du mal et les Petits poèmes en prose *constituent « des tentatives différentes pour exprimer la*

---

1. *Carnet de 1908*, p. 60. La parenthèse n'est pas fermée par Proust. Voir ci-dessous, p. 173.

2. La « percale », qu'on retrouvera ci-dessous p. 187, devient « toile » dans la préface au *Contre Sainte-Beuve* (voir *Swann*, p. 433), puis « lustrine » dans *Sodome*, p. 335.

3. « Essais et articles », in *Contre Sainte-Beuve*, Pléiade, p. 652-653.

4. Voir ci-dessous, p. 226.

*même chose[1] ». Cette faiblesse de la part d'artistes dont « la vision
intérieure est bien certaine, bien forte[2] », Proust la met curieusement
au compte d'une possible « prédominance de l'intelligence qui indique
plutôt les voies différentes qu'elle ne passe en une[3] ». Hésitant lui-même
sur la forme qu'il donnera à son œuvre, il approfondit son analyse de
l'intelligence dans un texte que les deux éditeurs du* Contre Sainte-
Beuve *ont proposé comme préface à l'essai[4]. Plusieurs réminiscences
involontaires y sont exposées : le goût du pain grillé (un peu plus loin
appelé biscotte) trempé dans une tasse de thé ; une sensation de pavés
inégaux dans une cour, qui rappelle Venise au moi de l'écrivain ; le
bruit d'une cuiller sur une assiette qui, évoquant celui du marteau des
aiguilleurs frappant sur les roues d'un train, lui restitue une journée
de voyage qu'il avait vainement tenté de retrouver au moyen de notations
littéraires traditionnelles. Déjà, le morceau de toile vert se révèle moins
productif. Mais ce texte conclut surtout à l'impuissance de l'intelligence
à saisir la réalité du passé. Ses vérités semblent à Proust « bien peu
réelles[5] », même si la suite du texte nuance son affirmation : « Car
si l'intelligence ne mérite pas la couronne suprême, c'est elle seule qui
est capable de la décerner[6]. » De cette préface, nous retiendrons enfin
une formule qu'il faudra méditer quand nous nous interrogerons sur
la nature de l'œuvre que s'apprête à composer le héros de la* Recherche :
« *Un écrivain n'est pas qu'un poète[7].* »

Mise au point de « l'esthétique dans le buffet »

*Que le dernier des « Cahiers Sainte-Beuve », le Cahier 51, soit
aussi considéré comme le premier des « Cahiers du* Temps
retrouvé[8] », *signifie que Proust est résolument engagé dans un roman
du moment où il en a trouvé le dénouement. La destinée du marquis
(parfois comte) de Guercy lui est inspirée par la vieillesse du prince
de Sagan, mort en 1910, qu'évoquera Boni de Castellane dans ses*
Mémoires[9]. *Avec sa « forêt de cheveux blancs d'argent » et son*

1. *Ibid.*, p. 234.
2. *Ibid.*
3. *Ibid.*, p. 235.
4. Bernard de Fallois pour l'édition Gallimard de 1954, Pierre Clarac
pour la Pléiade, 1971 ; texte reproduit dans l'édition Folio de *Swann*,
document I, p. 431-435.
5. *Swann*, p. 434.
6. *Ibid.*, p. 435.
7. *Ibid.*
8. Voir *Matinée chez la princesse de Guermantes. Cahiers du Temps retrouvé*,
1982, première tentative pour publier une collection d'esquisses (Cahiers 51, 58, 57) correspondant à un volume particulier de la *Recherche*.
9. Perrin, 1986, p. 283, et ci-dessous, p. 166, n. 1.

attention à saluer les passants qu'il craint de ne pas reconnaître,
le portrait de Guercy (devenu baron de Charlus) figurera à peine
retouché dans la version ultime du Temps retrouvé. La réception
chez le prince et la princesse de Guermantes est, à ce stade de la
rédaction, suivie d'une soirée au théâtre qui se retrouvera, au prix
de quelques modifications, dans une autre partie de son roman[1]. Il
reste à Proust à articuler cette scène proprement romanesque, où s'offre
au héros une spectaculaire révélation du temps écoulé, avec ce qu'il
nomme dans le Cahier 57 l'« esthétique dans le buffet », conclusion
esthétique de son œuvre faite d'une révélation intérieure survenue dans
le « petit salon-bibliothèque attenant au buffet[2] ».

Les deux « côtés » qui, dès le Carnet de 1908, dessinaient la
géographie imaginaire du héros sont repris au début de 1909 dans
le Cahier 26 (côté de Méséglise et côté de Guermantes, qui a remplacé
« Villebon »). C'est bien le canevas du roman que Proust ébauche
ici, énumérant les expériences fugitives (clochers, fleurs, jeunes filles)
qui jalonneront l'itinéraire du héros. Il dissocie surtout des
illuminations finales l'expérience de la petite madeleine, qui restitue
au héros un pan entier de son enfance[3]. Ce miracle structurera, dans
la version définitive, l'univers de « Combray », au début de Du
côté de chez Swann ; mais il ne permet au héros que d'entrevoir
la révélation qui le mettra sur le chemin de la création. Le paradoxe
est que, en la rendant prémonitoire mais incomplète, Proust a assuré,
auprès de ses lecteurs, une célébrité plus grande à cette expérience
qu'aux illuminations décisives du Temps retrouvé. Le roman qui
prend forme s'accompagne, il est vrai, de réflexions esthétiques. Ainsi
Proust oppose-t-il aux impressions fugitives, mais essentielles pour son
héros, les laborieuses tentatives d'une littérature purement descriptive.
Parfois, on doute même qu'il ait réellement abandonné le projet
d'écrire un essai ; pour le moins songe-t-il à alimenter son roman
de longs développements critiques, tel ce fragment sur Romain Rolland
(dont Jean-Christophe paraît de 1904 à 1912) où est flétrie la
prétention à un art populaire d'écrivains qui, visant à la spiritualité,
en font « matériellement » le sujet de leurs œuvres[4]. Une note enfin
résume éloquemment son esthétique : « Ne pas oublier : les livres
sont l'œuvre de la solitude et les enfants du silence. »

Développements esthétiques et dénouement romanesque sont assez
clairement juxtaposés dans le Cahier 58, à la fin de l'année 1910,
pour qu'on puisse lire ces pages comme une première mouture de la

1. Voir *Guermantes*, p. 28 et suiv.
2. P. 174.
3. Sur les transferts des brouillons de *Swann* à ceux du *Temps retrouvé*,
voir *Swann*, Folio, préface, p. XXIV.
4. Voir *Contre Sainte-Beuve*, Pléiade, p. 307-310.

seconde moitié du **Temps retrouvé**, *c'est-à-dire de celle qui justifie pleinement le titre du volume. L'adieu à la littérature (« Arbres vous n'avez plus rien à me dire... ») s'appuie désormais sur des notations visuelles décevantes (le « ciel bleu de mai », « les arbres verts dans l'avenue ») qui expliqueraient à elles seules que la « soirée » devînt « matinée ». Une conversation du héros avec Bloch, avant qu'il n'entre chez la princesse, donne une forme plus romanesque à la réfutation de l'art populaire, mais Proust fera mieux encore, si l'on ose dire, en la supprimant de la version finale*[1] : *si les développements théoriques sont nombreux, dans* Le Temps retrouvé, *du moins ne sont-ils que rarement critiques. Proust imagine en outre qu'à la réception, on joue* Parsifal, *de* Wagner *(le second acte ou « L'Enchantement du Vendredi Saint », suivant les pages du manuscrit), choix éclairant sur lequel nous reviendrons. Enfin, la récapitulation des illuminations reçues dans la cour et dans la bibliothèque lui permet de mieux formuler leur fonction : elles ouvrent au héros l'accès à une œuvre qui exprimera « une réalité sous-jacente à l'apparence des choses ».*

Au même rang que ces sensations est bientôt placée l'impression causée par le titre d'un livre : La Mare au diable, *puis* François le Champi. *En choisissant « ce pauvre livre, bien médiocre », Proust prolonge les réflexions sur la lecture qui avaient accompagné son divorce avec Ruskin, dont le nom figure dans un développement annexe, supprimé de la version finale. Ainsi témoigne-t-il à nouveau que la grandeur de l'œuvre d'art ne vient pas de la nature de ses composantes, mais de l'aptitude de l'artiste à les faire servir à la révélation de son moi profond. Les termes dans lesquels le* Cahier 57 *précise en* 1911 *l'esthétique proustienne ne varieront guère jusqu'au* Temps retrouvé, *même si est encore nommée « alliance de mots » ce qui deviendra la « métaphore ». C'est elle qui, brisant nos habitudes et dépassant l'apparence convenue de la réalité, nous en fait entrevoir l'essence en enfermant ses manifestations « dans les anneaux nécessaires d'un beau style*[2] ». *Est enfin posée, dans le cahier, la question de la nature de l'œuvre que le héros s'apprête à composer. S'il s'agit d'un roman, il devra recourir « non point à une psychologie plane, mais à une psychologie dans l'espace ». Tel est bien l'un des soucis de Proust lui-même, qu'il formulera dans une lettre à Jacques Rivière en* 1919 : « *Une des choses que je cherche en écrivant (et non à vrai dire la plus importante), c'est de travailler sur plusieurs plans, de manière à éviter la psychologie plane*[3]. » *Nous verrons*

---

1. Il en reste quelques échos au sein même de la matinée. Voir ci-dessous, p. 188, 197.

2. Voir p. 196.

3. Lettre du 28 ou 29 avril 1919, *Correspondance*, t. XVIII, p. 193. Voir ci-dessous, p. 336.

comment **Le Temps** *retrouvé paraît démentir, en fin de compte, cette convergence formelle entre l'œuvre de Proust et celle de son héros. Dès à présent, les brouillons nous aident à décrypter une vraie ambition de romancier dans la confidence faite à Rivière ; mais d'une parenthèse, Proust signifie qu'il a des visées plus hautes que celles de satisfaire aux lois d'un genre.*

À la juxtaposition de l'exposé d'esthétique et du dénouement romanesque, constatée sur le Cahier 58, s'ajoute à la fin du Cahier 57 une méditation du narrateur qui, en liant temps intérieur et temps extérieur, compose dès maintenant dans un ensemble l'« Adoration perpétuelle » et le « Bal de têtes ». Sensations et intelligence se rencontrent lorsque le héros se souvient du bruit de la sonnette de Combray, qui a marqué le point de départ de sa vie. Son parcours se situe dans deux temps différents qui se sont éloignés l'un de l'autre, à l'inverse des promenades du côté de chez Swann et du côté de Guermantes qu'il a soudainement rapprochés à l'occasion de son retour à Tansonville. Le tintement de la sonnette mesurera l'« espace de temps » traversé entre le « présent d'hier » et le présent d'aujourd'hui, mais résonnant aussi dans le paysage intérieur du héros, il lui permet d'assumer sa vie sous ses deux formes : le héros ne vit plus dans le temps, le temps vit en lui. Puis s'ébauchent les comparaisons que Proust ne cessera de parfaire avant de tracer le mot « Fin ». L'une d'elles, figurant le passé qui adhère à la conscience par un serpent mécanique, ne sera pas conservée ; l'autre, celle des échasses, ne subira plus que des retouches[1]. Mais la dernière phrase du roman n'est pas encore trouvée, comme en témoignent les tâtonnements de la fin du cahier où sont repris, du Cahier 2, des notations sur la mort qui menace le héros au moment où il va entreprendre son œuvre. Cette réflexion aboutira à la contradiction exprimée dans la version ultime : « Je découvrais cette action destructrice du Temps au moment même où je voulais entreprendre de rendre claires, d'intellectualiser dans une œuvre d'art, des réalités extra-temporelles[2]. »

Il est difficile de dater les ajouts dont se nourrit au-delà de l'année 1911 le Cahier 57, cahier parsemé de notes, par exemple sur le « livre à faire » comparé à une robe ou au bœuf mode de Françoise[3]. On relèvera ceux qui concernent l'identité de la princesse de Guermantes, « qui est peut-être Mme de Saint-Euverte ? » s'interroge Proust dans une note. Ce serait déjà infliger au prince de Guermantes une mésalliance. In extremis, sur une paperole du manuscrit définitif,

1. Voir ci-dessous, p. 353.
2. P. 236-237.
3. Voir ci-dessous, p. 340.

Proust choisira de promouvoir plutôt l'ancienne Mme Verdurin, non sans la faire devenir d'abord Mme de Duras[1], anoblissement qui sert de relais avant son accession au faîte du « côté de Guermantes ». Ce choix imprime un tour plus spectaculaire encore au kaléidoscope. La Grande Guerre a, de fait, accéléré les mutations sociales, les aristocrates répugnant de moins en moins à s'allier aux couches les plus fortunées de la bourgeoisie. Ces mutations s'accompagnent de déplacements géographiques : le Tout-Paris glisse vers l'ouest, si bien qu'après avoir songé à placer l'« hôtel de Guermantes nouveau » au parc Monceau, où résident les Saint-Euverte[2], Proust le situera pour finir avenue du Bois (actuelle avenue Foch), un quartier où Mme Verdurin craignait de rencontrer des rats lorsqu'elle rendait visite à Mme Swann[3], et qui n'est pas indigne, désormais, de son rang de princesse.

À Parsifal, entendu par le héros tandis qu'il patiente dans la bibliothèque du prince de Guermantes, est substitué vers la même date un quatuor de Vinteuil. Le remplacement de Wagner par le compositeur imaginaire du roman obéit à la même pente que ceux de Sarah Bernhardt par la Berma ou d'Anatole France par Bergotte, constatés dès les premiers brouillons. Il éclaire le parallèle entre les destinées de Swann et du héros, ce dernier accédant, grâce à une œuvre plus élaborée que la sonate qui séduisit Swann pour des raisons impures, à un stade esthétique supérieur à celui de son modèle ; Proust attire du reste sa propre attention (et par voie de conséquence la nôtre) sur un ajout qu'il intitule : « Capitalissime issime issime de peut-être le plus de tte l'œuvre », où il oppose le plaisir d'esthète dont se contentait Swann et qui n'a abouti à aucune œuvre, aux illuminations fécondes du héros. Il estompe en outre l'identité trop voyante de la quête de Parsifal et de celle du héros de la Recherche. On sait que s'il a été infléchi dans un sens chrétien par de nombreux récits, le Graal représente de façon plus imprécise, dans la tradition médiévale, une forme de l'Absolu. Nous avons suggéré que, métaphoriquement au moins, l'« Adoration perpétuelle » donnait une coloration chrétienne au Temps retrouvé. Mais ce que le héros trouve finalement n'est pas extérieur à lui-même : c'est au contraire l'unité de son moi conquise sur l'émiettement de sa vie passée. Que cet Absolu, qui débouche sur la création artistique, soit un des avatars

---

1. Voir p. 261. La mort de la première princesse de Guermantes, née duchesse de Bavière — mort qui semble avoir été entraînée par sa passion pour Charlus (voir *Sodome*, p. 114 et 534-541) —, n'est pas évoquée dans la *Recherche* avant *Le Temps retrouvé*.

2. Voir *Guermantes*, p. 578.

3. Voir les *Jeunes Filles en fleurs*, p. 172.

du Graal, on le devine si l'on se souvient que le héros a failli céder
à la tentation sensuelle des « jeunes filles en fleurs » (réplique des
« filles-fleurs » qui retardent Parsifal sur son parcours). Quand il
se présente à l'hôtel de Guermantes (variante du château de
Gurnemanz ?), il a, comme le héros de Wagner devant le spectacle
du vieillissement de son hôte, l'éphémère illusion d'avoir gardé une
jeunesse intacte. Pendant la guerre, Proust va enfin procéder à un
transfert important en avançant à La Prisonnière l'exécution de
l'œuvre de Vinteuil ; devenue sextuor, puis septuor, celle-ci va fournir
un modèle encore plus élaboré de composition esthétique. Sans doute
fallait-il que, dépassant en complexité celle de Bergotte et même celle
d'Elstir, la leçon du musicien se situât néanmoins en retrait par
rapport au grand œuvre que s'apprête à créer le héros. Si l'on admet
l'hypothèse que Proust a tenté, avec la Recherche, une sorte de
réécriture de Parsifal, on conclura qu'il a masqué son modèle, puis
œuvré pour qu'on ne soupçonne pas son roman d'être la réplique
d'une œuvre musicale, quelle qu'elle fût.

Ce souci de marquer les étapes de la formation du héros tout en
magnifiant la singularité de son œuvre, on le devine aussi par les
retouches apportées au rôle de Bergotte, dont l'appréciation demeurera
indécise jusque dans la version ultime[1]. Si Bergotte a déçu le narrateur
en ne faisant plus, à partir d'une certaine date, que « du Bergotte »,
c'est-à-dire en écrivant intelligemment les livres que le public attendait
de lui au lieu de renouveler son inspiration par l'écoute de son moi
profond, il est néanmoins regrettable qu'on lui préfère désormais
Romain Rolland, qui sacrifie à la mode de l'art social. De même
que Proust garde une place à Ruskin dans le « Panthéon de [son]
admiration[2] » alors qu'il s'est depuis longtemps affranchi de ses idées,
de même le narrateur ne niera-t-il jamais tout à fait sa dette envers
Bergotte. De façon symptomatique, en un passage du Cahier 57,
Proust confond les deux noms.

L'évolution de l'esthétique de Proust au-delà de l'année 1911 se
marque enfin par la réévaluation du rôle de l'intelligence. Nous avons
vu à quels balancements rhétoriques il s'obligeait dans la « préface »
du Contre Sainte-Beuve. L'intelligence mérite désormais plus
d'égards. « Je lui avais fait la part petite jusque-là », note-t-il dans
le Cahier 57. Proust parle ici pour son compte personnel ; car, au
début de son parcours, le narrateur l'a au contraire placée trop haut.
On pourrait dire que dans Le Temps retrouvé, l'intelligence n'aura
ni les honneurs que lui accordait le héros adolescent, ni l'indignité

1. Sur la place de Bergotte, voir la préface des *Jeunes Filles en fleurs*,
p. XX.
2. À Robert de Billy, mars 1910, dans *Correspondance*, t. X, p. 55.

*dont elle était frappée par Proust à l'époque où il cherchait sa voie.
S'il est vrai que les vérités qu'elle nous communique sont moins
profondes que celles qui nous viennent de l'impression[1], il lui revient
d'interpréter notre expérience[2] et d'« enchâsser d'une matière moins
pure mais encore pénétrée d'esprit, ces impressions que nous apporte
hors du temps l'essence commune aux sensations du passé et du
présent[3] ». On se souvient qu'à l'époque où il ébauchait son œuvre,
Proust admettait l'idée que l'intelligence pût détourner l'écrivain de
demeurer fidèle à une forme. Peut-être a-t-il renoncé à cette hypothèse
dans les années où il achève la* Recherche. *Plus vraisemblablement,
il accepte, sinon que son intelligence le disperse en des formes littéraires
multiples, du moins qu'elle donne à son œuvre unique un aspect
composite.*

« Quelque chose sur la guerre »

*Dans une lettre adressée à Rosny aîné en décembre 1919, peu après
l'attribution du prix Goncourt aux* Jeunes Filles en fleurs, *Proust
écrira : « Quand* Swann *a paru en 1913, non seulement* À l'ombre
des jeunes filles en fleurs, Le Côté de Guermantes *et* Le Temps
retrouvé *étaient écrits mais même une partie importante de* Sodome
et Gomorrhe. *Mais pendant la guerre (sans rien toucher à la fin
du livre,* Le Temps retrouvé*) j'ai ajouté q.q. chose sur la guerre
qui convenait bien pour le caractère de M. de Charlus[4]. » Cette
déclaration, qui paraît réserver le titre du* Temps retrouvé *à la
« Matinée de la princesse de Guermantes », minimise assurément
l'ampleur des modifications apportées entre 1914 et 1918 au dernier
volume. Sans parler des retouches apportées jusqu'en 1922 à
l'« Adoration perpétuelle » et surtout au « Bal de têtes », le « quelque
chose sur la guerre » dépasse en importance le personnage du baron
de Charlus.*

*Parmi les modifications apportées par la guerre, la plus étonnante
est le déplacement de Combray de Beauce en Champagne[5]. Ainsi
Tansonville, dont on peut lire le nom sur les cartes aux environs
d'Illiers, est-il occupé par les Allemands ; on n'y voit guère d'autre
incidence, pour l'intrigue du roman, que les interprétations
contradictoires données par Gilberte de son départ subit pour*

---

1. Voir p. 185.
2. Voir p. 203.
3. P. 205.
4. *Correspondance,* t. XVIII, p. 546.
5. Voir *Swann,* p. 134, n. 1.

Combray. Plusieurs invités de la matinée vont en outre disparaître, certains en raison du décalage temporel imposé à Proust par le développement de son histoire (ainsi Mme de Villeparisis, dont la longévité deviendrait étonnante si elle vivait au-delà de 1918[1]) ; d'autres parce que la guerre lui fournit des ressorts romanesques imprévus : la destinée de Montargis (rebaptisé Saint-Loup dans l'intervalle) va se modeler sur celle de Bertrand de Fénelon, ami de Proust tué au front le 17 décembre 1914. Cottard, qu'on croyait décédé dans La Prisonnière, *reçoit une nouvelle fin, plus héroïque[2]. Quant à Bloch, qui a été réformé, Proust songe quelque temps à le faire mourir de maladie, comme Gaston de Caillavet, décédé le 13 janvier 1915 ; Bloch vivra jusqu'au bout dans la version ultime, mais cet effacement provisoire a peut-être contribué à diminuer son rôle dans* Le Temps retrouvé.

Proust prend suffisamment de recul par rapport à l'événement pour comparer, toujours sur le Cahier 57, les mutations dues à la guerre à celles que causa naguère l'affaire Dreyfus. Mais c'est surtout sur le cahier qu'il appelle « Babouche » (Cahier 74) que se multiplient durant la guerre et probablement jusqu'en 1920 les ajouts aux portraits de Charlus ou de Saint-Loup, ou des notations sur le chauvinisme assez dures pour être soustraites au dernier état de son manuscrit. La guerre lui impose en outre un remodelage chronologique de son roman. Après une première absence, son héros retrouve en 1916 un Paris transformé où revivent des époques lointaines. Révélant la personnalité profonde des individus (sans elle, l'héroïsme de Cottard ou de Saint-Loup fût demeuré inconnu), la guerre va donner toute sa dimension à l'homosexualité de Charlus. La cruauté que libère le conflit dans l'imaginaire collectif fournit en effet l'exutoire rêvé aux désirs masochistes du baron, tandis que les abris souterrains du métro lui offrent le temple d'une communion muette, faite de caresses qui n'ont nul besoin des préliminaires du marivaudage[3]. Mais pareille à Pompéi, dont un mur présentait l'inscription prémonitoire : Sodoma, Gomora[4], *Paris est menacé de destruction. Sur cette capitale livrée au vice et que symbolise dans le roman l'hôtel de Jupien,*

---

1. Le personnage figurait dans les premiers états du « bal de têtes » ; on se souvient que la mort de Mme de Villeparisis a été mentionnée dans *La Prisonnière* (p. 281), mais que le narrateur a ensuite revu la marquise à Venise (*Albertine disparue*, p. 211).

2. Si la deuxième mort de Cottard paraît, au plan romanesque, « préférable » à la première, on admettra que c'est ici *La Prisonnière* (p. 230) que Proust n'a pas eu le temps de mettre au point.

3. Voir Marcel Muller, « Charlus dans le métro ou pastiche et cruauté chez Proust », *Études proustiennes* III, 1979, p. 9-25.

4. Voir ci-dessous, p. 114.

*plane la menace d'avions qui, à partir de janvier 1918, feront choir
sur elle le feu du ciel. Ainsi s'élargit à une dimension imprévisible
le mythe biblique imaginé par Proust aux sources de son roman. Il
n'est pas jusqu'au héros, promeneur insolite dans cette cité qu'il avait
explorée jusqu'alors des fenêtres de sa chambre ou d'une voiture, qui
ne répète, en s'avançant dans cette immense cathédrale profane à
laquelle les bigarrures des habits militaires[1] fournissent des fresques
ou des vitraux imprévus et que domine en guise de clocher la tour
Eiffel éclairée de projecteurs, le geste qu'il accomplissait dans son
enfance en s'avançant dans l'église de Combray[2], jusqu'à en découvrir
cette fois, en s'aventurant dans les profondeurs secrètes de la maison
de débauche, la plus inattendue des cryptes[3].*

Le pastiche du *Journal* des Goncourt

*La lettre à Rosny aîné passe également sous silence l'un des plus
curieux passages du Temps retrouvé : le pastiche des Goncourt,
rédigé sur le Cahier 55. Proust a tâtonné pour lui trouver une place
dans le fil du récit, avant de l'« accrocher », non sans gratuité, à
l'épisode de Tansonville. La lecture de ce pseudo-Journal va déclencher
chez le narrateur un découragement qu'il ne surmontera qu'en se
rendant à l'invitation de la princesse de Guermantes. Vraisemblablement composé entre le printemps de 1917 et l'automne de 1918[4], ce
morceau reprend sur un autre mode et en l'amplifiant, un pastiche
composé dès 1908[5]. Offrant un nouveau point de vue sur le salon
des Verdurin, abordé sous des jours différents au fil de la Recherche
depuis l'époque où Swann y rencontrait Odette, il semble participer
à sa manière à la réfutation de la méthode de Sainte-Beuve en
suggérant que le comportement en société ne préjuge pas des qualités
intimes de l'individu. Si Verdurin est un éminent critique de l'œuvre
de Whistler (dont « Elstir », le grand peintre du roman, est
l'anagramme), il faut le situer au-dessus de Swann, qui n'a jamais
terminé son étude sur Vermeer. L'hypothèse est autorisée par le*

---

1. « M. de Charlus trouve d'ailleurs son compte dans ce Paris bigarré
de militaires comme une ville de Carpaccio », écrit Proust à Gaston
Gallimard peu avant le 15 mai 1916 (Marcel Proust-Gaston Gallimard,
Correspondance, p. 37). Voir ci-dessous, p. 70.
2. Voir *Swann*, p. 58 et suiv.
3. Sur le sens de la crypte dans le roman, voir Jean-Pierre Richard,
« La nuit mérovingienne », en annexe à *Proust et le monde sensible*, 1974.
4. D'après Jean Milly, *Proust dans le texte et l'avant-texte*, 1985, p. 185-211.
5. Voir « Pastiches et mélanges », dans *Contre Sainte-Beuve*, Pléiade,
p. 24-27.

chagrin qu'éprouvera Elstir en apprenant sa mort ; au demeurant, la découverte de son génie est à peine moins croyable que celle de sa bonté, révélée à la faveur de la maladie de Saniette[1] et attestée par le narrateur. En revanche, l'identification de Mme Verdurin avec le modèle de l'héroïne de Dominique, de Fromentin, transgresse franchement l'histoire littéraire et suppose que la princesse de Guermantes est centenaire à l'époque de la matinée[2].

Mais en renouant avec le genre des pastiches, Proust donne surtout un exemple de littérature précieuse et faussement réaliste. La confusion « artiste » des agréments de la vie quotidienne avec les ressorts profonds de la création est une caricature du fétichisme artistique (ou de l'« idolâtrie » suivant le mot de Proust) dont Swann offrait un modèle séduisant. Toutefois, tandis que le narrateur avait été découragé, à l'époque de son adolescence, par l'image que le marquis de Norpois lui avait donnée de la littérature, il fait désormais la différence entre ces prétendus modèles et la recherche de l'essence des choses en quoi doit consister la vraie création littéraire. Son découragement vient seulement, désormais, de sa faiblesse à mener à bien cette recherche. Dernier obstacle sur le chemin qui le mène invisiblement à l'« Adoration perpétuelle », le pastiche des Goncourt pourrait être raisonnablement choisi comme le véritable début du volume du Temps retrouvé.

On sait[3] que la fin de la Recherche a été transcrite par Proust, à partir de Sodome et Gomorrhe, sur vingt cahiers numérotés de I à XX par Proust lui-même. Le Temps retrouvé occupe la fin du Cahier XV et les Cahiers XVI à XX. Commencée en 1917, la rédaction de ce manuscrit est probablement terminée pour l'essentiel quand sont imprimées les Jeunes Filles en fleurs, en novembre 1918 ; le plan détaillé de la suite de la Recherche contenu dans ce volume semble en fournir la preuve[4].

Chronologie interne du *Temps retrouvé*

Si Proust avait pu publier aussi rapidement qu'il le souhaitait l'intégralité de son roman, c'est au début des années 1910 que son héros eût constaté le vieillissement des invités de la matinée. Les délais qui lui ont été imposés, et dont il a tiré le profit que l'on sait, situent

1. Voir *La Prisonnière*, p. 312.
2. Voir p. 15, n. 10.
3. Voir préface de *Sodome*, p. XXVII.
4. Voir ci-dessous p. 4, n. 1. Voir également la note sur le texte de Pierre-Edmond Robert (p. XXIII), et, pour une description plus complète des Cahiers XV à XX, sa note sur le texte dans la Pléiade, t. IV, p. 1176-1177.

*finalement l'invitation de la princesse de Guermantes après 1918.
Plus précisément balisé, en raison de la guerre, que les précédentes
sections de la* Recherche, Le Temps retrouvé *autorise l'établissement d'une chronologie interne. Mais celle-ci demeure vague et fragile.*

À *l'époque où le héros a retrouvé Gilberte à Tansonville,
Saint-Loup fait allusion à la guerre des Balkans et précisément à
la bataille de Lullé-Burgas, livrée en octobre 1912.*

*Le héros entre peu après dans une maison de santé, qu'il quitte
en août 1914 (date de la mobilisation générale) pour venir subir
à Paris une visite médicale ; puis il rejoint sa maison de santé.*

*Nouveau retour du héros en 1916 dans un Paris transformé. Ce
qui concerne la guerre, dans* Le Temps retrouvé, *se rapporte plutôt
aux dernières années, voire aux derniers mois du conflit. Si l'on évoque
des événements antérieurs à 1916 (comme le naufrage du Lusitania,
qui se produisit le 7 mai 1915), c'est sur le mode récapitulatif. La
mort de Saint-Loup peut bien avoir été inspirée à Proust par celle
de Bertrand de Fénelon : tandis que celui-ci est mort au début de
la guerre, Saint-Loup émet, sur les opérations en cours, des théories
inspirées par les articles publiés par Henry Bidou en 1918. Les
États-Unis, toutefois, ne sont pas entrés en guerre lorsqu'il discourt
avec le narrateur (ils ne le feront qu'en avril 1917). C'est chose
faite lors de l'entretien avec M. de Charlus, qui doit se situer, sauf
anachronismes, dans les tout derniers mois du conflit, puisque les
« gothas » auxquels il est fait allusion ne bombardèrent Paris qu'au
début de 1918. La crainte d'une révolution qui suivrait la victoire[1]
est enfin causée, de toute évidence, par la Révolution russe d'octobre
1917.*

*« Beaucoup d'années[2] » ont passé après le séjour du héros dans
une « nouvelle maison de santé ». Le nom même des Guermantes
est « depuis assez longtemps sorti de [son] esprit » quand il reçoit
l'invitation à la matinée. Celle-ci ne saurait donc se situer aussitôt
après l'armistice. « Si longtemps après la guerre[3] », écrit le narrateur
pour évoquer les sentiments germanophiles du baron de Charlus à
une époque où celui-ci a été victime d'une attaque dont il est plus
ou moins remis le jour de l'invitation. Autant dire que, sans être
centenaire comme le suppose le pseudo-Journal des Goncourt, la
princesse de Guermantes, qui tenait salon avec son époux Verdurin
à la fin des années 1870 (« Un amour de Swann »), doit être fort
âgée. La beauté d'Odette, divorcée du baron de Crécy à la même
époque, désormais maîtresse du duc de Guermantes, mérite l'admi-*

1. P. 151.
2. P. 161.
3. P. 171.

ration du narrateur. Quant au duc et au baron de Charlus, ils sont
pour le moins octogénaires. Il est vrai que les descriptions qu'en donne
Proust ne démentent pas leur âge. C'est avant la « matinée », un
jour d'hiver, que le héros a vécu l'expérience incomplète, mais
prometteuse, de la petite madeleine. Peut-être n'a-t-elle précédé que
de peu les révélations finales ; mais rien, dans le texte, n'autorise
à la dater.

La « matinée » ne marque pourtant pas le terme de la chronologie
du Temps retrouvé. Le héros apprendra en effet la mort du baron
de Charlus[1] et constatera la déchéance d'Odette à une soirée donnée
par Gilberte « moins de trois ans après » l'avoir rencontrée chez
la princesse de Guermantes[2]. On peut le supposer, à cette date, engagé
dans l'œuvre au seuil de laquelle il tremblait aux dernières lignes
du roman. Ainsi le présent du narrateur est-il si fortement décalé
par rapport à l'armistice qu'il n'y a pas d'invraisemblance à
l'imaginer à peu près contemporain de la date de publication du
Temps retrouvé (1927). Cette coïncidence serait, il va sans dire,
fortuite et très approximative.

On sait enfin que le héros, qui sortait à peine de l'adolescence au
début de l'affaire Dreyfus, est d'environ dix ans plus jeune que Proust.
Il aurait donc accédé à trente ans environ à l'« Adoration
perpétuelle » si Le Temps retrouvé avait été publié dans le premier
état du manuscrit. On peut l'imaginer quadragénaire dans l'ultime
version du texte. Il semble pourtant que Proust n'ait pas toujours
présent à l'esprit ce décalage qu'il a voulu marquer entre son âge
et celui de son personnage. Ainsi la réflexion de la duchesse de
Guermantes : « Vous auriez été d'âge à avoir des fils à la guerre[3] »
s'applique-t-elle avec plus de vraisemblance à l'auteur qu'au
narrateur, et confirme-t-elle le flou chronologique de l'ensemble de la
Recherche.

Un art du roman ?

« Et je compris que tous ces matériaux de l'œuvre littéraire, c'était
ma vie passée[4]. » Cette découverte, bientôt reformulée : « [...] la
matière de mon expérience, laquelle serait la matière de mon
livre [...][5] », contredit en apparence l'affirmation antérieure : « Dans

1. Voir p. 111.
2. P. 257.
3. P. 236.
4. P. 206.
5. P. 221.

*ce livre où il n'y a pas un seul personnage "à clefs", où tout a été
inventé par moi selon les besoins de ma démonstration [...][1] »* On
peut atténuer la contradiction en jugeant l'expression « matière de
mon livre » suffisamment vague pour ne pas interdire la part
d'invention. Le narrateur s'apprêterait à écrire une autobiographie
déguisée, et c'est bien ainsi que la plupart des lecteurs considèrent
la Recherche elle-même. On peut aussi, s'attachant à distinguer
Proust et son héros, admettre que « je » ne recouvre pas la même
instance dans les deux affirmations. Tandis que le narrateur consent
à écrire le récit de sa vie, l'auteur plaide pour la construction et
l'invention. Que les deux instances, par principe distinctes, soient
en réalité plus d'une fois mêlées, un passage comme : « J'admire
Saint-Loup [...] plus que M. de Charlus[2] » en fournit le soupçon,
tant il sonne comme une prise de position personnelle de Proust
vis-à-vis de ses personnages. À plus forte raison la remarque : « Quand
je faisais mon service militaire[3] » trouve-t-elle un écho dans la vie
de Proust, non dans l'intrigue du roman[4]. Ces incohérences peuvent
être mises, en somme, au compte de ces distractions qui confondent
l'âge de l'auteur et celui du narrateur, ou qui valent à celui-ci, dans
La Prisonnière, de se prénommer « Marcel ».

Si Proust avait eu le temps d'éliminer de telles scories, on peut
imaginer qu'il eût de même, en réduisant certains développements
juxtaposés, voire en choisissant parmi eux, rendu moins paradoxal
l'anathème jeté contre les théories jugées aussi choquantes que la
marque du prix sur un objet. On se prend alors à rêver d'une œuvre
idéale qui, au lieu de contenir certains « fragments d'existence
soustraits au temps[5] », donnerait d'un bout à l'autre un sentiment
d'éternité. La phrase : « Combien de grandes cathédrales restent
inachevées[6] », plaidoyer en faveur des imperfections de son propre
édifice, dessinerait l'idée de cette œuvre. Cette hypothèse séduisante

---

1. P. 152. En présentant comme une exception la mention des Larivière,
Proust renforce plutôt qu'il n'infirme la règle qu'il prétend suivre. Mais
le jeu subtil entre la réalité et la fiction se complique du fait que les
Larivière, personnes bien réelles, sont donnés comme cousins de
Françoise, personnage imaginaire. Au demeurant, Proust paraît oublier
que dans la *Recherche* figure aussi Céleste Albaret... dont les Larivière
étaient précisément cousins.

2. P. 53.

3. P. 115.

4. La *Recherche*, et particulièrement *Le Temps retrouvé*, contient d'autres
notations qui éveillent la curiosité du lecteur sans trouver aucun écho
dans le reste du roman. Ainsi, p. 12 : « [...] à cause d'une jeune femme
que j'aimais et que je ne pouvais arriver à voir ».

5. P. 182.

6. P. 338.

*se retourne pourtant contre elle-même, puisque le narrateur, qui
devrait être investi de cette ambition, se dispose modestement à raconter
sa vie. On brûle d'appliquer tout spécialement à la* Recherche
*l'aphorisme de Maurice Blanchot : « Les livres ne valent que par
le livre supérieur qu'ils nous conduisent à imaginer[1] », mais loin
d'esquisser ce dépassement, le livre que l'on nous donne à entrevoir
s'annonce grevé par une réalité à laquelle se soustrait justement
l'auteur de la* Recherche. *Les erreurs du héros font même, dirait-on,
les réussites de Proust. Ainsi la description des « petites fleurs du
talus » ou des « lentilles d'or et d'orange » dont le soleil crible les
fenêtres d'une maison[2], donnée comme signe de l'inaptitude provisoire
du narrateur à accomplir sa vocation, s'interprétera soit comme un
exemple de prétérition (on commence une superbe description en
disant : « Je ne saurais décrire... »), et la démonstration engagée
par le récit manque alors son but ; soit comme la transfiguration
esthétique par l'auteur de la* Recherche *de ce qui avait laissé son
personnage insensible. Telle est finalement l'alternative laissée au
lecteur : le héros s'apprête à composer ou bien une œuvre d'où seront
estompées les embûches du temps vécu au quotidien — quelque chose
comme le Livre mallarméen (mais on se rappelle ce qu'écrit Proust :
« Un écrivain n'est pas qu'un poète ») ; ou bien, si l'on prend à
la lettre le programme qu'il se donne dans* Le Temps retrouvé,
il faut admettre que son récit sera plus prosaïque que la Recherche.

*Poème ou autobiographie : cette œuvre qu'après s'être « longtemps
couché de bonne heure », il composera tout au long de ses nuits si
le temps lui en est laissé, le héros lui reconnaît des parentés dans
son mode de composition avec les* Mémoires *de Saint-Simon et avec
les* Mille et Une Nuits[3], *qu'on ne qualifiera pas à proprement parler
de romanesques. C'est d'« œuvre » qu'il est d'ailleurs question aux
dernières pages du* Temps retrouvé, *et les brouillons reprennent
avec insistance l'expression de « livre à faire ». « La vraie vie, la
vie enfin découverte et éclaircie, la seule vie par conséquent pleinement
vécue, c'est la littérature[4] », avait déclaré le narrateur, revendiquant
ainsi pour son domaine une primauté sur l'art d'Elstir et celui de
Vinteuil, mais laissant dans le flou le genre où s'exerceraient ses dons
littéraires. À la question liminaire : « Suis-je romancier ? »,* À la
recherche du temps perdu *apporte dans son ensemble une réponse
positive ; mais définissant l'écrivain comme le « traducteur » d'un*

---

1. *Faux pas*, Gallimard, 1943, p. 220.
2. P. 162.
3. Voir sur ce sujet Dominique Jullien, *Proust et ses modèles*. « *Les Mille
et Une Nuits* » et les « *Mémoires* » de Saint-Simon, 1989.
4. P. 202.

« *livre* » *qu'il porte en soi*[1], Le Temps retrouvé *dessine moins les contours de l'esthétique d'un genre qu'il n'invite chaque lecteur à descendre dans son moi profond, à la recherche du monde des essences, pour créer à son tour.*

La musique a déjà permis d'illustrer, dans la Recherche, *cette vocation des créateurs.* « *Chaque artiste semble ainsi comme le citoyen d'une patrie inconnue, oubliée de lui-même, différente de celle d'où viendra, appareillant pour la terre, un autre grand artiste*[2] » : *l'évocation du Septuor de Vinteuil débouchait, dans* La Prisonnière, *sur cette célèbre parabole où Proust ne rejoignait qu'en apparence Platon, car à la philosophie platonicienne qui admet une* « *réalité* » *des essences, répond chez Proust un idéalisme qui les réduit implicitement à ce que cherche l'artiste pour mieux se trouver lui-même. Que le génie de Vinteuil éclaire au mieux la singularité du monde de l'artiste tient sans doute aux contraintes de la littérature : l'audition d'un concert se prête mieux à une scène romanesque que la lecture d'un livre, une démonstration convainc plus sûrement en illustrant un domaine voisin qu'en se prenant soi-même pour objet... L'important reste que, situant plus tôt dans le récit l'exécution de l'œuvre musicale, Proust avance aussi le moment de la plus haute glorification de l'art. Peut-être, en évitant que l'œuvre du héros ne fasse écho à celle d'un compositeur, consacre-t-il malgré lui la prééminence de la musique. L'effacement total de la personnalité de Vinteuil dans tout le roman, poussant à sa limite la réfutation de Sainte-Beuve, en donnerait le soupçon. Surtout, si, pour exercer son art, le compositeur a lui aussi recours à l'intelligence, la* « *matière moins pure* » *dont celle-ci* « *enchâsse* » *l'œuvre de l'écrivain ne laisse pas de trace dans celle du musicien, à l'*« *unisson*[3] » *de sa patrie perdue. À tout le moins reconnaîtra-t-on à la littérature ce que la* « *préface* » *du* Contre Sainte-Beuve *concédait à l'intelligence : si elle ne mérite pas la couronne suprême, elle seule est capable de la décerner.*

Pierre-Louis Rey
et Brian G. Rogers

---

1. P. 197.
2. *La Prisonnière*, p. 245.
3. *Ibid.*

Note sur le texte

Nous reprenons le texte établi pour la Bibliothèque de la Pléiade, sous la direction de Jean-Yves Tadié, par Pierre-Edmond Robert et Brian Rogers. Ce texte diffère de l'édition originale tant dans l'agencement de certains passages que sur des points particuliers de lecture. L'édition originale, publiée en 1927, soit cinq ans après la mort de Proust, a été établie d'après une dactylographie elle-même posthume des cahiers du manuscrit « au net ».

Notre texte est fondé sur le seul manuscrit, qui figure dans les cahiers XV à XX (selon la numérotation de Proust). Seule la fin du cahier XV concerne *Le Temps retrouvé* (dont le début est signalé par un feuillet intercalaire non autographe). Le manuscrit du *Temps retrouvé* s'achève sur le mot « *Fin.* », à l'avant-dernière page du cahier XX.

On lira dans la Pléiade la justification des partis que nous avons adoptés dans les cas de lecture difficile, de lacune du manuscrit, ou de double emploi. Lorsqu'il arrive à Proust d'utiliser pour un personnage des noms différents, nous les avons unifiés, ainsi *Brichot* et *Norpois*, confondus dans certains passages du manuscrit, et *Bobby Santois* que nous avons corrigé partout en *Charlie Morel*. Nous avons séparé les quatre grandes parties du texte par une étoile, et leur subdivision par des alinéas doubles. Nous avons enfin marqué par des alinéas simples les additions marginales les plus importantes.

P.-E. R.

Le Temps retrouvé

Toute la journée, dans cette demeure un peu trop campagne qui n'avait l'air que d'un lieu de sieste entre deux promenades ou pendant l'averse, une de ces demeures où chaque salon a l'air d'un cabinet de verdure, et où sur la tenture des chambres les roses du jardin dans l'une, les oiseaux des arbres dans l'autre, vous ont rejoints et vous tiennent compagnie — isolés du moins — car c'étaient de vieilles tentures où chaque rose était assez séparée pour qu'on eût pu si elle avait été vivante la cueillir, chaque oiseau le mettre en cage et l'apprivoiser, sans rien de ces grandes décorations des chambres d'aujourd'hui où sur un fond d'argent, tous les pommiers de Normandie sont venus se profiler en style japonais pour halluciner les heures que vous passez au lit ; toute la journée, je la passais dans ma chambre qui donnait sur les belles verdures du parc et les lilas de l'entrée, les feuilles vertes des grands arbres au bord de l'eau, étincelants de soleil, et la forêt de Méséglise[1]. Je ne regardais en somme tout cela avec plaisir que parce que je me disais : « C'est joli d'avoir tant de verdure dans la fenêtre de ma chambre », jusqu'au moment où dans le vaste tableau verdoyant je reconnus, peint lui au contraire en bleu sombre, simplement parce qu'il était plus loin, le clocher de l'église de Combray. Non pas une figuration de ce clocher, ce clocher lui-même, qui, mettant ainsi sous mes yeux la distance des lieues et des années, était venu, au milieu de la lumineuse verdure et d'un tout autre ton,

si sombre qu'il paraissait presque seulement dessiné,
s'inscrire dans le carreau de ma fenêtre. Et si je sortais
un moment de ma chambre, au bout du couloir,
j'apercevais, parce qu'il était orienté autrement, comme
une bande d'écarlate, la tenture d'un petit salon qui n'était
qu'une simple mousseline mais rouge, et prête à s'incen-
dier si y donnait un rayon de soleil.

Pendant ces promenades Gilberte me parlait de Robert
comme se détournant d'elle, mais pour aller auprès
d'autres femmes. Et il est vrai que beaucoup encombraient
sa vie, et comme certaines camaraderies masculines pour
les hommes qui aiment les femmes, avec ce caractère de
défense inutilement faite et de place vainement usurpée
qu'ont dans la plupart des maisons les objets qui ne
peuvent servir à rien. Il vint plusieurs fois à Tansonville
pendant que j'y étais[1]. Il était bien différent de ce que je
l'avais connu. Sa vie ne l'avait pas épaissi, alenti, comme
M. de Charlus, mais tout au contraire, mais opérant en
lui un changement inverse, lui avait donné l'aspect
désinvolte d'un officier de cavalerie — et bien qu'il eût
donné sa démission au moment de son mariage — à un
point qu'il n'avait jamais eu. Au fur et à mesure que M. de
Charlus s'était alourdi, Robert (et sans doute il était
infiniment plus jeune mais on sentait qu'il ne ferait que
se rapprocher davantage de cet idéal avec l'âge, comme
certaines femmes qui sacrifient résolument leur visage à
leur taille et à partir d'un certain moment ne quittent plus
Marienbad[2], pensant que, ne pouvant garder à la fois
plusieurs jeunesses, c'est encore celle de la tournure qui
sera le plus capable de représenter les autres) était devenu
plus élancé, plus rapide, effet contraire d'un même vice.
Cette vélocité avait d'ailleurs diverses raisons psychologiques, la crainte d'être vu, le désir de ne pas sembler
avoir cette crainte, la fébrilité qui naît du mécontentement
de soi et de l'ennui. Il avait l'habitude d'aller dans certains
mauvais lieux où, comme il aimait qu'on ne le vît ni entrer,
ni sortir, il s'engouffrait pour offrir aux regards malveil-
lants de passants hypothétiques le moins de surface
possible, comme on monte à l'assaut. Et cette allure de
coup de vent lui était restée. Peut-être aussi schématisait-
elle l'intrépidité apparente de quelqu'un qui veut montrer
qu'il n'a pas peur et ne veut pas se donner le temps de
penser. Pour être complet il faudrait faire entrer en ligne

de compte le désir, plus il vieillissait, de paraître jeune et même l'impatience de ces hommes toujours ennuyés, toujours blasés, que sont les gens trop intelligents pour la vie relativement oisive qu'ils mènent et où leurs facultés ne se réalisent pas. Sans doute l'oisiveté même de ceux-là peut se traduire par de la nonchalance. Mais, surtout depuis la faveur dont jouissent les exercices physiques[1], l'oisiveté a pris une forme sportive, même en dehors des heures de sport et qui se traduit par une vivacité fébrile qui croit ne pas laisser à l'ennui le temps ni la place de se développer et non plus par de la nonchalance.

Ma mémoire avait, la mémoire involontaire elle-même, perdu l'amour d'Albertine. Mais il semble qu'il y ait une mémoire involontaire des membres, pâle et stérile imitation de l'autre, qui vive plus longtemps, comme certains animaux ou végétaux inintelligents vivent plus longtemps que l'homme. Les jambes, les bras sont pleins de souvenirs engourdis. Une fois que j'avais quitté Gilberte assez tôt, je m'éveillai au milieu de la nuit dans la chambre de Tansonville, et encore à demi endormi j'appelai : « Albertine ». Ce n'était pas que j'eusse pensé à elle, ni rêvé d'elle, ni que je la prisse pour Gilberte : c'est qu'une réminiscence éclose en mon bras m'avait fait chercher derrière mon dos la sonnette, comme dans ma chambre de Paris. Et, ne la trouvant pas, j'avais appelé : « Albertine », croyant que mon amie défunte était couchée auprès de moi, comme elle faisait souvent le soir et que nous nous endormions ensemble, comptant au réveil sur le temps qu'il faudrait à Françoise avant d'arriver, pour qu'Albertine pût sans imprudence tirer la sonnette que je ne trouvais pas.

Devenant — du moins durant cette phase fâcheuse — beaucoup plus sec, il ne faisait presque plus preuve vis-à-vis de ses amis, par exemple vis-à-vis de moi, d'aucune sensibilité. Et en revanche il avait avec Gilberte des affectations de sensiblerie, poussées jusqu'à la comédie, qui déplaisaient. Ce n'est pas qu'en réalité Gilberte lui fût indifférente. Non, Robert l'aimait. Mais il lui mentait tout le temps ; son esprit de duplicité, sinon le fond même de ses mensonges, était perpétuellement découvert. Et alors il ne croyait pouvoir s'en tirer qu'en exagérant dans des proportions ridicules la tristesse réelle qu'il avait de peiner Gilberte. Il arrivait à Tansonville, obligé, disait-il, de

repartir le lendemain matin pour une affaire avec un
certain monsieur du pays qui était censé l'attendre à Paris
et qui, précisément rencontré dans la soirée près de
Combray, dévoilait involontairement le mensonge au
courant duquel Robert avait négligé de le mettre, en disant
qu'il était venu dans le pays se reposer pour un mois et
ne retournerait pas à Paris d'ici là. Robert rougissait,
voyait le sourire mélancolique et fier de Gilberte, se
dépêtrait en l'insultant du gaffeur, rentrait avant sa femme,
lui faisait remettre un mot désespéré où il lui disait qu'il
avait fait ce mensonge pour ne pas lui faire de peine, pour
qu'en le voyant repartir pour une raison qu'il ne pouvait
pas lui dire, elle ne crût pas qu'il ne l'aimait pas (et tout
cela, bien qu'il l'écrivît comme un mensonge, était en
somme vrai), puis faisait demander s'il pouvait entrer chez
elle et là, moitié tristesse réelle, moitié énervement de
cette vie, moitié simulation chaque jour plus audacieuse,
sanglotait, s'inondait d'eau froide, parlait de sa mort
prochaine, quelquefois s'abattait sur le parquet comme s'il
se fût trouvé mal. Gilberte ne savait pas dans quelle mesure
elle devait le croire, le supposait menteur en chaque cas
particulier, mais que d'une façon générale elle était aimée,
et s'inquiétait de ce pressentiment d'une mort prochaine,
pensant qu'il avait peut-être une maladie qu'elle ne savait
pas et n'osait pas à cause de cela le contrarier et lui
demander de renoncer à ses voyages.

Je comprenais du reste d'autant moins pourquoi il en
faisait que Morel était reçu comme l'enfant de la maison
avec Bergotte[1] partout où étaient les Saint-Loup, à Paris,
à Tansonville. Morel imitait Bergotte à ravir. Il n'y eut
même plus besoin au bout de quelque temps de lui
demander d'en faire une imitation. Comme ces hystériques
qu'on n'est plus obligé d'endormir pour qu'ils deviennent
telle ou telle personne, de lui-même il entrait tout d'un
coup dans le personnage.

Françoise qui avait déjà vu tout ce que M. de Charlus
avait fait pour Jupien et tout ce que Robert de Saint-Loup
faisait pour Morel n'en concluait pas que c'était un trait
qui reparaissait à certaines générations chez les Guermantes, mais plutôt — comme Legrandin aidait beaucoup
Théodore — elle avait fini, elle personne si morale et
si pleine de préjugés, par croire que c'était une coutume que son universalité rendait respectable. Elle disait

toujours d'un jeune homme, que ce fût Morel ou
Théodore : « Il a trouvé un monsieur qui s'est toujours
intéressé à lui et qui lui a bien aidé. » Et comme en pareil
cas les protecteurs sont ceux qui aiment, qui souffrent, qui
pardonnent, Françoise, entre eux et les mineurs qu'ils
détournaient, n'hésitait pas à leur donner le beau rôle, à
leur trouver « bien du cœur ». Elle blâmait sans hésiter
Théodore qui avait joué bien des tours à Legrandin, et
semblait pourtant ne pouvoir guère avoir de doutes sur
la nature de leurs relations car elle ajoutait : « Alors le
petit a compris qu'il fallait y mettre un peu du sien et y
a dit : "Prenez-moi avec vous, je vous aimerai bien, je
vous cajolerai bien", et ma foi ce monsieur a tant de cœur
que bien sûr que Théodore est sûr de trouver près de lui
peut-être bien plus qu'il ne mérite, car c'est une tête
brûlée, mais ce monsieur est si bon que j'ai souvent dit
à Jeannette (la fiancée de Théodore) : "Petite, si jamais
vous êtes dans la peine, allez vers ce monsieur. Il
coucherait plutôt par terre et vous donnerait son lit. Il a
trop aimé le petit (Théodore) pour le mettre dehors. Bien
sûr qu'il ne l'abandonnera jamais." »

Par politesse je demandai à sa sœur le nom de
Théodore, qui vivait maintenant dans le Midi. « Mais
c'était lui qui m'avait écrit pour mon article du *Figaro* ! »
m'écriai-je en apprenant qu'il s'appelait Sanilon[1].

De même estimait-elle plus Saint-Loup que Morel et
jugeait-elle que, malgré tous les coups que le petit (Morel)
avait faits, le marquis ne le laisserait jamais dans la peine,
car c'est un homme qui avait trop de cœur, ou alors il
faudrait qu'il lui soit arrivé à lui-même de grands revers.

Il insistait pour que je restasse à Tansonville et laissa
échapper une fois, bien qu'il ne cherchât visiblement plus
à me faire plaisir, que ma venue avait été pour sa femme
une joie telle qu'elle en était restée, à ce qu'elle lui avait
dit, transportée de joie tout un soir, un soir où elle se
sentait si triste que je l'avais, en arrivant à l'improviste,
miraculeusement sauvée du désespoir, « peut-être de
pis », ajouta-t-il. Il me demandait de tâcher de la persuader
qu'il l'aimait, me disant que la femme qu'il aimait aussi,
il l'aimait moins qu'elle et romprait bientôt. « Et
pourtant », ajoutait-il avec une telle fatuité et un tel besoin
de confidence que je croyais par moments que le nom
de Charlie[2] allait, malgré Robert, « sortir » comme le

numéro d'une loterie, « j'avais de quoi être fier. Cette
femme qui me donne tant de preuves de sa tendresse et
que je vais sacrifier à Gilberte, jamais elle n'avait fait
attention à un homme, elle se croyait elle-même incapable
d'être amoureuse. Je suis le premier. Je savais qu'elle s'était
tellement refusée à tout le monde que, quand j'ai reçu
la lettre adorable où elle me disait qu'il ne pouvait y avoir
de bonheur pour elle qu'avec moi, je n'en revenais pas.
Évidemment il y aurait de quoi me griser, si la pensée
de voir cette pauvre petite Gilberte en larmes ne m'était
pas intolérable. Ne trouves-tu pas qu'elle a quelque chose
de Rachel ? » me disait-il. Et en effet j'avais été frappé
d'une vague ressemblance qu'on pouvait à la rigueur
trouver maintenant entre elles. Peut-être tenait-elle à une
similitude réelle de quelques traits (dus par exemple à
l'origine hébraïque pourtant si peu marquée chez Gilberte) à cause de laquelle Robert, quand sa famille avait
voulu qu'il se mariât, s'était, à conditions de fortune égales,
senti plus attiré vers Gilberte. Elle tenait aussi à ce que
Gilberte, ayant surpris des photographies de Rachel dont
elle avait ignoré jusqu'au nom, cherchait pour plaire à
Robert à imiter certaines habitudes chères à l'actrice,
comme d'avoir toujours des nœuds rouges dans les
cheveux, un ruban de velours noir au bras et se teignait
les cheveux pour paraître brune. Puis sentant que ses
chagrins lui donnaient mauvaise mine, elle essayait d'y
remédier. Elle le faisait parfois sans mesure. Un jour où
Robert devait venir le soir pour passer vingt-quatre heures
à Tansonville, je fus stupéfait de la voir venir se mettre
à table si étrangement différente non seulement de ce
qu'elle était autrefois, mais même les jours habituels, que
je restai stupéfait comme si j'avais eu devant moi une
actrice, une espèce de Théodora[1]. Je sentais que malgré
moi je la regardais trop fixement, dans ma curiosité de
savoir ce qu'elle avait de changé. Cette curiosité fut
d'ailleurs bientôt satisfaite quand elle se moucha et malgré
toutes les précautions qu'elle y mit. Par toutes les couleurs
qui restèrent sur le mouchoir, en faisant une riche palette,
je vis qu'elle était complètement peinte. C'était cela qui
lui faisait cette bouche sanglante et qu'elle s'efforçait de
rendre rieuse, croyant que cela lui allait bien, tandis que
l'heure du train qui s'approchait, sans que Gilberte sût si
son mari arriverait vraiment ou s'il n'enverrait pas une

de ces dépêches dont M. de Guermantes avait spirituelle-
ment fixé le modèle : IMPOSSIBLE VENIR, MENSONGE SUIT,
pâlissait ses joues sous la sueur violette du fard et cernait
ses yeux.

« Ah ! vois-tu », me disait-il, avec un air volontairement tendre qui contrastait tant avec sa tendresse
spontanée d'autrefois, avec une voix d'alcoolique et des
modulations d'acteur, « Gilberte heureuse, il n'y a rien
que je ne donnerais pour cela ! Elle a tant fait pour moi.
Tu ne peux pas savoir. » Et ce qui était le plus déplaisant
dans tout cela était encore l'amour-propre, car il était flatté
d'être aimé par Gilberte, et sans oser dire que c'était
Charlie qu'il aimait, donnait pourtant sur l'amour que le
violoniste était censé avoir pour lui des détails que
Saint-Loup savait bien exagérés sinon inventés de toutes
pièces, lui à qui Charlie demandait chaque jour plus
d'argent. Et c'était en me confiant Gilberte qu'il repartait
pour Paris.

J'eus du reste l'occasion, pour anticiper un peu puisque
je suis encore à Tansonville, de l'y apercevoir une fois
dans le monde, et de loin, où sa parole malgré tout vivante
et charmante me permettait de retrouver le passé ; je fus
frappé combien il changeait. Il ressemblait de plus en plus
à sa mère, la manière de sveltesse hautaine qu'il avait
héritée d'elle et qu'elle avait parfaite, chez lui, grâce à
l'éducation la plus accomplie, elle s'exagérait, se figeait ;
la pénétration du regard propre aux Guermantes lui
donnait l'air d'inspecter tous les lieux au milieu desquels
il passait, mais d'une façon quasi inconsciente, par une
sorte d'habitude et de particularité animale. Même
immobile, la couleur qui était la sienne plus que de tous
les Guermantes, d'être seulement l'ensoleillement d'une
journée d'or devenu solide, lui donnait comme un
plumage si étrange, faisait de lui une espèce si rare, si
précieuse qu'on aurait voulu le posséder pour une
collection ornithologique ; mais quand, de plus, cette
lumière changée en oiseau se mettait en mouvement, en
action, quand par exemple je voyais Robert de Saint-Loup
entrer dans une soirée où j'étais, il avait des redressements
de tête si soyeusement et fièrement huppée sous l'aigrette
d'or de ses cheveux un peu déplumés, des mouvements
de cou tellement plus souples, plus fiers et plus coquets
que n'en ont les humains, que devant la curiosité et

l'admiration moitié mondaine, moitié zoologique qu'il
vous inspirait, on se demandait si c'était dans le faubourg
Saint-Germain qu'on se trouvait ou au Jardin des Plantes
et si on regardait un grand seigneur traverser un salon
ou se promener dans sa cage un oiseau. Tout ce retour,
d'ailleurs, à l'élégance volatile des Guermantes au bec
pointu, aux yeux acérés était maintenant utilisé par son
vice nouveau qui s'en servait pour se donner contenance.
Plus il s'en servait, plus il paraissait ce que Balzac appelle
tante[1]. Pour peu qu'on y mît un peu d'imagination, le
ramage ne se prêtait pas moins à cette interprétation que
le plumage. Il commençait à dire des phrases qu'il croyait
grand siècle et par là il imitait les manières de Guermantes.
Mais un rien indéfinissable faisait qu'elles devenaient du
même coup les manières de M. de Charlus. « Je te quitte
un instant », me dit-il dans cette soirée où Mme de
Marsantes était un peu plus loin. « Je vais faire un doigt
de cour à ma mère. »

Quant à cet amour dont il me parlait sans cesse, il n'était
pas, d'ailleurs, que celui pour Charlie, bien que ce fût le
seul qui comptât pour lui. Quel que soit le genre d'amours
d'un homme on se trompe toujours sur le nombre des
personnes avec qui il a des liaisons parce qu'on interprète
faussement des amitiés comme des liaisons, ce qui est une
erreur par addition, mais aussi parce qu'on croit qu'une
liaison prouvée en exclut une autre, ce qui est un autre
genre d'erreur. Deux personnes peuvent dire : « La
maîtresse de X..., je la connais », prononcer deux noms
différents et ne se tromper ni l'une ni l'autre. Une femme
qu'on aime suffit rarement à tous nos besoins et on la
trompe avec une femme qu'on n'aime pas. Quant au genre
d'amours que Saint-Loup avait hérités de M. de Charlus,
un mari qui y est enclin fait habituellement le bonheur
de sa femme. C'est une règle générale à laquelle les
Guermantes trouvaient le moyen de faire exception parce
que ceux qui avaient ce goût voulaient faire croire qu'ils
avaient au contraire celui des femmes[2]. Ils s'affichaient avec
l'une ou l'autre et désespéraient la leur. Les Courvoisier
en usaient plus sagement. Le jeune vicomte de Courvoisier[3] se croyait seul sur la terre et depuis l'origine du
monde à être tenté par quelqu'un de son sexe. Supposant
que ce penchant lui venait du diable il lutta contre lui,
épousa une femme ravissante, lui fit des enfants. Puis un

de ses cousins lui enseigna que ce penchant est assez
répandu, poussa la bonté jusqu'à le mener dans des lieux
où il pouvait le satisfaire. M. de Courvoisier n'en aima
que plus sa femme, redoubla de zèle prolifique, et elle
et lui étaient cités comme le meilleur ménage de Paris.
On n'en disait point autant de celui de Saint-Loup parce
que Robert, au lieu de se contenter de l'inversion, faisait
mourir sa femme de jalousie en entretenant, sans plaisir,
des maîtresses.

Il est possible que Morel, étant excessivement noir, fût
nécessaire à Saint-Loup comme l'ombre l'est au rayon de
soleil. On imagine très bien dans cette famille si ancienne
un grand seigneur blond doré, intelligent, doué de tous
les prestiges et recelant à fond de cale un goût secret,
ignoré de tous, pour les nègres.

Robert, d'ailleurs, ne laissait jamais la conversation
toucher à ce genre d'amours qui était le sien. Si j'en disais
un mot : « Ah ! je ne sais pas », répondait-il avec un
détachement si profond qu'il en laissait tomber son
monocle, « je n'ai pas soupçon de ces choses-là. Si tu
désires des renseignements là-dessus, *mon cher*, je te
conseille de t'adresser ailleurs. Moi, je suis un soldat, un
point c'est tout. Autant que ces choses-là m'indiffèrent,
autant je suis avec passion la guerre balkanique. Autrefois
cela t'intéressait, l'étymologie des batailles. Je te disais
alors qu'on reverrait, même dans les conditions les plus
différentes, les batailles typiques, par exemple le grand
essai d'enveloppement par l'aile, la Bataille d'Ulm[1]. Eh
bien ! si spéciales que soient ces guerres balkaniques,
Lullé-Burgas c'est encore Ulm, l'enveloppement par l'aile[2].
Voilà les sujets dont tu peux me parler. Mais pour le genre
de choses auxquelles tu fais allusion, je m'y connais autant
qu'en sanscrit. »

Ces sujets que Robert dédaignait ainsi, Gilberte au
contraire quand il était reparti les abordait volontiers en
causant avec moi. Non certes relativement à son mari car
elle ignorait ou feignait d'ignorer tout. Mais elle s'étendait
volontiers sur eux en tant qu'ils concernaient les autres,
soit qu'elle y vît une sorte d'excuse indirecte pour Robert,
soit que celui-ci, partagé comme son oncle entre un silence
sévère à l'égard de ces sujets et un besoin de s'épancher
et de médire, l'eût instruite pour beaucoup. Entre tous,
M. de Charlus n'était pas épargné ; c'était sans doute que

Robert, sans parler de Charlie à Gilberte, ne pouvait s'empêcher avec elle, de lui répéter, sous une forme ou une autre, ce que le violoniste lui avait appris. Et il poursuivait son ancien bienfaiteur de sa haine. Ces conversations, que Gilberte affectionnait, me permirent de lui demander si, dans un genre parallèle, Albertine, dont c'est par elle que jadis j'avais la première fois entendu le nom, quand elles étaient amies de cours, avait de ces goûts[1]. Gilberte ne put me donner ce renseignement. Au reste il y avait longtemps qu'il eût cessé d'offrir quelque intérêt pour moi. Mais je continuais à m'en enquérir machinalement, comme un vieillard ayant perdu la mémoire, qui demande de temps à autre des nouvelles du fils qu'il a perdu.

Ce qui est curieux et ce sur quoi je ne peux m'étendre, c'est à quel point, vers cette époque-là, toutes les personnes qu'aimait Albertine, toutes celles qui auraient pu lui faire faire ce qu'elles auraient voulu, demandèrent, implorèrent, j'oserai dire mendièrent, à défaut de mon amitié, quelques relations avec moi. Il n'y aurait plus eu besoin d'offrir de l'argent à Mme Bontemps pour qu'elle me renvoyât Albertine. Ce retour de la vie se produisant quand il ne servait plus à rien, m'attristait profondément, non à cause d'Albertine, que j'eusse reçue sans plaisir si elle m'eût été ramenée non plus de Touraine, mais de l'autre monde, mais à cause d'une jeune femme que j'aimais et que je ne pouvais arriver à voir. Je me disais que si elle mourait, ou si je ne l'aimais plus, tous ceux qui eussent pu me rapprocher d'elle tomberaient à mes yeux. En attendant j'essayais en vain d'agir sur eux, n'étant pas guéri par l'expérience qui aurait dû m'apprendre — si elle apprenait jamais rien — qu'aimer est un mauvais sort comme ceux qu'il y a dans les contes, contre quoi on ne peut rien jusqu'à ce que l'enchantement ait cessé[2].

« Justement le livre que je tiens là parle de ces choses », me dit-elle. (Je parlai à Robert de ce mystérieux : « Nous nous serions bien entendus. » Il déclara ne pas s'en souvenir[3] et que cela n'avait en tout cas aucun sens particulier.)

« C'est un vieux Balzac que je pioche pour me mettre à la hauteur de mes oncles, *La Fille aux yeux d'or*[4]. Mais c'est absurde, invraisemblable, un beau cauchemar. D'ailleurs, une femme peut peut-être être surveillée ainsi par une autre femme, jamais par un homme. — Vous vous trompez, j'ai connu une femme qu'un homme qui l'aimait était arrivé véritablement à séquestrer ; elle ne pouvait jamais voir personne, et sortir seulement avec des serviteurs dévoués. — Eh bien, cela devrait vous faire horreur à vous qui êtes si bon. Justement nous disions avec Robert que vous devriez vous marier. Votre femme vous guérirait et vous feriez son bonheur. — Non, parce que j'ai trop mauvais caractère. — Quelle idée ! — Je vous assure ! J'ai, du reste, été fiancé, mais je n'ai pas pu me décider à l'épouser (et elle y a renoncé elle-même, à cause de mon caractère indécis et tracassier). » C'était, en effet, sous cette forme trop simple que je jugeais mon aventure avec Albertine, maintenant que je ne voyais plus cette aventure que du dehors.

J'étais triste en remontant dans ma chambre de penser que je n'avais pas été une seule fois revoir l'église de Combray[1] qui semblait m'attendre au milieu des verdures dans une fenêtre toute violacée. Je me disais : « Tant pis, ce sera pour une autre année, si je ne meurs pas d'ici là », ne voyant pas d'autre obstacle que ma mort et n'imaginant pas celle de l'église qui me semblait devoir durer longtemps après ma mort comme elle avait duré longtemps avant ma naissance.

Un jour pourtant je parlai à Gilberte d'Albertine et lui demandai si celle-ci aimait les femmes. « Oh ! pas du tout. — Mais vous disiez autrefois qu'elle avait mauvais genre. — J'ai dit cela, moi ? vous devez vous tromper. En tout cas si je l'ai dit, mais vous faites erreur, je parlais au contraire d'amourettes avec des jeunes gens. À cet âge là, du reste, cela n'allait d'ailleurs probablement pas bien loin. » Gilberte disait-elle cela pour me cacher qu'elle-même, selon ce qu'Albertine m'avait dit, aimait les femmes, et avait fait à Albertine des propositions ? Ou bien (car les autres sont souvent plus renseignés sur notre vie que nous ne croyons) savait-elle que j'avais aimé, que j'avais été jaloux d'Albertine et (les autres pouvant savoir plus de vérité sur nous que nous ne croyons, mais l'étendre aussi trop loin, et être dans l'erreur par des suppositions excessives, alors que nous les avions espérés dans l'erreur par l'absence de toute supposition) s'imaginait-elle que je l'étais encore et me mettait-elle sur les yeux, par bonté, ce bandeau qu'on a toujours tout prêt pour les jaloux ?

En tout cas, les paroles de Gilberte depuis « le mauvais genre » d'autrefois jusqu'au certificat de bonne vie et mœurs d'aujourd'hui suivaient une marche inverse des affirmations d'Albertine qui avait fini presque par avouer de demi-rapports avec Gilberte. Albertine m'avait étonné en cela, comme sur ce que m'avait dit Andrée, car pour toute cette petite bande j'avais d'abord cru avant de la connaître à sa perversité ; je m'étais rendu compte de mes fausses suppositions, comme il arrive si souvent quand on trouve une honnête fille et presque ignorante des réalités de l'amour dans le milieu qu'on avait cru à tort le plus dépravé. Puis j'avais refait le chemin en sens contraire, reprenant pour vraies mes suppositions du début. Mais peut-être Albertine avait-elle voulu me dire cela pour avoir l'air plus expérimentée qu'elle n'était et pour m'éblouir à Paris du prestige de sa perversité, comme la première fois à Balbec par celui de sa vertu. Et tout simplement quand je lui avais parlé des femmes qui aimaient les femmes, pour ne pas avoir l'air de ne pas savoir ce que c'était, comme dans une conversation on prend un air entendu si on parle de Fourier[1] ou de Tobolsk[2], encore qu'on ne sache pas ce que c'est. Elle avait peut-être vécu près de l'amie de Mlle Vinteuil et d'Andrée, séparée par une cloison étanche d'elles qui croyaient qu'elle « n'en était pas », ne s'était renseignée ensuite — comme une femme qui épouse un homme de lettres cherche à se cultiver — qu'afin de me complaire en se rendant capable de répondre à mes questions, jusqu'au jour où elle avait compris qu'elles étaient inspirées par la jalousie et où elle avait fait machine en arrière. À moins que ce fût Gilberte qui me mentît. L'idée même me vint que c'était pour avoir appris d'elle, au cours d'un flirt qu'il aurait conduit dans le sens qui l'intéressait, qu'elle ne détestait pas les femmes, que Robert l'avait épousée, espérant des plaisirs qu'il n'avait pas dû trouver chez lui puisqu'il les prenait ailleurs. Aucune de ces hypothèses n'était absurde, car chez des femmes comme la fille d'Odette ou les jeunes filles de la petite bande il y a une telle diversité, un tel cumul de goûts alternants si même ils ne sont pas simultanés, qu'elles passent aisément d'une liaison avec une femme à un grand amour pour un homme, si bien que définir le goût réel et dominant reste difficile.

Je ne voulus pas emprunter à Gilberte sa *Fille aux yeux d'or* puisqu'elle la lisait. Mais elle me prêta pour lire avant de m'endormir ce dernier soir que je passai chez elle un livre qui me produisit une impression assez vive et mêlée, qui d'ailleurs ne devait pas être durable. C'était un volume du journal inédit des Goncourt[1].

Et quand, avant d'éteindre ma bougie, je lus le passage que je transcris plus bas, mon absence de dispositions pour les lettres, pressentie jadis du côté de Guermantes[2], confirmée durant ce séjour dont c'était le dernier soir — ce soir des veilles de départ où l'engourdissement des habitudes qui vont finir cessant, on essaie de se juger — me parut quelque chose de moins regrettable, comme si la littérature ne révélait pas de vérité profonde ; et en même temps il me semblait triste que la littérature ne fût pas ce que j'avais cru. D'autre part, moins regrettable me paraissait l'état maladif qui allait me confiner dans une maison de santé, si les belles choses dont parlent les livres n'étaient pas plus belles que ce que j'avais vu. Mais par une contradiction bizarre, maintenant que ce livre en parlait j'avais envie de les voir. Voici les pages que je lus jusqu'à ce que la fatigue me fermât les yeux[3] :

« Avant-hier tombe[4] ici pour m'emmener dîner chez lui Verdurin, l'ancien critique de *La Revue*[5], l'auteur de ce livre sur Whistler[6] où vraiment le faire[7], le coloriage artiste de l'original Américain, est souvent rendu avec une grande délicatesse par l'amoureux de tous les raffinements, de toutes les *joliesses*[8] de la chose peinte qu'est Verdurin. Et tandis que je m'habille pour le suivre c'est de sa part, tout un récit où il y a par moments comme l'épellement[9] apeuré d'une confession sur le renoncement à écrire aussitôt après son mariage avec la "Madeleine" de Fromentin[10], renoncement qui serait dû à l'habitude de la morphine et aurait eu cet effet, au dire de Verdurin, que la plupart des habitués du salon de sa femme ne sauraient même pas que le mari a jamais écrit et lui parleraient de Charles Blanc[11], de Saint-Victor[12], de Sainte-Beuve[13], de Burty[14], comme d'individus auxquels ils le croient, lui, tout à fait inférieur. "Voyons, vous Goncourt, vous savez bien et Gautier le savait aussi que mes *Salons* étaient autre chose que ces piteux *Maîtres d'autrefois*[15] crus un chef-d'œuvre dans la famille de ma femme." Puis par un crépuscule où il y a près des tours du Trocadéro comme le dernier allumement d'une lueur qui en fait des tours

absolument pareilles aux tours enduites de gelée de
groseille des anciens pâtissiers[1], la causerie continue dans
la voiture qui doit nous conduire quai Conti où est leur
hôtel, que son possesseur prétend être l'ancien hôtel des
ambassadeurs de Venise[2] et où il y aurait un fumoir dont
Verdurin me parle comme d'une salle transportée telle
quelle, à la façon des *Mille et Une Nuits*[3], d'un célèbre
palazzo dont j'oublie le nom, *palazzo* à la margelle du puits
représentant un couronnement de la Vierge que Verdurin
soutient être absolument du plus beau Sansovino et qui
servirait, pour leurs invités, à jeter la cendre de leurs
cigares. Et ma foi, quand nous arrivons, dans le glauque
et le diffus[4] d'un clair de lune vraiment semblable à ceux
dont la peinture classique abrite Venise, et sur lequel la
coupole silhouettée de l'Institut fait penser à la Salute dans
les tableaux de Guardi, j'ai un peu l'illusion d'être au bord
du Grand Canal. Et l'illusion entretenue par la construction
de l'hôtel où du premier étage on ne voit pas le quai et
par le dire[5] évocateur du maître de maison affirmant que
le nom de la rue du Bac — du diable si j'y avais jamais
pensé — viendrait du bac sur lequel des religieuses
d'autrefois, les Miramiones[6], se rendaient aux offices de
Notre-Dame. Tout un quartier[7] où a flâné mon enfance
quand ma tante de Courmont[8] l'habitait et que je me
prends à *raimer*[9] en retrouvant, presque contiguë à l'hôtel
des Verdurin, l'enseigne du *Petit Dunkerque*[10], une des rares
boutiques survivant ailleurs que vignettées dans le
crayonnage et les frottis de Gabriel de Saint-Aubin[11] où
le XVIIIe siècle curieux venait asseoir ses moments
d'oisiveté pour le marchandage des jolités[12] françaises et
étrangères et "tout ce que les arts produisent de plus
nouveau" comme dit une facture de ce *Petit Dunkerque*,
facture dont nous sommes seuls, je crois, Verdurin et moi,
à posséder une épreuve et qui est bien un des volants
chefs-d'œuvre de papier ornementé sur lequel le règne
de Louis XV faisait ses comptes, avec son en-tête
représentant une mer toute vagueuse, chargée de vais-
seaux, une mer aux vagues ayant l'air d'une illustration
dans l'édition des Fermiers généraux, de "L'Huître et les
Plaideurs[13]". La maîtresse de la maison qui va me placer
à côté d'elle me dit aimablement avoir fleuri sa table rien
qu'avec des chrysanthèmes japonais mais des chrysanthèmes disposés en des vases qui seraient de rarissimes

chefs-d'œuvre, l'un entre autres, fait d'un bronze sur
lequel des pétales en cuivre rougeâtre sembleraient être
la vivante effeuillaison de la fleur[1]. Il y a là Cottard le
docteur, sa femme, le sculpteur polonais Viradobetski[2],
Swann le collectionneur, une grande dame russe, une
princesse au nom en of[3] qui m'échappe, et Cottard me
souffle à l'oreille que c'est elle qui aurait tiré à bout portant
sur l'archiduc Rodolphe[4] et d'après qui j'aurais en Galicie
et dans tout le nord de la Pologne une situation absolument
exceptionnelle, une jeune fille ne consentant jamais à
promettre sa main sans savoir si son fiancé est un
admirateur de *La Faustin*[5]. "Vous ne pouvez pas comprendre cela, vous autres Occidentaux", jette[6] en manière de
conclusion la princesse, qui me fait, ma foi, l'effet d'une
intelligence tout à fait supérieure, "cette pénétration par
un écrivain de l'intimité de la femme." Un homme au
menton et aux lèvres rasés, aux favoris de maître d'hôtel,
débitant sur un ton de condescendance des plaisanteries
de professeur de seconde qui fraye avec les premiers de
sa classe pour la Saint-Charlemagne, et c'est Brichot,
l'universitaire. À mon nom prononcé par Verdurin il n'a
pas une parole qui connaisse nos livres et c'est en moi un
découragement colère[7] éveillé par cette conspiration
qu'organise contre nous la Sorbonne, apportant jusque
dans l'aimable logis où je suis fêté la contradiction,
l'hostile, d'un silence voulu. Nous passons à table et c'est
alors un extraordinaire défilé d'assiettes qui sont tout
bonnement des chefs-d'œuvre de l'art du porcelainier,
celui dont, pendant un repas délicat, l'attention chatouillée
d'un amateur écoute le plus complaisamment le bavardage
artiste, — des assiettes des Yung Tsching[8] à la couleur
capucine de leurs rebords, au bleuâtre, à l'effeuillé turgide
de leurs iris d'eau, à la traversée, vraiment décoratoire,
par l'aurore d'un vol de martins-pêcheurs et de grues,
aurore ayant tout à fait ces tons matutinaux qu'entre-
regarde quotidiennement, boulevard Montmorency, mon
réveil — des assiettes de Saxe, plus mièvres dans le
gracieux de leur faire, à l'endormement, à l'anémie de
leurs roses tournées au violet, au déchiquetage lie-de-vin
d'une tulipe, au rococo d'un œillet ou d'un myosotis, —
des assiettes de Sèvres, engrillagées par le fin guillochis
de leurs cannelures blanches, verticillées d'or, ou que
noue, sur l'à-plat crémeux de la pâte, le galant relief d'un

ruban d'or[1], — enfin toute une argenterie où courent ces
myrtes de Luciennes que reconnaîtrait la Dubarry[2]. Et ce
qui est peut-être aussi rare, c'est la qualité vraiment tout
à fait remarquable des choses qui sont servies là-dedans[3],
un manger finement mijoté, tout un fricoté comme les
Parisiens, il faut le dire bien haut, n'en ont jamais dans
les plus grands dîners, et qui me rappelle certains cordons
bleus de Jean d'Heurs[4]. Même le foie gras n'a aucun
rapport avec la fade mousse qu'on sert habituellement sous
ce nom, et je ne sais pas beaucoup d'endroits où la simple
salade de pommes de terre est faite ainsi de pommes de
terre ayant la fermeté de boutons d'ivoire japonais, le
patiné de ces petites cuillers d'ivoire avec lesquelles les
Chinoises versent l'eau sur le poisson qu'elles viennent
de pêcher. Dans le verre de Venise que j'ai devant moi,
une riche bijouterie de rouges est mise par un extraordinaire léoville[5] acheté à la vente de M. de Montalivet
et c'est un amusement pour l'imagination de l'œil et aussi,
je ne crains pas de le dire, pour l'imagination de ce qu'on
appelait autrefois la gueule, de voir apporter une barbue
qui n'a rien des barbues pas fraîches qu'on sert sur les
tables les plus luxueuses et qui ont pris dans les retards
du voyage le modelage sur leur dos de leurs arêtes, une
barbue qu'on sert non avec la colle à pâte que préparent
sous le nom de sauce blanche tant de chefs de grande
maison, mais avec de la véritable sauce blanche faite avec
du beurre à cinq francs la livre, de voir apporter cette
barbue dans un merveilleux plat Tching-Hon[6] traversé par
les pourpres rayages d'un coucher de soleil sur une mer
où passe la navigation drolatique d'une bande de
langoustes, au pointillis grumeleux si extraordinairement
rendu qu'elles semblent avoir été moulées sur des
carapaces vivantes, plat dont le marli[7] est fait de la pêche
à la ligne par un petit Chinois d'un poisson qui est un
enchantement de nacreuse couleur par l'argentement azuré
de son ventre. Comme je dis à Verdurin le délicat plaisir
que ce doit être pour lui que cette raffinée mangeaille dans
cette collection comme aucun prince n'en possède pas à
l'heure actuelle derrière ses vitrines : "On voit bien que
vous ne le connaissez pas", me jette mélancolieusement[8]
la maîtresse de maison. Et elle me parle de son mari comme
d'un original maniaque, indifférent à toutes ces jolités, "un
maniaque, répète-t-elle, oui, absolument cela", d'un

maniaque qui aurait plutôt l'appétit d'une bouteille de
cidre, bue dans la fraîcheur un peu encanaillée d'une ferme
normande. Et la charmante femme à la parole vraiment
amoureuse des colorations d'une contrée nous parle avec
un enthousiasme débordant de cette Normandie qu'ils ont
habitée[1], une Normandie qui serait un immense parc
anglais, à la fragrance[2] de ses hautes futaies à la Lawrence,
au velours cryptomeria[3] dans leur bordure porcelainée
d'hortensias roses de ses pelouses naturelles, au chiffon-
nage de roses soufre dont la retombée sur une porte de
paysans, où l'incrustation de deux poiriers enlacés simule
une enseigne tout à fait ornementale, fait penser à la libre
retombée d'une branche fleurie dans le bronze d'une
applique de Gouthière[4], une Normandie qui serait
absolument insoupçonnée des Parisiens en vacances et que
protège la barrière de chacun de ses *clos*, barrières que
les Verdurin me confessent ne s'être pas fait faute de lever
toutes. À la fin du jour, dans un éteignement sommeilleux
de toutes les couleurs où la lumière ne serait plus donnée
que par une mer presque caillée ayant le bleuâtre du petit
lait ("Mais non, rien de la mer que vous connaissez",
proteste frénétiquement ma voisine, en réponse à mon dire
que Flaubert nous avait menés, mon frère et moi, à
Trouville, "rien absolument, rien, il faudra venir avec moi,
sans cela vous ne saurez jamais") ils rentraient, à travers
les vraies forêts en fleurs de tulle rose que faisaient les
rhododendrons, tout à fait grisés par l'odeur des sardine-
ries qui donnaient au mari d'abominables crises d'asthme
— "oui, insiste-t-elle, c'est cela, de vraies crises d'asthme".
Là-dessus, l'été suivant, ils revenaient, logeant toute une
colonie d'artistes dans une admirable habitation moyena-
geuse que leur faisait un ancien cloître loué par eux, pour
rien. Et ma foi, en entendant cette femme qui, en passant
par tant de milieux vraiment distingués, a gardé pourtant
dans sa parole un peu de la verdeur de la parole d'une
femme du peuple, une parole qui vous montre les choses
avec la couleur que votre imagination y voit, l'eau me vient
à la bouche de la vie qu'elle me confesse[5] avoir menée
là-bas, chacun travaillant dans sa cellule, et où, dans le salon
si vaste qu'il possédait deux cheminées, tout le monde
venait avant déjeuner pour des causeries tout à fait
supérieures, mêlées de petits jeux, me faisant penser à celle
qu'évoque ce chef-d'œuvre de Diderot, les *Lettres à*

Mademoiselle Volland[1]. Puis, après le déjeuner, tout le
monde sortait, même les jours de grains, dans le coup de
soleil, le rayonnement d'une ondée, d'une ondée lignant
de son filtrage lumineux les nodosités d'un magnifique
départ de hêtres centenaires qui mettaient devant la grille
le *beau*[2] végétal affectionné par le XVIIIe siècle, et d'arbustes
ayant pour boutons fleurissants dans la suspension de leurs
rameaux des gouttes de pluie. On s'arrêtait pour écouter
le délicat barbotis, enamouré de fraîcheur, d'un bouvreuil
se baignant dans la mignonne baignoire minuscule de
Nymphenbourg[3] qu'est la corolle d'une rose blanche. Et
comme je parle à Mme Verdurin des paysages et des fleurs
de là-bas délicatement pastellisés par Elstir : "Mais c'est
moi qui lui ai fait connaître tout cela", jette-t-elle avec un
redressement colère de la tête, "tout, vous entendez bien,
tout, les coins curieux, tous les motifs, je le lui ai jeté à
la face quand il nous a quittés, n'est-ce pas, Auguste[4] ? tous
les motifs qu'il a peints. Les objets, il les a toujours connus,
cela il faut être juste, il faut le reconnaître. Mais les fleurs,
il n'en avait jamais vu, il ne savait pas distinguer un althæa
d'une passe-rose. C'est moi qui lui ai appris à reconnaître,
vous n'allez pas me croire, à reconnaître le jasmin." Et il
faut avouer qu'il y a quelque chose de curieux à penser
que le peintre des fleurs que les amateurs d'art nous citent
aujourd'hui comme le premier, comme supérieur même
à Fantin-Latour, n'aurait peut-être jamais, sans la femme
qui est là, su peindre un jasmin. "Oui, ma parole, le jasmin ;
toutes les roses qu'il a faites, c'est chez moi, ou bien c'est
moi qui les lui apportais. On ne l'appelait chez nous que
monsieur Tiche[5] ; demandez à Cottard, à Brichot, à tous
les autres, si on le traitait ici en grand homme. Lui-même
en aurait ri. Je lui apprenais à disposer ses fleurs, au
commencement il ne pouvait pas en venir à bout. Il n'a
jamais su faire un bouquet. Il n'avait pas de goût naturel
pour choisir, il fallait que je lui dise : 'Non, ne peignez
pas cela, cela n'en vaut pas la peine, peignez ceci.' Ah !
s'il nous avait écoutés aussi pour l'arrangement de sa vie
comme pour l'arrangement de ses fleurs, et s'il n'avait pas
fait ce sale mariage[6] !" Et brusquement, les yeux enfiévrés
par l'absorption d'une rêverie tournée vers le passé,
avec le nerveux taquinage, dans l'allongement menia-
que de ses phalanges, du floche des manches de son cor-
sage, c'est, dans le contournement[7] de sa pose endolorie,

comme un admirable tableau qui n'a je crois jamais été
peint, et où se liraient toute la révolte contenue, toutes
les susceptibilités rageuses d'une amie outragée dans les
délicatesses, dans la pudeur de la femme. Là-dessus elle
nous parle de l'admirable portrait[1] qu'Elstir a fait pour elle,
le portrait de la famille Cottard, portrait donné par elle
au Luxembourg au moment de sa brouille avec le peintre,
confessant que c'est elle qui a donné au peintre l'idée
d'avoir fait l'homme en habit pour obtenir tout ce beau
bouillonnement du linge, et qui a choisi la robe de velours
de la femme, robe faisant un appui au milieu de tout le
papillotage des nuances claires des tapis, des fleurs, des
fruits, des robes de gaze des fillettes pareilles à des tutus
de danseuses. Ce serait elle aussi qui aurait donné l'idée
de ce coiffage, idée dont on a fait ensuite honneur à
l'artiste, idée qui consistait en somme à peindre la femme
non pas en représentation mais surprise dans l'intime de
sa vie de tous les jours. "Je lui disais : 'Mais dans la femme
qui se coiffe, qui s'essuie la figure, qui se chauffe les pieds,
quand elle ne croit pas être vue, il y a un tas de mouvements intéressants[2], des mouvements d'une grâce tout
à fait léonardesque !'".

« Mais sur un signe de Verdurin, indiquant le réveil
de ces indignations comme malsain pour la grande
nerveuse que serait au fond sa femme, Swann me fait
admirer le collier de perles noires porté par la maîtresse
de la maison et acheté par elle, toutes blanches, à la vente
d'un descendant de Mme de La Fayette à qui elles auraient
été données par Henriette d'Angleterre, perles devenues
noires à la suite d'un incendie qui détruisit une partie de
la maison que les Verdurin habitaient dans une rue dont
je ne me rappelle plus le nom, incendie après lequel fut
retrouvé le coffret où étaient ces perles, mais devenues
entièrement noires[3]. "Et je connais leur portrait, de ces
perles, aux épaules mêmes de Mme de La Fayette, oui,
parfaitement, leur portrait", insiste Swann devant les
exclamations des convives un brin ébahis, "leur portrait
authentique, dans la collection du duc de Guermantes."
Une collection qui n'a pas son égale au monde, proclame
Swann, et que je devrais aller voir, une collection héritée
par le célèbre duc, qui était son neveu préféré, de Mme de
Beausergent, sa tante, de Mme de Beausergent depuis
Mme d'Hatzfeldt, la sœur de la marquise de Villeparisis[4]

et de la princesse d'Hanovre, où mon frère et moi nous l'avons tant aimé autrefois sous les traits du charmant bambin appelé Basin, qui est bien en effet le prénom du duc. Là-dessus, le docteur Cottard avec une finesse qui décèle chez lui l'homme tout à fait distingué ressaute à l'histoire des perles et nous apprend que des catastrophes de ce genre produisent dans le cerveau des gens des altérations tout à fait pareilles à celles qu'on remarque dans la matière inanimée, et cite d'une façon vraiment plus philosophique que ne feraient bien des médecins le propre valet de chambre de Mme Verdurin, qui dans l'épouvante de cet incendie où il avait failli périr, était devenu un autre homme, ayant une écriture tellement changée qu'à la première lettre que ses maîtres alors en Normandie reçurent de lui leur annonçant l'événement, ils crurent à la mystification d'un farceur. Et pas seulement une autre écriture, selon Cottard, qui prétend que de sobre cet homme était devenu si abominablement pochard que Mme Verdurin avait été obligée de le renvoyer. Et la suggestive dissertation passe, sur un signe gracieux de la maîtresse de maison, de la salle à manger au fumoir vénitien dans lequel Cottard nous dit avoir assisté à de véritables dédoublements de la personnalité, nous citant ce cas d'un de ses malades qu'il s'offre aimablement à m'amener chez moi et à qui il suffirait qu'il touche les tempes pour l'éveiller à une seconde vie, vie pendant laquelle il ne se rappellerait rien de la première, si bien que très honnête homme dans celle-là, il y aurait été plusieurs fois arrêté pour des vols commis dans l'autre où il serait tout simplement un abominable gredin. Sur quoi Mme Verdurin remarque finement que la médecine pourrait fournir des sujets plus vrais à un théâtre où la cocasserie de l'imbroglio reposerait sur des méprises pathologiques[1], ce qui, de fil en aiguille, amène Mme Cottard à narrer qu'une donnée toute semblable a été mise en œuvre par un conteur qui est le favori des soirées de ses enfants, l'Écossais Stevenson[2], un nom qui met dans la bouche de Swann cette affirmation péremptoire : "Mais c'est tout à fait un grand écrivain, Stevenson, je vous assure, monsieur de Goncourt, un très grand, l'égal des plus grands." Et comme, sur mon émerveillement des plafonds à caissons écussonnés provenant de l'ancien palazzo Barberini[3], de la salle où nous fumons, je laisse percer mon regret du noircissement progressif d'une certaine vasque par la cendre de nos "londrès", Swann, ayant raconté que des taches pareilles attestent sur les livres ayant appartenu à Napoléon Ier, livres possédés, malgré ses opinions antibonapartistes, par le duc de Guermantes, que l'empereur chiquait, Cottard, qui se révèle un curieux vraiment pénétrant[1] en toutes choses, déclare que ces taches ne viennent pas du tout de cela — "mais là, pas du tout", insiste-t-il avec autorité — mais de l'habitude qu'il avait d'avoir toujours dans la main, même sur les champs de bataille, des pastilles de réglisse, pour calmer ses douleurs de foie. "Car il avait une maladie de foie et c'est de cela qu'il est mort", conclut le docteur. »

Je m'arrêtai là, car je partais le lendemain ; et d'ailleurs, c'était l'heure où me réclamait l'autre maître au service de qui nous sommes chaque jour, pour une moitié de notre temps. La tâche à laquelle il nous astreint, nous l'accomplissons les yeux fermés. Tous les matins il nous rend à notre autre maître, sachant que sans cela nous nous livrerions mal à la sienne. Curieux, quand notre esprit a rouvert ses yeux, de savoir ce que nous avons bien pu faire chez le maître qui étend ses esclaves avant de les mettre à une besogne précipitée, les plus malins, à peine la tâche finie, tâchent de subrepticement regarder. Mais le sommeil lutte avec eux de vitesse pour faire disparaître les traces de ce qu'ils voudraient voir. Et depuis tant de siècles nous ne savons pas grand-chose là-dessus[2].

Je fermai donc le journal des Goncourt. Prestige de la littérature ! J'aurais voulu revoir les Cottard, leur demander tant de détails sur Elstir, aller voir la boutique du *Petit Dunkerque* si elle existait encore, demander la permission de visiter cet hôtel des Verdurin où j'avais dîné. Mais j'éprouvais un vague trouble. Certes, je ne m'étais jamais dissimulé que je ne savais pas écouter ni, dès que je n'étais plus seul, regarder. Une vieille femme ne montrait à mes yeux aucune espèce de collier de perles et ce qu'on en disait n'entrait pas dans mes oreilles. Tout de même, ces êtres-là je les avais connus dans la vie quotidienne, j'avais souvent dîné avec eux, c'était les Verdurin, c'était le duc de Guermantes, c'était les Cottard, chacun d'eux m'avait paru aussi commun qu'à ma grand-mère ce Basin dont elle ne se doutait guère qu'il était le neveu chéri, le jeune héros

délicieux, de Mme de Beausergent, chacun d'eux m'avait
semblé insipide ; je me rappelais les vulgarités sans nombre
dont chacun était composé...

Et que tout cela fasse un astre dans la nuit[1] *!*

Je résolus de laisser provisoirement de côté les
objections qu'avaient pu faire naître en moi contre la
littérature les pages de Goncourt lues la veille de mon
départ de Tansonville. Même en mettant de côté l'indice
individuel de naïveté qui est frappant chez ce mémorialiste, je pouvais d'ailleurs me rassurer à divers points
de vue. D'abord en ce qui me concernait personnellement,
mon incapacité de regarder et d'écouter, que le journal
cité avait si péniblement illustrée pour moi, n'était
pourtant pas totale. Il y avait en moi un personnage qui
savait plus ou moins bien regarder, mais c'était un
personnage intermittent, ne reprenant vie que quand se
manifestait quelque essence générale, commune à plusieurs choses, qui faisait sa nourriture et sa joie. Alors le
personnage regardait et écoutait, mais à une certaine
profondeur seulement, de sorte que l'observation n'en
profitait pas. Comme un géomètre[2] qui dépouillant les
choses de leurs qualités sensibles ne voit que leur
substratum linéaire, ce que racontaient les gens m'échappait, car ce qui m'intéressait, c'était non ce qu'ils voulaient dire mais la manière dont ils le disaient, en tant
qu'elle était révélatrice de leur caractère ou de leurs
ridicules ; ou plutôt c'était un objet qui avait toujours
été plus particulièrement le but de ma recherche parce
qu'il me donnait un plaisir spécifique, le point qui était
commun à un être et à un autre. Ce n'était que quand
je l'apercevais que mon esprit — jusque-là sommeillant,
même derrière l'activité apparente de ma conversation
dont l'animation masquait pour les autres un total
engourdissement spirituel — se mettait tout à coup
joyeusement en chasse, mais ce qu'il poursuivait alors —
par exemple l'identité du salon Verdurin dans divers lieux
et divers temps — était situé à mi-profondeur, au-delà de
l'apparence elle-même, dans une zone un peu plus en
retrait. Aussi le charme apparent, copiable, des êtres
m'échappait parce que je n'avais pas la faculté de m'arrêter
à lui, comme un chirurgien qui, sous le poli d'un ventre

de femme, verrait le mal interne qui le ronge. J'avais beau dîner en ville, je ne voyais pas les convives, parce que, quand je croyais les regarder, je les radiographiais.

Il en résultait qu'en réunissant toutes les remarques que j'avais pu faire dans un dîner sur les convives, le dessin des lignes tracées par moi figurait un ensemble de lois psychologiques où l'intérêt propre qu'avait eu dans ses discours le convive ne tenait presque aucune place. Mais cela enlevait-il tout mérite à mes portraits puisque je ne les donnais pas pour tels ? Si l'un, dans le domaine de la peinture, met en évidence certaines vérités relatives au volume, à la lumière, au mouvement, cela fait-il qu'il soit nécessairement inférieur à tel portrait ne lui ressemblant aucunement de la même personne, dans lequel mille détails qui sont omis dans le premier seront minutieusement relatés — deuxième portrait d'où l'on pourra conclure que le modèle était ravissant tandis qu'on l'eût cru laid dans le premier, ce qui peut avoir une importance documentaire et même historique, mais n'est pas nécessairement une vérité d'art.

Puis ma frivolité dès que je n'étais pas seul me faisait désireux de plaire, plus désireux d'amuser en bavardant que de m'instruire en écoutant, à moins que je ne fusse allé dans le monde pour interroger sur quelque point d'art, ou quelque soupçon jaloux qui m'avait occupé l'esprit avant. Mais j'étais incapable de voir ce dont le désir n'avait pas été éveillé en moi par quelque lecture, ce dont je n'avais pas d'avance dessiné moi-même le croquis que je désirais ensuite confronter avec la réalité. Que de fois, je le savais bien même si cette page de Goncourt ne me l'eût appris, je suis resté incapable d'accorder mon attention à des choses ou à des gens qu'ensuite, une fois que leur image m'avait été présentée dans la solitude par un artiste, j'aurais fait des lieues, risqué la mort pour retrouver ! Alors mon imagination était partie, avait commencé à peindre. Et ce devant quoi j'avais bâillé l'année d'avant, je me disais avec angoisse, le contemplant d'avance, le désirant : « Sera-t-il vraiment impossible de le voir ? Que ne donnerais-je pas pour cela ! »

Quand on lit des articles sur des gens, même simplement des gens du monde, qualifiés de « derniers représentants d'une société dont il n'existe plus aucun témoin », sans doute on peut s'écrier : « Dire que c'est d'un être si

insignifiant qu'on parle avec tant d'abondance et d'éloges !
c'est cela que j'aurais déploré de ne pas avoir connu, si
je n'avais fait que lire les journaux et les revues et si je
n'avais pas vu l'homme ! » Mais j'étais plutôt tenté en
lisant de telles pages dans les journaux de penser : « Quel
malheur que — alors que j'étais seulement préoccupé de
retrouver Gilberte ou Albertine — je n'aie pas fait plus
attention à ce monsieur ! Je l'avais pris pour un raseur du
monde, pour un simple figurant, c'était une *figure* ! »

Cette disposition-là, les pages de Goncourt que je lus
me la firent regretter. Car peut-être j'aurais pu conclure
d'elles que la vie apprend à rabaisser le prix de la lecture,
et nous montre que ce que l'écrivain nous vante ne valait
pas grand-chose ; mais je pouvais tout aussi bien en
conclure que la lecture au contraire nous apprend à relever
la valeur de la vie, valeur que nous n'avons pas su apprécier
et dont nous nous rendons compte seulement par le livre
combien elle était grande. À la rigueur, nous pouvons nous
consoler de nous être peu plu dans la société d'un Vinteuil,
d'un Bergotte. Le bourgeoisisme pudibond de l'un, les
défauts insupportables de l'autre, même la prétentieuse
vulgarité d'un Elstir à ses débuts (puisque le *Journal* des
Goncourt m'avait fait découvrir qu'il n'était autre que le
« monsieur Tiche » qui avait tenu jadis de si exaspérants
discours à Swann, chez les Verdurin) ne prouvent rien
contre eux, puisque leur génie est manifesté par leurs
œuvres. Pour eux, que ce soit les mémoires, ou nous, qui
aient tort quand ils donnent du charme à leur société qui
nous a déplu, est un problème de peu d'importance,
puisque, même si c'était l'écrivain de mémoires qui avait
tort, cela ne prouverait rien contre la valeur de la vie qui
produit de tels génies. (Mais quel est l'homme de génie
qui n'a pas adopté les irritantes façons de parler des artistes
de sa bande, avant d'arriver, comme c'était venu pour
Elstir et comme cela arrive rarement, à un bon goût
supérieur ? Les lettres de Balzac, par exemple, ne sont-elles
pas semées de tours vulgaires que Swann eût souffert mille
morts d'employer ? Et cependant il est probable que
Swann, si fin, si purgé de tout ridicule haïssable, eût été
incapable d'écrire *La Cousine Bette* et *Le Curé de Tours*[1].)

Tout à l'autre extrémité de l'expérience, quand je
voyais que les plus curieuses anecdotes, qui font la matière
inépuisable, divertissement des soirées solitaires pour le

lecteur, du *Journal* de Goncourt, lui avaient été contées
par ces convives que nous eussions à travers ses pages envié
de connaître, et qui ne m'avaient pas laissé à moi trace
d'un souvenir intéressant, cela n'était pas trop inexplicable
encore. Malgré la naïveté de Goncourt, qui concluait de
l'intérêt de ces anecdotes à la distinction probable de
l'homme qui les contait, il pouvait très bien se faire que
des hommes médiocres eussent vu dans leur vie, ou
entendu raconter, des choses curieuses et les contassent
à leur tour. Goncourt savait écouter, comme il savait voir ;
je ne le savais pas.

D'ailleurs tous ces faits auraient eu besoin d'être jugés
un à un. M. de Guermantes ne m'avait certes pas donné
l'impression de cet adorable modèle des grâces juvéniles
que ma grand-mère eût tant voulu connaître et me
proposait comme modèle inimitable d'après les mémoires
de Mme de Beausergent. Mais il faut songer que Basin
avait alors sept ans, que l'écrivain était sa tante et que
même les maris qui doivent divorcer quelques mois après
vous font un grand éloge de leur femme. Une des plus
jolies poésies de Sainte-Beuve[1] est consacrée à l'apparition
devant une fontaine d'une jeune enfant couronnée de
tous les dons et de toutes les grâces, la jeune Mlle de
Champlâtreux, qui ne devait pas avoir alors dix ans.
Malgré toute la tendre vénération que le poète de génie
qu'est la comtesse de Noailles portait à sa belle-mère, la
duchesse de Noailles née Champlâtreux, il est possible,
si elle avait eu à en faire le portrait, que celui-ci eût
contrasté assez vivement avec celui que Sainte-Beuve en
traçait cinquante ans plus tôt.

Ce qui eût peut-être été plus troublant, c'était l'entre-
deux, c'était ces gens desquels ce qu'on dit implique, chez
eux, plus que la mémoire qui a su retenir une anecdote
curieuse, sans que pourtant on ait, comme pour les
Vinteuil, les Bergotte, le recours de les juger sur leur
œuvre, car ils n'en ont pas créé : ils en ont seulement — à
notre grand étonnement à nous qui les trouvions si
médiocres — inspiré. Passe encore que le salon qui, dans
les musées, donnera la plus grande impression d'élégance
depuis les grandes peintures de la Renaissance, soit celui
de la petite bourgeoise ridicule que j'eusse, si je ne l'avais
pas connue, rêvé devant le tableau de pouvoir approcher
dans la réalité, espérant apprendre d'elle les secrets les

plus précieux de l'art du peintre, que sa toile ne me donnait
pas, et de qui la pompeuse traîne de velours et de dentelles
eſt un morceau de peinture comparable aux plus beaux
de Titien. Si j'avais compris jadis que ce n'eſt pas le plus
spirituel, le plus inſtruit, le mieux relationné des hommes,
mais celui qui sait devenir miroir et peut refléter ainsi sa
vie, fût-elle médiocre, qui devient un Bergotte (les
contemporains le tinssent-ils pour moins homme d'esprit
que Swann et moins savant que Bréauté), on pouvait à
plus forte raison en dire autant des modèles de l'artiſte.
Dans l'éveil de l'amour de la beauté, chez l'artiſte qui peut
tout peindre, l'élégance où il pourra trouver de si beaux
motifs, le modèle lui en sera fourni par des gens un peu
plus riches que lui chez qui il trouvera ce qu'il n'a pas
d'habitude dans son atelier d'homme de génie méconnu
qui vend ses toiles cinquante francs : un salon avec des
meubles recouverts de vieille soie, beaucoup de lampes,
de belles fleurs, de beaux fruits, de belles robes — gens
modeſtes relativement ou qui le paraîtraient à des gens
vraiment brillants (qui ne connaissent même pas leur
existence), mais qui à cause de cela sont plus à portée de
connaître l'artiſte obscur, de l'apprécier, de l'inviter, de
lui acheter ses toiles, que les gens de l'ariſtocratie qui se
font peindre comme le pape et les chefs d'État par les
peintres académiciens. La poésie d'un élégant foyer et de
belles toilettes de notre temps[1] ne se trouvera-t-elle pas
plutôt pour la poſtérité dans le salon de l'éditeur
Charpentier par Renoir[2] que dans le portrait de la princesse
de Sagan ou de la comtesse de La Rochefoucauld par Cot[3]
ou Chaplin[4] ? Les artiſtes qui nous ont donné les plus
grandes visions d'élégance en ont recueilli les éléments
chez des gens qui étaient rarement les grands élégants de
leur époque, lesquels se font rarement peindre par
l'inconnu porteur d'une beauté qu'ils ne peuvent pas
diſtinguer sur ses toiles, dissimulée qu'elle eſt par
l'interposition d'un poncif de grâce surannée qui flotte
dans l'œil du public comme ces visions subjectives que
le malade croit effectivement posées devant lui. Mais que
ces modèles médiocres que j'avais connus eussent en outre
inspiré, conseillé certains arrangements qui m'avaient
enchanté, que la présence de tel d'entre eux dans les
tableaux fût plus que celle d'un modèle, mais d'un ami
qu'on veut faire figurer dans ses toiles, c'était à se

demander si tous les gens que nous regrettons de ne pas avoir connus parce que Balzac les peignait dans ses livres ou les leur dédiait en hommage d'admiration, sur lesquels Sainte-Beuve ou Baudelaire firent leurs plus jolis vers, à plus forte raison si toutes les Récamier, toutes les Pompadour ne m'eussent pas paru d'insignifiantes personnes, soit par une infirmité de ma nature, ce qui me faisait alors enrager d'être malade et de ne pouvoir retourner voir tous les gens que j'avais méconnus, soit qu'elles ne dussent leur prestige qu'à une magie illusoire de la littérature, ce qui forçait à changer de dictionnaire pour lire, et me consolait de devoir d'un jour à l'autre, à cause des progrès que faisait mon état maladif, rompre avec la société, renoncer au voyage, aux musées, pour aller me soigner dans une maison de santé[1]. Peut-être pourtant ce côté mensonger, ce faux-jour n'existe-t-il dans les mémoires que quand ils sont trop récents, quand les réputations s'anéantissent si vite, aussi bien intellectuelles que mondaines (car si l'érudition essaye ensuite de réagir contre cet ensevelissement, parvient-elle à détruire un sur mille de ces oublis qui vont s'entassant ?)

*

Ces idées tendant, les unes à diminuer, les autres à accroître mon regret de ne pas avoir de dons pour la littérature, ne se présentèrent jamais à ma pensée pendant les longues années, où d'ailleurs j'avais tout à fait renoncé au projet d'écrire, et que je passai à me soigner, loin de Paris dans une maison de santé, jusqu'à ce que celle-ci ne pût plus trouver de personnel médical, au commencement de 1916. Je rentrai alors dans un Paris bien différent de celui où j'étais déjà revenu une première fois, comme on le verra tout à l'heure, en août 1914, pour subir une visite médicale[2], après quoi j'avais rejoint ma maison de santé. Un des premiers soirs de mon nouveau retour en 1916, ayant envie d'entendre parler de la seule chose qui m'intéressait alors, la guerre, je sortis après le dîner pour aller voir Mme Verdurin, car elle était avec Mme Bontemps, une des reines de ce Paris de la guerre qui faisait penser au Directoire[3]. Comme par l'ensemencement d'une petite quantité de levure, en apparence de génération spontanée, des jeunes femmes allaient tout le jour coiffées de hauts turbans cylindriques comme aurait pu l'être une contemporaine de Mme Tallien, par civisme, ayant des tuniques égyptiennes droites, sombres, très « guerre », sur des jupes très courtes ; elles chaussaient des lanières rappelant le cothurne selon Talma, ou de hautes guêtres rappelant celles de nos chers combattants ; c'est, disaient-elles, parce qu'elles n'oubliaient pas qu'elles devaient réjouir les yeux de ces combattants, qu'elles se paraient encore, non seulement de toilettes « floues », mais encore de bijoux évoquant les armées par leur thème décoratif, si même leur matière ne venait pas des armées, n'avait pas été travaillée aux armées ; au lieu d'ornements égyptiens rappelant la campagne d'Égypte, c'était des bagues ou des bracelets faits avec des fragments d'obus ou des ceintures de 75, des allume-cigarettes composés de deux sous anglais auxquels un militaire était arrivé à donner, dans sa cagna, une patine si belle que le profil de la reine Victoria y avait l'air tracé par Pisanello[1]. C'est encore parce qu'elles y pensaient sans cesse, disaient-elles, qu'elles en portaient, quand l'un des leurs tombait, à peine le deuil, sous le prétexte qu'il était « mêlé de fierté », ce qui permettait un bonnet de crêpe anglais blanc (du plus gracieux effet et « autorisant tous les espoirs », dans l'invincible certitude du triomphe définitif), de remplacer le cachemire d'autrefois par le satin et la mousseline de soie, et même de garder ses perles, « tout en observant le tact et la correction qu'il est inutile de rappeler à des Françaises ».

Le Louvre, tous les musées étaient fermés, et quand on lisait en tête d'un article de journal : « Une exposition sensationnelle », on pouvait être sûr qu'il s'agissait d'une exposition non de tableaux, mais de robes, de robes destinées d'ailleurs à « ces délicates joies d'art dont les Parisiennes étaient depuis trop longtemps sevrées ». C'est ainsi que l'élégance et le plaisir avaient repris ; l'élégance, à défaut des arts, cherchant à s'excuser comme ceux-ci en 1793, année où les artistes exposant au Salon révolutionnaire proclamaient qu'il paraîtrait à tort « étrange à d'austères républicains que nous nous occupions des arts quand l'Europe coalisée assiège le territoire de la liberté[2] ». Ainsi faisaient en 1916 les couturiers qui d'ailleurs, avec une orgueilleuse conscience d'artistes, avouaient que

« chercher du nouveau, s'écarter de la banalité, affirmer une personnalité, préparer la victoire, dégager pour les générations d'après la guerre une formule nouvelle du beau, telle était l'ambition qui les tourmentait, la chimère qu'ils poursuivaient, ainsi qu'on pouvait s'en rendre compte en venant visiter leurs salons délicieusement installés rue de la..., où effacer par une note lumineuse et gaie les lourdes tristesses de l'heure, semble être le mot d'ordre, avec la discrétion toutefois qu'imposent les circonstances ».

« Les tristesses de l'heure », il est vrai, « pourraient avoir raison des énergies féminines si nous n'avions tant de hauts exemples de courage et d'endurance à méditer. Aussi, en pensant à nos combattants qui au fond de leur tranchée rêvent de plus de confort et de coquetterie pour la chère absente laissée au foyer, ne cesserons-nous pas d'apporter toujours plus de recherche dans la création de robes répondant aux nécessités du moment. La vogue », cela se conçoit, « est surtout aux maisons anglaises[1], donc alliées, et on raffole cette année de la robe-tonneau dont le joli abandon nous donne à toutes un amusant petit cachet de rare distinction. Ce sera même une des plus heureuses conséquences de cette triste guerre, ajoutait le charmant chroniqueur, que » (on attendait : « la reprise des provinces perdues, le réveil du sentiment national ») « ce sera même une des plus heureuses conséquences de cette guerre que d'avoir obtenu de jolis résultats en fait de toilette, sans luxe inconsidéré et de mauvais aloi, avec très peu de chose, d'avoir créé de la coquetterie avec des riens. À la robe du grand couturier éditée à plusieurs exemplaires, on préfère en ce moment les robes faites chez soi, parce qu'affirmant l'esprit, le goût et les tendances individuelles de chacun[2]. »

Quant à la charité, en pensant à toutes les misères nées de l'invasion, à tant de mutilés, il était bien naturel qu'elle fût obligée de se faire « plus ingénieuse encore », ce qui obligeait à passer la fin de l'après-midi dans les « thés » autour d'une table de bridge en commentant les nouvelles du « front », tandis qu'à la porte les attendaient leurs automobiles ayant sur le siège un beau militaire qui bavardait avec le chasseur, les dames à haut turban[3]. Ce n'était pas du reste seulement les coiffures surmontant les visages de leur étrange cylindre qui étaient nouvelles. Les

visages l'étaient aussi. Ces dames à nouveaux chapeaux
étaient des jeunes femmes venues on ne savait trop d'où
et qui étaient la fleur de l'élégance, les unes depuis six
mois, les autres depuis deux ans, les autres depuis quatre.
Ces différences avaient d'ailleurs pour elles autant d'importance qu'au temps où j'avais débuté dans le monde en
avaient entre deux familles comme les Guermantes et les
La Rochefoucauld trois ou quatre siècles d'ancienneté
prouvée. La dame qui connaissait les Guermantes depuis
1914 regardait comme une parvenue celle qu'on présentait
chez eux en 1916, lui faisait un bonjour de douairière, la
dévisageait de son face-à-main et avouait dans une moue
qu'on ne savait même pas au juste si cette dame était ou
non mariée. « Tout cela est assez nauséabond », concluait
la dame de 1914 qui eût voulu que le cycle des nouvelles
admissions s'arrêtât après elle. Ces personnes nouvelles,
que les jeunes gens trouvaient fort anciennes, et que
d'ailleurs certains vieillards qui n'avaient pas été que dans
le grand monde croyaient bien reconnaître pour ne pas
être si nouvelles que cela, n'offraient pas seulement à la
société les divertissements de conversation politique et de
musique dans l'intimité qui lui convenaient ; il fallait
encore que ce fussent elles qui les offrissent, car pour que
les choses paraissent nouvelles, même si elles sont
anciennes, et même si elles sont nouvelles, il faut en art,
comme en médecine, comme en mondanité, des noms
nouveaux. (Ils étaient d'ailleurs nouveaux en certaines
choses. Ainsi Mme Verdurin était allée à Venise pendant
la guerre, mais, comme ces gens qui veulent éviter de
parler chagrin et sentiment, quand elle disait que c'était
épatant, ce qu'elle admirait ce n'était ni Venise, ni
Saint-Marc, ni les palais, tout ce qui m'avait tant plu et
dont elle faisait bon marché, mais l'effet des projecteurs
dans le ciel, projecteurs sur lesquels elle donnait des
renseignements appuyés de chiffres[1]. Ainsi d'âge en âge
renaît un certain réalisme en réaction contre l'art admiré
jusque-là.)

Le salon Saint-Euverte était une étiquette défraîchie
sous laquelle la présence des plus grands artistes, des
ministres les plus influents, n'eût attiré personne. On
courait au contraire pour écouter un mot prononcé par
le secrétaire des uns, ou le sous-chef de cabinet des autres,
chez les nouvelles dames à turban dont l'invasion ailée

et jacassante emplissait Paris. Les dames du premier Directoire avaient une reine qui était jeune et belle et s'appelait Madame Tallien[1]. Celles du second en avaient deux qui étaient vieilles et laides et s'appelaient Mme Verdurin et Mme Bontemps. Qui eût pu tenir rigueur à Mme Bontemps que son mari eût joué un rôle, âprement critiqué par *L'Écho de Paris*, dans l'affaire Dreyfus[2] ? Toute la Chambre étant à un certain moment devenue révisionniste, c'était forcément parmi d'anciens révisionnistes, comme parmi d'anciens socialistes, qu'on avait été obligé de recruter le parti de l'ordre social, de la tolérance religieuse, de la préparation militaire. On aurait détesté autrefois M. Bontemps parce que les antipatriotes avaient alors le nom de dreyfusards. Mais bientôt ce nom avait été oublié et remplacé par celui d'adversaire de la loi de trois ans[3]. M. Bontemps était au contraire un des auteurs de cette loi, c'était donc un patriote.

Dans le monde (et ce phénomène social n'est d'ailleurs qu'une application d'une loi psychologique bien plus générale) les nouveautés, coupables ou non, n'excitent l'horreur que tant qu'elles ne sont pas assimilées et entourées d'éléments rassurants. Il en était du dreyfusisme comme du mariage de Saint-Loup avec la fille d'Odette, mariage qui avait d'abord fait crier. Maintenant qu'on voyait chez les Saint-Loup tous les gens « qu'on connaissait », Gilberte aurait pu avoir les mœurs d'Odette elle-même, que malgré cela on y serait « allé » et qu'on eût approuvé Gilberte de blâmer comme une douairière des nouveautés morales non assimilées. Le dreyfusisme était maintenant intégré dans une série de choses respectables et habituelles. Quant à se demander ce qu'il valait en soi, personne n'y songeait, pas plus pour l'admettre maintenant qu'autrefois pour le condamner. Il n'était plus *shocking*. C'était tout ce qu'il fallait. À peine se rappelait-on qu'il l'avait été, comme on ne sait plus au bout de quelque temps si le père d'une jeune fille était un voleur ou non. Au besoin, on peut dire : « Non, c'est du beau-frère, ou d'un homonyme que vous parlez. Mais contre celui-là il n'y a jamais eu rien à dire. » De même il y avait certainement eu dreyfusisme et dreyfusisme, et celui qui allait chez la duchesse de Montmorency et faisait passer la loi de trois ans ne pouvait être le mauvais. En tout cas, à tout péché miséricorde. Cet oubli qui était

octroyé au dreyfusisme l'était *a fortiori* aux dreyfusards.
Il n'y en avait plus, du reste, dans la politique, puisque
tous à un moment l'avaient été s'ils voulaient être du
gouvernement, même ceux qui représentaient le contraire
de ce que le dreyfusisme, dans sa choquante nouveauté,
avait incarné (au temps où Saint-Loup était sur une
mauvaise pente) : l'antipatriotisme, l'irréligion, l'anarchie,
etc. Aussi le dreyfusisme de M. Bontemps, invisible et
constitutif comme celui de tous les hommes politiques, ne
se voyait pas plus que les os sous la peau. Personne ne
se fût rappelé qu'il avait été dreyfusard car les gens du
monde sont distraits et oublieux, parce qu'aussi il y avait
de cela un temps fort long, et qu'ils affectaient de croire
plus long, car c'était une des idées les plus à la mode de
dire que l'avant-guerre était séparé de la guerre par
quelque chose d'aussi profond, simulant autant de durée,
qu'une période géologique[1], et Brichot lui-même, ce
nationaliste, quand il faisait allusion à l'affaire Dreyfus
disait : « Dans ces temps préhistoriques ».

(À vrai dire, ce changement profond opéré par la guerre
était en raison inverse de la valeur des esprits touchés,
du moins à partir d'un certain degré. Tout en bas, les purs
sots, les purs gens de plaisir, ne s'occupaient pas qu'il y
eût la guerre. Mais tout en haut[2], ceux qui se sont fait
une vie intérieure ambiante ont peu égard à l'importance
des événements. Ce qui modifie profondément pour eux
l'ordre des pensées c'est bien plutôt quelque chose qui
semble en soi n'avoir aucune importance et qui renverse
pour eux l'ordre du temps en les faisant contemporains
d'un autre temps de leur vie. On peut s'en rendre compte
pratiquement à la beauté des pages qu'il inspire : un chant
d'oiseau dans le parc de Montboissier, ou une brise
chargée de l'odeur de réséda, sont évidemment des
événements de moindre conséquence que les plus grandes
dates de la Révolution et de l'Empire. Ils ont cependant
inspiré à Chateaubriand dans les *Mémoires d'Outre-Tombe*
des pages d'une valeur infiniment plus grande[3].) Les mots
de dreyfusard et d'antidreyfusard n'avaient plus de sens,
disaient les mêmes gens qui eussent été stupéfaits et
révoltés si on leur avait dit que probablement dans
quelques siècles, et peut-être moins, celui de boche n'aurait
plus que la valeur de curiosité des mots sans-culotte ou
chouan ou bleu.

M. Bontemps ne voulait pas entendre parler de paix avant que l'Allemagne eût été réduite au même morcellement qu'au Moyen Âge, la déchéance de la maison de Hohenzollern prononcée, et Guillaume II ayant reçu douze balles dans la peau. En un mot, il était ce que Brichot appelait un « jusqu'au-boutiste[1] », c'était le meilleur brevet de civisme qu'on pouvait lui donner. Sans doute les trois premiers jours Mme Bontemps avait été un peu dépaysée au milieu des personnes qui avaient demandé à Mme Verdurin à la connaître, et ce fut d'un ton légèrement aigre que Mme Verdurin répondit : « Le comte, ma chère », à Mme Bontemps qui lui disait : « C'est bien le duc d'Haussonville que vous venez de me présenter », soit par entière ignorance et absence de toute association entre le nom Haussonville et un titre quelconque, soit au contraire par excessive instruction et association d'idées avec le « Parti des ducs[2] » dont on lui avait dit que M. d'Haussonville était un des membres à l'Académie.

À partir du quatrième jour elle avait commencé d'être solidement installée dans le faubourg Saint-Germain. Quelquefois on voyait encore autour d'elle les fragments inconnus d'un monde qu'on ne connaissait pas et qui n'étonnaient pas plus que des débris de coquille autour du poussin, ceux qui savaient l'œuf d'où Mme Bontemps était sortie. Mais dès le quinzième jour elle les avait secoués, et avant la fin du premier mois, quand elle disait : « Je vais chez les Lévy », tout le monde comprenait sans qu'elle eût besoin de préciser qu'il s'agissait des Lévis-Mirepoix, et pas une duchesse ne se serait couchée sans avoir appris de Mme Bontemps ou de Mme Verdurin, au moins par téléphone, ce qu'il y avait dans le communiqué du soir, ce qu'on y avait omis, où on en était avec la Grèce[3], quelle offensive on préparait, en un mot tout ce que le public ne saurait que le lendemain ou plus tard, et dont elle avait ainsi comme une sorte de répétition des couturières. Dans la conversation Mme Verdurin, pour communiquer les nouvelles, disait : « nous » en parlant de la France. « Eh bien voici : nous exigeons du roi de Grèce qu'il retire du Péléponnèse, etc., nous lui envoyons, etc. » Et dans tous ces récits revenait tout le temps le G. Q. G.[4] (« j'ai téléphoné au G. Q. G. »), abréviation qu'elle avait à prononcer le même plaisir qu'avaient

naguère les femmes qui ne connaissaient pas le prince
d'Agrigente, à demander en souriant quand on parlait de
lui et pour montrer qu'elles étaient au courant :
« Grigri ? », un plaisir qui dans les époques peu troublées
n'est connu que par les mondains[1], mais que dans ces
grandes crises le peuple même connaît. Notre maître
d'hôtel, par exemple, si on parlait du roi de Grèce, était
capable grâce aux journaux de dire comme Guillaume II :
« Tino ? », tandis que jusque-là sa familiarité avec les rois
était restée plus vulgaire, ayant été inventée par lui, comme
quand jadis pour parler du roi d'Espagne il disait :
« Fonfonse[2] ». On put remarquer d'ailleurs qu'au fur et
à mesure qu'augmenta le nombre des gens brillants qui
firent des avances à Mme Verdurin, le nombre de ceux
qu'elle appelait les « ennuyeux » diminua. Par une sorte
de transformation magique, tout « ennuyeux » qui était
venu lui faire une visite et avait sollicité une invitation
devenait subitement quelqu'un d'agréable, d'intelligent.
Bref, au bout d'un an le nombre des ennuyeux était réduit
dans une proportion tellement forte que « la peur et
l'impossibilité de s'ennuyer », qui avaient tenu une si
grande place dans la conversation et joué un si grand rôle
dans la vie de Mme Verdurin, avaient presque entièrement
disparu. On eût dit que sur le tard cette impossibilité de
s'ennuyer (qu'autrefois d'ailleurs elle assurait ne pas avoir
éprouvée dans sa prime jeunesse) la faisait moins souffrir,
comme certaines migraines, certains asthmes nerveux
qui perdent de leur force quand on vieillit. Et l'effroi
de s'ennuyer eût sans doute entièrement abandonné
Mme Verdurin, faute d'ennuyeux, si elle n'avait, dans une
faible mesure, remplacé ceux qui ne l'étaient plus par
d'autres, recrutés parmi les anciens fidèles.

Du reste, pour en finir avec les duchesses qui
fréquentaient maintenant chez Mme Verdurin, elles
venaient y chercher, sans qu'elles s'en doutassent, exactement la même chose que les dreyfusards autrefois,
c'est-à-dire un plaisir mondain composé de telle manière
que sa dégustation assouvît les curiosités politiques et
rassasiât le besoin de commenter entre soi les incidents
lus dans les journaux. Mme Verdurin disait : « Vous
viendrez à 5 heures parler de la guerre », comme autrefois
« parler de l'Affaire », et dans l'intervalle : « Vous
viendrez entendre Morel. »

Or Morel n'aurait pas dû être là, pour la raison qu'il n'était nullement réformé. Simplement il n'avait pas rejoint et était déserteur, mais personne ne le savait.

Les choses étaient tellement les mêmes qu'on retrouvait tout naturellement les mots d'autrefois : « bien pensants, mal pensants ». Et comme elles paraissaient différentes, comme les anciens communards avaient été antirévision-nistes[1], les plus grands dreyfusards voulaient faire fusiller tout le monde et avaient l'appui des généraux, comme ceux-ci au temps de l'Affaire avaient été contre Galliffet[2]. À ces réunions Mme Verdurin invitait quelques dames un peu récentes, connues par les œuvres et qui les premières fois venaient avec des toilettes éclatantes, de grands colliers de perles qu'Odette, qui en avait un aussi beau, de l'exhibition duquel elle-même avait abusé, regardait, maintenant qu'elle était en « tenue de guerre » à l'imitation des dames du Faubourg, avec sévérité. Mais les femmes savent s'adapter. Au bout de trois ou quatre fois elles se rendaient compte que les toilettes qu'elles avaient crues chic étaient précisément proscrites par les personnes qui l'étaient, elles mettaient de côté leurs robes d'or et se résignaient à la simplicité.

Une des étoiles du salon était Dans les choux, qui malgré ses goûts sportifs s'était fait réformer[3]. Il était devenu tellement pour moi l'auteur d'une œuvre admira-ble à laquelle je pensais constamment que ce n'est que par hasard, quand j'établissais un courant transversal entre deux séries de souvenirs, que je songeais qu'il était le même qui avait amené le départ d'Albertine de chez moi[4]. Et encore ce courant transversal aboutissait, en ce qui concernait ces reliques de souvenirs d'Albertine, a une voie s'arrêtant en pleine friche, à plusieurs années de distance. Car je ne pensais plus jamais à elle. C'était une voie de souvenirs, une ligne que je n'empruntais plus jamais. Tandis que les œuvres de Dans les choux étaient récentes et cette ligne de souvenirs perpétuellement fréquentée et utilisée par mon esprit.

Je dois dire que la connaissance du mari d'Andrée n'était ni très facile ni très agréable à faire, et que l'amitié qu'on lui vouait était promise à bien des déceptions. Il était en effet à ce moment déjà fort malade et s'épargnait les fatigues autres que celles qui lui paraissaient peut-être lui donner du plaisir. Or il ne classait parmi celles-là que les

rendez-vous avec des gens qu'il ne connaissait pas encore
et que son ardente imagination lui représentait sans doute
comme ayant une chance d'être différents des autres. Mais
pour ceux qu'il connaissait déjà, il savait trop bien
comment ils étaient, comment ils seraient, ils ne lui
paraissaient plus valoir la peine d'une fatigue dangereuse
pour lui, peut-être mortelle. C'était en somme un très
mauvais ami. Et peut-être dans son goût pour des gens
nouveaux se retrouvait-il quelque chose de l'audace
frénétique qu'il portait jadis, à Balbec, aux sports, au jeu,
à tous les excès de table.

Quant à Mme Verdurin, elle voulait chaque fois me faire
faire la connaissance d'Andrée, ne pouvant admettre que
je la connaissais. D'ailleurs Andrée venait rarement avec
son mari. Elle était pour moi une amie admirable et
sincère, et, fidèle à l'esthétique de son mari qui était en
réaction des Ballets russes[1], elle disait du marquis de
Polignac[2] : « Il a sa maison décorée par Bakst[3]. Comment
peut-on dormir là-dedans ! j'aimerais mieux Dubufe[4]. »
D'ailleurs les Verdurin, par le progrès fatal de l'esthétisme
qui finit par se manger la queue, disaient ne pas pouvoir
supporter le modern style (de plus c'était munichois[5]) ni
les appartements blancs et n'aimaient plus que les vieux
meubles français dans un décor sombre.

Je vis à cette époque beaucoup Andrée. Nous ne savions
que nous dire, et une fois je pensai à ce nom de Juliette
qui était monté du fond du souvenir d'Albertine comme
une fleur mystérieuse[6]. Mystérieuse alors, mais qui
aujourd'hui n'excitait plus rien : au lieu que de tant de
sujets indifférents je parlais, de celui-là je me tus, non qu'il
le fût plus qu'un autre, mais il y a une sorte de sursaturation
des choses auxquelles on a trop pensé. Peut-être la période
où je voyais en cela tant de mystères était-elle la vraie.
Mais comme ces périodes ne dureront pas toujours, on
ne doit pas sacrifier sa santé, sa fortune, à la découverte
de mystères qui un jour n'intéresseront plus.

On fut très étonné à cette époque, où Mme Verdurin
pouvait avoir chez elle qui elle voulait, de lui voir faire
indirectement des avances à une personne qu'elle avait
complètement perdue de vue, Odette. On trouvait qu'elle
ne pourrait rien ajouter au brillant milieu qu'était devenu
le petit groupe. Mais une séparation prolongée, en même
temps qu'elle apaise les rancunes, réveille quelquefois

l'amitié. Et puis le phénomène qui amène non pas
seulement les mourants à ne prononcer que des noms
familiers autrefois, mais les vieillards à se complaire dans
leurs souvenirs d'enfance, ce phénomène a son équivalent
social. Pour réussir dans l'entreprise de faire revenir
Odette chez elle, Mme Verdurin n'employa pas bien
entendu les « ultras », mais les habitués moins fidèles qui
avaient gardé un pied dans l'un et l'autre salon. Elle leur
disait : « Je ne sais pas pourquoi on ne la voit plus ici.
Elle est peut-être brouillée, moi pas ; en somme, qu'est-
ce que je lui ai fait ? C'est chez moi qu'elle a connu ses
deux maris. Si elle veut revenir, qu'elle sache que les
portes lui sont ouvertes. » Ces paroles, qui auraient dû
coûter à la fierté de la Patronne si elles ne lui avaient
pas été dictées par son imagination, furent redites,
mais sans succès. Mme Verdurin attendit Odette sans
la voir venir, jusqu'à ce que des événements qu'on
verra plus loin amenassent pour de tout autres raisons ce que n'avait pu l'ambassade pourtant zélée des
lâcheurs. Tant il est peu et de réussites faciles, et d'échecs
définitifs.

Mme Verdurin disait : « C'est désolant, je vais
téléphoner à Bontemps de faire le nécessaire pour demain,
on a encore *caviardé*[1] toute la fin de l'article de Norpois
et simplement parce qu'il laissait entendre qu'on avait
limogé Percin[2]. » Car la bêtise courante faisait que chacun
tirait gloire d'user des expressions courantes, et croyait
montrer qu'elle était à la mode comme faisait une
bourgeoise en disant quand on parlait de MM. de Bréauté,
d'Agrigente ou de Charlus : « Qui ? Babal de Bréauté,
Grigri, Même de Charlus ? » Les duchesses font de même,
d'ailleurs, et avaient le même plaisir à dire « limoger »
car, chez les duchesses c'est — pour les roturiers un peu
poètes — le nom qui diffère, mais elles s'expriment selon
la catégorie d'esprits à laquelle elles appartiennent et où
il y a aussi énormément de bourgeois. Les classes d'esprit
n'ont pas égard à la naissance.

Tous ces téléphonages de Mme Verdurin n'étaient pas
d'ailleurs sans inconvénient. Quoique nous ayons oublié
de le dire, le « salon » Verdurin, s'il continuait en esprit
et en vérité, s'était transporté momentanément dans un
des plus grands hôtels de Paris, le manque de charbon
et de lumière rendant plus difficiles les réceptions des

Verdurin dans l'ancien logis, fort humide, des ambassadeurs de Venise. Le nouveau salon ne manquait pas, du
reste, d'agrément. Comme à Venise la place, comptée à
cause de l'eau, commande la forme des palais, comme
un bout de jardin dans Paris ravit plus qu'un parc en
province[1], l'étroite salle à manger qu'avait Mme Verdurin
à l'hôtel faisait d'une sorte de losange aux murs éclatants
de blancheur comme un écran sur lequel se détachaient à
chaque mercredi, et presque tous les jours, tous les gens
les plus intéressants, les plus variés, les femmes les plus
élégantes de Paris, ravis de profiter du luxe des Verdurin,
qui avec leur fortune allait croissant à une époque où les
plus riches se restreignaient faute de toucher leurs re-
venus[2]. La forme donnée aux réceptions se trouvait modifiée sans qu'elles cessassent d'enchanter Brichot, qui au
fur et à mesure que les relations des Verdurin allaient
s'étendant y trouvait des plaisirs nouveaux et accumulés
dans un petit espace comme des surprises dans un chausson de Noël. Enfin certains jours les dîneurs étaient si
nombreux que la salle à manger de l'appartement privé
était trop petite, on donnait le dîner dans la salle à manger immense d'en bas, où les fidèles, tout en feignant
hypocritement de déplorer l'intimité d'en haut, comme
jadis la nécessité d'inviter les Cambremer faisait dire à
Mme Verdurin qu'on serait trop serré, étaient ravis au
fond — tout en faisant bande à part, comme jadis dans
le petit chemin de fer — d'être un objet de spectacle et
d'envie pour les tables voisines. Sans doute, dans les temps
habituels de la paix, une note mondaine subrepticement
envoyée au *Figaro* ou au *Gaulois* aurait fait savoir à plus
de monde que n'en pouvait tenir la salle à manger du
Majestic[3] que Brichot avait dîné avec la duchesse de Duras.
Mais depuis la guerre, les courriéristes mondains ayant
supprimé ce genre d'informations (s'ils se rattrapaient sur
les enterrements, les citations et les banquets franco-
américains), la publicité ne pouvait plus exister que par ce
moyen enfantin et restreint, digne des premiers âges, et
antérieur à la découverte de Gutenberg : être vu à la table
de Mme Verdurin. Après le dîner on montait dans les salons
de la Patronne, puis les téléphonages commençaient. Mais
beaucoup de grands hôtels étaient à cette époque peuplés
d'espions qui notaient les nouvelles téléphonées par Bontemps avec une indiscrétion que corrigeait seulement,

par bonheur, le manque de sûreté de ses informations, toujours démenties par l'événement.

Avant l'heure où les thés d'après-midi finissaient, à la tombée du jour, dans le ciel encore clair, on voyait de loin de petites taches brunes qu'on eût pu prendre, dans le soir bleu, pour des moucherons, ou pour des oiseaux. Ainsi quand on voit de très loin une montagne on pourrait croire que c'est un nuage. Mais on est ému parce qu'on sait que ce nuage est immense, à l'état solide, et résistant. Ainsi étais-je ému que la tache brune dans le ciel d'été ne fût ni un moucheron, ni un oiseau, mais un aéroplane monté par des hommes qui veillaient sur Paris[1]. (Le souvenir des aéroplanes que j'avais vus avec Albertine dans notre dernière promenade, près de Versailles[2], n'entrait pour rien dans cette émotion, car le souvenir de cette promenade m'était devenu indifférent.)

À l'heure du dîner les restaurants étaient pleins ; et si passant dans la rue je voyais un pauvre permissionnaire, échappé pour six jours au risque permanent de la mort, et prêt à repartir pour les tranchées, arrêter un instant ses yeux devant les vitres illuminées, je souffrais comme à l'hôtel de Balbec quand des pêcheurs nous regardaient dîner, mais je souffrais davantage parce que je savais que la misère du soldat est plus grande que celle du pauvre, les réunissant toutes, et plus touchante encore parce qu'elle est plus résignée, plus noble, et que c'est d'un hochement de tête philosophe, sans haine, que prêt à repartir pour la guerre il disait en voyant se bousculer les embusqués retenant leurs tables : « On ne dirait pas que c'est la guerre ici. » Puis à 9 heures et demie, alors que personne n'avait encore eu le temps de finir de dîner, à cause des ordonnances de police on éteignait brusquement toutes les lumières, et la nouvelle bousculade des embusqués arrachant leurs pardessus aux chasseurs du restaurant où j'avais dîné avec Saint-Loup un soir de perme avait lieu à 9 h 35 dans une mystérieuse pénombre de chambre où l'on montre la lanterne magique, de salle de spectacle servant à exhiber les films d'un de ces cinémas[3] vers lesquels allaient se précipiter dîneurs et dîneuses. Mais après cette heure-là, pour ceux qui, comme moi, le soir dont je parle, étaient restés à dîner chez eux, et sortaient pour aller voir des amis, Paris était, au moins dans certains quartiers,

encore plus noir que n'était le Combray de mon enfance ;
les visites qu'on se faisait prenaient un air de visites de
voisins de campagne.

Ah ! si Albertine avait vécu, qu'il eût été doux, les soirs
où j'aurais dîné en ville de lui donner rendez-vous dehors,
sous les arcades ! D'abord je n'aurais rien vu, j'aurais
l'émotion de croire qu'elle avait manqué au rendez-vous,
quand tout à coup j'eusse vu se détacher du mur noir une
de ses chères robes grises, ses yeux souriants qui m'avaient
aperçu et nous aurions pu nous promener enlacés sans que
personne nous distinguât, nous dérangeât et rentrer
ensuite à la maison. Hélas, j'étais seul et je me faisais l'effet
d'aller faire une visite de voisin à la campagne, de ces
visites comme Swann venait nous en faire après le dîner,
sans rencontrer plus de passants dans l'obscurité de
Tansonville, par le petit chemin de halage, jusqu'à la rue
du Saint-Esprit, que je n'en rencontrais maintenant dans
les rues devenues de sinueux chemins rustiques, de
Sainte-Clotilde à la rue Bonaparte. D'ailleurs, comme ces
fragments de paysage que le temps qu'il fait fait voyager
n'étaient plus contrariés par un cadre devenu invisible, les
soirs où le vent chassait un grain glacial, je me croyais
bien plus au bord de la mer furieuse dont j'avais jadis tant
rêvé, que je ne m'y étais senti à Balbec ; et même d'autres
éléments de nature qui n'existaient pas jusque-là à Paris
faisaient croire qu'on venait, descendant du train, d'arriver
pour les vacances en pleine campagne : par exemple le
contraste de lumière et d'ombre qu'on avait à côté de soi
par terre les soirs au clair de lune. Celui-ci donnait de ces
effets que les villes ne connaissent pas, et même en plein
hiver ; ses rayons s'étalaient sur la neige qu'aucun
travailleur ne déblayait plus, boulevard Haussmann,
comme ils eussent fait sur un glacier des Alpes. Les
silhouettes des arbres se reflétaient nettes et pures sur cette
neige d'or bleuté, avec la délicatesse qu'elles ont dans
certaines peintures japonaises ou dans certains fonds de
Raphaël ; elles étaient allongées à terre au pied de l'arbre
lui-même, comme on les voit souvent dans la nature au
soleil couchant, quand celui-ci inonde et rend réfléchis-
santes les prairies où des arbres s'élèvent à intervalles
réguliers. Mais, par un raffinement d'une délicatesse
délicieuse, la prairie sur laquelle se développaient ces
ombres d'arbres, légères comme des âmes, était une prairie

paradisiaque, non pas verte mais d'un blanc si éclatant
à cause du clair de lune qui rayonnait sur la neige de
jade, qu'on aurait dit que cette prairie était tissue seulement avec des pétales de poiriers en fleurs[1]. Et sur les
places, les divinités des fontaines publiques tenant en main
un jet de glace avaient l'air de statues d'une matière double
pour l'exécution desquelles l'artiste avait voulu marier
exclusivement le bronze au cristal. Par ces jours exception-
nels toutes les maisons étaient noires. Mais au printemps
au contraire, parfois de temps à autre, bravant les règle-
ments de la police, un hôtel particulier, ou seulement
un étage d'un hôtel, ou même seulement une chambre
d'un étage, n'ayant pas fermé ses volets apparaissait, ayant
l'air de se soutenir tout seul sur d'impalpables ténèbres,
comme une projection purement lumineuse, comme une
apparition sans consistance. Et la femme qu'en levant
les yeux bien haut on distinguait dans cette pénombre
dorée, prenait dans cette nuit où l'on était perdu et où
elle-même semblait recluse, le charme mystérieux et voilé
d'une vision d'Orient. Puis on passait et rien n'interrompait plus l'hygiénique et monotone piétinement rustique
dans l'obscurité.

Je songeais que je n'avais pas revu depuis bien
longtemps aucune des personnes dont il a été question
dans cet ouvrage. En 1914 seulement, pendant les deux
mois que j'avais passés à Paris j'avais aperçu M. de Charlus
et vu Bloch et Saint-Loup, ce dernier seulement deux fois.
La seconde fois était certainement celle où il s'était le plus
montré lui-même, il avait effacé toutes les impressions peu
agréables d'insincérité qu'il m'avait produites pendant le
séjour à Tansonville que je viens de rapporter et j'avais
reconnu en lui toutes les belles qualités d'autrefois. La
première fois que je l'avais vu après la déclaration de
guerre, c'est-à-dire au début de la semaine qui suivit, tandis
que Bloch faisait montre des sentiments les plus chauvins,
Saint-Loup, une fois que Bloch nous avait eu quittés,
n'avait pas assez d'ironie pour lui-même qui ne reprenait
pas de service et j'avais été presque choqué de la violence
de son ton.

Saint-Loup revenait de Balbec. J'appris plus tard
indirectement qu'il avait fait de vaines tentatives auprès
du directeur du restaurant. Ce dernier devait sa situation

à ce qu'il avait hérité de M. Nissim Bernard. Il n'était autre
en effet que cet ancien jeune servant que l'oncle de Bloch
« protégeait[1] ». Mais la richesse lui avait apporté la vertu.
De sorte que c'est en vain que Saint-Loup avait essayé
de le séduire. Ainsi par compensation, tandis que des
jeunes gens vertueux s'abandonnent, l'âge venu, aux
passions dont ils ont enfin pris conscience, des adolescents faciles deviennent des hommes à principes contre
lesquels des Charlus, venus sur la foi d'anciens récits mais
trop tard, se heurtent désagréablement. Tout est affaire
de chronologie.

« Non, s'écria-t-il avec force et gaieté, tous ceux qui
ne se battent pas, quelque raison qu'ils donnent, c'est qu'ils
n'ont pas envie d'être tués, c'est par *peur*. » Et avec le
même geste d'affirmation plus énergique encore que celui
avec lequel il avait souligné la peur des autres, il ajouta :
« Et moi, si je ne reprends pas de service, c'est tout
bonnement par *peur*, *na* ! » J'avais déjà remarqué chez
différentes personnes que l'affectation des sentiments
louables n'est pas la seule couverture des mauvais, mais
qu'une plus nouvelle est l'exhibition de ces mauvais, de
sorte qu'on n'ait pas l'air au moins de s'en cacher. De plus
chez Saint-Loup cette tendance était fortifiée par son
habitude quand il avait commis une indiscrétion, fait une
gaffe, et qu'on aurait pu les lui reprocher, de les proclamer
en disant que c'était exprès. Habitude qui, je crois bien,
devait lui venir de quelque professeur à l'École de guerre
dans l'intimité de qui il avait vécu, pour qui il professait
une grande admiration. Je n'eus donc aucun embarras pour
interpréter cette boutade comme la ratification verbale
d'un sentiment que, comme il avait dicté la conduite de
Saint-Loup et son abstention dans la guerre qui commençait, celui-ci aimait mieux proclamer.

« Est-ce que tu as entendu dire, me demanda-t-il en me
quittant, que ma tante Oriane divorcerait ? Personnellement je n'en sais absolument rien. On dit cela de temps
en temps et je l'ai entendu annoncer si souvent que
j'attendrai que ce soit fait pour le croire. J'ajoute que ce
serait très compréhensible ; mon oncle est un homme
charmant non seulement dans le monde mais pour ses amis,
pour ses parents. Même d'une façon il a beaucoup plus
de cœur que ma tante qui est une sainte, mais qui le lui
fait terriblement sentir. Seulement c'est un mari terrible,

qui n'a jamais cessé de tromper sa femme, de l'insulter, de la brutaliser, de la priver d'argent. Ce serait si naturel qu'elle le quitte que c'est une raison pour que ce soit vrai mais aussi pour que cela ne le soit pas parce que c'en est une pour qu'on en ait l'idée et qu'on le dise. Et puis, du moment qu'elle l'a supporté si longtemps ! Maintenant je sais bien qu'il y a tant de choses qu'on annonce à tort, qu'on dément, et puis qui plus tard deviennent vraies. » Cela me fit penser à lui demander s'il avait jamais été question qu'il épousât Mlle de Guermantes[1]. Il sursauta et m'assura que non, que ce n'était qu'un de ces bruits du monde, qui naissent de temps à autre on ne sait pourquoi, s'évanouissent de même et dont la fausseté ne rend pas ceux qui ont cru en eux plus prudents, dès que naît un bruit nouveau, de fiançailles, de divorce, ou un bruit politique, pour y ajouter foi et le colporter.

Quarante-huit heures n'étaient pas passées que certains faits que j'appris me prouvèrent que je m'étais absolument trompé dans l'interprétation des paroles de Robert : « Tous ceux qui ne sont pas au front, c'est qu'ils ont peur. » Saint-Loup avait dit cela pour briller dans la conversation, pour faire de l'originalité psychologique, tant qu'il n'était pas sûr que son engagement serait accepté. Mais il faisait pendant ce temps-là des pieds et des mains pour qu'il le fût, étant en cela moins original, au sens qu'il croyait qu'il fallait donner à ce mot, mais plus profondément français de Saint-André-des-Champs, plus en conformité avec tout ce qu'il y avait à ce moment-là de meilleur chez les Français de Saint-André-des-Champs, seigneurs, bourgeois et serfs respectueux des seigneurs ou révoltés contre les seigneurs, deux divisions également françaises de la même famille, sous-embranchement Françoise et sous-embranchement Morel, d'où deux flèches se dirigeaient, pour se réunir à nouveau, dans une même direction, qui était la frontière. Bloch avait été enchanté d'entendre l'aveu de lâcheté d'un « nationaliste » (qui l'était d'ailleurs si peu) et comme Saint-Loup lui avait demandé si lui-même devait partir, avait pris une figure de grand-prêtre pour répondre : « Myope. »

Mais Bloch avait complètement changé d'avis sur la guerre quelques jours après, où il vint me voir affolé. Quoique « myope » il avait été reconnu bon pour le service. Je le ramenais chez lui quand nous rencontrâmes

Saint-Loup qui avait rendez-vous pour être présenté, au
ministère de la Guerre, à un colonel, avec un ancien
officier, « M. de Cambremer », me dit-il. « Ah ! mais c'est
vrai, c'est d'une ancienne connaissance que je te parle. Tu
connais aussi bien que moi Cancan[1]. » Je lui répondis que
je le connaissais en effet et sa femme aussi, que je ne les
appréciais qu'à demi. Mais j'étais tellement habitué depuis
que je les avais vus pour la première fois à considérer la
femme comme une personne malgré tout remarquable,
connaissant à fond Schopenhauer[2], et ayant accès en
somme dans un milieu intellectuel qui était fermé à son
grossier époux que je fus d'abord étonné d'entendre
Saint-Loup me répondre : « Sa femme est idiote, je te
l'abandonne. Mais lui est un excellent homme qui était
doué et qui est resté fort agréable. » Par l'« idiotie » de
la femme, Saint-Loup entendait sans doute le désir éperdu
de celle-ci de fréquenter le grand monde, ce que le grand
monde juge le plus sévèrement. Par les qualités du mari,
sans doute quelque chose de celles que lui reconnaissait
sa mère, quand elle le trouvait le mieux de la famille. Lui
du moins ne se souciait pas des duchesses, mais à vrai dire
c'est là une « intelligence » qui diffère autant de celle qui
caractérise les penseurs, que « l'intelligence » reconnue
par le public à tel homme riche « d'avoir su faire sa
fortune ». Mais les paroles de Saint-Loup ne me déplaisaient pas en ce qu'elles rappelaient que la prétention
avoisine la bêtise et que la simplicité a un goût un peu
caché mais agréable. Je n'avais pas eu, il est vrai, l'occasion
de savourer celle de M. de Cambremer. Mais c'est
justement ce qui fait qu'un être est tant d'êtres différents
selon les personnes qui le jugent, en dehors même des
différences de jugement. De M. de Cambremer je n'avais
connu que l'écorce. Et sa saveur, qui me fut attestée par
d'autres, m'était inconnue.

Bloch nous quitta devant sa porte, débordant d'amertume contre Saint-Loup, lui disant qu'eux autres, « beaux
fils » galonnés, paradant dans les états-majors, ne ris-
quaient rien, et que lui, simple soldat de 2e classe, n'avait
pas envie de se faire « trouer la peau pour Guillaume ».
« Il paraît qu'il est gravement malade, l'empereur
Guillaume[3] », répondit Saint-Loup. Bloch qui, comme
tous les gens qui tiennent de près à la Bourse, accueillait
avec une facilité particulière les nouvelles sensationnelles,

ajouta : « On dit même beaucoup qu'il est mort. » À la Bourse tout souverain malade, que ce soit Édouard VII ou Guillaume II, est mort, toute ville sur le point d'être assiégée est prise. « On ne le cache, ajouta Bloch, que pour ne pas déprimer l'opinion chez les Boches. Mais il est mort dans la nuit d'hier. Mon père le tient d'une source de tout premier ordre. » Les sources de tout premier ordre étaient les seules dont tînt compte M. Bloch le père, soit que, par la chance qu'il avait, grâce à de « hautes relations », d'être en communication avec elles, il en reçût la nouvelle encore secrète que l'Extérieure allait monter ou la de Beers fléchir[1]. D'ailleurs, si à ce moment précis se produisait une hausse sur la de Beers ou des « offres » sur l'Extérieure, si le marché de la première était « ferme » et « actif », celui de la seconde « hésitant », « faible », et qu'on s'y tînt « sur la réserve », la source de premier ordre n'en restait pas moins une source de premier ordre. Aussi Bloch nous annonça-t-il la mort du Kaiser d'un air mystérieux et important, mais aussi rageur. Il était particulièrement exaspéré d'entendre Robert dire : « l'empereur Guillaume ». Je crois que sous le couperet de la guillotine Saint-Loup et M. de Guermantes n'auraient pas pu dire autrement. Deux hommes du monde restant seuls vivants dans une île déserte, où ils n'auraient à faire preuve de bonnes façons pour personne, se reconnaîtraient à ces traces d'éducation, comme deux latinistes citeraient correctement du Virgile. Saint-Loup n'eût jamais pu, même torturé par les Allemands, dire autrement que « l'empereur Guillaume ». Et ce savoir-vivre est malgré tout l'indice de grandes entraves pour l'esprit. Celui qui ne sait pas les rejeter reste un homme du monde. Cette élégante médiocrité est d'ailleurs délicieuse — surtout avec tout ce qui s'y allie de générosité cachée et d'héroïsme inexprimé — à côté de la vulgarité de Bloch, à la fois pleutre et fanfaron, qui criait à Saint-Loup : « Tu ne pourrais pas dire Guillaume tout court ? C'est ça, tu as la frousse, déjà ici tu te mets à plat ventre devant lui ! Ah ! ça nous fera de beaux soldats à la frontière, ils lècheront les bottes des Boches. Vous êtes des galonnés qui savez parader dans un carrousel. Un point, c'est tout[2]. »

« Ce pauvre Bloch veut absolument que je ne fasse que parader », me dit Saint-Loup en souriant quand nous eûmes quitté notre camarade. Et je sentis bien que parader

n'était pas du tout ce que désirait Robert, bien que je ne
me rendisse pas compte alors de ses intentions aussi
exactement que je le fis plus tard, quand la cavalerie restant
inactive, il obtint de servir comme officier d'infanterie puis
de chasseurs à pied, et enfin quand vint la suite qu'on lira
plus loin. Mais du patriotisme de Robert, Bloch ne se
rendait pas compte simplement parce que Robert ne
l'exprimait nullement. Si Bloch nous avait fait des
professions de foi méchamment antimilitaristes une fois
qu'il avait été reconnu « bon », il avait eu préalablement
les déclarations les plus chauvines quand il se croyait
réformé pour myopie. Mais ces déclarations, Saint-Loup
eût été incapable de les faire ; d'abord par une espèce de
délicatesse morale qui empêche d'exprimer les sentiments
trop profonds et qu'on trouve tout naturels. Ma mère
autrefois non seulement n'eût pas hésité une seconde à
mourir pour ma grand-mère mais aurait horriblement
souffert si on l'avait empêchée de le faire. Néanmoins il
m'est impossible d'imaginer rétrospectivement dans sa
bouche une phrase telle que : « Je donnerais ma vie pour
ma mère. » Aussi tacite était dans son amour de la France
Robert qu'en ce moment je trouvais beaucoup plus
Saint-Loup (autant que je pouvais me représenter son père)
que Guermantes. Il eût été préservé aussi d'exprimer ces
sentiments-là par la qualité en quelque sorte morale de
son intelligence. Il y a chez les travailleurs intelligents et
vraiment sérieux une certaine aversion pour ceux qui
mettent en littérature ce qu'ils font, le font valoir. Nous
n'avions été ensemble ni au lycée ni à la Sorbonne, mais
nous avions séparément suivi certains cours des mêmes
maîtres (et je me rappelle le sourire de Saint-Loup) qui,
faisant un cours remarquable, comme quelques autres,
veulent se faire passer pour hommes de génie, en donnant
un nom ambitieux à leurs théories. Pour un peu que nous
en parlions, Robert riait de bon cœur. Naturellement
notre prédilection n'allait pas d'instinct aux Cottard ou aux
Brichot, mais enfin nous avions une certaine considération
pour les gens qui savaient à fond le grec ou la médecine
et ne se croyaient pas autorisés pour cela à faire les
charlatans. J'ai dit que si toutes les actions de maman
reposaient jadis sur le sentiment qu'elle eût donné sa vie
pour sa mère, elle ne s'était jamais formulé ce sentiment
à elle-même et qu'en tout cas elle eût trouvé non pas

seulement inutile et ridicule, mais choquant et honteux
de l'exprimer aux autres ; de même il m'est impossible
d'imaginer dans la bouche de Saint-Loup, me parlant de
son équipement, des courses qu'il avait à faire, de nos
chances de victoire, du peu de valeur de l'armée russe,
de ce que ferait l'Angleterre, il m'est impossible d'imaginer dans sa bouche la phrase même la plus éloquente dite
par le ministre même le plus sympathique aux députés
debout et enthousiastes. Je ne peux cependant pas dire
que dans ce côté négatif qui l'empêchait d'exprimer les
beaux sentiments qu'il ressentait il n'y avait pas un effet
de l'« esprit des Guermantes », comme on en a vu tant
d'exemples chez Swann. Car si je le trouvais Saint-Loup
surtout, il restait Guermantes aussi, et par là, parmi les
nombreux mobiles qui excitaient son courage, il y en avait
qui n'étaient pas les mêmes que ceux de ses amis de
Doncières, ces jeunes gens épris de leur métier avec qui
j'avais dîné chaque soir et dont tant se firent tuer à la
bataille de la Marne ou ailleurs en entraînant leurs
hommes.

Les jeunes socialistes qu'il pouvait y avoir à Doncières
quand j'y étais mais que je ne connaissais pas parce qu'ils
ne fréquentaient pas le milieu de Saint-Loup, purent se
rendre compte que les officiers de ce milieu n'étaient
nullement des « aristos » dans l'acception hautainement
fière et bassement jouisseuse que le « populo », les
officiers sortis du rang, les francs-maçons donnaient au
surnom d'« aristos ». Et pareillement d'ailleurs, ce même
patriotisme, les officiers nobles le rencontrèrent pleinement chez les socialistes que je les avais entendu accuser,
pendant que j'étais à Doncières, en pleine affaire Dreyfus,
d'être des « sans-patrie ». Le patriotisme des militaires,
aussi sincère, aussi profond, avait pris une forme définie
qu'ils croyaient intangible et sur laquelle ils s'indignaient
de voir jeter l'opprobre, tandis que les patriotes en
quelque sorte inconscients, indépendants, sans religion
patriotique définie, qu'étaient les radicaux-socialistes,
n'avaient pas su comprendre quelle réalité profonde vivait
dans ce qu'ils croyaient de vaines et haineuses formules.

Sans doute Saint-Loup comme eux s'était habitué à
développer en lui, comme la partie la plus vraie de
lui-même, la recherche et la conception des meilleures
manœuvres en vue des plus grands succès stratégiques et

tactiques, de sorte que pour lui comme pour eux la vie
de son corps était quelque chose de relativement peu
important qui pouvait être facilement sacrifié à cette partie
intérieure, véritable noyau vital chez eux autour duquel
l'existence personnelle n'avait de valeur que comme un
épiderme protecteur. Dans le courage de Saint-Loup il y
avait des éléments plus caractéristiques, et où on eût
aisément reconnu la générosité qui avait fait au début le
charme de notre amitié, et aussi le vice héréditaire qui
s'était éveillé plus tard chez lui, et qui, joint à un certain
niveau intellectuel qu'il n'avait pas dépassé, lui faisait non
seulement admirer le courage, mais pousser l'horreur de
l'efféminement jusqu'à une certaine ivresse au contact de
la virilité. Il trouvait, chastement sans doute, à vivre à la
belle étoile avec des Sénégalais qui faisaient à tout instant
le sacrifice de leur vie, une volupté cérébrale où il entrait
beaucoup de mépris pour les « petits messieurs mus-
qués », et qui, si opposée qu'elle lui semble, n'était pas
si différente de celle que lui donnait cette cocaïne dont
il avait abusé à Tansonville et dont l'héroïsme — comme
un remède qui supplée à un autre — le guérissait. Dans
son courage il y avait d'abord cette double habitude de
politesse qui d'une part le faisait louanger les autres mais
pour soi-même se contenter de bien faire sans en rien dire,
au contraire d'un Bloch qui lui avait dit dans notre
rencontre : « Naturellement vous canneriez », et qui ne
faisait rien ; et d'autre part le poussait à tenir pour rien
ce qui était à lui, sa fortune, son rang, sa vie même, à
les donner. En un mot, la vraie noblesse de sa nature. Mais
tant de sources se confondent dans l'héroïsme que le goût
nouveau qui s'était déclaré en lui, et aussi la médiocrité
intellectuelle qu'il n'avait pu dépasser y avaient leur part.
En prenant les habitudes de M. de Charlus, Robert s'était
trouvé prendre aussi, quoique sous une forme fort
différente, son idéal de virilité.

    « En avons-nous pour longtemps ? » dis-je à Saint-
Loup. « Non, je crois à une guerre très courte », me
répondit-il. Mais ici, comme toujours, ses arguments
étaient livresques. « Tout en tenant compte des prophéties
de Moltke[1], relis », me dit-il, comme si je l'avais déjà lu,
« le décret du 28 octobre 1913 sur la conduite des grandes
unités, tu verras que le remplacement des réserves du
temps de paix n'est pas organisé, ni même prévu, ce qu'on

n'eût pas manqué de faire si la guerre devait être longue[1]. » Il me semblait qu'on pouvait interpréter le décret en question non comme une preuve que la guerre serait courte, mais comme l'imprévoyance qu'elle le serait, et de ce qu'elle serait, chez ceux qui l'avaient rédigé, et qui ne soupçonnaient ni ce que serait dans une guerre stabilisée l'effroyable consommation du matériel de tout genre, ni la solidarité de divers théâtres d'opérations.

En dehors de l'homosexualité, chez les gens les plus opposés par nature à l'homosexualité, il existe un certain idéal conventionnel de virilité, qui, si l'homosexuel n'est pas un être supérieur, se trouve à sa disposition, pour qu'il le dénature d'ailleurs. Cet idéal — de certains militaires, de certains diplomates — est particulièrement exaspérant. Sous sa forme la plus basse, il est simplement la rudesse du cœur d'or qui ne veut pas avoir l'air d'être ému, et qui au moment d'une séparation avec un ami qui va peut-être être tué, a au fond une envie de pleurer dont personne ne se doute parce qu'il la recouvre sous une colère grandissante qui finit par cette explosion au moment où on se quitte : « Allons, tonnerre de Dieu ! bougre d'idiot, embrasse-moi donc et prends donc cette bourse qui me gêne, espèce d'imbécile[2]. » Le diplomate, l'officier, l'homme qui sent que seule une grande œuvre nationale compte, mais qui a tout de même eu une affection pour le « petit » qui était à la légation ou au bataillon et qui est mort des fièvres ou d'une balle, présente le même goût de virilité sous une forme plus habile, plus savante, mais au fond aussi haïssable. Il ne veut pas pleurer le « petit », il sait que bientôt on n'y pensera pas plus que le chirurgien bon cœur qui pourtant, le soir de la mort d'une petite malade contagieuse, a du chagrin qu'il n'exprime pas. Pour peu que le diplomate soit écrivain et raconte cette mort, il ne dira pas qu'il a eu du chagrin ; non ; d'abord par « pudeur virile », ensuite par habileté artistique qui fait naître l'émotion en la dissimulant. Un de ses collègues et lui veilleront le mourant. Pas un instant ils ne diront qu'ils ont du chagrin. Ils parleront des affaires de la légation ou du bataillon, même avec plus de précision que d'habitude :

« B*** me dit : "Vous n'oublierez pas qu'il y a demain revue du général, tâchez que vos hommes soient propres." Lui qui était d'habitude si doux avait un ton plus sec que d'habitude, je remarquai qu'il évitait de me regarder. Moi-même je me sentais nerveux aussi. »

Et le lecteur comprend que ce ton sec, c'est le chagrin
chez des êtres qui ne veulent pas avoir l'air d'avoir du
chagrin, ce qui serait simplement ridicule, mais ce qui est
aussi assez désespérant et hideux, parce que c'est la
manière d'avoir du chagrin d'êtres qui croient que le
chagrin ne compte pas, que la vie est plus sérieuse que
les séparations, etc., de sorte qu'ils donnent dans les morts
cette impression de mensonge, de néant, que donne au
Jour de l'An le monsieur qui, en vous apportant des
marrons glacés, dit : « Je vous la souhaite bonne et
heureuse » en ricanant, mais le dit tout de même. Pour
finir le récit de l'officier ou du diplomate veillant, la tête
couverte parce qu'on a transporté le blessé en plein air,
le moribond, à un moment donné tout est fini :

« Je pensais : il faut retourner préparer les choses pour
l'astiquage ; mais je ne sais vraiment pas pourquoi, au
moment où le docteur lâcha le pouls, B*** et moi, il se
trouva que sans nous être entendus, le soleil tombait
d'aplomb, peut-être avions-nous chaud, debout devant le
lit, nous enlevâmes nos képis. »

Et le lecteur sent bien que ce n'est pas à cause de la
chaleur du soleil, mais par émotion devant la majesté de
la mort que les deux hommes virils, qui jamais n'ont le
mot tendresse ou chagrin à la bouche, se sont découverts.

L'idéal de virilité des homosexuels à la Saint-Loup n'est
pas le même mais aussi conventionnel et aussi mensonger.
Le mensonge gît pour eux dans le fait de ne pas vouloir
se rendre compte que le désir physique est à la base des
sentiments auxquels ils donnent une autre origine. M. de
Charlus détestait l'efféminement. Saint-Loup admire le
courage des jeunes hommes, l'ivresse des charges de
cavalerie, la noblesse intellectuelle et morale des amitiés
d'homme à homme, entièrement pures, où on sacrifie sa
vie l'un pour l'autre. La guerre qui fait, des capitales où
il n'y a plus que des femmes, le désespoir des homosexuels,
est au contraire le roman passionné des homosexuels, s'ils
sont assez intelligents pour se forger des chimères, pas
assez pour savoir les percer à jour, reconnaître leur origine,
se juger. De sorte qu'au moment où certains jeunes gens
s'engagèrent simplement par esprit d'imitation sportive,
comme une année tout le monde joue au « diabolo[1] »,
pour Saint-Loup la guerre fut davantage l'idéal même qu'il
s'imaginait poursuivre dans ses désirs beaucoup plus

concrets mais ennuagés d'idéologie, cet idéal servi en commun avec les êtres qu'il préférait, dans un ordre de chevalerie purement masculine, loin des femmes, où il pourrait exposer sa vie pour sauver son ordonnance, et mourir en inspirant un amour fanatique à ses hommes. Et ainsi, quoi qu'il y eût bien d'autres choses dans son courage, le fait qu'il était un grand seigneur s'y retrouvait, et s'y retrouvait aussi, sous une forme méconnaissable et idéalisée, l'idée de M. de Charlus que c'était de l'essence d'un homme de n'avoir rien d'efféminé. D'ailleurs de même qu'en philosophie et en art deux idées analogues ne valent que par la manière dont elles sont développées, et peuvent différer grandement, si elles sont exposées par Xénophon ou par Platon, de même tout en reconnaissant combien ils tiennent en faisant cela l'un de l'autre, j'admire Saint-Loup demandant à partir au point le plus dangereux, infiniment plus que M. de Charlus évitant de porter des cravates claires.

Je parlai à Saint-Loup de mon ami le directeur du Grand Hôtel de Balbec qui, paraît-il, avait prétendu qu'il y avait eu au début de la guerre dans certains régiments français des défections qu'il appelait des « défectuosités », et avait accusé de les avoir provoquées ce qu'il appelait le « militariste prussien » ; il avait même cru, à un certain moment, à un débarquement simultané des Japonais, des Allemands et des Cosaques à Rivebelle, menaçant Balbec[1], et avait dit qu'il n'y avait plus qu'à « décrépir ». Il trouvait le départ des pouvoirs publics pour Bordeaux[2] un peu précipité et déclarait qu'ils avaient eu tort de « décrépir » aussi vite. Ce germanophobe disait en riant à propos de son frère : « Il est dans les tranchées, à vingt-cinq mètres des Boches ! » jusqu'à ce qu'ayant appris qu'il l'était lui-même, on l'eût mis dans un camp de concentration.

« À propos de Balbec, te rappelles-tu l'ancien liftier de l'hôtel ? » me dit en me quittant Saint-Loup sur le ton de quelqu'un qui n'avait pas trop l'air de savoir qui c'était et qui comptait sur moi pour l'éclairer. « Il s'engage et m'a écrit pour le faire "rentrer" dans l'aviation. » Sans doute le lift était-il las de monter dans la cage captive de l'ascenseur, et les hauteurs de l'escalier du Grand Hôtel ne lui suffisaient plus. Il allait « prendre ses galons » autrement que comme concierge, car notre destin n'est pas toujours ce que nous avions cru. « Je vais sûrement

appuyer sa demande, me dit Saint-Loup. Je le disais encore
à Gilberte ce matin, jamais nous n'aurons assez d'avions.
C'est avec cela qu'on verra ce que prépare l'adversaire.
C'est cela qui lui enlèvera le bénéfice le plus grand d'une
attaque, celui de la surprise, l'armée la meilleure sera
peut-être celle qui aura les meilleurs yeux[1]. »

J'avais rencontré ce liftier aviateur peu de jours
auparavant. Il m'avait parlé de Balbec et curieux de savoir
ce qu'il me dirait de Saint-Loup j'amenai la conversation
en lui demandant s'il était vrai comme on me l'avait
dit que M. de Charlus avait à l'égard des jeunes gens
etc. Le liftier parut étonné, il n'en savait absolument
rien. En revanche il accusa le jeune homme riche, celui
qui vivait avec sa maîtresse et trois amis. Comme il avait
l'air de mettre le tout dans un même sac et que je savais
par M. de Charlus qui me l'avait dit, on se le rappelle,
devant Brichot qu'il n'en était rien[2], je dis au liftier
qu'il devait se tromper. Il opposa à mes doutes les
affirmations les plus certaines. C'était l'amie du jeune
homme riche qui était chargée de lever les jeunes gens
et tout le monde prenait son plaisir ensemble. Ainsi M. de
Charlus, le plus compétent des hommes en cette matière,
s'était entièrement trompé tant la vérité est partielle,
secrète, imprévisible. Par peur de faire un raisonnement
de bourgeois, de voir le charlisme là où il n'était pas,
il avait passé à côté de ce fait, le levage opéré par la
femme. « Elle est venue assez souvent me trouver, me
dit le liftier. Mais elle a tout de suite vu à qui elle
avait à faire, j'ai catégoriquement refusé, je ne marche
pas dans ce fourbi-là ; je lui ai dit que cela me déplaisait
formellement. Une personne n'a qu'à être indiscrète,
cela se répète, on ne peut plus trouver de place nulle
part. » Ces dernières raisons affaiblissaient les vertueuses
déclarations du début puisqu'elles semblaient impliquer
que le liftier eût cédé s'il avait été assuré de la discrétion.
Ç'avait sans doute été le cas pour Saint-Loup. Il est
probable que même l'homme riche, sa maîtresse et ses
amis, n'avaient pas été moins favorisés, car le liftier citait
beaucoup de conversations tenues avec lui par eux à
des époques très diverses, ce qui arrive rarement quand
on a si catégoriquement refusé. Par exemple la maîtresse
de l'homme riche était venue le trouver pour connaître
un chasseur avec qui il était très ami. « Je ne crois pas

que vous le connaissiez, vous n'étiez pas là à ce moment-là.
C'est Victor qu'on lui disait. Naturellement », ajoutait le
liftier de l'air de se référer à des lois inviolables et un
peu secrètes, « on ne peut pas refuser à un camarade qui
n'est pas riche. » Je me souvins de l'invitation que l'ami
noble de l'homme riche m'avait adressée quelques jours
avant mon départ de Balbec[1]. Mais cela n'avait sans
doute aucun rapport et était dicté par la seule amabilité.
    « Eh bien, et la pauvre Françoise, a-t-elle réussi à
faire réformer son neveu ? » Mais Françoise, qui avait
fait depuis longtemps tous ses efforts pour que son neveu
fût réformé et qui, quand on lui avait proposé une
recommandation, par la voie des Guermantes, pour le
général de Saint-Joseph, avait répondu d'un ton
désespéré : « Oh ! non, ça ne servirait à rien, il n'y
a rien à faire avec ce vieux bonhomme-là, c'est tout
ce qu'il y a de pis, il est patriotique », Françoise, dès
qu'il avait été question de la guerre, et quelque douleur
qu'elle en éprouvât, trouvait qu'on ne devait pas
abandonner les « pauvres Russes », puisqu'on était
« alliancé ». Le maître d'hôtel, persuadé d'ailleurs que
la guerre ne durerait que dix jours et se terminerait
par la victoire éclatante de la France, n'aurait pas osé,
par peur d'être démenti par les événements, et n'aurait
même pas eu assez d'imagination pour prédire une guerre
longue et indécise. Mais cette victoire complète et
immédiate, il tâchait au moins d'en extraire d'avance
tout ce qui pouvait faire souffrir Françoise. « Ça pourrait
bien faire du vilain, parce qu'il paraît qu'il y en a
beaucoup qui ne veulent pas marcher, des gars de seize
ans qui pleurent. » Et lui dire ainsi pour la « vexer »
des choses désagréables, c'est ce qu'il appelait « lui jeter
un pépin, lui lancer une apostrophe, lui envoyer un
calembour ». « De seize ans, Vierge Marie ! », disait
Françoise, et, un instant méfiante : « On disait pourtant
qu'on ne les prenait qu'après vingt ans, c'est encore des
enfants. — Naturellement les journaux ont l'ordre de
ne pas dire ça. Du reste c'est toute la jeunesse qui sera
en avant, il n'en reviendra pas lourd. D'un côté ça fera
du bon, une bonne saignée, là, c'est utile de temps en
temps, ça fera marcher le commerce. Ah ! dame, s'il
y a des gosses trop tendres qui ont une hésitation, on
les fusille immédiatement, douze balles dans la peau,

vlan ! D'un côté, il faut ça. Et puis, les officiers, qu'est-ce que ça peut leur faire ? Ils touchent leurs pesetas, c'est tout ce qu'ils demandent. » Françoise pâlissait tellement pendant chacune de ces conversations qu'on craignait que le maître d'hôtel ne la fît mourir d'une maladie de cœur.

Elle ne perdait pas ses défauts pour cela. Quand une jeune fille venait me voir, si mal aux jambes qu'eût la vieille servante, m'arrivait-il de sortir un instant de ma chambre, je la voyais au haut d'une échelle, dans la penderie, en train, disait-elle, de chercher quelque paletot à moi pour voir si les mites ne s'y mettaient pas, en réalité pour nous écouter. Elle gardait malgré toutes mes critiques sa manière insidieuse de poser des questions d'une façon indirecte pour laquelle elle avait utilisé depuis quelque temps un certain « parce que sans doute ». N'osant pas me dire : « Est-ce que cette dame a un hôtel ? » elle me disait, les yeux timidement levés comme ceux d'un bon chien : « Parce que sans doute cette dame a un hôtel particulier... », évitant l'interrogation flagrante moins pour être polie que pour ne pas sembler curieuse.

Enfin, comme les domestiques que nous aimons le plus — et surtout s'ils ne nous rendent presque plus les services et les égards de leur emploi — restent, hélas, des domestiques et marquent plus nettement les limites (que nous voudrions effacer) de leur caste au fur et à mesure qu'ils croient le plus pénétrer dans la nôtre, Françoise avait souvent à mon endroit (« pour me piquer », eût dit le maître d'hôtel) de ces propos étranges qu'une personne du monde n'aurait pas : avec une joie dissimulée mais aussi profonde que si c'eût été une maladie grave, si j'avais chaud et que la sueur — je n'y prenais pas garde — perlât à mon front : « Mais vous êtes en nage », me disait-elle, étonnée comme devant un phénomène étrange, souriant un peu avec le mépris que cause quelque chose d'indécent (« vous sortez mais vous avez oublié de mettre votre cravate »), prenant pourtant la voix préoccupée qui est chargée d'inquiéter quelqu'un sur son état. On aurait dit que moi seul dans l'univers avais jamais été en nage. Enfin elle ne parlait plus bien comme autrefois. Car dans son humilité, dans sa tendre admiration pour des êtres qui lui étaient infiniment inférieurs, elle adoptait leur vilain tour de langage. Sa fille s'étant plainte d'elle à moi et m'ayant

dit (je ne sais de qui elle l'avait reçu) : « Elle a toujours
quelque chose à dire, que je ferme mal les portes, et
patatipatali et patatatipatala », Françoise crut sans doute
que son incomplète éducation seule l'avait jusqu'ici privée
de ce bel usage. Et sur ces lèvres où j'avais vu fleurir
jadis le français le plus pur j'entendis plusieurs fois par
jour : « Et patatipatali et patatatipatala. » Il est du reste
curieux combien non seulement les expressions mais les
pensées varient peu chez une même personne. Le maître
d'hôtel ayant pris l'habitude de déclarer que M. Poincaré
était mal intentionné, pas pour l'argent, mais parce qu'il
avait voulu absolument la guerre[1], il redisait cela sept
à huit fois par jour devant le même auditoire habituel
et toujours aussi intéressé. Pas un mot n'était modifié,
pas un geste, une intonation. Bien que cela ne durât
que deux minutes, c'était invariable comme une
représentation. Ses fautes de français corrompaient le
langage de Françoise tout autant que les fautes de sa
fille. Il croyait que ce que M. de Rambuteau avait été
si froissé un jour d'entendre appeler par le duc de
Guermantes « les édicules Rambuteau[2] » s'appelait des
pistières. Sans doute dans son enfance n'avait-il pas
entendu l'*o*, et cela lui était resté. Il prononçait donc
ce mot incorrectement mais perpétuellement. Françoise,
gênée d'abord, finit par le dire aussi, pour se plaindre
qu'il n'y eût pas de ce genre de choses pour les femmes
comme pour les hommes. Mais son humilité et son
admiration pour le maître d'hôtel faisaient qu'elle ne
disait jamais pissotières, mais — avec une légère
concession à la coutume — pissetières.

Elle ne dormait plus, ne mangeait plus, se faisait lire
les communiqués auxquels elle ne comprenait rien par
le maître d'hôtel, qui n'y comprenant guère davantage
et chez qui le désir de tourmenter Françoise étant souvent
dominé par une allégresse patriotique, disait avec un
rire sympathique, parlant des Allemands : « Ça doit
chauffer, notre vieux Joffre est en train de leur tirer
des plans sur la comète. » Françoise ne comprenait pas
trop de quelle comète il s'agissait, mais n'en sentait que
davantage que cette phrase faisait partie des aimables
et originales extravagances auxquelles une personne bien
élevée doit répondre avec bonne humeur, par urbanité,
et haussant gaiement les épaules d'un air de dire : « Il

est bien toujours le même », elle tempérait ses larmes d'un sourire. Au moins était-elle heureuse que son nouveau garçon boucher, qui malgré son métier était assez craintif (il avait cependant commencé dans les abattoirs) ne fût pas d'âge à partir. Sans quoi elle eût été capable d'aller trouver le ministre de la Guerre pour le faire réformer.

Le maître d'hôtel n'eût pas pu imaginer que les communiqués n'étaient pas excellents et qu'on ne se rapprochait pas de Berlin, puisqu'il lisait : « Nous avons repoussé, avec de fortes pertes pour l'ennemi, etc. », actions qu'il célébrait comme de nouvelles victoires. J'étais cependant effrayé de la rapidité avec laquelle le théâtre de ces victoires se rapprochait de Paris, et je fus même étonné que le maître d'hôtel, ayant vu dans un communiqué qu'une action avait eu lieu près de Lens, n'eût pas été inquiet en voyant dans le journal du lendemain que ses suites avaient tourné à notre avantage à Jouy-le-Vicomte dont nous tenions solidement les abords. Le maître d'hôtel connaissait pourtant bien de nom Jouy-le-Vicomte, qui n'était pas tellement éloigné de Combray[1]. Mais on lit les journaux comme on aime, un bandeau sur les yeux. On ne cherche pas à comprendre les faits. On écoute les douces paroles du rédacteur en chef comme on écoute les paroles de sa maîtresse. On est battu et content parce qu'on ne se croit pas battu mais vainqueur.

Je n'étais pas du reste demeuré longtemps à Paris et j'avais regagné assez vite ma maison de santé. Bien qu'en principe le docteur vous traitât par l'isolement on m'y avait remis à deux époques différentes une lettre de Gilberte et une lettre de Robert. Gilberte m'écrivait (c'était à peu près en septembre 1914) que, quelque désir qu'elle eût de rester à Paris pour avoir plus facilement des nouvelles de Robert, les raids perpétuels de *taubes*[2] au-dessus de Paris lui avaient causé une telle épouvante, surtout pour sa petite fille, qu'elle s'était enfuie de Paris par le dernier train qui partait encore pour Combray[3], que le train n'était même pas allé jusqu'à Combray et que ce n'était que grâce à la charrette d'un paysan sur laquelle elle avait fait dix heures d'un trajet atroce, qu'elle avait pu gagner Tansonville ! « Et là, imaginez-vous ce qui attendait votre vieille amie, m'écrivait en finissant Gilberte. J'étais partie de Paris pour fuir les avions allemands, me figurant qu'à Tansonville je

serais à l'abri de tout. Je n'y étais pas depuis deux jours
que vous n'imaginerez jamais ce qui arrivait : les
Allemands qui envahissaient la région après avoir battu
nos troupes près de La Fère, et un état-major allemand
suivi d'un régiment qui se présentait à la porte de
Tansonville, et que j'étais obligée d'héberger, et pas
moyen de fuir, plus un train, rien. » L'état-major
allemand s'était-il en effet bien conduit, ou fallait-il voir
dans la lettre de Gilberte un effet, par contagion de
l'esprit des Guermantes, lesquels étaient de souche
bavaroise, apparentés à la plus haute aristocratie
d'Allemagne, mais Gilberte ne tarissait pas sur la parfaite
éducation de l'état-major et même des soldats qui lui
avaient seulement demandé « la permission de cueillir
un des ne-m'oubliez-pas qui poussaient auprès de
l'étang », bonne éducation qu'elle opposait à la violence
désordonnée des fuyards français, qui avaient traversé
la propriété en saccageant tout, avant l'arrivée des
généraux allemands[1]. En tout cas, si la lettre de Gilberte
était par certains côtés imprégnée de l'esprit des
Guermantes — d'autres diraient de l'internationalisme
juif, ce qui n'aurait probablement pas été juste, comme
on verra — la lettre que je reçus pas mal de mois plus
tard de Robert était, elle, beaucoup plus Saint-Loup que
Guermantes, reflétant de plus toute la culture si libérale
qu'il avait acquise, et, en somme, entièrement sympathique. Malheureusement il ne me parlait pas de stratégie
comme dans ses conversations de Doncières et ne me
disait pas dans quelle mesure il estimait que la guerre
confirmait ou infirmait les principes qu'il m'avait alors
exposés.

Tout au plus me dit-il que depuis 1914 s'étaient en
réalité succédé plusieurs guerres, les enseignements de
chacune influant sur la conduite de la suivante. Et par
exemple la théorie de la « percée » avait été complétée
par cette thèse qu'il fallait avant de percer bouleverser
entièrement par l'artillerie le terrain occupé par l'adversaire. Mais ensuite on avait constaté qu'au contraire ce
bouleversement rendait impossible l'avance de l'infanterie
et de l'artillerie dans des terrains dont des milliers de trous
d'obus ont fait autant d'obstacles[2]. « La guerre, me
disait-il, n'échappe pas aux lois de notre vieil Hegel. Elle
est en état de perpétuel devenir. »

C'était peu auprès de ce que j'aurais voulu savoir. Mais ce qui me fâchait davantage encore, c'est qu'il n'avait pas non plus le droit de me citer de noms de généraux. Et d'ailleurs, par le peu que me disait le journal, ce n'était pas ceux dont j'étais à Doncières si préoccupé de savoir lesquels montreraient le plus de valeur dans une guerre, qui conduisaient celle-ci. Geslin de Bourgogne, Galliffet, Négrier[1] étaient morts. Pau[2] avait quitté le service actif presque au début de la guerre. De Joffre, de Foch, de Castelnau, de Pétain, nous n'avions jamais parlé. *Mon petit,* m'écrivait Robert, *je reconnais que des mots comme « passeront pas » ou « on les aura[3] » ne sont pas agréables ; ils m'ont fait longtemps aussi mal aux dents que « poilu[4] » et le reste, et sans doute c'est ennuyeux de construire une épopée sur des termes qui sont pis qu'une faute de grammaire ou une faute de goût, qui sont cette chose contradictoire et atroce, une affectation, une prétention vulgaires que nous détestons tellement, comme par exemple les gens qui croient spirituel de dire « de la coco » pour « de la cocaïne ». Mais si tu voyais tout ce monde, surtout les gens du peuple, les ouvriers, les petits commerçants qui ne se doutaient pas de ce qu'ils recélaient en eux d'héroïsme et seraient morts dans leur lit sans l'avoir soupçonné, courir sous les balles pour secourir un camarade, pour emporter un chef blessé, et frappés eux-mêmes, sourire au moment où ils vont mourir parce que le médecin-chef leur apprend que la tranchée a été reprise aux Allemands, je t'assure, mon cher petit, que cela donne une belle idée des Français et que ça fait comprendre les époques historiques qui nous paraissaient un peu extraordinaires dans nos classes.*

L'épopée est tellement belle que tu trouverais comme moi que les mots ne font plus rien. Rodin ou Maillol pourraient faire un chef-d'œuvre avec une matière affreuse qu'on ne reconnaîtrait pas. Au contact d'une telle grandeur, « poilu » est devenu pour moi quelque chose dont je ne sens même pas plus s'il a pu contenir d'abord une allusion ou une plaisanterie que quand nous lisons « chouans » par exemple. Mais je sens « poilu » déjà prêt pour de grands poètes, comme les mots déluge, ou Christ, ou Barbares qui étaient déjà pétris de grandeur avant que s'en fussent servis Hugo, Vigny ou les autres.

Je dis que le peuple, les ouvriers, est ce qu'il y a de mieux, mais tout le monde est bien. Le pauvre petit Vaugoubert, le fils de l'ambassadeur, a été sept fois blessé avant d'être tué et chaque fois qu'il revenait d'une expédition sans avoir écopé, il avait l'air

*de s'excuser et de dire que ce n'était pas sa faute. C'était
un être charmant. Nous nous étions beaucoup liés, les pauvres
parents ont eu la permission de venir à l'enterrement à condition
de ne pas être en deuil et de ne rester que cinq minutes à
cause du bombardement. La mère, un grand cheval que tu
connais peut-être, pouvait avoir beaucoup de chagrin, on ne
distinguait rien. Mais le pauvre père était dans un tel état
que je t'assure que moi, qui ai fini par devenir tout à fait
insensible, à force de prendre l'habitude de voir la tête du
camarade qui est en train de me parler subitement labourée
par une torpille ou même détachée du tronc, je ne pouvais
pas me contenir en voyant l'effondrement du pauvre Vaugoubert
qui n'était plus qu'une espèce de loque. Le général avait beau
lui dire que c'était pour la France, que son fils s'était conduit
en héros, cela ne faisait que redoubler les sanglots du pauvre
homme qui ne pouvait pas se détacher du corps de son fils.
Enfin, et c'est pour cela qu'il faut s'habituer à « passeront
pas », tous ces gens-là, comme mon pauvre valet de chambre,
comme Vaugoubert, ont empêché les Allemands de passer. Tu
trouves peut-être que nous n'avançons pas beaucoup, mais il
ne faut pas raisonner, une armée se sent victorieuse par une
impression intime, comme un mourant se sent foutu. Or nous
savons que nous aurons la victoire et nous le voulons pour
dicter une paix juste, je ne veux pas dire seulement juste pour
nous, vraiment juste, juste pour les Français, juste pour les
Allemands.*

Bien entendu, le « fléau » n'avait pas élevé l'intelligence de Saint-Loup au-dessus d'elle-même. De même
que les héros d'un esprit médiocre et banal écrivant
des poèmes pendant leur convalescence se plaçaient
pour décrire la guerre non au niveau des événements,
qui en eux-mêmes ne sont rien mais de la banale
esthétique dont ils avaient suivi les règles jusque-là,
parlant comme ils eussent fait dix ans plus tôt de la
« sanglante aurore », du « vol frémissant de la
victoire », etc., Saint-Loup, lui, beaucoup plus intelligent et artiste, restait intelligent et artiste, et notait
avec goût pour moi des paysages, pendant qu'il était
immobilisé à la lisière d'une forêt marécageuse, mais
comme si ç'avait été pour une chasse au canard. Pour
me faire comprendre certaines oppositions d'ombre et
de lumière qui avaient été « l'enchantement de sa
matinée », il me citait certains tableaux que nous aimions

l'un et l'autre et ne craignait pas de faire allusion à
une page de Romain Rolland[1], voire de Nietzsche, avec
cette indépendance des gens du front qui n'avaient pas
la même peur de prononcer un nom allemand que ceux
de l'arrière, et même avec cette pointe de coquetterie
à citer un ennemi que mettait par exemple le colonel
du Paty de Clam, dans la salle des témoins de l'affaire
Zola, à réciter en passant devant Pierre Quillard, poète
dreyfusard de la plus extrême violence et que d'ailleurs
il ne connaissait pas, des vers de son drame symboliste :
La Fille aux mains coupées[2]. Saint-Loup me parlait-il d'une
mélodie de Schumann, il n'en donnait le titre qu'en
allemand et ne prenait aucune circonlocution pour me
dire que, quand à l'aube il avait entendu un premier
gazouillis à la lisière de cette forêt, il avait été enivré
comme si lui avait parlé l'oiseau de ce « sublime
Siegfried » qu'il espérait bien entendre après la guerre[3].

Et maintenant, à mon second retour à Paris, j'avais
reçu, dès le lendemain de mon arrivée, une nouvelle
lettre de Gilberte qui sans doute avait oublié celle, ou
du moins le sens de celle que j'ai rapportée, car son
départ de Paris à la fin de 1914 y était représenté
rétrospectivement d'une manière assez différente. *Vous
ne savez peut-être pas, mon cher ami, me disait-elle, que voilà
bientôt deux ans que je suis à Tansonville. J'y suis arrivée
en même temps que les Allemands ; tout le monde avait voulu
m'empêcher de partir. On me traitait de folle. « Comment, me
disait-on, vous êtes en sûreté à Paris et vous partez pour ces
régions envahies, juste au moment où tout le monde cherche
à s'en échapper. » Je ne méconnaissais pas tout ce que ce
raisonnement avait de juste. Mais que voulez-vous, je n'ai qu'une
seule qualité, je ne suis pas lâche, ou, si vous aimez mieux,
je suis fidèle, et quand j'ai su mon cher Tansonville menacé,
je n'ai pas voulu que notre vieux régisseur restât seul à le
défendre. Il m'a semblé que ma place était à ses côtés. Et c'est
du reste grâce à cette résolution que j'ai pu sauver à peu près
le château, quand tous les autres dans le voisinage, abandonnés
par leurs propriétaires affolés, ont été presque tous détruits de
fond en comble, et non seulement sauver le château mais les
précieuses collections auxquelles mon cher papa tenait tant. En*
un mot Gilberte était persuadée maintenant qu'elle n'était
pas allée à Tansonville, comme elle me l'avait écrit en

1914, pour fuir les Allemands et pour être à l'abri, mais au contraire pour les rencontrer et défendre contre eux son château[1]. Ils n'étaient pas restés à Tansonville d'ailleurs, mais elle n'avait plus cessé d'avoir chez elle un va-et-vient constant de militaires qui dépassait beaucoup celui qui tirait des larmes à Françoise dans la rue de Combray, de mener, comme elle disait cette fois en toute vérité, la vie du front. Aussi parlait-on dans les journaux avec les plus grands éloges de son admirable conduite et il était question de la décorer. La fin de sa lettre était entièrement exacte. *Vous n'avez pas idée de ce que c'est que cette guerre, mon cher ami, et de l'importance qu'y prend une route, un pont, une hauteur. Que de fois j'ai pensé à vous, aux promenades, grâce à vous rendues délicieuses, que nous faisions ensemble dans tout ce pays aujourd'hui ravagé, alors que d'immenses combats se livraient pour la possession de tel chemin, de tel coteau que vous aimiez, où nous sommes allés si souvent ensemble ! Probablement vous comme moi, vous ne vous imaginiez pas que l'obscur Roussainville et l'assommant Méséglise d'où on nous portait nos lettres, et où on était allé chercher le docteur quand vous avez été souffrant, seraient jamais des endroits célèbres. Eh bien, mon cher ami, ils sont à jamais entrés dans la gloire au même titre qu'Austerlitz ou Valmy. La bataille de Méséglise a duré plus de huit mois, les Allemands y ont perdu plus de six cent mille hommes, ils ont détruit Méséglise mais ils ne l'ont pas pris. Le petit chemin que vous aimiez tant, que nous appelions le raidillon aux aubépines et où vous prétendez que vous êtes tombé dans votre enfance amoureux de moi, alors que je vous assure en toute vérité que c'était moi qui étais amoureuse de vous, je ne peux pas vous dire l'importance qu'il a prise. L'immense champ de blé auquel il aboutit, c'est la fameuse cote 307 dont vous avez dû voir le nom revenir si souvent dans les communiqués. Les Français ont fait sauter le petit pont sur la Vivonne qui, disiez-vous, ne vous rappelait pas votre enfance autant que vous l'auriez voulu, les Allemands en ont jeté d'autres, pendant un an et demi ils ont eu une moitié de Combray et les Français l'autre moitié*[2].

Le lendemain du jour où j'avais reçu cette lettre, c'est-à-dire l'avant-veille de celui où, cheminant dans l'obscurité, entendant sonner le bruit de mes pas, tout en remâchant tous ces souvenirs, Saint-Loup venu du front,

sur le point d'y retourner, m'avait fait une visite de
quelques secondes seulement, dont l'annonce seule m'avait
violemment ému. Françoise avait voulu se précipiter
sur lui, espérant qu'il pourrait faire réformer le timide
garçon boucher dont, dans un an, la classe allait partir.
Mais elle fut arrêtée d'elle-même par l'inutilité de cette
démarche, car depuis longtemps le timide tueur d'animaux avait changé de boucherie. Et soit que la nôtre
craignît de perdre notre clientèle, soit qu'elle fût de
bonne foi, elle déclara à Françoise qu'elle ignorait où
ce garçon, qui, d'ailleurs, ne ferait jamais un bon boucher, était employé. Françoise alors avait bien cherché
partout. Mais Paris est grand, les boucheries nombreuses, et elle avait eu beau entrer dans un grand
nombre, elle n'avait pu retrouver le jeune homme timide
et sanglant.

Quand Saint-Loup était entré dans ma chambre, je
l'avais approché avec ce sentiment de timidité, avec cette
impression de surnaturel que donnaient au fond tous les
permissionnaires et qu'on éprouve quand on est introduit
auprès d'une personne atteinte d'un mal mortel et qui
cependant se lève, s'habille, se promène encore. Il semblait
(il avait surtout semblé au début, car pour qui n'avait pas
vécu comme moi loin de Paris, l'habitude était venue qui
retranche aux choses que nous avons vues plusieurs fois
la racine d'impression profonde et de pensée qui leur
donne leur sens réel), il semblait presque qu'il y eût
quelque chose de cruel dans ces permissions données aux
combattants. Aux premières, on se disait : « Ils ne
voudront pas repartir, ils déserteront[1]. » Et en effet ils ne
venaient pas seulement de lieux qui nous semblaient irréels
parce que nous n'en avions entendu parler que par les
journaux et que nous ne pouvions nous figurer qu'on eût
pris part à ces combats titaniques et revenir avec seulement
une contusion à l'épaule ; c'était des rivages de la mort,
vers lesquels ils allaient retourner, qu'ils venaient un
instant parmi nous, incompréhensibles pour nous, nous
remplissant de tendresse, d'effroi, et d'un sentiment de
mystère, comme ces morts que nous évoquons, qui nous
apparaissent une seconde, que nous n'osons pas interroger
et qui du reste pourraient tout au plus nous répondre :
« Vous ne pourriez pas vous figurer. » Car il est
extraordinaire à quel point chez les rescapés du feu que

sont les permissionnaires, chez les vivants ou les morts
qu'un médium hypnotise ou évoque, le seul effet du
contact avec le mystère soit d'accroître s'il est possible
l'insignifiance des propos. Tel j'abordai Robert qui avait
encore au front une cicatrice, plus auguste et plus
mystérieuse pour moi que l'empreinte laissée sur la terre
par le pied d'un géant[1]. Et je n'avais pas osé lui poser de
question et il ne m'avait dit que de simples paroles. Encore
étaient-elles fort peu différentes de ce qu'elles eussent été
avant la guerre, comme si les gens, malgré elle, continuaient à être ce qu'ils étaient ; le ton des entretiens était
le même, la matière seule différait, et encore !

Je crus comprendre qu'il avait trouvé aux armées des
ressources qui lui avaient fait peu à peu oublier que Morel
s'était aussi mal conduit avec lui qu'avec son oncle.
Pourtant il lui gardait une grande amitié et était pris de
brusques désirs de le revoir, qu'il ajournait sans cesse. Je
crus plus délicat envers Gilberte de ne pas indiquer à
Robert que pour retrouver Morel il n'avait qu'à aller chez
Mme Verdurin.

Je dis avec humilité à Robert combien on sentait peu
la guerre à Paris. Il me dit que même à Paris c'était
quelquefois « assez inouï ». Il faisait allusion à un raid
de zeppelins[2] qu'il y avait eu la veille et il me demanda
si j'avais bien vu, mais comme il m'eût parlé autrefois de
quelque spectacle d'une grande beauté esthétique. Encore
au front comprend-on qu'il y ait une sorte de coquetterie
à dire : « C'est merveilleux, quel rose ! et ce vert pâle ! »
au moment où on peut à tout instant être tué, mais ceci
n'existait pas chez Saint-Loup, à Paris, à propos d'un raid
insignifiant, mais qui de notre balcon, dans ce silence d'une
nuit où il y avait eu tout à coup une fête *vraie* avec fusées
utiles et protectrices, appels de clairons qui n'étaient pas
que pour la parade, etc. Je lui parlai de la beauté des avions
qui montaient dans la nuit. « Et peut-être encore plus de
ceux qui descendent, me dit-il. Je reconnais que c'est très
beau le moment où ils montent, où ils vont *faire
constellation*, et obéissent en cela à des lois tout aussi
précises que celles qui régissent les constellations car ce
qui te semble un spectacle est le ralliement des escadrilles,
les commandements qu'on leur donne, leur départ en
chasse, etc. Mais est-ce que tu n'aimes pas mieux le
moment où, définitivement assimilés aux étoiles, ils s'en

détachent pour partir en chasse ou rentrer après la
berloque[1], le moment où ils *font apocalypse*, même les étoiles
ne gardant plus leur place ? Et ces sirènes, était-ce assez
wagnérien, ce qui du reste était bien naturel pour saluer
l'arrivée des Allemands, ça faisait très hymne national, avec
le Kronprinz et les princesses dans la loge impériale, *Wacht
am Rhein*[2] ; c'était à se demander si c'était bien des aviateurs
et pas plutôt des Walkyries qui montaient. » Il semblait
avoir plaisir à cette assimilation des aviateurs et des
Walkyries et l'expliqua d'ailleurs par des raisons purement
musicales : « Dame, c'est que la musique des sirènes était
d'un *Chevauchée*[3] ! Il faut décidément l'arrivée des Allemands pour qu'on puisse entendre du Wagner à Paris. »
    D'ailleurs à certains points de vue la comparaison n'était
pas fausse. De notre balcon la ville semblait un seul lieu
mouvant, informe et noir, et qui tout d'un coup passait,
des profondeurs et de la nuit, dans la lumière et dans le
ciel, où un à un les aviateurs s'élançaient à l'appel déchirant
des sirènes, cependant que d'un mouvement plus lent, mais
plus insidieux, plus alarmant, car ce regard faisait penser
à l'objet invisible encore et peut-être déjà proche qu'il
cherchait, les projecteurs se remuaient sans cesse, flairant
l'ennemi, le cernant de leurs lumières jusqu'au moment
où les avions aiguillés bondiraient en chasse pour le saisir.
Et, escadrille après escadrille, chaque aviateur s'élançait
ainsi de la ville transportée maintenant dans le ciel, pareil
à une Walkyrie. Pourtant des coins de la terre, au ras des
maisons, s'éclairaient, et je dis à Saint-Loup que s'il avait
été à la maison la veille il aurait pu, tout en contemplant
l'apocalypse dans le ciel, voir sur la terre (comme dans
L'Enterrement du comte d'Orgaz du Greco[4] où ces différents
plans sont parallèles) un vrai vaudeville joué par des
personnages en chemise de nuit, lesquels à cause de leurs
noms célèbres eussent mérité d'être envoyés à quelque
successeur de ce Ferrari[5] dont les notes mondaines nous
avaient si souvent amusés, Saint-Loup et moi, que nous
nous amusions pour nous-mêmes à en inventer. Et c'est
ce que nous avions fait encore ce jour-là, comme s'il n'y
avait pas la guerre, bien que sur un sujet fort « guerre »,
la peur des Zeppelins : « Reconnu : la duchesse de
Guermantes superbe en chemise de nuit, le duc de
Guermantes inénarrable en pyjama rose et peignoir de
bain, etc., etc. »

« Je suis sûr, me dit-il, que dans tous les grands hôtels on a dû voir les juives américaines en chemise, serrant sur leurs seins décatis le collier de perles qui leur permettra d'épouser un duc décavé. L'hôtel Ritz, ces soirs-là, doit ressembler à l'Hôtel du libre échange[1]. »

Il faut dire pourtant que si la guerre n'avait pas grandi l'intelligence de Saint-Loup, cette intelligence, conduite par une évolution où l'hérédité entrait pour une grande part, avait pris un brillant que je ne lui avais jamais vu. Quelle distance entre le jeune blondin qui jadis était courtisé par les femmes chic ou aspirant à le devenir, et le discoureur, le doctrinaire qui ne cessait de jouer avec les mots ! À une autre génération, sur une autre tige, comme un acteur qui reprend le rôle joué jadis par Bressant ou Delaunay[2], il était comme un successeur — rose, blond et doré, alors que l'autre était mi-partie très noir et tout blanc — de M. de Charlus. Il avait beau ne pas s'entendre avec son oncle sur la guerre, s'étant rangé dans cette fraction de l'aristocratie qui faisait passer la France avant tout, tandis que M. de Charlus était au fond défaitiste, il pouvait montrer à celui qui n'avait pas vu le « créateur du rôle » comment on pouvait exceller dans l'emploi de raisonneur. « Il paraît que Hindenburg c'est une révélation, lui dis-je. — Une vieille révélation, me répondit-il du tac au tac, ou une future révolution. Il aurait fallu, au lieu de ménager l'ennemi, laisser faire Mangin, abattre l'Autriche et l'Allemagne et européaniser la Turquie au lieu de monténégriser la France. — Mais nous aurons l'aide des États-Unis, lui dis-je. — En attendant je ne vois ici que le spectacle des États désunis. Pourquoi ne pas faire des concessions plus larges à l'Italie par la peur de déchristianiser la France ? — Si ton oncle Charlus t'entendait ! lui dis-je. Au fond tu ne serais pas fâché qu'on offense encore un peu plus le pape, et lui pense avec désespoir au mal qu'on peut faire au trône de François-Joseph. Il se dit d'ailleurs en cela dans la tradition de Talleyrand et du Congrès de Vienne. — L'ère du Congrès de Vienne est révolue, me répondit-il ; à la diplomatie secrète, il faut opposer la diplomatie concrète. Mon oncle est au fond un monarchiste impénitent à qui on ferait avaler des carpes comme Mme Molé ou des escarpes comme Arthur Meyer, pourvu que carpes et

escarpes fussent à la Chambord. Par haine du drapeau
tricolore, je crois qu'il se rangerait plutôt sous le torchon
du *bonnet rouge*, qu'il prendrait de bonne foi pour le
drapeau blanc. » Certes, ce n'était que des mots[1] et
Saint-Loup était loin d'avoir l'originalité quelquefois
profonde de son oncle. Mais il était aussi affable et
charmant de caractère que l'autre était soupçonneux et
jaloux. Et il était resté charmant et rose comme à Balbec,
sous tous ses cheveux d'or. La seule chose où son oncle
ne l'eût pas dépassé était cet état d'esprit du faubourg
Saint-Germain dont sont empreints ceux qui croient s'en
être le plus détachés et qui leur donne à la fois ce respect
des hommes intelligents pas nés (qui ne fleurit vraiment
que dans la noblesse et rend les révolutions si injustes)
mêlé à une niaise satisfaction de soi. De par ce mélange
d'humilité et d'orgueil, de curiosités d'esprit acquises et
d'autorité innée, M. de Charlus et Saint-Loup, par des
chemins différents, et avec des opinions opposées, étaient
devenus, à une génération d'intervalle, des intellectuels
que toute idée nouvelle intéresse et des causeurs de qui
aucun interrupteur ne peut obtenir le silence. De sorte
qu'une personne un peu médiocre pouvait les trouver l'un
et l'autre, selon la disposition où elle se trouvait,
éblouissants ou raseurs.

« Tu te rappelles, lui dis-je, nos conversations de
Doncières. — Ah ! c'était le bon temps. Quel abîme nous
en sépare. Ces beaux jours renaîtront-ils seulement jamais

> *du gouffre interdit à nos sondes,*
> *Comme montent au ciel les soleils rajeunis*
> *Après s'être lavés au fond des mers profondes*[2] *?*

— Ne pensons à ces conversations que pour en évoquer
la douceur, lui dis-je. Je cherchais à y atteindre un certain
genre de vérité. La guerre actuelle qui a tout bouleversé,
et surtout, me dis-tu, l'idée de la guerre, rend-elle caduc
ce que tu me disais alors relativement à ces batailles, par
exemple aux batailles de Napoléon qui seraient imitées
dans les guerres futures[3] ? — Nullement ! me dit-il. La
bataille napoléonienne se retrouve toujours, et d'autant
plus dans cette guerre qu'Hindenburg est imbu de l'esprit
napoléonien. Ses rapides déplacements de troupes, ses
feintes, soit qu'il ne laisse qu'un mince rideau devant un

de ses adversaires pour tomber toutes forces réunies sur
l'autre (Napoléon 1814), soit qu'il pousse à fond une
diversion qui force l'adversaire à maintenir ses forces sur
le front qui n'est pas le principal (ainsi la feinte
d'Hindenburg devant Varsovie grâce à laquelle les Russes
trompés portèrent là leur résistance et furent battus sur
les lacs de Mazurie), ses replis analogues à ceux par
lesquels commencèrent Austerlitz, Arcole, Eckmühl, tout
chez lui est napoléonien, et ce n'est pas fini[1]. J'ajoute, si
loin de moi tu essayes au fur et à mesure d'interpréter
les événements de cette guerre, de ne pas te fier trop
exclusivement à cette manière particulière d'Hindenburg
pour y trouver le sens de ce qu'il fait, la clef de ce qu'il
va faire. Un général est comme un écrivain qui veut faire
une certaine pièce, un certain livre, et que le livre
lui-même, avec les ressources inattendues qu'il révèle ici,
l'impasse qu'il présente là, fait dévier extrêmement du plan
préconçu. Comme une diversion, par exemple, ne doit se
faire que sur un point qui a lui-même assez d'importance,
suppose que la diversion réussisse au-delà de toute
espérance, tandis que l'opération principale se solde par
un échec ; c'est la diversion qui peut devenir l'opération
principale. J'attends Hindenburg à un des types de la
bataille napoléonienne, celle qui consiste à séparer deux
adversaires, les Anglais et nous. »

Tout en me rappelant ainsi la visite de Saint-Loup, j'avais
marché, fait un trop long crochet ; j'étais presque au pont
des Invalides. Les lumières assez peu nombreuses (à cause
des gothas[2]), étaient allumées, un peu trop tôt car le
« changement d'heure[3] » avait été fait un peu trop tôt,
quand la nuit venait encore assez vite, mais stabilisé pour
toute la belle saison (comme les calorifères sont allumés
et éteints à partir d'une certaine date), et, au-dessus de
la ville nocturnement éclairée, dans toute une partie du
ciel — du ciel ignorant de l'heure d'été et de l'heure
d'hiver, et qui ne daignait pas savoir que 8 heures et demie
était devenu 9 heures et demie — dans toute une partie
du ciel bleuâtre il continuait à faire un peu jour. Dans
toute la partie de la ville que dominent les tours du
Trocadéro[4], le ciel avait l'air d'une immense mer nuance
de turquoise qui se retire, laissant déjà émerger toute une
ligne légère de rochers noirs, peut-être même de simples
filets de pêcheurs alignés les uns après les autres, et qui

étaient de petits nuages. Mer en ce moment couleur
turquoise et qui emporte avec elle, sans qu'ils s'en
aperçoivent, les hommes entraînés dans l'immense révolution de la terre, de la terre sur laquelle ils sont assez fous
pour continuer leurs révolutions à eux, et leurs vaines
guerres, comme celle qui ensanglantait en ce moment la
France. Au reste, à force de regarder le ciel paresseux et
trop beau, qui ne trouvait pas digne de lui de changer
son horaire et au-dessus de la ville allumée prolongeait
mollement, en ces tons bleuâtres, sa journée qui s'attardait,
le vertige prenait, ce n'était plus une mer étendue mais
une gradation verticale de bleus glaciers. Et les tours du
Trocadéro qui semblaient si proches des degrés de
turquoise devaient en être extrêmement éloignées, comme
ces deux tours de certaines villes de Suisse qu'on croirait
dans le lointain voisiner avec la pente des cimes. Je revins
sur mes pas, mais une fois quitté le pont des Invalides il
ne faisait plus jour dans le ciel, il n'y avait même guère
de lumière dans la ville, et butant çà et là contre des
poubelles, prenant un chemin pour un autre, je me trouvai
sans m'en douter, en suivant machinalement un dédale de
rues obscures, arrivé sur les boulevards. Là, l'impression
d'Orient que je venais d'avoir se renouvela, et d'autre part
à l'évocation du Paris du Directoire succéda celle du Paris
de 1815. Comme en 1815 c'était le défilé le plus disparate
des uniformes des troupes alliées[1] ; et parmi elles, des
Africains en jupe-culotte rouge, des Hindous enturbannés
de blanc suffisaient pour que de ce Paris où je me
promenais je fisse toute une imaginaire cité exotique, dans
un Orient à la fois minutieusement exact en ce qui
concernait les costumes et la couleur des visages, arbitrairement chimérique en ce qui concernait le décor, comme
de la ville où il vivait Carpaccio fit une Jérusalem ou une
Constantinople en y assemblant une foule dont la
merveilleuse bigarrure n'était pas plus colorée que
celle-ci[2]. Marchant derrière deux zouaves qui ne semblaient guère se préoccuper de lui, j'aperçus un homme
grand et gros, en feutre mou, en longue houppelande et
sur la figure mauve duquel j'hésitai si je devais mettre le
nom d'un acteur ou d'un peintre également connus pour
d'innombrables scandales sodomistes. J'étais certain en
tout cas que je ne connaissais pas le promeneur, aussi fus-je
bien surpris, quand ses regards rencontrèrent les miens,

de voir qu'il avait l'air gêné et fit exprès de s'arrêter et de venir à moi comme un homme qui veut montrer que vous ne le surprenez nullement en train de se livrer à une occupation qu'il eût préféré laisser secrète. Une seconde je me demandai qui me disait bonjour : c'était M. de Charlus. On peut dire que pour lui l'évolution de son mal ou la révolution de son vice était à ce point extrême où la petite personnalité primitive de l'individu, ses qualités ancestrales, sont entièrement interceptées par le passage en face d'elles du défaut ou du mal générique dont ils sont accompagnés. M. de Charlus était arrivé aussi loin qu'il était possible de soi-même, ou plutôt il était lui-même si parfaitement masqué par ce qu'il était devenu et qui n'appartenait pas à lui seul mais à beaucoup d'autres invertis, qu'à la première minute je l'avais pris pour un autre d'entre eux, derrière ces zouaves, en plein boulevard, pour un autre d'entre eux qui n'était pas M. de Charlus, qui n'était pas un grand seigneur, qui n'était pas un homme d'imagination et d'esprit, et qui n'avait pour toute ressemblance avec le baron que cet air commun à tous, qui maintenant chez lui, au moins avant qu'on se fût appliqué à bien regarder, couvrait tout.

C'est ainsi qu'ayant voulu aller chez Mme Verdurin j'avais rencontré M. de Charlus. Et certes je ne l'eusse pas comme autrefois trouvé chez elle ; leur brouille n'avait fait que s'aggraver et Mme Verdurin se servait même des événements présents pour le discréditer davantage. Ayant dit depuis longtemps qu'elle le trouvait usé, fini, plus démodé dans ses prétendues audaces que les plus pompiers, elle résumait maintenant cette condamnation et dégoûtait de lui toutes les imaginations en disant qu'il était « avant-guerre[1] ». La guerre avait mis entre lui et le présent, selon le petit clan, une coupure qui le reculait dans le passé le plus mort.

D'ailleurs — ceci s'adressant plutôt au monde politique qui était moins informé — elle le représentait comme aussi « toc », aussi « à côté » comme situation mondaine que comme valeur intellectuelle. « Il ne voit personne, personne ne le reçoit », disait-elle à M. Bontemps, qu'elle persuadait aisément. Il y avait d'ailleurs du vrai dans ces paroles. La situation de M. de Charlus avait changé. Se souciant de moins en moins du monde, s'étant brouillé par caractère quinteux, et ayant par conscience de sa valeur

sociale dédaigné de se réconcilier avec la plupart des
personnes qui étaient la fleur de la société, il vivait dans
un isolement relatif qui n'avait pas, comme celui où était
morte Mme de Villeparisis, l'ostracisme de l'aristocratie
pour cause, mais qui aux yeux du public paraissait pire
pour deux raisons. La mauvaise réputation maintenant
connue de M. de Charlus faisait croire aux gens peu
renseignés que c'était pour cela que ne le fréquentaient
point les gens que de son propre chef il refusait de
fréquenter. De sorte que ce qui était l'effet de son humeur
atrabilaire semblait celui du mépris des personnes à l'égard
de qui elle s'exerçait. D'autre part Mme de Villeparisis
avait eu un grand rempart : la famille. Mais M. de Charlus
avait multiplié entre elle et lui les brouilles. Elle lui avait
d'ailleurs — surtout côté vieux Faubourg, côté Courvoisier — semblé inintéressante. Et il ne se doutait guère,
lui qui avait fait vers l'art, par opposition aux Courvoisier,
des pointes si hardies, que ce qui eût intéressé le plus en
lui un Bergotte, par exemple, c'était sa parenté avec tout
ce vieux Faubourg, c'eût été de pouvoir lui décrire la vie
quasi provinciale menée par ses cousines, de la rue de la
Chaise à la place du Palais-Bourbon et à la rue Garancière.

Puis, se plaçant à un autre point de vue moins
transcendant et plus pratique, Mme Verdurin affectait de
croire qu'il n'était pas français. « Quelle est sa nationalité
exacte, est-ce qu'il n'est pas autrichien ? demandait
innocemment M. Verdurin. — Mais non, pas du tout »,
répondait la comtesse Molé, dont le premier mouvement
obéissait plutôt au bon sens qu'à la rancune[1]. « Mais non,
il est prussien, disait la Patronne. Mais je vous le dis, je
le sais, il nous l'a assez répété qu'il était membre
héréditaire de la Chambre des seigneurs de Prusse et
Durchlaucht[2]. — Pourtant la reine de Naples m'avait
dit… — Vous savez que c'est une affreuse espionne »,
s'écriait Mme Verdurin qui n'avait pas oublié l'attitude
que la souveraine déchue avait eue un soir chez elle[3]. « Je
le sais et d'une façon précise, elle ne vivait que de ça. Si
nous avions un gouvernement plus énergique, tout ça
devrait être dans un camp de concentration. Et allez donc !
En tout cas vous ferez bien de ne pas recevoir ce joli
monde, parce que je sais que le ministre de l'Intérieur
a l'œil sur eux, votre hôtel serait surveillé. Rien ne
m'enlèvera de l'idée que pendant deux ans Charlus n'a

pas cessé d'espionner chez moi. » Et pensant probablement qu'on pouvait avoir un doute sur l'intérêt que
pouvaient présenter pour le gouvernement allemand les
rapports les plus circonstanciés sur l'organisation du petit
clan, Mme Verdurin, d'un air doux et perspicace, en
personne qui sait que la valeur de ce qu'elle dit ne paraîtra
que plus précieuse si elle n'enfle pas la voix pour le dire :
« Je vous dirai que dès le premier jour j'ai dit à mon mari :
"Ça ne me va pas, la façon dont cet homme-là s'est
introduit chez moi. Ça a quelque chose de louche." Nous
avions une propriété au fond d'une baie, sur un point très
élevé. Il était sûrement chargé par les Allemands de
préparer là une base pour leurs sous-marins[1]. Il y avait
des choses qui m'étonnaient et que maintenant je
comprends. Ainsi, au début, il ne voulait pas venir par
le train avec mes autres habitués. Moi, je lui avais très
gentiment proposé une chambre dans le château. Eh bien
non, il avait préféré habiter Doncières où il y a
énormément de troupe. Tout ça sentait l'espionnage à
plein nez. »

Pour la première des accusations dirigées contre le
baron de Charlus, celle d'être passé de mode, les gens du
monde ne donnaient que trop aisément raison à Mme Verdurin. En fait ils étaient ingrats, car M. de Charlus était
en quelque sorte leur poète, celui qui avait su dégager
de la mondanité ambiante une sorte de poésie où il entrait
de l'histoire, de la beauté, du pittoresque, du comique,
de la frivole élégance. Mais les gens du monde, incapables
de comprendre cette poésie, n'en voyaient aucune dans
leur vie, la cherchaient ailleurs, et mettaient à mille piques
au-dessus de M. de Charlus des hommes qui lui étaient
infiniment inférieurs, mais qui prétendaient mépriser le
monde et en revanche professaient des théories de
sociologie et d'économie politique. M. de Charlus s'en-
chantait à raconter des mots involontairement typiques,
et à décrire les toilettes savamment gracieuses de la
duchesse de Montmorency[2], la traitant de femme sublime,
ce qui le faisait considérer comme une espèce d'imbécile
par des femmes du monde qui trouvaient la duchesse de
Montmorency une sotte sans intérêt, que les robes sont
faites pour être portées mais sans qu'on ait l'air d'y faire
aucune attention, et qui, elles, plus intelligentes, couraient
à la Sorbonne, ou à la Chambre si Deschanel devait parler.

Bref, les gens du monde s'étaient désengoués de M. de Charlus, non pas pour avoir trop pénétré, mais sans avoir pénétré jamais sa rare valeur intellectuelle. On le trouvait « avant-guerre », démodé, car ceux-là mêmes qui sont le plus incapables de juger les mérites sont ceux qui pour les classer adoptent le plus l'ordre de la mode. Ils n'ont pas épuisé, pas même effleuré, les hommes de mérite qu'il y avait dans une génération, et maintenant il faut les condamner tous en bloc, car voici l'étiquette d'une génération nouvelle, qu'on ne comprendra pas davantage.

Quant à la deuxième accusation, celle de germanisme, l'esprit juste-milieu des gens du monde la leur faisait repousser, mais elle avait trouvé un interprète inlassable et particulièrement cruel en Morel qui, ayant su garder dans les journaux et même dans le monde la place que M. de Charlus, en prenant les deux fois autant de peine, avait réussi à lui faire obtenir, mais non pas ensuite à lui faire retirer, poursuivait le baron d'une haine d'autant plus coupable que, quelles qu'eussent été ses relations exactes avec le baron, Morel avait connu de lui ce qu'il cachait à tant de gens, sa profonde bonté. M. de Charlus avait été avec le violoniste d'une telle générosité, d'une telle délicatesse, lui avait montré de tels scrupules de ne pas manquer à sa parole, qu'en le quittant l'idée que Charlie avait emportée de lui n'était nullement l'idée d'un homme vicieux (tout au plus considérait-il le vice du baron comme une maladie), mais de l'homme ayant le plus d'idées élevées qu'il eût jamais connu, un homme d'une sensibilité extraordinaire, une manière de saint. Il le niait si peu que, même brouillé avec lui, il disait sincèrement à des parents : « Vous pouvez lui confier votre fils, il ne peut avoir sur lui que la meilleure influence. » Aussi, quand il cherchait par ses articles à le faire souffrir, dans sa pensée ce qu'il bafouait en lui ce n'était pas le vice, c'était la vertu.

Un peu avant la guerre, de petites chroniques, transparentes pour ce qu'on appelait les initiés, avaient commencé à faire le plus grand tort à M. de Charlus. De l'une intitulée : « Les Mésaventures d'une douairière en us, les vieux jours de la baronne », Mme Verdurin avait acheté cinquante exemplaires pour pouvoir la prêter à ses connaissances, et M. Verdurin, déclarant que Voltaire même n'écrivait pas mieux, en donnait lecture à haute voix. Depuis la guerre le ton avait changé. L'inversion du baron n'était pas seule dénoncée, mais aussi sa prétendue nationalité germanique. Frau Bosch, Frau van den Bosch étaient les surnoms habituels de M. de Charlus. Un morceau d'un caractère poétique avait ce titre emprunté à certains airs de danse dans Beethoven : « Une Allemande[1] ». Enfin deux nouvelles : « Oncle d'Amérique et tante de Frankfort » et « Gaillard d'arrière » lues en épreuves dans le petit clan, avaient fait la joie de Brichot lui-même qui s'était écrié : « Pourvu que très haute et très puissante dame Anastasie ne nous caviarde pas[2] ! »

Les articles eux-mêmes étaient plus fins que ces titres ridicules. Leur style dérivait de Bergotte, mais d'une façon à laquelle, seul peut-être, j'étais sensible, et voici pourquoi. Les écrits de Bergotte n'avaient nullement influé sur Morel. La fécondation s'était faite d'une façon toute particulière et si rare que c'est à cause de cela seulement que je la rapporte ici. J'ai indiqué en son temps la manière si spéciale que Bergotte avait, quand il parlait, de choisir ses mots, de les prononcer. Morel, qui l'avait longtemps rencontré chez les Saint-Loup, avait fait de lui alors des « imitations », où il contrefaisait parfaitement sa voix, usant des mêmes mots qu'il eût pris. Or maintenant, Morel, pour écrire, transcrivait des conversations à la Bergotte, mais sans leur faire subir cette transposition qui en eût fait du Bergotte écrit. Peu de personnes ayant causé avec Bergotte, on ne reconnaissait pas le ton, qui différait du style. Cette fécondation orale est si rare que j'ai voulu la citer ici. Elle ne produit, d'ailleurs, que des fleurs stériles.

Morel, qui était au bureau de la presse, trouvait d'ailleurs, son sang français bouillant dans ses veines comme le jus des raisins de Combray, que c'était peu de chose que d'être dans un bureau pendant la guerre et il finit par s'engager, bien que Mme Verdurin fît tout ce qu'elle put pour lui persuader de rester à Paris. Certes, elle était indignée que M. de Cambremer, à son âge, fût dans un état-major, elle qui de tout homme qui n'allait pas chez elle disait : « Où est-ce qu'il a encore trouvé le moyen de se cacher celui-là ? » et si on affirmait que celui-là était en première ligne depuis le premier jour, répondait sans scrupule de mentir ou peut-être par habitude de se tromper : « Mais pas du tout, il n'a pas bougé de Paris, il fait quelque chose d'à peu près aussi dangereux que de promener un ministre, c'est moi qui

vous le dis, je vous en réponds, je le sais par quelqu'un
qui l'a vu » ; mais pour les fidèles ce n'était pas la même
chose, elle ne voulait pas les laisser partir, considérant la
guerre comme une grande « ennuyeuse » qui les faisait
lâcher. Aussi faisait-elle toutes les démarches pour qu'ils
restassent, ce qui lui donnerait le double plaisir de les avoir
à dîner et, quand ils n'étaient pas encore arrivés ou déjà
partis, de flétrir leur inaction. Encore fallait-il que le fidèle
se prêtât à cet embusquage et elle était désolée de voir
Morel s'y montrer récalcitrant ; aussi lui avait-elle dit
longtemps et vainement : « Mais si, vous servez dans ce
bureau, et plus qu'au front. Ce qu'il faut c'est être utile,
faire vraiment partie de la guerre, en être. Il y a ceux qui
en sont, et les embusqués. Eh bien vous, vous en êtes,
et soyez tranquille, tout le monde le sait, personne ne vous
jette la pierre[1]. » Telle, dans des circonstances différentes,
quand pourtant les hommes n'étaient pas aussi rares et
qu'elle n'était pas obligée comme maintenant d'avoir
surtout des femmes, si l'un d'eux perdait sa mère, elle
n'hésitait pas à lui persuader qu'il pouvait sans inconvénient continuer à venir à ses réceptions. « Le chagrin se
porte dans le cœur. Vous voudriez aller au bal » (elle n'en
donnait pas), « je serais la première à vous le déconseiller,
mais ici, à mes petits mercredis ou dans une baignoire,
personne ne s'en étonnera. On le sait bien, que vous avez
du chagrin. » Maintenant les hommes étaient plus rares,
les deuils plus fréquents, inutiles même à les empêcher
d'aller dans le monde, la guerre suffisant. Mme Verdurin
se raccrochait aux restants. Elle voulait leur persuader
qu'ils étaient plus utiles à la France en restant à Paris,
comme elle leur eût assuré autrefois que le défunt eût été
plus heureux de les voir se distraire. Malgré tout, elle avait
peu d'hommes ; peut-être regrettait-elle parfois d'avoir
consommé avec M. de Charlus une rupture sur laquelle
il n'y avait plus à revenir.

Mais, si M. de Charlus et Mme Verdurin ne se
fréquentaient plus, ils n'en continuaient pas moins,
Mme Verdurin à recevoir, M. de Charlus à aller à ses
plaisirs, comme si rien n'avait changé — avec quelques
petites différences sans grande importance : par exemple
chez Mme Verdurin Cottard assistait maintenant aux
réceptions dans un uniforme de colonel de *L'Île du rêve*[2],
assez semblable à celui d'un amiral haïtien et sur le drap

duquel un large ruban bleu ciel rappelait celui des Enfants de Marie ; M. de Charlus, se trouvant dans une ville d'où les hommes déjà faits, qui avaient été jusqu'ici son goût, avaient disparu, faisait comme certains Français, amateurs de femmes en France et vivant aux colonies : il avait par nécessité d'abord pris l'habitude, et ensuite le goût des petits garçons.

Encore le premier de ces traits caractéristiques s'effaça-t-il assez vite car Cottard mourut bientôt[1] « face à l'ennemi », dirent les journaux, bien qu'il n'eût pas quitté Paris, mais se fût en effet surmené pour son âge, suivi bientôt par M. Verdurin dont la mort chagrina une seule personne qui fut, le croirait-on, Elstir. J'avais pu étudier son œuvre à un point de vue en quelque sorte absolu. Mais lui, surtout au fur et à mesure qu'il vieillissait, la reliait superstitieusement à la société qui avait fourni ses modèles ; et après s'être ainsi, par l'alchimie des impressions, transformée chez lui en œuvre d'art, lui avait donné son public, ses spectateurs. De plus en plus enclin à croire matérialistement qu'une part notable de la beauté réside dans les choses, ainsi que, pour commencer, il avait adoré en Mme Elstir[2] le type de beauté un peu lourde qu'il avait poursuivi, caressé dans ses peintures, des tapisseries, il voyait disparaître avec M. Verdurin un des derniers vestiges du cadre social, du cadre périssable — aussi vite caduc que les modes vestimentaires elles-mêmes qui en font partie — qui soutient un art, certifie son authenticité, comme la Révolution en détruisant les élégances du XVIIIᵉ siècle aurait pu désoler un peintre de fêtes galantes[3], ou affliger Renoir la disparition de Montmartre et du Moulin de la Galette[4] ; mais surtout en M. Verdurin il voyait disparaître les yeux, le cerveau, qui avaient eu de sa peinture la vision la plus juste, où cette peinture, à l'état de souvenir aimé, résidait en quelque sorte. Sans doute des jeunes gens avaient surgi qui aimaient aussi la peinture, mais une autre peinture, et qui n'avaient pas comme Swann, comme M. Verdurin, reçu des leçons de goût de Whistler, des leçons de vérité de Monet, leur permettant de juger Elstir avec justice. Aussi celui-ci se sentait-il plus seul à la mort de M. Verdurin avec lequel il était pourtant brouillé depuis tant d'années, et ce fut pour lui comme un peu de la beauté de son œuvre qui s'éclipsait avec un peu de ce qui existait, dans l'univers, de conscience de cette beauté.

Quant au changement qui avait affecté les plaisirs de
M. de Charlus, il resta intermittent : entretenant une
nombreuse correspondance avec le « front », il ne
manquait pas de permissionnaires assez mûrs.

Au temps où je croyais ce qu'on disait, j'aurais été tenté,
en entendant l'Allemagne[1], puis la Bulgarie[2], puis la
Grèce[3] protester de leurs intentions pacifiques, d'y ajouter
foi. Mais, depuis que la vie avec Albertine et avec
Françoise m'avait habitué à soupçonner chez elles des
pensées, des projets qu'elles n'exprimaient pas, je ne
laissais aucune parole, juste en apparence, de Guillaume II,
de Ferdinand de Bulgarie, de Constantin de Grèce,
tromper mon instinct, qui devinait ce que machinait chacun
d'eux. Et sans doute mes querelles avec Françoise, avec
Albertine, n'avaient été que des querelles particulières,
n'intéressant que la vie de cette petite cellule spirituelle
qu'est un être. Mais de même qu'il est des corps
d'animaux, des corps humains, c'est-à-dire des assemblages
de cellules dont chacun par rapport à une seule est grand
comme le mont Blanc, de même il existe d'énormes
entassements organisés d'individus qu'on appelle nations ;
leur vie ne fait que répéter en les amplifiant la vie des
cellules composantes ; et qui n'est pas capable de comprendre le mystère, les réactions, les lois de celle-ci, ne
prononcera que des mots vides quand il parlera des luttes
entre nations. Mais s'il est maître de la psychologie des
individus, alors ces masses colossales d'individus conglo-
mérés s'affrontant l'une l'autre prendront à ses yeux une
beauté plus puissante que la lutte naissant seulement du
conflit de deux caractères ; et il les verra à l'échelle où
verraient le corps d'un homme de haute taille des infusoires
dont il faudrait plus de dix mille pour remplir un cube d'un
millimètre de côté. Telles, depuis quelque temps, la grande
figure France remplie jusqu'à son périmètre de millions
de petits polygones aux formes variées, et la figure, remplie
d'encore plus de polygones, Allemagne, avaient entre elles
deux de ces querelles. Ainsi, à ce point de vue, le corps
Allemagne et le corps France, et les corps alliés et ennemis
se comportaient-ils dans une certaine mesure, comme des
individus. Mais les coups qu'ils échangeaient étaient réglés
par cette boxe innombrable dont Saint-Loup m'avait
exposé les principes ; et parce que, même en les considérant du point de vue des individus, ils en étaient

de géants assemblages, la querelle prenait des formes immenses et magnifiques, comme le soulèvement d'un océan aux millions de vagues qui essaye de rompre une ligne séculaire de falaises, comme des glaciers gigantesques qui tentent dans leurs oscillations lentes et destructrices de briser le cadre de montagnes où ils sont circonscrits.

Malgré cela, la vie continuait presque semblable pour bien des personnes qui ont figuré dans ce récit, et notamment pour M. de Charlus et pour les Verdurin, comme si les Allemands n'avaient pas été aussi près d'eux, la permanence menaçante bien qu'actuellement enrayée d'un péril nous laissant entièrement indifférent si nous ne nous le représentons pas. Les gens vont d'habitude à leurs plaisirs sans penser jamais que, si les influences étiolantes et modératrices venaient à cesser, la prolifération des infusoires atteignant son maximum, c'est-à-dire faisant en quelques jours un bond de plusieurs millions de lieues, passerait d'un millimètre cube à une masse un million de fois plus grande que le soleil, ayant en même temps détruit tout l'oxygène, toutes les substances dont nous vivons ; et qu'il n'y aurait plus ni humanité, ni animaux, ni terre, ou sans songer qu'une irrémédiable et fort vraisemblable catastrophe pourra être déterminée dans l'éther par l'activité incessante et frénétique que cache l'apparente immutabilité du soleil : ils s'occupent de leurs affaires sans penser à ces deux mondes, l'un trop petit, l'autre trop grand pour qu'ils aperçoivent les menaces cosmiques qu'ils font planer autour de nous.

Tels les Verdurin donnaient des dîners (puis bientôt Mme Verdurin seule, car M. Verdurin mourut à quelque temps de là) et M. de Charlus allait à ses plaisirs, sans guère songer que les Allemands fussent — immobilisés il est vrai par une sanglante barrière toujours renouvelée — à une heure d'automobile de Paris. Les Verdurin y pensaient pourtant, dira-t-on, puisqu'ils avaient un salon politique où on discutait chaque soir de la situation, non seulement des armées mais des flottes. Ils pensaient en effet à ces hécatombes de régiments anéantis, de passagers engloutis[1] ; mais une opération inverse multiplie à tel point ce qui concerne notre bien-être et divise par un chiffre tellement formidable ce qui ne le concerne pas, que la mort de millions d'inconnus nous chatouille à peine et presque moins désagréablement qu'un courant d'air.

Mme Verdurin, souffrant pour ses migraines de ne plus
avoir de croissant à tremper dans son café au lait, avait
fini par obtenir de Cottard une ordonnance qui lui permit
de s'en faire faire dans certain restaurant dont nous avons
parlé. Cela avait été presque aussi difficile à obtenir des
pouvoirs publics que la nomination d'un général. Elle
reprit son premier croissant le matin où les journaux
narraient le naufrage du *Lusitania*[1]. Tout en trempant le
croissant dans le café au lait, et donnant des pichenettes
à son journal pour qu'il pût se tenir grand ouvert sans
qu'elle eût besoin de détourner son autre main des
trempettes, elle disait : « Quelle horreur ! Cela dépasse
en horreur les plus affreuses tragédies. » Mais la mort de
tous ces noyés ne devait lui apparaître que réduite au
milliardième, car tout en faisant, la bouche pleine, ces
réflexions désolées, l'air qui surnageait sur sa figure, amené
là probablement par la saveur du croissant, si précieux
contre la migraine, était plutôt celui d'une douce
satisfaction.

Quant à M. de Charlus, son cas était un peu différent,
mais pire encore, car il allait plus loin que ne pas souhaiter
passionnément la victoire de la France, il souhaitait plutôt,
sans se l'avouer, que l'Allemagne sinon triomphât, du
moins ne fût pas écrasée comme tout le monde le
souhaitait. La cause en était que dans ces querelles les
grands ensembles d'individus appelés nations se comportent eux-mêmes dans une certaine mesure comme des
individus. La logique qui les conduit est tout intérieure,
et perpétuellement refondue par la passion, comme celle
de gens affrontés dans une querelle amoureuse ou
domestique, comme la querelle d'un fils avec son père,
d'une cuisinière avec sa patronne, d'une femme avec son
mari. Celle qui a tort croit cependant avoir raison —
comme c'était le cas pour l'Allemagne — et celle qui a
raison donne parfois de son bon droit des arguments qui
ne lui paraissent irréfutables que parce qu'ils répondent
à sa passion. Dans ces querelles d'individus, pour être
convaincu du bon droit de n'importe laquelle des parties,
le plus sûr est d'être cette partie-là, un spectateur ne
l'approuvera jamais aussi complètement. Or dans les
nations, l'individu, s'il fait vraiment partie de la nation,
n'est qu'une cellule de l'individu-nation. Le bourrage de
crâne est un mot vide de sens. Eût-on dit aux Français qu'ils

allaient être battus qu'aucun Français ne se fût plus
désespéré que si on lui avait dit qu'il allait être tué par
les berthas[1]. Le véritable bourrage de crâne, on se le fait
à soi-même par l'espérance, qui est une forme de l'instinct
de conservation d'une nation, si l'on est vraiment membre
vivant de cette nation. Pour rester aveugle sur ce qu'a
d'injuste la cause de l'individu-Allemagne, pour reconnaître à tout instant ce qu'a de juste la cause de l'individu-
France, le plus sûr n'était pas pour un Allemand de n'avoir
pas de jugement, pour un Français d'en avoir, le plus sûr
pour l'un ou pour l'autre c'était d'avoir du patriotisme.
M. de Charlus, qui avait de rares qualités morales, qui était
accessible à la pitié, généreux, capable d'affection, de
dévouement, en revanche, pour des raisons diverses —
parmi lesquelles celle d'avoir eu une mère duchesse de
Bavière pouvait jouer un rôle — n'avait pas de patriotisme.
Il était par conséquent du corps-France comme du
corps-Allemagne. Si j'avais été moi-même dénué de
patriotisme, au lieu de me sentir une des cellules du
corps-France, il me semble que ma façon de juger la
querelle n'eût pas été la même qu'elle eût pu être autrefois.
Dans mon adolescence, où je croyais exactement ce qu'on
me disait, j'aurais sans doute, en entendant le gouvernement allemand protester de sa bonne foi, été tenté de ne
pas la mettre en doute ; mais depuis longtemps je savais
que nos pensées ne s'accordent pas toujours avec nos
paroles ; non seulement j'avais un jour, de la fenêtre de
l'escalier, découvert un Charlus que je ne soupçonnais pas[2],
mais surtout, chez Françoise, puis hélas chez Albertine,
j'avais vu des jugements, des projets se former, si
contraires à leurs paroles, que je n'ousse, même simple
spectateur, laissé aucune des paroles justes en apparence
de l'empereur d'Allemagne, du roi de Bulgarie, tromper
mon instinct, qui eût deviné comme pour Albertine ce
qu'ils machinaient en secret. Mais enfin je ne peux que
supposer ce que j'aurais fait si je n'avais pas été acteur,
si je n'avais pas été une partie de l'acteur-France, comme
dans mes querelles avec Albertine mon regard triste ou
ma gorge oppressée étaient une partie de mon individu
passionnément intéressé à ma cause, je ne pouvais arriver
au détachement. Celui de M. de Charlus était complet.
Or, dès lors qu'il n'était plus qu'un spectateur, tout devait
le porter à être germanophile du moment que, n'étant

pas véritablement français, il vivait en France. Il était très
fin, les sots sont en tout pays les plus nombreux ; nul doute
que, vivant en Allemagne, les sots allemands défendant
avec sottise et passion une cause injuste ne l'eussent irrité ;
mais, vivant en France, les sots français défendant avec
sottise et passion une cause juste ne l'irritaient pas moins.
La logique de la passion, fût-elle au service du meilleur
droit, n'est jamais irréfutable pour celui qui n'est pas
passionné. M. de Charlus relevait avec finesse chaque faux
raisonnement des patriotes. La satisfaction que cause à un
imbécile son bon droit et la certitude du succès vous
laissent particulièrement irrité. M. de Charlus l'était par
l'optimisme triomphant de gens qui ne connaissaient pas
comme lui l'Allemagne et sa force, qui croyaient chaque
mois à son écrasement pour le mois suivant, et au bout
d'un an n'étaient pas moins assurés dans un nouveau
pronostic, comme s'ils n'en avaient pas porté avec tout
autant d'assurance d'aussi faux, mais qu'ils avaient oubliés,
disant, si on le leur rappelait, que ce n'était pas la même
chose. Or M. de Charlus, qui avait certaines profondeurs
dans l'esprit, n'eût peut-être pas compris en art que le
« ce n'est pas la même chose » est opposé par les
détracteurs de Manet à ceux qui leur disent « on a dit
la même chose pour Delacroix[1] ».

Enfin M. de Charlus était pitoyable, l'idée d'un vaincu
lui faisait mal, il était toujours pour le faible, il ne lisait
pas les chroniques judiciaires pour ne pas avoir à souffrir
dans sa chair des angoisses du condamné et de l'impossibilité d'assassiner le juge, le bourreau, et la foule ravie de
voir que « justice est faite ». Il était certain en tout cas
que la France ne pouvait plus être vaincue, et en revanche
il savait que les Allemands souffraient de la famine,
seraient obligés un jour ou l'autre de se rendre à merci[2].
Cette idée, elle aussi, lui était rendue plus désagréable par
le fait qu'il vivait en France. Ses souvenirs de l'Allemagne
étaient malgré tout lointains, tandis que les Français qui
parlaient de l'écrasement de l'Allemagne avec une joie qui
lui déplaisait, c'était des gens dont les défauts lui étaient
connus, la figure antipathique. Dans ces cas-là on plaint
plus ceux qu'on ne connaît pas, ceux qu'on imagine, que
ceux qui sont tout près de nous dans la vulgarité de la
vie quotidienne, à moins alors d'être tout à fait ceux-là,
de ne faire qu'une chair avec eux ; le patriotisme fait ce

miracle, on est pour son pays comme on est pour soi-même dans une querelle amoureuse.

Aussi la guerre était-elle pour M. de Charlus une culture extraordinairement féconde de ces haines qui chez lui naissaient en un instant, avaient une durée très courte mais pendant laquelle il se fût livré à toutes les violences. En lisant les journaux, l'air de triomphe des chroniqueurs présentant chaque jour l'Allemagne à bas, « la Bête aux abois, réduite à l'impuissance », alors que le contraire n'était que trop vrai, l'enivrait de rage par leur sottise allègre et féroce. Les journaux étaient en partie rédigés à ce moment-là par des gens connus qui trouvaient là une manière de « reprendre du service », par des Brichot, par des Norpois, par Morel même et Legrandin[1]. M. de Charlus rêvait de les rencontrer, de les accabler des plus amers sarcasmes. Toujours particulièrement instruit des tares sexuelles, il les connaissait chez quelques-uns qui, pensant qu'elles étaient ignorées chez eux, se complaisaient à les dénoncer chez les souverains des « empires de proie », chez Wagner, etc. Il brûlait de se trouver face à face avec eux, de leur mettre le nez dans leur propre vice devant tout le monde et de laisser ces insulteurs d'un vaincu, déshonorés et pantelants.

M. de Charlus enfin avait encore des raisons plus particulières d'être ce germanophile. L'une était qu'homme du monde, il avait beaucoup vécu parmi les gens du monde, parmi les gens honorables, parmi les hommes d'honneur, les gens qui ne serreront pas la main à une fripouille, il connaissait leur délicatesse et leur dureté ; il les savait insensibles aux larmes d'un homme qu'ils font chasser d'un cercle ou avec qui ils refusent de se battre, dût leur acte de « propreté morale » amener la mort de la mère de la brebis galeuse. Malgré lui, quelque admiration qu'il eût pour l'Angleterre, pour la façon admirable dont elle était entrée dans la guerre, cette Angleterre impeccable, incapable de mensonge, empê-chant le blé et le lait d'entrer en Allemagne, c'était un peu cette nation d'homme d'honneur, de témoin patenté, d'arbitre en affaires d'honneur ; tandis qu'il savait que des gens tarés, des fripouilles comme certains personnages de Dostoïevski peuvent être meilleurs, et je n'ai jamais pu comprendre pourquoi il leur identifiait les Allemands, le mensonge et la ruse ne suffisant pas pour faire préjuger un bon cœur, qu'il ne semble pas que les Allemands aient montré.

Enfin un dernier trait complétera cette germanophilie de M. de Charlus : il la devait, et par une réaction très bizarre, à son « charlisme ». Il trouvait les Allemands fort laids, peut-être parce qu'ils étaient un peu trop près de son sang ; il était fou des Marocains, mais surtout des Anglo-Saxons en qui il voyait comme des statues vivantes de Phidias. Or chez lui le plaisir n'allait pas sans une certaine idée cruelle dont je ne savais pas encore à ce moment-là toute la force ; l'homme qu'il aimait lui apparaissait comme un délicieux bourreau. Il eût cru, en prenant parti contre les Allemands, agir comme il n'agissait que dans les heures de volupté, c'est-à-dire en sens contraire de sa nature pitoyable, c'est-à-dire enflammé pour le mal séduisant, et écrasant la vertueuse laideur. Ce fut encore ainsi au moment du meurtre de Raspoutine[1], meurtre auquel on fut surpris d'ailleurs de trouver un si fort cachet de couleur russe, dans un souper à la Dostoïevski (impression qui eût été encore bien plus forte si le public n'avait pas ignoré de tout cela ce que savait parfaitement M. de Charlus), parce que la vie nous déçoit tellement que nous finissons par croire que la littérature n'a aucun rapport avec elle et que nous sommes stupéfaits de voir que les précieuses idées que les livres nous ont montrées s'étalent, sans peur de s'abîmer, gratuitement, naturellement, en pleine vie quotidienne, et par exemple qu'un souper, un meurtre, événements russes, ont quelque chose de russe.

La guerre se prolongeait indéfiniment et ceux qui avaient annoncé de source sûre, il y avait déjà plusieurs années, que les pourparlers de paix étaient commencés, spécifiant les clauses du traité, ne prenaient pas la peine quand ils causaient avec vous de s'excuser de leurs fausses nouvelles. Ils les avaient oubliées et étaient prêts à en propager sincèrement d'autres qu'ils oublieraient aussi vite. C'était l'époque où il y avait continuellement des raids de gothas, l'air grésillait perpétuellement d'une vibration vigilante et sonore d'aéroplanes français. Mais parfois retentissait la sirène comme un appel déchirant de Walkure — seule musique allemande qu'on eût entendue depuis la guerre — jusqu'à l'heure où les pompiers annonçaient que l'alerte était finie tandis qu'à côté d'eux la berloque,

comme un invisible gamin, commentait à intervalles
réguliers la bonne nouvelle et jetait en l'air son cri de joie.

M. de Charlus était étonné de voir que même des
gens comme Brichot qui avant la guerre avaient été
militaristes, reprochaient surtout à la France de ne pas
l'être assez, ne se contentaient pas de reprocher les excès
de son militarisme à l'Allemagne mais même son admiration de l'armée. Sans doute ils changeaient d'avis dès
qu'il s'agissait de ralentir la guerre contre l'Allemagne
et dénonçaient avec raison les pacifistes. Mais par exemple
Brichot, ayant accepté malgré ses yeux, de rendre compte
dans des conférences de certains ouvrages parus chez les
neutres, exalta le roman d'un Suisse où sont raillés,
comme semence de militarisme, deux enfants tombant
d'une admiration symbolique à la vue d'un dragon[1]. Cette
raillerie avait de quoi déplaire pour d'autres raisons à
M. de Charlus, lequel estimait qu'un dragon peut être
quelque chose de fort beau. Mais surtout il ne comprenait
pas l'admiration de Brichot, sinon pour le livre, que le
baron n'avait pas lu, du moins pour son esprit, si différent
de celui qui animait Brichot avant la guerre. Alors tout
ce que faisait un militaire était bien, fût-ce les irrégularités
du général de Boisdeffre, les travestissements et machi-
nations du colonel du Paty de Clam, le faux du colonel
Henry[2]. Par quelle volte-face extraordinaire (et qui n'était
en réalité qu'une autre face de la même passion fort
noble, la passion patriotique, obligée, de militariste
qu'elle était quand elle luttait contre le dreyfusisme,
lequel était de tendance antimilitariste, à se faire presque
antimilitariste puisque c'était maintenant contre la
Germanie sur-militariste qu'elle luttait) Brichot s'écriait-il :
« Ô le spectacle bien mirifique et digne d'attirer la
jeunesse d'un siècle tout de brutalité, ne connaissant que
le culte de la force : un dragon ! On peut juger ce que
sera la vile soldatesque d'une génération élevée dans le
culte de ces manifestations de force brutale. Aussi Spitteler,
ayant voulu l'opposer à cette hideuse conception du sabre
par-dessus tout, a exilé symboliquement au profond des
bois, raillé, calomnié, solitaire, le personnage rêveur
appelé par lui le Fol Étudiant en qui l'auteur a délicieusement incarné la douceur hélas démodée, bientôt oubliée
pourra-t-on dire, si le règne atroce de leur vieux dieu n'est
pas brisé, la douceur adorable des époques de paix[3]. »

« Voyons, me dit M. de Charlus, vous connaissez
Cottard et Cambremer. Chaque fois que je les vois, ils me
parlent de l'extraordinaire manque de psychologie de
l'Allemagne. Entre nous, croyez-vous que jusqu'ici ils
avaient eu grand souci de la psychologie, et que même
maintenant ils soient capables d'en faire preuve ? Mais
croyez bien que je n'exagère pas. Qu'il s'agisse du plus
grand Allemand, de Nietzsche, de Gœthe, vous entendrez
Cottard dire : "avec l'habituel manque de psychologie qui
caractérise la race teutonne[1]". Il y a évidemment dans la
guerre des choses qui me font plus de peine, mais avouez
que c'est énervant. Norpois est plus fin, je le reconnais,
bien qu'il n'ait pas cessé de se tromper depuis le
commencement. Mais qu'est-ce que ça veut dire que ces
articles qui excitent l'enthousiasme universel ? Mon cher
monsieur, vous savez aussi bien que moi ce que vaut
Brichot, que j'aime beaucoup, même depuis le schisme
qui m'a séparé de sa petite église, à cause de quoi je le
vois beaucoup moins. Mais enfin j'ai une certaine
considération pour ce régent de collège beau parleur et
fort instruit, et j'avoue que c'est fort touchant qu'à son
âge, et diminué comme il est, car il l'est très sensiblement
depuis quelques années, il se soit remis, comme il dit, à
"servir". Mais enfin la bonne intention est une chose, le
talent en est une autre et Brichot n'a jamais eu de talent.
J'avoue que je partage son admiration pour certaines
grandeurs de la guerre actuelle. Tout au plus est-il étrange
qu'un partisan aveugle de l'Antiquité comme Brichot, qui
n'avait pas assez de sarcasmes pour Zola trouvant plus de
poésie dans un ménage d'ouvriers, dans la mine, que dans
les palais historiques, ou pour Goncourt mettant Diderot
au-dessus d'Homère et Watteau au-dessus de Raphaël, ne
cesse de nous répéter que les Thermopyles, qu'Austerlitz
même, ce n'était rien à côté de Vauquois[2]. Cette fois du
reste, le public qui avait résisté aux modernistes de la
littérature et de l'art suit ceux de la guerre, parce que c'est
une mode adoptée de penser ainsi et puis que les petits
esprits sont écrasés, non par la beauté, mais par l'énormité
de l'action. On n'écrit plus kolossal qu'avec un *k*[3], mais
au fond ce devant quoi on s'agenouille c'est bien du
colossal. À propos de Brichot, avez-vous vu Morel ? On
me dit qu'il désire me revoir. Il n'a qu'à faire les premiers
pas, je suis le plus vieux, ce n'est pas à moi à commencer. »

Malheureusement dès le lendemain, disons-le pour anticiper, M. de Charlus se trouva dans la rue face à face avec Morel ; celui-ci pour exciter sa jalousie le prit par le bras, lui raconta des histoires plus ou moins vraies et quand M. de Charlus éperdu, ayant besoin que Morel restât cette soirée auprès de lui, n'allât pas ailleurs, l'autre apercevant un camarade dit adieu à M. de Charlus qui, espérant que cette menace, que bien entendu il n'exécute-rait jamais, ferait rester Morel, lui dit : « Prends garde, je me vengerai », et Morel, riant, partit en tapotant sur le cou et en enlaçant par la taille son camarade étonné.

Sans doute les paroles que me disait M. de Charlus à l'égard de Morel témoignaient combien l'amour — et il fallait que celui du baron fût bien persistant — rend (en même temps que plus imaginatif et plus susceptible) plus crédule et moins fier. Mais quand M. de Charlus ajoutait : « C'est un garçon fou de femmes et qui ne pense qu'à cela », il disait plus vrai qu'il ne croyait. Il le disait par amour-propre, par amour, pour que les autres pussent croire que l'attachement de Morel pour lui n'avait pas été suivi d'autres du même genre. Certes je n'en croyais rien, moi qui avais vu, ce que M. de Charlus ignora toujours, Morel donner pour cinquante francs une de ses nuits au prince de Guermantes[1]. Et si, voyant passer M. de Charlus, Morel (excepté les jours où, par besoin de confession, il le heurtait pour avoir l'occasion de lui dire tristement : « Oh ! pardon, je reconnais que j'ai agi infectement avec vous »), assis à une terrasse de café avec des camarades, poussait avec eux de petits cris, montrait le baron du doigt et poussait ces gloussements par lesquels on se moque d'un vieil inverti, j'étais persuadé que c'était pour cacher son jeu, que, pris à part par le baron, chacun de ces dénonciateurs publics eût fait tout ce qu'il lui eût demandé. Je me trompais. Si un mouvement singulier avait conduit à l'inversion — et cela dans toutes les classes — des êtres comme Saint-Loup qui en étaient le plus éloignés, un mouvement en sens inverse avait détaché de ces pratiques ceux chez qui elles étaient le plus habituelles. Chez certains le changement avait été opéré par de tardifs scrupules religieux, par l'émotion éprouvée quand avaient éclaté certains scandales[2], ou la crainte de maladies inexistantes auxquelles les avaient, en toute sincérité, fait croire des parents qui étaient souvent concierges ou valets de

chambre, sans sincérité des amants jaloux qui avaient cru
par là garder pour eux seuls un jeune homme qu'ils avaient
au contraire détaché d'eux-mêmes aussi bien que des
autres. C'est ainsi que l'ancien liftier de Balbec n'aurait
plus accepté ni pour or ni pour argent des propositions
qui lui paraissaient maintenant aussi graves que celles de
l'ennemi. Pour Morel, son refus à l'égard de tout le
monde, sans exception, en quoi M. de Charlus avait dit
à son insu une vérité qui justifiait à la fois ses illusions
et détruisait ses espérances, venait de ce que, deux ans
après avoir quitté M. de Charlus, il s'était épris d'une
femme avec laquelle il vivait et qui, ayant plus de volonté
que lui, avait su lui imposer une fidélité absolue. De sorte
que Morel, qui au temps où M. de Charlus lui donnait
tant d'argent avait donné pour cinquante francs une nuit
au prince de Guermantes, n'aurait pas accepté du même
ou de tout autre quoi que ce fût, lui offrît-on cinquante
mille francs. À défaut d'honneur et de désintéressement,
sa « femme » lui avait inculqué un certain respect humain,
qui ne détestait pas d'aller jusqu'à la bravade et à
l'ostentation que tout l'argent du monde lui était égal
quand il lui était offert dans certaines conditions. Ainsi
le jeu des différentes lois psychologiques s'arrange à
compenser dans la floraison de l'espèce humaine tout ce
qui, dans un sens ou dans l'autre, amènerait par la pléthore
ou la raréfaction son anéantissement. Ainsi en est-il chez
les fleurs où une même sagesse, mise en évidence par
Darwin[1], règle les modes de fécondation en les opposant
successivement les uns aux autres.

« C'est du reste une étrange chose », ajouta M. de
Charlus de la petite voix pointue qu'il prenait par
moments. « J'entends des gens qui ont l'air très heureux
toute la journée, qui prennent d'excellents cocktails,
déclarer qu'ils ne pourront pas aller jusqu'au bout de la
guerre, que leur cœur n'aura pas la force, qu'ils ne peuvent
pas penser à autre chose, qu'ils mourront tout d'un coup.
Et le plus extraordinaire, c'est que cela arrive en effet.
Comme c'est curieux ! Est-ce une question d'alimentation,
parce qu'ils n'ingèrent plus que des choses mal préparées,
ou parce que, pour prouver leur zèle, ils s'attellent à des
besognes vaines mais qui détruisent le régime qui les
conservait ? Mais enfin j'enregistre un nombre étonnant
de ces étranges morts prématurées, prématurées au moins

au gré du défunt. Je ne sais plus ce que je vous disais, que Norpois admirait cette guerre. Mais quelle singulière manière d'en parler ! D'abord avez-vous remarqué ce pullulement d'expressions nouvelles qui, quand elles ont fini par s'user à force d'être employées tous les jours — car vraiment Norpois est infatigable, je crois que c'est la mort de ma tante Villeparisis qui lui a donné une seconde jeunesse —, sont immédiatement remplacées par d'autres lieux communs[1] ? Autrefois je me rappelle que vous vous amusiez à noter ces modes de langage qui apparaissaient, se maintenaient, puis disparaissaient : "celui qui sème le vent récolte la tempête" ; "les chiens aboient, la caravane passe" ; "faites-moi de bonne politique et je vous ferai de bonnes finances, disait le baron Louis" ; "il y a là des symptômes qu'il serait exagéré de prendre au tragique mais qu'il convient de prendre au sérieux" ; "travailler pour le roi de Prusse" (celle-là a d'ailleurs ressuscité, ce qui était infaillible). Eh bien, depuis, hélas, que j'en ai vu mourir[2] ! Nous avons eu "le chiffon de papier", "les empires de proie", "la fameuse Kultur qui consiste à assassiner des femmes et des enfants sans défense", "la victoire appartient, comme disent les Japonais, à celui qui sait souffrir un quart d'heure de plus que l'autre", "les Germano-Touraniens", "la barbarie scientifique", "si nous voulons gagner la guerre, selon la forte expression de M. Lloyd George", enfin ça ne se compte plus, et "le mordant des troupes", et "le cran des troupes". Même la syntaxe de l'excellent Norpois subit du fait de la guerre une altération aussi profonde que la fabrication du pain ou la rapidité des transports. Avez-vous remarqué que l'excellent homme, tenant à proclamer ses désirs comme une vérité sur le point d'être réalisée, n'ose pas tout de même employer le futur pur et simple qui risquerait d'être contredit par les événements, mais a adopté comme signe de ce temps le verbe savoir ? » J'avouai à M. de Charlus que je ne comprenais pas bien ce qu'il voulait dire.

Il me faut noter ici que le duc de Guermantes ne partageait nullement le pessimisme de son frère. Il était de plus aussi anglophile que M. de Charlus était anglophobe. Enfin il tenait M. Caillaux pour un traître qui méritait mille fois d'être fusillé[3]. Quand son frère lui demandait des preuves de cette trahison, M. de Guermantes répondait que s'il ne fallait condamner que les gens

qui signent un papier où ils déclarent « j'ai trahi », on
ne punirait jamais le crime de trahison. Mais pour le cas
où je n'aurais pas l'occasion d'y revenir, je noterai aussi
que, deux ans plus tard, le duc de Guermantes, animé du
plus pur anticaillautisme, rencontra un attaché militaire
anglais et sa femme, couple remarquablement lettré avec
lequel il se lia, comme au temps de l'affaire Dreyfus avec
les trois dames charmantes[1], que, dès le premier jour il
eut la stupéfaction, parlant de Caillaux dont il estimait la
condamnation certaine et le crime patent, d'entendre le
couple lettré et charmant dire : « Mais il sera probablement acquitté, il n'y a absolument rien contre lui. » M. de
Guermantes essaya d'alléguer que M. de Norpois, dans
sa déposition, avait dit en regardant Caillaux atterré :
« Vous êtes le Giolitti de la France, oui, monsieur
Caillaux, vous êtes le Giolitti de la France[2]. » Mais le
couple lettré et charmant avait souri, tourné M. de Norpois
en ridicule, cité des preuves de son gâtisme et conclu qu'il
avait dit cela « devant M. Caillaux atterré », disait _Le
Figaro_, mais probablement en réalité devant M. Caillaux
narquois. Les opinions du duc de Guermantes n'avaient
pas tardé à changer. Attribuer ce changement à l'influence
d'une Anglaise n'est pas aussi extraordinaire que cela eût
pu paraître si on l'eût prophétisé même en 1919, où les
Anglais n'appelaient les Allemands que les Huns et
réclamaient une féroce condamnation contre les coupables.
Leur opinion à eux aussi avait changé et toute décision
était approuvée par eux qui pouvait contrister la France
et venir en aide à l'Allemagne[3].

Pour revenir à M. de Charlus : « Mais si », répondit-il
à l'aveu que je ne le comprenais pas, « mais si : "savoir",
dans les articles de Norpois, est le signe du futur,
c'est-à-dire le signe des désirs de Norpois et des désirs
de nous tous d'ailleurs », ajouta-t-il peut-être sans une
complète sincérité. « Vous comprenez bien que si "savoir"
n'était pas devenu le simple signe du futur, on comprendrait à la rigueur que le sujet de ce verbe pût être un pays.
Par exemple chaque fois que Norpois dit : "L'Amérique
ne saurait rester indifférente à ces violations répétées du
'droit'", "la monarchie bicéphale ne saurait manquer de
venir à résipiscence", il est clair que de telles phrases
expriment les désirs de Norpois (comme les miens, comme
les vôtres), mais enfin là, le verbe peut encore garder

malgré tout son sens ancien, car un pays peut "savoir",
l'Amérique peut "savoir", la monarchie "bicéphale¹"
elle-même peut "savoir" (malgré l'éternel "manque de
psychologie"). Mais le doute n'est plus possible quand
Norpois écrit : "Ces dévastations systématiques ne
sauraient persuader aux neutres", "la région des Lacs² ne
saurait manquer de tomber à bref délai aux mains des
Alliés", "les résultats de ces élections neutralistes³ ne
sauraient refléter l'opinion de la grande majorité du pays".
Or il est certain que ces dévastations, ces régions et ces
résultats de votes sont des choses inanimées qui ne peuvent
pas "savoir". Par cette formule Norpois adresse simplement aux neutres l'injonction (à laquelle j'ai le regret de
constater qu'ils ne semblent pas obéir) de sortir de la
neutralité ou aux régions des lacs de ne plus appartenir
aux "Boches" (M. de Charlus mettait à prononcer le mot
"boche" le même genre de hardiesse que jadis dans le tram
de Balbec à parler des hommes dont le goût n'est pas pour
les femmes).

D'ailleurs, avez-vous remarqué avec quelles ruses
Norpois a toujours commencé, dès 1914, ses articles aux
neutres ? Il commence par déclarer que certes la France
n'a pas à s'immiscer dans la politique de l'Italie (ou de
la Roumanie, ou de la Bulgarie, etc.). Seules, c'est à ces
puissances qu'il convient de décider en toute indépendance et en ne consultant que l'intérêt national si elles
doivent ou non sortir de la neutralité. Mais si ces premières
déclarations de l'article (ce qu'on eût appelé autrefois
l'exorde) sont si remarquablement désintéressées, la suite
l'est généralement beaucoup moins. "Toutefois", continue
en substance Norpois, "il est bien clair que seules tireront
un bénéfice matériel de la lutte, les nations qui se seront
rangées du côté du droit et de la justice. On ne peut
attendre que les Alliés récompensent, en leur octroyant
les territoires d'où s'élève depuis des siècles la plainte de
leurs frères opprimés, les peuples qui, suivant la politique
de moindre effort, n'auront pas mis leur épée au service
des Alliés." Ce premier pas fait vers un conseil d'intervention, rien n'arrête plus Norpois, ce n'est plus seulement
le principe mais l'époque de l'intervention sur lesquels il
donne des conseils de moins en moins déguisés. "Certes,
dit-il en faisant ce qu'il appellerait lui-même 'le bon
apôtre', c'est à l'Italie, à la Roumanie seules de décider

de l'heure opportune et de la forme sous laquelle il leur
conviendra d'intervenir. Elles ne peuvent pourtant ignorer
qu'à trop tergiverser elles risquent de laisser passer l'heure.
Déjà les sabots des cavaliers russes font frémir la Germanie
traquée d'une indicible épouvante. Il est bien évident que
les peuples qui n'auront fait que voler au secours de la
victoire dont on voit déjà l'aube resplendissante n'auront
nullement droit à cette même récompense qu'ils peuvent
encore en se hâtant, etc." C'est comme au théâtre quand
on dit : "Les dernières places qui restent ne tarderont pas
à être enlevées. Avis aux retardataires !" Raisonnement
d'autant plus stupide que Norpois le refait tous les six mois,
et dit périodiquement à la Roumanie : "L'heure est venue
pour la Roumanie de savoir si elle veut ou non réaliser
ses aspirations nationales. Qu'elle attende encore, il risque
d'être trop tard." Or depuis trois ans[1] qu'il le dit, non
seulement le "trop tard" n'est pas encore venu, mais on
ne cesse de grossir les offres qu'on fait à la Roumanie.
De même il invite la France, etc., à intervenir en Grèce
en tant que puissance protectrice parce que le traité qui
liait la Grèce à la Serbie n'a pas été tenu[2]. Or de bonne
foi, si la France n'était pas en guerre et ne souhaitait pas
le concours ou la neutralité bienveillante de la Grèce,
aurait-elle l'idée d'intervenir en tant que puissance
protectrice, et le sentiment moral qui la pousse à se
révolter parce que la Grèce n'a pas tenu ses engagements
avec la Serbie, ne se tait-il pas aussi dès qu'il s'agit d'une
violation tout aussi flagrante de la Roumanie et de l'Italie
qui, avec raison je le crois, comme la Grèce aussi, n'ont
pas rempli leurs devoirs, moins impératifs et étendus qu'on
ne dit, d'alliés de l'Allemagne[3] ? La vérité c'est que les
gens voient tout par leur journal, et comment pourraient-
ils faire autrement puisqu'ils ne connaissent pas personnellement les gens ni les événements dont il s'agit ? Au temps
de l'Affaire qui vous passionnait si bizarrement, à une
époque dont il est convenu de dire que nous sommes
séparés par des siècles, car les philosophes de la guerre
ont accrédité que tout lien est rompu avec le passé, j'étais
choqué de voir des gens de ma famille accorder toute leur
estime à des anticléricaux anciens communards que leur
journal leur avait présentés comme antidreyfusards, et
honnir un général bien né et catholique mais révisionniste.
Je ne le suis pas moins de voir tous les Français exécrer

l'empereur François-Joseph qu'ils vénéraient, avec raison
je peux vous le dire, moi qui l'ai beaucoup connu et qu'il
veut bien traiter en cousin. Ah ! je ne lui ai pas écrit depuis
la guerre », ajouta-t-il comme avouant hardiment une
faute qu'il savait très bien qu'on ne pouvait blâmer. « Si,
la première année, et une seule fois. Mais qu'est-ce que
vous voulez, cela ne change rien à mon respect pour lui,
mais j'ai ici beaucoup de jeunes parents qui se battent dans
nos lignes et qui trouveraient, je le sais, fort mauvais que
j'entretienne une correspondance suivie avec le chef d'une
nation en guerre avec nous. Que voulez-vous ? me critique
qui voudra », ajouta-t-il comme s'exposant hardiment à
mes reproches, « je n'ai pas voulu qu'une lettre signée
Charlus arrivât en ce moment à Vienne. La plus grande
critique que j'adresserais au vieux souverain, c'est qu'un
seigneur de son rang, chef d'une des maisons les plus
anciennes et les plus illustres d'Europe, se soit laissé mener
par ce petit hobereau, fort intelligent d'ailleurs, mais enfin
par un simple parvenu comme Guillaume de Hohenzollern[1]. Ce n'est pas une des anomalies les moins choquantes
de cette guerre. » Et comme, dès qu'il se replaçait au point
de vue nobiliaire qui pour lui au fond dominait tout, M. de
Charlus arrivait à d'extraordinaires enfantillages, il me dit,
du même ton qu'il m'eût parlé de la Marne ou de Verdun,
qu'il y avait des choses capitales et fort curieuses que ne
devrait pas omettre celui qui écrirait l'histoire de cette
guerre. « Ainsi, me dit-il, par exemple, tout le monde est
si ignorant que personne n'a fait remarquer cette chose
si marquante : le grand maître de l'ordre de Malte, qui
est un pur boche[2], n'en continue pas moins de vivre à Rome
où il jouit, en tant que grand maître de notre ordre, du
privilège de l'exterritorialité. C'est intéressant », ajouta-t-il
d'un air de me dire : « Vous voyez que vous n'avez pas
perdu votre soirée en me rencontrant. » Je le remerciai
et il prit l'air modeste de quelqu'un qui n'exige pas de
salaire. « Qu'est-ce que j'étais donc en train de vous dire ?
Ah ! oui, que les gens haïssaient maintenant François-
Joseph, d'après leur journal. Pour le roi Constantin de
Grèce et le tsar de Bulgarie, le public a oscillé, à diverses
reprises, entre l'aversion et la sympathie, parce qu'on disait
tour à tour qu'ils se mettraient du côté de l'Entente ou
de ce que Brichot appelle les Empires centraux. C'est
comme quand Brichot nous répète à tout moment que

"l'heure de Venizélos va sonner". Je ne doute pas que
M. Venizélos ne soit un homme d'État plein de capacité,
mais qui nous dit que les Grecs désirent tant que cela
Venizélos[1] ? Il voulait, nous dit-on, que la Grèce tînt ses
engagements envers la Serbie. Encore faudrait-il savoir
quels étaient ses engagements et s'ils étaient plus étendus
que ceux que l'Italie et la Roumanie ont cru pouvoir violer.
Nous avons de la façon dont la Grèce exécute ses traités
et respecte sa constitution un souci que nous n'aurions
certainement pas si ce n'était pas notre intérêt. Qu'il n'y
ait pas eu la guerre, croyez-vous que les puissances
"garantes" auraient même fait attention à la dissolution
des Chambres[2] ? Je vois simplement qu'on retire un à un
tous ses appuis au roi de Grèce pour pouvoir le jeter
dehors ou l'enfermer le jour où il n'aura plus d'armée pour
le défendre. Je vous disais que le public ne juge le roi
de Grèce et le roi des Bulgares que d'après les journaux.
Et comment pourraient-ils penser sur eux autrement que
par le journal, puisqu'ils ne les connaissent pas ? Moi je
les ai vus énormément, j'ai beaucoup connu, quand il était
diadoque[3], Constantin de Grèce, qui était une pure
merveille. J'ai toujours pensé que l'empereur Nicolas avait
eu un énorme sentiment pour lui. En tout bien tout
honneur, bien entendu. La princesse Christian[4] en parlait
ouvertement mais c'est une gale. Quant au tsar des
Bulgares, c'est une pure coquine, une vraie affiche[5], mais
très intelligent, un homme remarquable. Il m'aime
beaucoup. »

M. de Charlus qui pouvait être si agréable devenait
odieux quand il abordait ces sujets. Il y apportait la
satisfaction qui agace déjà chez un malade qui vous fait
tout le temps valoir sa bonne santé. J'ai souvent pensé que
dans le tortillard de Balbec, les fidèles qui souhaitaient
tant les aveux devant lesquels il se dérobait, n'auraient
peut-être pas pu supporter cette espèce d'ostentation d'une
manie et, mal à l'aise, respirant mal comme dans une
chambre de malade ou devant un morphinomane qui
tirerait devant vous sa seringue, ce fussent eux qui eussent
mis fin aux confidences qu'ils croyaient désirer. De plus,
on était agacé d'entendre accuser tout le monde, et
probablement bien souvent sans aucune espèce de preuves,
par quelqu'un qui s'omettait lui-même de la catégorie
spéciale à laquelle on savait pourtant qu'il appartenait et

où il rangeait si volontiers les autres. Enfin, lui si intelligent, s'était fait à cet égard une petite philosophie étroite (à la base de laquelle il y avait peut-être un rien des curiosités que Swann trouvait dans « la vie[1] »), expliquant tout par ces causes spéciales et où, comme chaque fois qu'on verse dans son défaut, il était non seulement au-dessous de lui-même, mais exceptionnellement satisfait de lui. C'est ainsi que lui si grave, si noble, eut le sourire le plus niais pour achever la phrase que voici : « Comme il y a de fortes présomptions du même genre que pour Ferdinand de Cobourg à l'égard de l'empereur Guillaume[2], cela pourrait être la cause pour laquelle le tsar Ferdinand s'est mis du côté des "empires de proie". Dame au fond, c'est très compréhensible, on est indulgent pour une *sœur*, on ne lui refuse rien. Je trouve que ce serait très joli comme explication de l'alliance de la Bulgarie avec l'Allemagne. » Et de cette explication stupide M. de Charlus rit longuement comme s'il l'avait vraiment trouvée très ingénieuse et qui même si elle avait reposé sur des faits vrais était aussi puérile que les réflexions que M. de Charlus faisait sur la guerre, quand il la jugeait en tant que féodal ou que chevalier de Saint-Jean de Jérusalem. Il finit par une remarque plus juste : « Ce qui est étonnant, dit-il, c'est que ce public qui ne juge ainsi des hommes et des choses de la guerre que par les journaux est persuadé qu'il juge par lui-même. »

En cela M. de Charlus avait raison. On m'a raconté qu'il fallait voir les moments de silence et d'hésitation qu'avait Mme de Forcheville, pareils à ceux qui sont nécessaires, non pas même seulement à l'énonciation, mais à la formation d'une opinion personnelle, avant de dire, sur le ton d'un sentiment intime : « Non, je ne crois pas qu'ils prendront Varsovie » ; « je n'ai pas l'impression qu'on puisse passer un second hiver » ; « ce que je ne voudrais pas, c'est une paix boiteuse » ; « ce qui me fait peur, si vous voulez que je vous le dise, c'est la Chambre » ; « si, j'estime tout de même qu'on pourra percer. » Et pour dire cela Odette prenait un air mièvre qu'elle poussait à l'extrême quand elle disait : « Je ne dis pas que les armées allemandes ne se battent pas bien, mais il leur manque ce qu'on appelle le cran. » Pour prononcer « le cran » (et même simplement pour le « mordant ») elle faisait avec sa main le geste de pétrissage et avec ses yeux le

clignement des rapins employant un terme d'atelier. Son
langage à elle était pourtant, plus encore qu'autrefois, la
trace de son admiration pour les Anglais, qu'elle n'était
plus obligée de se contenter d'appeler comme autrefois
« nos voisins d'outre-Manche », ou tout au plus « nos
amis les Anglais », mais « nos loyaux alliés ». Inutile de
dire qu'elle ne se faisait pas faute de citer à tout propos
l'expression de *fair play* pour montrer les Anglais trouvant
les Allemands des joueurs incorrects, et « ce qu'il faut c'est
gagner la guerre, comme disent nos braves alliés ». Tout
au plus associait-elle assez maladroitement le nom de son
gendre à tout ce qui touchait les soldats anglais et au plaisir
qu'il trouvait à vivre dans l'intimité des Australiens aussi
bien que des Écossais, des Néo-Zélandais et des Canadiens.
« Mon gendre Saint-Loup connaît maintenant l'argot de
tous les braves *tommies*, il sait se faire entendre de ceux
des plus lointains *dominions* et, aussi bien qu'avec le général
commandant la base, fraternise avec le plus humble
private. »

Que cette parenthèse sur Mme de Forcheville, tandis
que je descends les boulevards, côte à côte avec M. de
Charlus, m'autorise à une autre plus longue encore, mais
utile pour décrire cette époque, sur les rapports de
Mme Verdurin avec Brichot. En effet si le pauvre Brichot
était ainsi jugé sans indulgence par M. de Charlus (parce
que celui-ci était à la fois très fin et plus ou moins
inconsciemment germanophile), il était encore bien plus
maltraité par les Verdurin. Sans doute ceux-ci étaient
chauvins, ce qui eût dû les faire se plaire aux articles de
Brichot, lesquels d'autre part n'étaient pas inférieurs à bien
des écrits où se délectait Mme Verdurin. Mais d'abord
on se rappelle peut-être que déjà à La Raspelière, Brichot
était devenu pour les Verdurin, du grand homme qu'il
leur avait paru être autrefois, sinon une tête de Turc
comme Saniette, du moins l'objet de leurs railleries à peine
déguisées[1]. Du moins restait-il à ce moment-là un fidèle
entre les fidèles, ce qui lui assurait une part des avantages
prévus tacitement par les statuts à tous les membres
fondateurs ou associés du petit groupe. Mais au fur et à
mesure que, à la faveur de la guerre peut-être, ou par la
rapide cristallisation d'une élégance si longtemps retardée
mais dont tous les éléments nécessaires et restés invisibles
saturaient depuis longtemps le salon des Verdurin, celui-ci

s'était ouvert à un monde nouveau et que les fidèles, appâts d'abord de ce monde nouveau, avaient fini par être de moins en moins invités, un phénomène parallèle se produisait pour Brichot. Malgré la Sorbonne, malgré l'Institut, sa notoriété n'avait pas jusqu'à la guerre dépassé les limites du salon Verdurin. Mais quand il se mit à écrire presque quotidiennement des articles parés de ce faux brillant qu'on l'a vu si souvent dépenser sans compter pour les fidèles, riches, d'autre part, d'une érudition fort réelle, et qu'en vrai sorbonien il ne cherchait pas à dissimuler, de quelques formes plaisantes qu'il l'entourât, le « grand monde » fut littéralement ébloui. Pour une fois d'ailleurs il donnait sa faveur à quelqu'un qui était loin d'être une nullité et qui pouvait retenir l'attention par la fertilité de son intelligence et les ressources de sa mémoire. Et pendant que trois duchesses allaient passer la soirée chez Mme Verdurin, trois autres se disputaient l'honneur d'avoir chez elles à dîner le grand homme, lequel acceptait chez l'une, se sentant d'autant plus libre que Mme Verdurin, exaspérée du succès que ses articles rencontraient auprès du faubourg Saint-Germain, avait soin de ne jamais avoir Brichot chez elle quand il devait s'y trouver quelque personne brillante qu'il ne connaissait pas encore et qui se hâterait de l'attirer. Ce fut ainsi que le journalisme (dans lequel Brichot se contentait, en somme, de donner tardivement, avec honneur et en échange d'émoluments superbes, ce qu'il avait gaspillé toute sa vie gratis et incognito dans le salon des Verdurin, car ses articles ne lui coûtaient pas plus de peine, tant il était disert et savant, que ses causeries) eût conduit, et parut même un moment conduire Brichot à une gloire incontestée... s'il n'y avait pas eu Mme Verdurin. Certes les articles de Brichot étaient loin d'être aussi remarquables que le croyaient les gens du monde. La vulgarité de l'homme apparaissait à tout instant sous le pédantisme du lettré. Et à côté d'images qui ne voulaient rien dire du tout (« les Allemands ne pourront plus regarder en face la statue de Beethoven » ; « Schiller a dû frémir dans son tombeau » ; « l'encre qui avait paraphé la neutralité de la Belgique était à peine séchée » ; « Lénine parle, mais autant en emporte le vent de la steppe »), c'étaient des trivialités telles que : « Vingt mille prisonniers, c'est un chiffre ; notre commandement saura ouvrir l'œil et le bon ; nous voulons vaincre, un point

c'est tout. » Mais, mêlé à tout cela, tant de savoir, tant
d'intelligence, de si justes raisonnements ! Or Mme Verdurin ne commençait jamais un article de Brichot sans la
satisfaction préalable de penser qu'elle allait y trouver des
choses ridicules, et le lisait avec l'attention la plus soutenue
pour être certaine de ne les pas laisser échapper. Or il
était malheureusement certain qu'il y en avait quelques-
unes. On n'attendait même pas de les avoir trouvées. La
citation la plus heureuse d'un auteur vraiment peu connu,
au moins dans l'œuvre à laquelle Brichot se reportait, était
incriminée comme preuve du pédantisme le plus insoute-
nable et Mme Verdurin attendait avec impatience l'heure
du dîner pour déchaîner les éclats de rire de ses convives.
« Eh bien, qu'est-ce que vous avez dit du Brichot de ce
soir ? J'ai pensé à vous en lisant la citation de Cuvier. Ma
parole, je crois qu'il devient fou. — Je ne l'ai pas encore
lu, disait Cottard. — Comment, vous ne l'avez pas encore
lu ? Mais vous ne savez pas les délices que vous vous
refusez. C'est-à-dire que c'est d'un ridicule à mourir. »
Et contente au fond que quelqu'un n'eût pas encore lu
le Brichot pour avoir l'occasion d'en mettre elle-même en
lumière les ridicules, Mme Verdurin disait au maître
d'hôtel d'apporter *Le Temps*, et faisait elle-même la lecture
à haute voix, en faisant sonner avec emphase les phrases
les plus simples. Après le dîner, pendant toute la soirée,
cette campagne anti-brichotiste continuait, mais avec de
fausses réserves. « Je ne le dis pas trop haut parce que
j'ai peur que là-bas », disait-elle en montrant la comtesse
Molé, « on n'admire assez cela. Les gens du monde sont
plus naïfs qu'on ne croit. » Mme Molé à qui on tâchait
de faire entendre en parlant assez fort qu'on parlait d'elle,
tout en s'efforçant de lui montrer par des baissements de
voix qu'on n'aurait pas voulu être entendu d'elle, reniait
lâchement Brichot qu'elle égalait en réalité à Michelet.
Elle donnait raison à Mme Verdurin et, pour terminer
pourtant par quelque chose qui lui paraissait incontestable,
disait : « Ce qu'on ne peut pas lui retirer, c'est que c'est
bien écrit. — Vous trouvez ça bien écrit, vous ? disait
Mme Verdurin, moi je trouve ça écrit comme par un
cochon », audace qui faisait rire les gens du monde
d'autant plus que Mme Verdurin, comme effarouchée
elle-même par le mot de cochon, l'avait prononcé en le
chuchotant, la main rabattue sur les lèvres. Sa rage contre

Brichot croissait d'autant plus que celui-ci étalait naïvement la satisfaction de son succès, malgré les accès de mauvaise humeur que provoquait chez lui la censure, chaque fois que, comme il le disait avec son habitude d'employer les mots nouveaux pour montrer qu'il n'était pas trop universitaire[1], elle avait « caviardé » une partie de son article. Devant lui Mme Verdurin ne laissait pas trop voir, sauf par une maussaderie qui eût averti un homme plus perspicace, le peu de cas qu'elle faisait de ce qu'écrivait Chochotte[2]. Elle lui dit seulement une fois qu'il avait tort d'écrire si souvent « je ». Et il avait en effet l'habitude de l'écrire continuellement, d'abord parce que, par habitude de professeur il se servait constamment d'expressions comme « j'accorde que », et même, pour dire « je veux bien que », « je veux que » : « Je veux que l'énorme développement des fronts nécessite, etc. », mais surtout parce que, ancien antidreyfusard militant qui flairait la préparation germanique bien longtemps avant la guerre, il s'était trouvé écrire très souvent : « J'ai dénoncé dès 1897 » ; « j'ai signalé en 1901 » ; « j'ai averti dans ma petite brochure aujourd'hui rarissime *(habent sua fata libelli[3])* », et ensuite l'habitude lui était restée. Il rougit fortement de l'observation de Mme Verdurin, observation qui lui fut faite d'un ton aigre. « Vous avez raison, madame. Quelqu'un qui n'aimait pas plus les jésuites que M. Combes, encore qu'il n'ait pas eu de préface de notre doux maître en scepticisme délicieux, Anatole France, qui fut si je ne me trompe mon adversaire... avant le déluge, a dit que le moi est toujours haïssable[4]. » À partir de ce moment Brichot remplaça *je* par *on*, mais *on* n'empêchait pas le lecteur de voir que l'auteur parlait de lui et permit à l'auteur de ne plus cesser de parler de lui, de commenter la moindre de ses phrases, de faire un article sur une seule négation, toujours à l'abri de *on*. Par exemple Brichot avait-il dit, fût-ce dans un autre article, que les armées allemandes avaient perdu de leur valeur, il commençait ainsi : « On ne camoufle pas ici la vérité. On a dit que les armées allemandes avaient perdu de leur valeur. On n'a pas dit[5] qu'elles n'avaient plus une grande valeur. Encore moins écrira-t-on qu'elles n'ont plus aucune valeur. On ne dira pas non plus que le terrain gagné, s'il n'est pas, etc. » Bref, rien qu'à énoncer tout ce qu'il ne dirait pas, à rappeler tout ce qu'il avait dit il y avait quelques années, et ce que Clausewitz, Jomini, Ovide, Apollonius de Tyane[1], etc., avaient dit il y avait plus ou moins de siècles, Brichot aurait pu constituer aisément la matière d'un fort volume. Il est à regretter qu'il n'en ait pas publié, car ces articles si nourris sont maintenant difficiles à retrouver. Le faubourg Saint-Germain, chapitré par Mme Verdurin, commença par rire de Brichot chez elle, mais continua, une fois sorti du petit clan, à admirer Brichot. Puis se moquer de lui devint une mode comme ç'avait été de l'admirer et celles mêmes qu'il continuait d'éblouir en secret, dans le temps qu'elles lisaient son article, s'arrêtaient et riaient dès qu'elles n'étaient plus seules pour ne pas avoir l'air moins fines que les autres. Jamais on ne parla tant de Brichot qu'à cette époque dans le petit clan, mais par dérision. On prenait comme critérium de l'intelligence de tout nouveau ce qu'il pensait des articles de Brichot ; s'il répondait mal la première fois, on ne se faisait pas faute de lui enseigner à quoi l'on reconnaît que les gens sont intelligents.

« Enfin, mon pauvre ami, tout cela est épouvantable et nous avons plus que d'ennuyeux articles à déplorer. On parle de vandalisme, de statues détruites. Mais est-ce que la destruction de tant de merveilleux jeunes gens, qui étaient des statues polychromes incomparables, n'est pas du vandalisme aussi ? Est-ce qu'une ville qui n'aura plus de beaux hommes ne sera pas comme une ville dont toute la statuaire aurait été brisée ? Quel plaisir puis-je avoir à aller dîner au restaurant quand j'y suis servi par de vieux bouffons moussus qui ressemblent au Père Didon[2], si ce n'est pas par des femmes en cornette qui me font croire que je suis entré au Bouillon Duval[3] ? Parfaitement mon cher, et je crois que j'ai le droit de parler ainsi parce que le beau est tout de même le beau dans une matière vivante. Le grand plaisir d'être servi par des êtres rachitiques, portant binocle, dont le cas d'exemption se lit sur le visage ! Contrairement à ce qui arrivait toujours jadis, si l'on veut reposer ses yeux sur quelqu'un de bien dans un restaurant, il ne faut plus regarder parmi les garçons qui servent mais parmi les clients qui consomment. Mais on pouvait revoir un servant, bien qu'ils changeassent souvent, mais allez donc savoir qui est, quand reviendra ce lieutenant anglais qui vient peut-être pour la première fois et sera peut-être tué demain ! Quand Auguste de

Pologne, comme raconte le charmant Morand, l'auteur
délicieux de *Clarisse*, échangea un de ses régiments contre
une collection de potiches chinoises, il fit à mon avis une
mauvaise affaire[1]. Pensez que tous ces grands valets de pied
qui avaient deux mètres de haut et qui ornaient les escaliers
monumentaux[2] de nos plus belles amies ont tous été tués,
engagés pour la plupart parce qu'on leur répétait que la
guerre durerait deux mois. Ah ! ils ne savaient pas comme
moi la force de l'Allemagne, la vertu de la race
prussienne », dit-il en s'oubliant.

Et puis, remarquant qu'il avait trop laissé apercevoir son
point de vue : « Ce n'est pas tant l'Allemagne que je crains
pour la France, que la guerre elle-même. Les gens de
l'arrière s'imaginent que la guerre est seulement un
gigantesque match de boxe, auquel ils assistent de loin,
grâce aux journaux. Mais cela n'a aucun rapport. C'est une
maladie qui, quand elle semble conjurée sur un point,
reprend sur un autre. Aujourd'hui Noyon sera délivré[3],
demain on n'aura plus ni pain ni chocolat, après-demain
celui qui se croyait bien tranquille et accepterait au besoin
une balle qu'il n'imagine pas, s'affolera parce qu'il lira dans
les journaux que sa classe est rappelée. Quant aux
monuments, un chef-d'œuvre unique comme Reims[4], par
la qualité, n'est pas tellement ce dont la disparition
m'épouvante, c'est surtout de voir anéantis une telle
quantité d'ensembles qui rendaient le moindre village de
France instructif et charmant. »

Je pensai aussitôt à Combray, mais autrefois j'avais cru
me diminuer aux yeux de Mme de Guermantes en avouant
la petite situation que ma famille occupait à Combray. Je
me demandai si elle n'avait pas été révélée aux Guermantes
et à M. de Charlus, soit par Legrandin, ou Swann, ou
Saint-Loup, ou Morel. Mais cette prétérition même était
moins pénible pour moi que des explications rétro-
spectives. Je souhaitai seulement que M. de Charlus ne
parlât pas de Combray.

« Je ne veux pas dire de mal des Américains, monsieur,
continua-t-il, il paraît qu'ils sont inépuisablement généreux
et comme il n'y a pas eu de chef d'orchestre dans cette
guerre, que chacun est entré dans la danse longtemps après
l'autre, et que les Américains ont commencé quand nous
étions quasiment finis, ils peuvent avoir une ardeur que
quatre ans de guerre ont pu calmer chez nous[5]. Même

avant la guerre, ils aimaient notre pays, notre art, ils
payaient fort cher nos chefs-d'œuvre. Beaucoup sont chez
eux maintenant. Mais précisément cet art déraciné, comme
dirait M. Barrès[1], est tout le contraire de ce qui faisait
l'agrément délicieux de la France. Le château expliquait
l'église, qui elle-même, parce qu'elle avait été un lieu de
pèlerinages, expliquait la chanson de geste. Je n'ai pas à
surfaire l'illustration de mes origines et de mes alliances,
et d'ailleurs ce n'est pas de cela qu'il s'agit. Mais
dernièrement j'ai eu, pour régler une question d'intérêts,
et malgré un certain refroidissement qu'il y a entre le
ménage et moi, à aller faire une visite à ma nièce
Saint-Loup qui habite à Combray. Combray n'était qu'une
toute petite ville comme il y en a tant. Mais nos ancêtres
étaient représentés en donateurs dans certains vitraux, dans
d'autres étaient inscrites nos armoiries. Nous y avions
notre chapelle, nos tombeaux. Cette église a été détruite
par les Français et par les Anglais parce qu'elle servait
d'observatoire aux Allemands. Tout ce mélange d'histoire
survivante et d'art qui était la France se détruit, et ce n'est
pas fini. Et bien entendu je n'ai pas le ridicule de comparer,
pour des raisons de famille, la destruction de l'église de
Combray à celle de la cathédrale de Reims, qui était
comme le miracle d'une cathédrale gothique retrouvant
naturellement la pureté de la statuaire antique, ou de celle
d'Amiens. Je ne sais si le bras levé de saint Firmin[2] est
aujourd'hui brisé. Dans ce cas la plus haute affirmation
de la foi et de l'énergie a disparu de ce monde. — Son
symbole, monsieur, lui répondis-je. Et j'adore autant que
vous certains symboles. Mais il serait absurde de sacrifier
au symbole la réalité qu'il symbolise. Les cathédrales
doivent être adorées jusqu'au jour où, pour les préserver,
il faudrait renier les vérités qu'elles enseignent. Le bras
levé de saint Firmin dans un geste de commandement
presque militaire disait : Que nous soyons brisés, si
l'honneur l'exige. Ne sacrifiez pas des hommes à des
pierres dont la beauté vient justement d'avoir un moment
fixé des vérités humaines[3]. — Je comprends ce que vous
voulez dire, me répondit M. de Charlus, et M. Barrès,
qui nous a fait faire, hélas, trop de pèlerinages à la statue
de Strasbourg et au tombeau de M. Déroulède[4], a été
touchant et gracieux, quand il a écrit que la cathédrale
de Reims elle-même nous était moins chère que la vie de

nos fantassins[1]. Assertion qui rend assez ridicule la colère de nos journaux contre le général allemand qui commandait là-bas et qui disait que la cathédrale de Reims lui était moins précieuse que celle d'un soldat allemand[2]. C'est du reste ce qui est exaspérant et navrant, c'est que chaque pays dit la même chose. Les raisons pour lesquelles les associations industrielles de l'Allemagne déclarent la possession de Belfort[3] indispensable à préserver leur nation contre nos idées de revanche, sont les mêmes que celles de Barrès exigeant Mayence pour nous protéger contre les velléités d'invasion des Boches[4]. Pourquoi la restitution de l'Alsace-Lorraine a-t-elle paru à la France un motif insuffisant pour faire la guerre, un motif suffisant pour la continuer, pour la redéclarer à nouveau chaque année[5] ? Vous avez l'air de croire que la victoire est désormais promise à la France, je le souhaite de tout mon cœur, vous n'en doutez pas. Mais enfin depuis qu'à tort ou à raison les Alliés se croient sûrs de vaincre (pour ma part je serais naturellement enchanté de cette solution mais je vois surtout beaucoup de victoires sur le papier, de victoires à la Pyrrhus avec un coût qui ne nous est pas dit) et que les Boches ne se croient plus sûrs de vaincre, on voit l'Allemagne chercher à hâter la paix, la France à prolonger la guerre, la France qui est la France juste et a raison de faire entendre des paroles de justice, mais est aussi la douce France[6] et devrait faire entendre des paroles de pitié, fût-ce seulement pour ses propres enfants et pour qu'à chaque printemps les fleurs qui renaîtront aient à éclairer autre chose que des tombes. Soyez franc, mon cher ami, vous-même m'aviez fait une théorie sur les choses qui n'existent que grâce à une création perpétuellement recommencée[7]. La création du monde n'a pas eu lieu une fois pour toutes, me disiez-vous, elle a nécessairement lieu tous les jours. Eh bien, si vous êtes de bonne foi, vous ne pouvez pas excepter la guerre de cette théorie. Notre excellent Norpois a beau écrire (en sortant un des accessoires de rhétorique qui lui sont aussi chers que "l'aube de la victoire" et le "général Hiver") : "Maintenant que l'Allemagne a voulu la guerre, les dés en sont jetés", la vérité c'est que chaque matin on déclare à nouveau la guerre. Donc celui qui veut la continuer est aussi coupable que celui qui l'a commencée, plus peut-être, car ce premier n'en prévoyait peut-être pas toutes les horreurs.

Or rien ne dit qu'une guerre aussi prolongée, même si elle doit avoir une issue victorieuse, ne soit pas sans péril. Il est difficile de parler de choses qui n'ont point de précédent et des répercussions sur l'organisme d'une opération qu'on tente pour la première fois. Généralement, il est vrai, les nouveautés dont on s'alarme se passent fort bien. Les républicains les plus sages pensaient qu'il était fou de faire la séparation de l'Église. Elle a passé comme une lettre à la poste. Dreyfus a été réhabilité, Picquart ministre de la Guerre, sans qu'on crie ouf[1]. Pourtant que ne peut-on pas craindre d'un surmenage pareil à celui d'une guerre ininterrompue pendant plusieurs années ! Que feront les hommes au retour ? la fatigue les aura-t-elle rompus ou affolés ? Tout cela pourrait mal tourner, sinon pour la France, au moins pour le gouvernement, peut-être même pour la forme du gouvernement. Vous m'avez fait lire autrefois l'admirable *Aimée de Coigny* de Maurras. Je serais fort surpris que quelque Aimée de Coigny n'attendît pas du développement de la guerre que fait la République ce qu'en 1812 Aimée de Coigny attendait de la guerre que faisait l'Empire[2]. Si l'Aimée actuelle existe, ses espérances se réaliseront-elles ? Je ne le désire pas.

Pour en revenir à la guerre elle-même, ce premier qui l'a commencée est-il l'empereur Guillaume ? J'en doute fort. Et si c'est lui, qu'a-t-il fait autre chose que Napoléon par exemple, chose que moi je trouve abominable mais que je m'étonne de voir inspirer tant d'horreurs aux thuriféraires de Napoléon, aux gens qui le jour de la déclaration de guerre se sont écriés comme le général Pau[3] : "J'attendais ce jour-là depuis quarante ans. C'est le plus beau jour de ma vie." Dieu sait si personne a protesté avec plus de force que moi quand on a fait dans la société une place disproportionnée aux nationalistes, aux militaires, quand tout ami des arts était accusé de s'occuper de choses funestes à la patrie, toute civilisation qui n'était pas belliqueuse étant délétère ! C'est à peine si un homme du monde authentique comptait auprès d'un général. Une folle a failli me présenter à M. Syveton[4]. Vous me direz que ce que je m'efforçais de maintenir n'était que les règles mondaines. Mais malgré leur frivolité apparente, elles eussent peut-être empêché bien des excès. J'ai toujours honoré ceux qui défendent la grammaire ou la logique.

On se rend compte cinquante ans après qu'ils ont conjuré
de grands périls. Or nos nationalistes sont les plus
germanophobes, les plus jusqu'au-boutistes des hommes.
Mais après quinze ans leur philosophie a changé entièrement. En fait ils poussent bien à la continuation de la
guerre. Mais ce n'est que pour exterminer une race
belliqueuse et par amour de la paix. Car une civilisation
guerrière, ce qu'ils trouvaient si beau il y a quinze ans,
leur fait horreur. Non seulement ils reprochent à la Prusse
d'avoir fait prédominer chez elle l'élément militaire, mais
en tout temps ils pensent que les civilisations militaires
furent destructrices de tout ce qu'ils trouvent maintenant
précieux, non seulement les arts mais même la galanterie.
Il suffit qu'un de leurs critiques se soit converti au
nationalisme pour qu'il soit devenu du même coup un ami
de la paix. Il est persuadé que, dans toutes les civilisations
guerrières, la femme avait un rôle humilié et bas. On n'ose
lui répondre que les "dames" des chevaliers, au Moyen
Âge, et la Béatrice de Dante étaient peut-être placées sur
un trône aussi élevé que les héroïnes de M. Becque[1]. Je
m'attends à de ces jours à me voir placé à table après
un révolutionnaire russe ou simplement après un de nos
généraux faisant la guerre par horreur de la guerre et pour
punir un peuple de cultiver un idéal qu'eux-mêmes
jugeaient le seul tonifiant il y a quinze ans. Le malheureux
czar était encore honoré il y a quelques mois parce qu'il
avait réuni la conférence de La Haye[2]. Mais maintenant
qu'on salue la Russie libre, on oublie le titre qui permettait
de le glorifier. Ainsi tourne la roue du monde[3].

« Et pourtant l'Allemagne emploie tellement les mêmes
expressions que la France que c'est à croire qu'elle la
cite, elle ne se lasse pas de dire qu'elle "lutte pour
l'existence". Quand je lis : "Nous lutterons contre un
ennemi implacable et cruel jusqu'à ce que nous ayons
obtenu une paix qui nous garantisse à l'avenir de toute
agression et pour que le sang de nos braves soldats n'ait
pas coulé en vain", ou bien : "Qui n'est pas pour nous
est contre nous[4]", je ne sais pas si cette phrase est de
l'empereur Guillaume ou de M. Poincaré car ils l'ont, à
quelques variantes près, prononcée vingt fois l'un et
l'autre, bien qu'à vrai dire je doive confesser que
l'empereur ait été en ce cas l'imitateur du président de
la République. La France n'aurait peut-être pas tenu tant

à prolonger la guerre si elle était restée faible mais surtout l'Allemagne n'aurait peut-être pas été si pressée de la finir si elle n'avait pas cessé d'être forte. D'être aussi forte, car forte, vous verrez qu'elle l'est encore. »

Il avait pris l'habitude de crier très fort en parlant[1], par nervosité, par recherche d'issues pour des impressions dont il fallait — n'ayant jamais cultivé aucun art — qu'il se débarrassât, comme un aviateur de ses bombes, fût-ce en plein champ, là où ses paroles n'atteignaient personne, et surtout dans le monde où elles tombaient aussi au hasard et où il était écouté par snobisme, de confiance et, tant il tyrannisait les auditeurs, on peut dire de force et même par crainte. Sur les boulevards cette harangue était de plus une marque de mépris à l'égard des passants pour qui il ne baissait pas plus la voix qu'il n'eût dévié son chemin. Mais elle y détonnait, y étonnait, et surtout rendait intelligibles à des gens qui se retournaient des propos qui eussent pu nous faire prendre pour des défaitistes. Je le fis remarquer à M. de Charlus sans réussir qu'à exciter son hilarité. « Avouez que ce serait bien drôle, dit-il. Après tout, ajouta-t-il, on ne sait jamais, chacun de nous risque chaque soir d'être le fait divers du lendemain. En somme pourquoi ne serai-je pas fusillé dans les fossés de Vincennes ? La même chose est bien arrivée à mon grand-oncle le duc d'Enghien. La soif du sang noble affole une certaine populace qui en cela se montre plus raffinée que les lions. Vous savez que pour ces animaux il suffirait, pour qu'ils se jetassent sur elle, que Mme Verdurin eût une écorchure sur son nez. Sur ce que dans ma jeunesse on eût appelé son pif ! » Et il se mit à rire à gorge déployée comme si nous avions été seuls dans un salon.

Par moments, voyant des individus assez louches extraits de l'ombre par le passage de M. de Charlus et se conglomérer à quelque distance de lui, je me demandais si je lui serais plus agréable en le laissant seul ou en ne le quittant pas. Tel celui qui a rencontré un vieillard sujet à de fréquentes crises épileptiformes et qui voit par l'incohérence de la démarche l'imminence probable d'un accès, se demande si sa compagnie est plutôt désirée comme celle d'un soutien, ou redoutée comme celle d'un témoin à qui on voudrait cacher la crise et dont la présence seule peut-être, quand le calme absolu réussirait peut-être à l'écarter, suffira à la hâter. Mais la possibilité de l'événement dont on ne sait si l'on doit s'écarter ou non est révélée, chez le malade, par les circuits qu'il fait comme un homme ivre. Tandis que pour M. de Charlus ces diverses positions divergentes, signe d'un incident possible dont je n'étais pas bien sûr s'il souhaitait ou redoutait que ma présence l'empêchât de se produire, étaient, comme par une ingénieuse mise en scène, occupées non par le baron lui-même qui marchait fort droit mais par tout un cercle de figurants. Tout de même, je crois qu'il préférait éviter la rencontre, car il m'entraîna dans une rue de traverse, plus obscure que le boulevard, et où cependant celui-ci ne cessait de déverser, à moins que ce ne fût vers lui qu'ils affluassent, des soldats de toute arme et de toute nation, influx juvénile, compensateur et consolant pour M. de Charlus, de ce reflux de tous les hommes à la frontière qui avait fait pneumatiquement le vide dans Paris aux premiers temps de la mobilisation. M. de Charlus ne cessait pas d'admirer les brillants uniformes qui passaient devant nous et qui faisaient de Paris une ville aussi cosmopolite qu'un port, aussi irréelle qu'un décor de peintre qui n'a dressé quelques architectures que pour avoir un prétexte à grouper les costumes les plus variés et les plus chatoyants[1].

Il gardait tout son respect et toute son affection à de grandes dames accusées de défaitisme[2], comme jadis à celles qui avaient été accusées de dreyfusisme. Il regrettait seulement qu'en s'abaissant à faire de la politique elles eussent donné prise « aux polémiques des journalistes ». Pour lui, à leur égard, rien n'était changé. Car sa frivolité était si systématique, que la naissance unie à la beauté et à d'autres prestiges était la chose durable — et la guerre, comme l'affaire Dreyfus, des modes vulgaires et fugitives. Eût-on fusillé la duchesse de Guermantes pour essai de paix séparée avec l'Autriche, qu'il l'eût considérée comme toujours aussi noble et pas plus dégradée que ne nous apparaît aujourd'hui Marie-Antoinette d'avoir été condamnée à la décapitation. En parlant à ce moment-là, M. de Charlus, noble comme une espèce de Saint-Vallier ou de Saint-Mégrin[3], était droit, rigide, solennel, parlait gravement, ne faisait pour un moment aucune des manières où se révèlent ceux de sa sorte. Et pourtant, pourquoi ne peut-il y en avoir aucun dont la voix soit jamais absolument juste ? Même en ce moment où elle approchait le plus du

grave, elle était fausse encore et aurait eu besoin de
l'accordeur.

D'ailleurs M. de Charlus ne savait littéralement où
donner de la tête, et il la levait souvent avec le regret de
ne pas avoir une jumelle qui d'ailleurs ne lui eût pas servi
à grand-chose, car en plus grand nombre que d'habitude,
à cause du raid de zeppelins de l'avant-veille qui avait
réveillé la vigilance des pouvoirs publics, il y avait des
militaires jusque dans le ciel. Les aéroplanes que j'avais
vus quelques heures plus tôt faire comme des insectes des
taches brunes sur le soir bleu, passaient maintenant dans
la nuit qu'approfondissait encore l'extinction partielle des
réverbères, comme de lumineux brûlots. La plus grande
impression de beauté que nous faisaient éprouver ces
étoiles humaines et filantes, était peut-être surtout de faire
regarder le ciel, vers lequel on lève peu les yeux d'habitude. Dans ce Paris dont, en 1914, j'avais vu la beauté
presque sans défense attendre la menace de l'ennemi qui
se rapprochait[1], il y avait certes, maintenant comme alors,
la splendeur antique inchangée d'une lune cruellement,
mystérieusement sereine, qui versait aux monuments encore intacts l'inutile beauté[2] de sa lumière, mais comme en
1914, et plus qu'en 1914, il y avait aussi autre chose, des
lumières différentes, des feux intermittents que, soit de ces
aéroplanes, soit de projecteurs de la tour Eiffel, on savait
dirigés par une volonté intelligente, par une vigilance
amie qui donnait ce même genre d'émotion, inspirait cette
même sorte de reconnaissance et de calme que j'avais
éprouvés dans la chambre de Saint-Loup[3], dans la cellule de
ce cloître militaire où s'exerçaient, avant qu'ils consommas-
sent, un jour, sans une hésitation, en pleine jeunesse, leur
sacrifice, tant de cœurs fervents et disciplinés.

Après le raid de l'avant-veille, où le ciel avait été plus
mouvementé que la terre, il s'était calmé comme la mer
après une tempête. Mais comme la mer après une tempête,
il n'avait pas encore repris son apaisement absolu. Des
aéroplanes montaient encore comme des fusées rejoindre
les étoiles, et des projecteurs promenaient lentement, dans
le ciel sectionné, comme une pâle poussière d'astres,
d'errantes voies lactées. Cependant les aéroplanes venaient
s'insérer au milieu des constellations et on aurait pu se
croire dans un autre hémisphère en effet, en voyant ces
« étoiles nouvelles[1] ».

M. de Charlus me dit son admiration pour ces aviateurs, et comme il ne pouvait pas plus s'empêcher de donner libre cours à sa germanophilie qu'à ses autres penchants tout en niant l'une comme les autres : « D'ailleurs j'ajoute que j'admire tout autant les Allemands qui montent dans des gothas. Et sur des zeppelins, pensez le courage qu'il faut ! Mais ce sont des héros, tout simplement. Qu'est-ce que ça peut faire que ce soit sur des civils puisque des batteries tirent sur eux ? Est-ce que vous avez peur des gothas et du canon ? » J'avouai que non et peut-être je me trompais. Sans doute ma paresse m'ayant donné l'habitude, pour mon travail, de le remettre jour par jour au lendemain, je me figurais qu'il pouvait en être de même pour la mort. Comment aurait-on peur d'un canon dont on est persuadé qu'il ne vous frappera pas ce jour-là ? D'ailleurs formées isolément, ces idées de bombes lancées, de mort possible, n'ajoutèrent pour moi rien de tragique à l'image que je me faisais du passage des aéronefs allemands, jusqu'à ce que, de l'un d'eux, ballotté, segmenté à mes regards par les flots de brume d'un ciel agité, d'un aéroplane que, bien que je le susse meurtrier, je n'imaginais que stellaire et céleste, j'eusse vu, un soir, le geste de la bombe lancée vers nous. Car la réalité originale d'un danger n'est perçue que dans cette chose nouvelle, irréductible à ce qu'on sait déjà, qui s'appelle une impression, et qui est souvent, comme ce fut le cas là, résumée par une ligne, une ligne qui décrivait une intention, une ligne où il y avait la puissance latente d'un accomplissement qui la déformait, tandis que sur le pont de la Concorde, autour de l'aéroplane menaçant et traqué, et comme si s'étaient reflétées dans les nuages les fontaines des Champs-Élysées, de la place de la Concorde et des Tuileries, les jets d'eau lumineux des projecteurs s'infléchissaient dans le ciel, lignes pleines d'intentions aussi, d'intentions prévoyantes et protectrices, d'hommes puissants et sages auxquels, comme une nuit au quartier de Doncières, j'étais reconnaissant que leur force daignât prendre avec cette précision si belle la peine de veiller sur nous.

La nuit était aussi belle qu'en 1914, comme Paris était aussi menacé. Le clair de lune semblait comme un doux magnésium[1] continu permettant de prendre une dernière fois des images nocturnes de ces beaux ensembles comme

la place Vendôme, la place de la Concorde, auxquels
l'effroi que j'avais des obus qui allaient peut-être les
détruire donnait par contraste, dans leur beauté encore
intacte, une sorte de plénitude, et comme si elles se
tendaient en avant, offrant aux coups leurs architectures
sans défense. « Vous n'avez pas peur ? répéta M. de
Charlus. Les Parisiens ne se rendent pas compte. On me
dit que Mme Verdurin donne des réunions tous les jours.
Je ne le sais que par les on-dit, moi je ne sais absolument
rien d'eux, j'ai entièrement rompu », ajouta-t-il en baissant
non seulement les yeux comme si avait passé un
télégraphiste, mais aussi la tête, les épaules, et en levant
le bras avec le geste qui signifie, sinon « je m'en lave les
mains », du moins « je ne peux rien vous dire » (bien
que je ne lui demandasse rien). « Je sais que Morel y va
toujours beaucoup », me dit-il (c'était la première fois
qu'il m'en reparlait). « On prétend qu'il regrette beaucoup le passé, qu'il désire se rapprocher de moi »,
ajouta-t-il, faisant preuve à la fois de cette même crédulité
d'homme du Faubourg qui dit : « On dit beaucoup que
la France cause plus que jamais avec l'Allemagne et que
les pourparlers sont même engagés » et de l'amoureux
que les pires rebuffades n'ont pas persuadé. « En tout cas,
s'il le veut il n'a qu'à le dire, je suis plus vieux que lui,
ce n'est pas à moi à faire les premiers pas. » Et sans doute
il était bien inutile de le dire, tant c'était évident. Mais
de plus ce n'était même pas sincère et c'est pour cela qu'on
était si gêné pour M. de Charlus, car on sentait qu'en disant
que ce n'était pas à lui de faire les premiers pas, il en faisait
au contraire un et attendait que j'offrisse de me charger
du rapprochement.

Certes je connaissais cette naïve ou feinte crédulité des
gens qui aiment quelqu'un, ou simplement ne sont pas
reçus chez quelqu'un, et imputent à ce quelqu'un un désir
qu'il n'a pourtant pas manifesté, malgré des sollicitations
fastidieuses. Mais à l'accent soudain tremblant avec lequel
M. de Charlus scanda ces paroles, au regard trouble qui
vacillait au fond de ses yeux, j'eus l'impression qu'il y avait
autre chose qu'une banale insistance. Je ne me trompais
pas, et je dirai tout de suite les deux faits qui me le
prouvèrent rétrospectivement (j'anticipe de beaucoup
d'années pour le second de ces faits, postérieur à la mort
de M. de Charlus. Or elle ne devait se produire que bien

plus tard, et nous aurons l'occasion de le revoir plusieurs
fois bien différent de ce que nous l'avons connu, et en
particulier la dernière fois, à une époque où il avait
entièrement oublié Morel). Quant au premier de ces
faits, il se produisit deux ou trois ans seulement après
le soir où je descendis ainsi les boulevards avec M. de
Charlus. Donc environ deux ans après cette soirée je
rencontrai Morel. Je pensai aussitôt à M. de Charlus,
au plaisir qu'il aurait à revoir le violoniste, et j'insistai
auprès de lui pour qu'il allât le voir, fût-ce une fois. « Il
a été bon pour vous, dis-je à Morel, il est déjà vieux, il
peut mourir, il faut liquider les vieilles querelles et
effacer les traces de la brouille. » Morel parut être
entièrement de mon avis quant à un apaisement dési-
rable, mais il n'en refusa pas moins catégoriquement de
faire même une seule visite à M. de Charlus. « Vous avez
tort, lui dis-je. Est-ce par entêtement, par paresse, par
méchanceté, par amour-propre mal placé, par vertu (soyez
sûr qu'elle ne sera pas attaquée), par coquetterie ? » Alors
le violoniste, tordant son visage pour un aveu qui lui
coûtait sans doute extrêmement, me répondit en frisson-
nant : « Non, ce n'est par rien de tout cela ; la vertu je
m'en fous, la méchanceté ? au contraire je commence à
le plaindre, ce n'est pas par coquetterie, elle serait inutile,
ce n'est pas par paresse, il y a des journées entières où
je reste à me tourner les pouces. Non, ce n'est à cause
de rien de tout cela, c'est, ne le dites jamais à personne
et je suis fou de vous le dire, c'est, c'est... c'est... par
peur ! » Il se mit à trembler de tous ses membres. Je lui
avouai que je ne le comprenais pas. « Non, ne me
demandez pas, n'en parlons plus, vous ne le connaissez
pas comme moi, je peux dire que vous ne le connaissez
pas du tout. — Mais quel tort peut-il vous faire ? Il
cherchera, d'ailleurs, d'autant moins à vous en faire qu'il
n'y aura plus de rancune entre vous. Et puis, au fond, vous
savez qu'il est très bon. — Parbleu ! si je le sais, qu'il est
bon ! Et la délicatesse et la droiture. Mais laissez-moi, ne
m'en parlez plus, je vous en supplie, c'est honteux à dire,
j'ai peur ! »

Le second fait date d'après la mort de M. de Charlus.
On m'apporta quelques souvenirs qu'il m'avait laissés et
une lettre à triple enveloppe, écrite au moins dix ans avant
sa mort. Mais il avait été gravement malade, avait pris ses

dispositions, puis s'était rétabli avant de tomber plus
tard dans l'état où nous le verrons le jour d'une matinée chez la princesse de Guermantes — et la lettre,
restée dans un coffre-fort avec les objets qu'il léguait
à quelques amis, était restée là sept ans, sept ans pendant lesquels il avait entièrement oublié Morel. La
lettre, tracée d'une écriture fine et ferme, était ainsi
conçue :

Mon cher ami, les voies de la Providence sont inconnues.
Parfois c'est du défaut d'un être médiocre qu'elle use pour
empêcher de faillir[1] la suréminence d'un juste. Vous connaissez
Morel, d'où il est sorti, à quel faîte j'ai voulu l'élever, autant
dire à mon niveau. Vous savez qu'il a préféré retourner non
pas à la poussière et à la cendre d'où tout homme, c'est-à-dire
le véritable phœnix, peut renaître, mais à la boue où rampe
la vipère. Il s'est laissé choir, ce qui m'a préservé de déchoir.
Vous savez que mes armes contiennent la devise même de
Notre-Seigneur : Inculcabis super leonem et aspidem[2], *avec*
un homme représenté comme ayant à la plante de ses pieds,
comme support héraldique, un lion et un serpent. Or si j'ai pu
fouler ainsi le propre lion que je suis, c'est grâce au serpent
et à sa prudence que j'appelais trop légèrement tout à l'heure
un défaut, car la profonde sagesse de l'Évangile en fait une
vertu, au moins une vertu pour les autres. Notre serpent aux
sifflements jadis harmonieusement modulés, quand il avait un
charmeur — fort charmé du reste — n'était pas seulement
musical et reptile, il avait jusqu'à la lâcheté cette vertu que je
tiens maintenant pour divine, la prudence. C'est cette divine
prudence qui l'a fait résister aux appels que je lui ai fait
transmettre de revenir me voir, et je n'aurai de paix en ce
monde et d'espoir de pardon dans l'autre que si je vous en fais
l'aveu. C'est lui qui a été en cela l'instrument de la sagesse
divine, car, je l'avais résolu, il ne serait pas sorti de chez moi
vivant. Il fallait que l'un de nous deux disparût. J'étais décidé
à le tuer. Dieu lui a conseillé la prudence pour me préserver
d'un crime. Je ne doute pas que l'intercession de l'archange Michel,
mon saint patron, n'ait joué là un grand rôle et je le prie de
me pardonner de l'avoir tant négligé pendant plusieurs années
et d'avoir si mal répondu aux innombrables bontés qu'il m'a
témoignées, tout spécialement dans ma lutte contre le mal. Je dois
à ce serviteur de Dieu, je le dis dans la plénitude de ma foi et
de mon intelligence, que le Père céleste ait inspiré à Morel de ne

pas venir. Aussi, c'est moi maintenant qui me meurs. Votre
fidèlement dévoué, Semper idem,

P. G. CHARLUS.

Alors je compris la peur de Morel ; certes il y avait dans
cette lettre bien de l'orgueil et de la littérature. Mais l'aveu
était vrai. Et Morel savait mieux que moi que le « côté
presque fou » que Mme de Guermantes trouvait chez son
beau-frère ne se bornait pas, comme je l'avais cru jusque-là,
à ces dehors momentanés de rage superficielle et inopé-
rante.

Mais il faut revenir en arrière. Je descends les
boulevards à côté de M. de Charlus, lequel vient de me
prendre comme vague intermédiaire pour des ouvertures
de paix entre lui et Morel. Voyant que je ne lui répondais
pas : « Je ne sais pas, du reste, pourquoi il ne joue pas,
on ne fait plus de musique sous prétexte que c'est la guerre,
mais on danse, on dîne en ville, les femmes inventent
"l'ambrine" pour leur peau. Les fêtes remplissent ce qui
sera peut-être, si les Allemands avancent encore, les
derniers jours de notre Pompéi. Et c'est ce qui le sauvera
de la frivolité. Pour peu que la lave de quelque Vésuve
allemand (leurs pièces de marine ne sont pas moins
terribles qu'un volcan) vienne les surprendre à leur toilette
et éternise leur geste en l'interrompant, les enfants
s'instruiront plus tard en regardant dans des livres de classe
illustrés Mme Molé qui allait mettre une dernière couche
de fard avant d'aller dîner chez une belle-sœur, ou
Sosthène de Guermantes qui finissait de peindre ses faux
sourcils. Ce sera matière à cours pour les Brichot de
l'avenir, la frivolité d'une époque, quand dix siècles ont
passé sur elle, est matière de la plus grave érudition,
surtout si elle a été conservée intacte par une éruption
volcanique ou des matières analogues à la lave projetées
par bombardement. Quels documents pour l'histoire
future, quand des gaz asphyxiants analogues à ceux
qu'émettait le Vésuve et des écroulements comme ceux
qui ensevelirent Pompéi garderont intactes toutes les
demeures imprudentes qui n'ont pas fait encore filer pour
Bayonne leurs tableaux et leurs statues ! D'ailleurs n'est-ce
pas déjà, depuis un an, Pompéi par fragments, chaque soir,
que ces gens se sauvant dans les caves, non pas pour en
rapporter quelque vieille bouteille de mouton-rothschild

ou de saint-émilion, mais pour cacher avec eux ce qu'ils
ont de plus précieux, comme les prêtres d'Herculanum
surpris par la mort au moment où ils emportaient les vases
sacrés ? C'est toujours l'attachement à l'objet qui amène
la mort du possesseur. Paris, lui, ne fut pas comme
Herculanum fondé par Hercule. Mais que de ressem-
blances s'imposent ! Et cette lucidité qui nous est donnée
n'est pas que de notre époque, chacune l'a possédée. Si
je pense que nous pouvons avoir demain le sort des villes
du Vésuve, celles-ci sentaient qu'elles étaient menacées du
sort des villes maudites de la Bible. On a retrouvé sur
les murs d'une maison de Pompéi cette inscription
révélatrice : *Sodoma, Gomora*[1]. » Je ne sais si ce fut ce nom
de Sodome et les idées qu'il éveilla en lui, ou celle du
bombardement, qui firent que M. de Charlus leva un
instant les yeux au ciel, mais il les ramena bientôt sur la
terre. « J'admire tous les héros de cette guerre, dit-il.
Tenez mon cher, les soldats anglais que j'ai un peu
légèrement considérés au début de la guerre comme de
simples joueurs de football assez présomptueux pour se
mesurer avec des professionnels — et quels professionnels ! — eh bien, rien qu'esthétiquement ce sont tout
simplement des athlètes de la Grèce, vous entendez bien,
de la Grèce, mon cher, ce sont les jeunes gens de Platon[2],
ou plutôt des Spartiates. J'ai des amis qui sont allés à Rouen
où ils ont leur camp, ils ont vu des merveilles, de pures
merveilles dont on n'a pas idée. Ce n'est plus Rouen, c'est
une autre ville. Évidemment il y a aussi l'ancien Rouen,
avec les saints émaciés de la cathédrale[3]. Bien entendu,
c'est beau aussi, mais c'est autre chose. Et nos poilus ! Je
ne peux pas vous dire quelle saveur je trouve à nos poilus,
aux petits Parigots, tenez, comme celui qui passe là, avec
son air dessalé, sa mine éveillée et drôle. Il m'arrive
souvent de les arrêter, de faire un brin de causette avec
eux, quelle finesse, quel bon sens ! et les gars de province,
comme ils sont amusants et gentils avec leur roulement
d'*r* et leur jargon patoiseur ! Moi, j'ai toujours beaucoup
vécu à la campagne, couché dans les fermes, je sais leur
parler, mais notre admiration pour les Français ne doit pas
nous faire déprécier nos ennemis, ce serait nous diminuer
nous-mêmes. Et vous ne savez pas quel soldat est le soldat
allemand, vous qui ne l'avez pas vu comme moi défiler
au pas de parade, au pas de l'oie, *unter den Linden*[4]. » Et

revenant à l'idéal de virilité qu'il m'avait esquissé à Balbec
et qui avec le temps avait pris chez lui une forme plus
philosophique, usant d'ailleurs de raisonnements absurdes,
qui par moments, même quand il venait d'être supérieur,
laissaient voir la trame trop mince du simple homme du
monde, bien qu'homme du monde intelligent : « Voyez-
vous, me dit-il, le superbe gaillard qu'est le soldat boche
est un être fort, sain, ne pensant qu'à la grandeur de son
pays. *Deutschland über alles*[1], ce qui n'est pas si bête, tandis
que nous — tandis qu'ils se préparaient virilement — nous
nous sommes abîmés dans le dilettantisme. » Ce mot
signifiait probablement pour M. de Charlus quelque chose
d'analogue à la littérature, car aussitôt, se rappelant sans
doute que j'aimais les lettres et avais eu un moment
l'intention de m'y adonner, il me tapa sur l'épaule
(profitant du geste pour s'y appuyer jusqu'à me faire aussi
mal qu'autrefois, quand je faisais mon service militaire,
le recul contre l'omoplate du « 76[2] »), il me dit comme
pour adoucir le reproche : « Oui, nous nous sommes
abîmés dans le dilettantisme, nous tous, vous aussi,
rappelez-vous, vous pouvez faire comme moi votre *mea
culpa*, nous avons été trop dilettantes. » Par surprise du
reproche, manque d'esprit de repartie, déférence envers
mon interlocuteur, et attendrissement pour son amicale
bonté, je répondis comme si, ainsi qu'il m'y invitait, j'avais
aussi à me frapper la poitrine, ce qui était parfaitement
stupide, car je n'avais pas l'ombre de dilettantisme à me
reprocher. « Allons, me dit-il, je vous quitte » (le groupe
qui l'avait escorté de loin ayant fini par nous abandonner),
« je m'en vais me coucher comme un très vieux monsieur,
d'autant plus qu'il paraît que la guerre a changé toutes
nos habitudes, un de ces aphorismes idiots qu'affectionne
Norpois. » Je savais du reste qu'en rentrant chez lui M. de
Charlus ne cessait pas pour cela d'être au milieu de soldats,
car il avait transformé son hôtel en hôpital militaire, cédant
du reste, je le crois, aux besoins bien moins de son
imagination que de son bon cœur.

Il faisait une nuit transparente et sans un souffle ;
j'imaginais que la Seine coulant entre ses ponts circulaires,
faits de leur plateau et de son reflet, devait ressembler au
Bosphore[3]. Et, symbole soit de cette invasion que pré-
disait le défaitisme de M. de Charlus, soit de la coo-
pération de nos frères musulmans avec les armées de

la France, la lune étroite et recourbée comme un sequin[1]
semblait mettre le ciel parisien sous le signe oriental du
croissant.

Pourtant, un instant encore, en me disant adieu il me
serra la main à me la broyer, ce qui est une particularité
allemande chez les gens qui sentent comme le baron, et
en continuant pendant quelques instants à me la malaxer,
eût dit Cottard, comme si M. de Charlus avait voulu rendre
à mes articulations une souplesse qu'elles n'avaient point
perdue. Chez certains aveugles le toucher supplée dans
une certaine mesure à la vue. Je ne sais trop de quel sens
il prenait la place ici. Il croyait peut-être seulement me
serrer la main, comme il crut sans doute ne faire que voir
un Sénégalais qui passait dans l'ombre et ne daigna pas
s'apercevoir qu'il était admiré. Mais dans ces deux cas le
baron se trompait, il péchait par excès de contact et de
regards. « Est-ce que tout l'Orient de Decamps[2], de
Fromentin, d'Ingres, de Delacroix n'est pas là-dedans ? »
me dit-il, encore immobilisé par le passage du Sénégalais.
« Vous savez, moi je ne m'intéresse jamais aux choses et
aux êtres qu'en peintre, en philosophe. D'ailleurs je suis
trop vieux. Mais quel malheur, pour compléter le tableau,
que l'un de nous deux ne soit pas une odalisque ! »

Ce ne fut pas l'Orient de Decamps ni même de
Delacroix qui commença de hanter mon imagination
quand le baron m'eut quitté, mais le vieil Orient de ces
Mille et une Nuits que j'avais tant aimées, et me perdant
peu à peu dans le lacis de ces rues noires, je pensais au
calife Haroun Al Raschid en quête d'aventures dans les
quartiers perdus de Bagdad[3]. D'autre part la chaleur du
temps et de la marche m'avait donné soif, mais depuis
longtemps tous les bars étaient fermés, et à cause de la
pénurie d'essence, les rares taxis que je rencontrais,
conduits par des Levantins ou des nègres, ne prenaient
même pas la peine de répondre à mes signes. Le seul
endroit où j'aurais pu me faire servir à boire et reprendre
des forces pour rentrer chez moi eût été un hôtel.

Mais dans la rue assez éloignée du centre où j'étais
parvenu, tous, depuis que sur Paris les gothas lançaient
leurs bombes, avaient fermé. Il en était de même de
presque toutes les boutiques de commerçants, lesquels,
faute d'employés ou eux-mêmes pris de peur, avaient fui

à la campagne et laissé sur la porte un avertissement
habituel écrit à la main et annonçant leur réouverture pour
une époque éloignée et d'ailleurs problématique. Les
autres établissements qui avaient pu survivre encore
annonçaient de la même manière qu'ils n'ouvraient que
deux fois par semaine. On sentait que la misère, l'abandon,
la peur habitaient tout ce quartier. Je n'en fus que plus
surpris de voir qu'entre ces maisons délaissées, il y en avait
une où la vie, au contraire, semblant avoir vaincu l'effroi,
la faillite, entretenait l'activité et la richesse. Derrière les
volets clos de chaque fenêtre la lumière tamisée à cause
des ordonnances de police décelait pourtant un insouci
complet de l'économie. Et à tout instant la porte s'ouvrait
pour laisser entrer ou sortir quelque visiteur nouveau.
C'était un hôtel par qui la jalousie de tous les commerçants
voisins (à cause de l'argent que ses propriétaires devaient
gagner) devait être excitée ; et ma curiosité le fut aussi
quand j'en vis sortir rapidement, à une quinzaine de mètres
de moi, c'est-à-dire trop loin pour que dans l'obscurité
profonde je pusse le distinguer, un officier.

Quelque chose pourtant me frappa qui n'était pas sa
figure que je ne voyais pas, ni son uniforme dissimulé dans
une grande houppelande, mais la disproportion extraordinaire entre le nombre de points différents par où passa
son corps et le petit nombre de secondes pendant
lesquelles cette sortie, qui avait l'air de la sortie tentée
par un assiégé, s'exécuta. De sorte que je pensai, si je ne
le reconnus pas formellement — je ne dirai pas même à
la tournure, ni à la sveltesse, ni à l'allure, ni à la vélocité
de Saint-Loup — mais à l'espèce d'ubiquité qui lui était
si spéciale. Le militaire capable d'occuper en si peu de
temps tant de positions différentes dans l'espace avait
disparu sans m'avoir aperçu dans une rue de traverse, et
je restais à me demander si je devais ou non entrer dans
cet hôtel dont l'apparence modeste me fit fortement douter
que c'était Saint-Loup qui en était sorti.

Je me rappelai involontairement que Saint-Loup avait
été injustement mêlé à une affaire d'espionnage parce
qu'on avait trouvé son nom dans les lettres saisies sur un
officier allemand. Pleine justice lui avait d'ailleurs été
rendue par l'autorité militaire. Mais malgré moi je
rapprochai ce souvenir de ce que je voyais. Cet hôtel
servait-il de lieu de rendez-vous à des espions ? L'officier

avait depuis un moment disparu quand je vis entrer de simples soldats de plusieurs armes, ce qui ajouta encore à la force de ma supposition. J'avais d'autre part extrêmement soif. Il était probable que je pourrais trouver à boire ici et j'en profitai pour tâcher d'assouvir, malgré l'inquiétude qui s'y mêlait, ma curiosité.

Je ne pense donc pas que ce fut la curiosité de cette rencontre qui me décida à monter le petit escalier de quelques marches au bout duquel la porte d'une espèce de vestibule était ouverte, sans doute à cause de la chaleur. Je crus d'abord que cette curiosité, je ne pourrais la satisfaire car, de l'escalier où je restais dans l'ombre, je vis plusieurs personnes venir demander une chambre à qui on répondit qu'il n'y en avait plus une seule. Or elles n'avaient évidemment contre elles que de ne pas faire partie du nid d'espionnage, car un simple marin s'étant présenté un moment après, on se hâta de lui donner le n° 28. Je pus apercevoir sans être vu dans l'obscurité quelques militaires et deux ouvriers qui causaient tranquillement dans une petite pièce étouffée, prétentieusement ornée de portraits en couleurs de femmes découpés dans des magazines et des revues illustrées. Ces gens causaient tranquillement, en train d'exposer des idées patriotiques : « Qu'est-ce que tu veux, on fera comme les camarades », disait l'un. « Ah ! pour sûr que je pense bien ne pas être tué », répondait, à un vœu que je n'avais pas entendu, un autre qui, à ce que je compris, repartait le lendemain pour un poste dangereux. « Par exemple, à vingt-deux ans, en n'ayant encore fait que six mois, ce serait fort », criait-il avec un ton où perçait encore plus que le désir de vivre longtemps la conscience de raisonner juste, et comme si le fait de n'avoir que vingt-deux ans devait lui donner plus de chances de ne pas être tué, et que ce dût être une chose impossible qu'il le fût. « À Paris c'est épatant, disait un autre ; on ne dirait pas qu'il y a la guerre. Et toi, Julot, tu t'engages toujours ? — Pour sûr que je m'engage, j'ai envie d'aller y taper un peu dans le tas à tous ces sales Boches. — Mais Joffre, c'est un homme qui couche avec les femmes des ministres, c'est pas un homme qui a fait quelque chose. — C'est malheureux d'entendre des choses pareilles », dit un aviateur un peu plus âgé, et, se tournant vers l'ouvrier qui venait de faire entendre cette proposition : « Je vous conseillerais pas de causer comme ça en première ligne, les poilus vous auraient vite expédié. » La banalité de ces conversations ne me donnait pas grande envie d'en entendre davantage et j'allais entrer ou redescendre quand je fus tiré de mon indifférence en entendant ces phrases qui me firent frémir : « C'est épatant, le patron qui ne revient pas, dame, à cette heure-ci je ne sais pas trop où il trouvera des chaînes. — Mais puisque l'autre est déjà attaché. — Il est attaché, bien sûr, il est attaché et il ne l'est pas, moi je serais attaché comme ça que je pourrais me détacher. — Mais le cadenas est fermé. — C'est entendu qu'il est fermé, mais ça peut s'ouvrir à la rigueur. Ce qu'il y a, c'est que les chaînes ne sont pas assez longues. Tu vas pas m'expliquer à moi ce que c'est, j'y ai tapé dessus hier pendant toute la nuit que le sang m'en coulait sur les mains. — C'est toi qui taperas ce soir ? — Non, c'est pas moi. C'est Maurice. Mais ça sera moi dimanche, le patron me l'a promis. » Je compris maintenant pourquoi on avait eu besoin des bras solides du marin. Si on avait éloigné de paisibles bourgeois, ce n'était donc pas qu'un nid d'espions que cet hôtel. Un crime atroce allait y être consommé si on n'arrivait pas à temps pour le découvrir et faire arrêter les coupables. Tout cela pourtant, dans cette nuit paisible et menacée, gardait une apparence de rêve, de conte, et c'est à la fois avec une fierté de justicier et une volupté de poète que j'entrai délibérément dans l'hôtel.

Je touchai légèrement mon chapeau et les personnes présentes, sans se déranger, répondirent plus ou moins poliment à mon salut. « Est-ce que vous pourriez me dire à qui il faut m'adresser ? Je voudrais avoir une chambre et qu'on m'y monte à boire. — Attendez une minute, le patron est sorti. — Mais il y a le chef là-haut, insinua un des causeurs. — Mais tu sais bien qu'on ne peut pas le déranger. — Croyez-vous qu'on me donnera une chambre ? — J' crois. — Le 43 doit être libre », dit le jeune homme qui était sûr de ne pas être tué parce qu'il avait vingt-deux ans. Et il se poussa légèrement sur le sofa pour me faire place. « Si on ouvrait un peu la fenêtre, il y a une fumée ici ! », dit l'aviateur ; et en effet chacun avait sa pipe ou sa cigarette. « Oui, mais alors fermez d'abord les volets, vous savez bien que c'est défendu d'avoir de la lumière à cause des zeppelins. — Il n'en viendra plus de zeppelins. Les journaux ont même fait allusion sur ce qu'ils avaient été tous descendus. — Il n'en viendra plus, il n'en viendra plus, qu'est-ce que tu en sais ? Quand tu auras comme moi quinze mois de front et que tu auras abattu ton cinquième avion boche, tu pourras en causer. Faut pas croire les journaux. Ils sont allés hier sur Compiègne, ils ont tué une mère de famille avec ses deux enfants. — Une mère de famille avec ses deux enfants ! » dit avec des yeux ardents et un air de profonde pitié le jeune homme qui espérait bien ne pas être tué et qui avait du reste une figure énergique, ouverte et des plus sympathiques. « On n'a pas de nouvelles du grand Julot. Sa marraine[1] n'a pas reçu de lettre de lui depuis huit jours, et c'est la première fois qu'il reste si longtemps sans lui en donner. — Qui c'est, sa marraine ? — C'est la dame qui tient le chalet de nécessité un peu plus bas que l'Olympia. — Ils couchent ensemble ? — Qu'est-ce que tu dis là ? C'est une femme mariée, tout ce qu'il y a de sérieuse. Elle lui envoie de l'argent toutes les semaines parce qu'elle a bon cœur. Ah ! c'est une chic femme. — Alors tu le connais, le grand Julot ? — Si je le connais ! » reprit avec chaleur le jeune homme de vingt-deux ans. « C'est un de mes meilleurs amis intimes. Il n'y en a pas beaucoup que j'estime comme lui, et bon camarade, toujours prêt à rendre service, ah ! tu parles que ce serait un rude malheur s'il lui était arrivé quelque chose. » Quelqu'un proposa une partie de dés et, à la hâte fébrile avec laquelle le jeune homme de vingt-deux ans retournait les dés et criait les résultats, les yeux hors de la tête, il était aisé de voir qu'il avait un tempérament de joueur. Je ne saisis pas bien ce que quelqu'un lui dit ensuite, mais il s'écria d'un ton de profonde pitié : « Julot, un maquereau ! C'est-à-dire qu'il dit qu'il est un maquereau. Mais il n'est pas foutu de l'être. Moi je l'ai vu payer sa femme, oui, la payer. C'est-à-dire que je ne dis pas que Jeanne l'Algérienne ne lui donnait pas quelque chose, mais elle ne lui donnait pas plus de cinq francs, une femme qui était en maison, qui gagnait plus de cinquante francs par jour. Se faire donner que cinq francs ! il faut qu'un homme soit trop bête. Et maintenant qu'elle est sur le front, elle a une vie dure, je veux bien, mais elle gagne ce qu'elle veut ; eh bien, elle ne lui envoie rien. Ah ! un maquereau, Julot ? Il y en a beaucoup qui pourraient se dire maquereaux à ce compte-là. Non seulement c'est pas un

maquereau, mais à mon avis c'est même un imbécile. »
Le plus vieux de la bande, et que le patron avait sans doute
à cause de son âge chargé de lui faire garder une certaine
tenue, n'entendit, étant allé un moment jusqu'aux cabinets,
que la fin de la conversation. Mais il ne put s'empêcher
de me regarder et parut visiblement contrarié de l'effet
qu'elle avait dû produire sur moi. Sans s'adresser
spécialement au jeune homme de vingt-deux ans qui venait
pourtant d'exposer cette théorie de l'amour vénal, il dit,
d'une façon générale : « Vous causez trop et trop fort,
la fenêtre est ouverte, il y a des gens qui dorment à cette
heure-ci. Vous savez bien que si le patron rentrait et vous
entendait causer comme ça, il ne serait pas content. »

Précisément en ce moment on entendit la porte s'ouvrir
et tout le monde se tut, croyant que c'était le patron, mais
ce n'était qu'un chauffeur d'auto étranger auquel tout le
monde fit grand accueil. Mais en voyant une chaîne de
montre superbe qui s'étalait sur la veste du chauffeur, le
jeune homme de vingt-deux ans lui lança un coup d'œil
interrogatif et rieur, suivi d'un froncement de sourcil et
d'un clignement d'œil sévère dirigé de mon côté. Et je
compris que le premier regard voulait dire : « Qu'est-ce
que c'est que ça, tu l'as volée ? Toutes mes félicitations. »
Et le second : « Ne dis rien à cause de ce type que nous
ne connaissons pas. » Tout d'un coup le patron entra,
chargé de plusieurs mètres de grosses chaînes de fer
capables d'attacher plusieurs forçats, suant, et dit : « J'en
ai une charge, si vous n'étiez pas si fainéants, je ne devrais
pas être obligé d'y aller moi-même. » Je lui dis que je
demandais une chambre. « Pour quelques heures seulement, je n'ai pas trouvé de voiture et je suis un peu malade.
Mais je voudrais qu'on me monte à boire. — Pierrot, va
à la cave chercher du cassis et dis qu'on mette en état le
numéro 43. Voilà le 7 qui sonne encore. Ils disent qu'ils
sont malades. Malades, je t'en fiche, c'est des gens à
prendre de la coco, ils ont l'air à moitié piqués, il faut
les foutre dehors. A-t-on mis une paire de draps au 22 ?
Bon ! voilà le 7 qui sonne, cours-y voir. Allons, Maurice,
qu'est-ce que tu fais là ? tu sais bien qu'on t'attend, monte
au 14 *bis*. Et plus vite que ça. » Et Maurice sortit
rapidement, suivant le patron qui, un peu ennuyé que
j'eusse vu ses chaînes, disparut en les emportant.
« Comment que tu viens si tard ? » demanda le jeune

homme de vingt-deux ans au chauffeur. « Comment, si tard ? Je suis d'une heure en avance. Mais il fait trop chaud marcher. J'ai rendez-vous qu'à minuit. — Pour qui donc est-ce que tu viens ? — Pour Pamela la charmeuse », dit le chauffeur oriental dont le rire découvrit les belles dents blanches. « Ah ! » dit le jeune homme de vingt-deux ans.

Bientôt on me fit monter dans la chambre 43, mais l'atmosphère était si désagréable et ma curiosité si grande que, mon « cassis » bu, je redescendis l'escalier, puis, pris d'une autre idée, le remontai et, dépassant l'étage de la chambre 43, allai jusqu'en haut. Tout d'un coup, d'une chambre qui était isolée au bout d'un couloir me semblèrent venir des plaintes étouffées. Je marchai vivement dans cette direction et appliquai mon oreille à la porte. « Je vous en supplie, grâce, grâce, pitié, détachez-moi, ne me frappez pas si fort, disait une voix. Je vous baise les pieds, je m'humilie, je ne recommencerai pas. Ayez pitié. — Non, crapule, répondit une autre voix, et puisque tu gueules et que tu te traînes à genoux, on va t'attacher sur le lit, pas de pitié », et j'entendis le bruit du claquement d'un martinet probablement aiguisé de clous car il fut suivi de cris de douleur. Alors je m'aperçus qu'il y avait dans cette chambre un œil-de-bœuf latéral dont on avait oublié de tirer le rideau ; cheminant à pas de loup dans l'ombre, je me glissai jusqu'à cet œil-de-bœuf[1], et là, enchaîné sur un lit comme Prométhée sur son rocher, recevant les coups d'un martinet en effet planté de clous que lui infligeait Maurice, je vis, déjà tout en sang, et couvert d'ecchymoses qui prouvaient que le supplice n'avait pas lieu pour la première fois, je vis devant moi M. de Charlus.

Tout d'un coup la porte s'ouvrit et quelqu'un entra qui heureusement ne me vit pas, c'était Jupien[2]. Il s'approcha du baron avec un air de respect et un sourire d'intelligence : « Eh bien, vous n'avez pas besoin de moi ? » Le baron pria Jupien de faire sortir un moment Maurice. Jupien le mit dehors avec la plus grande désinvolture. « On ne peut pas nous entendre ? » dit le baron à Jupien, qui lui affirma que non. Le baron savait que Jupien, intelligent comme un homme de lettres, n'avait aucunement l'esprit pratique, parlait toujours devant les intéressés avec des sous-entendus qui ne trompaient personne et des surnoms que tout le monde connaissait.

« Une seconde », interrompit Jupien, qui avait entendu
une sonnette retentir à la chambre n° 3. C'était un député
de l'Action libérale[1] qui sortait. Jupien n'avait pas besoin
de voir le tableau car il connaissait son coup de sonnette,
le député venant en effet tous les jours après déjeuner.
Il avait été obligé ce jour-là de changer ses heures, car
il avait marié sa fille à midi à Saint-Pierre-de-Chaillot. Il
était donc venu le soir mais tenait à partir de bonne heure
à cause de sa femme, vite inquiète quand il rentrait tard,
surtout par ces temps de bombardement. Jupien tenait à
accompagner sa sortie pour témoigner de la déférence
qu'il portait à la qualité d'honorable[2], sans aucun intérêt
personnel d'ailleurs. Car bien que ce député, qui répudiait
les exagérations de *L'Action française*[3] (il eût d'ailleurs été
incapable de comprendre une ligne de Charles Maurras
ou de Léon Daudet), fût bien avec les ministres, flattés
d'être invités à ses chasses, Jupien n'aurait pas osé lui
demander le moindre appui dans ses démêlés avec la
police. Il savait que, s'il s'était risqué à parler de cela au
législateur fortuné et froussard, il n'aurait pas évité la plus
inoffensive des « descentes », mais eût instantanément
perdu le plus généreux de ses clients. Après avoir
reconduit jusqu'à la porte le député, qui avait rabattu son
chapeau sur ses yeux, relevé son col, et, glissant
rapidement comme il faisait dans ses programmes électo-
raux, croyait cacher son visage, Jupien remonta près de
M. de Charlus à qui il dit : « C'était monsieur Eugène. »
Chez Jupien comme dans les maisons de santé, on
n'appelait les gens que par leur prénom tout en ayant soin
d'ajouter à l'oreille, pour satisfaire la curiosité de l'habitué,
ou augmenter le prestige de la maison, leur nom véritable.
Quelquefois cependant Jupien ignorait la personnalité
vraie de ses clients, s'imaginait et disait que c'était tel
boursier, tel noble, tel artiste, erreurs passagères et
charmantes pour ceux qu'on nommait à tort, et finissait
par se résigner à ignorer toujours qui était monsieur
Victor. Jupien avait ainsi l'habitude pour plaire au baron
de faire l'inverse de ce qui est de mise dans certaines
réunions. « Je vais vous présenter M. Lebrun » (à
l'oreille : « Il se fait appeler M. Lebrun mais en réalité
c'est le grand-duc de Russie »). Inversement, Jupien
sentait que ce n'était pas encore assez de présenter à M. de
Charlus un garçon laitier. Il lui murmurait en clignant de

l'œil : « Il est garçon laitier, mais au fond c'est surtout un des plus dangereux apaches de Belleville » (il fallait voir le ton grivois dont Jupien disait « apache »). Et comme si ces références ne suffisaient pas, il tâchait d'ajouter quelques « citations ». « Il a été condamné plusieurs fois pour vol et cambriolage de villas, il a été à Fresnes pour s'être battu (même air grivois) avec des passants qu'il a à moitié estropiés et il a été au bat' d'Af[1]. Il a tué son sergent. »

Le baron en voulait même légèrement à Jupien car il savait que dans cette maison qu'il avait chargé son factotum d'acheter pour lui et de faire gérer par un sous-ordre, tout le monde, par les maladresses de l'oncle de Mlle d'Oloron[2], connaissait plus ou moins sa personnalité et son nom (beaucoup seulement croyaient que c'était un surnom et le prononçant mal l'avaient déformé, de sorte que la sauvegarde du baron avait été leur propre bêtise et non la discrétion de Jupien). Mais il trouvait plus simple de se laisser rassurer par ses assurances, et tranquillisé de savoir qu'on ne pouvait les entendre, le baron lui dit : « Je ne voulais pas parler devant ce petit, qui est très gentil et fait de son mieux. Mais je ne le trouve pas assez brutal. Sa figure me plaît, mais il m'appelle crapule comme si c'était une leçon apprise. — Oh ! non, personne ne lui a rien dit », répondit Jupien sans s'apercevoir de l'invraisemblance de cette assertion. « Il a du reste été compromis dans le meurtre d'une concierge de la Villette. — Ah ! cela c'est assez intéressant, dit avec un sourire le baron. — Mais j'ai justement là le tueur de bœufs, l'homme des abattoirs qui lui ressemble, il a passé par hasard. Voulez-vous en essayer ? — Ah oui, volontiers. » Je vis entrer l'homme des abattoirs, il ressemblait en effet un peu à Maurice mais, chose plus curieuse, tous deux avaient quelque chose d'un type, que personnellement je n'avais jamais dégagé, mais que je me rendis très bien compte exister dans la figure de Morel, avaient une certaine ressemblance sinon avec Morel tel que je l'avais vu, au moins avec un certain visage que des yeux voyant Morel autrement que moi, avaient pu composer avec ses traits. Dès que je me fus fait intérieurement, avec des traits empruntés à mes souvenirs de Morel, cette maquette de ce qu'il pouvait représenter à un autre, je me rendis compte que ces deux jeunes gens, dont l'un était un garçon

bijoutier et l'autre un employé d'hôtel, étaient de vagues
succédanés de Morel. Fallait-il en conclure que M. de
Charlus, au moins en une certaine forme de ses amours,
était toujours fidèle à un même type et que le désir qui
lui avait fait choisir l'un après l'autre ces deux jeunes gens
était le même qui lui avait fait arrêter Morel sur le quai
de la gare de Doncières[1] ; que tous trois ressemblaient un
peu à l'éphèbe dont la forme, intaillée dans le saphir
qu'étaient les yeux de M. de Charlus, donnait à son regard
ce quelque chose de si particulier qui m'avait effrayé le
premier jour à Balbec[2] ? Ou que, son amour pour Morel
ayant modifié le type qu'il cherchait, pour se consoler de
son absence il cherchait des hommes qui lui ressemblassent ? Une supposition que je fis aussi fut que peut-être
il n'avait jamais existé entre Morel et lui malgré les
apparences, que des relations d'amitié, et que M. de
Charlus faisait venir chez Jupien des jeunes gens qui
ressemblassent assez à Morel pour qu'il pût avoir auprès
d'eux l'illusion de prendre du plaisir avec lui. Il est vrai
qu'en songeant à tout ce que M. de Charlus a fait pour
Morel, cette supposition eût semblé peu probable si l'on
ne savait que l'amour nous pousse non seulement aux plus
grands sacrifices pour l'être que nous aimons mais parfois
jusqu'au sacrifice de notre désir lui-même, qui d'ailleurs
est d'autant moins facilement exaucé que l'être que nous
aimons sent que nous aimons davantage[3].

Ce qui enlève aussi à une telle supposition l'invraisemblance qu'elle semble avoir au premier abord (bien qu'elle
ne corresponde sans doute pas à la réalité) est dans le
tempérament nerveux, dans le caractère profondément
passionné de M. de Charlus, pareil en cela à celui de
Saint-Loup, et qui avait pu jouer au début de ses relations
avec Morel le même rôle, en plus décent, et négatif, qu'au
début des relations de son neveu avec Rachel. Les relations
avec une femme qu'on aime (et cela peut s'étendre à
l'amour pour un jeune homme) peuvent rester platoniques
pour une autre raison que la vertu de la femme ou que
la nature peu sensuelle de l'amour qu'elle inspire. Cette
raison peut être que l'amoureux, trop impatient par l'excès
même de son amour, ne sait pas attendre avec une feinte
suffisante d'indifférence le moment où il obtiendra ce qu'il
désire. Tout le temps il revient à la charge, il ne cesse
d'écrire à celle qu'il aime, il cherche tout le temps à la

voir, elle le lui refuse, il est désespéré. Dès lors elle a
compris : si elle lui accorde sa compagnie, son amitié, ces
biens paraîtront déjà tellement considérables à celui qui
a cru en être privé, qu'elle peut se dispenser de donner
davantage, et profiter d'un moment où il ne peut plus
supporter de ne pas la voir, où il veut à tout prix terminer
la guerre, en lui imposant une paix qui aura pour première
condition le platonisme des relations. D'ailleurs, pendant
tout le temps qui a précédé ce traité, l'amoureux tout le
temps anxieux, sans cesse à l'affût d'une lettre, d'un regard,
a cessé de penser à la possession physique dont le désir
l'avait tourmenté d'abord mais qui s'est usé dans l'attente
et a fait place à des besoins d'un autre ordre, plus
douloureux d'ailleurs s'ils ne sont pas satisfaits. Alors le
plaisir qu'on avait le premier jour espéré des caresses, on
le reçoit plus tard, tout dénaturé sous la forme de paroles
amicales, de promesses de présence qui, après les effets
de l'incertitude, quelquefois simplement après un regard
embrumé de tous les brouillards de la froideur et qui
recule si loin la personne qu'on croit qu'on ne la reverra
jamais, amènent de délicieuses détentes. Les femmes
devinent tout cela et savent qu'elles peuvent s'offrir le luxe
de ne se donner jamais à ceux dont elles sentent, s'ils ont
été trop nerveux pour le leur cacher les premiers jours,
l'inguérissable désir qu'ils ont d'elles. La femme est trop
heureuse que, sans rien donner, elle reçoive beaucoup plus
qu'elle n'a l'habitude quand elle se donne. Les grands
nerveux croient ainsi à la vertu de leur idole. Et l'auréole
qu'ils mettent autour d'elle est ainsi un produit, mais
comme on voit fort indirect, de leur excessif amour. Il
existe alors chez la femme ce qui existe à l'état inconscient
chez les médicaments à leur insu rusés, comme sont les
soporifiques, la morphine. Ce n'est pas à ceux à qui ils
donnent le plaisir du sommeil ou un véritable bien-être
qu'ils sont absolument nécessaires, ce n'est pas par ceux-là
qu'ils seraient achetés à prix d'or, échangés contre tout
ce que le malade possède, c'est par ces autres malades
(d'ailleurs peut-être les mêmes mais, à quelques années
de distance, devenus autres) que le médicament ne fait
pas dormir, à qui il ne cause aucune volupté, mais qui,
tant qu'ils ne l'ont pas, sont en proie à une agitation qu'ils
veulent faire cesser à tout prix, fût-ce en se donnant la
mort.

Pour M. de Charlus, dont le cas, en somme, avec cette légère différenciation due à la similitude du sexe, rentre dans les lois générales de l'amour, il avait beau appartenir à une famille plus ancienne que les Capétiens, être riche, être vainement recherché par une société élégante, et Morel n'être rien, il aurait eu beau dire à Morel, comme il m'avait dit à moi-même : « Je suis prince, je veux votre bien », encore était-ce Morel qui avait le dessus s'il ne voulait pas se rendre. Et pour qu'il ne le voulût pas, il suffisait peut-être qu'il se sentît aimé. L'horreur que les grands ont pour les snobs qui veulent à toute force se lier avec eux, l'homme viril l'a pour l'inverti, la femme pour tout homme trop amoureux. M. de Charlus non seulement avait tous les avantages mais en eût proposé d'immenses à Morel. Mais il est possible que tout cela se fût brisé contre une volonté. Il en eût été dans ce cas de M. de Charlus comme de ces Allemands, auxquels il appartenait du reste par ses origines, et qui, dans la guerre qui se déroulait à ce moment, étaient bien, comme le baron le répétait un peu trop volontiers, vainqueurs sur tous les fronts. Mais à quoi leur servait leur victoire, puisque après chacune ils trouvaient les Alliés plus résolus à leur refuser la seule chose qu'eux, les Allemands, eussent souhaité d'obtenir, la paix et la réconciliation ? Ainsi Napoléon entrait en Russie et demandait magnanimement aux autorités de venir vers lui. Mais personne ne se présentait.

Je descendis et rentrai dans la petite antichambre où Maurice, incertain si on le rappellerait et à qui Jupien avait à tout hasard dit d'attendre, était en train de faire une partie de cartes avec un de ses camarades. On était très agité d'une croix de guerre[1] qui avait été trouvée par terre et on ne savait pas qui l'avait perdue, à qui la renvoyer pour éviter au titulaire une punition. Puis on parla de la bonté d'un officier qui s'était fait tuer pour tâcher de sauver son ordonnance. « Il y a tout de même du bon monde chez les riches. Moi je me ferais tuer avec plaisir pour un type comme ça », dit Maurice, qui évidemment n'accomplissait ses terribles fustigations sur le baron que par une habitude mécanique, les effets d'une éducation négligée, le besoin d'argent et un certain penchant à le gagner d'une façon qui était censée donner moins de mal que le travail et en donnait peut-être davantage. Mais, ainsi que l'avait craint M. de Charlus, c'était peut-être un

très bon cœur et c'était, paraît-il, un garçon d'une
admirable bravoure. Il avait presque les larmes aux yeux
en parlant de la mort de cet officier et le jeune homme
de vingt-deux ans n'était pas moins ému. « Ah ! oui, ce
sont de chic types. Des malheureux comme nous encore,
ça n'a pas grand-chose à perdre, mais un monsieur qui
a des tas de larbins, qui peut aller prendre son apéro tous
les jours à 6 heures, c'est vraiment chouette ! On peut
charrier tant qu'on veut, mais quand on voit des types
comme ça mourir, ça fait vraiment quelque chose. Le bon
Dieu ne devrait pas permettre que des riches comme ça,
ça meure, d'abord ils sont trop utiles à l'ouvrier. Rien qu'à
cause d'une mort comme ça, faudra tuer tous les Boches
jusqu'au dernier ; et ce qu'ils ont fait à Louvain[1], et couper
des poignets de petits enfants[2] ! Non, je ne sais pas moi,
je ne suis pas meilleur qu'un autre, mais je me laisserais
envoyer des pruneaux[3] dans la gueule plutôt que d'obéir
à des barbares comme ça ; car c'est pas des hommes, c'est
des vrais barbares, tu ne me diras pas le contraire. » Tous
ces garçons étaient en somme patriotes. Un seul, légèrement blessé au bras, ne fut pas à la hauteur des autres,
car il dit, comme il devait bientôt repartir : « Dame, ça
n'a pas été la bonne blessure » (celle qui fait réformer),
comme Mme Swann disait jadis : « J'ai trouvé le moyen
d'attraper la fâcheuse influenza[4]. »

La porte se rouvrit sur le chauffeur qui était allé un
instant prendre l'air. « Comment, c'est déjà fini ? ça n'a
pas été long », dit-il en apercevant Maurice qu'il croyait
en train de frapper celui qu'on avait surnommé, par
allusion à un journal qui paraissait à cette époque :
L'Homme enchaîné[5]. « Ce n'est pas long pour toi qui es allé
prendre l'air », répondit Maurice froissé qu'on vît qu'il
avait déplu là-haut. « Mais si tu étais obligé de taper à
tour de bras comme moi par cette chaleur ! Si c'était pas
les cinquante francs qu'il donne. — Et puis, c'est un
homme qui cause bien, on sent qu'il a de l'instruction.
Dit-il que ce sera bientôt fini ? — Il dit qu'on ne pourra
pas les avoir, que ça finira sans que personne ait le
dessus. — Bon sang de bon sang, mais c'est donc un
Boche... — Je vous ai déjà dit que vous causiez trop haut »,
dit le plus vieux aux autres en m'apercevant. « Vous avez
fini avec la chambre ? — Ah ! ta gueule, tu n'es pas le
maître ici. — Oui, j'ai fini, et je venais pour payer. — Il

vaut mieux que vous payiez au patron. Maurice, va donc
le chercher. — Mais je ne veux pas vous déranger. — Ça
ne me dérange pas. » Maurice monta et revint en me
disant : « Le patron descend. » Je lui donnai deux francs
pour son dérangement. Il rougit de plaisir. « Ah ! merci
bien. Je les enverrai à mon frère qui est prisonnier. Non,
il n'est pas malheureux. Ça dépend beaucoup des camps. »

Pendant ce temps, deux clients très élégants, en habit
et cravate blanche sous leurs pardessus — deux Russes,
me sembla-t-il à leur très léger accent — se tenaient sur
le seuil et délibéraient s'ils devaient entrer. C'était
visiblement la première fois qu'ils venaient là, on avait
dû leur indiquer l'endroit et ils semblaient partagés entre
le désir, la tentation et une extrême frousse. L'un des
deux — un beau jeune homme — répétait toutes les deux
minutes à l'autre avec un sourire mi-interrogateur,
mi-destiné à persuader : « Quoi ! Après tout on s'en
fiche ? » Mais il avait beau vouloir dire par là qu'après
tout on se fichait des conséquences, il est probable qu'il
ne s'en fichait pas tant que cela car cette parole n'était
suivie d'aucun mouvement pour entrer mais d'un nouveau
regard vers l'autre, suivi du même sourire et du même
après tout on s'en fiche. C'était, ce *après tout on s'en fiche*, un
exemplaire entre mille de ce magnifique langage, si
différent de celui que nous parlons d'habitude, et où
l'émotion fait dévier ce que nous voulions dire et épanouir
à la place une phrase tout autre, émergée d'un lac inconnu
où vivent ces expressions sans rapport avec la pensée et
qui par cela même la révèlent. Je me souviens qu'une fois
Albertine, comme Françoise, que nous n'avions pas
entendue, entrait au moment où mon amie était toute nue
contre moi, dit malgré elle, voulant me prévenir : « Tiens,
voilà la belle Françoise. » Françoise qui n'y voyait plus
très clair et ne faisait que traverser la pièce assez loin de
nous ne se fût sans doute aperçue de rien. Mais les mots
si anormaux de « belle Françoise » qu'Albertine n'avait
jamais prononcés de sa vie, montrèrent d'eux-mêmes leur
origine, elle les sentit cueillis au hasard par l'émotion,
n'eut pas besoin de regarder rien pour comprendre tout,
et s'en alla en murmurant dans son patois le mot de
« poutana ». Une autre fois, bien plus tard, quand Bloch
devenu père de famille eut marié une de ses filles à un
catholique, un monsieur mal élevé dit à celle-ci qu'il

croyait avoir entendu dire qu'elle était fille d'un juif et lui en demanda le nom. La jeune femme, qui avait été Mlle Bloch depuis sa naissance, répondit, en prononçant à l'allemande comme eût fait le duc de Guermantes, « Bloch » (en prononçant le *ch* non pas comme un *c* ou un *k* mais avec le *ch* germanique).

Le patron, pour en revenir à la scène de l'hôtel (dans lequel les deux Russes s'étaient décidés à pénétrer : « après tout on s'en fiche »), n'était pas encore venu que Jupien entra se plaindre qu'on parlait trop fort et que les voisins se plaindraient. Mais il s'arrêta stupéfait en m'apercevant. « Allez-vous-en tous sur le carré[1]. » Déjà tous se levaient quand je lui dis : « Il serait plus simple que ces jeunes gens restent là et que j'aille avec vous un instant dehors. » Il me suivit, fort troublé. Je lui expliquai pourquoi j'étais venu. On entendait des clients qui demandaient au patron s'il ne pouvait pas leur faire connaître un valet de pied, un enfant de chœur, un chauffeur nègre. Toutes les professions intéressaient ces vieux fous, dans la troupe toutes les armes, et les Alliés de toutes nations. Quelques-uns réclamaient surtout des Canadiens, subissant peut-être à leur insu le charme d'un accent si léger qu'on ne sait pas si c'est celui de la vieille France ou de l'Angleterre. À cause de leur jupon et parce que certains rêves lacustres s'associent souvent à de tels désirs, les Écossais faisaient prime. Et, comme toute folie reçoit des circonstances des traits particuliers, sinon même une aggravation, un vieillard dont toutes les curiosités avaient sans doute été assouvies demandait avec insistance si on ne pourrait pas lui faire faire la connaissance d'un mutilé. On entendit des pas lents dans l'escalier. Par une indiscrétion qui était dans sa nature, Jupien ne put se retenir de me dire que c'était le baron qui descendait, qu'il ne fallait à aucun prix qu'il me vît, mais que si je voulais entrer dans la chambre contiguë au vestibule où étaient les jeunes gens, il allait ouvrir le vasistas, truc qu'il avait inventé pour que le baron pût voir et entendre sans être vu, et qu'il allait, me disait-il, retourner en ma faveur contre lui. « Seulement, ne bougez pas. » Et après m'avoir poussé dans le noir, il me quitta. D'ailleurs il n'avait pas d'autre chambre à me donner, son hôtel malgré la guerre étant plein. Celle que je venais de quitter avait été prise par le vicomte de Courvoisier qui, ayant pu quitter la

Croix-Rouge de X pour deux jours, était venu se délasser
une heure à Paris avant d'aller retrouver au château de
Courvoisier la vicomtesse, à qui il dirait n'avoir pas pu
prendre le bon train. Il ne se doutait guère que M. de
Charlus était à quelques mètres de lui, et celui-ci ne s'en
doutait pas davantage, n'ayant jamais rencontré son cousin
chez Jupien, lequel ignorait la personnalité soigneusement
dissimulée du vicomte.

Bientôt en effet le baron entra, marchant assez
difficilement à cause des blessures dont il devait sans doute
pourtant avoir l'habitude. Bien que son plaisir fût fini et
qu'il n'entrât d'ailleurs que pour donner à Maurice l'argent
qu'il lui devait, il dirigeait en cercle sur tous ces jeunes
gens réunis un regard tendre et curieux et comptait bien
avoir avec chacun le plaisir d'un bonjour tout platonique
mais amoureusement prolongé. Je lui retrouvai de
nouveau, dans toute la sémillante frivolité dont il fit preuve
devant ce harem qui semblait presque l'intimider, ces
hochements de taille et de tête, ces affinements du regard
qui m'avaient frappé le soir de sa première entrée à La
Raspelière, grâces héritées de quelque grand-mère que je
n'avais pas connue et que dissimulaient dans l'ordinaire
de la vie sur sa figure des expressions plus viriles,
mais qu'y épanouissait coquettement, dans certaines
circonstances où il tenait à plaire à un milieu inférieur,
le désir de paraître grande dame.

Jupien les avait recommandés à la bienveillance du
baron en lui jurant que c'étaient tous des « barbeaux[1] »
de Belleville et qu'ils marcheraient avec leur propre sœur
pour un louis. Au reste Jupien mentait et disait vrai à la
fois. Meilleurs, plus sensibles qu'il ne disait au baron, ils
n'appartenaient pas à une race sauvage. Mais ceux qui les
croyaient tels leur parlaient néanmoins avec la plus entière
bonne foi, comme si ces terribles eussent dû avoir la même.
Un sadique a beau se croire avec un assassin, son âme pure,
à lui sadique, n'est pas changée pour cela, et il reste
stupéfait devant le mensonge de ces gens, pas assassins du
tout, mais qui désirent gagner facilement une « thune[2] »,
et dont le père ou la mère ou la sœur ressuscitent et
remeurent tour à tour, parce qu'ils se coupent dans la
conversation qu'ils ont avec le client à qui ils cherchent
à plaire. Le client est stupéfié, dans sa naïveté, son
arbitraire conception du gigolo, car ravi des nombreux

assassinats dont il le croit coupable, il s'effare d'une contradiction et d'un mensonge qu'il surprend dans ses paroles.

Tous semblaient le connaître et M. de Charlus s'arrêtait longuement à chacun, leur parlant ce qu'il croyait leur langage, à la fois par une affectation prétentieuse de couleur locale et aussi par un plaisir sadique de se mêler à une vie crapuleuse. « Toi, c'est dégoûtant, je t'ai aperçu devant l'Olympia avec deux cartons[1]. C'est pour te faire donner du "pèze". Voilà comme tu me trompes. » Heureusement pour celui à qui s'adressait cette phrase, il n'eut pas le temps de déclarer qu'il n'eût jamais accepté de « pèze » d'une femme, ce qui eût diminué l'excitation de M. de Charlus, et réserva sa protestation pour la fin de la phrase en disant : « Oh ! non, je ne vous trompe pas. » Cette parole causa à M. de Charlus un vif plaisir, et comme malgré lui le genre d'intelligence qui était naturellement le sien ressortait d'à travers celui qu'il affectait, il se retourna vers Jupien : « Il est gentil de me dire ça. Et comme il le dit bien ! On dirait que c'est la vérité. Après tout, qu'est-ce que ça fait que ce soit la vérité ou non puisqu'il arrive à me le faire croire ? Quels jolis petits yeux il a ! Tiens, je vais te donner deux gros baisers pour la peine, mon petit gars. Tu penseras à moi dans les tranchées. C'est pas trop dur ? — Ah ! dame, il y a des jours, quand une grenade passe à côté de vous... » Et le jeune homme se mit à faire des imitations du bruit de la grenade, des avions, etc. « Mais il faut bien faire comme les autres, et vous pouvez être sûr et certain qu'on ira jusqu'au bout. — Jusqu'au bout ! Si on savait seulement jusqu'à quel bout ! » dit mélancoliquement le baron qui était « pessimiste ». « Vous n'avez pas vu que Sarah Bernhardt l'a dit sur les journaux : "La France, elle ira jusqu'au bout. Les Français, ils se feront plutôt tuer jusqu'au dernier[2]." — Je ne doute pas un seul instant que les Français ne se fassent bravement tuer jusqu'au dernier », dit M. de Charlus comme si c'était la chose la plus simple du monde et bien qu'il n'eût lui-même l'intention de faire quoi que ce soit. Mais il voulait par là corriger l'impression de pacifisme qu'il donnait quand il s'oubliait. « Je n'en doute pas, mais je me demande jusqu'à quel point *madame* Sarah Bernhardt est qualifiée pour parler au nom de la France. Mais il me semble

que je ne connais pas ce charmant, ce délicieux jeune
homme », ajouta-t-il en avisant un autre qu'il ne reconnaissait pas ou qu'il n'avait peut-être jamais vu. Il le salua
comme il eût salué un prince à Versailles, et pour profiter
de l'occasion d'avoir en supplément un plaisir gratis,
comme quand j'étais petit et que ma mère venait de faire
une commande chez Boissier ou chez Gouache[1], je prenais,
sur l'offre d'une des dames du comptoir, un bonbon extrait
d'un des vases de verre entre lesquels elles trônaient,
prenant la main du charmant jeune homme et la lui serrant
longuement, à la prussienne, le fixant des yeux en souriant
pendant le temps interminable que mettaient autrefois à
vous faire poser les photographes quand la lumière était
mauvaise : « Monsieur, je suis charmé, je suis enchanté
de faire votre connaissance. Il a de jolis cheveux », dit-il
en se tournant vers Jupien. Il s'approcha ensuite de
Maurice pour lui remettre ses cinquante francs, mais le
prenant d'abord par la taille : « Tu ne m'avais jamais dit
que tu avais suriné une pipelette de Belleville. » Et M. de
Charlus râlait d'extase et approchait sa figure de celle de
Maurice : « Oh ! monsieur le baron », dit le gigolo qu'on
avait oublié de prévenir, « pouvez-vous croire une chose
pareille ? » Soit qu'en effet le fait fût faux, ou que, vrai,
son auteur le trouvât pourtant abominable et de ceux qu'il
convient de nier. « Moi toucher à mon semblable ? À un
Boche, oui, parce que c'est la guerre, mais à une femme,
et à une vieille femme encore ! » Cette déclaration de
principes vertueux fit l'effet d'une douche d'eau froide sur
le baron qui s'éloigna sèchement de Maurice en lui
remettant toutefois son argent, mais de l'air dépité de
quelqu'un qu'on a floué, qui ne veut pas faire d'histoires,
qui paye, mais n'est pas content. La mauvaise impression
du baron fut d'ailleurs accrue par la façon dont le
bénéficiaire le remercia, car il dit : « Je vais envoyer ça
à mes vieux et j'en garderai aussi un peu pour mon frangin
qui est sur le front. » Ces sentiments touchants désappoin-
tèrent presque autant M. de Charlus que l'agaça leur
expression, d'une paysannerie un peu conventionnelle.
Jupien parfois les prévenait qu'il fallait être plus pervers.
Alors l'un, de l'air de confesser quelque chose de
satanique, aventurait : « Dites donc, baron, vous n'allez
pas me croire, mais quand j'étais gosse, je regardais par
le trou de la serrure mes parents s'embrasser. C'est vicieux,

pas ? Vous avez l'air de croire que c'est un bourrage de crâne, mais non, je vous jure, tel que je vous le dis. » Et M. de Charlus était à la fois désespéré et exaspéré par cet effort factice vers la perversité qui n'aboutissait qu'à révéler tant de sottise et tant d'innocence. Et même le voleur, l'assassin le plus déterminés ne l'eussent pas contenté, car ils ne parlent pas leur crime ; et il y a d'ailleurs chez le sadique — si bon qu'il puisse être, bien plus, d'autant meilleur qu'il est — une soif de mal que les méchants agissant dans d'autres buts ne peuvent contenter.

Le jeune homme eut beau, comprenant trop tard son erreur, dire qu'il ne blairait pas les flics et pousser l'audace jusqu'à dire au baron : « Fous-moi un rencart » (un rendez-vous), le charme était dissipé. On sentait le chiqué, comme dans les livres des auteurs qui s'efforcent pour parler argot. C'est en vain que le jeune homme détailla toutes les « saloperies » qu'il faisait avec sa femme. M. de Charlus fut seulement frappé combien ces saloperies se bornaient à peu de chose. Au reste, ce n'était pas seulement par insincérité. Rien n'est plus limité que le plaisir et le vice. On peut vraiment, dans ce sens-là, en changeant le sens de l'expression, dire qu'on tourne toujours dans le même cercle vicieux.

Si on croyait M. de Charlus prince, en revanche on regrettait beaucoup, dans l'établissement, la mort de quelqu'un dont les gigolos disaient : « Je ne sais pas son nom, il paraît que c'est un baron » et qui n'était autre que le prince de Foix (le père de l'ami de Saint-Loup). Passant chez sa femme pour vivre beaucoup au cercle, en réalité il passait des heures chez Jupien à bavarder, à raconter des histoires du monde devant le voyou. C'était un grand bel homme comme son fils. Il est extraordinaire que M. de Charlus, sans doute parce qu'il l'avait toujours connu dans le monde, ignorât qu'il partageait ses goûts. On allait même jusqu'à dire qu'il les avait autrefois portés jusque sur son propre fils, encore collégien (l'ami de Saint-Loup), ce qui était probablement faux. Au contraire, très renseigné sur des mœurs que beaucoup ignorent, il veillait beaucoup aux fréquentations de son fils. Un jour qu'un homme, d'ailleurs de basse extraction, avait suivi le jeune prince de Foix jusqu'à l'hôtel de son père où il avait jeté un billet par la fenêtre, le père l'avait ramassé.

Mais le suiveur, bien qu'il ne fût pas, aristocratiquement, du même monde que M. de Foix le père, l'était à un autre point de vue. Il n'eut pas de peine à trouver dans de communs complices un intermédiaire qui fit taire M. de Foix en lui prouvant que c'était le jeune homme qui avait provoqué lui-même cette audace d'un homme âgé. Et c'était possible. Car le prince de Foix avait pu réussir à préserver son fils des mauvaises fréquentations au dehors mais non de l'hérédité. Au reste le jeune prince de Foix resta, comme son père, ignoré à ce point de vue des gens de son monde, bien qu'il allât plus loin que personne avec ceux d'un autre.

« Comme il est simple ! jamais on ne dirait un baron », dirent quelques habitués quand M. de Charlus fut sorti, reconduit jusqu'en bas par Jupien, auquel le baron ne laissa pas de se plaindre de la vertu du jeune homme. À l'air mécontent de Jupien, qui avait dû styler le jeune homme d'avance, on sentit que le faux assassin recevrait tout à l'heure un fameux savon de Jupien. « C'est tout le contraire de ce que tu m'as dit », ajouta le baron pour que Jupien profitât de la leçon pour une autre fois. « Il a l'air d'une bonne nature, il exprime des sentiments de respect pour sa famille. — Il n'est pourtant pas bien avec son père, objecta Jupien, ils habitent ensemble, mais ils servent chacun dans un bar différent. » C'était évidemment faible comme crime auprès de l'assassinat, mais Jupien se trouvait pris au dépourvu. Le baron n'ajouta rien, car, s'il voulait qu'on préparât ses plaisirs, il voulait se donner à lui-même l'illusion que ceux-ci n'étaient pas préparés. « C'est un vrai bandit, il vous a dit cela pour vous tromper, vous êtes trop naïf », ajouta Jupien pour se disculper, et ne faisant que froisser l'amour-propre de M. de Charlus.

« Il paraît qu'il a un million à manger par jour », dit le jeune homme de vingt-deux ans, auquel l'assertion qu'il émettait ne semblait pas invraisemblable. On entendit bientôt le roulement de la voiture qui était venue chercher M. de Charlus non loin de là. À ce moment j'aperçus entrer avec une démarche lente, à côté d'un militaire qui évidemment sortait avec elle d'une chambre voisine, une personne qui me parut une dame assez âgée, en jupe noire. Je reconnus bientôt mon erreur, c'était un prêtre. C'était cette chose si rare, et en France absolument exceptionnelle,

qu'est un mauvais prêtre. Évidemment le militaire était
en train de railler son compagnon, au sujet du peu de
conformité que sa conduite offrait avec son habit, car
celui-ci d'un air grave, et levant vers son visage hideux
un doigt de docteur en théologie, dit sentencieusement :
« Que voulez-vous, je ne suis pas » (j'attendais « un
saint ») « une ange[1]. » D'ailleurs il n'avait plus qu'à s'en
aller et prit congé de Jupien qui, ayant accompagné le
baron, venait de remonter, mais par étourderie le mauvais
prêtre oublia de payer sa chambre. Jupien, que son esprit
n'abandonnait jamais, agita le tronc dans lequel il mettait
la contribution de chaque client, et le fit sonner en disant :
« Pour les frais du culte, monsieur l'abbé ! » Le vilain
personnage s'excusa, donna sa pièce et disparut.

Jupien vint me chercher dans l'antre obscur où je n'osais
faire un mouvement. « Entrez un moment dans le
vestibule où mes jeunes gens font banquette, pendant que
je monte fermer la chambre ; puisque vous êtes locataire,
c'est tout naturel. » Le patron y était, je le payai. À ce
moment un jeune homme en smoking entra et demanda
d'un air d'autorité au patron : « Pourrai-je avoir Léon
demain matin à 11 heures moins le quart au lieu
d'11 heures, parce que je déjeune en ville ? — Cela
dépend, répondit le patron, du temps que le gardera
l'abbé. » Cette réponse ne parut pas satisfaire le jeune
homme en smoking, qui semblait déjà prêt à invectiver
contre l'abbé, mais sa colère prit un autre cours quand
il m'aperçut ; marchant droit au patron : « Qui est-ce ?
Qu'est-ce que ça signifie ? » murmura-t-il d'une voix basse
mais courroucée. Le patron, très ennuyé, expliqua que ma
présence n'avait aucune importance, que j'étais un
locataire. Le jeune homme en smoking ne parut nullement
apaisé par cette explication. Il ne cessait de répéter :
« C'est excessivement désagréable, ce sont des choses qui
ne devraient pas arriver ; vous savez que je déteste ça, et
vous ferez si bien que je ne remettrai plus les pieds ici. »
L'exécution de cette menace ne parut pas cependant
imminente car il partit furieux, mais en recommandant que
Léon tâchât d'être libre à 11 heures moins le quart,
10 heures et demie si possible. Jupien revint me chercher
et descendit avec moi jusque dans la rue.

« Je ne voudrais pas que vous me jugiez mal, me dit-il,
cette maison ne me rapporte pas autant d'argent que vous

croyez, je suis forcé d'avoir des locataires honnêtes, il est vrai qu'avec eux seuls on ne ferait que manger de l'argent. Ici c'est le contraire des carmels, c'est grâce au vice que vit la vertu. Non, si j'ai pris cette maison, ou plutôt si je l'ai fait prendre au gérant que vous avez vu, c'est uniquement pour rendre service au baron et distraire ses vieux jours. » Jupien ne voulait pas parler que de scènes de sadisme comme celles auxquelles j'avais assisté et de l'exercice même du vice du baron. Celui-ci, même pour la conversation, pour lui tenir compagnie, pour jouer aux cartes, ne se plaisait plus qu'avec des gens du peuple qui l'exploitaient. Sans doute le snobisme de la canaille peut se comprendre aussi bien que l'autre. Ils avaient d'ailleurs été longtemps unis, alternant l'un avec l'autre, chez M. de Charlus qui ne trouvait personne d'assez élégant pour ses relations mondaines, ni de frisant assez l'apache pour les autres. « Je déteste le genre moyen, disait-il, la comédie bourgeoise est guindée, il me faut ou les princesses de la tragédie classique ou la grosse farce. Pas de milieu, *Phèdre* ou *Les Saltimbanques*[1]. » Mais enfin l'équilibre entre ces deux snobismes avait été rompu. Peut-être fatigue de vieillard, ou extension de la sensualité aux relations les plus banales, le baron ne vivait plus qu'avec des « inférieurs », prenant ainsi sans le vouloir la succession de tel de ses grands ancêtres, le duc de La Rochefoucauld, le prince d'Harcourt, le duc de Berry, que Saint-Simon nous montre passant leur vie avec leurs laquais, qui tiraient d'eux des sommes énormes, partageant leurs jeux, au point qu'on était gêné pour ces grands seigneurs, quand il fallait les aller voir, de les trouver installés familièrement à jouer aux cartes ou à boire avec leur domesticité[2]. « C'est surtout, ajouta Jupien, pour lui éviter des ennuis, parce que le baron, voyez-vous, c'est un grand enfant. Même maintenant où il a ici tout ce qu'il peut désirer, il va encore à l'aventure faire le vilain. Et généreux comme il est, ça pourrait souvent par le temps qui court avoir des conséquences. N'y a-t-il pas l'autre jour un chasseur d'hôtel qui mourait de peur à cause de tout l'argent que le baron lui offrait pour venir chez lui ? (Chez lui, quelle imprudence !) Ce garçon qui pourtant aime seulement les femmes a été rassuré quand il a compris ce qu'on voulait de lui. En entendant toutes ces promesses d'argent il avait pris le baron pour un espion. Et il s'est senti bien à l'aise

quand il a vu qu'on ne lui demandait pas de livrer sa patrie,
mais son corps, ce qui n'est peut-être pas plus moral, mais
ce qui est moins dangereux et surtout plus facile. » Et en
écoutant Jupien, je me disais : « Quel malheur que M. de
Charlus ne soit pas romancier ou poète ! Non pas pour
décrire ce qu'il verrait, mais le point où se trouve un
Charlus par rapport au désir fait naître autour de lui les
scandales, le force à prendre la vie sérieusement, à mettre
des émotions dans le plaisir, l'empêche de s'arrêter, de
s'immobiliser dans une vue ironique et extérieure des
choses, rouvre sans cesse en lui un courant douloureux.
Presque chaque fois qu'il adresse une déclaration, il essuie
une avanie, s'il ne risque pas même la prison. » Ce n'est
pas que l'éducation des enfants, c'est celle des poètes qui
se fait à coups de gifles. Si M. de Charlus avait été
romancier, la maison que lui avait aménagée Jupien, en
réduisant dans de telles proportions les risques, du moins
(car une descente de police était toujours à craindre) les
risques à l'égard d'un individu des dispositions duquel,
dans la rue, le baron n'eût pas été assuré, eût été pour
lui un malheur. Mais M. de Charlus n'était en art qu'un
dilettante, qui ne songeait pas à écrire et n'était pas doué
pour cela[1].

   « D'ailleurs, vous avouerais-je, reprit Jupien, que je n'ai
pas un grand scrupule à avoir ce genre de gains ? La chose
elle-même qu'on fait ici, je ne peux plus vous cacher que
je l'aime, qu'elle est le goût de ma vie. Or, est-il défendu
de recevoir un salaire pour des choses qu'on ne juge pas
coupables ? Vous êtes plus instruit que moi, et vous me
direz sans doute que Socrate ne croyait pas pouvoir recevoir
d'argent pour ses leçons[2]. Mais, de notre temps, les
professeurs de philosophie ne pensent pas ainsi, ni les
médecins, ni les peintres, ni les dramaturges, ni les
directeurs de théâtre. Ne croyez pas que ce métier ne fait
fréquenter que des canailles. Sans doute le directeur d'un
établissement de ce genre, comme une grande cocotte, ne
reçoit que des hommes, mais il reçoit des hommes
marquants dans tous les genres et qui sont généralement,
à situation égale, parmi les plus fins, les plus sensibles, les
plus aimables de leur profession. Cette maison se transformerait vite, je vous l'assure, en un bureau d'esprit et une
agence de nouvelles. » Mais j'étais encore sous l'impression des coups que j'avais vu recevoir à M. de Charlus.

Et à vrai dire, quand on connaissait bien M. de Charlus, son orgueil, sa satiété des plaisirs mondains, ses caprices changés facilement en passions pour des hommes de dernier ordre et de la pire espèce, on peut très bien comprendre que la même grosse fortune qui, échue à un parvenu, l'eût charmé en lui permettant de marier sa fille à un duc et d'inviter des altesses à ses chasses, M. de Charlus était content de la posséder parce qu'elle lui permettait d'avoir ainsi la haute main sur un, peut-être sur plusieurs établissements où étaient en permanence des jeunes gens avec lesquels il se plaisait. Peut-être n'y eût-il eu même pas besoin de son vice pour cela. Il était l'héritier de tant de grands seigneurs, princes du sang ou ducs, dont Saint-Simon nous raconte qu'ils ne fréquentaient personne « qui se pût nommer » et passaient leur temps à jouer aux cartes avec les valets auxquels ils donnaient des sommes énormes !

« En attendant, dis-je à Jupien, cette maison est tout autre chose, plus qu'une maison de fous, puisque la folie des aliénés qui y habitent est mise en scène, reconstituée, visible. C'est un vrai pandemonium. J'avais cru comme le calife des *Mille et Une Nuits* arriver à point au secours d'un homme qu'on frappait, et c'est un autre conte des *Mille et Une Nuits* que j'ai vu réalisé devant moi, celui où une femme, transformée en chienne, se fait frapper volontairement pour retrouver sa forme première[1]. » Jupien paraissait fort troublé par mes paroles, car il comprenait que j'avais vu frapper le baron. Il resta un moment silencieux, tandis que j'arrêtais un fiacre qui passait ; puis tout d'un coup, avec le joli esprit qui m'avait si souvent frappé chez cet homme qui s'était fait lui-même, quand il avait pour m'accueillir, Françoise ou moi, dans la cour de notre maison, de si gracieuses paroles : « Vous parlez de bien des contes des *Mille et Une Nuits*, me dit-il. Mais j'en connais un qui n'est pas sans rapport avec le titre d'un livre que je crois avoir aperçu chez le baron » (il faisait allusion à une traduction de *Sésame et les lys* de Ruskin que j'avais envoyée à M. de Charlus[2]). « Si jamais vous étiez curieux, un soir, de voir, je ne dis pas quarante, mais une dizaine de voleurs, vous n'avez qu'à venir ici ; pour savoir si je suis là vous n'avez qu'à regarder la fenêtre de là-haut, je laisse une petite fente ouverte et éclairée, cela veut dire que je suis venu, qu'on peut entrer ; c'est mon Sésame à moi. Je dis seulement Sésame. Car pour les lys, si c'est eux que vous voulez, je vous conseille d'aller les chercher ailleurs. » Et me saluant assez cavalièrement, car une clientèle aristocratique et une clique de jeunes gens qu'il menait comme un pirate, lui avaient donné une certaine familiarité, il allait prendre congé de moi, quand le bruit d'une détonation, une bombe que les sirènes n'avaient pas devancée fit qu'il me conseilla de rester un moment avec lui. Bientôt les tirs de barrage commencèrent, et si violents qu'on sentait que c'était tout auprès, juste au-dessus de nous, que l'avion allemand se tenait.

En un instant, les rues devinrent entièrement noires. Parfois seulement, un avion ennemi qui volait assez bas éclairait le point où il voulait jeter une bombe. Je ne retrouvais plus mon chemin. Je pensai à ce jour, en allant à La Raspelière, où j'avais rencontré, comme un dieu qui avait fait se cabrer mon cheval, un avion[1]. Je pensais que maintenant la rencontre serait différente et que le dieu du mal me tuerait. Je pressais le pas pour le fuir comme un voyageur poursuivi par le mascaret, je tournais en cercle dans les places noires, d'où je ne pouvais plus sortir[2]. Enfin les flammes d'un incendie m'éclairèrent et je pus retrouver mon chemin cependant que crépitaient sans arrêt les coups de canons. Mais ma pensée s'était détournée vers un autre objet. Je pensais à la maison de Jupien, peut-être réduite en cendres maintenant, car une bombe était tombée tout près de moi comme je venais seulement d'en sortir, cette maison sur laquelle M. de Charlus eût pu prophétiquement écrire « Sodoma » comme avait fait, avec non moins de prescience ou peut-être au début de l'éruption volcanique et de la catastrophe déjà commencée, l'habitant inconnu de Pompéi[3]. Mais qu'importaient sirène et gothas à ceux qui étaient venus chercher leur plaisir ? Le cadre social, le cadre de la nature, qui entoure nos amours, nous n'y pensons presque pas. La tempête fait rage sur mer, le bateau tangue de tous côtés, du ciel se précipitent des avalanches tordues par le vent, et tout au plus accordons-nous une seconde d'attention, pour parer à la gêne qu'elle nous cause, à ce décor immense où nous sommes si peu de chose, et nous et le corps que nous essayons d'approcher. La sirène annonciatrice des bombes ne troublait pas plus les habitués de Jupien que n'eût fait un iceberg[4]. Bien plus, le danger physique menaçant les délivrait de la crainte dont ils étaient maladivement persécutés depuis longtemps. Or il est faux de croire que l'échelle des craintes correspond à celle des dangers qui les inspirent. On peut avoir peur de ne pas dormir et nullement d'un duel sérieux, d'un rat et pas d'un lion. Pendant quelques heures les agents de police ne s'occupaient que de la vie des habitants, chose si peu importante, et ne risqueraient pas de les déshonorer. Plusieurs, plus que de retrouver leur liberté morale, furent tentés par l'obscurité qui s'était soudain faite dans les rues. Quelques-uns même de ces Pompéiens sur qui pleuvait déjà le feu du ciel descendirent dans les couloirs du métro, noirs comme des catacombes. Ils savaient en effet n'y être pas seuls. Or l'obscurité qui baigne toute chose comme un élément nouveau a pour effet, irrésistiblement tentateur pour certaines personnes, de supprimer le premier stade du plaisir et de nous faire entrer de plain-pied dans un domaine de caresses où l'on n'accède d'habitude qu'après quelque temps. Que l'objet convoité soit en effet une femme ou un homme, même à supposer que l'abord soit simple, et inutiles les marivaudages qui s'éterniseraient dans un salon (du moins en plein jour), le soir (même dans une rue si faiblement éclairée qu'elle soit), il y a du moins un préambule où les yeux seuls mangent le blé en herbe, où la crainte des passants, de l'être recherché lui-même, empêchent de faire plus que de regarder, de parler. Dans l'obscurité, tout ce vieux jeu se trouve aboli, les mains, les lèvres, les corps peuvent entrer en jeu les premiers. Il reste l'excuse de l'obscurité même et des erreurs qu'elle engendre si l'on est mal reçu. Si on l'est bien, cette réponse immédiate du corps qui ne se retire pas, qui se rapproche, nous donne de celle (ou celui) à qui nous nous adressons silencieusement, une idée qu'elle est sans préjugés, pleine de vice, idée qui ajoute un surcroît au bonheur d'avoir pu mordre à même le fruit sans le convoiter des yeux et sans demander de permission. Cependant l'obscurité persiste[1] ; plongés dans cet élément nouveau, les habitués de Jupien croyant avoir voyagé, être venus assister à un phénomène naturel comme un mascaret ou comme une éclipse, et goûter au lieu d'un plaisir tout préparé et sédentaire celui d'une rencontre fortuite dans l'inconnu, célébraient, aux grondements volcaniques des bombes, au pied d'un mauvais lieu pompéien, des rites secrets dans les ténèbres des catacombes.

Dans une même salle beaucoup d'hommes qui n'avaient pas voulu fuir s'étaient réunis. Ils ne se connaissaient pas entre eux, mais on voyait qu'ils étaient pourtant à peu près du même monde, riche et aristocratique. L'aspect de chacun avait quelque chose de répugnant qui devait être la non-résistance à des plaisirs dégradants. L'un, énorme, avait la figure couverte de taches rouges comme un ivrogne. J'appris qu'au début il ne l'était pas et prenait seulement son plaisir à faire boire des jeunes gens. Mais effrayé par l'idée d'être mobilisé (bien qu'il semblât avoir dépassé la cinquantaine), comme il était très gros, il s'était mis à boire sans arrêter pour tâcher de dépasser le poids de cent kilos, au-dessus duquel on était réformé. Et maintenant, ce calcul s'étant changé en passion, où qu'on le quittât, tant qu'on le surveillait, on le retrouvait chez un marchand de vins. Mais dès qu'il parla, je vis que médiocre d'ailleurs d'intelligence, c'était un homme de beaucoup de savoir, d'éducation et de culture. Un autre homme du grand monde, celui-là fort jeune et d'une extrême distinction physique, entra aussi. Chez lui, à vrai dire, il n'y avait encore aucun stigmate extérieur d'un vice mais, ce qui était plus troublant, d'intérieurs. Très grand, d'un visage charmant, son élocution décelait une tout autre intelligence que celle de son voisin l'alcoolique, et, sans exagérer, vraiment remarquable. Mais à tout ce qu'il disait était ajoutée une expression qui eût convenu à une phrase différente. Comme si, tout en possédant le trésor complet des expressions du visage humain, il eût vécu dans un autre monde, il mettait à jour ces expressions dans l'ordre qu'il ne fallait pas, il semblait effeuiller au hasard des sourires et des regards sans rapport avec le propos qu'il entendait. J'espère pour lui si comme il est certain il vit encore, qu'il était la proie, non d'une maladie durable mais d'une intoxication passagère. Il est probable que si l'on avait demandé leur carte de visite à tous ces hommes on eût été surpris de voir qu'ils appartenaient à une haute classe sociale. Mais quelque vice, et le plus grand de tous, le manque de volonté qui empêche de résister à aucun, les réunissait là, dans des chambres isolées il est vrai, mais chaque soir me dit-on, de sorte que si leur nom était connu des femmes du monde, celles-ci avaient peu à peu perdu de vue leur visage, et n'avaient plus jamais l'occasion de recevoir leur visite. Ils recevaient encore des invitations, mais l'habitude les ramenait au mauvais lieu composite. Ils s'en cachaient peu du reste, au contraire des petits chasseurs, ouvriers, etc. qui servaient à leur plaisir. Et en dehors de beaucoup de raisons que l'on devine, cela se comprend par celle-ci. Pour un employé d'industrie, pour un domestique, aller là c'était comme pour une femme qu'on croyait honnête, aller dans une maison de passe. Certains qui avouaient y être allés se défendaient d'y être plus jamais retournés et Jupien lui-même, mentant pour protéger leur réputation ou éviter des concurrences, affirmait : « Oh ! non, il ne vient pas chez moi, il ne voudrait pas y venir. » Pour des hommes du monde c'est moins grave, d'autant plus que les autres gens du monde qui n'y vont pas, ne savent pas ce que c'est et ne s'occupent pas de votre vie. Tandis que dans une maison d'aviation, si certains ajusteurs y sont allés, leurs camarades les espionnant, pour rien au monde ne voudraient y aller de peur que cela fût appris.

Tout en me rapprochant de ma demeure, je songeais combien la conscience cesse vite de collaborer à nos habitudes, qu'elle laisse à leur développement sans plus s'occuper d'elles et combien dès lors nous pourrions être étonnés si nous constations simplement du dehors, et en supposant qu'elles engagent tout l'individu, les actions d'hommes dont la valeur morale ou intellectuelle peut se développer indépendamment dans un sens tout différent. C'était évidemment un vice d'éducation, ou l'absence de toute éducation, joints à un penchant à gagner de l'argent de la façon sinon la moins pénible (car beaucoup de travaux devaient en fin de compte être plus doux, mais le malade par exemple ne se tisse-t-il pas avec des manies, des privations et des remèdes, une existence beaucoup plus pénible que ne la ferait la maladie souvent légère contre laquelle il croit ainsi lutter ?), du moins la moins laborieuse possible, qui avait amené ces « jeunes gens » à faire pour ainsi dire en toute innocence et pour un salaire médiocre, des choses qui ne leur causaient aucun plaisir et avaient dû leur inspirer au début une vive répugnance. On aurait pu les croire d'après cela foncièrement mauvais, mais ce ne furent pas seulement à la guerre des soldats merveilleux, d'incomparables « braves », ç'avaient été aussi souvent dans la vie civile de bons cœurs, sinon tout à fait de braves gens. Ils ne se rendaient plus compte depuis longtemps de ce que pouvait avoir de moral ou d'immoral la vie qu'ils menaient parce que c'était celle de leur entourage. Ainsi, quand nous étudions certaines périodes de l'histoire ancienne, nous sommes étonnés de voir des êtres individuellement bons participer sans scrupule à des assassinats en masse, à des sacrifices humains, qui leur semblaient probablement des choses naturelles.

Les peintures pompéiennes de la maison de Jupien convenaient d'ailleurs bien, en ce qu'elles rappelaient la fin de la Révolution française, à l'époque assez semblable au Directoire qui allait commencer. Déjà, anticipant sur la paix, se cachant dans l'obscurité pour ne pas enfreindre trop ouvertement les ordonnances de la police, partout des danses nouvelles s'organisaient, se déchaînaient toute la nuit. À côté de cela certaines opinions artistiques, moins antigermaniques que pendant les premières années de la guerre[1], se donnaient cours pour rendre la respiration aux esprits étouffés, mais il fallait pour qu'on les osât présenter un brevet de civisme. Un professeur écrivait un livre remarquable sur Schiller[2] et on en rendait compte dans les journaux. Mais avant de parler de l'auteur du livre, on inscrivait comme un permis d'imprimer qu'il avait été à la Marne, à Verdun, qu'il avait eu cinq citations, deux fils tués. Alors on louait la clarté, la profondeur de son ouvrage sur Schiller qu'on pouvait qualifier de grand pourvu qu'on dît, au lieu de « ce grand Allemand », « ce grand Boche ». C'était le mot d'ordre pour l'article, et aussitôt on le laissait passer.

Notre époque sans doute, pour celui qui en lira l'histoire dans deux mille ans, ne semblera pas moins baigner certaines consciences tendres et pures dans un milieu vital qui apparaîtra alors comme monstrueusement pernicieux et dont elles s'accommodaient. D'autre part, je connaissais peu d'hommes, je peux même dire que je ne connaissais pas d'homme qui sous le rapport de l'intelligence et de la sensibilité fût aussi doué que Jupien ; car cet « acquis » délicieux qui faisait la trame spirituelle de ses propos ne lui venait d'aucune de ces instructions de collège, d'aucune de ces cultures d'université qui auraient pu faire de lui un homme si remarquable, quand tant de jeunes gens du monde ne tirent d'elles aucun profit. C'était son simple sens inné, son goût naturel, qui de rares lectures faites au hasard, sans guide, à des moments perdus, lui avaient fait composer ce parler si juste où toutes les symétries du langage se laissaient découvrir et montraient leur beauté. Or le métier qu'il faisait pouvait à bon droit passer, certes pour un des plus lucratifs, mais pour le dernier de tous. Quant à M. de Charlus, quelque dédain que son orgueil aristocratique eût pu lui donner pour le qu'en-dira-t-on, comment un certain sentiment de dignité personnelle et de respect de soi-même ne l'avait-il pas forcé à refuser à sa sensualité certaines satisfactions dans lesquelles il semble qu'on ne pourrait avoir comme excuse que la démence complète ? Mais chez lui comme chez Jupien, l'habitude de séparer la moralité de tout un ordre d'actions (ce qui du reste doit arriver aussi dans beaucoup de fonctions, quelquefois celle de juge, quelquefois celle d'homme d'État, et bien d'autres encore) devait être prise depuis si longtemps que l'habitude (sans plus jamais demander son opinion au sentiment moral) était allée en s'aggravant de jour en jour, jusqu'à celui où ce Prométhée consentant s'était fait clouer par la Force au rocher de la pure matière.

Sans doute je sentais bien que c'était là un nouveau stade de la maladie de M. de Charlus, laquelle depuis que je m'en étais aperçu, et à en juger par les diverses étapes que j'avais eues sous les yeux, avait poursuivi son évolution avec une vitesse croissante. Le pauvre baron ne devait pas être maintenant fort éloigné du terme, de la mort, si même celle-ci n'était pas précédée, selon les prédictions et les vœux de Mme Verdurin, par un emprisonnement[1] qui à son âge ne pourrait d'ailleurs que hâter la mort. Pourtant j'ai peut-être inexactement dit : rocher de la pure matière. Dans cette pure matière il est possible qu'un peu d'esprit surnageât encore. Ce fou savait bien, malgré tout, qu'il était la proie d'une folie et jouait tout de même, dans ces moments-là, puisqu'il savait bien que celui qui le battait n'était pas plus méchant que le petit garçon qui dans les jeux de bataille est désigné au sort pour faire le « Prussien », et sur lequel tout le monde se rue dans une ardeur de patriotisme vrai et de haine feinte. La proie d'une folie où entrait tout de même un peu de la personnalité de M. de Charlus. Même dans ces aberrations, la nature humaine (comme elle fait dans nos amours, dans nos voyages) trahit encore le besoin de croyance par des exigences de vérité. Françoise, quand je lui parlais d'une église de Milan — ville où elle n'irait probablement jamais — ou de la cathédrale de Reims — fût-ce même de celle d'Arras[1] ! — qu'elle ne pourrait voir puisqu'elles étaient plus ou moins détruites, enviait les riches qui peuvent s'offrir le spectacle de pareils trésors, et s'écriait avec un regret nostalgique : « Ah ! comme cela devait être beau ! », elle qui, habitant maintenant Paris depuis tant d'années, n'avait jamais eu la curiosité d'aller voir Notre-Dame[2]. C'est que Notre-Dame faisait précisément partie de Paris, de la ville où se déroulait la vie quotidienne de Françoise et où en conséquence il était difficile à notre vieille servante — comme il l'eût été à moi si l'étude de l'architecture n'avait pas corrigé en moi sur certains points les instincts de Combray — de situer les objets de ses songes. Dans les personnes que nous aimons, il y a, immanent à elles, un certain rêve que nous ne savons pas toujours discerner mais que nous poursuivons. C'était ma croyance en Bergotte, en Swann qui m'avait fait aimer Gilberte, ma croyance en Gilbert le Mauvais qui m'avait fait aimer Mme de Guermantes. Et quelle large étendue de mer avait été réservée dans mon amour même le plus douloureux, le plus jaloux, le plus individuel semblait-il, pour Albertine ! Du reste, à cause justement de cet individuel auquel on s'acharne, les amours pour les personnes sont déjà un peu des aberrations. (Et les maladies du corps elles-mêmes, du moins celles qui tiennent d'un peu près au système nerveux, ne sont-elles pas des espèces de goûts particuliers ou d'effrois particuliers contractés par nos organes, nos articulations, qui se trouvent ainsi avoir pris pour certains climats une horreur aussi inexplicable et aussi têtue que le penchant que certains hommes trahissent pour les femmes par exemple qui portent un lorgnon, ou pour les écuyères ? Ce désir que réveille chaque fois la vue d'une écuyère, qui dira jamais à quel rêve durable et inconscient il est lié, inconscient et aussi mystérieux que l'est par exemple pour quelqu'un qui avait souffert toute sa vie de crises d'asthme, l'influence d'une certaine ville, en apparence pareille aux autres, et où pour la première fois il respire librement ?)

Or les aberrations sont comme des amours où la tare maladive a tout recouvert, tout gagné. Même dans la plus folle, l'amour se reconnaît encore. L'insistance de M. de Charlus à demander qu'on lui passât aux pieds et aux mains des anneaux d'une solidité éprouvée, à réclamer la barre de justice[1], et à ce que me dit Jupien, des accessoires féroces qu'on avait la plus grande peine à se procurer même en s'adressant à des matelots — car ils servaient à infliger des supplices dont l'usage est aboli même là où la discipline est la plus rigoureuse, à bord des navires — au fond de tout cela il y avait chez M. de Charlus tout son rêve de virilité, attesté au besoin par des actes brutaux, et toute l'enluminure intérieure, invisible pour nous, mais dont il projetait ainsi quelques reflets, de croix de justice[2], de tortures féodales, qui décorait son imagination moyenâgeuse. C'est dans le même sentiment que, chaque fois qu'il arrivait, il disait à Jupien : « Il n'y aura pas d'alerte ce soir au moins, car je me vois d'ici calciné par ce feu du ciel comme un habitant de Sodome. » Et il affectait de redouter les gothas, non qu'il en éprouvât l'ombre de peur, mais pour avoir le prétexte, dès que les sirènes retentissaient, de se précipiter dans les abris du métropolitain où il espérait quelque plaisir des frôlements dans la nuit, avec de vagues rêves de souterrains moyenâgeux et d'*in pace*. En somme son désir d'être enchaîné, d'être frappé, trahissait, dans sa laideur, un rêve aussi poétique que, chez d'autres, le désir d'aller à Venise ou d'entretenir des danseuses. Et M. de Charlus tenait tellement à ce que ce rêve lui donnât l'illusion de la réalité, que Jupien dut vendre le lit de bois qui était dans la chambre 43 et le remplacer par un lit de fer qui allait mieux avec les chaînes.

Enfin la berloque[3] sonna comme j'arrivais à la maison. Le bruit des pompiers était commenté par un gamin. Je rencontrai Françoise remontant de la cave avec le maître d'hôtel. Elle me croyait mort. Elle me dit que Saint-Loup était passé, en s'excusant, pour voir s'il n'avait pas, dans la visite qu'il m'avait faite le matin, laissé tomber sa croix de guerre. Car il venait de s'apercevoir qu'il l'avait perdue et, devant rejoindre son corps le lendemain matin, avait voulu à tout hasard voir si ce n'était pas chez moi. Il avait cherché partout avec Françoise et n'avait rien trouvé. Françoise croyait qu'il avait dû la perdre avant de venir me voir, car, disait-elle, il lui semblait bien, elle aurait pu jurer qu'il ne l'avait pas quand elle l'avait vu. En quoi elle se trompait. Et voilà la valeur des témoignages et des souvenirs ! Du reste cela n'avait pas grande importance. Saint-Loup était aussi estimé de ses officiers qu'il était aimé de ses hommes, et la chose s'arrangerait aisément[4].

D'ailleurs je sentis tout de suite, à la façon peu
enthousiaste dont ils parlèrent de lui, que Saint-Loup avait
produit une médiocre impression sur Françoise et sur le
maître d'hôtel. Sans doute tous les efforts que le fils du
maître d'hôtel et le neveu de Françoise avaient faits pour
s'embusquer, Saint-Loup avait fait en sens inverse et avec
succès ces mêmes efforts pour être en plein danger. Mais
cela, jugeant d'après eux-mêmes, Françoise et le maître
d'hôtel ne pouvaient pas le croire. Ils étaient convaincus
que les riches sont toujours mis à l'abri. Du reste,
eussent-ils su la vérité relativement au courage héroïque
de Robert, qu'elle ne les eût pas touchés. Il ne disait pas
« Boches[1] », il leur avait fait l'éloge de la bravoure des
Allemands, il n'attribuait pas à la trahison que nous
n'eussions pas été vainqueurs dès le premier jour. Or c'est
cela qu'ils eussent voulu entendre, c'est cela qui leur eût
semblé le signe du courage. Aussi, bien qu'ils continuas-
sent à chercher la croix de guerre, les trouvai-je froids
au sujet de Robert. Moi qui me doutais où cette croix avait
été oubliée (cependant si Saint-Loup s'était distrait ce
soir-là de cette manière, ce n'était qu'en attendant, car
repris du désir de revoir Morel, il avait usé de toutes ses
relations militaires pour savoir dans quel corps Morel se
trouvait, afin de l'aller voir et n'avait reçu jusqu'ici que
des centaines de réponses contradictoires), je conseillai à
Françoise et au maître d'hôtel d'aller se coucher. Mais
celui-ci n'était jamais pressé de quitter Françoise depuis
que, grâce à la guerre, il avait trouvé un moyen, plus
efficace encore que l'expulsion des sœurs[2] et l'affaire
Dreyfus, de la torturer. Ce soir-là, et chaque fois que j'allai
auprès d'eux pendant les quelques jours que je passai
encore à Paris avant de partir pour une autre maison de
santé, j'entendais le maître d'hôtel dire à Françoise
épouvantée : « Ils ne se pressent pas, c'est entendu, ils
attendent que la poire soit mûre, mais ce jour-là ils
prendront Paris, et ce jour-là pas de pitié ! — Seigneur,
Vierge Marie ! s'écriait Françoise, ça ne leur suffit pas
d'avoir conquéri la pauvre Belgique. Elle a assez souffert,
celle-là, au moment de son envahition. — La Belgique,
Françoise, mais ce qu'ils ont fait en Belgique ne sera rien
à côté ! » Et même, la guerre ayant jeté sur le marché
de la conversation des gens du peuple une quantité de
termes dont ils n'avaient fait la connaissance que par les

yeux, par la lecture des journaux et dont en conséquence ils ignoraient la prononciation, le maître d'hôtel ajoutait : « Je ne peux pas comprendre comment que le monde est assez fou... Vous verrez ça, Françoise, ils préparent une nouvelle attaque d'une plus grande enverjure que toutes les autres. » M'étant insurgé, sinon au nom de la pitié pour Françoise et du bon sens stratégique, au moins de la grammaire, et ayant déclaré qu'il fallait prononcer « envergure », je n'y gagnai qu'à faire redire à Françoise la terrible phrase chaque fois que j'entrais à la cuisine, car le maître d'hôtel, presque autant que d'effrayer sa camarade, était heureux de montrer à son maître que, bien qu'ancien jardinier de Combray et simple maître d'hôtel, tout de même bon Français selon la règle de Saint-André-des-Champs, il tenait de la Déclaration des droits de l'homme le droit de prononcer « enverjure » en toute indépendance, et de ne pas se laisser commander sur un point qui ne faisait pas partie de son service, et où par conséquent, depuis la Révolution, personne n'avait rien à lui dire puisqu'il était mon égal.

J'eus donc le chagrin de l'entendre parler à Françoise d'une opération de grande « enverjure » avec une insistance qui était destinée à me prouver que cette prononciation était l'effet non de l'ignorance, mais d'une volonté mûrement réfléchie. Il confondait le gouvernement, les journaux, dans un même « on » plein de méfiance, disant : « *On* nous parle des pertes des Boches, on ne nous parle pas des nôtres, il paraît qu'elles sont dix fois plus grandes. On nous dit qu'ils sont à bout de souffle, qu'ils n'ont plus rien à manger, moi je crois qu'ils en ont cent fois comme nous, à manger. Faut pas tout de même nous bourrer le crâne. S'ils n'avaient rien à manger, ils ne se battraient pas comme l'autre jour où ils nous ont tué cent mille jeunes gens de moins de vingt ans. » Il exagérait ainsi à tout instant les triomphes des Allemands, comme il avait fait jadis ceux des radicaux[1] ; il narrait en même temps leurs atrocités afin que ces triomphes fussent plus pénibles encore à Françoise, laquelle ne cessait plus de dire : « Ah ! Sainte Mère des anges ! Ah ! Marie Mère de Dieu ! », et parfois, pour lui être désagréable d'une autre manière, disait : « Du reste, nous ne valons pas plus cher qu'eux, ce que nous faisons en Grèce n'est pas plus beau que ce qu'ils ont fait en Belgique. Vous allez voir

que nous allons mettre tout le monde contre nous et que
nous serons obligés de nous battre avec toutes les
nations », alors que c'était exactement le contraire. Les
jours où les nouvelles étaient bonnes il prenait sa revanche
en assurant à Françoise que la guerre durerait trente-cinq
ans et, en prévision d'une paix possible, assurait que
celle-ci ne durerait pas plus de quelques mois et serait
suivie de batailles auprès desquelles celles-ci ne seraient
qu'un jeu d'enfant, et après lesquelles il ne resterait rien
de la France.

La victoire des Alliés semblait, sinon rapprochée, du
moins à peu près certaine, et il faut malheureusement
avouer que le maître d'hôtel en était désolé. Car, ayant
réduit la guerre « mondiale », comme tout le reste, à celle
qu'il menait sourdement contre Françoise (qu'il aimait, du
reste, malgré cela, comme on peut aimer la personne qu'on
est content de faire rager tous les jours en la battant aux
dominos), la victoire se réalisait à ses yeux sous les espèces
de la première conversation où il aurait la souffrance
d'entendre Françoise lui dire : « Enfin c'est fini, et il va
falloir qu'ils nous donnent plus que nous ne leur avons
donné en 70. » Il croyait du reste toujours que cette
échéance fatale arrivait, car un patriotisme inconscient lui
faisait croire, comme tous les Français victimes du même
mirage que moi depuis que j'étais malade, que la
victoire — comme ma guérison — était pour le lendemain.
Il prenait les devants en annonçant à Françoise que cette
victoire arriverait peut-être mais que son cœur en saignait,
car la révolution la suivrait aussitôt, puis l'invasion. « Ah !
cette bon sang de guerre, les Boches seront les seuls à
s'en relever vite, Françoise, ils y ont déjà gagné des
centaines de milliards. Mais qu'ils nous crachent un sou
à nous, quelle farce ! On le mettra peut-être sur les
journaux », ajoutait-il par prudence et pour parer à tout
événement, « pour calmer le peuple, comme on dit depuis
trois ans que la guerre sera finie le lendemain. » Françoise
était d'autant plus troublée de ces paroles qu'en effet, après
avoir cru les optimistes plutôt que le maître d'hôtel, elle
voyait que la guerre, qu'elle avait cru devoir finir en quinze
jours malgré « l'envahition de la pauvre Belgique »,
durait toujours, qu'on n'avançait pas, phénomène de
fixation des fronts dont elle comprenait mal le sens, et
qu'enfin un des innombrables « filleuls » à qui elle

donnait tout ce qu'elle gagnait chez nous lui racontait
qu'on avait caché telle chose, telle autre. « Tout cela
retombera sur l'ouvrier, concluait le maître d'hôtel. On
vous prendra votre champ, Françoise. — Ah ! Seigneur
Dieu ! » Mais à ces malheurs lointains, il en préférait de
plus proches et dévorait les journaux dans l'espoir
d'annoncer une défaite à Françoise. Il attendait les
mauvaises nouvelles comme des œufs de Pâques, espérant
que cela irait assez mal pour épouvanter Françoise, pas
assez pour qu'il pût matériellement en souffrir. C'est ainsi
qu'un raid de zeppelins l'eût enchanté pour voir Françoise
se cacher dans les caves, et parce qu'il était persuadé que
dans une ville aussi grande que Paris les bombes ne
viendraient pas juste tomber sur notre maison.

Du reste Françoise commençait à être reprise par
moments de son pacifisme de Combray[1]. Elle avait presque des doutes sur les « atrocités allemandes ». « Au
commencement de la guerre on nous disait que ces
Allemands c'était des assassins, des brigands, de vrais
bandits, des Bbboches... » (Si elle mettait plusieurs *b* à
Boches, c'est que l'accusation que les Allemands fussent des
assassins lui semblait après tout plausible, mais celle qu'ils
fussent des Boches, presque invraisemblable à cause de
son énormité. Seulement il était assez difficile de comprendre quel sens mystérieusement effroyable Françoise donnait au mot de « Boche » puisqu'il s'agissait du début de
la guerre, et aussi à cause de l'air de doute avec lequel
elle prononçait ce mot. Car le doute que les Allemands
fussent des criminels pouvait être mal fondé en fait, mais
ne renfermait pas en soi, au point de vue logique, de
contradiction. Mais comment douter qu'ils fussent des
Boches, puisque ce mot, dans la langue populaire, veut
dire précisément Allemand ? Peut-être ne faisait-elle que
répéter, en style indirect, les propos violents qu'elle avait
entendus alors et dans lesquels une particulière énergie
accentuait le mot *Boche*.) « J'ai cru tout cela, disait-elle,
mais je me demande tout à l'heure si nous ne sommes
pas aussi fripons comme eux. » Cette pensée blasphéma-
toire avait été sournoisement préparée chez Françoise par
le maître d'hôtel, lequel, voyant que sa camarade avait un
certain penchant pour le roi Constantin de Grèce, n'avait
cessé de le lui représenter comme privé par nous de
nourriture jusqu'au jour où il céderait. Aussi l'abdication

du souverain[1] avait-elle fortement ému Françoise, qui allait jusqu'à déclarer : « Nous ne valons pas mieux qu'eux. Si nous étions en Allemagne, nous en ferions autant. »

Je la vis peu, du reste, pendant ces quelques jours, car elle allait beaucoup chez ces cousins dont Maman m'avait dit un jour : « Mais tu sais qu'ils sont plus riches que toi[2]. » Or on avait vu cette chose si belle, qui fut si fréquente à cette époque-là dans tout le pays et qui témoignerait, s'il y avait un historien pour en perpétuer le souvenir, de la grandeur de la France, de sa grandeur d'âme, de sa grandeur selon Saint-André-des-Champs, et que ne révélèrent pas moins tant de civils survivants à l'arrière que les soldats tombés à la Marne. Un neveu de Françoise avait été tué à Berry-au-Bac[3] qui était aussi le neveu de ces cousins millionnaires de Françoise, anciens grands cafetiers retirés depuis longtemps après fortune faite. Il avait été tué, lui tout petit cafetier sans fortune qui parti à la mobilisation âgé de vingt-cinq ans avait laissé sa jeune femme seule pour tenir le petit bar qu'il croyait regagner quelques mois après. Il avait été tué. Et alors on avait vu ceci. Les cousins millionnaires de Françoise et qui n'étaient rien à la jeune femme, veuve de leur neveu, avaient quitté la campagne où ils étaient retirés depuis dix ans et s'étaient remis cafetiers, sans vouloir toucher un sou ; tous les matins à 6 heures, la femme millionnaire, une vraie dame, était habillée ainsi que « sa demoiselle », prêtes à aider leur nièce et cousine par alliance. Et depuis près de trois ans, elles rinçaient ainsi des verres et servaient des consommations depuis le matin jusqu'à 9 heures et demie du soir, sans un jour de repos. Dans ce livre où il n'y a pas un seul fait qui ne soit fictif, où il n'y a pas un seul personnage « à clefs », où tout a été inventé par moi selon les besoins de ma démonstration, je dois dire à la louange de mon pays que seuls les parents millionnaires de Françoise ayant quitté leur retraite pour aider leur nièce sans appui, que seuls ceux-là sont des gens réels, qui existent. Et persuadé que leur modestie ne s'en offensera pas, pour la raison qu'ils ne liront jamais ce livre, c'est avec un enfantin plaisir et une profonde émotion que, ne pouvant citer les noms de tant d'autres qui durent agir de même et par qui la France a survécu, je transcris ici leur nom véritable : ils s'appellent, d'un nom si français d'ailleurs, Larivière[4]. S'il y a eu quelques vilains embusqués

comme l'impérieux jeune homme en smoking que j'avais
vu chez Jupien et dont la seule préoccupation était de
savoir s'il pourrait avoir Léon à 10 heures et demie « parce
qu'il déjeunait en ville », ils sont rachetés par la foule
innombrable de tous les Français de Saint-André-des-
Champs, par tous les soldats sublimes auxquels j'égale les
Larivière.

Le maître d'hôtel, pour attiser les inquiétudes de
Françoise, lui montrait de vieilles *Lectures pour tous*[1] qu'il
avait retrouvées et sur la couverture desquelles (ces
numéros dataient d'avant la guerre) figurait la « famille
impériale d'Allemagne ». « Voilà notre maître de demain », disait le maître d'hôtel à Françoise, en lui
montrant « Guillaume ». Elle écarquillait les yeux, puis
passait au personnage féminin placé à côté de lui et disait :
« Voilà la Guillaumesse[2] ! » Quant à Françoise, sa haine
pour les Allemands était extrême ; elle n'était tempérée
que par celle que lui inspiraient nos ministres. Et je ne
sais pas si elle souhaitait plus ardemment la mort
d'Hindenburg ou de Clemenceau.

Mon départ de Paris se trouva retardé par une nouvelle
qui, par le chagrin qu'elle me causa, me rendit pour
quelque temps incapable de me mettre en route. J'appris,
en effet, la mort de Robert de Saint-Loup, tué le
surlendemain de son retour au front, en protégeant la
retraite de ses hommes. Jamais homme n'avait eu moins
que lui la haine d'un peuple (et quant à l'empereur, pour
des raisons particulières, et peut-être fausses, il pensait que
Guillaume II avait plutôt cherché à empêcher la guerre
qu'à la déchaîner). Pas de haine du germanisme non plus ;
les derniers mots que j'avais entendus sortir de sa bouche,
il y avait six jours, c'étaient ceux qui commencent un lied
de Schumann et que sur mon escalier il me fredonnait,
en allemand, si bien qu'à cause des voisins je l'avais fait
taire[3]. Habitué par une bonne éducation suprême à
émonder sa conduite de toute apologie, de toute invective,
de toute phrase, il avait évité devant l'ennemi, comme au
moment de la mobilisation, ce qui aurait pu assurer sa vie,
par cet effacement de soi devant les autres que symbolisaient toutes ses manières, jusqu'à sa manière de fermer
la portière de mon fiacre quand il me reconduisait, tête
nue, chaque fois que je sortais de chez lui. Pendant
plusieurs jours je restai enfermé dans ma chambre, pensant

à lui. Je me rappelais son arrivée, la première fois, à Balbec, quand, en lainages blanchâtres, avec ses yeux verdâtres et bougeants comme la mer, il avait traversé le hall attenant à la grande salle à manger dont les vitrages donnaient sur la mer[1]. Je me rappelais l'être si spécial qu'il m'avait paru être alors, l'être dont ç'avait été un si grand souhait de ma part d'être l'ami. Ce souhait s'était réalisé au-delà de ce que j'aurais jamais pu croire, sans me donner pourtant presque aucun plaisir alors, et ensuite je m'étais rendu compte de tous les grands mérites et d'autre chose aussi que cachait cette apparence élégante. Tout cela, le bon comme le mauvais, il l'avait donné sans compter, tous les jours, et le dernier en allant attaquer une tranchée, par générosité, par mise au service des autres de tout ce qu'il possédait, comme il avait un soir couru sur les canapés du restaurant pour ne pas me déranger[2]. Et l'avoir vu si peu en somme, en des sites si variés[3], dans des circonstances si diverses et séparées par tant d'intervalles, dans ce hall de Balbec, au café de Rivebelle[4], au quartier de cavalerie et aux dîners militaires de Doncières[5], au théâtre où il avait giflé un journaliste[6], chez la princesse de Guermantes[7], ne faisait que me donner de sa vie des tableaux plus frappants, plus nets, de sa mort un chagrin plus lucide, que l'on n'en a souvent pour des personnes aimées davantage mais fréquentées si continuellement que l'image que nous gardons d'elles n'est plus qu'une espèce de vague moyenne entre une infinité d'images insensiblement différentes, et aussi que notre affection rassasiée n'a pas, comme pour ceux que nous n'avons vus que pendant des moments limités, au cours de rencontres inachevées malgré eux et malgré nous, l'illusion de la possibilité d'une affection plus grande dont les circonstances seules nous auraient frustrés. Peu de jours après celui où je l'avais aperçu courant après son monocle, et l'imaginant alors si hautain, dans ce hall de Balbec, il y avait une autre forme vivante que j'avais vue pour la première fois sur la plage de Balbec et qui maintenant n'existait, non plus, qu'à l'état de souvenir, c'était Albertine, foulant le sable ce premier soir, indifférente à tous, et marine, comme une mouette[8]. Elle, je l'avais si vite aimée que pour pouvoir sortir avec elle tous les jours je n'étais jamais allé voir Saint-Loup, de Balbec. Et pourtant l'histoire de mes relations avec lui portait aussi le témoignage, qu'un temps, j'avais cessé

d'aimer Albertine, puisque si j'étais allé m'installer
quelque temps auprès de Robert, à Doncières, c'était dans
le chagrin de voir que ne m'était pas rendu le sentiment
que j'avais pour Mme de Guermantes[1]. Sa vie et celle
d'Albertine, si tard connues de moi, toutes deux à Balbec,
et si vite terminées, s'étaient croisées à peine ; c'était lui,
me redisais-je en voyant que les navettes agiles des années
tissent des fils entre ceux de nos souvenirs qui semblaient
d'abord les plus indépendants, c'était lui que j'avais envoyé
chez Mme Bontemps quand Albertine m'avait quitté[2]. Et
puis il se trouvait que leurs deux vies avaient chacune un
secret parallèle et que je n'avais pas soupçonné. Celui de
Saint-Loup me causait peut-être maintenant plus de
tristesse que celui d'Albertine dont la vie m'était devenue
si étrangère. Mais je ne pouvais me consoler que la sienne
comme celle de Saint-Loup eussent été si courtes. Elle et
lui me disaient souvent, en prenant soin de moi : « Vous
qui êtes malade ». Et c'était eux qui étaient morts, eux
dont je pouvais, séparées par un intervalle en somme si
bref, mettre en regard l'image ultime, devant la tranchée,
dans la rivière[3], de l'image première qui, même pour
Albertine, ne valait plus pour moi que par son association
avec celle du soleil couchant sur la mer.

Sa mort fut accueillie par Françoise avec plus de pitié
que celle d'Albertine. Elle prit immédiatement son rôle
de pleureuse et commenta la mémoire du mort de
lamentations, de thrènes désespérés. Elle exhibait son
chagrin et ne prenait un visage sec en détournant la tête
que lorsque malgré moi je laissais voir le mien, qu'elle
voulait avoir l'air de ne pas avoir vu. Car comme beaucoup
de personnes nerveuses la nervosité des autres, trop
semblable sans doute à la sienne, l'horripilait. Elle aimait
maintenant à faire remarquer ses moindres torticolis, un
étourdissement, qu'elle s'était cognée. Mais si je parlais
d'un de mes maux, redevenue stoïque et grave, elle faisait
semblant de n'avoir pas entendu.

« Pauvre marquis », disait-elle, bien qu'elle ne pût
s'empêcher de penser qu'il eût fait l'impossible pour ne
pas partir et, une fois mobilisé, pour fuir devant le danger.
« Pauvre dame », disait-elle en pensant à Mme de
Marsantes, « qu'est-ce qu'elle a dû pleurer quand elle a
appris la mort de son garçon ! Si encore elle avait pu le
revoir, mais il vaut peut-être mieux qu'elle n'ait pas pu,

parce qu'il avait le nez coupé en deux, il était tout
dévisagé. » Et les yeux de Françoise se remplissaient de
larmes, mais à travers lesquelles perçait la curiosité cruelle
de la paysanne. Sans doute Françoise plaignait la douleur
de Mme de Marsantes de tout son cœur, mais elle
regrettait de ne pas connaître la forme que cette douleur
avait prise et de ne pouvoir s'en donner le spectacle et
l'affliction. Et comme elle aurait bien aimé pleurer et que
je la visse pleurer, elle dit pour s'entraîner : « Ça m'a fait
quelque chose ! » Sur moi aussi elle épiait les traces du
chagrin avec une avidité qui me fit simuler une certaine
sécheresse en parlant de Robert. Et plutôt sans doute par
esprit d'imitation et parce qu'elle avait entendu dire cela,
car il y a des clichés dans les offices aussi bien que dans
les cénacles, elle répétait, non sans y mettre pourtant la
satisfaction d'un pauvre : « Toutes ses richesses ne l'ont
pas empêché de mourir comme un autre, et elles ne lui
servent plus à rien. » Le maître d'hôtel profita de
l'occasion pour dire à Françoise que sans doute c'était
triste, mais que cela ne comptait guère auprès des millions
d'hommes qui tombaient tous les jours malgré tous les
efforts que faisait le gouvernement pour le cacher. Mais
cette fois le maître d'hôtel ne réussit pas à augmenter la
douleur de Françoise comme il avait cru. Car celle-ci lui
répondit : « C'est vrai qu'ils meurent aussi pour la France,
mais c'est des inconnus ; c'est toujours plus intéressant
quand c'est des *genss* qu'on connaît. » Et Françoise, qui
trouvait du plaisir à pleurer, ajouta encore : « Il faudra
bien prendre garde de m'avertir si on cause de la mort
du marquis sur le journal. »

Robert m'avait souvent dit avec tristesse, bien avant la
guerre : « Oh ! ma vie, n'en parlons pas, je suis un homme
condamné d'avance. » Faisait-il allusion au vice qu'il avait
réussi jusqu'alors à cacher à tout le monde mais qu'il
connaissait, et dont il s'exagérait peut-être la gravité,
comme les enfants qui font pour la première fois l'amour,
ou même avant cela cherchent seuls le plaisir, s'imaginent
pareils à la plante qui ne peut disséminer son pollen sans
mourir tout de suite après ? Peut-être cette exagération
tenait-elle pour Saint-Loup comme pour les enfants, ainsi
qu'à l'idée du péché avec laquelle on ne s'est pas encore
familiarisé, à ce qu'une sensation toute nouvelle a une
force presque terrible qui ira ensuite en s'atténuant. Ou

bien avait-il, le justifiant au besoin par la mort de son père enlevé assez jeune, le pressentiment de sa fin prématurée ? Sans doute un tel pressentiment semble impossible. Pourtant la mort paraît assujettie à certaines lois. On dirait souvent, par exemple, que les êtres nés de parents qui sont morts très vieux ou très jeunes sont presque forcés de disparaître au même âge, les premiers traînant jusqu'à la centième année des chagrins et des maladies incurables, les autres, malgré une existence heureuse et hygiénique, emportés à la date inévitable et prématurée par un mal si opportun et si accidentel (quelques racines profondes qu'il puisse avoir dans le tempérament) qu'il semble seulement la formalité nécessaire à la réalisation de la mort. Et ne serait-il pas possible que la mort accidentelle elle-même — comme celle de Saint-Loup, liée d'ailleurs à son caractère de plus de façons peut-être que je n'ai cru devoir le dire — fût, elle aussi, inscrite d'avance, connue seulement des dieux, invisible aux hommes, mais révélée par une tristesse à demi inconsciente, à demi consciente (et même, dans cette dernière mesure, exprimée aux autres avec cette sincérité complète qu'on met à annoncer des malheurs auxquels on croit dans son for intérieur échapper et qui pourtant arriveront), particulière à celui qui la porte et l'aperçoit sans cesse, en lui-même, comme une devise, une date fatale ?

Il avait dû être bien beau en ces dernières heures. Lui qui toujours dans cette vie avait semblé, même assis, même marchant dans un salon, contenir l'élan d'une charge, en dissimulant d'un sourire la volonté indomptable qu'il y avait dans sa tête triangulaire, enfin il avait chargé. Débarrassée de ses livres, la tourelle féodale était redevenue militaire. Et ce Guermantes était mort plus lui-même, ou plutôt plus de sa race, en laquelle il se fondait, en laquelle il n'était plus qu'un Guermantes, comme ce fut symboliquement visible à son enterrement dans l'église Saint-Hilaire de Combray, toute tendue de tentures noires où se détachait en rouge, sous la couronne fermée, sans initiales de prénoms ni titres, le G du Guermantes que par la mort il était redevenu[1].

Même avant d'aller à cet enterrement, qui n'eut pas lieu tout de suite, j'écrivis à Gilberte. J'aurais peut-être dû écrire à la duchesse de Guermantes, je me disais qu'elle accueillerait la mort de Robert avec la même indifférence

que je lui avais vu manifester pour celle de tant d'autres
qui avaient semblé tenir si étroitement à sa vie, et que
peut-être même, avec son tour d'esprit Guermantes, elle
chercherait à montrer qu'elle n'avait pas la superstition
des liens du sang. J'étais trop souffrant pour écrire à tout
le monde. J'avais cru autrefois qu'elle et Robert s'aimaient
bien dans le sens où l'on dit cela dans le monde, c'est-à-dire
que l'un auprès de l'autre ils se disaient des choses tendres
qu'ils ressentaient à ce moment-là. Mais loin d'elle il
n'hésitait pas à la déclarer idiote, et si elle éprouvait parfois
à le voir un plaisir égoïste, je l'avais vue incapable de se
donner la plus petite peine, d'user si légèrement que ce
fût de son crédit pour lui rendre un service, même pour
lui éviter un malheur. La méchanceté dont elle avait fait
preuve à son égard, en refusant de le recommander au
général de Saint-Joseph, quand Robert allait repartir pour
le Maroc[1], prouvait que le dévouement qu'elle lui avait
montré à l'occasion de son mariage n'était qu'une sorte
de compensation qui ne lui coûtait guère. Aussi fus-je bien
étonné d'apprendre, comme elle était souffrante au
moment où Robert fut tué, qu'on s'était cru obligé de lui
cacher pendant plusieurs jours, sous les plus fallacieux
prétextes, les journaux qui lui eussent appris cette mort,
afin de lui éviter le choc qu'elle en ressentirait. Mais ma
surprise augmenta quand j'appris qu'après qu'on eut été
obligé enfin de lui dire la vérité, la duchesse pleura toute
une journée, tomba malade, et mit longtemps — plus
d'une semaine, c'était longtemps pour elle — à se consoler.
Quand j'appris ce chagrin j'en fus touché. Il fit que tout
le monde put dire, et que je peux assurer, qu'il existait
entre eux une grande amitié. Mais en me rappelant
combien de petites médisances, de mauvaise volonté à se
rendre service celle-là avait enfermées, je pense au peu
de chose que c'est qu'une grande amitié dans le monde.

  D'ailleurs un peu plus tard, dans une circonstance plus
importante historiquement, si elle touchait moins mon
cœur, Mme de Guermantes se montra à mon avis sous
un jour encore plus favorable. Elle qui, jeune fille, avait
fait preuve de tant d'impertinente audace, si l'on s'en
souvient[2], à l'égard de la famille impériale de Russie, et
qui, mariée, leur avait toujours parlé avec une liberté qui
la faisait parfois accuser de manque de tact, fut peut-être
seule, après la révolution russe, à faire preuve à l'égard

des grandes-duchesses et des grands-ducs d'un dévouement sans bornes. Elle avait, l'année même qui avait
précédé la guerre, considérablement agacé la grande-
duchesse Wladimir en appelant toujours la comtesse de
Hohenfelsen, femme morganatique du grand-duc Paul,
« la grande-duchesse Paul ». Il n'empêche que la révolution russe n'eut pas plutôt éclaté que notre ambassadeur
à Pétersbourg, M. Paléologue (« Paléo » pour le monde
diplomatique, qui a ses abréviations prétendues spirituelles
comme l'autre), fut harcelé des dépêches de la duchesse
de Guermantes, qui voulait avoir des nouvelles de la
grande-duchesse Marie Pavlovna. Et pendant longtemps
les seules marques de sympathie et de respect que reçut
sans cesse cette princesse lui vinrent exclusivement de
Mme de Guermantes[1].

Saint-Loup causa, sinon par sa mort, du moins par ce
qu'il avait fait dans les semaines qui l'avaient précédée,
des chagrins plus grands que celui de la duchesse. En effet,
le lendemain même du soir où je l'avais vu, et deux jours
après que Charlus avait dit à Morel : « Je me vengerai[2] »,
les démarches que Saint-Loup avait faites pour retrouver
Morel avaient abouti. C'est-à-dire qu'elles avaient abouti
à ce que le général sous les ordres de qui aurait dû être
Morel s'était rendu compte qu'il était déserteur, l'avait fait
rechercher et arrêter et, pour s'excuser auprès de
Saint-Loup du châtiment qu'allait subir quelqu'un à qui
il s'intéressait, avait écrit à Saint-Loup pour l'en avertir.
Morel ne douta pas que son arrestation n'eût été
provoquée par la rancune de M. de Charlus. Il se rappela
les paroles : « Je me vengerai », pensa que c'était là cette
vengeance, et demanda à faire des révélations. « Sans
doute, déclara-t-il, j'ai déserté. Mais si j'ai été conduit sur
le mauvais chemin, est-ce tout à fait ma faute ? » Il raconta
sur M. de Charlus et sur M. d'Argencourt, avec lequel
il s'était brouillé aussi, des histoires ne le touchant pas à
vrai dire directement, mais que ceux-ci, avec la double
expansion des amants et des invertis, lui avaient racontées,
ce qui fit arrêter à la fois M. de Charlus et M. d'Argencourt. Cette arrestation causa peut-être moins de douleur
à tous deux que d'apprendre à chacun, qui l'ignorait, que
l'autre était son rival et l'instruction révéla qu'ils en avaient
énormément d'obscurs, de quotidiens, ramassés dans la
rue. Ils furent bientôt relâchés, d'ailleurs. Morel le fut aussi

parce que la lettre écrite à Saint-Loup par le général lui
fut renvoyée avec cette mention : « Décédé, mort au
champ d'honneur. » Le général voulut faire pour le défunt
que Morel fût simplement envoyé sur le front, il s'y
conduisit bravement, échappa à tous les dangers et revint,
la guerre finie, avec la croix que M. de Charlus avait jadis
vainement sollicitée pour lui et que lui valut indirectement
la mort de Saint-Loup.

J'ai souvent pensé depuis, en me rappelant cette croix
de guerre égarée chez Jupien, que si Saint-Loup avait
survécu il eût pu facilement se faire élire député dans les
élections qui suivirent la guerre, l'écume de niaiserie et
le rayonnement de gloire qu'elle laissa après elle, et où
si un doigt de moins, abolissant des siècles de préjugés,
permettait d'entrer par un brillant mariage dans une
famille aristocratique, la croix de guerre, eût-elle été
gagnée dans les bureaux, suffisait pour entrer, dans une
élection triomphale, à la Chambre des députés, presque
à l'Académie française[1]. L'élection de Saint-Loup, à cause
de sa « sainte » famille, eût fait verser à M. Arthur Meyer
des flots de larmes et d'encre[2]. Mais peut-être aimait-il trop
sincèrement le peuple pour arriver à conquérir les
suffrages du peuple, lequel pourtant lui aurait sans doute,
en faveur de ses quartiers de noblesse, pardonné ses idées
démocratiques. Saint-Loup les eût exposées sans doute avec
succès devant une chambre d'aviateurs[3]. Certes ces héros
l'auraient compris, ainsi que quelques très rares hauts
esprits. Mais, grâce à l'enfarinement du Bloc national, on
avait aussi repêché les vieilles canailles de la politique, qui
sont toujours réélues[4]. Celles qui ne purent entrer dans
une chambre d'aviateurs quémandèrent, au moins pour
entrer à l'Académie française, les suffrages des maréchaux,
d'un président de la République, d'un président de la
Chambre[5], etc. Elles n'eussent pas été favorables à
Saint-Loup, mais l'étaient à un autre habitué de Jupien,
le député de l'Action libérale, qui fut réélu sans
concurrent. Il ne quittait pas l'uniforme d'officier de
territoriale, bien que la guerre fût finie depuis longtemps.
Son élection fut saluée avec joie par tous les journaux qui
avaient fait l'« union » sur son nom, par les dames nobles
et riches qui ne portaient plus que des guenilles par un
sentiment de convenances et la peur des impôts, tandis
que les hommes de la Bourse achetaient sans arrêter des

diamants, non pour leurs femmes mais parce qu'ayant perdu toute confiance dans le crédit d'aucun peuple, ils se réfugiaient vers cette richesse palpable, et faisaient ainsi monter la de Beers de mille francs[1]. Tant de niaiserie agaçait un peu, mais on en voulut moins au bloc national quand on vit tout d'un coup les victimes du bolchevisme, des grandes-duchesses en haillons, dont on avait assassiné les maris dans une brouette, les fils en jetant des pierres dessus après les avoir laissés sans manger, fait travailler au milieu des huées, jetés dans des puits parce qu'on croyait qu'ils avaient la peste et pouvaient la communiquer. Ceux qui étaient arrivés à s'enfuir reparurent tout à coup[2]...

*

La nouvelle maison de santé dans laquelle je me retirai ne me guérit pas plus que la première ; et beaucoup d'années passèrent avant que je la quittasse. Durant le trajet en chemin de fer que je fis pour rentrer enfin à Paris, la pensée de mon absence de dons littéraires, que j'avais cru découvrir jadis du côté de Guermantes, que j'avais reconnue avec plus de tristesse encore dans mes promenades quotidiennes avec Gilberte avant de rentrer dîner, fort avant dans la nuit, à Tansonville, et qu'à la veille de quitter cette propriété j'avais à peu près identifiée, en lisant quelques pages du journal des Goncourt, à la vanité, au mensonge de la littérature, cette pensée, moins douloureuse peut-être, plus morne encore, si je lui donnais comme objet non une infirmité à moi particulière, mais l'inexistence de l'idéal auquel j'avais cru, cette pensée qui ne m'était pas depuis bien longtemps revenue à l'esprit, me frappa de nouveau et avec une force plus lamentable que jamais. C'était, je me le rappelle, à un arrêt du train en pleine campagne. Le soleil éclairait jusqu'à la moitié de leur tronc une ligne d'arbres qui suivait la voie du chemin de fer. « Arbres, pensai-je, vous n'avez plus rien à me dire[3], mon cœur refroidi ne vous entend plus. Je suis pourtant ici en pleine nature, eh bien, c'est avec froideur, avec ennui que mes yeux constatent la ligne qui sépare votre front lumineux de votre tronc d'ombre. Si j'ai jamais pu me croire poète, je sais maintenant que je ne le suis pas. Peut-être dans la nouvelle partie de ma vie, si desséchée, qui s'ouvre, les hommes pourraient-ils m'inspi-

rer ce que ne me dit plus la nature. Mais les années où
j'aurais peut-être été capable de la chanter ne reviendront
jamais. » Mais en me donnant cette consolation d'une
observation humaine possible venant prendre la place
d'une inspiration impossible, je savais que je cherchais
seulement à me donner une consolation, et que je savais
moi-même sans valeur. Si j'avais vraiment une âme
d'artiste, quel plaisir n'éprouverais-je pas devant ce rideau
d'arbres éclairé par le soleil couchant, devant ces petites
fleurs du talus qui se haussent presque jusqu'au marchepied
du wagon, dont je pourrais compter les pétales, et dont
je me garderais bien de décrire la couleur comme feraient
tant de bons lettrés, car peut-on espérer transmettre au
lecteur un plaisir qu'on n'a pas ressenti ?

Un peu plus tard j'avais vu avec la même indifférence
les lentilles d'or et d'orange dont il criblait les fenêtres
d'une maison ; et enfin, comme l'heure avait avancé, j'avais
vu une autre maison qui semblait construite en une
substance d'un rose assez étrange. Mais j'avais fait ces
diverses constatations avec la même absolue indifférence
que si, me promenant dans un jardin avec une dame, j'avais
vu une feuille de verre et un peu plus loin un objet d'une
matière analogue à l'albâtre dont la couleur inaccoutumée
ne m'aurait pas tiré du plus languissant ennui, mais si, par
politesse pour la dame, pour dire quelque chose et aussi
pour montrer que j'avais remarqué cette couleur, j'avais
désigné en passant le verre coloré et le morceau de stuc.
De la même manière, par acquit de conscience, je me
signalais à moi-même comme à quelqu'un qui m'eût
accompagné et qui eût été capable d'en tirer plus de plaisir
que moi, les reflets de feu dans les vitres et la transparence
rose de la maison. Mais le compagnon à qui j'avais fait
constater ces effets curieux était d'une nature moins
enthousiaste sans doute que beaucoup de gens bien
disposés qu'une telle vue ravit, car il avait pris connaissance
de ces couleurs sans aucune espèce d'allégresse.

Ma longue absence de Paris n'avait pas empêché
d'anciens amis de continuer, comme mon nom restait sur
leurs listes, à m'envoyer fidèlement des invitations, et
quand j'en trouvai, en rentrant, avec une pour un goûter
donné par la Berma[1] en l'honneur de sa fille et de son
gendre, une autre pour une matinée qui devait avoir lieu
le lendemain chez le prince de Guermantes, les tristes

réflexions que j'avais faites dans le train ne furent pas un des moindres motifs qui me conseillèrent de m'y rendre. Ce n'est vraiment pas la peine de me priver de mener la vie de l'homme du monde, m'étais-je dit, puisque le fameux « travail » auquel depuis si longtemps j'espère chaque jour me mettre le lendemain, je ne suis pas, ou plus, fait pour lui, et que peut-être même il ne correspond à aucune réalité. À vrai dire cette raison était toute négative et ôtait simplement leur valeur à celles qui auraient pu me détourner de ce concert mondain. Mais celle qui m'y fit aller fut ce nom de Guermantes, depuis assez longtemps sorti de mon esprit pour que, lu sur la carte d'invitation, il réveillât un rayon de mon attention qui alla prélever au fond de ma mémoire une coupe de leur passé accompagné de toutes les images de forêt domaniale ou de hautes fleurs qui l'escortaient alors, et pour qu'il reprît pour moi le charme et la signification que je lui trouvais à Combray quand passant, avant de rentrer, dans la rue de l'Oiseau[1], je voyais du dehors comme une laque obscure le vitrail de Gilbert le Mauvais, sire de Guermantes. Pour un moment les Guermantes m'avaient semblé de nouveau entièrement différents des gens du monde, incomparables avec eux, avec tout être vivant, fût-il souverain, des êtres issus de la fécondation de cet air aigre et venteux de cette sombre ville de Combray où s'était passée mon enfance, et du passé qu'on y percevait dans la petite rue, à la hauteur du vitrail. J'avais eu envie d'aller chez les Guermantes comme si cela avait dû me rapprocher de mon enfance et des profondeurs de ma mémoire où je l'apercevais. Et j'avais continué à relire l'invitation jusqu'au moment où, révoltées, les lettres qui composaient ce nom si familier et si mystérieux, comme celui même de Combray, eussent repris leur indépendance et eussent dessiné devant mes yeux fatigués comme un nom que je ne connaissais pas. Maman allant justement à un petit thé chez Mme Sazerat, réunion qu'elle savait d'avance être fort ennuyeuse, je n'eus aucun scrupule à aller chez la princesse de Guermantes.

Je pris une voiture pour aller chez le prince de Guermantes qui n'habitait plus son ancien hôtel mais un magnifique qu'il s'était fait construire avenue du Bois[2]. C'est un des torts des gens du monde de ne pas comprendre que, s'ils veulent que nous croyions en eux, il faudrait d'abord qu'ils y crussent eux-mêmes, ou au moins qu'ils respectassent les éléments essentiels de notre croyance. Au temps où je croyais, même si je savais le contraire, que les Guermantes habitaient tel palais en vertu d'un droit héréditaire, pénétrer dans le palais du sorcier ou de la fée, faire s'ouvrir devant moi les portes qui ne cèdent pas tant qu'on n'a pas prononcé la formule magique, me semblait aussi malaisé que d'obtenir un entretien du sorcier ou de la fée eux-mêmes. Rien ne m'était plus facile que de me faire croire à moi-même que le vieux domestique engagé de la veille ou fourni par Potel et Chabot[1] était fils, petit-fils, descendant de ceux qui servaient la famille bien avant la Révolution, et j'avais une bonne volonté infinie à appeler portrait d'ancêtre le portrait qui avait été acheté le mois précédent chez Bernheim jeune[2]. Mais un charme ne se transvase pas, les souvenirs ne peuvent se diviser, et du prince de Guermantes, maintenant qu'il avait percé lui-même à jour les illusions de ma croyance en étant allé habiter avenue du Bois, il ne restait plus grand-chose. Les plafonds que j'avais craint de voir s'écrouler quand on avait annoncé mon nom, et sous lesquels eût flotté encore pour moi beaucoup du charme et des craintes de jadis, couvraient les soirées d'une Américaine sans intérêt pour moi[3]. Naturellement les choses n'ont pas en elles-mêmes de pouvoir, et puisque c'est nous qui le leur conférons, quelque jeune collégien bourgeois devait en ce moment avoir devant l'hôtel de l'avenue du Bois les mêmes sentiments que moi jadis devant l'ancien hôtel du prince de Guermantes. C'est qu'il était encore à l'âge des croyances, mais je l'avais dépassé, et j'avais perdu ce privilège, comme après la première jeunesse on perd le pouvoir qu'ont les enfants de dissocier en fractions digérables le lait qu'ils ingèrent. Ce qui force les adultes à prendre, pour plus de prudence, le lait par petites quantités, tandis que les enfants peuvent le téter indéfiniment sans reprendre haleine. Du moins le changement de résidence du prince de Guermantes eut cela de bon pour moi, que la voiture qui était venue me chercher pour me conduire et dans laquelle je faisais ces réflexions, dut traverser les rues qui vont vers les Champs-Élysées. Elles étaient fort mal pavées à ce moment-là, mais dès le moment où j'y entrai, je n'en fus pas moins détaché de mes pensées par cette sensation d'une extrême douceur qu'on a quand, tout d'un coup, la voiture roule plus facilement, plus doucement, sans bruit, comme quand les grilles d'un parc s'étant ouvertes, on glisse sur les allées couvertes d'un sable fin ou de feuilles mortes. Matériellement il n'en était rien ; mais je sentis tout d'un coup la suppression des obstacles extérieurs parce qu'il n'y avait plus pour moi en effet l'effort d'adaptation ou d'attention que nous faisons, même sans nous en rendre compte, devant les choses nouvelles : les rues[1] par lesquelles je passais en ce moment étaient celles, oubliées depuis si longtemps, que je prenais jadis avec Françoise pour aller aux Champs-Élysées. Le sol de lui-même savait où il devait aller ; sa résistance était vaincue. Et, comme un aviateur qui a jusque-là péniblement roulé à terre, « décollant » brusquement, je m'élevais lentement vers les hauteurs silencieuses du souvenir. Dans Paris, ces rues-là se détacheront toujours pour moi, en une autre matière que les autres. Quand j'arrivai au coin de la rue Royale où était jadis le marchand en plein vent des photographies aimées de Françoise[2], il me sembla que la voiture, entraînée par des centaines de tours anciens, ne pourrait pas faire autrement que de tourner d'elle-même. Je ne traversais pas les mêmes rues que les promeneurs qui étaient dehors ce jour-là, mais un passé glissant, triste et doux. Il était d'ailleurs fait de tant de passés différents qu'il m'était difficile de reconnaître la cause de ma mélancolie, si elle était due à ces marches au-devant de Gilberte et dans la crainte qu'elle ne vînt pas, à la proximité d'une certaine maison où on m'avait dit qu'Albertine était allée avec Andrée, à la signification de vanité philosophique que semble prendre un chemin qu'on a suivi mille fois, avec une passion qui ne dure plus, et qui n'a pas porté de fruit, comme celui où après le déjeuner je faisais des courses si hâtives, si fiévreuses, pour regarder, toutes fraîches encore de colle, l'affiche de *Phèdre* et celle du *Domino noir*[3]. Arrivé aux Champs-Élysées, comme je n'étais pas très désireux d'entendre tout le concert qui était donné chez les Guermantes, je fis arrêter la voiture et j'allais m'apprêter à descendre pour faire quelques pas à pied quand je fus frappé par le spectacle d'une voiture qui était en train de s'arrêter aussi. Un homme, les yeux fixes, la taille voûtée, était plutôt posé qu'assis dans le fond, et faisait pour se tenir droit les efforts

qu'aurait faits un enfant à qui on aurait recommandé d'être
sage. Mais son chapeau de paille laissait voir une forêt
indomptée de cheveux entièrement blancs ; une barbe
blanche, comme celle que la neige fait aux statues des
fleuves dans les jardins publics, coulait de son menton.
C'était, à côté de Jupien qui se multipliait pour lui, M. de
Charlus convalescent d'une attaque d'apoplexie[1] que
j'avais ignorée (on m'avait seulement dit qu'il avait perdu
la vue ; or il ne s'était agi que de troubles passagers, car
il voyait de nouveau fort clair) et qui, à moins que jusque-là
il se fût teint et qu'on lui eût interdit de continuer à en
prendre la fatigue, avait plutôt, comme en une sorte de
précipité chimique, rendu visible et brillant tout le métal
que lançaient et dont étaient saturées, comme autant de
geysers, les mèches, maintenant de pur argent, de sa
chevelure et de sa barbe, cependant qu'elle avait imposé
au vieux prince déchu la majesté shakespearienne d'un roi
Lear. Les yeux n'étaient pas restés en dehors de cette
convulsion totale, de cette altération métallurgique de la
tête, mais par un phénomène inverse ils avaient perdu tout
leur éclat. Mais le plus émouvant est qu'on sentait que
cet éclat perdu était la fierté morale, et que par là la vie
physique et même intellectuelle de M. de Charlus survivait
à l'orgueil aristocratique qu'on avait vu un moment faire
corps avec elles. Ainsi, à ce moment, se rendant sans doute
aussi chez le prince de Guermantes, passa en victoria
Mme de Saint-Euverte, que le baron ne trouvait pas assez
chic pour lui. Jupien, qui prenait soin de lui comme d'un
enfant, lui souffla à l'oreille que c'était une personne de
connaissance, Mme de Saint-Euverte. Et aussitôt, avec une
peine infinie mais toute l'application d'un malade qui veut
se montrer capable de tous les mouvements qui lui sont
encore difficiles, M. de Charlus se découvrit, s'inclina, et
salua Mme de Saint-Euverte avec le même respect que si
elle avait été la reine de France. Peut-être y avait-il dans
la difficulté même que M. de Charlus avait à faire un tel
salut, une raison pour lui de le faire, sachant qu'il
toucherait davantage par un acte qui, douloureux pour un
malade, devenait doublement méritoire de la part de celui
qui le faisait et flatteur pour celle à qui il s'adressait, les
malades exagérant la politesse, comme les rois. Peut-être
aussi y avait-il encore dans les mouvements du baron cette
incoordination consécutive aux troubles de la moelle et

du cerveau, et ses gestes dépassaient-ils l'intention qu'il avait. Pour moi, j'y vis plutôt une sorte de douceur quasi physique, de détachement des réalités de la vie, si frappants chez ceux que la mort a déjà fait entrer dans son ombre. La mise à nu des gisements argentés de la chevelure décelait un changement moins profond que cette inconsciente humilité mondaine qui intervertissait tous les rapports sociaux, humiliait devant Mme de Saint-Euverte, eût humilié devant la dernière des Américaines[1] (qui eût pu enfin s'offrir la politesse, jusque-là inaccessible pour elle, du baron) le snobisme qui semblait le plus fier. Car le baron vivait toujours, pensait toujours ; son intelligence n'était pas atteinte. Et plus que n'eût fait tel chœur de Sophocle sur l'orgueil abaissé d'Œdipe, plus que la mort même et toute oraison funèbre sur la mort, le salut empressé et humble du baron à Mme de Saint-Euverte proclamait ce qu'a de fragile et de périssable l'amour des grandeurs de la terre et tout l'orgueil humain[2]. M. de Charlus, qui jusque-là n'eût pas consenti à dîner avec Mme de Saint-Euverte, la saluait maintenant jusqu'à terre. Il saluait peut-être par ignorance du rang de la personne qu'il saluait (les articles du code social pouvant être emportés par une attaque comme toute autre partie de la mémoire), peut-être par une incoordination des mouvements qui transposait dans le plan de l'humilité apparente l'incertitude, sans cela hautaine, qu'il aurait eue de l'identité de la dame qui passait. Il la salua avec cette politesse des enfants venant timidement dire bonjour aux grandes personnes, sur l'appel de leur mère. Et un enfant, sans la fierté qu'ils ont, c'était ce qu'il était devenu.

Recevoir l'hommage de M. de Charlus, pour elle c'était tout le snobisme, comme ç'avait été tout le snobisme du baron de le lui refuser. Or cette nature inaccessible et précieuse qu'il avait réussi à faire croire à une Mme de Saint-Euverte être essentielle à lui-même, M. de Charlus l'anéantit d'un seul coup, par la timidité appliquée, le zèle peureux avec lequel il ôta un chapeau d'où les torrents de sa chevelure d'argent ruisselèrent, tout le temps qu'il laissa sa tête découverte par déférence, avec l'éloquence d'un Bossuet. Quand Jupien eut aidé le baron à descendre et que j'eus salué celui-ci, il me parla très vite, d'une voix si imperceptible que je ne pus distinguer ce qu'il me disait, ce qui lui arracha, quand pour la troisième fois je le fis

répéter, un geste d'impatience qui m'étonna par l'impassi-
bilité qu'avait d'abord montrée le visage et qui était due
sans doute à un reste de paralysie. Mais quand je fus enfin
habitué à ce pianissimo des paroles susurrées, je m'aperçus
que le malade gardait absolument intacte son intelligence.

Il y avait d'ailleurs deux M. de Charlus, sans compter
les autres. Des deux, l'intellectuel passait son temps à se
plaindre qu'il allait à l'aphasie, qu'il prononçait constamment un mot, une lettre pour une autre. Mais dès qu'en
effet il lui arrivait de le faire, l'autre M. de Charlus, le
subconscient, lequel voulait autant faire envie que l'autre
pitié et avait des coquetteries dédaignées par le premier,
arrêtait immédiatement, comme un chef d'orchestre dont
les musiciens pataugent, la phrase commencée, et avec une
ingéniosité infinie rattachait ce qui venait ensuite au mot
dit en réalité pour un autre mais qu'il semblait avoir choisi.
Même sa mémoire était intacte, d'où il mettait du reste
une coquetterie, qui n'allait pas sans la fatigue d'une
application des plus ardues, à faire sortir tel souvenir
ancien, peu important, se rapportant à moi et qui me
montrerait qu'il avait gardé ou recouvré toute sa netteté
d'esprit. Sans bouger la tête ni les yeux, ni varier d'une
seule inflexion son débit, il me dit par exemple : « Voici
un poteau où il y a une affiche pareille à celle devant
laquelle j'étais la première fois que je vous vis à Avranches,
non je me trompe, à Balbec[1]. » Et c'était en effet une
réclame pour le même produit.

J'avais à peine au début distingué ce qu'il disait, de
même qu'on commence par ne voir goutte dans une
chambre dont tous les rideaux sont clos. Mais, comme des
yeux dans la pénombre, mes oreilles s'habituèrent bientôt
à ce pianissimo. Je crois aussi qu'il s'était graduellement
renforcé pendant que le baron parlait, soit que la faiblesse
de sa voix provînt en partie d'une appréhension nerveuse
qui se dissipait quand, distrait par un tiers, il ne pensait
plus à elle ; soit qu'au contraire cette faiblesse correspondît
à son état véritable et que la force momentanée avec
laquelle il parlait dans la conversation fût provoquée par
une excitation factice, passagère et plutôt funeste, qui
faisait dire aux étrangers : « Il est déjà mieux, il ne faut
pas qu'il pense à son mal », mais augmentait au contraire
celui-ci qui ne tardait pas à reprendre. Quoi qu'il en soit,
le baron à ce moment (et même en tenant compte de mon

adaptation) jetait ses paroles plus fort, comme la marée
les jours de mauvais temps, ses petites vagues tordues. Et
ce qui lui restait de sa récente attaque faisait entendre au
fond de ses paroles comme un bruit de cailloux roulés.
D'ailleurs, continuant à me parler du passé, sans doute
pour bien me montrer qu'il n'avait pas perdu la mémoire,
il l'évoquait d'une façon funèbre, mais sans tristesse. Il
ne cessait d'énumérer tous les gens de sa famille ou de
son monde qui n'étaient plus, moins, semblait-il, avec la
tristesse qu'ils ne fussent plus en vie qu'avec la satisfaction
de leur survivre. Il semblait en rappelant leur trépas
prendre mieux conscience de son retour vers la santé. C'est
avec une dureté presque triomphale qu'il répétait sur un
ton uniforme, légèrement bégayant et aux sourdes
résonances sépulcrales : « Hannibal de Bréauté, mort !
Antoine de Mouchy, mort ! Charles Swann, mort !
Adalbert de Montmorency, mort ! Boson de Talleyrand,
mort ! Sosthène de Doudeauville, mort ! » Et chaque fois,
ce mot « mort » semblait tomber sur ces défunts comme
une pelletée de terre plus lourde, lancée par un fossoyeur
qui tenait à les river plus profondément à la tombe[1].

La duchesse de Létourville, qui n'allait pas à la matinée
de la princesse de Guermantes, parce qu'elle venait d'être
longtemps malade, passa à ce moment à pied à côté de
nous, et apercevant le baron dont elle ignorait la récente
attaque s'arrêta pour lui dire bonjour. Mais la maladie
qu'elle venait d'avoir ne faisait pas qu'elle comprenait
mieux, mais supportait plus impatiemment, avec une
mauvaise humeur nerveuse où il y avait peut-être beaucoup
de pitié, la maladie des autres. Entendant le baron
prononcer difficilement et à faux certains mots, bouger
difficilement le bras, elle jeta les yeux tour à tour sur Jupien
et sur moi comme pour nous demander l'explication d'un
phénomène aussi choquant. Comme nous ne lui dîmes
rien, ce fut à M. de Charlus lui-même qu'elle adressa un
long regard plein de tristesse, mais aussi de reproches. Elle
avait l'air de lui faire grief d'être avec elle dehors dans
une attitude aussi peu usuelle que s'il fût sorti sans cravate ou sans souliers. À une nouvelle faute de prononciation que commit le baron, la douleur et l'indignation de
la duchesse augmentaient ensemble, elle dit au baron :
« Palamède ! » sur le ton interrogatif et exaspéré des gens
trop nerveux qui ne peuvent supporter d'attendre une

minute et, si on les fait entrer tout de suite en s'excusant d'achever sa toilette, vous disent amèrement, non pour s'excuser mais pour accuser : « Mais alors, je vous dérange ! » comme si c'était un crime de la part de celui qu'on dérange. Finalement, elle nous quitta d'un air de plus en plus navré en disant au baron : « Vous feriez mieux de rentrer. »

Il demanda à s'asseoir sur un fauteuil pour se reposer pendant que Jupien et moi ferions quelques pas, et tira péniblement de sa poche un livre qui me sembla être un livre de prières. Je n'étais pas fâché de pouvoir apprendre par Jupien bien des détails sur l'état de santé du baron. « Je suis bien content de causer avec vous, monsieur, me dit Jupien, mais nous n'irons pas plus loin que le Rond-Point. Dieu merci, le baron va bien maintenant, mais je n'ose pas le laisser longtemps seul, il est toujours le même, il a trop bon cœur, il donnerait tout ce qu'il a aux autres ; et puis ce n'est pas tout, il est resté coureur comme un jeune homme, et je suis obligé d'ouvrir les yeux. — D'autant plus qu'il a retrouvé les siens, répondis-je ; on m'avait beaucoup attristé en me disant qu'il avait perdu la vue. — Sa paralysie s'était en effet portée là, il ne voyait absolument plus. Pensez que pendant la cure qui lui a fait du reste tant de bien, il est resté plusieurs mois sans voir plus qu'un aveugle de naissance. — Cela devait au moins rendre inutile toute une partie de votre surveillance ? — Pas le moins du monde, à peine arrivé dans un hôtel, il me demandait comment était telle personne de service. Je l'assurais qu'il n'y avait que des horreurs. Mais il sentait bien que cela ne pouvait pas être universel, que je devais quelquefois mentir. Voyez-vous, ce petit polisson ! Et puis il avait une espèce de flair, d'après la voix peut-être, je ne sais pas. Alors il s'arrangeait pour m'envoyer faire d'urgence des courses. Un jour — vous m'excuserez de vous dire cela, mais vous êtes venu une fois par hasard dans le temple de l'Impudeur, je n'ai rien à vous cacher (d'ailleurs, il avait toujours une satisfaction assez peu sympathique à faire étalage des secrets qu'il détenait) — je rentrais d'une de ces courses soi-disant pressées, d'autant plus vite que je me figurais bien qu'elle avait été arrangée à dessein, quand au moment où j'approchais de la chambre du baron, j'entendis une voix qui disait : "Quoi ? — Comment, répondit le baron, c'était donc la première

fois ?" J'entrai sans frapper, et quelle ne fut pas ma peur !
Le baron, trompé par la voix qui était en effet plus forte
qu'elle n'est d'habitude à cet âge-là (et à cette époque-là
le baron était complètement aveugle), était, lui qui aimait
plutôt autrefois les personnes mûres, avec un enfant qui
n'avait pas dix ans. »

On m'a raconté qu'à cette époque-là il était en proie
presque chaque jour à des crises de dépression mentale,
caractérisée non pas positivement par de la divagation,
mais par la confession à haute voix, devant des tiers dont
il oubliait la présence ou la sévérité, d'opinions qu'il avait
l'habitude de cacher, sa germanophilie par exemple. Si
longtemps après la guerre[1], il gémissait de la défaite des
Allemands, parmi lesquels il se comptait, et disait
orgueilleusement : « Et pourtant il ne se peut pas que nous
ne prenions pas notre revanche[2] car nous avons prouvé
que c'est nous qui étions capables de la plus grande
résistance et qui avons la meilleure organisation. » Ou
bien ses confidences prenaient un autre ton, et il s'écriait
rageusement : « Que Lord X ou le prince de *** ne
viennent pas redire ce qu'ils disaient hier, car je me suis
tenu à quatre pour ne pas leur répondre : "Vous savez
bien que vous en êtes au moins autant que moi." » Inutile
d'ajouter que quand M. de Charlus faisait ainsi, dans les
moments où, comme on dit, il n'était pas très « présent »,
des aveux germanophiles ou autres, les personnes de
l'entourage qui se trouvaient là, que ce fût Jupien ou la
duchesse de Guermantes, avaient l'habitude d'interrompre
les paroles imprudentes et d'en donner pour les tiers moins
intimes et plus indiscrets une interprétation forcée mais
honorable.

« Mais, mon Dieu ! s'écria Jupien, j'avais bien raison
de vouloir que nous ne nous éloignions pas, le voilà qui
a trouvé déjà le moyen d'entrer en conversation avec un
garçon jardinier. Adieu, monsieur, il vaut mieux que je
vous quitte et que je ne laisse pas un instant seul mon
malade qui n'est plus qu'un grand enfant. »

Je descendis de nouveau de voiture un peu avant
d'arriver chez la princesse de Guermantes et je recommen-
çai à penser à cette lassitude et à cet ennui avec lesquels
j'avais essayé la veille de noter la ligne qui, dans une des
campagnes réputées les plus belles de France, séparait sur
les arbres l'ombre de la lumière. Certes, les conclusions

intellectuelles que j'en avais tirées n'affectaient pas aujourd'hui aussi cruellement ma sensibilité. Elles restaient les mêmes. Mais, comme chaque fois que je me trouvais arraché à mes habitudes, sortir à une autre heure, dans un lieu nouveau, j'éprouvais un vif plaisir. Ce plaisir me semblait aujourd'hui un plaisir purement frivole, celui d'aller à une matinée chez Mme de Guermantes. Mais puisque je savais maintenant que je ne pouvais rien atteindre de plus que des plaisirs frivoles, à quoi bon me les refuser ? Je me redisais que je n'avais éprouvé, en essayant cette description, rien de cet enthousiasme qui n'est pas le seul mais qui est un premier critérium du talent. J'essayais maintenant de tirer de ma mémoire d'autres « instantanés », notamment des instantanés qu'elle avait pris à Venise, mais rien que ce mot me la rendait ennuyeuse comme une exposition de photographies, et je ne me sentais pas plus de goût, plus de talent, pour décrire maintenant ce que j'avais vu autrefois, qu'hier ce que j'observais d'un œil minutieux et morne, au moment même[1]. Dans un instant, tant d'amis que je n'avais pas vus depuis si longtemps allaient sans doute me demander de ne plus m'isoler ainsi, de leur consacrer mes journées. Je n'avais aucune raison de le leur refuser puisque j'avais maintenant la preuve que je n'étais plus bon à rien, que la littérature ne pouvait plus me causer aucune joie, soit par ma faute, étant trop peu doué, soit par la sienne, si elle était en effet moins chargée de réalité que je n'avais cru.

Quand je pensais à ce que Bergotte m'avait dit : « Vous êtes malade, mais on ne peut vous plaindre car vous avez les joies de l'esprit[2] », comme il s'était trompé sur moi ! Comme il y avait peu de joie dans cette lucidité stérile ! J'ajoute même que si quelquefois j'avais peut-être des plaisirs — non de l'intelligence — je les dépensais toujours pour une femme différente ; de sorte que, le destin m'eût-il accordé cent ans de vie de plus, et sans infirmités, il n'eût fait qu'ajouter des rallonges successives à une existence toute en longueur, dont on ne voyait même pas l'intérêt qu'elle se prolongeât davantage, à plus forte raison longtemps encore. Quant aux « joies de l'intelligence », pouvais-je appeler ainsi ces froides constatations que mon œil clairvoyant ou mon raisonnement juste relevaient sans aucun plaisir et qui restaient infécondes ?

Mais c'est quelquefois au moment où tout nous semble perdu que l'avertissement arrive qui peut nous sauver, on a frappé à toutes les portes qui ne donnent sur rien, et la seule par où on peut entrer et qu'on aurait cherchée en vain pendant cent ans, on y heurte sans le savoir, et elle s'ouvre[1].

En roulant les tristes pensées que je disais il y a un instant, j'étais entré dans la cour de l'hôtel de Guermantes et dans ma distraction je n'avais pas vu une voiture qui s'avançait ; au cri du wattman[2] je n'eus que le temps de me ranger vivement de côté, et je reculai assez pour buter malgré moi contre les pavés assez mal équarris derrière lesquels était une remise. Mais au moment où, me remettant d'aplomb, je posai mon pied sur un pavé qui était un peu moins élevé que le précédent, tout mon découragement s'évanouit devant la même félicité qu'à diverses époques de ma vie m'avaient donnée la vue d'arbres que j'avais cru reconnaître dans une promenade en voiture autour de Balbec, la vue des clochers de Martinville, la saveur d'une madeleine trempée dans une infusion, tant d'autres sensations dont j'ai parlé et que les dernières œuvres de Vinteuil m'avaient paru synthétiser. Comme au moment où je goûtais la madeleine, toute inquiétude sur l'avenir, tout doute intellectuel étaient dissipés. Ceux qui m'assaillaient tout à l'heure au sujet de la réalité de mes dons littéraires et même de la réalité de la littérature se trouvaient levés comme par enchantement.

Sans que j'eusse fait aucun raisonnement nouveau, trouvé aucun argument décisif, les difficultés, insolubles tout à l'heure, avaient perdu toute importance. Mais cette fois, j'étais bien décidé à ne pas me résigner à ignorer pourquoi, comme je l'avais fait le jour où j'avais goûté d'une madeleine trempée dans une infusion. La félicité que je venais d'éprouver était bien en effet la même que celle que j'avais éprouvée en mangeant la madeleine et dont j'avais alors ajourné de rechercher les causes profondes. La différence, purement matérielle, était dans les images évoquées ; un azur profond enivrait mes yeux[3], des impressions de fraîcheur, d'éblouissante lumière tournoyaient près de moi et, dans mon désir de les saisir, sans oser plus bouger que quand je goûtais la saveur de la madeleine en tâchant de faire parvenir jusqu'à moi ce qu'elle me rappelait, je restais, quitte à faire rire la foule

innombrable des wattmen, à tituber comme j'avais fait tout
à l'heure, un pied sur le pavé plus élevé, l'autre pied sur
le pavé plus bas. Chaque fois que je refaisais rien que
matériellement ce même pas, il me restait inutile ; mais
si je réussissais, oubliant la matinée Guermantes, à
retrouver ce que j'avais senti en posant ainsi mes pieds,
de nouveau la vision éblouissante et indistincte me frôlait
comme si elle m'avait dit : « Saisis-moi au passage si tu
en as la force, et tâche à résoudre l'énigme de bonheur
que je te propose. » Et presque tout de suite je la
reconnus, c'était Venise[1], dont mes efforts pour la décrire
et les prétendus instantanés pris par ma mémoire ne
m'avaient jamais rien dit et que la sensation que j'avais
ressentie jadis sur deux dalles inégales du baptistère de
Saint-Marc m'avait rendue avec toutes les autres sensations
jointes ce jour-là à cette sensation-là, et qui étaient restées
dans l'attente, à leur rang, d'où un brusque hasard les avait
impérieusement fait sortir, dans la série des jours oubliés.
De même le goût de la petite madeleine m'avait rappelé
Combray. Mais pourquoi les images de Combray et de
Venise m'avaient-elles à l'un et à l'autre moment donné
une joie pareille à une certitude et suffisante sans autres
preuves à me rendre la mort indifférente ?

Tout en me le demandant et en étant résolu aujourd'hui
à trouver la réponse, j'entrai dans l'hôtel de Guermantes,
parce que nous faisons toujours passer avant la besogne
intérieure que nous avons à faire le rôle apparent que nous
jouons et qui, ce jour-là, était celui d'un invité. Mais arrivé
au premier étage, un maître d'hôtel me demanda d'entrer
un instant dans un petit salon-bibliothèque attenant au
buffet, jusqu'à ce que le morceau qu'on jouait fût achevé,
la princesse ayant défendu qu'on ouvrît les portes pendant
son exécution. Or à ce moment même, un second
avertissement vint renforcer celui que m'avaient donné
les deux pavés inégaux et m'exhorter à persévérer dans
ma tâche. Un domestique en effet venait, dans ses efforts
infructueux pour ne pas faire de bruit, de cogner une
cuiller contre une assiette. Le même genre de félicité que
m'avaient donné les dalles inégales m'envahit ; les sensations étaient de grande chaleur encore mais toutes
différentes : mêlée d'une odeur de fumée, apaisée par la
fraîche odeur d'un cadre forestier ; et je reconnus que ce
qui me paraissait si agréable était la même rangée d'arbres

que j'avais trouvée ennuyeuse à observer et à décrire, et
devant laquelle, débouchant la canette de bière que j'avais
dans le wagon, je venais de croire un instant, dans une
sorte d'étourdissement, que je me trouvais, tant le bruit
identique de la cuiller contre l'assiette m'avait donné,
avant que j'eusse eu le temps de me ressaisir, l'illusion
du bruit du marteau d'un employé qui avait arrangé
quelque chose à une roue du train pendant que nous étions
arrêtés devant ce petit bois[1]. Alors on eût dit que les signes
qui devaient, ce jour-là, me tirer de mon découragement
et me rendre la foi dans les lettres, avaient à cœur de se
multiplier, car un maître d'hôtel depuis longtemps au
service du prince de Guermantes m'ayant reconnu, et
m'ayant apporté dans la bibliothèque où j'étais pour
m'éviter d'aller au buffet, un choix de petits fours, un verre
d'orangeade, je m'essuyai la bouche avec la serviette qu'il
m'avait donnée ; mais aussitôt, comme le personnage
des *Mille et Une Nuits* qui sans le savoir accomplissait
précisément le rite qui faisait apparaître, visible pour lui
seul, un docile génie prêt à le transporter au loin[2], une
nouvelle vision d'azur passa devant mes yeux ; mais il était
pur et salin, il se gonfla en mamelles bleuâtres ; l'impression fut si forte que le moment que je vivais me sembla
être le moment actuel ; plus hébété que le jour où je me
demandais si j'allais vraiment être accueilli par la princesse
de Guermantes ou si tout n'allait pas s'effondrer, je croyais
que le domestique venait d'ouvrir la fenêtre sur la plage
et que tout m'invitait à descendre me promener le long
de la digue à marée haute ; la serviette que j'avais prise
pour m'essuyer la bouche avait précisément le genre de
raideur et d'empesé de celle avec laquelle j'avais eu tant
de peine à me sécher devant la fenêtre, le premier jour
de mon arrivée à Balbec[3], et, maintenant devant cette
bibliothèque de l'hôtel de Guermantes, elle déployait,
réparti dans ses pans et dans ses cassures, le plumage d'un
océan vert et bleu comme la queue d'un paon. Et je ne
jouissais pas que de ces couleurs, mais de tout un instant
de ma vie qui les soulevait, qui avait été sans doute
aspiration vers elles, dont quelque sentiment de fatigue
ou de tristesse m'avait peut-être empêché de jouir à
Balbec, et qui maintenant, débarrassé de ce qu'il y a
d'imparfait dans la perception extérieure, pur et désin-
carné, me gonflait d'allégresse.

Le morceau qu'on jouait pouvait finir d'un moment à l'autre et je pouvais être obligé d'entrer au salon. Aussi je m'efforçais de tâcher de voir clair le plus vite possible dans la nature des plaisirs identiques que je venais par trois fois en quelques minutes de ressentir, et ensuite de dégager l'enseignement que je devais en tirer. Sur l'extrême différence qu'il y a entre l'impression vraie que nous avons eue d'une chose et l'impression factice que nous nous en donnons quand volontairement nous essayons de nous la représenter, je ne m'arrêtais pas ; me rappelant trop avec quelle indifférence relative Swann avait pu parler autrefois des jours où il était aimé, parce que sous cette phrase il voyait autre chose qu'eux, et la douleur subite que lui avait causée la petite phrase de Vinteuil en lui rendant ces jours eux-mêmes, tels qu'il les avait jadis sentis, je comprenais trop que ce que la sensation des dalles inégales, la raideur de la serviette, le goût de la madeleine avaient réveillé en moi n'avait aucun rapport avec ce que je cherchais souvent à me rappeler de Venise, de Balbec, de Combray, à l'aide d'une mémoire uniforme ; et je comprenais que la vie pût être jugée médiocre, bien qu'à certains moments elle parût si belle, parce que dans les premiers c'est sur tout autre chose qu'elle-même, sur des images qui ne gardent rien d'elle, qu'on la juge et qu'on la déprécie. Tout au plus notais-je accessoirement que la différence qu'il y a entre chacune des impressions réelles — différences qui expliquent qu'une peinture uniforme de la vie ne puisse être ressemblante — tenait probablement à cette cause que la moindre parole que nous avons dite à une époque de notre vie, le geste le plus insignifiant que nous avons fait était entouré, portait sur lui le reflet de choses qui logiquement ne tenaient pas à lui, en ont été séparées par l'intelligence qui n'avait rien à faire d'elles pour les besoins du raisonnement, mais au milieu desquelles — ici reflet rose du soir sur le mur fleuri d'un restaurant champêtre, sensation de faim, désir des femmes, plaisir du luxe[1] — là volutes bleues de la mer matinale enveloppant des phrases musicales qui en émergent partiellement comme les épaules des ondines[2] — le geste, l'acte le plus simple reste enfermé comme dans mille vases clos dont chacun serait rempli de choses d'une couleur, d'une odeur, d'une température absolument différentes ; sans compter que ces vases, disposés sur toute la hauteur de nos années pendant lesquelles nous n'avons cessé de changer, fût-ce seulement de rêve et de pensée, sont situés à des altitudes bien diverses, et nous donnent la sensation d'atmosphères singulièrement variées. Il est vrai que ces changements, nous les avons accomplis insensiblement ; mais entre le souvenir qui nous revient brusquement et notre état actuel, de même qu'entre deux souvenirs d'années, de lieux, d'heures différentes, la distance est telle que cela suffirait, en dehors même d'une originalité spécifique, à les rendre incomparables les uns aux autres. Oui, si le souvenir, grâce à l'oubli, n'a pu contracter aucun lien, jeter aucun chaînon entre lui et la minute présente, s'il est resté à sa place, à sa date, s'il a gardé ses distances, son isolement dans le creux d'une vallée ou à la pointe d'un sommet, il nous fait tout à coup respirer un air nouveau, précisément parce que c'est un air qu'on a respiré autrefois, cet air plus pur que les poètes ont vainement essayé de faire régner dans le paradis et qui ne pourrait donner cette sensation profonde de renouvellement que s'il avait été respiré déjà, car les vrais paradis sont les paradis qu'on a perdus.

Et au passage je remarquais qu'il y aurait là, dans l'œuvre d'art que je me sentais prêt déjà, sans m'y être consciemment résolu, à entreprendre, de grandes difficultés. Car j'en devrais exécuter les parties successives dans une matière en quelque sorte différente, et qui serait bien différente de celle qui conviendrait aux souvenirs de matins au bord de la mer ou d'après-midi à Venise, si je voulais peindre ces soirs de Rivebelle où, dans la salle à manger ouverte sur le jardin, la chaleur commençait à se décomposer, à retomber, à déposer, où une dernière lueur éclairait encore les roses sur les murs du restaurant tandis que les dernières aquarelles du jour étaient encore visibles au ciel, — dans une matière distincte, nouvelle, d'une transparence, d'une sonorité spéciales, compacte, fraîchissante et rose.

Je glissais rapidement sur tout cela, plus impérieusement sollicité que j'étais de chercher la cause de cette félicité, du caractère de certitude avec lequel elle s'imposait, recherche ajournée autrefois. Or cette cause, je la devinais en comparant entre elles ces diverses impressions bienheureuses et qui avaient entre elles ceci de commun que j'éprouvais à la fois dans le moment actuel et dans un

moment éloigné le bruit de la cuiller sur l'assiette,
l'inégalité des dalles, le goût de la madeleine, jusqu'à faire
empiéter le passé sur le présent, à me faire hésiter à savoir
dans lequel des deux je me trouvais ; au vrai, l'être qui
alors goûtait en moi cette impression la goûtait en ce
qu'elle avait de commun dans un jour ancien et maintenant, dans ce qu'elle avait d'extra-temporel, un être qui
n'apparaissait que quand, par une de ces identités entre
le présent et le passé, il pouvait se trouver dans le seul
milieu où il pût vivre, jouir de l'essence des choses,
c'est-à-dire en dehors du temps. Cela expliquait que mes
inquiétudes au sujet de ma mort eussent cessé au moment
où j'avais reconnu inconsciemment le goût de la petite
madeleine puisqu'à ce moment-là l'être que j'avais été était
un être extra-temporel, par conséquent insoucieux des
vicissitudes de l'avenir. Il ne vivait que de l'essence
des choses, et ne pouvait la saisir dans le présent où
l'imagination n'entrant pas en jeu, les sens étaient
incapables de la lui fournir ; l'avenir même vers lequel
se tend l'action nous l'abandonne. Cet être-là n'était jamais
venu à moi, ne s'était jamais manifesté, qu'en dehors de
l'action, de la jouissance immédiate, chaque fois que le
miracle d'une analogie m'avait fait échapper au présent.
Seul, il avait le pouvoir de me faire retrouver les jours
anciens, le temps perdu, devant quoi les efforts de ma
mémoire et de mon intelligence échouaient toujours.

Et peut-être, si tout à l'heure je trouvais que Bergotte
avait dit faux en parlant des joies de la vie spirituelle, c'était
parce que j'appelais « vie spirituelle », à ce moment-là,
des raisonnements logiques qui étaient sans rapport avec
elle, avec ce qui existait en moi en ce moment —
exactement comme j'avais pu trouver le monde et la vie
ennuyeux parce que je les jugeais d'après des souvenirs
sans vérité, alors que j'avais un tel appétit de vivre
maintenant que venait de renaître en moi, à trois reprises,
un véritable moment du passé.

Rien qu'un moment du passé ? Beaucoup plus, peut-
être ; quelque chose qui, commun à la fois au passé et au
présent, est beaucoup plus essentiel qu'eux deux. Tant
de fois, au cours de ma vie, la réalité m'avait déçu parce
qu'au moment où je la percevais mon imagination, qui
était mon seul organe pour jouir de la beauté, ne pouvait
s'appliquer à elle, en vertu de la loi inévitable qui veut

qu'on ne puisse imaginer que ce qui est absent. Et voici
que soudain l'effet de cette dure loi s'était trouvé
neutralisé, suspendu, par un expédient merveilleux de
la nature, qui avait fait miroiter une sensation — bruit
de la fourchette et du marteau, même titre de livre[1],
etc. — à la fois dans le passé, ce qui permettait à mon
imagination de la goûter, et dans le présent où l'ébran-
lement effectif de mes sens par le bruit, le contact du
linge, etc. avait ajouté aux rêves de l'imagination ce
dont ils sont habituellement dépourvus, l'idée d'existence
— et grâce à ce subterfuge avait permis à mon être
d'obtenir, d'isoler, d'immobiliser — la durée d'un
éclair — ce qu'il n'appréhende jamais : un peu de temps
à l'état pur. L'être qui était rené en moi quand, avec
un tel frémissement de bonheur, j'avais entendu le bruit
commun à la fois à la cuiller qui touche l'assiette et au
marteau qui frappe sur la roue, à l'inégalité pour les pas
des pavés de la cour Guermantes et du baptistère de
Saint-Marc, etc., cet être-là ne se nourrit que de l'essence
des choses, en elle seulement il trouve sa subsistance,
ses délices. Il languit dans l'observation du présent où
les sens ne peuvent la lui apporter, dans la considération
d'un passé que l'intelligence lui dessèche, dans l'attente
d'un avenir que la volonté construit avec des fragments
du présent et du passé auxquels elle retire encore de
leur réalité en ne conservant d'eux que ce qui convient
à la fin utilitaire, étroitement humaine, qu'elle leur as-
signe. Mais qu'un bruit, qu'une odeur, déjà entendu ou
respirée jadis, le soient de nouveau, à la fois dans le
présent et dans le passé, réels sans être actuels, idéaux
sans être abstraits, aussitôt l'essence permanente et
habituellement cachée des choses se trouve libérée, et
notre vrai moi qui, parfois depuis longtemps, semblait
mort, mais ne l'était pas entièrement, s'éveille, s'anime
en recevant la céleste nourriture qui lui est apportée.
Une minute affranchie de l'ordre du temps a recréé en
nous pour la sentir l'homme affranchi de l'ordre du temps.
Et celui-là, on comprend qu'il soit confiant dans sa joie,
même si le simple goût d'une madeleine ne semble pas
contenir logiquement les raisons de cette joie, on
comprend que le mot de « mort » n'ait pas de sens pour
lui ; situé hors du temps, que pourrait-il craindre de
l'avenir ?

Mais ce trompe-l'œil qui mettait près de moi un moment du passé, incompatible avec le présent, ce trompe-l'œil ne durait pas. Certes, on peut prolonger les spectacles de la mémoire volontaire qui n'engage pas plus des forces de nous-même que feuilleter un livre d'images. Ainsi jadis, par exemple le jour où je devais aller pour la première fois chez la princesse de Guermantes, de la cour ensoleillée de notre maison de Paris j'avais paresseusement regardé, à mon choix, tantôt la place de l'Église à Combray, ou la plage de Balbec, comme j'aurais illustré le jour qu'il faisait en feuilletant un cahier d'aquarelles prises dans les divers lieux où j'avais été et où avec un plaisir égoïste de collectionneur, je m'étais dit en cataloguant ainsi les illustrations de ma mémoire : « J'ai tout de même vu de belles choses dans ma vie. » Alors ma mémoire affirmait sans doute la différence des sensations ; mais elle ne faisait que combiner entre eux des éléments homogènes. Il n'en avait plus été de même dans les trois souvenirs que je venais d'avoir et où, au lieu de me faire une idée plus flatteuse de mon moi, j'avais au contraire presque douté de la réalité actuelle de ce moi. De même que le jour où j'avais trempé la madeleine dans l'infusion chaude, au sein de l'endroit où je me trouvais, que cet endroit fût, comme ce jour-là, ma chambre de Paris, ou comme aujourd'hui, en ce moment, la bibliothèque du prince de Guermantes, un peu avant, la cour de son hôtel, il y avait eu en moi, irradiant une petite zone autour de moi, une sensation (goût de la madeleine trempée, bruit métallique, sensation du pas) qui était commune à cet endroit où je me trouvais et aussi à un autre endroit (chambre de ma tante Octave, wagon du chemin de fer, baptistère de Saint-Marc). Et au moment où je raisonnais ainsi, le bruit strident d'une conduite d'eau tout à fait pareil à ces longs cris que parfois l'été les navires de plaisance faisaient entendre le soir au large de Balbec[1], me fit éprouver (comme me l'avait déjà fait une fois à Paris, dans un grand restaurant, la vue d'une luxueuse salle à manger à demi vide, estivale et chaude) bien plus qu'une sensation simplement analogue à celle que j'avais à la fin de l'après-midi à Balbec quand toutes les tables étant déjà couvertes de leur nappe et de leur argenterie, les vastes baies vitrées restant ouvertes tout en grand sur la digue, sans un seul intervalle, un seul « plein » de verre ou de pierre, tandis que le soleil descendait lentement sur la mer où commençaient à crier les navires, je n'avais, pour rejoindre Albertine et ses amies qui se promenaient sur la digue, qu'à enjamber le cadre de bois à peine plus haut que ma cheville, dans la charnière duquel on avait fait pour l'aération de l'hôtel glisser toutes ensemble les vitres qui se continuaient. Mais le souvenir douloureux d'avoir aimé Albertine ne se mêlait pas à cette sensation. Il n'est de souvenir douloureux que des morts. Or ceux-ci se détruisent vite et il ne reste plus autour de leurs tombes mêmes que la beauté de la nature, le silence, la pureté de l'air. Ce n'était d'ailleurs même pas seulement un écho, un double d'une sensation passée que venait de me faire éprouver le bruit de la conduite d'eau, mais cette sensation elle-même. Dans ce cas-là comme dans tous les précédents, la sensation commune avait cherché à recréer autour d'elle le lieu ancien, cependant que le lieu actuel qui en tenait la place s'opposait de toute la résistance de sa masse à cette immigration dans un hôtel de Paris d'une plage normande ou d'un talus d'une voie de chemin de fer. La salle à manger marine de Balbec, avec son linge damassé préparé comme des nappes d'autel pour recevoir le coucher du soleil, avait cherché à ébranler la solidité de l'hôtel de Guermantes, à en forcer les portes et avait fait vaciller un instant les canapés autour de moi, comme elle avait fait un autre jour les tables du restaurant de Paris. Toujours, dans ces résurrections-là, le lieu lointain engendré autour de la sensation commune s'était accouplé un instant, comme un lutteur, au lieu actuel. Toujours le lieu actuel avait été vainqueur ; toujours c'était le vaincu qui m'avait paru le plus beau ; si beau que j'étais resté en extase sur le pavé inégal comme devant la tasse de thé, cherchant à maintenir aux moments où il apparaissait, à faire réapparaître dès qu'il m'avait échappé, ce Combray, ce Venise, ce Balbec envahissants et refoulés qui s'élevaient pour m'abandonner ensuite au sein de ces lieux nouveaux, mais perméables pour le passé. Et si le lieu actuel n'avait pas été aussitôt vainqueur, je crois que j'aurais perdu connaissance ; car ces résurrections du passé, dans la seconde qu'elles durent, sont si totales qu'elles n'obligent pas seulement nos yeux à cesser de voir la chambre qui est près d'eux pour regarder la voie bordée d'arbres ou la marée montante. Elles forcent nos narines à respirer l'air de lieux pourtant lointains, notre volonté à choisir entre les divers projets qu'ils nous proposent, notre personne tout entière à se croire entourée par eux, ou du moins à trébucher entre eux et les lieux présents, dans l'étourdissement d'une incertitude pareille à celle qu'on éprouve parfois devant une vision ineffable, au moment de s'endormir.

De sorte que ce que l'être par trois et quatre fois ressuscité en moi venait de goûter, c'était peut-être bien des fragments d'existence soustraits au temps, mais cette contemplation, quoique d'éternité, était fugitive. Et pourtant je sentais que le plaisir qu'elle m'avait, à de rares intervalles, donné dans ma vie, était le seul qui fût fécond et véritable. Le signe de l'irréalité des autres ne se montre-t-il pas assez, soit dans leur impossibilité à nous satisfaire, comme par exemple les plaisirs mondains qui causent tout au plus le malaise provoqué par l'ingestion d'une nourriture abjecte, l'amitié qui est une simulation puisque, pour quelques raisons morales qu'il le fasse, l'artiste qui renonce à une heure de travail pour une heure de causerie avec un ami sait qu'il sacrifie une réalité pour quelque chose qui n'existe pas (les amis n'étant des amis que dans cette douce folie que nous avons au cours de la vie, à laquelle nous nous prêtons, mais que du fond de notre intelligence nous savons l'erreur d'un fou qui croirait que les meubles vivent et causerait avec eux), soit dans la tristesse qui suit leur satisfaction, comme celle que j'avais eue, le jour où j'avais été présenté à Albertine, de m'être donné un mal pourtant bien petit afin d'obtenir une chose — connaître cette jeune fille — qui ne me semblait petite que parce que je l'avais obtenue ? Même un plaisir plus profond, comme celui que j'aurais pu éprouver quand j'aimais Albertine, n'était en réalité perçu qu'inversement par l'angoisse que j'avais quand elle n'était pas là, car quand j'étais sûr qu'elle allait arriver, comme le jour où elle était revenue du Trocadéro[1], je n'avais pas cru éprouver plus qu'un vague ennui, tandis que je m'exaltais de plus en plus au fur et à mesure que j'approfondissais, avec une joie croissante pour moi, le bruit du couteau ou le goût de l'infusion qui avait fait entrer dans ma chambre la chambre de ma tante Léonie, et à sa suite tout Combray, et ses deux côtés. Aussi, cette contemplation de l'essence des choses, j'étais maintenant décidé à m'attacher à elle, à la fixer, mais comment ? par quel moyen ? Sans doute,

au moment où la raideur de la serviette m'avait rendu
Balbec, pendant un instant avait caressé mon imagination,
non pas seulement de la vue de la mer telle qu'elle était
ce matin-là, mais de l'odeur de la chambre, de la vitesse
du vent, du désir de déjeuner, de l'incertitude entre les
diverses promenades, tout cela attaché à la sensation du
linge comme les mille ailes des anges qui font mille tours
à la minute. Sans doute, au moment où l'inégalité des
deux pavés avait prolongé les images desséchées et minces
que j'avais de Venise et de Saint-Marc, dans tous les sens
et toutes les dimensions, de toutes les sensations que j'y
avais éprouvées, raccordant la place à l'église, l'embarcadère à la place, le canal à l'embarcadère[1], et à tout ce que
les yeux voient, le monde de désirs qui n'est vu que de
l'esprit, j'avais été tenté, sinon, à cause de la saison, d'aller
me repromener sur les eaux pour moi surtout printanières
de Venise, du moins de retourner à Balbec. Mais je ne
m'arrêtai pas un instant à cette pensée. Non seulement
je savais que les pays n'étaient pas tels que leur nom me
les peignait[2], et il n'y avait plus guère que dans mes rêves,
en dormant, qu'un lieu s'étendait devant moi fait de la
pure matière entièrement distincte des choses communes
qu'on voit, qu'on touche, et qui avait été la leur quand
je me les représentais. Mais, même en ce qui concernait
ces images d'un autre genre encore, celles du souvenir,
je savais que la beauté de Balbec, je ne l'avais pas trouvée
quand j'y étais, et que celle même qu'il m'avait laissée,
celle du souvenir, ce n'était plus celle que j'avais retrouvée
à mon second séjour. J'avais trop expérimenté l'impossibilité d'atteindre dans la réalité ce qui était au fond de
moi-même ; que ce n'était pas plus sur la place Saint-Marc[3]
que ce n'avait été à mon second voyage à Balbec, ou à
mon retour à Tansonville pour voir Gilberte, que je
retrouverais le Temps perdu, et que le voyage, qui ne
faisait que me proposer une fois de plus l'illusion que ces
impressions anciennes existaient hors de moi-même, au
coin d'une certaine place, ne pouvait être le moyen que
je cherchais. Et je ne voulais pas me laisser leurrer une
fois de plus, car il s'agissait pour moi de savoir enfin s'il
était vraiment possible d'atteindre ce que, toujours déçu
comme je l'avais été en présence des lieux et des êtres,
j'avais (bien qu'une fois la pièce pour concert de Vinteuil
eût semblé me dire le contraire) cru irréalisable. Je n'allais

donc pas tenter une expérience de plus dans la voie que je savais depuis longtemps ne mener à rien. Des impressions telles que celles que je cherchais à fixer ne pouvaient que s'évanouir au contact d'une jouissance directe qui a été impuissante à les faire naître. La seule manière de les goûter davantage, c'était de tâcher de les connaître plus complètement, là où elles se trouvaient, c'est-à-dire en moi-même, de les rendre claires jusque dans leurs profondeurs. Je n'avais pu connaître le plaisir à Balbec, pas plus que celui de vivre avec Albertine, lequel ne m'avait été perceptible qu'après coup. Et la récapitulation que je faisais des déceptions de ma vie, en tant que vécue, et qui me faisaient croire que sa réalité devait résider ailleurs qu'en l'action, ne rapprochait pas d'une manière purement fortuite et en suivant les circonstances de mon existence, des désappointements différents. Je sentais bien que la déception du voyage, la déception de l'amour n'étaient pas des déceptions différentes, mais l'aspect varié que prend, selon le fait auquel il s'applique, l'impuissance que nous avons à nous réaliser dans la jouissance matérielle, dans l'action effective. Et, repensant à cette joie extra-temporelle causée, soit par le bruit de la cuiller, soit par le goût de la madeleine, je me disais : « Était-ce cela, ce bonheur proposé par la petite phrase de la sonate à Swann qui s'était trompé en l'assimilant au plaisir de l'amour et n'avait pas su le trouver dans la création artistique[1] ; ce bonheur que m'avait fait pressentir comme plus supra-terrestre encore que n'avait fait la petite phrase de la sonate, l'appel rouge et mystérieux de ce septuor[2] que Swann n'avait pu connaître, étant mort comme tant d'autres avant que la vérité faite pour eux eût été révélée ? D'ailleurs, il n'eût pu lui servir, car cette phrase pouvait bien symboliser un appel, mais non créer des forces et faire de Swann l'écrivain qu'il n'était pas. »

Cependant, je m'avisai au bout d'un moment, après avoir pensé à ces résurrections de la mémoire, que, d'une autre façon, des impressions obscures avaient quelquefois, et déjà à Combray du côté de Guermantes, sollicité ma pensée, à la façon de ces réminiscences, mais qui cachaient non une sensation d'autrefois mais une vérité nouvelle, une image précieuse que je cherchais à découvrir par des efforts du même genre que ceux qu'on fait pour se rappeler quelque chose, comme si nos plus belles idées étaient comme des airs de musique qui nous reviendraient sans que nous les eussions jamais entendus, et que nous nous efforcerions d'écouter, de transcrire. Je me souvins avec plaisir, parce que cela me montrait que j'étais déjà le même alors et que cela recouvrait un trait fondamental de ma nature, avec tristesse aussi en pensant que depuis lors je n'avais jamais progressé, que déjà à Combray je fixais avec attention devant mon esprit quelque image qui m'avait forcé à la regarder, un nuage, un triangle, un clocher, une fleur, un caillou, en sentant qu'il y avait peut-être sous ces signes quelque chose de tout autre que je devais tâcher de découvrir, une pensée qu'ils traduisaient à la façon de ces caractères hiéroglyphiques qu'on croirait représenter seulement des objets matériels[1]. Sans doute ce déchiffrage était difficile mais seul il donnait quelque vérité à lire. Car les vérités que l'intelligence saisit directement à claire-voie dans le monde de la pleine lumière ont quelque chose de moins profond, de moins nécessaire que celles que la vie nous a malgré nous communiquées en une impression, matérielle parce qu'elle est entrée par nos sens, mais dont nous pouvons dégager l'esprit. En somme, dans un cas comme dans l'autre, qu'il s'agît d'impressions comme celle que m'avait donnée la vue des clochers de Martinville, ou de réminiscences comme celle de l'inégalité des deux marches ou le goût de la madeleine, il fallait tâcher d'interpréter les sensations comme les signes d'autant de lois et d'idées, en essayant de penser, c'est-à-dire de faire sortir de la pénombre ce que j'avais senti, de le convertir en un équivalent spirituel. Or, ce moyen qui me paraissait le seul, qu'était-ce autre chose que faire une œuvre d'art ? Et déjà les conséquences se pressaient dans mon esprit ; car qu'il s'agît de réminiscences dans le genre du bruit de la fourchette ou du goût de la madeleine, ou de ces vérités écrites à l'aide de figures dont j'essayais de chercher le sens dans ma tête où, clochers, herbes folles, elles composaient un grimoire compliqué et fleuri, leur premier caractère était que je n'étais pas libre de les choisir, qu'elles m'étaient données telles quelles. Et je sentais que ce devait être la griffe de leur authenticité. Je n'avais pas été chercher les deux pavés inégaux de la cour où j'avais buté. Mais justement la façon fortuite, inévitable, dont la sensation avait été rencontrée, contrôlait la vérité du passé qu'elle ressuscitait, des images qu'elle déclenchait, puisque nous sentons son effort pour remonter vers la lumière, que nous sentons la joie du réel retrouvé. Elle est le contrôle aussi de la vérité de tout le tableau fait d'impressions contemporaines qu'elle ramène à sa suite, avec cette infaillible proportion de lumière et d'ombre, de relief et d'omission, de souvenir et d'oubli que la mémoire ou l'observation conscientes ignoreront toujours.

Quant au livre intérieur de signes inconnus (de signes en relief, semblait-il, que mon attention, explorant mon inconscient, allait chercher, heurtait, contournait, comme un plongeur qui sonde), pour la lecture desquels personne ne pouvait m'aider d'aucune règle, cette lecture consistait en un acte de création où nul ne peut nous suppléer ni même collaborer avec nous. Aussi combien se détournent de l'écrire ! Que de tâches n'assume-t-on pas pour éviter celle-là ! Chaque événement, que ce fût l'affaire Dreyfus, que ce fût la guerre, avait fourni d'autres excuses aux écrivains pour ne pas déchiffrer ce livre-là, ils voulaient assurer le triomphe du droit, refaire l'unité morale de la nation, n'avaient pas le temps de penser à la littérature. Mais ce n'était que des excuses, parce qu'ils n'avaient pas, ou plus, de génie, c'est-à-dire d'instinct. Car l'instinct dicte le devoir et l'intelligence fournit les prétextes pour l'éluder. Seulement les excuses ne figurent point dans l'art, les intentions n'y sont pas comptées, à tout moment l'artiste doit écouter son instinct, ce qui fait que l'art est ce qu'il y a de plus réel, la plus austère école de la vie, et le vrai Jugement dernier. Ce livre, le plus pénible de tous à déchiffrer, est aussi le seul que nous ait dicté la réalité, le seul dont l'« impression » ait été faite en nous par la réalité même. De quelque idée laissée en nous par la vie qu'il s'agisse, sa figure matérielle, trace de l'impression qu'elle nous a faite, est encore le gage de sa vérité nécessaire. Les idées formées par l'intelligence pure n'ont qu'une vérité logique, une vérité possible, leur élection est arbitraire. Le livre aux caractères figurés, non tracés par nous, est notre seul livre. Non que ces idées que nous formons ne puissent être justes logiquement, mais nous ne savons pas si elles sont vraies. Seule l'impression, si chétive qu'en semble la matière, si insaisissable la trace, est un critérium de vérité, et à cause de cela mérite seule d'être appréhendée par l'esprit, car elle est seule capable, s'il sait en dégager cette vérité, de l'amener à une plus grande perfection et de lui donner une pure joie. L'impression est pour l'écrivain ce qu'est l'expérimentation pour le savant, avec cette différence que chez le savant le travail de l'intelligence précède et chez l'écrivain vient après. Ce que nous n'avons pas eu à déchiffrer, à éclaircir par notre effort personnel, ce qui était clair avant nous, n'est pas à nous. Ne vient de nous-même que ce que nous tirons de l'obscurité qui est en nous et que ne connaissent pas les autres.

Un rayon oblique du couchant me rappela instantanément un temps auquel je n'avais jamais repensé et où dans ma petite enfance, comme ma tante Léonie avait une fièvre que le Dr Percepied avait crainte typhoïde, on m'avait fait habiter une semaine la petite chambre qu'Eulalie avait sur la place de l'Église, où il n'y avait qu'une sparterie par terre et à la fenêtre un rideau de percale[1], bourdonnant toujours d'un soleil auquel je n'étais pas habitué. Et en voyant comme le souvenir de cette petite chambre d'ancienne domestique ajoutait tout d'un coup à ma vie passée une longue étendue si différente du reste et si délicieuse, je pensai par contraste au néant d'impressions qu'avaient apporté dans ma vie les fêtes les plus somptueuses dans les hôtels les plus princiers. La seule chose un peu triste dans cette chambre d'Eulalie était qu'on y entendait le soir, à cause de la proximité du viaduc, les hululements des trains. Mais comme je savais que ces beuglements émanaient de machines réglées, ils ne m'épouvantaient pas comme auraient pu faire, à une époque de la préhistoire, les cris poussés par un mammouth voisin dans sa promenade libre et désordonnée.

Ainsi, j'étais déjà arrivé à cette conclusion que nous ne sommes nullement libres devant l'œuvre d'art, que nous ne la faisons pas à notre gré, mais que préexistant à nous, nous devons, à la fois parce qu'elle est nécessaire et cachée, et comme nous ferions pour une loi de la nature, la découvrir. Mais cette découverte que l'art pouvait nous faire faire, n'était-elle pas, au fond, celle de ce qui devrait nous être le plus précieux, et qui nous reste d'habitude à jamais inconnu, notre vraie vie, la réalité telle que nous l'avons sentie et qui diffère tellement de ce que nous croyons, que nous sommes emplis d'un tel bonheur quand un hasard nous apporte le souvenir véritable ? Je m'en assurais par la fausseté même de l'art prétendu réaliste et qui ne serait pas si mensonger si nous n'avions pris dans la vie l'habitude de donner à ce que nous sentons une expression qui en diffère tellement, et que nous prenons au bout de peu de temps pour la réalité même. Je sentais que je n'aurais pas à m'embarrasser des diverses théories littéraires qui m'avaient un moment troublé — notamment celles que la critique avait développées au moment de l'affaire Dreyfus et avait reprises pendant la guerre, et qui tendaient à « faire sortir l'artiste de sa tour d'ivoire », et à traiter des sujets non frivoles ni sentimentaux, mais peignant de grands mouvements ouvriers, et, à défaut de foules, à tout le moins non plus d'insignifiants oisifs (« j'avoue que la peinture de ces inutiles m'indiffère assez[1] », disait Bloch), mais de nobles intellectuels, ou des héros.

D'ailleurs, même avant de discuter leur contenu logique, ces théories me paraissaient dénoter chez ceux qui les soutenaient une preuve d'infériorité, comme un enfant vraiment bien élevé qui entend des gens chez qui on l'a envoyé déjeuner dire : « Nous avouons tout, nous sommes francs », sent que cela dénote une qualité morale inférieure à la bonne action pure et simple, qui ne dit rien. L'art véritable n'a que faire de tant de proclamations et s'accomplit dans le silence. D'ailleurs, ceux qui théorisaient ainsi employaient des expressions toutes faites qui ressemblaient singulièrement à celles d'imbéciles qu'ils flétrissaient. Et peut-être est-ce plutôt à la qualité du langage qu'au genre d'esthétique qu'on peut juger du degré auquel a été porté le travail intellectuel et moral. Mais inversement cette qualité du langage (et même pour étudier les lois du caractère, on le peut aussi bien en prenant un sujet sérieux ou frivole, comme un prosecteur peut aussi bien étudier celles de l'anatomie sur le corps d'un imbécile que sur celui d'un homme de talent, les grandes lois morales, aussi bien que celles de la circulation du sang ou de l'élimination rénale, différant peu selon la valeur intellectuelle des individus), dont croient pouvoir se passer les théoriciens, ceux qui admirent les théoriciens croient facilement qu'elle ne prouve pas une grande valeur intellectuelle, valeur qu'ils ont besoin, pour la discerner, de voir exprimée directement et qu'ils n'induisent pas de la beauté d'une image. D'où la grossière tentation pour

l'écrivain d'écrire des œuvres intellectuelles. Grande
indélicatesse. Une œuvre où il y a des théories est comme
un objet sur lequel on laisse la marque du prix. Encore
cette dernière ne fait-elle qu'une valeur qu'au contraire,
en littérature, le raisonnement logique diminue. On
raisonne, c'est-à-dire on vagabonde, chaque fois qu'on n'a
pas la force de s'astreindre à faire passer une impression
par tous les états successifs qui aboutiront à sa fixation,
à l'expression.

La réalité à exprimer résidait, je le comprenais
maintenant, non dans l'apparence du sujet mais à une
profondeur où cette apparence importait peu, comme le
symbolisaient ce bruit de cuiller sur une assiette, cette
raideur empesée de la serviette, qui m'avaient été plus
précieux pour mon renouvellement spirituel que tant de
conversations humanitaires, patriotiques, internationalistes
et métaphysiques. « Plus de style, avais-je entendu dire
alors, plus de littérature[1], de la vie. » On peut penser
combien même les simples théories de M. de Norpois
contre les « joueurs de flûte[2] » avaient refleuri depuis la
guerre. Car tous ceux qui n'ont pas le sens artistique,
c'est-à-dire la soumission à la réalité intérieure, peuvent
être pourvus de la faculté de raisonner à perte de vue sur
l'art. Pour peu qu'ils soient par surcroît diplomates ou
financiers, mêlés aux « réalités » du temps présent, ils
croient volontiers que la littérature est un jeu de l'esprit
destiné à être éliminé de plus en plus dans l'avenir.
Quelques-uns voulaient que le roman fût une sorte de
défilé cinématographique[3] des choses. Cette conception
était absurde. Rien ne s'éloigne plus de ce que nous avons
perçu en réalité qu'une telle vue cinématographique.

Justement, comme, en entrant dans cette bibliothèque,
je m'étais souvenu de ce que les Goncourt disent des belles
éditions originales qu'elle contient, je m'étais promis de
les regarder tandis que j'étais enfermé ici. Et tout en
poursuivant mon raisonnement, je tirais un à un, sans trop
y faire attention du reste, les précieux volumes, quand,
au moment où j'ouvrais distraitement l'un d'eux : *François
le Champi* de George Sand, je me sentis désagréablement
frappé comme par quelque impression trop en désaccord
avec mes pensées actuelles, jusqu'au moment où, avec une
émotion qui allait jusqu'à me faire pleurer, je reconnus
combien cette impression était d'accord avec elles. Tandis

que dans la chambre mortuaire les employés des pompes
funèbres se préparent à descendre la bière, le fils d'un
homme qui a rendu des services à la patrie serre la main
aux derniers amis qui défilent, si tout à coup retentit sous
les fenêtres une fanfare, il se révolte, croyant à quelque
moquerie dont on insulte son chagrin. Mais lui, qui est
resté maître de soi jusque-là, ne peut plus retenir ses
larmes ; car il vient de comprendre que ce qu'il entend
c'est la musique d'un régiment qui s'associe à son deuil
et rend honneur à la dépouille de son père. Tel, je venais
de reconnaître combien s'accordait avec mes pensées
actuelles la douloureuse impression que j'avais éprouvée
en lisant le titre d'un livre dans la bibliothèque du prince
de Guermantes ; titre qui m'avait donné l'idée que la
littérature nous offrait vraiment ce monde de mystère que
je ne trouvais plus en elle. Et pourtant ce n'était pas un
livre bien extraordinaire, c'était *François le Champi*. Mais
ce nom-là, comme le nom des Guermantes, n'était pas pour
moi comme ceux que j'avais connus depuis : le souvenir
de ce qui m'avait semblé inexplicable dans le sujet de
François le Champi tandis que maman me lisait le livre de
George Sand était réveillé par ce titre (aussi bien que le
nom de Guermantes, quand je n'avais pas vu les
Guermantes depuis longtemps, contenait pour moi tant
de féodalité — comme *François le Champi* l'essence du
roman —), et se substituait pour un instant à l'idée fort
commune de ce que sont les romans berrichons de George
Sand. Dans un dîner, quand la pensée reste toujours à la
surface, j'aurais pu sans doute parler de *François le Champi*
et des Guermantes sans que ni l'un ni l'autre fussent ceux
de Combray. Mais quand j'étais seul, comme en ce
moment, c'est à une profondeur plus grande que j'avais
plongé. À ce moment-là, l'idée que telle personne dont
j'avais fait la connaissance dans le monde était cousine de
Mme de Guermantes, c'est-à-dire d'un personnage de
lanterne magique, me semblait incompréhensible, et tout
autant, que les plus beaux livres que j'avais lus fussent — je
ne dis pas même supérieurs, ce qu'ils étaient pourtant —
mais égaux à cet extraordinaire *François le Champi*. C'était
une impression bien ancienne, où mes souvenirs d'enfance
et de famille étaient tendrement mêlés et que je n'avais
pas reconnue tout de suite. Je m'étais au premier instant
demandé avec colère quel était l'étranger qui venait me

faire mal. Cet étranger, c'était moi-même, c'était l'enfant
que j'étais alors, que le livre venait de susciter en moi,
car de moi ne connaissant que cet enfant, c'est cet enfant
que le livre avait appelé tout de suite, ne voulant être
regardé que par ses yeux, aimé que par son cœur, et ne
parler qu'à lui. Aussi ce livre que ma mère m'avait lu haut
à Combray presque jusqu'au matin, avait-il gardé pour moi
tout le charme de cette nuit-là[1]. Certes, la « plume » de
George Sand, pour prendre une expression de Brichot qui
aimait tant dire qu'un livre était écrit « d'une plume
alerte », ne me semblait pas du tout, comme elle avait
paru si longtemps à ma mère avant qu'elle modelât
lentement ses goûts littéraires sur les miens, une plume
magique. Mais c'était une plume que sans le vouloir j'avais
électrisée comme s'amusent souvent à faire les collégiens,
et voici que mille riens de Combray, et que je n'apercevais
plus depuis longtemps, sautaient légèrement d'eux-mêmes
et venaient à la queue leu leu se suspendre au bec aimanté,
en une chaîne interminable et tremblante de souvenirs.

Certains esprits qui aiment le mystère veulent croire que
les objets conservent quelque chose des yeux qui les
regardèrent, que les monuments et les tableaux ne nous
apparaissent que sous le voile sensible que leur ont tissé
l'amour et la contemplation de tant d'adorateurs, pendant
des siècles. Cette chimère deviendrait vraie s'ils la
transposaient dans le domaine de la seule réalité pour
chacun, dans le domaine de sa propre sensibilité. Oui, en
ce sens-là, en ce sens-là seulement (mais il est bien plus
grand), une chose que nous avons regardée autrefois, si
nous la revoyons, nous rapporte avec le regard que nous
y avons posé, toutes les images qui le remplissaient alors.
C'est que les choses — un livre sous sa couverture rouge
comme les autres —, sitôt qu'elles sont perçues par nous,
deviennent en nous quelque chose d'immatériel, de même
nature que toutes nos préoccupations ou nos sensations
de ce temps-là, et se mêlent indissolublement à elles. Tel
nom lu dans un livre autrefois, contient entre ses syllabes
le vent rapide et le soleil brillant qu'il faisait quand nous
le lisions. De sorte que la littérature qui se contente de
« décrire les choses », d'en donner seulement un misérable relevé de lignes et de surfaces, est celle qui, tout en
s'appelant réaliste, est la plus éloignée de la réalité[2], celle
qui nous appauvrit et nous attriste le plus, car elle coupe

brusquement toute communication de notre moi présent avec le passé, dont les choses gardaient l'essence, et l'avenir où elles nous incitent à la goûter de nouveau. C'est elle que l'art digne de ce nom doit exprimer, et, s'il y échoue, on peut encore tirer de son impuissance un enseignement (tandis qu'on n'en tire aucun des réussites du réalisme), à savoir que cette essence est en partie subjective et incommunicable.

Bien plus, une chose que nous vîmes à une certaine époque, un livre que nous lûmes ne restent pas unis à jamais seulement à ce qu'il y avait autour de nous ; il le reste aussi fidèlement à ce que nous étions alors, il ne peut plus être ressenti, repensé que par la sensibilité, que par la pensée, par la personne que nous étions alors ; si je reprends dans la bibliothèque *François le Champi*, immédiatement en moi un enfant se lève qui prend ma place, qui seul a le droit de lire ce titre : *François le Champi*, et qui le lit comme il le lut alors, avec la même impression du temps qu'il faisait dans le jardin, les mêmes rêves qu'il formait alors sur les pays et sur la vie, la même angoisse du lendemain. Que je revoie une chose d'un autre temps, c'est un jeune homme qui se lèvera. Et ma personne d'aujourd'hui n'est qu'une carrière abandonnée, qui croit que tout ce qu'elle contient est pareil et monotone, mais d'où chaque souvenir, comme un sculpteur de génie tire des statues innombrables. Je dis : chaque chose que nous revoyons ; car les livres se comportent en cela comme des choses, la manière dont leur dos s'ouvrait, le grain du papier peut avoir gardé en lui un souvenir aussi vif de la façon dont j'imaginais alors Venise et du désir que j'avais d'y aller, que les phrases mêmes des livres. Plus vif même, car celles-ci gênent parfois, comme ces photographies d'un être devant lesquelles on se le rappelle moins bien qu'en se contentant de penser à lui. Certes, pour bien des livres de mon enfance, et, hélas, pour certains livres de Bergotte lui-même, quand un soir de fatigue il m'arrive de les prendre, ce n'est pourtant que comme j'aurais pris un train dans l'espoir de me reposer par la vision de choses différentes et en respirant l'atmosphère d'autrefois. Mais il arrive que cette évocation recherchée se trouve entravée au contraire par la lecture prolongée du livre. Il en est un de Bergotte (qui dans la bibliothèque du prince portait une dédicace d'une flagornerie et d'une platitude

extrêmes), lu jadis un jour d'hiver où je ne pouvais voir
Gilberte, et où je ne peux réussir à retrouver les phrases
que j'aimais tant[1]. Certains mots me feraient croire que
ce sont elles, mais c'est impossible. Où serait donc la beauté
que je leur trouvais ? Mais du volume lui-même la neige
qui couvrait les Champs-Élysées le jour où je le lus n'a
pas été enlevée, je la vois toujours[2].

Et c'est pour cela que si j'avais été tenté d'être
bibliophile, comme l'était le prince de Guermantes, je ne
l'aurais été que d'une façon particulière, sans même cette
beauté indépendante de la valeur propre d'un livre, et qui
lui vient pour les amateurs de connaître les bibliothèques
par où il a passé, de savoir qu'il fut donné à l'occasion
de tel événement, par tel souverain à tel homme célèbre,
de l'avoir suivi, de vente en vente, à travers sa vie, cette
beauté historique en quelque sorte d'un livre ne serait pas
perdue pour moi. Mais c'est plus volontiers de l'histoire
de ma propre vie, c'est-à-dire non pas en simple curieux,
que je la dégagerais ; et ce serait souvent non pas à
l'exemplaire matériel que je l'attacherais, mais à l'ouvrage,
comme à ce *François le Champi*, contemplé pour la première
fois dans ma petite chambre de Combray, pendant la nuit
peut-être la plus douce et la plus triste de ma vie où j'avais,
hélas ! (dans un temps où me paraissaient bien inaccessibles
les mystérieux Guermantes) obtenu de mes parents une
première abdication d'où je pouvais faire dater le déclin
de ma santé et de mon vouloir, mon renoncement chaque
jour aggravé à une tâche difficile — et retrouvé aujourd'hui dans la bibliothèque des Guermantes précisément, par le jour le plus beau et dont s'éclairaient soudain
non seulement les tâtonnements anciens de ma pensée,
mais même le but de ma vie et peut-être de l'art. Pour
les exemplaires eux-mêmes des livres, j'eusse été, d'ailleurs, capable de m'y intéresser, dans une acception
vivante. La première édition d'un ouvrage m'eût été plus
précieuse que les autres, mais j'aurais entendu par elle
l'édition où je le lus pour la première fois. Je rechercherais
les éditions originales, je veux dire celles où j'eus de ce
livre une impression originale. Car les impressions
suivantes ne le sont plus. Je collectionnerais pour les
romans les reliures d'autrefois, celles du temps où je lus
mes premiers romans et qui entendaient tant de fois papa
me dire : « Tiens-toi droit ! » Comme la robe où nous

vîmes pour la première fois une femme, elles m'aideraient à retrouver l'amour que j'avais alors, la beauté sur laquelle j'ai superposé trop d'images de moins en moins aimées, pour pouvoir retrouver la première, moi qui ne suis pas le moi qui l'ai vue et qui dois céder la place au moi que j'étais alors, s'il appelle la chose qu'il connut et que mon moi d'aujourd'hui ne connaît point. Mais même dans ce sens-là, le seul que je puisse comprendre, je ne serais pas tenté d'être bibliophile. Je sais trop pour cela combien les choses sont poreuses à l'esprit et s'en imbibent.

La bibliothèque que je me composerais ainsi serait même d'une valeur plus grande encore ; car les livres que je lus jadis à Combray, à Venise, enrichis maintenant par ma mémoire de vastes enluminures représentant l'église Saint-Hilaire, la gondole amarrée au pied de Saint-Georges-le-Majeur sur le Grand Canal incrusté de scintillants saphirs, seraient devenus dignes de ces « livres à images », bibles historiées, livres d'heures que l'amateur n'ouvre jamais pour lire le texte mais pour s'enchanter une fois de plus des couleurs qu'y a ajoutées quelque émule de Foucquet et qui font tout le prix de l'ouvrage. Et pourtant, même n'ouvrir ces livres lus autrefois que pour regarder les images qui ne les ornaient pas alors, me semblerait encore si dangereux que, même en ce sens, le seul que je puisse comprendre, je ne serais pas tenté d'être bibliophile. Je sais trop combien ces images laissées par l'esprit sont aisément effacées par l'esprit. Aux anciennes il en substitue de nouvelles qui n'ont plus le même pouvoir de résurrection. Et si j'avais encore le *François le Champi* que maman sortit un soir du paquet de livres que ma grand-mère devait me donner pour ma fête, je ne le regarderais jamais ; j'aurais trop peur d'y insérer peu à peu mes impressions d'aujourd'hui jusqu'à en recouvrir complètement celles d'autrefois, j'aurais trop peur de le voir devenir à ce point une chose du présent que, quand je lui demanderais de susciter une fois encore l'enfant qui déchiffra son titre dans la petite chambre de Combray, l'enfant, ne reconnaissant pas son accent, ne répondît plus à son appel et restât pour toujours enterré dans l'oubli.

L'idée d'un art populaire comme d'un art patriotique si même elle n'avait pas été dangereuse, me semblait ridicule. S'il s'agissait de le rendre accessible au peuple, en sacrifiant les raffinements de la forme, « bons pour des oisifs », j'avais assez fréquenté de gens du monde pour savoir que ce sont eux les véritables illettrés, et non les ouvriers électriciens. À cet égard, un art populaire[1] par la forme eût été destiné plutôt aux membres du Jockey qu'à ceux de la Confédération générale du travail[2] ; quant aux sujets, les romans populaires ennuient autant les gens du peuple que les enfants ces livres qui sont écrits pour eux. On cherche à se dépayser en lisant, et les ouvriers sont aussi curieux des princes que les princes des ouvriers. Dès le début de la guerre M. Barrès avait dit que l'artiste (en l'espèce Titien) doit avant tout servir la gloire de sa patrie. Mais il ne peut la servir qu'en étant artiste[3], c'est-à-dire qu'à condition, au moment où il étudie ces lois, institue ces expériences et fait ces découvertes, aussi délicates que celles de la science, de ne pas penser à autre chose — fût-ce à la patrie — qu'à la vérité qui est devant lui. N'imitons pas les révolutionnaires qui par « civisme » méprisaient, s'ils ne les détruisaient pas, les œuvres de Watteau et de La Tour, peintres qui honorent davantage la France que tous ceux de la Révolution[4]. L'anatomie n'est peut-être pas ce que choisirait un cœur tendre, si l'on avait le choix. Ce n'est pas la bonté de son cœur vertueux, laquelle était fort grande[5], qui a fait écrire à Choderlos de Laclos *Les Liaisons dangereuses*, ni son goût pour la bourgeoisie petite ou grande qui a fait choisir à Flaubert comme sujets ceux de *Madame Bovary* et de *L'Éducation sentimentale*. Certains disaient que l'art d'une époque de hâte serait bref[6], comme ceux qui prédisaient avant la guerre qu'elle serait courte. Le chemin de fer devait ainsi tuer la contemplation, il était vain de regretter le temps des diligences, mais l'automobile remplit leur fonction et arrête à nouveau les touristes vers les églises abandonnées[7].

Une image offerte par la vie nous apportait en réalité à ce moment-là des sensations multiples et différentes. La vue, par exemple, de la couverture d'un livre déjà lu a tissé dans les caractères de son titre les rayons de lune d'une lointaine nuit d'été. Le goût du café au lait matinal nous apporte cette vague espérance d'un beau temps qui jadis si souvent, pendant que nous le buvions dans un bol de porcelaine blanche, crémeuse et plissée qui semblait du lait durci, quand la journée était encore intacte et pleine, se mit à nous sourire dans la claire incertitude du petit jour. Une heure n'est pas qu'une heure, c'est un vase

rempli de parfums, de sons, de projets et de climats. Ce
que nous appelons la réalité est un certain rapport entre
ces sensations et ces souvenirs qui nous entourent
simultanément — rapport que supprime une simple vision
cinématographique, laquelle s'éloigne par là d'autant plus
du vrai qu'elle prétend se borner à lui — rapport unique
que l'écrivain doit retrouver pour en enchaîner à jamais
dans sa phrase les deux termes différents. On peut faire
se succéder indéfiniment dans une description les objets
qui figuraient dans le lieu décrit, la vérité ne commencera
qu'au moment où l'écrivain prendra deux objets différents,
posera leur rapport, analogue dans le monde de l'art à
celui qu'est le rapport unique de la loi causale dans le
monde de la science, et les enfermera dans les anneaux
nécessaires d'un beau style. Même, ainsi que la vie, quand
en rapprochant une qualité commune à deux sensations,
il dégagera leur essence commune en les réunissant l'une
et l'autre pour les soustraire aux contingences du temps,
dans une métaphore[1]. La nature ne m'avait-elle pas mis
elle-même, à ce point de vue, sur la voie de l'art,
n'était-elle pas commencement d'art elle-même, elle qui
ne m'avait permis de connaître, souvent longtemps après,
la beauté d'une chose que dans une autre, midi à Combray
que dans le bruit de ses cloches, les matinées de Doncières
que dans les hoquets de notre calorifère à eau[2] ? Le rapport
peut être peu intéressant, les objets médiocres, le style
mauvais, mais tant qu'il n'y a pas eu cela, il n'y a rien.

Mais il y avait plus. Si la réalité était cette espèce de
déchet de l'expérience, à peu près identique pour chacun,
parce que quand nous disons : un mauvais temps, une
guerre, une station de voitures, un restaurant éclairé, un
jardin en fleurs, tout le monde sait ce que nous voulons
dire ; si la réalité était cela, sans doute une sorte de film
cinématographique de ces choses suffirait et le « style »,
la « littérature » qui s'écarteraient de leurs simples
données seraient un hors-d'œuvre artificiel. Mais était-ce
bien cela, la réalité ? Si j'essayais de me rendre compte
de ce qui se passe en effet au moment où une chose nous
fait une certaine impression, soit comme ce jour où, en
passant sur le pont de la Vivonne, l'ombre d'un nuage
sur l'eau m'avait fait crier « Zut alors ! » en sautant de
joie[3], soit qu'écoutant une phrase de Bergotte, tout ce que
j'eusse vu de mon impression c'est ceci qui ne lui convient

pas spécialement : « C'est admirable[1] », soit qu'irrité d'un
mauvais procédé, Bloch prononçât ces mots qui ne
convenaient pas du tout à une aventure si vulgaire :
« Qu'on agisse ainsi, je trouve cela tout de même
fffantastique[2] », soit quand, flatté d'être bien reçu chez
les Guermantes, et d'ailleurs un peu grisé par leurs vins,
je ne pouvais m'empêcher de dire à mi-voix, seul, en les
quittant : « Ce sont tout de même des êtres exquis avec
qui il serait doux de passer la vie[3] », je m'apercevais que
ce livre essentiel, le seul livre vrai, un grand écrivain n'a
pas, dans le sens courant, à l'inventer puisqu'il existe déjà
en chacun de nous, mais à le traduire. Le devoir et la tâche
d'un écrivain sont ceux d'un traducteur.

Or si, quand il s'agit du langage inexact de l'amour-
propre par exemple, le redressement de l'oblique discours
intérieur (qui va s'éloignant de plus en plus de l'impression
première et centrale) jusqu'à ce qu'il se confonde avec
la droite qui aurait dû partir de l'impression, si ce
redressement est chose malaisée contre quoi boude notre
paresse, il est d'autres cas, celui où il s'agit de l'amour
par exemple, où ce même redressement devient douloureux. Toutes nos feintes indifférences, toute notre indignation contre ses mensonges si naturels, si semblables à ceux
que nous pratiquons nous-même, en un mot tout ce que
nous n'avons cessé, chaque fois que nous étions malheureux ou trahis, non seulement de dire à l'être aimé, mais
même en attendant de le voir de nous dire sans fin à
nous-même, quelquefois à haute voix dans le silence de
notre chambre troublé par quelques : « Non, vraiment,
de tels procédés sont intolérables », et : « J'ai voulu te
recevoir une dernière fois et je ne nierai pas que cela me
fasse de la peine », ramener tout cela à la vérité ressentie
dont cela s'était tant écarté, c'est abolir tout ce à quoi nous
tenions le plus, ce qui a fait, seul à seul avec nous-même,
dans des projets fiévreux de lettres et de démarches, notre
entretien passionné avec nous-même.

Même dans les joies artistiques, qu'on recherche
pourtant en vue de l'impression qu'elles donnent, nous
nous arrangeons le plus vite possible à laisser de côté
comme inexprimable ce qui est précisément cette impression même, et à nous attacher à ce qui nous permet d'en
éprouver le plaisir sans le connaître jusqu'au fond et de
croire le communiquer à d'autres amateurs avec qui la

conversation sera possible, parce que nous leur parlerons
d'une chose qui est la même pour eux et pour nous, la
racine personnelle de notre propre impression étant
supprimée. Dans les moments mêmes où nous sommes les
spectateurs les plus désintéressés de la nature, de la société,
de l'amour, de l'art lui-même, comme toute impression
est double, à demi engainée dans l'objet, prolongée en
nous-même par une autre moitié que seul nous pourrions
connaître, nous nous empressons de négliger celle-là,
c'est-à-dire la seule à laquelle nous devrions nous attacher,
et nous ne tenons compte que de l'autre moitié qui, ne
pouvant pas être approfondie parce qu'elle est extérieure,
ne sera cause pour nous d'aucune fatigue : le petit sillon
que la vue d'une aubépine ou d'une église a creusé en
nous, nous trouvons trop difficile de tâcher de l'apercevoir.
Mais nous rejouons la symphonie, nous retournons voir
l'église jusqu'à ce que — dans cette fuite loin de notre
propre vie que nous n'avons pas le courage de regarder
et qui s'appelle l'érudition — nous les connaissions aussi
bien, de la même manière, que le plus savant amateur de
musique ou d'archéologie.

Aussi combien s'en tiennent là qui n'extraient rien de
leur impression, vieillissent inutiles et insatisfaits, comme
des célibataires de l'art ! Ils ont les chagrins qu'ont les
vierges et les paresseux, et que la fécondité ou le travail
guérirait. Ils sont plus exaltés à propos des œuvres d'art
que les véritables artistes, car leur exaltation n'étant
pas pour eux l'objet d'un dur labeur d'approfondissement,
elle se répand au dehors, échauffe leurs conversations, em-
pourpre leur visage. Ils croient accomplir un acte en
hurlant à se casser la voix : « Bravo, bravo » après
l'exécution d'une œuvre qu'ils aiment. Mais ces manifestations ne les forcent pas à éclaircir la nature de leur
amour, ils ne la connaissent pas. Cependant celui-ci, inuti-
lisé, reflue même sur leurs conversations les plus calmes,
leur fait faire de grands gestes, des grimaces, des hochements de tête quand ils parlent d'art. « J'ai été à un
concert. Je vous avouerai que ça ne m'emballait pas. On
commence le quatuor. Ah ! mais, nom d'une pipe ! ça
change » (la figure de l'amateur à ce moment-là exprime
une inquiétude anxieuse comme s'il pensait : « Mais je
vois des étincelles, ça sent le roussi, il y a le feu »).
« Tonnerre de Dieu, ce que j'entends là c'est exaspérant,

c'est mal écrit, mais c'est épastrouillant, ce n'est pas l'œuvre de tout le monde. » Ce regard est précédé d'une intonation anxieuse aussi, de ports de tête, de nouvelles gesticulations, tout le ridicule des moignons de l'oison qui n'a pas résolu le problème des ailes et cependant est travaillé du désir de planer. De concerts en concerts passe sa vie ce stérile amateur, aigri et inassouvi quand il grisonne, sans vieillesse féconde, en quelque sorte le célibataire de l'art. Mais cette gent fort haïssable, qui pue son mérite et n'a point reçu sa part de contentement, est touchante parce qu'elle est le premier essai informe du besoin de passer de l'objet variable du plaisir intellectuel à son organe permanent[1].

Encore, si risibles soient-ils, ne sont-ils pas tout à fait à dédaigner. Ils sont les premiers essais de la nature qui veut créer l'artiste, aussi informes, aussi peu viables que ces premiers animaux qui précédèrent les espèces actuelles et qui n'étaient pas constitués pour durer. Ces amateurs velléitaires et stériles doivent nous toucher comme ces premiers appareils qui ne purent quitter la terre mais où résidait, non encore le moyen secret et qui restait à découvrir, mais le désir du vol. « Et, mon vieux, ajoute l'amateur en vous prenant par le bras, moi c'est la huitième fois que je l'entends, et je vous jure bien que ce n'est pas la dernière. » Et en effet, comme ils n'assimilent pas ce qui dans l'art est vraiment nourricier, ils ont tout le temps besoin de joies artistiques, en proie à une boulimie qui ne les rassasie jamais. Ils vont donc applaudir longtemps de suite la même œuvre, croyant de plus que leur présence réalise un devoir, un acte, comme d'autres personnes la leur à une séance de conseil d'administration, à un enterrement. Puis viennent des œuvres autres et même opposées, que ce soit en littérature, en peinture ou en musique. Car la faculté de lancer des idées, des systèmes, et surtout de se les assimiler, a toujours été beaucoup plus fréquente, même chez ceux qui produisent, que le véritable goût, mais prend une extension plus considérable depuis que les revues, les journaux littéraires se sont multipliés (et avec eux les vocations factices d'écrivains et d'artistes). Aussi la meilleure partie de la jeunesse, la plus intelligente, la plus désintéressée, n'aimait-elle plus en littérature que les œuvres ayant une haute portée morale et sociologique, même religieuse. Elle s'imaginait

que c'était là le critérium de la valeur d'une œuvre,
renouvelant ainsi l'erreur des David, des Chenavard, des
Brunetière, etc.[1]. On préférait à Bergotte, dont les plus
jolies phrases avaient exigé en réalité un bien plus profond
repli sur soi-même, des écrivains qui semblaient plus
profonds simplement parce qu'ils écrivaient moins bien.
La complication de son écriture n'était faite que pour des
gens du monde, disaient des démocrates qui faisaient ainsi
aux gens du monde un honneur immérité. Mais dès que
l'intelligence raisonneuse veut se mettre à juger des
œuvres d'art, il n'y a plus rien de fixe, de certain, on peut
démontrer tout ce qu'on veut. Alors que la réalité du talent
est un bien, une acquisition universels, dont on doit avant
tout constater la présence sous les modes apparentes de
la pensée et du style, c'est sur ces dernières que la critique
s'arrête pour classer les auteurs. Elle sacre prophète à cause
de son ton péremptoire, de son mépris affiché pour l'école
qui l'a précédé, un écrivain qui n'apporte nul message
nouveau. Cette constante aberration de la critique est telle
qu'un écrivain devrait presque préférer être jugé par le
grand public (si celui-ci n'était incapable de se rendre
compte même de ce qu'un artiste a tenté dans un ordre
de recherches qui lui est inconnu). Car il y a plus
d'analogie entre la vie instinctive du public et le talent
d'un grand écrivain, qui n'est qu'un instinct religieusement
écouté, au milieu du silence imposé à tout le reste, un
instinct perfectionné et compris, qu'avec le verbiage
superficiel et les critères changeants des juges attitrés. Leur
logomachie se renouvelle de dix ans en dix ans (car le
kaléidoscope n'est pas composé seulement par les groupes
mondains, mais par les idées sociales, politiques, religieuses, qui prennent une ampleur momentanée grâce à
leur réfraction dans des masses étendues, mais restent
limitées malgré cela à la courte vie des idées dont la
nouveauté n'a pu séduire que des esprits peu exigeants
en fait de preuves). Ainsi s'étaient succédé les partis et
les écoles, faisant se prendre à eux toujours les mêmes
esprits, hommes d'une intelligence relative, toujours voués
aux engouements dont s'abstiennent des esprits plus
scrupuleux et plus difficiles en fait de preuves. Malheureusement, justement parce que les autres ne sont que de
demi-esprits, ils ont besoin de se compléter dans l'action,
ils agissent ainsi plus que les esprits supérieurs, attirent

à eux la foule et créent autour d'eux non seulement les réputations surfaites et les dédains injustifiés mais les guerres civiles et les guerres extérieures, dont un peu de critique port-royaliste[1] sur soi-même devrait préserver.

Et quant à la jouissance que donne à un esprit parfaitement juste, à un cœur vraiment vivant, la belle pensée d'un maître, elle est sans doute entièrement saine mais, si précieux que soient les hommes qui la goûtent vraiment (combien y en a-t-il en vingt ans ?), elle les réduit tout de même à n'être que la pleine conscience d'un autre. Si tel homme a tout fait pour être aimé d'une femme qui n'eût pu que le rendre malheureux, mais n'a même pas réussi, malgré ses efforts redoublés pendant des années, à obtenir un rendez-vous de cette femme, au lieu de chercher à exprimer ses souffrances et le péril auquel il a échappé, il relit sans cesse, en mettant sous elle « un million de mots[2] » et les souvenirs les plus émouvants de sa propre vie, cette pensée de La Bruyère : « Les hommes souvent veulent aimer et ne sauraient y réussir, ils cherchent leur défaite sans pouvoir la rencontrer, et, si j'ose ainsi parler, ils sont contraints de demeurer libres[3]. » Que ce soit ce sens ou non qu'ait eu cette pensée pour celui qui l'écrivit (pour qu'elle l'eût, et ce serait plus beau, il faudrait « être aimés » au lieu d'« aimer »), il est certain qu'en lui ce lettré sensible la vivifie, la gonfle de signification jusqu'à la faire éclater, il ne peut la redire qu'en débordant de joie, tant il la trouve vraie et belle, mais il n'y a malgré tout rien ajouté, et il reste seulement la pensée de La Bruyère.

Comment la littérature de notations aurait-elle une valeur quelconque, puisque c'est sous de petites choses comme celles qu'elle note que la réalité est contenue (la grandeur dans le bruit lointain d'un aéroplane, dans la ligne du clocher de Saint-Hilaire, le passé dans la saveur d'une madeleine, etc.) et qu'elles sont sans signification par elles-mêmes si on ne l'en dégage pas ?

Peu à peu, conservée par la mémoire, c'est la chaîne de toutes ces expressions inexactes où ne reste rien de ce que nous avons réellement éprouvé, qui constitue pour nous notre pensée, notre vie, la réalité, et c'est ce mensonge-là que ne ferait que reproduire un art soi-disant « vécu », simple comme la vie, sans beauté, double emploi si ennuyeux et si vain de ce que nos yeux voient

et de ce que notre intelligence constate qu'on se demande
où celui qui s'y livre trouve l'étincelle joyeuse et motrice,
capable de le mettre en train et de le faire avancer dans
sa besogne. La grandeur de l'art véritable, au contraire,
de celui que M. de Norpois eût appelé un jeu de dilettante,
c'était de retrouver, de ressaisir, de nous faire connaître
cette réalité loin de laquelle nous vivons, de laquelle nous
nous écartons de plus en plus au fur et à mesure que prend
plus d'épaisseur et d'imperméabilité la connaissance
conventionnelle que nous lui substituons, cette réalité que
nous risquerions fort de mourir sans avoir connue, et qui
est tout simplement notre vie.

La vraie vie, la vie enfin découverte et éclaircie, la seule
vie par conséquent pleinement vécue, c'est la littérature[1].
Cette vie qui, en un sens, habite à chaque instant chez
tous les hommes aussi bien que chez l'artiste. Mais ils ne
la voient pas, parce qu'ils ne cherchent pas à l'éclaircir.
Et ainsi leur passé est encombré d'innombrables clichés
qui restent inutiles parce que l'intelligence ne les a pas
« développés ». Notre vie ; et aussi la vie des autres ;
car le style pour l'écrivain aussi bien que la couleur pour
le peintre est une question non de technique mais de
vision. Il est la révélation, qui serait impossible par des
moyens directs et conscients, de la différence qualitative
qu'il y a dans la façon dont nous apparaît le monde,
différence qui, s'il n'y avait pas l'art, resterait le secret
éternel de chacun. Par l'art seulement nous pouvons sortir
de nous, savoir ce que voit un autre de cet univers qui
n'est pas le même que le nôtre et dont les paysages nous
seraient restés aussi inconnus que ceux qu'il peut y avoir
dans la lune. Grâce à l'art, au lieu de voir un seul monde,
le nôtre, nous le voyons se multiplier, et autant qu'il y
a d'artistes originaux, autant nous avons de mondes à notre
disposition, plus différents les uns des autres que ceux qui
roulent dans l'infini et, bien des siècles après qu'est éteint
le foyer dont il émanait, qu'il s'appelât Rembrandt ou
Ver Meer, nous envoient encore leur rayon spécial.

Ce travail de l'artiste, de chercher à apercevoir sous de
la matière, sous de l'expérience, sous des mots quelque
chose de différent, c'est exactement le travail inverse de
celui que, à chaque minute, quand nous vivons détourné
de nous-même, l'amour-propre, la passion, l'intelligence,
et l'habitude aussi accomplissent en nous, quand elles

amassent au-dessus de nos impressions vraies, pour nous les cacher entièrement, les nomenclatures, les buts pratiques que nous appelons faussement la vie. En somme, cet art si compliqué est justement le seul art vivant. Seul il exprime pour les autres et nous fait voir à nous-même notre propre vie, cette vie qui ne peut pas s'« observer », dont les apparences qu'on observe ont besoin d'être traduites et souvent lues à rebours et péniblement déchiffrées. Ce travail qu'avaient fait notre amour-propre, notre passion, notre esprit d'imitation, notre intelligence abstraite, nos habitudes, c'est ce travail que l'art défera, c'est la marche en sens contraire, le retour aux profondeurs où ce qui a existé réellement gît inconnu de nous, qu'il nous fera suivre.

Et sans doute c'était une grande tentation que de recréer la vraie vie, de rajeunir les impressions. Mais il y fallait du courage de tout genre, et même sentimental. Car c'était avant tout abroger ses plus chères illusions, cesser de croire à l'objectivité de ce qu'on a élaboré soi-même, et au lieu de se bercer une centième fois de ces mots : « Elle était bien gentille », lire au travers : « J'avais du plaisir à l'embrasser. » Certes, ce que j'avais éprouvé dans ces heures d'amour, tous les hommes l'éprouvent aussi. On éprouve, mais ce qu'on a éprouvé est pareil à certains clichés qui ne montrent que du noir tant qu'on ne les a pas mis près d'une lampe, et qu'eux aussi il faut regarder à l'envers : on ne sait pas ce que c'est tant qu'on ne l'a pas approché de l'intelligence. Alors seulement quand elle l'a éclairé, quand elle l'a intellectualisé, on distingue, et avec quelle peine, la figure de ce qu'on a senti. Mais je me rendais compte aussi que cette souffrance que j'avais connue d'abord avec Gilberte[1], que notre amour n'appartient pas à l'être qui l'inspire, est salutaire. Accessoirement comme moyen (car, si peu que notre vie doive durer, ce n'est que pendant que nous souffrons que nos pensées, en quelque sorte agitées de mouvements perpétuels et changeants, font monter comme dans une tempête, à un niveau d'où nous pouvons la voir, toute cette immensité réglée par des lois, sur laquelle, postés à une fenêtre mal placée, nous n'avons pas vue, car le calme du bonheur la laisse unie et à un niveau trop bas ; peut-être seulement pour quelques grands génies ce mouvement existe-t-il constamment sans qu'il y ait besoin pour eux des agitations

de la douleur ; encore n'est-il pas certain, quand nous
contemplons l'ample et régulier développement de leurs
œuvres joyeuses, que nous ne soyons trop portés à
supposer d'après la joie de l'œuvre celle de la vie, qui
a peut-être été au contraire constamment douloureuse)
— mais principalement parce que, si notre amour n'est
pas seulement d'une Gilberte (ce qui nous fait tant
souffrir), ce n'est pas parce qu'il est aussi l'amour d'une
Albertine, mais parce qu'il est une portion de notre âme,
plus durable que les moi divers qui meurent successivement en nous et qui voudraient égoïstement le retenir,
et qui doit — quelque mal, quelque mal d'ailleurs utile
que cela nous fasse — se détacher des êtres pour en
restituer la généralité et donner cet amour, la compréhension de cet amour, à tous, à l'esprit universel et non à telle
puis à telle en lesquelles tel puis tel de ceux que nous avons
été successivement voudraient se fondre.

Il me fallait rendre aux moindres signes qui m'entouraient (Guermantes, Albertine, Gilberte, Saint-Loup, Balbec, etc.) leur sens que l'habitude leur avait fait perdre
pour moi. Et quand nous aurons atteint la réalité, pour
l'exprimer, pour la conserver nous écarterons ce qui est
différent d'elle et que ne cesse de nous apporter la vitesse
acquise de l'habitude. Plus que tout j'écarterais ces paroles
que les lèvres plutôt que l'esprit choisissent, ces paroles
pleines d'humour, comme on en dit dans la conversation,
et qu'après une longue conversation avec les autres on
continue à s'adresser facticement à soi-même et qui nous
remplissent l'esprit de mensonges, ces paroles toutes
physiques qu'accompagne chez l'écrivain qui s'abaisse à
les transcrire le petit sourire, la petite grimace qui altère
à tout moment, par exemple, la phrase parlée d'un
Sainte-Beuve[1], tandis que les vrais livres doivent être les
enfants non du grand jour et de la causerie mais de
l'obscurité et du silence. Et comme l'art recompose
exactement la vie, autour des vérités qu'on a atteintes en
soi-même flottera toujours une atmosphère de poésie, la
douceur d'un mystère qui n'est que le vestige de la
pénombre que nous avons dû traverser, l'indication,
marquée exactement comme par un altimètre, de la
profondeur d'une œuvre. (Car cette profondeur n'est pas
inhérente à certains sujets, comme le croient des roman-
ciers matérialistement spiritualistes puisqu'ils ne peuvent

pas descendre au-delà du monde des apparences, et dont toutes les nobles intentions, pareilles à ces vertueuses tirades habituelles chez certaines personnes incapables du plus petit acte de bonté, ne doivent pas nous empêcher de remarquer qu'ils n'ont même pas eu la force d'esprit de se débarrasser de toutes les banalités de forme acquises par l'imitation.)

Quant aux vérités que l'intelligence — même des plus hauts esprits — cueille à claire-voie, devant elle, en pleine lumière, leur valeur peut être très grande ; mais elles ont des contours plus secs et sont planes, n'ont pas de profondeur parce qu'il n'y a pas eu de profondeurs à franchir pour les atteindre, parce qu'elles n'ont pas été recréées. Souvent des écrivains au fond de qui n'apparaissent plus ces vérités mystérieuses n'écrivent plus à partir d'un certain âge qu'avec leur intelligence, qui a pris de plus en plus de force ; les livres de leur âge mûr ont, à cause de cela, plus de force que ceux de leur jeunesse, mais ils n'ont plus le même velours.

Je sentais pourtant que ces vérités que l'intelligence dégage directement de la réalité ne sont pas à dédaigner entièrement, car elles pourraient enchâsser d'une matière moins pure mais encore pénétrée d'esprit, ces impressions que nous apporte hors du temps l'essence commune aux sensations du passé et du présent, mais qui, plus précieuses, sont aussi trop rares pour que l'œuvre d'art puisse être composée seulement avec elles. Capables d'être utilisées pour cela, je sentais se presser en moi une foule de vérités relatives aux passions, aux caractères, aux mœurs. Leur perception me causait de la joie ; pourtant il me semblait me rappeler que plus d'une d'entre elles, je l'avais découverte dans la souffrance, d'autres dans de bien médiocres plaisirs.

Chaque personne qui nous fait souffrir peut être rattachée par nous à une divinité dont elle n'est qu'un reflet fragmentaire et le dernier degré, divinité (Idée) dont la contemplation nous donne aussitôt de la joie au lieu de la peine que nous avions. Tout l'art de vivre, c'est de ne nous servir des personnes qui nous font souffrir que comme d'un degré permettant d'accéder à leur forme divine et de peupler ainsi joyeusement notre vie de divinités.

Alors, moins éclatante sans doute que celle qui m'avait fait apercevoir que l'œuvre d'art était le seul moyen de retrouver le Temps perdu, une nouvelle lumière se fit en moi. Et je compris que tous ces matériaux de l'œuvre littéraire, c'était ma vie passée ; je compris qu'ils étaient venus à moi, dans les plaisirs frivoles, dans la paresse, dans la tendresse, dans la douleur, emmagasinés par moi sans que je devinasse plus leur destination, leur survivance même, que la graine mettant en réserve tous les aliments qui nourriront la plante. Comme la graine[1], je pourrais mourir quand la plante se serait développée, et je me trouvais avoir vécu pour elle sans le savoir, sans que ma vie me parût devoir entrer jamais en contact avec ces livres que j'aurais voulu écrire et pour lesquels, quand je me mettais autrefois à ma table, je ne trouvais pas de sujet. Ainsi toute ma vie jusqu'à ce jour aurait pu et n'aurait pas pu être résumée sous ce titre : Une vocation[2]. Elle ne l'aurait pas pu en ce sens que la littérature n'avait joué aucun rôle dans ma vie. Elle l'aurait pu en ce que cette vie, les souvenirs de ses tristesses, de ses joies, formaient une réserve pareille à cet albumen qui est logé dans l'ovule des plantes et dans lequel celui-ci puise sa nourriture pour se transformer en graine, en ce temps où on ignore encore que l'embryon d'une plante se développe, lequel est pourtant le lieu de phénomènes chimiques et respiratoires secrets mais très actifs. Ainsi ma vie était-elle en rapport avec ce qu'amènerait sa maturation. Et ceux qui se nourriraient ensuite d'elle ignoreraient, comme ceux qui mangent les graines alimentaires, que les riches substances qu'elles contiennent ont été faites pour leur nourriture, avaient d'abord nourri la graine et permis sa maturation.

En cette matière, les mêmes comparaisons qui sont fausses si on part d'elles, peuvent être vraies si on y aboutit. Le littérateur envie le peintre, il aimerait prendre des croquis, des notes, il est perdu s'il le fait. Mais quand il écrit, il n'est pas un geste de ses personnages, un tic, un accent, qui n'ait été apporté à son inspiration par sa mémoire, il n'est pas un nom de personnage inventé sous lequel il ne puisse mettre soixante noms de personnages vus, dont l'un a posé pour la grimace, l'autre pour le monocle[3], tel pour la colère, tel pour le mouvement avantageux du bras, etc. Et alors l'écrivain se rend compte que si son rêve d'être un peintre n'était pas réalisable d'une manière consciente et volontaire, il se trouve pourtant avoir été réalisé et que l'écrivain, lui aussi, a fait son carnet de croquis sans le savoir.

Car, mû par l'instinct qui était en lui, l'écrivain, bien avant qu'il crût le devenir un jour, omettait régulièrement de regarder tant de choses que les autres remarquent, ce qui le faisait accuser par les autres de distraction et par lui-même de ne savoir ni écouter ni voir ; pendant ce temps-là il dictait à ses yeux et à ses oreilles de retenir à jamais ce qui semblait aux autres des riens puérils, l'accent avec lequel avait été dite une phrase, et l'air de figure et le mouvement d'épaules qu'avait fait à un certain moment telle personne dont il ne sait peut-être rien d'autre, il y a de cela bien des années, et cela parce que cet accent, il l'avait déjà entendu, ou sentait qu'il pourrait le réentendre, que c'était quelque chose de renouvelable, de durable ; c'est le sentiment du général qui dans l'écrivain futur choisit lui-même ce qui est général et pourra entrer dans l'œuvre d'art. Car il n'a écouté les autres que quand, si bêtes ou si fous qu'ils fussent, répétant comme des perroquets ce que disent les gens de caractère semblable, ils s'étaient faits par là même les oiseaux prophètes, les porte-parole d'une loi psychologique. Il ne se souvient que du général. Par de tels accents, par de tels mouvements de physionomie, eussent-ils été vus dans sa plus lointaine enfance, la vie des autres était représentée en lui et, quand plus tard il écrirait, viendrait composer d'un mouvement d'épaules commun à beaucoup, vrai comme s'il était noté sur le cahier d'un anatomiste, mais ici pour exprimer une vérité psychologique, et emmanchant sur ses épaules un mouvement de cou fait par un autre, chacun ayant donné son instant de pose.

Il n'est pas certain que, pour créer une œuvre littéraire, l'imagination et la sensibilité ne soient pas des qualités interchangeables et que la seconde ne puisse pas sans grand inconvénient être substituée à la première, comme des gens dont l'estomac est incapable de digérer chargent de cette fonction leur intestin. Un homme né sensible et qui n'aurait pas d'imagination pourrait malgré cela écrire des romans admirables. La souffrance que les autres lui causeraient, ses efforts pour la prévenir, les conflits qu'elle et la seconde personne cruelle créeraient, tout cela, interprété par l'intelligence, pourrait faire la matière d'un livre non seulement aussi beau que s'il était imaginé, inventé, mais encore aussi extérieur à la rêverie de l'auteur s'il avait été livré à lui-même et heureux, aussi surprenant pour lui-même, aussi accidentel qu'un caprice fortuit de l'imagination.

Les êtres les plus bêtes, par leurs gestes, leurs propos, leurs sentiments involontairement exprimés, manifestent des lois qu'ils ne perçoivent pas, mais que l'artiste surprend en eux. A cause de ce genre d'observations le vulgaire croit l'écrivain méchant, et il le croit à tort, car dans un ridicule l'artiste voit une belle généralité, il ne l'impute pas plus à grief à la personne observée que le chirurgien ne la mésestimerait d'être affectée d'un trouble assez fréquent de la circulation ; aussi se moque-t-il moins que personne des ridicules. Malheureusement il est plus malheureux qu'il n'est méchant : quand il s'agit de ses propres passions, tout en connaissant aussi bien la généralité, il s'affranchit moins aisément des souffrances personnelles qu'elles causent. Sans doute, quand un insolent nous insulte, nous aurions mieux aimé qu'il nous louât, et surtout quand une femme que nous adorons nous trahit, que ne donnerions-nous pas pour qu'il en fût autrement ! Mais le ressentiment de l'affront, les douleurs de l'abandon auraient alors été les terres que nous n'aurions jamais connues, et dont la découverte, si pénible qu'elle soit à l'homme, devient précieuse pour l'artiste. Aussi les méchants et les ingrats, malgré lui, malgré eux, figurent dans son œuvre. Le pamphlétaire associe involontairement à sa gloire la canaille qu'il a flétrie. On peut reconnaître dans toute œuvre d'art ceux que l'artiste a le plus haïs et, hélas, même celles qu'il a le plus aimées. Elles-mêmes n'ont fait que poser pour l'écrivain dans le moment même où bien contre son gré elles le faisaient le plus souffrir. Quand j'aimais Albertine, je m'étais bien rendu compte qu'elle ne m'aimait pas, et j'avais été obligé de me résigner à ce qu'elle me fît seulement connaître ce que c'est qu'éprouver de la souffrance, de l'amour, et même, au commencement, du bonheur.

Et quand nous cherchons à extraire la généralité de notre chagrin, à en écrire, nous sommes un peu consolés peut-être par une autre raison encore que toutes celles que je donne ici, et qui est que penser d'une façon générale, qu'écrire, est pour l'écrivain une fonction saine et nécessaire dont l'accomplissement rend heureux, comme pour les hommes physiques l'exercice, la sueur, le bain. À vrai dire, contre cela je me révoltais un peu. J'avais beau croire que la vérité suprême de la vie est dans l'art, j'avais beau, d'autre part, n'être pas plus capable de l'effort de souvenir qu'il m'eût fallu pour aimer encore Albertine que pour pleurer encore ma grand-mère, je me demandais si tout de même une œuvre d'art dont elles ne seraient pas conscientes serait pour elles, pour le destin de ces pauvres mortes, un accomplissement. Ma grand-mère que j'avais, avec tant d'indifférence, vue agoniser et mourir près de moi ! Ô puissé-je, en expiation[1], quand mon œuvre serait terminée, blessé sans remède, souffrir de longues heures, abandonné de tous, avant de mourir ! D'ailleurs, j'avais une pitié infinie même d'êtres moins chers, même d'indifférents, et de tant de destinées dont ma pensée en essayant de les comprendre avait, en somme, utilisé la souffrance, ou même seulement les ridicules. Tous ces êtres qui m'avaient révélé des vérités et qui n'étaient plus, m'apparaissaient comme ayant vécu une vie qui n'avait profité qu'à moi, et comme s'ils étaient morts pour moi.

Il était triste pour moi de penser que mon amour auquel j'avais tant tenu, serait, dans mon livre, si dégagé d'un être que des lecteurs divers l'appliqueraient exactement à ce qu'ils avaient éprouvé pour d'autres femmes. Mais devais-je me scandaliser de cette infidélité posthume et que tel ou tel pût donner comme objet à mes sentiments des femmes inconnues, quand cette infidélité, cette division de l'amour entre plusieurs êtres, avait commencé de mon vivant et avant même que j'écrivisse ? J'avais bien souffert successivement pour Gilberte, pour Mme de Guermantes, pour Albertine. Successivement aussi je les avais oubliées, et seul mon amour dédié à des êtres différents avait été durable. La profanation d'un de mes souvenirs par des lecteurs inconnus, je l'avais consommée avant eux. Je n'étais pas loin de me faire horreur, comme se le ferait peut-être à lui-même quelque parti nationaliste au nom duquel des hostilités se seraient poursuivies, et à qui seul aurait servi une guerre où tant de nobles victimes auraient souffert et succombé, sans même savoir (ce qui pour ma grand-mère du moins eût été une telle récompense) l'issue de la lutte. Et ma seule consolation qu'elle ne sût pas que je me mettais enfin à l'œuvre était que (tel est le lot des morts) si elle ne pouvait jouir de mon progrès, elle avait cessé depuis longtemps d'avoir conscience de mon inaction, de ma vie manquée, qui avaient été une telle souffrance pour elle. Et certes il n'y aurait pas que ma grand-mère, pas qu'Albertine, mais bien d'autres encore dont j'avais pu assimiler une parole, un regard, mais qu'en tant que créatures individuelles je ne me rappelais plus ; un livre est un grand cimetière où sur la plupart des tombes on ne peut plus lire les noms effacés. Parfois au contraire on se souvient très bien du nom, mais sans savoir si quelque chose de l'être qui le porta survit dans ces pages. Cette jeune fille aux prunelles profondément enfoncées, à la voix traînante, est-elle ici ? Et si elle y repose en effet, dans quelle partie, on ne sait plus, et comment trouver sous les fleurs ?

Mais puisque nous vivons loin des êtres individuels, puisque nos sentiments les plus forts, comme avait été mon amour pour ma grand-mère, pour Albertine, au bout de quelques années nous ne les connaissons plus, puisqu'ils ne sont plus pour nous qu'un mot incompris, puisque nous pouvons parler de ces morts avec les gens du monde chez qui nous avons encore plaisir à nous trouver quand tout ce que nous aimions pourtant est mort, alors s'il est un moyen pour nous d'apprendre à comprendre ces mots oubliés, ce moyen ne devons-nous pas l'employer, fallût-il pour cela les transcrire d'abord en un langage universel mais qui du moins sera permanent, qui ferait de ceux qui ne sont plus, en leur essence la plus vraie, une acquisition perpétuelle pour toutes les âmes ? Même cette loi du changement qui nous a rendu ces mots inintelligibles, si nous parvenons à l'expliquer, notre infirmité ne devient-elle pas une force nouvelle ?

D'ailleurs, l'œuvre à laquelle nos chagrins ont collaboré peut être interprétée pour notre avenir à la fois comme un signe néfaste de souffrance et comme un signe heureux de consolation. En effet si on dit que les amours, les chagrins du poète lui ont servi, l'ont aidé à construire son œuvre, si les inconnues qui s'en doutaient le moins, l'une par une méchanceté, l'autre par une raillerie, ont apporté chacune leur pierre pour l'édification du monument qu'elles ne verront pas, on ne songe pas assez que la vie de l'écrivain n'est pas terminée avec cette œuvre, que la même nature qui lui a fait avoir telles souffrances, lesquelles sont entrées dans son œuvre, cette nature continuera de vivre après l'œuvre terminée, lui fera aimer d'autres femmes dans des conditions qui seraient pareilles, si ne les faisait légèrement dévier tout ce que le temps modifie dans les circonstances, dans le sujet lui-même, dans son appétit d'amour et dans sa résistance à la douleur. À ce premier point de vue l'œuvre doit être considérée seulement comme un amour malheureux qui en présage fatalement d'autres et qui fera que la vie ressemblera à l'œuvre, que le poète n'aura presque plus besoin d'écrire, tant il pourra trouver dans ce qu'il a écrit la figure anticipée de ce qui arrivera. Ainsi mon amour pour Albertine, tant qu'il en différât, était déjà inscrit dans mon amour pour Gilberte, au milieu des jours heureux duquel j'avais entendu pour la première fois prononcer le nom et faire le portrait d'Albertine par sa tante, sans me douter que ce germe insignifiant se développerait et s'étendrait un jour sur toute ma vie.

Mais à un autre point de vue, l'œuvre est signe de bonheur, parce qu'elle nous apprend que dans tout amour le général gît à côté du particulier, et à passer du second au premier par une gymnastique qui fortifie contre le chagrin en faisant négliger sa cause pour approfondir son essence. En effet, comme je devais l'expérimenter par la suite, même au moment où l'on aime et où on souffre, si la vocation s'est enfin réalisée dans les heures où on travaille on sent si bien l'être qu'on aime se dissoudre dans une réalité plus vaste qu'on arrive à l'oublier par instants et qu'on ne souffre plus de son amour en travaillant que comme de quelque mal purement physique où l'être aimé n'est pour rien, comme d'une sorte de maladie de cœur. Il est vrai que c'est une question d'instant et que l'effet semble être le contraire, si le travail vient un peu plus tard. Car les êtres qui, par leur méchanceté, leur nullité, étaient arrivés malgré nous à détruire nos illusions, s'étaient réduits eux-mêmes à rien et séparés de la chimère amoureuse que nous nous étions forgée, si alors nous nous mettons à travailler, notre âme les élève de nouveau, les identifie, pour les besoins de notre analyse de nous-même, à des êtres qui nous auraient aimé, et dans ce cas la littérature, recommençant le travail défait de l'illusion amoureuse, donne une sorte de survie à des sentiments qui n'existaient plus.

Certes nous sommes obligé de revivre notre souffrance particulière avec le courage du médecin qui recommence sur lui-même la dangereuse piqûre. Mais en même temps il nous faut la penser sous une forme générale qui nous fait dans une certaine mesure échapper à son étreinte, qui fait de tous les copartageants de notre peine, et qui n'est même pas exempte d'une certaine joie. Là où la vie emmure, l'intelligence perce une issue, car s'il n'est pas de remède à un amour non partagé, on sort de la constatation d'une souffrance, ne fût-ce qu'en en tirant les conséquences qu'elle comporte. L'intelligence ne connaît pas ces situations fermées de la vie sans issue.

Aussi fallait-il me résigner, puisque rien ne peut durer qu'en devenant général et si l'esprit meurt à soi-même, à l'idée que même les êtres qui furent le plus chers à l'écrivain n'ont fait en fin de compte que poser pour lui comme chez les peintres.

En amour, notre rival heureux, autant dire notre ennemi, est notre bienfaiteur. À un être qui n'excitait en nous qu'un insignifiant désir physique il ajoute aussitôt une valeur immense, étrangère, mais que nous confondons avec lui. Si nous n'avions pas de rivaux, le plaisir ne se transformerait pas en amour. Si nous n'en avions pas, ou si nous ne croyions pas en avoir. Car il n'est pas nécessaire qu'ils existent réellement. Suffisante pour notre bien est cette vie illusoire que donnent à des rivaux inexistants notre soupçon, notre jalousie.

Parfois, quand un morceau douloureux est resté à l'état d'ébauche, une nouvelle tendresse, une nouvelle souffrance nous arrivent qui nous permettent de le finir, de l'étoffer. Pour ces grands chagrins utiles on ne peut pas encore trop se plaindre, car ils ne manquent pas, ils ne se font pas attendre bien longtemps. Tout de même il faut se dépêcher de profiter d'eux, car ils ne durent pas très longtemps : c'est qu'on se console, ou bien, quand ils sont trop forts, si le cœur n'est plus très solide, on meurt. Car le bonheur seul est salutaire pour le corps ; mais c'est le chagrin qui développe les forces de l'esprit. D'ailleurs, ne nous découvrît-il pas à chaque fois une loi, qu'il n'en serait pas moins indispensable pour nous remettre chaque fois dans la vérité, nous forcer à prendre

les choses au sérieux, arrachant chaque fois les mauvaises
herbes de l'habitude, du scepticisme, de la légèreté, de
l'indifférence. Il est vrai que cette vérité, qui n'est pas
compatible avec le bonheur, avec la santé, ne l'est pas
toujours avec la vie. Le chagrin finit par tuer. À chaque
nouvelle peine trop forte, nous sentons une veine de plus
qui saillit, développe sa sinuosité mortelle au long de notre
tempe, sous nos yeux. Et c'est ainsi que peu à peu se font
ces terribles figures ravagées du vieux Rembrandt[1], du
vieux Beethoven, de qui tout le monde se moquait. Et
ce ne serait rien que les poches des yeux et les rides du
front s'il n'y avait la souffrance du cœur. Mais puisque
les forces peuvent se changer en d'autres forces, puisque
l'ardeur qui dure devient lumière et que l'électricité de
la foudre peut photographier, puisque notre sourde
douleur au cœur peut élever au-dessus d'elle, comme un
pavillon, la permanence visible d'une image à chaque
nouveau chagrin, acceptons le mal physique qu'il nous
donne pour la connaissance spirituelle qu'il nous apporte ;
laissons se désagréger notre corps, puisque chaque
nouvelle parcelle qui s'en détache vient, cette fois
lumineuse et lisible, pour la compléter au prix de
souffrances dont d'autres plus doués n'ont pas besoin, pour
la rendre plus solide au fur et à mesure que les émotions
effritent notre vie, s'ajouter à notre œuvre[2]. Les idées sont
des succédanés des chagrins ; au moment où ceux-ci se
changent en idées, ils perdent une partie de leur action
nocive sur notre cœur, et même, au premier instant, la
transformation elle-même dégage subitement de la joie.
Succédanés dans l'ordre du temps seulement, d'ailleurs,
car il semble que l'élément premier ce soit l'idée, et le
chagrin, seulement le mode selon lequel certaines idées
entrent d'abord en nous. Mais il y a plusieurs familles dans
le groupe des idées, certaines sont tout de suite des joies.

Ces réflexions me faisaient trouver un sens plus fort et
plus exact à la vérité que j'avais toujours pressentie,
notamment quand Mme de Cambremer se demandait
comment je pouvais délaisser pour Albertine un homme
remarquable comme Elstir. Même au point de vue
intellectuel je sentais qu'elle avait tort, mais je ne savais
pas ce qu'elle méconnaissait : c'était les leçons avec
lesquelles on fait son apprentissage d'homme de lettres.
La valeur objective des arts est peu de chose en cela ; ce

qu'il s'agit de faire sortir, d'amener à la lumière, ce sont
nos sentiments, nos passions, c'est-à-dire les passions, les
sentiments de tous. Une femme dont nous avons besoin,
qui nous fait souffrir, tire de nous des séries de sentiments
autrement profonds, autrement vitaux qu'un homme
supérieur qui nous intéresse. Il reste à savoir, selon le plan
où nous vivons, si nous trouvons que telle trahison par
laquelle nous a fait souffrir une femme est peu de chose
auprès des vérités que cette trahison nous a découvertes
et que la femme heureuse d'avoir fait souffrir n'aurait
guère pu comprendre. En tout cas ces trahisons ne
manquent pas. Un écrivain peut se mettre sans crainte à
un long travail. Que l'intelligence commence son ouvrage,
en cours de route surviendront bien assez de chagrins qui
se chargeront de le finir. Quant au bonheur, il n'a presque
qu'une seule utilité, rendre le malheur possible. Il faut
que dans le bonheur nous formions des liens bien doux
et bien forts de confiance et d'attachement pour que leur
rupture nous cause le déchirement si précieux qui s'appelle
le malheur. Si l'on n'avait pas été heureux, ne fût-ce que
par l'espérance, les malheurs seraient sans cruauté et par
conséquent sans fruit.

Et plus qu'au peintre, à l'écrivain, pour obtenir du
volume et de la consistance, de la généralité, de la
réalité littéraire, comme il lui faut beaucoup d'églises
vues pour en peindre une seule, il lui faut aussi beaucoup
d'êtres pour un seul sentiment. Car si l'art est long et la
vie courte, on peut dire en revanche que, si l'inspiration
est courte, les sentiments qu'elle doit peindre ne sont pas
beaucoup plus longs. Ce sont nos passions qui esquissent
nos livres, le repos d'intervalle qui les écrit. Quand elle
renaît, quand nous pouvons reprendre le travail, la femme
qui posait devant nous pour un sentiment ne nous le fait
déjà plus éprouver. Il faut continuer à le peindre d'après
une autre, et si c'est une trahison pour l'être, littéraire-
ment, grâce à la similitude de nos sentiments, qui fait
qu'une œuvre est à la fois le souvenir de nos amours
passées et la prophétie de nos amours nouvelles, il n'y a
pas grand inconvénient à ces substitutions. C'est une des
causes de la vanité des études où on essaye de deviner
de qui parle un auteur. Car une œuvre, même de
confession directe, est pour le moins intercalée entre
plusieurs épisodes de la vie de l'auteur, ceux antérieurs

qui l'ont inspirée, ceux postérieurs, qui ne lui ressemblent pas moins, les amours suivantes, leurs particularités étant calquées sur les précédentes. Car à l'être que nous avons le plus aimé nous ne sommes pas si fidèle qu'à nous-même, et nous l'oublions tôt ou tard pour pouvoir — puisque c'est un des traits de nous-même — recommencer d'aimer. Tout au plus à cet amour celle que nous avons tant aimée a-t-elle ajouté une forme particulière, qui nous fera lui être fidèle même dans l'infidélité. Nous aurons besoin avec la femme suivante des mêmes promenades du matin ou de la reconduire de même le soir, ou de lui donner cent fois trop d'argent. (Une chose curieuse que cette circulation de l'argent que nous donnons à des femmes, qui à cause de cela nous rendent malheureux, c'est-à-dire nous permettent d'écrire des livres[1] — on peut presque dire que les œuvres, comme dans les puits artésiens, montent d'autant plus haut que la souffrance a plus profondément creusé le cœur.) Ces substitutions ajoutent à l'œuvre quelque chose de désintéressé, de plus général, qui est aussi une leçon austère que ce n'est pas aux êtres que nous devons nous attacher, que ce ne sont pas les êtres qui existent réellement et sont par conséquent susceptibles d'expression, mais les idées. Encore faut-il se hâter et ne pas perdre de temps pendant qu'on a à sa disposition ces modèles ; car ceux qui posent pour le bonheur n'ont généralement pas beaucoup de séances à donner, ni hélas, puisqu'elle aussi, elle passe si vite, ceux qui posent la douleur.

D'ailleurs, même quand elle ne fournit pas en nous la matière de notre œuvre, elle nous est utile en nous y incitant. L'imagination, la pensée peuvent être des machines admirables en soi, mais elles peuvent être inertes. La souffrance alors les met en marche. Et les êtres qui posent pour nous la douleur nous accordent des séances si fréquentes, dans cet atelier où nous n'allons que dans ces périodes-là et qui est à l'intérieur de nous-même ! Ces périodes-là sont comme une image de notre vie avec ses diverses douleurs. Car elles aussi en contiennent de différentes, et au moment où on croyait que c'était calmé, une nouvelle. Une nouvelle dans tous les sens du mot : peut-être parce que ces situations imprévues nous forcent à entrer plus profondément en contact avec nous-même, ces dilemmes douloureux que l'amour nous pose à tout instant, nous instruisent, nous découvrent successivement la matière dont nous sommes fait. Aussi quand Françoise, voyant Albertine entrer par toutes les portes ouvertes chez moi comme un chien, mettre partout le désordre, me ruiner, me causer tant de chagrins, me disait (car à ce moment-là j'avais déjà fait quelques articles et quelques traductions) : « Ah ! si Monsieur à la place de cette fille qui lui fait perdre tout son temps avait pris un petit secrétaire bien élevé qui aurait classé toutes les paperoles de Monsieur ! » j'avais peut-être tort de trouver qu'elle parlait sagement. En me faisant perdre mon temps, en me faisant du chagrin, Albertine m'avait peut-être été plus utile, même au point de vue littéraire, qu'un secrétaire qui eût rangé mes paperoles[1]. Mais tout de même, quand un être est si mal conformé (et peut-être dans la nature cet être est-il l'homme) qu'il ne puisse aimer sans souffrir, et qu'il faille souffrir pour apprendre des vérités, la vie d'un tel être finit par être bien lassante. Les années heureuses sont les années perdues, on attend une souffrance pour travailler. L'idée de la souffrance préalable s'associe à l'idée du travail, on a peur de chaque nouvelle œuvre en pensant aux douleurs qu'il faudra supporter d'abord pour l'imaginer. Et comme on comprend que la souffrance est la meilleure chose que l'on puisse rencontrer dans la vie, on pense sans effroi, presque comme à une délivrance, à la mort.

Pourtant si cela me révoltait un peu, encore fallait-il prendre garde que bien souvent nous n'avons pas joué avec la vie, profité des êtres pour les livres mais tout le contraire. Le cas de Werther[2], si noble, n'était pas, hélas, le mien. Sans croire un instant à l'amour d'Albertine, j'avais vingt fois voulu me tuer pour elle, je m'étais ruiné, j'avais détruit ma santé pour elle. Quand il s'agit d'écrire on est scrupuleux, on regarde de très près, on rejette tout ce qui n'est pas vérité. Mais tant qu'il ne s'agit que de la vie, on se ruine, on se rend malade, on se tue pour des mensonges. Il est vrai que c'est de la gangue de ces mensonges-là que (si l'âge est passé d'être poète) on peut seulement extraire un peu de vérité. Les chagrins sont des serviteurs obscurs, détestés, contre lesquels on lutte, sous l'empire de qui on tombe de plus en plus, des serviteurs atroces, impossibles à remplacer et qui par des voies souterraines nous mènent à la vérité et à la mort. Heureux

ceux qui ont rencontré la première avant la seconde, et
pour qui, si proches qu'elles doivent être l'une de l'autre,
l'heure de la vérité a sonné avant l'heure de la mort !

De ma vie passée je compris encore que les moindres
épisodes avaient concouru à me donner la leçon d'idéalisme dont j'allais profiter aujourd'hui. Mes rencontres
avec M. de Charlus, par exemple, ne m'avaient-elles pas,
même avant que sa germanophilie me donnât la même
leçon, permis, mieux encore que mon amour pour Mme de
Guermantes ou pour Albertine, que l'amour de Saint-Loup
pour Rachel, de me convaincre combien la matière est
indifférente et que tout peut y être mis par la pensée ;
vérité que le phénomène si mal compris, si inutilement
blâmé, de l'inversion sexuelle grandit plus encore que
celui, déjà si instructif, de l'amour. Celui-ci nous montre
la beauté fuyant la femme que nous n'aimons plus et venant
résider dans le visage que les autres trouveraient le plus
laid, qui à nous-même aurait pu, pourra un jour déplaire ;
mais il est encore plus frappant de la voir, obtenant tous
les hommages d'un grand seigneur qui délaisse aussitôt
une belle princesse, émigrer sous la casquette d'un
contrôleur d'omnibus[1]. Mon étonnement, à chaque fois
que j'avais revu aux Champs-Élysées, dans la rue, sur la
plage, le visage de Gilberte, de Mme de Guermantes,
d'Albertine, ne prouvait-il pas combien un souvenir ne
se prolonge que dans une direction divergente de
l'impression avec laquelle il a coïncidé d'abord et de
laquelle il s'éloigne de plus en plus ?

L'écrivain ne doit pas s'offenser que l'inverti donne à
ses héroïnes un visage masculin. Cette particularité un peu
aberrante permet seule à l'inverti de donner ensuite à ce
qu'il lit toute sa généralité. Racine avait été obligé, pour
lui donner ensuite toute sa valeur universelle, de faire un
instant de la Phèdre antique une janséniste ; de même,
si M. de Charlus n'avait pas donné à l'« infidèle » sur qui
Musset pleure dans *La Nuit d'octobre* ou dans *Le Souvenir*
le visage de Morel[2], il n'aurait ni pleuré, ni compris,
puisque c'était par cette seule voie, étroite et détournée,
qu'il avait accès aux vérités de l'amour. L'écrivain ne dit
que par une habitude prise dans le langage insincère des
préfaces et des dédicaces : « mon lecteur ». En réalité,
chaque lecteur est quand il lit le propre lecteur de
soi-même. L'ouvrage de l'écrivain n'est qu'une espèce

d'instrument optique qu'il offre au lecteur afin de lui permettre de discerner ce que sans ce livre il n'eût peut-être pas vu en soi-même. La reconnaissance en soi-même, par le lecteur, de ce que dit le livre, est la preuve de la vérité de celui-ci, et vice versa, au moins dans une certaine mesure, la différence entre les deux textes pouvant être souvent imputée non à l'auteur mais au lecteur. De plus, le livre peut être trop savant, trop obscur pour le lecteur naïf, et ne lui présenter ainsi qu'un verre trouble avec lequel il ne pourra pas lire. Mais d'autres particularités (comme l'inversion) peuvent faire que le lecteur a besoin de lire d'une certaine façon pour bien lire ; l'auteur n'a pas à s'en offenser, mais au contraire à laisser la plus grande liberté au lecteur en lui disant : « Regardez vous-même si vous voyez mieux avec ce verre-ci, avec celui-là, avec cet autre. »

Si je m'étais toujours tant intéressé aux rêves que l'on a pendant le sommeil, n'est-ce pas parce que, compensant la durée par la puissance, ils vous aident à mieux comprendre ce qu'a de subjectif, par exemple, l'amour, par le simple fait que — mais avec une vitesse prodigieuse — ils réalisent ce qu'on appellerait vulgairement vous mettre une femme dans la peau, jusqu'à nous faire passionnément aimer pendant un sommeil de quelques minutes une laide, ce qui dans la vie réelle eût demandé des années d'habitude, de collage — et comme s'ils étaient, inventées par quelque docteur miraculeux, des piqûres intraveineuses d'amour, aussi bien qu'ils peuvent l'être aussi de souffrance ? Avec la même vitesse la suggestion amoureuse qu'ils nous ont inculquée se dissipe, et quelquefois non seulement l'amoureuse nocturne a cessé d'être pour nous comme telle, étant redevenue la laide bien connue, mais quelque chose de plus précieux se dissipe aussi, tout un tableau ravissant de sentiments de tendresse, de volupté, de regrets vaguement estompés, tout un embarquement pour Cythère de la passion dont nous voudrions noter, pour l'état de veille, les nuances d'une vérité délicieuse mais qui s'efface comme une toile trop pâlie qu'on ne peut restituer. Et bien plus, c'était peut-être aussi par le jeu formidable qu'il fait avec le Temps que le Rêve m'avait fasciné. N'avais-je pas vu souvent en une nuit, en une minute d'une nuit, des temps bien lointains, relégués à ces distances énormes où nous

ne pouvons plus rien distinguer des sentiments que nous
y éprouvions, fondre à toute vitesse sur nous, nous
aveuglant de leur clarté, comme s'ils avaient été des avions
géants au lieu des pâles étoiles que nous croyions, nous
faire revoir tout ce qu'ils avaient contenu pour nous, nous
donnant l'émotion, le choc, la clarté de leur voisinage
immédiat, qui ont repris, une fois qu'on est réveillé, la
distance qu'ils avaient miraculeusement franchie, jusqu'à
nous faire croire, à tort d'ailleurs, qu'ils étaient un des
modes pour retrouver le Temps perdu[1] ?

Je m'étais rendu compte que seule la perception
grossière et erronée place tout dans l'objet, quand tout
est dans l'esprit ; j'avais perdu ma grand-mère en réalité
bien des mois après l'avoir perdue en fait, j'avais vu les
personnes varier d'aspect selon l'idée que moi ou d'autres
s'en faisaient, une seule être plusieurs selon les personnes
qui la voyaient (divers Swann du début par exemple ;
princesse de Luxembourg[2] pour le premier président),
même pour une seule au cours des années (nom de
Guermantes, divers Swann pour moi). J'avais vu l'amour
placer dans une personne ce qui n'est que dans la personne
qui aime. Je m'en étais d'autant mieux rendu compte que
j'avais fait s'étendre à l'extrême la distance entre la réalité
objective et l'amour (Rachel pour Saint-Loup et pour moi,
Albertine pour moi et Saint-Loup[3], Morel ou le conducteur
d'omnibus pour Charlus ou d'autres personnes, et malgré
cela tendresses de Charlus ; vers de Musset, etc.). Enfin,
dans une certaine mesure, la germanophilie de M. de
Charlus, comme le regard de Saint-Loup sur la photographie d'Albertine, m'avaient aidé à me dégager pour
un instant, sinon de ma germanophobie, du moins de ma
croyance en la pure objectivité de celle-ci, et à me faire
penser que peut-être en était-il de la haine comme de
l'amour et que, dans le jugement terrible que portait en
ce moment même la France à l'égard de l'Allemagne
qu'elle jugeait hors de l'humanité, y avait-il surtout une
objectivation de sentiments, comme ceux qui faisaient
paraître Rachel et Albertine si précieuses, l'une à
Saint-Loup, l'autre à moi. Ce qui rendait possible, en effet,
que cette perversité ne fût pas entièrement intrinsèque à
l'Allemagne est que, de même qu'individuellement j'avais
eu des amours successives, après la fin desquelles l'objet
de cet amour m'apparaissait sans valeur, j'avais déjà vu

dans mon pays des haines successives qui avaient fait
apparaître, par exemple, comme des traîtres — mille fois
pires que les Allemands auxquels ils livraient la France —
des dreyfusards comme Reinach[1] avec lequel collaboraient
aujourd'hui les patriotes contre un pays dont chaque
membre était forcément un menteur, une bête féroce, un
imbécile, exception faite des Allemands qui avaient
embrassé la cause française, comme le roi de Roumanie,
le roi des Belges ou l'impératrice de Russie[2]. Il est vrai
que les antidreyfusards m'eussent répondu : « Ce n'est
pas la même chose. » Mais en effet ce n'est jamais la même
chose[3], pas plus que ce n'est la même personne : sans cela,
devant le même phénomène, celui qui en est la dupe ne
pourrait accuser que son état subjectif et ne pourrait croire
que les qualités ou les défauts sont dans l'objet. L'intelligence n'a point de peine alors à baser sur cette différence
une théorie (enseignement contre nature des congréga-
nistes selon les radicaux[4], impossibilité de la race juive à
se nationaliser[5], haine perpétuelle de la race allemande
contre la race latine[6], la race jaune étant momentanément
réhabilitée[7]). Ce côté subjectif se marquait d'ailleurs dans
les conversations des neutres, où les germanophiles, par
exemple, avaient la faculté de cesser un instant de
comprendre et même d'écouter quand on leur parlait des
atrocités allemandes en Belgique[8]. (Et pourtant, elles
étaient réelles : ce que je remarquais de subjectif dans la
haine comme dans la vue elle-même n'empêchait pas que
l'objet pût posséder des qualités ou des défauts réels et
ne faisait nullement s'évanouir la réalité en un pur
relativisme.) Et si, après tant d'années écoulées et de
temps perdu, je sentais cette influence capitale de l'acte
interne jusque dans les relations internationales, tout au
commencement de ma vie ne m'en étais-je pas douté quand
je lisais dans le jardin de Combray un de ces romans de
Bergotte que, même aujourd'hui, si j'en ai feuilleté
quelques pages oubliées où je vois les ruses d'un méchant,
je ne repose qu'après m'être assuré, en passant cent pages,
que vers la fin ce même méchant est dûment humilié et
vit assez pour apprendre que ses ténébreux projets ont
échoué ? Car je ne me rappelais plus bien ce qui était arrivé
à ces personnages, ce qui ne les différenciait d'ailleurs pas
des personnes qui se trouvaient cet après-midi chez
Mme de Guermantes et dont, pour plusieurs au moins,

la vie passée était aussi vague pour moi que si je l'eusse
lue dans un roman à demi oublié. Le prince d'Agrigente
avait-il fini par épouser Mlle X... ? Ou plutôt n'était-ce
pas le frère de Mlle X... qui avait dû épouser la sœur du
prince d'Agrigente ? Ou bien faisais-je une confusion avec
une ancienne lecture ou un rêve récent ? Le rêve était
encore un de ces faits de ma vie, qui m'avait toujours le
plus frappé, qui avait dû le plus servir à me convaincre
du caractère purement mental de la réalité, et dont je ne
dédaignerais pas l'aide dans la composition de mon œuvre.
Quand je vivais, d'une façon un peu moins désintéressée,
pour un amour, un rêve venait rapprocher singulièrement
de moi, lui faisant parcourir de grandes distances de temps
perdu, ma grand-mère, Albertine que j'avais recommencé
à aimer parce qu'elle m'avait fourni, dans mon sommeil,
une version, d'ailleurs atténuée, de l'histoire de la
blanchisseuse[1]. Je pensai qu'ils viendraient quelquefois
rapprocher ainsi de moi des vérités, des impressions, que
mon effort seul, ou même les rencontres de la nature ne
me présentaient pas, qu'ils réveilleraient en moi du désir,
du regret de certaines choses inexistantes, ce qui est la
condition pour travailler, pour s'abstraire de l'habitude,
pour se détacher du concret. Je ne dédaignerais pas cette
seconde muse, cette muse nocturne qui suppléerait parfois
à l'autre.

J'avais vu les nobles devenir vulgaires quand leur
esprit, comme celui du duc de Guermantes, par exemple,
était vulgaire (« Vous n'êtes pas gêné », comme eût pu
dire Cottard). J'avais vu dans l'affaire Dreyfus, pendant
la guerre, dans la médecine, croire que la vérité est un
certain fait, que les ministres, le médecin, possèdent un
oui ou non qui n'a pas besoin d'interprétation, qui fait
qu'un cliché radiographique indique sans interprétation
ce qu'a le malade, que les gens du pouvoir *savaient* si
Dreyfus était coupable, *savaient* (sans avoir besoin d'envoyer pour cela Roques enquêter sur place) si Sarrail avait
ou non les moyens de marcher en même temps que les
Russes[2]. Il n'est pas une heure de ma vie qui n'eût servi
à m'apprendre que seule la perception plutôt grossière et
erronée place tout dans l'objet quand tout au contraire
est dans l'esprit.

En somme, si j'y réfléchissais, la matière de mon
expérience, laquelle serait la matière de mon livre, me

venait de Swann, non pas seulement par tout ce qui le
concernait lui-même et Gilberte. Mais c'était lui[1] qui
m'avait dès Combray donné le désir d'aller à Balbec, où
sans cela mes parents n'eussent jamais eu l'idée de
m'envoyer, et sans quoi je n'aurais pas connu Albertine,
mais même les Guermantes, puisque ma grand-mère n'eût
pas retrouvé Mme de Villeparisis, moi fait la connaissance
de Saint-Loup et de M. de Charlus, ce qui m'avait fait
connaître la duchesse de Guermantes et par elle sa cousine,
de sorte que ma présence même en ce moment chez le
prince de Guermantes, où venait de me venir brusquement
l'idée de mon œuvre (ce qui faisait que je devais à Swann
non seulement la matière mais la décision), me venait aussi
de Swann. Pédoncule un peu mince peut-être, pour
supporter ainsi l'étendue de toute ma vie (le « côté de
Guermantes » s'étant trouvé en ce sens ainsi procéder du
« côté de chez Swann »). Mais bien souvent cet auteur
des aspects de notre vie est quelqu'un de bien inférieur
à Swann, est l'être le plus médiocre. N'eût-il pas suffi qu'un
camarade quelconque m'indiquât quelque agréable fille
à y posséder (que probablement je n'y aurais pas
rencontrée) pour que je fusse allé à Balbec ? Souvent ainsi
on rencontre plus tard un camarade déplaisant, on lui serre
à peine la main, et pourtant, si jamais on y réfléchit, c'est
d'une parole en l'air qu'il nous a dite, d'un « Vous devriez
venir à Balbec », que toute notre vie et notre œuvre sont
sorties. Nous ne lui en avons aucune reconnaissance, sans
que cela soit faire preuve d'ingratitude. Car en disant ces
mots il n'a nullement pensé aux énormes conséquences
qu'ils auraient pour nous. C'est notre sensibilité et notre
intelligence qui ont exploité les circonstances, lesquelles,
sa première impulsion donnée, se sont engendrées les unes
les autres sans qu'il eût pu prévoir la cohabitation avec
Albertine plus que la soirée masquée chez les Guermantes[2]. Sans doute son impulsion fut nécessaire, et par
là la forme extérieure de notre vie, la matière même de
notre œuvre dépendent de lui. Sans Swann, mes parents
n'eussent jamais eu l'idée de m'envoyer à Balbec. Il n'était
pas d'ailleurs responsable des souffrances que lui-même
m'avait indirectement causées. Elles tenaient à ma faiblesse. La sienne l'avait bien fait souffrir lui-même par
Odette[3]. Mais en déterminant ainsi la vie que nous avons
menée, il a par là même exclu toutes les vies que nous

aurions pu mener à la place de celle-là. Si Swann ne m'avait
pas parlé de Balbec, je n'aurais pas connu Albertine, la
salle à manger de l'hôtel, les Guermantes. Mais je serais
allé ailleurs, j'aurais connu des gens différents, ma
mémoire comme mes livres serait remplie de tableaux tout
autres, que je ne peux même pas imaginer et dont la
nouveauté, inconnue de moi, me séduit et me fait regretter
de n'être pas allé plutôt vers elle, et qu'Albertine et la
plage de Balbec et Rivebelle et les Guermantes ne me
fussent pas restés toujours inconnus.

Certes, c'est au visage, tel que je l'avais aperçu pour
la première fois devant la mer, que je rattachais certaines
choses que j'écrirais sans doute. En un sens j'avais raison
de les lui rattacher, car si je n'étais pas allé sur la digue
ce jour-là, si je ne l'avais pas connue, toutes ces idées ne
se seraient pas développées (à moins qu'elles l'eussent été
par une autre). J'avais tort aussi, car ce plaisir générateur
que nous avons à trouver rétrospectivement dans un beau
visage de femme, vient de nos sens : il était bien certain
en effet que ces pages que j'écrirais, Albertine, surtout
l'Albertine d'alors, ne les eût pas comprises. Mais c'est
justement pour cela (et c'est une indication à ne pas vivre
dans une atmosphère trop intellectuelle), parce qu'elle
était si différente de moi, qu'elle m'avait fécondé par le
chagrin, et même d'abord par le simple effort pour
imaginer ce qui diffère de soi. Ces pages, si elle avait été
capable de les comprendre, par cela même elle ne les eût
pas inspirées.

La jalousie est un bon recruteur qui, quand il y a un
creux dans notre tableau, va nous chercher dans la rue
la belle fille qu'il fallait. Elle n'était plus belle, elle l'est
redevenue, car nous sommes jaloux d'elle, elle remplira
ce vide.

Une fois que nous serons morts, nous n'aurons pas de
joie que ce tableau ait été ainsi complété. Mais cette pensée
n'est nullement décourageante. Car nous sentons que la
vie est un peu plus compliquée qu'on ne dit, et même
les circonstances. Et il y a une nécessité pressante à montrer
cette complexité. La jalousie si utile ne naît pas forcément
d'un regard, ou d'un récit, ou d'une rétroflexion. On peut
la trouver, prête à nous piquer, entre les feuillets d'un
annuaire — ce qu'on appelle *Tout-Paris* pour Paris, et pour
la campagne *Annuaire des châteaux*[1]. Nous avions distraite-

ment entendu dire par la belle fille devenue indifférente
qu'il lui faudrait aller voir quelques jours sa sœur dans
le Pas-de-Calais, près de Dunkerque[1] ; nous avions aussi
distraitement pensé autrefois que peut-être bien la belle
fille avait été courtisée par M. E***, qu'elle ne voyait plus
jamais, car plus jamais elle n'allait dans ce bar où elle le
voyait jadis. Que pouvait être sa sœur ? femme de chambre
peut-être ? Par discrétion nous ne l'avions pas demandé.
Et puis voici qu'en ouvrant au hasard l'*Annuaire des
châteaux*, nous trouvons que M. E*** a son château dans
le Pas-de-Calais, près de Dunkerque. Plus de doute, pour
faire plaisir à la belle fille, il a pris sa sœur comme femme
de chambre, et si la belle ne le voit plus dans le bar, c'est
qu'il la fait venir chez lui, habitant Paris presque toute
l'année, mais ne pouvant se passer d'elle même pendant
qu'il est dans le Pas-de-Calais. Les pinceaux, ivres de fureur
et d'amour, peignent, peignent. Et pourtant, si ce n'était
pas cela ? Si vraiment M. E*** ne voyait plus jamais la
belle fille mais par serviabilité avait recommandé la sœur
de celle-ci à un frère qu'il a, lui habitant toute l'année le
Pas-de-Calais ? De sorte qu'elle va, même peut-être par
hasard, voir sa sœur au moment où M. E*** n'est pas là,
car ils ne se soucient plus l'un de l'autre. Et à moins encore
que la sœur ne soit pas femme de chambre dans le château
ni ailleurs mais ait des parents dans le Pas-de-Calais. Notre
douleur du premier instant cède devant ces dernières
suppositions qui calment toute jalousie. Mais qu'importe ?
Celle-ci, cachée dans les feuillets de l'*Annuaire des châteaux*,
est venue au bon moment car maintenant le vide qu'il y
avait dans la toile est comblé. Et tout se compose bien
grâce à la présence suscitée par la jalousie de la belle fille
dont déjà nous ne sommes plus jaloux et que nous
n'aimons plus.

*

À ce moment le maître d'hôtel vint me dire que le
premier morceau étant terminé, je pouvais quitter la
bibliothèque et entrer dans les salons. Cela me fit
ressouvenir où j'étais. Mais je ne fus nullement troublé
dans le raisonnement que je venais de commencer, par
le fait qu'une réunion mondaine, le retour dans la société,
m'eussent fourni ce point de départ vers une vie nouvelle

que je n'avais pas su trouver dans la solitude. Ce fait n'avait
rien d'extraordinaire, une impression qui pouvait ressusciter en moi l'homme éternel n'étant pas liée plus forcément
à la solitude qu'à la société (comme j'avais cru autrefois,
comme cela avait peut-être été pour moi autrefois, comme
cela aurait peut-être dû être encore si je m'étais harmonieusement développé, au lieu de ce long arrêt qui semblait
seulement prendre fin). Car trouvant seulement cette
impression de beauté quand, une sensation actuelle, si
insignifiante fût-elle, une sensation semblable, renaissant
spontanément en moi, venait étendre la première sur
plusieurs époques à la fois, et remplissait mon âme, où
les sensations particulières laissaient habituellement tant
de vide, par une essence générale, il n'y avait pas de raison
pour que je ne reçusse des sensations de ce genre dans
le monde aussi bien que dans la nature, puisqu'elles sont
fournies par le hasard, aidé sans doute par l'excitation
particulière qui fait que, les jours où on se trouve en dehors
du train courant de la vie, les choses même les plus simples
recommencent à nous donner des sensations dont l'habitude fait faire l'économie à notre système nerveux. Que
ce fût justement et uniquement ce genre de sensations qui
dût conduire à l'œuvre d'art, j'allais essayer d'en trouver
la raison objective, en continuant les pensées que je n'avais
cessé d'enchaîner dans la bibliothèque ; car je sentais que
le déclenchement de la vie spirituelle était assez fort en
moi maintenant pour pouvoir continuer aussi bien dans
le salon, au milieu des invités, que seul dans la
bibliothèque ; il me semblait qu'à ce point de vue, même
au milieu de cette assistance si nombreuse, je saurais
réserver ma solitude. Car pour la même raison que de
grands événements n'influent pas du dehors sur nos
puissances d'esprit, et qu'un écrivain médiocre vivant dans
une époque épique restera un tout aussi médiocre écrivain,
ce qui était dangereux dans le monde c'était les dispositions
mondaines qu'on y apporte. Mais par lui-même il n'était
pas plus capable de vous rendre médiocre qu'une guerre
héroïque de rendre sublime un mauvais poète.

En tout cas, qu'il fût théoriquement utile ou non que
l'œuvre d'art fût constituée de cette façon, et en attendant
que j'eusse examiné ce point comme j'allais le faire, je
ne pouvais nier qu'en ce qui me concernait, quand des
impressions vraiment esthétiques m'étaient venues, ç'avait

toujours été à la suite de sensations de ce genre. Il est
vrai qu'elles avaient été assez rares dans ma vie, mais elles
la dominaient, je pouvais retrouver dans le passé quelques-
uns de ces sommets que j'avais eu le tort de perdre de
vue (ce que je comptais ne plus faire désormais). Et déjà
je pouvais dire que si c'était chez moi, par l'importance
exclusive qu'il prenait, un trait qui m'était personnel,
cependant j'étais rassuré en découvrant qu'il s'apparentait
à des traits moins marqués, mais discernables et au fond
assez analogues chez certains écrivains. N'est-ce pas à une
sensation du genre de celle de la madeleine qu'est
suspendue la plus belle partie des *Mémoires d'Outre-Tombe* :
« Hier au soir je me promenais seul... je fus tiré de mes
réflexions par le gazouillement d'une grive perchée sur
la plus haute branche d'un bouleau. À l'instant, ce son
magique fit reparaître à mes yeux le domaine paternel ;
j'oubliai les catastrophes dont je venais d'être le témoin,
et, transporté subitement dans le passé, je revis ces
campagnes où j'entendis si souvent siffler la grive. » Et
une des deux ou trois plus belles phrases de ces Mémoires n'est-elle pas celle-ci : « Une odeur fine et suave
d'héliotrope s'exhalait d'un petit carré de fèves en fleurs ;
elle ne nous était point apportée par une brise de la patrie,
mais par un vent sauvage de Terre-Neuve, sans relation
avec la plante exilée, sans sympathie de réminiscence et
de volupté. Dans ce parfum non respiré de la beauté, non
épuré dans son sein, non répandu sur ses traces, dans ce
parfum changé d'aurore, de culture et de monde, il y avait
toutes les mélancolies des regrets, de l'absence et de la
jeunesse[1]. » Un des chefs-d'œuvre de la littérature
française, *Sylvie*, de Gérard de Nerval, a, tout comme le
livre des *Mémoires d'Outre-Tombe* relatif à Combourg, une
sensation du même genre[2] que le goût de la madeleine
et « le gazouillement de la grive ». Chez Baudelaire[3]
enfin, ces réminiscences, plus nombreuses encore, sont
évidemment moins fortuites et par conséquent, à mon avis,
décisives. C'est le poète lui-même qui, avec plus de choix
et de paresse, recherche volontairement, dans l'odeur
d'une femme par exemple, de sa chevelure et de son sein,
les analogies inspiratrices qui lui évoqueront « l'azur du
ciel immense et rond[4] » et « un port rempli de flammes
et de mâts[5] ». J'allais chercher à me rappeler les pièces
de Baudelaire à la base desquelles se trouve ainsi une

sensation transposée, pour achever de me replacer dans
une filiation aussi noble, et me donner par là l'assurance
que l'œuvre que je n'avais plus aucune hésitation à
entreprendre méritait l'effort que j'allais lui consacrer,
quand, étant arrivé au bas de l'escalier qui descendait de
la bibliothèque, je me trouvai tout à coup dans le grand
salon et au milieu d'une fête qui allait me sembler bien
différente de celles auxquelles j'avais assisté autrefois, et
allait revêtir pour moi un aspect particulier et prendre un
sens nouveau. En effet, dès que j'entrai dans le grand salon,
bien que je tinsse toujours ferme en moi, au point où j'en
étais, le projet que je venais de former, un coup de théâtre
se produisit qui allait élever contre mon entreprise la plus
grave des objections. Une objection que je surmonterais
sans doute, mais qui, tandis que je continuais à réfléchir
en moi-même aux conditions de l'œuvre d'art, allait, par
l'exemple cent fois répété de la considération la plus
propre à me faire hésiter, interrompre à tout instant mon
raisonnement.

Au premier moment je ne compris pas pourquoi
j'hésitais à reconnaître le maître de maison, les invités, et
pourquoi chacun semblait s'être « fait une tête[1] », généralement poudrée et qui les changeait complètement. Le
prince avait encore en recevant cet air bonhomme d'un
roi de féerie que je lui avais trouvé la première fois, mais
cette fois, semblant s'être soumis lui-même à l'étiquette
qu'il avait imposée à ses invités, il s'était affublé d'une
barbe blanche et, traînant à ses pieds qu'elles alourdissaient
comme des semelles de plomb, semblait avoir assumé de
figurer un des « âges de la vie ». Ses moustaches étaient
blanches aussi, comme s'il restait après elles le gel de la
forêt du Petit Poucet. Elles semblaient incommoder la
bouche raidie et, l'effet une fois produit, il aurait dû les
enlever. À vrai dire je ne le reconnus qu'à l'aide d'un
raisonnement et en concluant de la simple ressemblance
de certains traits à une identité de la personne. Je ne sais
ce que le petit Fezensac avait mis sur sa figure[2], mais tandis
que d'autres avaient blanchi, qui la moitié de leur barbe,
qui leurs moustaches seulement, lui, sans s'embarrasser de
ces teintures, avait trouvé le moyen de couvrir sa figure
de rides, ses sourcils de poils hérissés, tout cela d'ailleurs
ne lui seyait pas, son visage faisait l'effet d'être durci,
bronzé, solennisé, cela le vieillissait tellement qu'on

n'aurait plus dit du tout un jeune homme. Je fus bien plus étonné au même moment en entendant appeler duc de Châtellerault un petit vieillard aux moustaches argentées d'ambassadeur, dans lequel seul un petit bout de regard resté le même me permit de reconnaître le jeune homme que j'avais rencontré une fois en visite chez Mme de Villeparisis[1]. À la première personne que je parvins ainsi à identifier, en tâchant de faire abstraction du travestissement et de compléter les traits restés naturels par un effort de mémoire, ma première pensée eût dû être, et fut peut-être bien moins d'une seconde, de la féliciter d'être si merveilleusement grimée qu'on avait d'abord, avant de la reconnaître, cette hésitation que les grands acteurs, paraissant dans un rôle où ils sont différents d'eux-mêmes, donnent, en entrant en scène, au public qui, même averti par le programme, reste un instant ébahi avant d'éclater en applaudissements.

À ce point de vue, le plus extraordinaire de tous était mon ennemi personnel, M. d'Argencourt[2], le véritable clou de la matinée. Non seulement, au lieu de sa barbe à peine poivre et sel, il s'était affublé d'une extraordinaire barbe d'une invraisemblable blancheur, mais encore (tant de petits changements matériels peuvent rapetisser, élargir un personnage, et bien plus, changer son caractère apparent, sa personnalité) c'était un vieux mendiant qui n'inspirait plus aucun respect qu'était devenu cet homme dont la solennité, la raideur empesée étaient encore présentes à mon souvenir et qui donnait à son personnage de vieux gâteux une telle vérité que ses membres tremblotaient, que les traits détendus de sa figure, habituellement hautaine, ne cessaient de sourire avec une niaise béatitude. Poussé à ce degré, l'art du déguisement devient quelque chose de plus, une transformation complète de la personnalité. En effet, quelques riens avaient beau me certifier que c'était bien Argencourt qui donnait ce spectacle inénarrable et pittoresque, combien d'états successifs d'un visage ne me fallait-il pas traverser si je voulais retrouver celui de l'Argencourt que j'avais connu, et qui était tellement différent de lui-même, tout en n'ayant à sa disposition que son propre corps ! C'était évidemment la dernière extrémité où il avait pu le conduire, sans en crever, le plus fier visage, le torse le plus cambré n'était plus qu'une loque en bouillie, agitée de-ci de-là. À peine, en se rappelant certains sourires d'Argencourt qui jadis tempéraient parfois un instant sa hauteur pouvait-on trouver dans l'Argencourt vrai celui que j'avais vu si souvent, pouvait-on comprendre que la possibilité de ce sourire de vieux marchand d'habits ramolli existât dans le gentleman correct d'autrefois. Mais à supposer que ce fût la même intention de sourire qu'eût Argencourt, à cause de la prodigieuse transformation de son visage, la matière même de l'œil par laquelle il l'exprimait, était tellement différente, que l'expression devenait tout autre et même d'un autre. J'eus un fou rire devant ce sublime gaga, aussi émollié dans sa bénévole caricature de lui-même que l'était, dans la manière tragique, M. de Charlus foudroyé et poli. M. d'Argencourt, dans son incarnation de moribond-bouffe d'un Regnard exagéré par Labiche[1], était d'un accès aussi facile, aussi affable que M. de Charlus roi Lear qui se découvrait avec application devant le plus médiocre saluer. Pourtant je n'eus pas l'idée de lui dire mon admiration pour la vision extraordinaire qu'il offrait. Ce ne fut pas mon antipathie ancienne qui m'en empêcha, car précisément il était arrivé à être tellement différent de lui-même que j'avais l'illusion d'être devant une autre personne, aussi bienveillante, aussi désarmée, aussi inoffensive que l'Argencourt habituel était rogue, hostile et dangereux. Tellement une autre personne, qu'à voir ce personnage ineffablement grimaçant, comique et blanc, ce bonhomme de neige simulant un général Dourakine en enfance[2], il me semblait que l'être humain pouvait subir des métamorphoses aussi complètes que celles de certains insectes. J'avais l'impression de regarder derrière le vitrage instructif d'un museum d'histoire naturelle ce que peut être devenu l'insecte le plus rapide, le plus sûr en ses traits, et je ne pouvais pas ressentir les sentiments que m'avait toujours inspirés M. d'Argencourt devant cette molle chrysalide, plutôt vibratile que remuante. Mais je me tus, je ne félicitai pas M. d'Argencourt d'offrir un spectacle qui semblait reculer les limites entre lesquelles peuvent se mouvoir les transformations du corps humain.

Certes, dans les coulisses du théâtre ou pendant un bal costumé, on est plutôt porté par politesse à exagérer la peine, presque à affirmer l'impossibilité, qu'on a à reconnaître la personne travestie. Ici, au contraire, un instinct m'avait averti de les dissimuler le plus possible ; je sentais qu'elles n'avaient plus rien de flatteur parce que la transformation n'était pas voulue, et m'avisais enfin, ce à quoi je n'avais pas songé en entrant dans ce salon, que toute fête, si simple soit-elle, quand elle a lieu longtemps après qu'on a cessé d'aller dans le monde et pour peu qu'elle réunisse quelques-unes des mêmes personnes qu'on a connues autrefois, vous fait l'effet d'une fête travestie, de la plus réussie de toutes, de celle où l'on est le plus sincèrement « intrigué[1] » par les autres, mais où ces têtes, qu'ils se sont faites depuis longtemps sans le vouloir, ne se laissent pas défaire par un débarbouillage, une fois la fête finie. Intrigué par les autres ? Hélas, aussi les intriguant nous-même. Car la même difficulté que j'éprouvais à mettre le nom qu'il fallait sur les visages, semblait partagée par toutes les personnes qui, apercevant le mien, n'y prenaient pas plus garde que si elles ne l'eussent jamais vu, ou tâchaient de dégager de l'aspect actuel un souvenir différent.

Si M. d'Argencourt venait faire cet extraordinaire « numéro » qui était certainement la vision la plus saisissante dans son burlesque que je garderais de lui, c'était comme un acteur qui rentre une dernière fois sur la scène avant que le rideau tombe tout à fait au milieu des éclats de rire. Si je ne lui en voulais plus, c'est parce qu'en lui, qui avait retrouvé l'innocence du premier âge, il n'y avait plus aucun souvenir des notions méprisantes qu'il avait pu avoir de moi, aucun souvenir d'avoir vu M. de Charlus me lâcher brusquement le bras, soit qu'il n'y eût plus rien en lui de ces sentiments, soit qu'ils fussent obligés pour arriver jusqu'à nous de passer par des réfracteurs physiques si déformants qu'ils changeaient en route absolument de sens et que M. d'Argencourt semblât bon, faute de moyens physiques d'exprimer encore qu'il était mauvais et de refouler sa perpétuelle hilarité invitante. C'était trop de parler d'un acteur et, débarrassé qu'il était de toute âme consciente, c'est comme une poupée trépidante, à la barbe postiche de laine blanche, que je le voyais agité, promené dans ce salon, comme dans un guignol à la fois scientifique et philosophique où il servait, comme dans une oraison funèbre ou un cours en Sorbonne, à la fois de rappel à la vanité de tout et d'exemple d'histoire naturelle.

Des poupées, mais que pour les identifier à celui qu'on
avait connu, il fallait lire sur plusieurs plans à la fois, situés
derrière elles et qui leur donnaient de la profondeur et
forçaient à faire un travail d'esprit quand on avait devant
soi ces vieillards fantoches, car on était obligé de les
regarder en même temps qu'avec les yeux avec la
mémoire, des poupées baignant dans les couleurs immaté-
rielles des années, des poupées extériorisant le Temps, le
Temps qui d'habitude n'est pas visible, pour le devenir
cherche des corps et, partout où il les rencontre, s'en
empare pour montrer sur eux sa lanterne magique. Aussi
immatériel que jadis Golo sur le bouton de porte de ma
chambre de Combray, ainsi le nouveau et si méconnaissable Argencourt était là comme la révélation du Temps,
qu'il rendait partiellement visible. Dans les éléments
nouveaux qui composaient la figure de M. d'Argencourt
et son personnage, on lisait un certain chiffre d'années,
on reconnaissait la figure symbolique de la vie non telle
qu'elle nous apparaît, c'est-à-dire permanente, mais réelle,
atmosphère si changeante que le fier seigneur s'y peint
en caricature, le soir, comme un marchand d'habits.

En d'autres êtres, d'ailleurs, ces changements, ces
véritables aliénations semblaient sortir du domaine de
l'histoire naturelle et on s'étonnait en entendant un nom
qu'un même être pût présenter non comme M. d'Argencourt les caractéristiques d'une nouvelle espèce différente
mais les traits extérieurs d'un autre caractère. C'était bien,
comme pour M. d'Argencourt, des possibilités insoup-
çonnées que le temps avait tirées de telle jeune fille, mais
ces possibilités, bien qu'étant toutes physiognomoniques
ou corporelles, semblaient avoir quelque chose de moral.
Les traits du visage, s'ils changent, s'ils s'assemblent
autrement, s'ils sont balancés de façon habituelle d'une
façon plus lente, prennent, avec un aspect autre, une
signification différente. De sorte qu'il y avait telle femme
qu'on avait connue bornée et sèche, chez laquelle un
élargissement des joues devenues méconnaissables, un
busquage imprévisible du nez, causaient la même surprise,
la même bonne surprise souvent, que tel mot sensible et
profond, telle action courageuse et noble qu'on n'aurait
jamais attendus d'elle. Autour de ce nez, nez nouveau,
on voyait s'ouvrir des horizons qu'on n'eût pas osé espérer.
La bonté, la tendresse, jadis impossibles, devenaient

possibles avec ces joues-là. On pouvait faire entendre devant ce menton ce qu'on n'aurait jamais eu l'idée de dire devant le précédent. Tous ces traits nouveaux du visage impliquaient d'autres traits de caractère, la sèche et maigre jeune fille était devenue une vaste et indulgente douairière. Ce n'est plus dans un sens zoologique comme pour M. d'Argencourt, c'est dans un sens social et moral qu'on pouvait dire que c'était une autre personne.

Par tous ces côtés une matinée comme celle où je me trouvais était quelque chose de beaucoup plus précieux qu'une image du passé, mais m'offrait comme toutes les images successives, et que je n'avais jamais vues, qui séparaient le passé du présent, mieux encore, le rapport qu'il y avait entre le présent et le passé ; elle était comme ce qu'on appelait autrefois une vue optique, mais une vue optique[1] des années, la vue non d'un moment, mais d'une personne située dans la perspective déformante du Temps.

Quant à la femme dont M. d'Argencourt avait été l'amant[2], elle n'avait pas beaucoup changé, *si l'on tenait compte du temps passé*, c'est-à-dire que son visage n'était pas trop complètement démoli pour celui d'un être qui se déforme tout le long de son trajet dans l'abîme où il est lancé, abîme dont nous ne pouvons exprimer la direction que par des comparaisons également vaines, puisque nous ne pouvons les emprunter qu'au monde de l'espace, et qui, que nous les orientions dans le sens de l'élévation, de la longueur ou de la profondeur, ont comme seul avantage de nous faire sentir que cette dimension inconcevable et sensible existe. La nécessité, pour donner un nom aux figures, de remonter effectivement le cours des années, me forçait, en réaction, de rétablir ensuite, en leur donnant leur place réelle, les années auxquelles je n'avais pas pensé. À ce point de vue, et pour ne pas me laisser tromper par l'identité apparente de l'espace, l'aspect tout nouveau d'un être comme M. d'Argencourt m'était une révélation frappante de cette réalité du millésime, qui d'habitude nous reste abstraite, comme l'apparition de certains arbres nains ou de baobabs géants nous avertit du changement de méridien[3].

Alors la vie nous apparaît comme la féerie où on voit d'acte en acte le bébé devenir adolescent, homme mûr et se courber vers la tombe. Et comme c'est par des changements perpétuels qu'on sent que ces êtres prélevés à des distances assez grandes sont si différents, on sent qu'on a suivi la même loi que ces créatures qui se sont tellement transformées qu'elles ne ressemblent plus, sans avoir cessé d'être, justement parce qu'elles n'ont pas cessé d'être, à ce que nous avons vu d'elles jadis.

Une jeune femme que j'avais connue autrefois, maintenant blanche et tassée en petite vieille maléfique, semblait indiquer qu'il est nécessaire que, dans le divertissement final d'une pièce, les êtres fussent travestis à ne pas les reconnaître. Mais son frère était resté si droit, si pareil à lui-même qu'on s'étonnait que sur sa figure jeune il eût fait passer au blanc sa moustache bien relevée. Les parties blanches de barbes[1] jusque-là entièrement noires rendaient mélancolique le paysage humain de cette matinée, comme les premières feuilles jaunes des arbres alors qu'on croyait encore pouvoir compter sur un long été, et qu'avant d'avoir commencé d'en profiter on voit que c'est déjà l'automne. Alors moi qui depuis mon enfance vivais au jour le jour, ayant reçu d'ailleurs de moi-même et des autres une impression définitive, je m'aperçus pour la première fois, d'après les métamorphoses qui s'étaient produites dans tous ces gens, du temps qui avait passé pour eux, ce qui me bouleversa par la révélation qu'il avait passé aussi pour moi. Et indifférente en elle-même, leur vieillesse me désolait en m'avertissant des approches de la mienne. Celles-ci me furent, du reste, proclamées coup sur coup par des paroles qui à quelques minutes d'intervalle vinrent me frapper comme les trompettes du Jugement. La première fut prononcée par la duchesse de Guermantes ; je venais de la voir, passant entre une double haie de curieux qui, sans se rendre compte des merveilleux artifices de toilette et d'esthétique qui agissaient sur eux, émus devant cette tête rousse, ce corps saumoné émergeant à peine de ses ailerons de dentelle noire, et étranglé de joyaux, le regardaient, dans la sinuosité héréditaire de ses lignes, comme ils eussent fait de quelque vieux poisson sacré, chargé de pierreries, en lequel s'incarnait le Génie protecteur de la famille de Guermantes. « Ah ! me dit-elle, quelle joie de vous voir, vous mon plus vieil ami. » Et dans mon amour-propre de jeune homme de Combray qui ne m'étais jamais compté à aucun moment comme pouvant être un de ses amis, participant vraiment à la vraie vie mystérieuse qu'on menait chez les Guermantes, un de ses amis au même titre que M. de Bréauté, que M. de Forestelle, que Swann, que tous ceux qui étaient morts, j'aurais pu en être flatté, j'en étais surtout malheureux. « Son plus vieil ami ! me dis-je, elle exagère ; peut-être un des plus vieux, mais suis-je donc... » À ce moment un neveu du prince s'approcha de moi : « Vous qui êtes un vieux Parisien », me dit-il. Un instant après on me remit un mot. J'avais rencontré en arrivant un jeune Létourville, dont je ne savais plus très bien la parenté avec la duchesse, mais qui me connaissait un peu. Il venait de sortir de Saint-Cyr, et, me disant que ce serait pour moi un gentil camarade comme avait été Saint-Loup, qui pourrait m'initier aux choses de l'armée, avec les changements qu'elle avait subis, je lui avais dit que je le retrouverais tout à l'heure et que nous prendrions rendez-vous pour dîner ensemble, ce dont il m'avait beaucoup remercié. Mais j'étais resté trop long-temps à rêver dans la bibliothèque et le petit mot qu'il avait laissé pour moi était pour me dire qu'il n'avait pu m'attendre, et me laisser son adresse. La lettre de ce camarade rêvé finissait ainsi : « Avec tout le respect de votre petit ami, Létourville. » « Petit ami ! » C'est ainsi qu'autrefois j'écrivais aux gens qui avaient trente ans de plus que moi, à Legrandin par exemple. Quoi ! ce sous-lieutenant que je me figurais mon camarade comme Saint-Loup, se disait mon petit ami. Mais alors il n'y avait donc pas que les méthodes militaires qui avaient changé depuis lors, et pour M. de Létourville j'étais donc, non un camarade, mais un vieux monsieur ; et de M. de Létourville, dans la compagnie duquel je me figurais, moi, tel que je m'apparaissais à moi-même, un bon camarade, étais-je donc séparé par l'écartement d'un invisible compas auquel je n'avais pas songé et qui me situait si loin du jeune sous-lieutenant qu'il semblait que, pour celui qui se disait mon « petit ami », j'étais un vieux monsieur ?

Presque aussitôt après quelqu'un parla de Bloch, je demandai si c'était du jeune homme ou du père (dont j'avais ignoré la mort, pendant la guerre, d'émotion, avait-on dit, de voir la France envahie). « Je ne savais pas qu'il eût des enfants, je ne le savais même pas marié, me dit le prince. Mais c'est évidemment du père que nous parlons, car il n'a rien d'un jeune homme, ajouta-t-il en riant. Il pourrait avoir des fils qui seraient eux-mêmes déjà des hommes. » Et je compris qu'il s'agissait de mon camarade. Il entra d'ailleurs au bout d'un instant. Et en effet sur la figure de Bloch je vis se superposer cette mine débile et opinante, ces frêles hochements de tête qui trouvent si vite leur cran d'arrêt, et où j'aurais reconnu la docte fatigue des vieillards aimables, si d'autre part je n'avais reconnu devant moi mon ami et si mes souvenirs ne l'animaient pas de cet entrain juvénile et ininterrompu dont il semblait actuellement dépossédé. Pour moi qui l'avais connu au seuil de la vie et n'avais jamais cessé de le voir, il était mon camarade, un adolescent dont je mesurais la jeunesse par celle que m'ayant cru vivre depuis ce moment-là, je me donnais inconsciemment à moi-même. J'entendis dire qu'il paraissait bien son âge, je fus étonné de remarquer sur son visage quelques-uns de ces signes qui sont plutôt la caractéristique des hommes qui sont vieux. Je compris que c'est parce qu'il l'était en effet et que c'est avec des adolescents qui durent un assez grand nombre d'années que la vie fait des vieillards.

Comme quelqu'un, entendant dire que j'étais souffrant, demanda si je ne craignais pas de prendre la grippe qui régnait à ce moment-là[1], un autre bienveillant me rassura en me disant : « Non, cela atteint plutôt les personnes encore jeunes. Les gens de votre âge ne risquent plus grand-chose. » Et on assura que le personnel m'avait bien reconnu. Ils avaient chuchoté mon nom, et même « dans leur langage », raconta une dame, elle les avait entendus dire : « Voilà le père » (cette expression était suivie de mon nom). Et comme je n'avais pas d'enfant, elle ne pouvait se rapporter qu'à l'âge.

« Comment, si j'ai connu le maréchal[2] ? me dit la duchesse. Mais j'ai connu des gens bien plus représentatifs, la duchesse de Galliera[3], Pauline de Périgord[4], Mgr Dupanloup[5]. » En l'entendant, je regrettais naïvement de ne pas avoir connu ce qu'elle appelait un reste d'ancien régime. J'aurais dû penser qu'on appelle ancien régime ce dont on n'a pu connaître que la fin ; c'est ainsi que ce que nous apercevons à l'horizon prend une grandeur mystérieuse et nous semble se refermer sur un monde qu'on ne reverra plus ; cependant nous avançons et c'est bientôt nous-même qui sommes à l'horizon pour les générations qui sont derrière nous ; cependant l'horizon recule, et le monde, qui semblait fini, recommence.

« J'ai même pu voir, quand j'étais jeune fille, ajouta
Mme de Guermantes, la duchesse de Dino. Dame, vous
savez que je n'ai plus vingt-cinq ans. » Ces derniers mots
me fâchèrent : « Elle ne devrait pas dire cela, ce serait
bon pour une vieille femme. » Et aussitôt je pensai qu'en
effet elle était une vieille femme. « Quant à vous, vous
reprit-elle, vous êtes toujours le même. Oui, me dit-elle,
vous êtes étonnant, vous restez toujours jeune », expression si mélancolique puisqu'elle n'a de sens que si nous
sommes en fait, sinon d'apparence, devenus vieux. Et elle
me donna le dernier coup en ajoutant : « J'ai toujours
regretté que vous ne vous soyez pas marié. Au fond, qui
sait, c'est peut-être plus heureux. Vous auriez été d'âge
à avoir des fils à la guerre, et s'ils avaient été tués, comme
l'a été ce pauvre Robert (je pense encore souvent à lui),
sensible comme vous êtes, vous ne leur auriez pas
survécu. » Et je pus me voir, comme dans la première
glace véridique que j'eusse rencontrée, dans les yeux de
vieillards restés jeunes, à leur avis, comme je le croyais
moi-même de moi, et qui, quand je me citais à eux, pour
entendre un démenti, comme exemple de vieux, n'avaient
pas dans leur regard qui me voyait tel qu'ils ne se voyaient
pas eux-mêmes et tel que je les voyais, une seule
protestation. Car nous ne voyions pas notre propre aspect,
nos propres âges, mais chacun, comme un miroir opposé,
voyait celui de l'autre. Et sans doute, à découvrir qu'ils
ont vieilli, bien des gens eussent été moins tristes que moi.
Mais d'abord il en est de la vieillesse comme de la mort.
Quelques-uns les affrontent avec indifférence, non pas
parce qu'ils ont plus de courage que les autres, mais parce
qu'ils ont moins d'imagination. Puis, un homme qui depuis
son enfance vise une même idée, auquel sa paresse même
et jusqu'à son état de santé, en lui faisant remettre sans
cesse les réalisations, annule chaque soir le jour écoulé
et perdu, si bien que la maladie qui hâte le vieillissement
de son corps retarde celui de son esprit, est plus surpris
et plus bouleversé de voir qu'il n'a cessé de vivre dans
le Temps, que celui qui vit peu en soi-même, se règle sur
le calendrier, et ne découvre pas d'un seul coup le total
des années dont il a poursuivi quotidiennement l'addition.
Mais une raison plus grave expliquait mon angoisse ; je
découvrais cette action destructrice du Temps au moment
même où je voulais entreprendre de rendre claires,

d'intellectualiser dans une œuvre d'art, des réalités
extra-temporelles.

Chez certains êtres le remplacement successif, mais
accompli en mon absence, de chaque cellule par d'autres,
avait amené un changement si complet, une si entière
métamorphose que j'aurais pu dîner cent fois en face d'eux
dans un restaurant sans me douter plus que je les avais
connus autrefois que je n'aurais pu deviner la royauté d'un
souverain incognito ou le vice d'un inconnu. La comparaison devient même insuffisante pour le cas où j'entendais
leur nom, car on peut admettre qu'un inconnu assis en
face de vous soit criminel ou roi, tandis qu'eux je les avais
connus, ou plutôt j'avais connu des personnes portant le
même nom, mais si différentes, que je ne pouvais croire
que ce fussent les mêmes. Pourtant, comme j'aurais fait
de l'idée de souveraineté ou de vice, qui ne tarde pas à
donner un visage nouveau à l'inconnu, avec qui on aurait
fait si aisément, quand on avait encore les yeux bandés,
la gaffe d'être insolent ou aimable, et dans les mêmes traits
de qui on discerne maintenant quelque chose de distingué
ou de suspect, je m'appliquais à introduire dans le visage
de l'inconnue, entièrement inconnue, l'idée qu'elle était
Mme Sazerat, et je finissais par rétablir le sens autrefois
connu de ce visage, mais qui serait resté vraiment aliéné
pour moi, entièrement celui d'une autre personne ayant
autant perdu tous les attributs humains, que j'avais connus,
qu'un homme redevenu singe, si le nom et l'affirmation
de l'identité ne m'avaient mis, malgré ce que le problème
avait d'ardu, sur la voie de la solution. Parfois pourtant
l'ancienne image renaissait assez précise pour que je puisse
essayer une confrontation ; et comme un témoin mis en
présence d'un inculpé qu'il a vu, j'étais forcé, tant la
différence était grande, de dire : « Non... je ne la
reconnais pas. »

Gilberte de Saint-Loup me dit : « Voulez-vous que nous
allions dîner tous les deux seuls au restaurant ? » Comme
je répondais : « Si vous ne trouvez pas compromettant
de venir dîner seule avec un jeune homme », j'entendis
que tout le monde autour de moi riait, et je m'empressai
d'ajouter : « ou plutôt avec un vieil homme ». Je sentais
que la phrase qui avait fait rire était de celles qu'aurait
pu, en parlant de moi, dire ma mère, ma mère pour qui
j'étais toujours un enfant. Or je m'apercevais que je me

plaçais pour me juger au même point de vue qu'elle. Si
j'avais fini par enregistrer, comme elle, certains changements, qui s'étaient faits depuis ma première enfance,
c'était tout de même des changements maintenant très
anciens. J'en étais resté à celui qui faisait qu'on avait dit
un temps, presque en prenant de l'avance sur le fait :
« C'est maintenant presque un grand jeune homme. » Je
le pensais encore, mais cette fois avec un immense retard.
Je ne m'apercevais pas combien j'avais changé. Mais au
fait, eux, qui venaient de rire aux éclats, à quoi s'en
apercevaient-ils ? Je n'avais pas un cheveu gris, ma
moustache était noire. J'aurais voulu pouvoir leur demander à quoi se révélait l'évidence de la terrible chose.

Et maintenant je comprenais ce que c'était la vieillesse
— la vieillesse qui de toutes les réalités est peut-être celle
dont nous gardons le plus longtemps dans la vie une notion
purement abstraite, regardant les calendriers, datant nos
lettres, voyant se marier nos amis, les enfants de nos amis,
sans comprendre, soit par peur, soit par paresse, ce que
cela signifie, jusqu'au jour où nous apercevons une
silhouette inconnue, comme celle de M. d'Argencourt,
laquelle nous apprend que nous vivons dans un nouveau
monde ; jusqu'au jour où le petit-fils d'une de nos amies,
jeune homme qu'instinctivement nous traiterions en
camarade, sourit comme si nous nous moquions de lui,
nous qui lui sommes apparu comme un grand-père ; je
comprenais ce que signifiaient la mort, l'amour, les joies
de l'esprit, l'utilité de la douleur, la vocation, etc. Car si
les noms avaient perdu pour moi de leur individualité,
les mots me découvraient tout leur sens. La beauté des
images est logée à l'arrière des choses, celle des idées à
l'avant. De sorte que la première cesse de nous émerveiller
quand on les a atteintes, mais qu'on ne comprend la
seconde que quand on les a dépassées

Sans doute la cruelle découverte que je venais de faire
ne pourrait que me servir en ce qui concernait la matière
même de mon livre. Puisque j'avais décidé qu'elle ne
pouvait être uniquement constituée par les impressions
véritablement pleines, celles qui sont en dehors du temps,
parmi les vérités avec lesquelles je comptais les sertir, celles
qui se rapportent au temps, au temps dans lequel baignent
et changent les hommes, les sociétés, les nations, tien-
draient une place importante. Je n'aurais pas soin

seulement de faire une place à ces altérations que subit
l'aspect des êtres et dont j'avais de nouveaux exemples
à chaque minute, car tout en songeant à mon œuvre, assez
définitivement mise en marche pour ne pas se laisser
arrêter par des distractions passagères, je continuais à dire
bonjour aux gens que je connaissais et à causer avec eux.
Le vieillissement, d'ailleurs, ne se marquait pas pour tous
d'une manière analogue.

Je vis quelqu'un qui demandait mon nom, on me dit
que c'était M. de Cambremer. Et alors pour me montrer
qu'il m'avait reconnu : « Est-ce que vous avez toujours
vos étouffements[1] ? » me demanda-t-il ; et, sur ma réponse
affirmative : « Vous voyez que ça n'empêche pas la
longévité », me dit-il, comme si j'étais décidément
centenaire. Je lui parlais les yeux attachés sur deux ou trois
traits que je pouvais faire rentrer par la pensée dans cette
synthèse, pour le reste toute différente de mes souvenirs,
que j'appelais sa personne. Mais un instant il tourna à demi
la tête. Et alors je vis qu'il était rendu méconnaissable par
l'adjonction d'énormes poches rouges aux joues qui
l'empêchaient d'ouvrir complètement la bouche et les
yeux, si bien que je restais hébété, n'osant regarder cette
sorte d'anthrax[2] dont il me semblait plus convenable qu'il
me parlât le premier. Mais comme un malade courageux,
il n'y faisait pas allusion, riait, et j'avais peur d'avoir l'air
de manquer de cœur en ne lui demandant pas, de tact
en lui demandant ce qu'il avait. « Mais ils ne vous viennent
pas plus rarement avec l'âge ? » me demanda-t-il, en
continuant à parler des étouffements. Je lui dis que non.
« Ah ! si, ma sœur en a sensiblement moins qu'autrefois »,
me dit-il, d'un ton de contradiction comme si cela ne
pouvait pas être autrement pour moi que pour sa sœur,
et comme si l'âge était un de ces remèdes dont il
n'admettait pas, quand ils avaient fait du bien à Mme de
Gaucourt, qu'ils ne me fussent pas salutaires. Mme de
Cambremer-Legrandin s'étant approchée, j'avais de plus
en plus peur de paraître insensible en ne déplorant pas
ce que je remarquais sur la figure de son mari et je n'osais
pas cependant parler de ça le premier. « Vous êtes content
de le voir ? me dit-elle. — Il va bien ? répliquai-je sur un
ton incertain. — Mais mon Dieu, pas trop mal, comme
vous voyez. » Elle ne s'était pas aperçue de ce mal qui
offusquait ma vue et qui n'était autre qu'un des masques

du Temps que celui-ci avait appliqué à la figure du marquis, mais peu à peu, et en l'épaississant si progressivement que la marquise n'en avait rien vu. Quand M. de Cambremer eut fini ses questions sur mes étouffements, ce fut mon tour de m'informer tout bas auprès de quelqu'un si la mère du marquis vivait encore. En effet, dans l'appréciation du temps écoulé, il n'y a que le premier pas qui coûte. On éprouve d'abord beaucoup de peine à se figurer que tant de temps ait passé et ensuite qu'il n'en ait pas passé davantage. On n'avait jamais songé que le XIII⁰ siècle fût si loin, et après on a peine à croire qu'il puisse subsister encore des églises du XIII⁰ siècle, lesquelles pourtant sont innombrables en France. En quelques instants s'était fait en moi ce travail plus lent qui se fait chez ceux qui, ayant eu peine à comprendre qu'une personne qu'ils ont connue jeune ait soixante ans, en ont plus encore quinze ans après à apprendre qu'elle vit encore et n'a pas plus de soixante-quinze ans. Je demandai à M. de Cambremer comment allait sa mère. « Elle est toujours admirable », me dit-il, usant d'un adjectif qui, par opposition aux tribus où on traite sans pitié les parents âgés, s'applique dans certaines familles aux vieillards chez qui l'usage des facultés les plus matérielles, comme d'entendre, d'aller à pied à la messe, et de supporter avec insensibilité les deuils, s'empreint, aux yeux de leurs enfants, d'une extraordinaire beauté morale.

Chez d'autres dont le visage était intact, ils semblaient seulement embarrassés quand ils avaient à marcher ; on croyait d'abord qu'ils avaient mal aux jambes ; et ce n'est qu'ensuite qu'on comprenait que la vieillesse leur avait attaché ses semelles de plomb. Elle en embellissait d'autres, comme le prince d'Agrigente. À cet homme long, mince, au regard terne, aux cheveux qui semblaient devoir rester éternellement rougeâtres, avait succédé, par une métamorphose analogue à celle des insectes, un vieillard chez qui les cheveux rouges, trop longtemps vus, avaient été, comme un tapis de table qui a trop servi, remplacés par des cheveux blancs. Sa poitrine avait pris une corpulence inconnue, robuste, presque guerrière, et qui avait dû nécessiter un véritable éclatement de la frêle chrysalide que j'avais connue ; une gravité consciente d'elle-même baignait les yeux où elle était teintée d'une bienveillance nouvelle qui s'inclinait vers chacun. Et comme, malgré tout, une certaine ressemblance subsistait entre le puissant prince actuel et le portrait que gardait mon souvenir, j'admirais la force de renouvellement original du Temps qui, tout en respectant l'unité de l'être et les lois de la vie, sait changer ainsi le décor et introduire de hardis contrastes dans deux aspects successifs d'un même personnage. Car beaucoup de ces gens, on les identifiait immédiatement, mais comme d'assez mauvais portraits d'eux-mêmes réunis dans l'exposition où un artiste inexact et malveillant durcit les traits de l'un, enlève la fraîcheur du teint ou la légèreté de la taille à celle-ci, assombrit le regard. Comparant ces images avec celles que j'avais sous les yeux de ma mémoire, j'aimais moins celles qui m'étaient montrées en dernier lieu. Comme souvent on trouve moins bonne et on refuse une des photographies entre lesquelles un ami vous a prié de choisir, à chaque personne et devant l'image qu'elle me montrait d'elle-même j'aurais voulu dire : « Non, pas celle-ci, vous êtes moins bien, ce n'est pas vous. » Je n'aurais pas osé ajouter : « Au lieu de votre beau nez droit on vous a fait le nez crochu de votre père que je ne vous ai jamais connu. » Et en effet c'était un nez nouveau et familial. Bref l'artiste, le Temps, avait « rendu » tous ces modèles de telle façon qu'ils étaient reconnaissables, mais ils n'étaient pas ressemblants, non parce qu'il les avait flattés mais parce qu'il les avait vieillis. Cet artiste-là, du reste, travaille fort lentement. Ainsi cette réplique du visage d'Odette, dont, le jour où j'avais pour la première fois vu Bergotte, j'avais aperçu l'esquisse à peine ébauchée dans le visage de Gilberte, le Temps l'avait enfin poussée jusqu'à la plus parfaite ressemblance, pareil à ces peintres qui gardent longtemps une œuvre et la complètent année par année.

Si certaines femmes avouaient leur vieillesse en se fardant, elle apparaissait au contraire par l'absence du fard chez certains hommes sur le visage desquels je ne l'avais jamais expressément remarqué, et qui tout de même me semblaient bien changés depuis que, découragés de chercher à plaire, ils en avaient cessé l'usage. Parmi eux était Legrandin. La suppression du rose, que je n'avais jamais soupçonné artificiel, de ses lèvres et de ses joues donnait à sa figure l'apparence grisâtre et aussi la précision sculpturale de la pierre, sculptait ses traits allongés et mornes comme ceux de certains dieux égyptiens. Dieux ;

plutôt revenants. Il avait perdu non seulement le courage
de se peindre, mais de sourire, de faire briller son regard,
de tenir des discours ingénieux. On s'étonnait de le voir
si pâle, abattu, ne prononçant que de rares paroles qui
avaient l'insignifiance de celles que disent les morts qu'on
évoque. On se demandait quelle cause l'empêchait d'être
vif, éloquent, charmant, comme on se le demande devant
le « double » insignifiant d'un homme brillant de son
vivant et auquel un spirite pose pourtant des questions qui
prêteraient aux développements charmeurs. Et on se disait
que cette cause qui avait substitué au Legrandin coloré
et rapide un pâle et songeur petit fantôme de Legrandin,
c'était la vieillesse.

En plusieurs, je finissais par reconnaître, non seulement
eux-mêmes, mais eux tels qu'ils étaient autrefois, et par
exemple Ski pas plus modifié qu'une fleur ou un fruit qui
a séché. Il était un essai informe, confirmant mes théories
sur l'art. D'autres n'étaient nullement des amateurs, étant
des gens du monde. Mais eux aussi, la vieillesse ne les
avait pas mûris et, même s'il s'entourait d'un premier
cercle de rides et d'un arc de cheveux blancs, leur même
visage poupin gardait l'enjouement de la dix-huitième
année. Ils n'étaient pas des vieillards, mais des jeunes gens
de dix-huit ans extrêmement fanés. Peu de chose eût suffi
à effacer ces flétrissures de la vie, et la mort n'aurait pas
plus de peine à rendre au visage sa jeunesse qu'il n'en
faut pour nettoyer un portrait que seul un peu d'encrasse-
ment empêche de briller comme autrefois. Aussi je pensais
à l'illusion dont nous sommes dupes quand, entendant
parler d'un célèbre vieillard, nous nous fions d'avance à
sa bonté, à sa justice, à sa douceur d'âme ; car je sentais
qu'ils avaient été quarante ans plus tôt de terribles jeunes
gens dont il n'y avait aucune raison pour supposer qu'ils
n'avaient pas gardé la vanité, la duplicité, la morgue et
les ruses.

Et pourtant, en complet contraste avec ceux-ci, j'eus la
surprise de causer avec des hommes et des femmes jadis
insupportables, et qui avaient perdu à peu près tous leurs
défauts, soit que la vie, en décevant ou comblant leurs
désirs, leur eût enlevé de leur présomption ou de leur
amertume. Un riche mariage qui ne vous rend plus
nécessaire la lutte ou l'ostentation, l'influence même de
la femme, la connaissance lentement acquise de valeurs

autres que celles auxquelles croit exclusivement une jeunesse frivole, leur avaient permis de détendre leur caractère et de montrer leurs qualités. Ceux-là, en vieillissant, semblaient avoir une personnalité différente, comme ces arbres dont l'automne, en variant leurs couleurs, semble changer l'essence. Pour eux celle de la vieillesse se manifestait vraiment, mais comme une chose morale. Chez d'autres elle était plutôt physique, et si nouvelle que la personne (Mme d'Arpajon[1] par exemple) me semblait à la fois inconnue et connue. Inconnue, car il m'était impossible de soupçonner que ce fût elle, et malgré moi je ne pus, en répondant à son salut, m'empêcher de laisser voir le travail d'esprit qui me faisait hésiter entre trois ou quatre personnes (parmi lesquelles n'était pas Mme d'Arpajon) pour savoir à qui je le rendais avec une chaleur du reste qui dut l'étonner, car dans le doute, ayant peur d'être trop froid si c'était une amie intime, j'avais compensé l'incertitude du regard par la chaleur de la poignée de main et du sourire. Mais d'autre part, son aspect nouveau ne m'était pas inconnu. C'était celui que j'avais souvent vu au cours de ma vie à des femmes âgées et fortes mais sans soupçonner alors qu'elles avaient pu, beaucoup d'années avant, ressembler à Mme d'Arpajon. Cet aspect était si différent de celui que j'avais connu à la marquise qu'on eût dit qu'elle était un être condamné, comme un personnage de féerie, à apparaître d'abord en jeune fille, puis en épaisse matrone, et qui reviendrait sans doute bientôt en vieille branlante et courbée. Elle semblait, comme une lourde nageuse qui ne voit plus le rivage qu'à une grande distance, repousser avec peine les flots du temps qui la submergeaient. Peu à peu pourtant, à force de regarder sa figure hésitante, incertaine comme une mémoire infidèle qui ne peut plus retenir les formes d'autrefois, j'arrivai à en retrouver quelque chose en me livrant au petit jeu d'éliminer les carrés, les hexagones que l'âge avait ajoutés à ses joues. D'ailleurs, ce qu'il mêlait à celles des femmes n'était pas toujours seulement des figures géométriques. Dans les joues restées si semblables pourtant de la duchesse de Guermantes et pourtant composites maintenant comme un nougat, je distinguai une trace de vert-de-gris, un petit morceau rose de coquillage concassé, une grosseur difficile à définir, plus petite qu'une boule de gui et moins transparente qu'une perle de verre[2].

Certains hommes boitaient dont on sentait bien que ce n'était pas par suite d'un accident de voiture, mais à cause d'une première attaque et parce qu'ils avaient déjà, comme on dit, un pied dans la tombe. Dans l'entrebâillement de la leur, à demi paralysées, certaines femmes semblaient ne pas pouvoir retirer complètement leur robe restée accrochée à la pierre du caveau, et elles ne pouvaient se redresser, infléchies qu'elles étaient, la tête basse, en une courbe qui était comme celle qu'elles occupaient actuellement entre la vie et la mort, avant la chute dernière. Rien ne pouvait lutter contre le mouvement de cette parabole qui les emportait et, dès qu'elles voulaient se lever, elles tremblaient et leurs doigts ne pouvaient rien retenir.

Chez certains même les cheveux n'avaient pas blanchi. Ainsi je reconnus quand il vint dire un mot à son maître le vieux valet de chambre du prince de Guermantes. Les poils bourrus qui hérissaient ses joues tout autant que son crâne étaient restés d'un roux tirant sur le rose et on ne pouvait le soupçonner de se teindre comme la duchesse de Guermantes. Mais il n'en paraissait pas moins vieux. On sentait seulement qu'il existe chez les hommes, comme dans le règne végétal les mousses, les lichens et tant d'autres, des espèces qui ne changent pas à l'approche de l'hiver.

Ces changements étaient, en effet, d'habitude ataviques, et la famille — parfois même — chez les Juifs surtout — la race — venait boucher ceux que le temps avait laissés en s'en allant là. D'ailleurs ces particularités, devais-je me dire qu'elles mourraient ? J'avais bien considéré toujours notre individu, à un moment donné du temps, comme un polypier où l'œil, organisme indépendant bien qu'associé, si une poussière passe, cligne sans que l'intelligence le commande, bien plus, où l'intestin, parasite enfoui, s'infecte sans que l'intelligence l'apprenne, et pareillement pour l'âme, mais aussi dans la durée de la vie, comme une suite de moi juxtaposés mais distincts qui mourraient les uns après les autres ou même alterneraient entre eux, comme ceux qui à Combray prenaient pour moi la place l'un de l'autre quand venait le soir. Mais aussi j'avais vu que ces cellules morales qui composent un être sont plus durables que lui. J'avais vu les vices, le courage des Guermantes revenir en Saint-Loup, comme en lui-même ses défauts étranges et brefs

de caractère, comme le sémitisme de Swann. Je pouvais
le voir encore en Bloch. Il avait perdu son père depuis
quelques années et, quand je lui avais écrit à ce moment,
n'avait pu d'abord me répondre, car outre les grands
sentiments de famille qui existent souvent dans les familles
juives, l'idée que son père était un homme tellement
supérieur à tous, avait donné à son amour pour lui la forme
d'un culte. Il n'avait pu supporter de le perdre et avait
dû s'enfermer près d'une année dans une maison de santé.
Il avait répondu à mes condoléances sur un ton à la fois
profondément senti et presque hautain, tant il me jugeait
enviable d'avoir approché cet homme supérieur dont il
eût volontiers donné la voiture à deux chevaux à quelque
musée historique. Et maintenant, à sa table de famille, la
même colère qui animait M. Bloch contre M. Nissim
Bernard[1] animait Bloch contre son beau-père. Il lui faisait
les mêmes sorties à table. De même qu'en écoutant parler
Cottard, Brichot, tant d'autres, j'avais senti que, par la
culture et la mode, une seule ondulation propage dans
toute l'étendue de l'espace les mêmes manières de dire,
de penser, de même dans toute la durée du temps de
grandes lames de fond soulèvent, des profondeurs des âges,
les mêmes colères, les mêmes tristesses, les mêmes bra-
voures, les mêmes manies à travers les générations superpo-
sées, chaque section prise à plusieurs d'une même série
offrant la répétition, comme des ombres sur des écrans
successifs, d'un tableau aussi identique, quoique souvent
moins insignifiant, que celui qui mettait aux prises de la
même façon Bloch et son beau-père, M. Bloch père et
M. Nissim Bernard, et d'autres que je n'avais pas connus.

Certaines figures sous la cagoule de leurs cheveux
blancs avaient déjà la rigidité, les paupières scellées
de ceux qui vont mourir, et leurs lèvres, agitées d'un
tremblement perpétuel, semblaient marmonner la prière
des agonisants. À un visage linéairement le même il
suffisait, pour qu'il semblât autre, de cheveux blancs au
lieu de cheveux noirs ou blonds. Les costumiers de théâtre
savent qu'il suffit d'une perruque poudrée pour déguiser
très suffisamment quelqu'un et le rendre méconnaissable.
Le jeune comte de ***[2] que j'avais vu dans la loge de
Mme de Cambremer, alors lieutenant, le jour où Mme de
Guermantes était dans la baignoire de sa cousine, avait
toujours ses traits aussi parfaitement réguliers, plus même,

la rigidité physiologique de l'artério-sclérose exagérant encore la rectitude impassible de la physionomie du dandy et donnant à ces traits l'intense netteté presque grimaçante à force d'immobilité qu'ils auraient eue dans une étude de Mantegna ou de Michel-Ange. Son teint jadis d'une rougeur égrillarde était maintenant d'une solennelle pâleur ; des poils argentés, un léger embonpoint, une noblesse de doge, une fatigue qui allait jusqu'à l'envie de dormir, tout concourait chez lui à donner l'impression nouvelle et prophétique de la majesté fatale. Substitué au rectangle de sa barbe blonde, le rectangle égal de sa barbe blanche le transformait si parfaitement que, remarquant que ce sous-lieutenant que j'avais connu avait cinq galons, ma première pensée fut de le féliciter non d'avoir été promu colonel mais d'être si bien en colonel, déguisement pour lequel il semblait avoir emprunté l'uniforme, l'air grave et triste de l'officier supérieur qu'avait été son père. Chez un autre, la barbe blanche substituée à la barbe blonde, comme le visage était resté vif, souriant et jeune, le faisait paraître seulement plus rouge et plus militant, augmentait l'éclat des yeux, et donnait au mondain resté jeune l'air inspiré d'un prophète.

La transformation que les cheveux blancs et d'autres éléments encore avaient opérée, surtout chez les femmes, m'eût retenu avec moins de force si elle n'avait été qu'un changement de couleur, ce qui peut charmer les yeux, mais pas, ce qui est troublant pour l'esprit, un changement de personnes. En effet, « reconnaître » quelqu'un, et plus encore, après n'avoir pas pu le reconnaître, l'identifier, c'est penser sous une seule dénomination deux choses contradictoires, c'est admettre que ce qui était ici, l'être qu'on se rappelle n'est plus, et que ce qui y est, c'est un être qu'on ne connaissait pas ; c'est avoir à penser un mystère presque aussi troublant que celui de la mort dont il est, du reste, comme la préface et l'annonciateur. Car ces changements, je savais ce qu'ils voulaient dire, ce à quoi ils préludaient. Aussi cette blancheur des cheveux impressionnait chez les femmes, jointe à tant d'autres changements. On me disait un nom et je restais stupéfait de penser qu'il s'appliquait à la fois à la blonde valseuse que j'avais connue autrefois et à la lourde dame à cheveux blancs qui passait pesamment près de moi. Avec une certaine roseur de teint, ce nom était peut-être la seule

chose qu'il y avait de commun entre ces deux femmes,
plus différentes — celle de ma mémoire et celle de la
matinée Guermantes — qu'une ingénue et une douairière
de pièce de théâtre. Pour que la vie ait pu arriver à donner
à la valseuse ce corps énorme, pour qu'elle eût pu alentir
comme au métronome ses mouvements embarrassés, pour
qu'avec peut-être comme seule parcelle commune les
joues, plus larges certes, mais qui dès la jeunesse étaient
couperosées, elle eût pu substituer à la légère blonde ce
vieux maréchal ventripotent, il lui avait fallu accomplir plus
de dévastations et de reconstructions que pour mettre un
dôme à la place d'une flèche, et quand on pensait qu'un
pareil travail s'était opéré non sur de la matière inerte mais
sur une chair qui ne change qu'insensiblement, le contraste
bouleversant entre l'apparition présente et l'être que je
me rappelais reculait celui-ci dans un passé plus que
lointain, presque invraisemblable. On avait peine à réunir
les deux aspects, à penser les deux personnes sous une
même dénomination ; car de même qu'on a peine à penser
qu'un mort fut vivant ou que celui qui était vivant est mort
aujourd'hui, il est presque aussi difficile, et du même genre
de difficulté (car l'anéantissement de la jeunesse, la
destruction d'une personne pleine de forces et de légèreté
est déjà un premier néant), de concevoir que celle qui
fut jeune est vieille, quand l'aspect de cette vieille,
juxtaposé à celui de la jeune, semble tellement l'exclure
que tour à tour c'est la vieille, puis la jeune, puis la vieille
encore qui vous paraissent un rêve, et qu'on ne croirait
pas que ceci peut avoir jamais été cela, que la matière de
cela est elle-même, sans se réfugier ailleurs, grâce aux
savantes manipulations du temps, devenue ceci, que c'est
la même matière, n'ayant pas quitté le même corps — si
l'on n'avait l'indice du nom pareil et le témoignage
affirmatif des amis, auquel donne seule une apparence de
vraisemblance la rose, étroite jadis entre l'or des épis,
étalée maintenant sous la neige.

Comme pour la neige, d'ailleurs, le degré de blancheur
des cheveux semblait en général comme un signe de la
profondeur du temps vécu, comme ces sommets monta-
gneux qui, même apparaissant aux yeux sur la même ligne
que d'autres, révèlent pourtant le niveau de leur altitude
au degré de leur neigeuse blancheur. Et ce n'était pourtant
pas exact de tous, surtout pour les femmes. Ainsi

les mèches de la princesse de Guermantes, qui quand elles
étaient grises et brillantes comme de la soie semblaient
d'argent autour de son front bombé, ayant pris à force
de devenir blanches une matité de laine et d'étoupe,
semblaient au contraire à cause de cela être grises comme
une neige salie qui a perdu son éclat.

Et souvent ces blondes danseuses ne s'étaient pas
seulement annexé, avec une perruque de cheveux blancs,
l'amitié de duchesses qu'elles ne connaissaient pas autrefois. Mais, n'ayant fait jadis que danser, l'art les avait
touchées comme la grâce. Et comme au XVIIᵉ siècle
d'illustres dames entraient en religion, elles vivaient dans
un appartement rempli de peintures cubistes, un peintre
cubiste ne travaillant que pour elles et elles ne vivant que
pour lui. Pour les vieillards dont les traits avaient changé,
ils tâchaient pourtant de garder fixée sur eux à l'état
permanent, une de ces expressions fugitives qu'on prend
pour une seconde de pose et avec lesquelles on essaye,
soit de tirer parti d'un avantage extérieur, soit de pallier
un défaut ; ils avaient l'air d'être définitivement devenus
d'immutables instantanés d'eux-mêmes.

Tous ces gens avaient mis tant de *temps* à revêtir leur
déguisement que celui-ci passait généralement inaperçu de
ceux qui vivaient avec lui. Même un délai leur était souvent
concédé où ils pouvaient continuer assez tard à rester
eux-mêmes. Mais alors le déguisement prorogé se faisait
plus rapidement ; de toutes façons il était inévitable. Je
n'avais jamais trouvé aucune ressemblance entre Mme X...
et sa mère que je n'avais connue que vieille, ayant l'air
d'un petit Turc tout tassé. Et en effet j'avais toujours connu
Mme X... charmante et droite et pendant très longtemps,
en effet, elle l'était restée, pendant trop longtemps, car
comme une personne qui avant que la nuit n'arrive a à
ne pas oublier de revêtir son déguisement de Turque, elle
s'était mise en retard, et aussi était-ce précipitamment,
presque tout d'un coup, qu'elle s'était tassée et avait
reproduit avec fidélité l'aspect de vieille Turque revêtu
jadis par sa mère.

Il y avait des hommes que je savais parents d'autres sans
avoir jamais pensé qu'ils eussent un trait commun ; en
admirant le vieil ermite aux cheveux blancs qu'était
devenu Legrandin, tout d'un coup je constatai, je peux
dire que je découvris avec une satisfaction de zoologiste,

dans le méplat de ses joues, la construction de celles de
son jeune neveu, Léonor de Cambremer, qui pourtant
avait l'air de ne lui ressembler nullement ; à ce premier
trait commun j'en ajoutai un autre que je n'avais pas
remarqué chez Léonor de Cambremer, puis d'autres et qui
n'étaient aucun de ceux que m'offrait d'habitude la
synthèse de sa jeunesse, de sorte que j'eus bientôt de lui
comme une caricature plus vraie, plus profonde, que si
elle avait été littéralement ressemblante ; son oncle me
semblait maintenant seulement le jeune Cambremer ayant
pris pour s'amuser les apparences du vieillard qu'en réalité
il serait un jour, si bien que ce n'était plus seulement ce
qu'étaient devenus les jeunes d'autrefois, mais ce que
deviendraient ceux d'aujourd'hui, qui me donnait avec
tant de force la sensation du temps.

Les traits où s'était gravée sinon la jeunesse, du moins
la beauté ayant disparu chez les femmes, elles avaient
cherché si, avec le visage qui leur restait, on ne pouvait
s'en faire une autre. Déplaçant le centre, sinon de gravité,
du moins de perspective, de leur visage, en composant
les traits autour de lui suivant un autre caractère, elles
commençaient à cinquante ans une nouvelle sorte de
beauté, comme on prend sur le tard un nouveau métier,
ou comme à une terre qui ne vaut plus rien pour la vigne
on fait produire des betteraves. Autour de ces traits
nouveaux on faisait fleurir une nouvelle jeunesse. Seules
ne pouvaient s'accommoder de ces transformations les
femmes trop belles, ou les trop laides. Les premières,
sculptées comme un marbre aux lignes définitives duquel
on ne peut plus rien changer, s'effritaient comme une
statue. Les secondes, celles qui avaient quelque difformité
de la face, avaient même sur les belles certains avantages.
D'abord c'étaient les seules qu'on reconnaissait tout de
suite. On savait qu'il n'y avait pas à Paris deux bouches
pareilles et la leur me les faisait reconnaître dans cette
matinée où je ne reconnaissais plus personne. Et puis elles
n'avaient même pas l'air d'avoir vieilli. La vieillesse est
quelque chose d'humain ; elles étaient des monstres, et
elles ne semblaient pas avoir plus « changé » que des
baleines[1].

Certains hommes, certaines femmes ne semblaient pas
avoir vieilli, leur tournure était aussi svelte, leur visage
aussi jeune. Mais si pour leur parler on se mettait tout

près de la figure lisse de peau et fine de contours, alors elle apparaissait tout autre, comme il arrive pour une surface végétale, une goutte d'eau, de sang, si on la place sous le microscope. Alors je distinguais de multiples taches graisseuses sur la peau que j'avais crue lisse et dont elles me donnaient le dégoût. Les lignes ne résistaient pas à cet agrandissement. Celle du nez se brisait de près, s'arrondissait, envahie par les mêmes cercles huileux que le reste de la figure ; et de près les yeux rentraient sous des poches qui détruisaient la ressemblance du visage actuel avec celle du visage d'autrefois qu'on avait cru retrouver. De sorte que, à l'égard de ces invités-là, ils étaient jeunes vus de loin, leur âge augmentait avec le grossissement de la figure et la possibilité d'en observer les différents plans ; il restait dépendant du spectateur, qui avait à se bien placer pour voir ces figures-là et à n'appliquer sur elles que ces regards lointains qui diminuent l'objet comme le verre que choisit l'opticien pour un presbyte ; pour elles la vieillesse, comme la présence des infusoires dans une goutte d'eau, était amenée par le progrès moins des années que, dans la vision de l'observateur, du degré de l'échelle.

Je retrouvai là un de mes anciens camarades que pendant dix ans j'avais vu presque tous les jours. On demanda à nous représenter. J'allai donc à lui et il me dit d'une voix que je reconnus très bien : « C'est une bien grande joie pour moi après tant d'années. » Mais quelle surprise pour moi ! Cette voix semblait émise par un phonographe perfectionné, car si c'était celle de mon ami, elle sortait d'un gros bonhomme grisonnant que je ne connaissais pas, et dès lors il me semblait que ce ne pût être qu'artificiellement, par un truc de mécanique, qu'on avait logé la voix de mon camarade sous ce gros vieillard quelconque. Pourtant je savais que c'était lui, la personne qui nous avait présentés après si longtemps l'un à l'autre n'avait rien d'un mystificateur. Lui-même me déclara que je n'avais pas changé, et je compris qu'il ne se croyait pas changé. Alors je le regardai mieux. Et, en somme, sauf qu'il avait tellement grossi, il avait gardé bien des choses d'autrefois. Pourtant je ne pouvais comprendre que ce fût lui. Alors j'essayai de me rappeler. Il avait dans sa jeunesse des yeux bleus, toujours riants, perpétuellement mobiles, en quête évidemment de quelque chose à quoi je n'avais

pensé et qui devait être fort désintéressée, la vérité sans
doute, poursuivie en perpétuelle incertitude, avec une
sorte de gaminerie, de respect errant pour tous les amis
de sa famille. Or, devenu homme politique influent,
capable, despotique, ces yeux bleus qui d'ailleurs n'avaient
pas trouvé ce qu'ils cherchaient, s'étaient immobilisés, ce
qui leur donnait un regard pointu, comme sous un sourcil
froncé. Aussi l'expression de gaieté, d'abandon, d'innocence s'était-elle changée en une expression de ruse et de
dissimulation. Décidément, il me semblait que c'était
quelqu'un d'autre, quand tout d'un coup j'entendis, à une
chose que je disais, son rire, son fou rire d'autrefois, celui
qui allait avec la perpétuelle mobilité gaie du regard. Des
mélomanes trouvent qu'orchestrée par X... la musique de
Z... devient absolument différente. Ce sont des nuances
que le vulgaire ne saisit pas. Mais un fou rire étouffé
d'enfant sous un œil en pointe comme un crayon bleu bien
taillé quoique un peu de travers, c'est plus qu'une
différence d'orchestration. Le rire cessa, j'aurais bien voulu
reconnaître mon ami mais, comme dans l'*Odyssée* Ulysse
s'élançant sur sa mère morte[1], comme un spirite essayant
en vain d'obtenir d'une apparition une réponse qui
l'identifie, comme le visiteur d'une exposition d'électricité[2]
qui ne peut croire que la voix que le phonographe restitue
inaltérée soit tout de même spontanément émise par une
personne, je cessai de reconnaître mon ami.

Il faut cependant faire cette réserve que les mesures du
temps lui-même peuvent être pour certaines personnes
accélérées ou ralenties. Par hasard j'avais rencontré dans
la rue, il y avait quatre ou cinq ans, la vicomtesse de
Saint-Fiacre (belle-fille de l'amie des Guermantes). Ses
traits sculpturaux semblaient lui assurer une jeunesse
éternelle. D'ailleurs, elle était encore jeune. Or je ne pus,
malgré ses sourires et ses bonjours, la reconnaître en une
dame aux traits tellement déchiquetés que la ligne du
visage n'était pas restituable. C'est que depuis trois ans
elle prenait de la cocaïne et d'autres drogues[3]. Ses yeux
profondément cernés de noir étaient presque hagards. Sa
bouche avait un rictus étrange. Elle s'était levée, me dit-on,
pour cette matinée, restant des mois sans quitter son lit
ou sa chaise longue. Le Temps a ainsi des trains express
et spéciaux qui mènent vite à une vieillesse prématurée.
Mais sur la voie parallèle circulent des trains de retour,

presque aussi rapides. Je pris M. de Courgivaux pour son
fils, car il avait l'air plus jeune (il devait avoir dépassé la
cinquantaine et semblait plus jeune qu'à trente ans). Il avait
trouvé un médecin intelligent, supprimé l'alcool et le sel ;
il était revenu à la trentaine et semblait même ce jour-là
ne pas l'avoir atteinte. C'est qu'il s'était, le matin même,
fait couper les cheveux. Pourtant il y en eut un que, même
nommé, je ne pus reconnaître, et je crus à un homonyme
car il n'avait aucune espèce de rapport avec celui que non
seulement j'avais connu autrefois, mais que j'avais retrouvé
il y a quelques années. C'était pourtant lui, blanchi
seulement et engraissé, mais il avait rasé ses moustaches,
et cela avait suffi pour lui faire perdre sa personnalité.

Chose curieuse, le phénomène de la vieillesse semblait
dans ses modalités tenir compte de quelques habitudes
sociales. Certains grands seigneurs, mais qui avaient
toujours été revêtus du plus simple alpaga, coiffés de vieux
chapeaux de paille que de petits bourgeois n'auraient pas
voulu porter, avaient vieilli de la même façon que les
jardiniers, que les paysans au milieu desquels ils avaient
vécu. Des taches brunes avaient envahi leurs joues, et leur
figure avait jauni, s'était foncée comme un livre.

Et je pensais aussi à tous ceux qui n'étaient pas là, parce
qu'ils ne le pouvaient pas, que leur secrétaire, cherchant
à donner l'illusion de leur survie, avait excusés par une
de ces dépêches qu'on remettait de temps à autre à la
princesse, à ces malades, depuis des années mourants, qui
ne se lèvent plus, ne bougent plus, et, même au milieu
de l'assiduité frivole de visiteurs attirés par une curiosité
de touristes ou une confiance de pèlerins, les yeux clos,
tenant leur chapelet, rejetant à demi leur drap déjà
mortuaire, sont pareils à des gisants que le mal a sculptés
jusqu'au squelette dans une chair rigide et blanche comme
le marbre, et étendus sur leur tombeau.

Les femmes tâchaient à rester en contact avec ce qui
avait été le plus individuel de leur charme, mais souvent
la matière nouvelle de leur visage ne s'y prêtait plus. On
était effrayé, en pensant aux périodes qui avaient dû
s'écouler avant que s'accomplît une pareille révolution
dans la géologie d'un visage, de voir quelles érosions
s'étaient faites le long du nez, quelles énormes alluvions
au bord des joues entouraient toute la figure de leurs
masses opaques et réfractaires.

Sans doute certaines femmes étaient encore très reconnaissables, le visage était resté presque le même, et elles avaient seulement, comme par une harmonie convenable avec la saison, revêtu les cheveux gris qui étaient leur parure d'automne. Mais pour d'autres, et pour des hommes aussi, la transformation était si complète, l'identité si impossible à établir — par exemple entre un noir viveur qu'on se rappelait et le vieux moine qu'on avait sous les yeux — que plus même qu'à l'art de l'acteur, c'était à celui de certains prodigieux mimes, dont Fregoli reste le type[1], que faisaient penser ces fabuleuses transformations. La vieille femme avait envie de pleurer en comprenant que l'indéfinissable et mélancolique sourire qui avait fait son charme ne pouvait plus arriver à irradier jusqu'à la surface ce masque de plâtre que lui avait appliqué la vieillesse. Puis tout à coup découragée de plaire, trouvant plus spirituel de se résigner, elle s'en servait comme d'un masque de théâtre pour faire rire ! Mais presque toutes les femmes n'avaient pas de trêve dans leur effort pour lutter contre l'âge et tendaient, vers la beauté qui s'éloignait comme un soleil couchant et dont elles voulaient passionnément conserver les derniers rayons, le miroir de leur visage. Pour y réussir, certaines cherchaient à l'aplanir, à élargir la blanche superficie, renonçant au piquant de fossettes menacées, aux mutineries d'un sourire condamné et déjà à demi désarmé ; tandis que, d'autres voyant la beauté définitivement disparue et obligées de se réfugier dans l'expression, comme on compense par l'art de la diction la perte de la voix, elles se raccrochaient à une moue, à une patte d'oie, à un regard vague, parfois à un sourire qui, à cause de l'incoordination de muscles qui n'obéissaient plus, leur donnait l'air de pleurer.

D'ailleurs, même chez les hommes qui n'avaient subi qu'un léger changement, dont la moustache était devenue blanche, etc., on sentait que ce changement n'était pas positivement matériel. C'était comme si on les avait vus à travers une vapeur colorante, un verre peint qui changeait l'aspect de leur figure mais surtout, par ce qu'il y ajoutait de trouble, montrait que ce qu'il nous permettait de voir « grandeur nature » était en réalité très loin de nous, dans un éloignement différent, il est vrai, de celui de l'espace, mais du fond duquel, comme d'un autre rivage, nous sentions qu'ils avaient autant de peine à nous reconnaître que nous eux. Seule peut-être Mme de Forcheville, comme injectée d'un liquide, d'une espèce de paraffine qui gonfle la peau mais l'empêche de se modifier, avait l'air d'une cocotte d'autrefois à jamais « naturalisée ».

« Vous me prenez pour ma mère », m'avait dit Gilberte. C'était vrai. C'eût été d'ailleurs presque aimable : on part de l'idée que les gens sont restés les mêmes et on les trouve vieux. Mais une fois que l'idée dont on part est qu'ils sont vieux, on les retrouve, on ne les trouve pas si mal. Pour Odette ce n'était pas seulement cela ; son aspect, une fois qu'on savait son âge et qu'on s'attendait à une vieille femme, semblait un défi plus miraculeux aux lois de la chronologie que la conservation du radium à celles de la nature. Elle, si je ne la reconnus pas d'abord, ce fut non parce qu'elle avait, mais parce qu'elle n'avait pas changé. Me rendant compte depuis une heure de ce que le temps ajoutait de nouveau aux êtres et qu'il fallait soustraire pour les retrouver tels que je les avais connus, je faisais maintenant rapidement ce calcul et, ajoutant à l'ancienne Odette le chiffre d'années qui avait passé sur elle, le résultat que je trouvai fut une personne qui me sembla ne pas pouvoir être celle que j'avais sous les yeux, précisément parce que celle-là était pareille à celle d'autrefois. Quelle était la part du fard, de la teinture ? Elle avait l'air sous ses cheveux dorés tout plats — un peu un chignon ébouriffé de grosse poupée mécanique sur une figure étonnée et immuable de poupée aussi — auxquels se superposait un chapeau de paille plat aussi, de l'Exposition de 1878 (dont elle eût certes été alors, et surtout si elle eût eu alors l'âge d'aujourd'hui, la plus fantastique merveille) venant débiter son couplet dans une revue de fin d'année, mais de l'Exposition de 1878 représentée par une femme encore jeune[1].

À côté de nous, un ministre d'avant l'époque boulangiste, et qui l'était de nouveau, passait lui aussi, en envoyant aux dames un sourire tremblotant et lointain, mais comme emprisonné dans les mille liens du passé, comme un petit fantôme qu'une main invisible promenait, diminué de taille, changé dans sa substance et ayant l'air d'une réduction en pierre ponce de soi-même. Cet ancien président du Conseil, si bien reçu dans le faubourg Saint-Germain, avait jadis été l'objet de poursuites

criminelles, exécré du monde et du peuple. Mais grâce
au renouvellement des individus qui composent l'un et
l'autre, et, dans les individus subsistants, des passions et
même des souvenirs, personne ne le savait plus et il était
honoré[1]. Aussi n'y a-t-il pas d'humiliation si grande dont
on ne devrait prendre aisément son parti, sachant qu'au
bout de quelques années, nos fautes ensevelies ne seront
plus qu'une invisible poussière sur laquelle sourira la paix
souriante et fleurie de la nature. L'individu momentanément taré se trouvera, par le jeu d'équilibre du temps,
pris entre deux couches sociales nouvelles qui n'auront
pour lui que déférence et admiration, et au-dessus
desquelles il se prélassera aisément. Seulement c'est au
temps qu'est confié ce travail ; et au moment de ses ennuis,
rien ne peut le consoler que la jeune laitière d'en face
l'ait entendu appeler « chéquard[2] » par la foule qui
montrait le poing tandis qu'il entrait dans le « panier à
salade », la jeune laitière qui ne voit pas les choses dans
le plan du temps, qui ignore que les hommes qu'encense
le journal du matin furent déconsidérés jadis, et que
l'homme qui frise la prison en ce moment et peut-être,
en pensant à cette jeune laitière, n'aura pas les paroles
humbles qui lui concilieraient la sympathie, sera un jour
célébré par la presse et recherché par les duchesses. Et
le temps éloigne pareillement les querelles de famille. Et
chez la princesse de Guermantes on voyait un couple où
le mari et la femme avaient pour oncles, morts aujourd'hui,
deux hommes qui ne s'étaient pas contentés de se souffleter
mais dont l'un, pour plus humilier l'autre, lui avait envoyé
comme témoins son concierge et son maître d'hôtel,
jugeant que des gens du monde eussent été trop bien pour
lui. Mais ces histoires dormaient dans les journaux d'il y
a trente ans et personne ne les savait plus. Et ainsi le salon
de la princesse de Guermantes était illuminé, oublieux et
fleuri, comme un paisible cimetière. Le temps n'y avait
pas seulement défait d'anciennes créatures, il y avait rendu
possibles, il y avait créé des associations nouvelles.

Pour en revenir à cet homme politique, malgré son
changement de substance physique, tout aussi profond que
la transformation des idées morales qu'il éveillait maintenant dans le public, en un mot malgré tant d'années passées
depuis qu'il avait été président du Conseil, il faisait partie
du nouveau cabinet, dont le chef lui avait donné un

portefeuille, un peu comme ces directeurs de théâtre confient un rôle à une de leurs anciennes camarades, retirée depuis longtemps, mais qu'ils jugent encore plus capable que les jeunes de tenir un rôle avec finesse, de laquelle d'ailleurs ils savent la difficile situation financière et qui, à près de quatre-vingts ans, montre encore au public l'intégrité de son talent presque intact avec cette continuation de la vie qu'on s'étonne ensuite d'avoir pu constater quelques jours avant la mort.

Pour Mme de Forcheville au contraire, c'était si miraculeux, qu'on ne pouvait même pas dire qu'elle avait rajeuni, mais plutôt qu'avec tous ses carmins, toutes ses rousseurs, elle avait refleuri. Plus même que l'incarnation de l'Exposition universelle de 1878, elle eût été, dans une exposition végétale d'aujourd'hui, la curiosité et le clou. Pour moi, du reste, elle ne semblait pas dire : « Je suis l'Exposition de 1878 », mais plutôt : « Je suis l'allée des Acacias de 1892[1]. » Il semblait qu'elle eût pu y être encore. D'ailleurs, justement parce qu'elle n'avait pas changé, elle ne semblait guère vivre. Elle avait l'air d'une rose stérilisée. Je lui dis bonjour, elle chercha quelque temps mon nom sur mon visage, comme un élève, sur celui de son examinateur, une réponse qu'il eût trouvée plus facilement dans sa tête. Je me nommai et aussitôt, comme si j'avais perdu grâce à ce nom incantateur l'apparence d'arbousier ou de kangourou que l'âge m'avait sans doute donnée, elle me reconnut et se mit à me parler de cette voix si particulière que les gens qui l'avaient applaudie dans les petits théâtres étaient si émerveillés, quand ils étaient invités à déjeuner avec elle, « à la ville », de retrouver dans chacune de ses paroles, pendant toute la causerie, tant qu'ils voulaient. Cette voix était restée la même, inutilement chaude, prenante, avec un rien d'accent anglais. Et pourtant, de même que ses yeux avaient l'air de me regarder d'un rivage lointain, sa voix était triste, presque suppliante, comme celle des morts dans l'*Odyssée*. Odette eût pu jouer encore. Je lui fis des compliments sur sa jeunesse. Elle me dit : « Vous êtes gentil, *my dear*, merci », et comme elle donnait difficilement à un sentiment, même le plus vrai, une expression qui ne fût pas affectée par le souci de ce qu'elle croyait élégant, elle répéta à plusieurs reprises : « Merci tant, merci tant. » Mais moi qui avais jadis fait de si longs trajets pour l'apercevoir au Bois, qui avais écouté le son de sa voix tomber de sa bouche, la première fois que j'avais été chez elle, comme un trésor, les minutes passées maintenant auprès d'elle me semblaient interminables à cause de l'impossibilité de savoir que lui dire, et je m'éloignai tout en me disant que les paroles de Gilberte « Vous me prenez pour ma mère » n'étaient pas seulement vraies, mais encore qu'elles n'avaient rien que d'aimable pour la fille.

D'ailleurs, il n'y avait pas que chez cette dernière qu'avaient apparu des traits familiaux qui jusque-là étaient restés aussi invisibles dans sa figure que ces parties d'une graine repliées à l'intérieur et dont on ne peut deviner la saillie qu'elles feront un jour au dehors. Ainsi un énorme busquage maternel venait, chez l'une ou chez l'autre, transformer vers la cinquantaine un nez jusque-là droit et pur. Chez une autre, fille de banquier, le teint, d'une fraîcheur de jardinière, se roussissait, se cuivrait, et prenait comme le reflet de l'or qu'avait tant manié le père. Certains même avaient fini par ressembler à leur quartier, portaient sur eux comme le reflet de la rue de l'Arcade, de l'avenue du Bois, de la rue de l'Élysée. Mais surtout ils reproduisaient les traits de leurs parents.

Hélas, elle ne devait pas rester toujours telle. Moins de trois ans après, non pas en enfance, mais un peu ramollie, je devais la voir à une soirée donnée par Gilberte, et devenue incapable de cacher sous un masque immobile ce qu'elle pensait — pensait est beaucoup dire —, ce qu'elle éprouvait, hochant la tête, serrant la bouche, secouant les épaules à chaque impression qu'elle ressentait, comme ferait un ivrogne, un enfant, comme font certains poètes qui ne tiennent pas compte de ce qui les entoure et, inspirés, composent dans le monde et, tout en allant à table au bras d'une dame étonnée, froncent les sourcils, font la moue. Les impressions de Mme de Forcheville — sauf une, celle qui l'avait fait précisément assister à la soirée, la tendresse pour sa fille bien-aimée, l'orgueil qu'elle donnât une soirée si brillante, orgueil que ne voilait pas chez la mère la mélancolie de ne plus être rien — ces impressions n'étaient pas joyeuses, et commandaient seulement une perpétuelle défense contre les avanies qu'on lui faisait, défense timorée comme celle d'un enfant. On n'entendait que ces mots : « Je ne sais pas si Mme de Forcheville me reconnaît, je devrais peut-être me faire

présenter à nouveau. — Ça, par exemple, vous pouvez
vous en dispenser », répondait-on à tue-tête, sans songer
que la mère de Gilberte entendait tout (sans y songer,
ou sans s'en soucier). « C'est bien inutile. Pour l'agrément
qu'elle vous apportera ! On la laisse dans son coin. Du
reste, elle est un peu gaga. » Furtivement Mme de
Forcheville lançait un regard de ses yeux restés si beaux,
pour les interlocuteurs injurieux, puis vite ramenait ce
regard à elle de peur d'avoir été impolie, et tout de même
agitée par l'offense, taisant sa débile indignation, on voyait
sa tête branler, sa poitrine se soulever, elle jetait un
nouveau regard sur un autre assistant aussi peu poli, et
ne s'étonnait pas outre mesure, car, se sentant très mal
depuis quelques jours, elle avait à mots couverts suggéré
à sa fille de remettre la fête mais sa fille avait refusé.
Mme de Forcheville ne l'en aimait pas moins ; toutes les
duchesses qui entraient, l'admiration de tout le monde
pour le nouvel hôtel inondaient de joie son cœur, et quand
entra la marquise de Sabran, qui était alors la dame où
menait si difficilement le plus haut échelon social, Mme de
Forcheville sentit qu'elle avait été une bonne et prévoyante
mère et que sa tâche maternelle était achevée. De
nouveaux invités ricaneurs la firent à nouveau regarder
et parler toute seule, si c'est parler que tenir un langage
muet qui se traduit seulement par des gesticulations. Si
belle encore, elle était devenue — ce qu'elle n'avait jamais
été — infiniment sympathique ; car elle qui avait trompé
Swann et tout le monde, c'était l'univers entier maintenant
qui la trompait ; et elle était devenue si faible qu'elle
n'osait même plus, les rôles étant retournés, se défendre
contre les hommes. Et bientôt elle ne se défendrait pas
contre la mort. Mais après cette anticipation, revenons trois
ans en arrière, c'est-à-dire à la matinée où nous sommes
chez la princesse de Guermantes.

J'eus de la peine à reconnaître mon camarade Bloch[1],
lequel d'ailleurs maintenant avait pris non seulement le
pseudonyme, mais le nom de Jacques du Rozier[2], sous
lequel il eût fallu le flair de mon grand-père pour reconnaître la « douce vallée[3] » de l'Hébron et les « chaînes
d'Israël[4] » que mon ami semblait avoir définitivement
rompues. Un chic anglais avait en effet complètement
transformé sa figure et passé au rabot tout ce qui se pouvait
effacer. Les cheveux, jadis bouclés, coiffés à plat avec une

raie au milieu, brillaient de cosmétique. Son nez restait
fort et rouge, mais semblait plutôt tuméfié par une sorte
de rhume permanent qui pouvait expliquer l'accent nasal
dont il débitait paresseusement ses phrases, car il avait
trouvé, de même qu'une coiffure appropriée à son teint,
une voix à sa prononciation, où le nasonnement d'autrefois
prenait un air de dédain d'articuler qui allait avec les ailes
enflammées de son nez. Et grâce à la coiffure, à la
suppression des moustaches, à l'élégance, au type, à la
volonté, ce nez juif disparaissait comme semble presque
droite une bossue bien arrangée. Mais surtout, dès que
Bloch apparaissait, la signification de sa physionomie était
changée par un redoutable monocle. La part de machi-
nisme que ce monocle introduisait dans la figure de Bloch
la dispensait de tous ces devoirs difficiles auxquels une
figure humaine est soumise, devoir d'être belle, d'exprimer l'esprit, la bienveillance, l'effort. La seule présence
de ce monocle dans la figure de Bloch dispensait d'abord
de se demander si elle était jolie ou non, comme devant
ces objets anglais dont un garçon dit dans un magasin que
« c'est le grand chic », après quoi on n'ose plus se
demander si cela vous plaît. D'autre part, il s'installait
derrière la glace de ce monocle dans une position aussi
hautaine, distante et confortable que si ç'avait été la glace
d'un huit-ressorts, et pour assortir la figure aux cheveux
plats et au monocle, ses traits n'exprimaient plus jamais
rien.
  Bloch me demanda de le présenter au prince de
Guermantes ; je ne fis à cela pas l'ombre des difficultés
auxquelles je m'étais heurté le jour où j'avais été pour
la première fois en soirée chez lui qui m'avaient semblé
naturelles, alors que maintenant cela me semblait si simple
de lui présenter un de ses invités, et cela m'eût même paru
simple de me permettre de lui amener et présenter à
l'improviste quelqu'un qu'il n'eût pas invité. Était-ce parce
que, depuis cette époque lointaine, j'étais devenu un
« familier », quoique depuis quelque temps un « oublié », de ce monde où alors j'étais si nouveau ; était-ce,
au contraire, parce que, n'étant pas un véritable homme
du monde, tout ce qui fait difficulté pour eux n'existait
plus pour moi, une fois la timidité tombée ; était-ce parce
que, les êtres ayant peu à peu laissé tomber devant moi
leur premier (souvent leur second et leur troisième) aspect

factice, je sentais derrière la hauteur dédaigneuse du prince
une grande avidité humaine de connaître des êtres, de faire
la connaissance de ceux-là mêmes qu'il affectait de
dédaigner ? Était-ce parce qu'aussi le prince avait changé,
comme tous ces insolents de la jeunesse et de l'âge mûr
à qui la vieillesse apporte sa douceur (d'autant plus que
les hommes débutants et les idées inconnues contre
lesquels ils regimbaient, ils les connaissaient depuis
longtemps de vue et les savaient reçus, autour d'eux), et
surtout si la vieillesse a pour adjuvant quelque vertu, ou
quelque vice qui étende les relations, ou la révolution que
fait une conversion politique, comme celle du prince au
dreyfusisme ?

Bloch m'interrogeait, comme moi je faisais autrefois en
entrant dans le monde, comme il m'arrivait encore de faire,
sur les gens que j'y avais connus alors et qui étaient aussi
loin, aussi à part de tout que ces gens de Combray qu'il
m'était souvent arrivé de vouloir « situer » exactement.
Mais Combray avait pour moi une forme si à part, si
impossible à confondre avec le reste, que c'était un puzzle
que je ne pouvais jamais arriver à faire rentrer dans la
carte de France. « Alors le prince de Guermantes ne peut
me donner aucune idée ni de Swann, ni de M. de
Charlus ? » me demandait Bloch, à qui j'avais longtemps
emprunté sa manière de parler et qui maintenant imitait
souvent la mienne. « Nullement. — Mais en quoi
consistait la différence ? — Il aurait fallu vous faire causer
avec eux, mais c'est impossible, Swann est mort et M. de
Charlus ne vaut guère mieux. Mais ces différences étaient
énormes. » Et tandis que l'œil de Bloch brillait en pensant
à ce que pouvaient être ces personnages merveilleux, je
pensais que je lui exagérais le plaisir que j'avais eu à me
trouver avec eux, n'en ayant jamais ressenti que quand
j'étais seul, et l'impression des différenciations véritables
n'ayant lieu que dans notre imagination. Bloch s'en
aperçut-il ? « Tu me peins peut-être cela trop en beau,
me dit-il ; ainsi la maîtresse de maison d'ici, la princesse
de Guermantes, je sais bien qu'elle n'est plus jeune, mais
enfin il n'y a pas tellement longtemps que tu me parlais
de son charme incomparable, de sa merveilleuse beauté.
Certes, je reconnais qu'elle a grand air, et elle a bien ces
yeux extraordinaires dont tu me parlais, mais enfin je ne
la trouve pas tellement inouïe que tu disais. Évidemment

elle est très racée, mais enfin... » Je fus obligé de dire à
Bloch qu'il ne me parlait pas de la même personne. La
princesse de Guermantes en effet était morte, et c'est
l'ex-madame Verdurin que le prince, ruiné par la défaite
allemande, avait épousée[1]. « Tu te trompes, j'ai cherché
dans le Gotha de cette année, me confessa naïvement
Bloch, et j'ai trouvé le prince de Guermantes, habitant
l'hôtel où nous sommes et marié à tout ce qu'il y a de
plus grandiose, attends un peu que je me rappelle, marié
à Sidonie, duchesse de Duras, née des Baux. » En effet,
Mme Verdurin, peu après la mort de son mari, avait
épousé le vieux duc de Duras, ruiné, qui l'avait faite
cousine du prince de Guermantes, et était mort après deux
ans de mariage. Il avait été pour Mme Verdurin une
transition fort utile, et maintenant celle-ci par un troisième
mariage était princesse de Guermantes et avait dans le
faubourg Saint-Germain une grande situation qui eût fort
étonné à Combray, où les dames de la rue de l'Oiseau,
la fille de Mme Goupil et la belle-fille de Mme Sazerat,
toutes ces dernières années, avant que Mme Verdurin ne
fût princesse de Guermantes, avaient dit en ricanant « la
duchesse de Duras », comme si c'eût été un rôle que
Mme Verdurin eût tenu au théâtre. Même, le principe des
castes voulant qu'elle mourût Mme Verdurin, ce titre
qu'on ne s'imaginait lui conférer aucun pouvoir mondain
nouveau, faisait plutôt mauvais effet. « Faire parler
d'elle », cette expression qui dans tous les mondes est
appliquée à une femme qui a un amant, pouvait l'être dans
le faubourg Saint-Germain à celles qui publient des livres,
dans la bourgeoisie de Combray à celles qui font des
mariages, dans un sens ou dans l'autre, « dispropor-
tionnés ». Quand elle eut épousé le prince de Guermantes,
on dut se dire que c'était un faux Guermantes, un escroc.
Pour moi, dans cette identité de titre, de nom, qui faisait
qu'il y avait encore une princesse de Guermantes et qu'elle
n'avait aucun rapport avec celle qui m'avait tant charmé
et qui n'était plus là et qui était comme une morte sans
défense à qui on l'eût volé, il y avait quelque chose d'aussi
douloureux qu'à voir les objets qu'avait possédés la
princesse Hedwige[2], comme son château, comme tout ce
qui avait été à elle, et dont une autre jouissait. La
succession au nom est triste comme toutes les successions,
comme toutes les usurpations de propriété ; et toujours,

sans interruption, viendrait comme un flot de nouvelles princesses de Guermantes, ou plutôt, millénaire, remplacée d'âge en âge dans son emploi par une femme différente, une seule princesse de Guermantes, ignorante de la mort, indifférente à tout ce qui change et blesse nos cœurs, le nom refermant sur celles qui sombrent de temps à autre sa toujours pareille placidité immémoriale.

Certes, même ce changement extérieur dans les figures que j'avais connues n'était que le symbole d'un changement intérieur qui s'était effectué jour par jour ; peut-être ces gens avaient-ils continué à accomplir les mêmes choses, mais jour par jour l'idée qu'ils se faisaient d'elles et des êtres qu'ils fréquentaient ayant un peu dévié, au bout de quelques années, sous les mêmes noms c'était d'autres choses, d'autres gens qu'ils aimaient, et étant devenus d'autres personnes, il eût été étonnant qu'ils n'eussent pas eu de nouveaux visages.

Parmi les personnes présentes se trouvait un homme considérable qui venait, dans un procès fameux, de donner un témoignage dont la seule valeur résidait dans sa haute moralité devant laquelle les juges et les avocats s'étaient unanimement inclinés et qui avait entraîné la condamnation de deux personnes. Aussi y eut-il un mouvement de curiosité quand il entra, et de déférence. C'était Morel. J'étais peut-être seul à savoir qu'il avait été entretenu par Saint-Loup et en même temps par un ami de Saint-Loup. Malgré ces souvenirs il me dit bonjour avec plaisir quoique avec réserve. Il se rappelait le temps où nous nous étions vus à Balbec, et ces souvenirs avaient pour lui la poésie et la mélancolie de la jeunesse.

Mais il y avait aussi des personnes que je ne pouvais pas reconnaître pour la raison que je ne les avais pas connues, car, aussi bien que sur les êtres eux-mêmes, le temps avait aussi, dans ce salon, exercé sa chimie sur la société. Ce milieu, en la nature spécifique duquel, définie par certaines affinités qui lui attiraient tous les grands noms princiers de l'Europe et la répulsion qui éloignait d'elle tout élément non aristocratique, j'avais trouvé comme un refuge matériel pour ce nom de Guermantes auquel il prêtait sa dernière réalité, ce milieu avait lui-même subi dans sa constitution intime et que j'avais crue stable, une altération profonde. La présence de gens que j'avais vus dans de tout autres sociétés et qui me semblaient ne devoir jamais pénétrer dans celle-là m'étonna moins encore que l'intime familiarité avec laquelle ils y étaient reçus, appelés par leur prénom. Un certain ensemble de préjugés aristocratiques, de snobismes, qui jadis écartait automatiquement du nom de Guermantes tout ce qui ne s'harmonisait pas avec lui avait cessé de fonctionner.

Certains (Tossizza, Kleinmichel[1]) qui, quand j'avais débuté dans le monde, donnaient de grands dîners où ils ne recevaient que la princesse de Guermantes, la duchesse de Guermantes, la princesse de Parme et étaient chez ces dames à la place d'honneur, passaient pour ce qu'il y avait de mieux assis dans la société d'alors, et l'étaient peut-être, avaient passé, sans laisser aucune trace. Étaient-ce des étrangers en mission diplomatique repartis pour leur pays ? Peut-être un scandale, un suicide, un enlèvement les avait-il empêchés de reparaître dans le monde, ou bien étaient-ils allemands. Mais leur nom ne devait son lustre qu'à leur situation d'alors et n'était plus porté par personne, on ne savait même pas qui je voulais dire si je parlais d'eux, et essayant d'épeler le nom on croyait à des rastaquouères. Les personnes qui n'auraient pas dû, selon l'ancien code social, se trouver là, avaient, à mon grand étonnement, pour meilleures amies des personnes admirablement nées, lesquelles n'étaient venues s'embêter chez la princesse de Guermantes qu'à cause de leurs nouvelles amies. Car ce qui caractérisait le plus cette société, c'était sa prodigieuse aptitude au déclassement.

Détendus ou brisés, les ressorts de la machine refoulante ne fonctionnaient plus, mille corps étrangers y pénétraient, lui ôtaient toute homogénéité, toute tenue, toute couleur. Le faubourg Saint-Germain, comme une douairière gâteuse, ne répondait que par des sourires timides à des domestiques insolents qui envahissaient ses salons, buvaient son orangeade et lui présentaient leurs maîtresses. Encore la sensation du temps écoulé et d'une petite partie disparue de mon passé m'était-elle donnée moins vivement par la destruction de cet ensemble cohérent (qu'avait été le salon Guermantes) que par l'anéantissement même de la connaissance des mille raisons, des mille nuances qui faisait que tel qui s'y trouvait encore maintenant y était tout naturellement indiqué et à sa place, tandis que tel autre qui l'y coudoyait y présentait une nouveauté suspecte. Cette ignorance n'était pas que

du monde, mais de la politique, de tout. Car la mémoire
durait moins que la vie chez les individus, et d'ailleurs,
de très jeunes, qui n'avaient jamais eu les souvenirs abolis
chez les autres, faisant maintenant une partie du monde,
et très légitimement, même au sens nobiliaire, les débuts
étant oubliés ou ignorés, ils prenaient les gens au point
d'élévation ou de chute où ils se trouvaient, croyant qu'il
en avait toujours été ainsi, que Mme Swann et la princesse
de Guermantes et Bloch avaient toujours eu la plus grande
situation, que Clemenceau et Viviani avaient toujours été
conservateurs. Et comme certains faits ont plus de durée,
le souvenir exécré de l'affaire Dreyfus persistant vaguement chez eux grâce à ce que leur avaient dit leurs pères,
si on leur disait que Clemenceau avait été dreyfusard, ils
disaient : « Pas possible, vous confondez, il est juste de
l'autre côté. » Des ministres tarés et d'anciennes filles
publiques étaient tenus pour des parangons de vertu.
Quelqu'un ayant demandé à un jeune homme de la plus
grande famille s'il n'y avait pas eu quelque chose à dire
sur la mère de Gilberte, le jeune seigneur répondit qu'en
effet dans la première partie de son existence elle avait
épousé un aventurier du nom de Swann, mais qu'ensuite
elle avait épousé un des hommes les plus en vue de la
société, le comte de Forcheville. Sans doute quelques
personnes encore dans ce salon, la duchesse de Guermantes par exemple, eussent souri de cette assertion (qui,
niant l'élégance de Swann, me paraissait monstrueuse,
alors que moi-même jadis, à Combray, j'avais cru avec ma
grand-tante que Swann ne pouvait connaître des « princesses »), et aussi des femmes qui eussent pu se trouver
là mais qui ne sortaient plus guère, les duchesses de
Montmorency, de Mouchy, de Sagan[1], qui avaient été les
amies intimes de Swann et n'avaient jamais aperçu ce
Forcheville, non reçu dans le monde au temps où elles
y allaient encore. Mais précisément c'est que la société
d'alors, de même que les visages aujourd'hui modifiés et
les cheveux blonds remplacés par des cheveux blancs,
n'existait plus que dans la mémoire d'êtres dont le nombre
diminuait tous les jours.

Bloch, pendant la guerre, avait cessé de « sortir », de
fréquenter ses anciens milieux d'autrefois où il faisait piètre
figure. En revanche, il n'avait cessé de publier de ces
ouvrages dont je m'efforçais aujourd'hui, pour ne pas être

entravé par elle, de détruire l'absurde sophistique,
ouvrages sans originalité mais qui donnaient aux jeunes
gens et à beaucoup de femmes du monde l'impression
d'une hauteur intellectuelle peu commune, d'une sorte de
génie. Ce fut donc après une scission complète entre son
ancienne mondanité et la nouvelle que, dans une société
reconstituée, il avait fait, pour une phase nouvelle de sa
vie, honorée, glorieuse, une apparition de grand homme.
Les jeunes gens ignoraient naturellement qu'il fît à cet
âge-là des débuts dans la société, d'autant que le peu de
noms qu'il avait retenus dans la fréquentation de Saint-
Loup lui permettaient de donner à son prestige actuel une
sorte de recul indéfini. En tout cas il paraissait un de ces
hommes de talent qui à toute époque ont fleuri dans le
grand monde, et on ne pensait pas qu'il eût jamais vécu
ailleurs.

Les anciens assuraient que dans le monde tout était
changé, qu'on y recevait des gens que jamais de leur temps
on n'aurait reçus, et, comme on dit, c'était vrai et ce n'était
pas vrai. Ce n'était pas vrai parce qu'ils ne se rendaient
pas compte de la courbe du temps qui faisait que ceux
d'aujourd'hui voyaient ces gens nouveaux à leur point
d'arrivée tandis qu'eux se les rappelaient à leur point de
départ. Et quand eux, les anciens, étaient entrés dans le
monde, il y avait là des gens arrivés dont d'autres se
rappelaient le départ. Une génération suffit pour que s'y
ramène le changement qui en des siècles s'est fait pour
le nom bourgeois d'un Colbert devenu nom noble. Et
d'autre part, cela pourrait être vrai car si les personnes
changent de situation, les idées et les coutumes les plus
indéracinables (de même que les fortunes et les alliances
de pays et les haines de pays) changent aussi, parmi
lesquelles même celles de ne recevoir que des gens chic.
Non seulement le snobisme change de forme, mais il
pourrait disparaître comme la guerre même, les radicaux,
les juifs être reçus au Jockey.

Si les gens des nouvelles générations tenaient la
duchesse de Guermantes pour peu de chose parce qu'elle
connaissait des actrices, etc., les dames aujourd'hui vieilles
de la famille la considéraient toujours comme un personnage extraordinaire, d'une part parce qu'elles savaient
exactement sa naissance, sa primauté héraldique, ses
intimités avec ce que Mme de Forcheville eût appelé des

royalties, mais encore parce qu'elle dédaignait de venir
dans la famille, s'y ennuyait et qu'on savait qu'on n'y
pouvait jamais compter sur elle. Ses relations théâtrales
et politiques, d'ailleurs mal sues, ne faisaient qu'augmenter
sa rareté, donc son prestige. De sorte que, tandis que dans
le monde politique et artistique on la tenait pour une
créature mal définie, une sorte de défroquée du faubourg
Saint-Germain qui fréquente les sous-secrétaires d'État et
les étoiles, dans ce même faubourg Saint-Germain, si on
donnait une belle soirée, on disait : « Est-ce même la peine
d'inviter Oriane ? Elle ne viendra pas. Enfin pour la forme,
mais il ne faut pas se faire d'illusions. » Et si, vers 10 heures
et demie, dans une toilette éclatante, paraissant, de ses
yeux, durs pour elles, mépriser toutes ses cousines, entrait
Oriane qui s'arrêtait sur le seuil avec une sorte de
majestueux dédain, et si elle restait une heure, c'était une
plus grande fête pour la vieille grande dame qui donnait
la soirée qu'autrefois, pour un directeur de théâtre, que
Sarah Bernhardt, qui avait vaguement promis un concours
sur lequel on ne comptait pas, fût venue et eût, avec une
complaisance et une simplicité infinies, récité au lieu du
morceau promis vingt autres. La présence de cette Oriane,
à laquelle les chefs de cabinet parlaient de haut en bas
et qui n'en continuait pas moins (l'esprit mène le monde)
à chercher à en connaître de plus en plus, venait de classer
la soirée de la douairière, où il n'y avait pourtant que des
femmes excessivement chic, en dehors et au-dessus de
toutes les autres soirées de douairières de la même *season*
(comme aurait dit encore Mme de Forcheville), mais pour
lesquelles soirées ne s'était pas dérangée Oriane.

Dès que j'eus fini de parler au prince de Guermantes,
Bloch se saisit de moi et me présenta à une jeune femme
qui avait beaucoup entendu parler de moi à la duchesse
de Guermantes et qui était une des femmes les plus
élégantes du jour. Or son nom m'était entièrement
inconnu, et celui des différents Guermantes ne devait pas
lui être très familier car elle demanda à une Américaine
à quel titre Mme de Saint-Loup avait l'air si intime avec
toute la plus brillante société qui se trouvait là. Or cette
Américaine était mariée au comte de Farcy, parent obscur
des Forcheville et pour lequel ils représentaient ce qu'il
y a de plus grand au monde. Aussi répondit-elle tout
naturellement : « Quand ce ne serait que parce qu'elle

est née Forcheville. C'est ce qu'il y a de plus grand. »
Encore Mme de Farcy, tout en croyant naïvement le nom
de Forcheville supérieur à celui de Saint-Loup, savait-elle
du moins ce qu'était ce dernier. Mais la charmante amie
de Bloch et de la duchesse de Guermantes l'ignorait
absolument et, étant assez étourdie, répondit de bonne
foi à une jeune fille qui lui demandait comment Mme de
Saint-Loup était parente du maître de la maison, le prince
de Guermantes : « Par les Forcheville », renseignement
que la jeune fille communiqua comme si elle l'avait
possédé de tout temps à une de ses amies, laquelle, ayant
mauvais caractère et étant nerveuse, devint rouge comme
un coq la première fois qu'un monsieur lui dit que ce
n'était pas par les Forcheville que Gilberte tenait aux
Guermantes, de sorte que le monsieur crut qu'il s'était
trompé, adopta l'erreur et ne tarda pas à la propager. Les
dîners, les fêtes mondaines, étaient pour l'Américaine une
sorte d'école Berlitz. Elle entendait les noms et les répétait
sans avoir connu préalablement leur valeur, leur portée
exacte. On expliqua à quelqu'un qui demandait si
Tansonville venait à Gilberte de son père M. de
Forcheville, que cela ne venait pas du tout par là, que
c'était une terre de la famille de son mari, que Tansonville
était voisin de Guermantes, appartenait à Mme de
Marsantes, mais, étant très hypothéqué, avait été racheté
en dot par Gilberte. Enfin un vieux de la vieille ayant
évoqué Swann ami des Sagan et des Mouchy, et
l'Américaine amie de Bloch ayant demandé comment je
l'avais connu, déclara que je l'avais connu chez Mme de
Guermantes, ne se doutant pas du voisin de campagne,
jeune ami de mon grand-père, qu'il représentait pour moi.
Des méprises de ce genre ont été commises par les hommes
les plus fameux et passent pour particulièrement graves
dans toute société conservatrice. Saint-Simon, voulant
montrer que Louis XIV était d'une ignorance qui « le fit
tomber quelquefois, en public, dans les absurdités les plus
grossières[1] », ne donne de cette ignorance que deux
exemples, à savoir que le roi, ne sachant pas que Renel
était de la famille de Clermont-Gallerande, ni Saint-Herem
de celle de Montmorin, les traita en hommes de peu. Du
moins, en ce qui concerne Saint-Herem, avons-nous la
consolation de savoir que le roi ne mourut pas dans
l'erreur, car il fut détrompé « fort tard » par M. de La

Rochefoucauld. « Encore, ajoute Saint-Simon avec un peu
de pitié, lui fallut-il expliquer quelles étaient ces maisons
que leur nom ne lui apprenait pas[1]. »

Cet oubli si vivace qui recouvre si rapidement le passé
le plus récent, cette ignorance si envahissante, crée par
contrecoup un petit savoir d'autant plus précieux qu'il est
peu répandu, s'appliquant à la généalogie des gens, à leurs
vraies situations, à la raison d'amour, d'argent ou autre
pour quoi ils se sont alliés à telle famille, ou mésalliés,
savoir prisé dans toutes les sociétés ou règne un esprit
conservateur, savoir que mon grand-père possédait au plus
haut degré, concernant la bourgeoisie de Combray et de
Paris, savoir que Saint-Simon prisait tant qu'au moment
où il célèbre la merveilleuse intelligence du prince de
Conti, avant même de parler des sciences, ou plutôt comme
si c'était là la première des sciences, il le loue d'avoir été
« un très bel esprit, lumineux, juste, exact, étendu, d'une
lecture infinie, qui n'oubliait rien, qui connaissait les
généalogies, leurs chimères et leurs réalités, d'une
politesse distinguée selon le rang, le mérite, rendant tout
ce que les princes du sang doivent et qu'ils ne rendent
plus ; il s'en expliquait même, et sur leurs usurpations.
L'histoire des livres et des conversations lui fournissait de
quoi placer ce qu'il pouvait de plus obligeant sur la
naissance, les emplois, etc.[2] » Pour un monde moins
brillant, tout ce qui avait trait à la bourgeoisie de Combray
et de Paris, mon grand-père ne le savait pas avec moins
d'exactitude et ne le savourait pas avec moins de
gourmandise. Ces gourmets-là, ces amateurs-là étaient déjà
devenus peu nombreux qui savaient que Gilberte n'était
pas Forcheville, ni Mme de Cambremer Méséglise, ni la
plus jeune une Valentinois. Peu nombreux, peut-être
même pas recrutés dans la plus haute aristocratie (ce ne
sont pas forcément les dévots, ni même les catholiques,
qui sont le plus savants concernant la Légende dorée ou
les vitraux du XIIIe siècle), souvent dans une aristocratie
secondaire, plus friande de ce qu'elle n'approche guère
et qu'elle a d'autant plus le loisir d'étudier qu'elle le
fréquente moins mais se retrouvant avec plaisir, faisant la
connaissance les uns des autres, donnant de succulents
dîners de corps comme la Société des bibliophiles ou des
amis de Reims[3], dîners où on déguste des généalogies.
Les femmes n'y sont pas admises, mais les maris en rentrant

disent à la leur : « J'ai fait un dîner intéressant. Il y avait
un M. de La Raspelière qui nous a tenus sous le charme
en nous expliquant que cette Mme de Saint-Loup qui a
cette jolie fille n'est pas du tout née Forcheville. C'est tout
un roman. »

L'amie de Bloch et de la duchesse de Guermantes
n'était pas seulement élégante et charmante, elle était
intelligente aussi, et la conversation avec elle était
agréable, mais m'était rendue difficile parce que ce n'était
pas seulement le nom de mon interlocutrice qui était
nouveau pour moi, mais celui d'un grand nombre de
personnes dont elle me parla et qui formaient actuellement
le fond de la société. Il est vrai que, d'autre part, comme
elle voulait m'entendre raconter des histoires, beaucoup
de ceux que je lui citai ne lui dirent absolument rien, ils
étaient tous tombés dans l'oubli, du moins ceux qui
n'avaient brillé que de l'éclat individuel d'une personne
et n'étaient pas le nom générique et permanent de quelque
célèbre famille aristocratique (dont la jeune femme savait
rarement le titre exact, supposant des naissances inexactes
sur un nom qu'elle avait entendu de travers la veille dans
un dîner), et elle ne les avait pour la plupart jamais entendu
prononcer, n'ayant commencé à aller dans le monde (non
seulement parce qu'elle était encore jeune, mais parce
qu'elle habitait depuis peu la France et n'avait pas été reçue
tout de suite) que quelques années après que je m'en étais
moi-même retiré. Je ne sais comment le nom de
Mme Leroi tomba de mes lèvres, et par hasard, mon
interlocutrice, grâce à quelque vieil ami galant auprès
d'elle, de Mme de Guermantes, en avait entendu parler.
Mais inexactement, comme je le vis au ton dédaigneux
dont cette jeune femme snob me répondit : « Si, je sais
qui est Mme Leroi, une vieille amie de Bergotte », un
ton qui voulait dire « une personne que je n'aurais jamais
voulu venir chez moi ». Je compris très bien que le vieil
ami de Mme de Guermantes, en parfait homme du monde
imbu de l'esprit des Guermantes dont un des traits était
de ne pas avoir l'air d'attacher d'importance aux fréquentations aristocratiques, avait trouvé trop bête et trop
anti-Guermantes de dire : « Mme Leroi qui fréquentait
toutes les altesses, toutes les duchesses », et il avait préféré
dire : « Elle était assez drôle. Elle a répondu un jour à
Bergotte ceci. » Seulement, pour les gens qui ne savent

pas, ces renseignements par la conversation équivalent à
ceux que donne la presse aux gens du peuple et qui croient
alternativement, selon leur journal, que M. Loubet et
M. Reinach sont des voleurs ou de grands citoyens. Pour
mon interlocutrice, Mme Leroi avait été une espèce de
Mme Verdurin première manière, avec moins d'éclat et
dont le petit clan eût été limité au seul Bergotte. Cette
jeune femme est, d'ailleurs, une des dernières qui, par
un pur hasard, ait entendu le nom de Mme Leroi.
Aujourd'hui personne ne sait plus qui c'est, ce qui est
du reste parfaitement juste. Son nom ne figure même pas
dans l'index des Mémoires posthumes de Mme de
Villeparisis, de laquelle Mme Leroi occupa tant l'esprit.
La marquise n'a d'ailleurs pas parlé de Mme Leroi, moins
parce que celle-ci de son vivant avait été peu aimable pour
elle, que parce que personne ne pouvait s'intéresser à
elle après sa mort, et ce silence est dicté moins par la
rancune mondaine de la femme que par le tact littéraire
de l'écrivain[1]. Ma conversation avec l'élégante amie
de Bloch fut charmante, car cette jeune femme était
intelligente, mais cette différence entre nos deux vocabu-
laires la rendait malaisée et en même temps instructive.
Nous avons beau savoir que les années passent, que la
jeunesse fait place à la vieillesse, que les fortunes et les
trônes les plus solides s'écroulent, que la célébrité est
passagère, notre manière de prendre connaissance et pour
ainsi dire de prendre le cliché de cet univers mouvant,
entraîné par le Temps, l'immobilise au contraire. De
sorte que nous voyons toujours jeunes les gens que nous
avons connus jeunes, que ceux que nous avons connus
vieux nous les parons rétrospectivement dans le passé
des vertus de la vieillesse, que nous nous fions sans
réserve au crédit d'un milliardaire et à l'appui d'un
souverain, sachant par le raisonnement, mais ne croyant
pas effectivement, qu'ils pourront être demain des fugitifs
dénués de pouvoir. Dans un champ plus restreint et
de mondanité pure, comme dans un problème plus simple
qui initie à des difficultés plus complexes mais de même
ordre, l'inintelligibilité qui résultait dans notre conversation avec la jeune femme du fait que nous avions vécu
dans un certain monde à vingt-cinq ans de distance, me
donnait l'impression et aurait pu fortifier chez moi le
sens de l'Histoire.

Du reste, il faut bien dire que cette ignorance des situations réelles qui tous les dix ans fait surgir les élus dans leur apparence actuelle et comme si le passé n'existait pas, qui empêche pour une Américaine fraîchement débarquée, de voir que M. de Charlus avait eu la plus grande situation de Paris à une époque où Bloch n'en avait aucune, et que Swann, qui faisait tant de frais pour M. Bontemps, avait été traité avec la plus grande amitié[1], cette ignorance n'existe pas seulement chez les nouveaux venus, mais chez ceux qui ont fréquenté toujours des sociétés voisines, et cette ignorance, chez ces derniers comme chez les autres, est aussi un effet (mais cette fois s'exerçant sur l'individu et non sur la couche sociale) du Temps. Sans doute, nous avons beau changer de milieu, de genre de vie, notre mémoire en retenant le fil de notre personnalité identique attache à elle, aux époques successives, le souvenir des sociétés où nous avons vécu, fût-ce quarante ans plus tôt. Bloch chez le prince de Guermantes savait parfaitement l'humble milieu juif où il avait vécu à dix-huit ans, et Swann, quand il n'aima plus Mme Swann mais une femme qui servait du thé chez ce même Colombin[2] où Mme Swann avait cru quelque temps qu'il était chic d'aller, comme au thé de la rue Royale[3], Swann savait très bien sa valeur mondaine, se rappelait Twickenham[4] ; n'avait aucun doute sur les raisons pour lesquelles il allait plutôt chez Colombin que chez la duchesse de Broglie[5], et savait parfaitement qu'eût-il été lui-même mille fois moins « chic », cela ne l'eût pas rendu un atome davantage d'aller chez Colombin ou à l'hôtel Ritz, puisque tout le monde peut y aller en payant. Sans doute les amis de Bloch ou de Swann se rappelaient eux aussi la petite société juive ou les invitations à Twickenham, et ainsi les amis des « moi », un peu moins distincts, de Swann et de Bloch, ne séparaient pas dans leur mémoire du Bloch élégant d'aujourd'hui le Bloch sordide d'autrefois, du Swann de chez Colombin des derniers jours le Swann de Buckingham Palace. Mais ces amis étaient en quelque sorte dans la vie les voisins de Swann ; la leur s'était développée sur une ligne assez voisine pour que leur mémoire pût être assez pleine de lui ; mais chez d'autres plus éloignés de Swann, à une distance plus grande de lui non pas précisément socialement mais d'intimité, qui avait fait la connaissance plus vague et les rencontres très rares, les souvenirs moins nombreux avaient rendu les notions plus flottantes. Or, chez des étrangers de ce genre, au bout de trente ans on ne se rappelle plus rien de précis qui puisse prolonger dans le passé et changer de valeur l'être qu'on a sous les yeux. J'avais entendu dans les dernières années de la vie de Swann, des gens du monde pourtant, à qui on parlait de lui, dire, et comme si ç'avait été son titre de notoriété : « Vous parlez du Swann de chez Colombin ? » J'entendais maintenant des gens qui auraient pourtant dû savoir, dire en parlant de Bloch : « Le Bloch-Guermantes ? Le familier des Guermantes ? » Ces erreurs qui scindent une vie et, en en isolant le présent, font de l'homme dont on parle un autre homme, un homme différent, une création de la veille, un homme qui n'est que la condensation de ses habitudes actuelles (alors que lui porte en lui-même la continuité de sa vie qui le relie au passé), ces erreurs dépendent bien aussi du Temps, mais elles sont non un phénomène social, mais un phénomène de mémoire. J'eus dans l'instant même un exemple, d'une variété assez différente il est vrai mais d'autant plus frappante, de ces oublis qui modifient pour nous l'aspect des êtres. Un jeune neveu de Mme de Guermantes, le marquis de Villemandois, avait été jadis pour moi d'une insolence obstinée qui m'avait conduit par représailles à adopter à son égard une attitude si insultante que nous étions devenus tacitement comme deux ennemis. Pendant que j'étais en train de réfléchir sur le Temps à cette matinée chez la princesse de Guermantes, il se fit présenter à moi en disant qu'il croyait que j'avais connu de ses parents, qu'il avait lu des articles de moi et désirait faire ou refaire connaissance. Il est vrai de dire qu'avec l'âge il était devenu, comme beaucoup, d'impertinent sérieux, qu'il n'avait plus la même arrogance et que, d'autre part, on parlait de moi, pour de bien minces articles cependant, dans le milieu qu'il fréquentait. Mais ces raisons de sa cordialité et de ses avances ne furent qu'accessoires. La principale, ou du moins celle qui permit aux autres d'entrer en jeu, c'est que, ou ayant une plus mauvaise mémoire que moi, ou ayant attaché une attention moins soutenue à mes ripostes que je n'avais fait autrefois à ses attaques, parce que j'étais alors pour lui un plus petit personnage qu'il n'était pour moi, il avait entièrement oublié notre inimitié. Mon nom lui rappelait tout au plus qu'il avait dû me voir, ou quelqu'un des miens, chez une

de ses tantes. Et ne sachant pas au juste s'il se faisait
présenter ou représenter, il se hâta de me parler de sa
tante, chez qui il ne doutait pas qu'il avait dû me
rencontrer, se rappelant qu'on y parlait souvent de moi,
mais non de nos querelles. Un nom, c'est tout ce qui reste
bien souvent pour nous d'un être, non pas même quand
il est mort, mais de son vivant. Et nos notions sur lui sont
si vagues ou si bizarres, et correspondent si peu à celles
que nous avons eues de lui, que nous avons entièrement
oublié que nous avons failli nous battre en duel avec lui,
mais nous rappelons qu'il portait, enfant, d'étranges
guêtres jaunes aux Champs-Élysées dans lesquels, par
contre, malgré que nous le lui assurions, il n'a aucun
souvenir d'avoir joué avec nous.

Bloch était entré en sautant comme une hyène. Je
pensais : « Il vient dans des salons où il n'eût pas pénétré
il y a vingt ans. » Mais il avait aussi vingt ans de plus.
Il était plus près de la mort. À quoi cela l'avançait-il ? De
près, dans la translucidité d'un visage où, de plus loin et
mal éclairé, je ne voyais que la jeunesse gaie (soit qu'elle
y survécût, soit que je l'y évoquasse), se tenait le visage
presque effrayant, tout anxieux, d'un vieux Shylock[1]
attendant, tout grimé, dans la coulisse, le moment d'entrer
en scène, récitant déjà le premier vers à mi-voix. Dans
dix ans, dans ces salons où leur veulerie l'aurait imposé,
il entrerait en béquillant, devenu « maître », trouvant une
corvée d'être obligé d'aller chez les La Trémoïlle. À quoi
cela l'avancerait-il ?

De changements produits dans la société je pouvais
d'autant plus extraire des vérités importantes et dignes de
cimenter une partie de mon œuvre qu'ils n'étaient
nullement, comme j'aurais pu être au premier moment
tenté de le croire, particuliers à notre époque. Au temps
où, moi-même à peine parvenu, j'étais entré, plus nouveau
que ne l'était Bloch lui-même aujourd'hui, dans le milieu
des Guermantes, j'avais dû y contempler comme faisant
partie intégrante de ce milieu, des éléments absolument
différents, agrégés depuis peu et qui paraissaient étrangement nouveaux à de plus anciens dont je ne les différenciais
pas et qui eux-mêmes, crus par les ducs d'alors membres
de tout temps du Faubourg, y avaient eux, ou leurs pères,
ou leurs grands-pères, été jadis des parvenus. Si bien que
ce n'était pas la qualité d'hommes du grand monde qui

rendait cette société si brillante, mais le fait d'avoir été
assimilés plus ou moins complètement par cette société qui
faisait, de gens qui cinquante ans plus tard paraissaient tous
pareils, des gens du grand monde. Même dans le passé
où je reculais le nom de Guermantes pour lui donner toute
sa grandeur, et avec raison du reste, car sous Louis XIV
les Guermantes, quasi royaux, faisaient plus grande figure
qu'aujourd'hui, le phénomène que je remarquais en ce
moment se produisait de même. Ne les avait-on pas vus
alors s'allier à la famille Colbert par exemple, laquelle
aujourd'hui, il est vrai, nous paraît très noble puisque
épouser une Colbert semble un grand parti pour un La
Rochefoucauld ? Mais ce n'est pas parce que les Colbert,
simples bourgeois alors, étaient nobles, que les Guermantes s'allièrent avec eux, c'est parce que les Guermantes
s'allièrent avec eux qu'ils devinrent nobles. Si le nom
d'Haussonville s'éteint avec le représentant actuel de cette
maison[1], il tirera peut-être son illustration de descendre
de Mme de Staël, alors qu'avant la Révolution M. d'Haussonville, un des premiers seigneurs du royaume, tirait
vanité auprès de M. de Broglie de ne pas connaître le père
de Mme de Staël et de ne pas pouvoir plus le présenter
que M. de Broglie ne pouvait le présenter lui-même, ne
se doutant guère que leurs fils épouseraient un jour l'un
la fille, l'autre la petite-fille de l'auteur de *Corinne*[2]. Je me
rendais compte d'après ce que me disait la duchesse de
Guermantes que j'aurais pu faire dans ce monde la figure
d'homme élégant non titré, mais qu'on croit volontiers
affilié de tout temps à l'aristocratie, que Swann y avait faite
autrefois, et avant lui M. Lebrun[3], M. Ampère[4], tous ces
amis de la duchesse de Broglie, qui elle-même était au
début fort peu du grand monde. Les premières fois que
j'avais dîné chez Mme de Guermantes, combien n'avais-je
pas dû choquer des hommes comme M. de Beauserfeuil,
moins par ma présence même que par des remarques
témoignant que j'étais entièrement ignorant des souvenirs
qui constituaient son passé et donnaient sa forme à l'image
qu'il avait de la société ! Bloch un jour, quand devenu
très vieux il aurait une mémoire assez ancienne du salon
Guermantes tel qu'il se présentait en ce moment à ses yeux,
éprouverait le même étonnement, la même mauvaise
humeur en présence de certaines intrusions et de certaines
ignorances. Et d'autre part, il aurait sans doute contracté

et dispenserait autour de lui ces qualités de tact et de discrétion que j'avais crues le privilège d'hommes comme M. de Norpois, se reformant et s'incarnant dans ceux qui nous paraissent entre tous les exclure.

D'ailleurs, le cas qui s'était présenté pour moi d'être admis dans la société des Guermantes m'avait paru quelque chose d'exceptionnel. Mais si je sortais de moi et du milieu qui m'entourait immédiatement, je voyais que ce phénomène social n'était pas aussi isolé qu'il m'avait paru d'abord et que du bassin de Combray où j'étais né, assez nombreux en somme étaient les jets d'eau qui symétriquement à moi s'étaient élevés au-dessus de la même masse liquide qui les avait alimentés. Sans doute, les circonstances ayant toujours quelque chose de particulier et les caractères d'individuel, c'était d'une façon toute différente que Legrandin (par l'étrange mariage de son neveu) à son tour avait pénétré dans ce milieu, que la fille d'Odette s'y était apparentée, que Swann lui-même, et moi enfin y étions venus. Pour moi qui avais passé enfermé dans ma vie et la voyant du dedans, celle de Legrandin me semblait n'avoir aucun rapport et avoir suivi des chemins opposés, de même qu'une rivière dans sa vallée profonde ne voit pas une rivière divergente, qui pourtant malgré les écarts de son cours se jette dans le même fleuve. Mais à vol d'oiseau, comme fait le statisticien qui néglige les raisons sentimentales ou les imprudences évitables qui ont conduit telle personne à la mort, et compte seulement le nombre de personnes qui meurent par an, on voyait que plusieurs personnes parties d'un même milieu dont la peinture a occupé le début de ce récit, étaient parvenues dans un autre tout différent, et il est probable que, comme il se fait par an à Paris un nombre moyen de mariages, tout autre milieu bourgeois cultivé et riche eût fourni une proportion à peu près égale de gens comme Swann, comme Legrandin, comme moi et comme Bloch, qu'on retrouvait se jetant dans l'océan du « grand monde ». Et d'ailleurs ils s'y reconnaissaient, car si le jeune comte de Cambremer émerveillait tout le monde par sa distinction, son affinement, sa sobre élégance, je reconnaissais en elles — en même temps que dans son beau regard et dans son désir ardent de parvenir — ce qui caractérisait déjà son oncle Legrandin, c'est-à-dire un vieil ami fort bourgeois, quoique de tournure aristocratique, de mes parents.

La bonté, simple maturation qui a fini par sucrer des natures plus primitivement acides que celle de Bloch, est aussi répandue que ce sentiment de la justice qui fait que si notre cause est bonne, nous ne devons pas plus redouter un juge prévenu qu'un juge ami. Et les petits-enfants de Bloch seraient bons et discrets presque de naissance. Bloch n'en était peut-être pas encore là. Mais je remarquai que lui, qui jadis feignait de se croire obligé à faire deux heures de chemin de fer pour aller voir quelqu'un qui ne le lui avait guère demandé[1], maintenant qu'il recevait tant d'invitations non seulement à déjeuner et à dîner, mais à venir passer quinze jours ici, quinze jours là, en refusait beaucoup et sans le dire, sans se vanter de les avoir reçues, de les avoir refusées. La discrétion, discrétion dans les actions, dans les paroles, lui était venue avec la situation sociale et l'âge, avec une sorte d'âge social, si l'on peut dire. Sans doute Bloch était jadis indiscret autant qu'incapable de bienveillance et de conseil. Mais certains défauts, certaines qualités sont moins attachés à tel individu, à tel autre, qu'à tel ou tel moment de l'existence considéré au point de vue social. Ils sont presque extérieurs aux individus, lesquels passent dans leur lumière comme sous des solstices variés, préexistants, généraux, inévitables. Les médecins qui cherchent à se rendre compte si tel médicament diminue ou augmente l'acidité de l'estomac, active ou ralentit ses sécrétions, obtiennent des résultats différents, non pas selon l'estomac sur les sécrétions duquel ils prélèvent un peu de suc gastrique, mais selon qu'ils le lui empruntent à un moment plus ou moins avancé de l'ingestion du remède[2].

Ainsi, à tous les moments de sa durée, le nom de Guermantes, considéré comme un ensemble de tous les noms qu'il admettait en lui, autour de lui, subissait des déperditions, recrutait des éléments nouveaux comme ces jardins où à tout moment des fleurs à peine en bouton, et se préparant à remplacer celles qui se flétrissent déjà, se confondent dans une masse qui semble pareille, sauf à ceux qui n'ont pas toujours vu les nouvelles venues et gardent dans leur souvenir l'image précise de celles qui ne sont plus.

Plus d'une des personnes que cette matinée réunissait ou dont elle m'évoquait le souvenir, me donnait par les aspects qu'elle avait tour à tour présentés pour moi, par

les circonstances différentes, opposées, d'où elle avait, les
unes après les autres, surgi devant moi, faisait ressortir les
aspects variés de ma vie, les différences de perspective,
comme un accident de terrain, colline ou château, qui
apparaît tantôt à droite, tantôt à gauche, semble d'abord
dominer une forêt, ensuite sortir d'une vallée, et révèle
ainsi au voyageur des changements d'orientation et des
différences d'altitude dans la route qu'il suit. En remontant
de plus en plus haut, je finissais par trouver des images
d'une même personne séparées par un intervalle de temps
si long, conservées par des moi si distincts, ayant
elles-mêmes des significations si différentes, que je les
omettais d'habitude quand je croyais embrasser le cours
passé de mes relations avec elles, que j'avais même cessé
de penser qu'elles étaient les mêmes que j'avais connues
autrefois, et qu'il me fallait le hasard d'un éclair d'attention
pour les rattacher, comme à une étymologie, à cette
signification primitive qu'elles avaient eue pour moi.
Mlle Swann me jetait, de l'autre côté de la haie d'épines
roses, un regard dont j'avais dû d'ailleurs rétrospectivement retoucher la signification, qui était de désir. L'amant
de Mme Swann, selon la chronique de Combray, me
regardait derrière cette même haie d'un air dur qui n'avait
pas non plus le sens que je lui avais donné alors, et ayant,
d'ailleurs, tellement changé depuis que je ne l'avais
nullement reconnu à Balbec dans le monsieur qui regardait
une affiche près du casino, et dont il m'arrivait une fois
tous les dix ans de me souvenir en me disant : « Mais
c'était M. de Charlus, déjà, comme c'est curieux ! »
Mme de Guermantes au mariage du Dr Percepied,
Mme Swann en rose chez mon grand-oncle, Mme de
Cambremer, sœur de Legrandin, si élégante qu'il craignait
que nous le priions de nous donner une recommandation
pour elle, c'étaient, ainsi que tant d'autres concernant
Swann, Saint-Loup, etc., autant d'images que je m'amusais
parfois quand je les retrouvais, à placer comme frontispice
au seuil de mes relations avec ces différentes personnes,
mais qui ne me semblaient en effet qu'une image, et non
déposée en moi par l'être lui-même, auquel rien ne la
reliait plus. Non seulement certaines gens ont de la
mémoire et d'autres pas (sans aller jusqu'à l'oubli constant
où vivent les ambassadrices de Turquie[1] et autres, ce qui
leur permet de trouver toujours — la nouvelle précédente

s'étant évanouie au bout de huit jours, ou la suivante ayant le don de l'exorciser — de trouver toujours de la place pour la nouvelle contraire qu'on leur dit), mais même à égalité de mémoire, deux personnes ne se souviennent pas des mêmes choses. L'une aura prêté peu d'attention à un fait dont l'autre gardera grand remords, et en revanche aura saisi à la volée comme signe sympathique et caractéristique une parole que l'autre aura laissé échapper sans presque y penser. L'intérêt de ne pas s'être trompé quand on a émis un pronostic faux abrège la durée du souvenir de ce pronostic et permet d'affirmer très vite qu'on ne l'a pas émis. Enfin, un intérêt plus profond, plus désintéressé, diversifie les mémoires, si bien que le poète qui a presque tout oublié des faits qu'on lui rappelle retient une impression fugitive. De tout cela vient qu'après vingt ans d'absence on rencontre, au lieu de rancunes présumées, des pardons involontaires, inconscients, et en revanche tant de haines dont on ne peut s'expliquer (parce qu'on a oublié à son tour l'impression mauvaise qu'on a faite) la raison. L'histoire même des gens qu'on a le plus connus, on en a oublié les dates. Et parce qu'il y avait au moins vingt ans qu'elle avait vu Bloch pour la première fois, Mme de Guermantes eût juré qu'il était né dans son monde et avait été bercé sur les genoux de la duchesse de Chartres[1] quand il avait deux ans.

Et combien de fois ces personnes étaient revenues devant moi au cours de leur vie, dont les diverses circonstances semblaient présenter les mêmes êtres, mais sous des formes, pour des fins variées ; et la diversité des points de ma vie par où avait passé le fil de celle de chacun de ces personnages avait fini par mêler ceux qui semblaient le plus éloignés, comme si la vie ne possédait qu'un nombre limité de fils pour exécuter les dessins les plus différents. Quoi de plus séparé, par exemple, dans mes passés divers que mes visites à mon oncle Adolphe, que le neveu de Mme de Villeparisis cousine du maréchal, que Legrandin et sa sœur, que l'ancien giletier ami de Françoise, dans la cour ? Et aujourd'hui tous ces fils différents s'étaient réunis pour faire la trame, ici du ménage Saint-Loup, là du jeune ménage Cambremer, pour ne pas parler de Morel, et de tant d'autres dont la conjonction avait concouru à former une circonstance, qu'il me semblait que la circonstance était l'unité complète,

et le personnage seulement une partie composante. Et ma
vie était déjà assez longue pour qu'à plus d'un des êtres
qu'elle m'offrait, je trouvasse dans des régions opposées
de mes souvenirs, pour le compléter, un autre être.
Jusqu'aux Elstir même que je voyais ici à une place qui
était un signe de sa gloire, je pouvais ajouter les plus
anciens souvenirs des Verdurin, les Cottard, la conversation dans le restaurant de Rivebelle, la matinée où j'avais
connu Albertine, et tant d'autres. Ainsi un amateur d'art
à qui on montre le volet d'un retable se rappelle dans
quelle église, dans quels musées, dans quelle collection
particulière les autres sont dispersés (de même qu'en
suivant les catalogues des ventes ou en fréquentant les
antiquaires il finit par trouver l'objet jumeau de celui qu'il
possède et qui fait avec lui la paire) ; il peut reconstituer
dans sa tête la prédelle, l'autel tout entier. Comme un seau
montant le long d'un treuil vient toucher la corde à
diverses reprises et sur des côtés opposés, il n'y avait pas
de personnage, presque pas même de choses ayant eu place
dans ma vie, qui n'y eût joué tour à tour des rôles
différents. Une simple relation mondaine, même un objet
matériel, si je le retrouvais au bout de quelques années
dans mon souvenir, je voyais que la vie n'avait pas cessé
de tisser autour de lui des fils différents qui finissaient par
le feutrer de ce beau velours inimitable des années, pareil
à celui qui dans les vieux parcs enveloppe une simple
conduite d'eau d'un fourreau d'émeraude.

Ce n'était pas que l'aspect de ces personnes qui donnait
l'idée de personnes de songe. Pour elles-mêmes la vie,
déjà ensommeillée dans la jeunesse et l'amour, était de
plus en plus devenue un songe. Elles avaient oublié jusqu'à
leurs rancunes, leurs haines, et pour être certaines que
c'était à la personne qui était là qu'elles n'adressaient plus
la parole il y a dix ans, il eût fallu qu'elles se reportassent
à un registre, mais qui était aussi vague qu'un rêve où
on a été insulté on ne sait plus par qui. Tous ces songes
formaient les apparences contrastées de la vie politique,
où on voyait dans un même ministère des gens qui s'étaient
accusés de meurtre ou de trahison. Et ce songe devenait
épais comme la mort chez certains vieillards, dans les jours
qui suivaient celui où ils avaient fait l'amour. Pendant ces
jours-là, on ne pouvait plus rien demander au président
de la République[1], il oubliait tout. Puis, si on le laissait

se reposer quelques jours, le souvenir des affaires publiques lui revenait, fortuit comme celui d'un rêve.

Parfois ce n'était pas en une seule image qu'apparaissait cet être, si différent de celui que j'avais connu depuis. C'est pendant des années que Bergotte m'avait paru un doux vieillard divin, que je m'étais senti paralysé comme par une apparition devant le chapeau gris de Swann, le manteau violet de sa femme, le mystère dont le nom de sa race entourait la duchesse de Guermantes jusque dans un salon : origines presque fabuleuses, charmante mythologie de relations devenues si banales ensuite, mais qu'elles prolongeaient dans le passé comme en plein ciel, avec un éclat pareil à celui que projette la queue étincelante d'une comète. Et même celles qui n'avaient pas commencé dans le mystère, comme mes relations avec Mme de Souvré[1], si sèches et si purement mondaines aujourd'hui, gardaient à leurs débuts leur premier sourire, plus calme, plus doux, et si onctueusement tracé dans la plénitude d'une après-midi au bord de la mer, d'une fin de journée de printemps à Paris, bruyante d'équipages, de poussière soulevée, et de soleil remué comme de l'eau. Et peut-être Mme de Souvré n'eût-elle pas valu grand-chose si on l'eût détachée de ce cadre[2], comme ces monuments — la Salute[3] par exemple — qui, sans grande beauté propre, font admirablement là où ils sont situés, mais elle faisait partie d'un lot de souvenirs que j'estimais à un certain prix « l'un dans l'autre », sans me demander pour combien exactement la personne de Mme de Souvré y figurait.

Une chose me frappa plus encore chez tous ces êtres que les changements physiques, sociaux, qu'ils avaient subis, ce fut celui qui tenait à l'idée différente qu'ils avaient les uns des autres. Legrandin méprisait Bloch et ne lui adressait jamais la parole. Il fut très aimable avec lui. Ce n'était pas du tout à cause de la situation plus grande qu'avait prise Bloch, ce qui dans ce cas ne mériterait pas d'être noté, car les changements sociaux amènent forcément des changements respectifs de position entre ceux qui les ont subis. Non ; c'était que les gens — les gens, c'est-à-dire ce qu'ils sont pour nous — n'ont pas dans notre mémoire l'uniformité d'un tableau. Au gré de notre oubli ils évoluent. Quelquefois nous allons jusqu'à les confondre avec d'autres : « Bloch, c'est quelqu'un qui venait à Combray », et en disant Bloch c'était moi qu'on voulait dire. Inversement, Mme Sazerat était persuadée que de moi était telle thèse historique sur Philippe II (laquelle était de Bloch). Sans aller jusqu'à ces interversions, on oublie les crasses que l'un vous a faites, ses défauts, la dernière fois où on s'est quitté sans se serrer la main, et en revanche on s'en rappelle une plus ancienne, où on était bien ensemble. Et c'est à cette fois plus ancienne que les manières de Legrandin répondaient, dans son amabilité avec Bloch, soit qu'il eût perdu la mémoire d'un certain passé, soit qu'il le jugeât prescrit, mélange de pardon, d'oubli, d'indifférence qui est aussi un effet du Temps. D'ailleurs les souvenirs que nous avons les uns des autres, même dans l'amour, ne sont pas les mêmes. J'avais vu Albertine se rappeler à merveille telle parole que je lui avais dite dans nos premières rencontres et que j'avais complètement oubliée. D'un autre fait, enfoncé à jamais dans ma tête comme un caillou, elle n'avait aucun souvenir. Notre vie parallèle ressemblait à ces allées où, de distance en distance, des vases de fleurs sont placés symétriquement, mais non en face des autres. À plus forte raison est-il compréhensible que pour des gens qu'on connaît peu on se rappelle à peine qui ils sont, ou on s'en rappelle autre chose, même de plus ancien, que ce qu'on en pensait autrefois, quelque chose qui est suggéré par les gens au milieu de qui on les retrouve, qui ne les connaissent que depuis peu, parés de qualités et d'une situation qu'ils n'avaient pas autrefois, mais que l'oublieux accepte d'emblée.

Sans doute la vie, en mettant à plusieurs reprises ces personnes sur mon chemin, me les avait présentées dans des circonstances particulières qui en les entourant de toutes parts, avaient rétréci la vue que j'avais eue d'elles, et m'avait empêché de connaître leur essence. Ces Guermantes même, qui avaient été pour moi l'objet d'un si grand rêve, quand je m'étais approché d'abord de l'un d'eux, m'étaient apparus sous l'aspect, l'une d'une vieille amie de ma grand-mère, l'autre d'un monsieur qui m'avait regardé d'un air si désagréable à midi dans les jardins du casino. (Car il y a entre nous et les êtres un liséré de contingences, comme j'avais compris dans mes lectures de Combray qu'il y en a un de perception et qui empêche la mise en contact absolue de la réalité et de l'esprit.) De sorte que ce n'était jamais qu'après coup, en les rapportant

à un nom, que leur connaissance était devenue pour moi
la connaissance des Guermantes. Mais peut-être cela même
me rendait-il la vie plus poétique, de penser que la race
mystérieuse aux yeux perçants, au bec d'oiseau, la race
rose, dorée, inapprochable[1], s'était trouvée si souvent, si
naturellement, par l'effet de circonstances aveugles et
différentes, s'offrir à ma contemplation, à mon commerce,
même à mon intimité, au point que, quand j'avais voulu
connaître Mlle de Stermaria ou faire faire des robes à
Albertine, c'était comme aux plus serviables de mes amis,
à des Guermantes que je m'étais adressé. Certes, cela
m'ennuyait d'aller chez eux autant que chez les autres gens
du monde que j'avais connus ensuite. Même pour la
duchesse de Guermantes, comme pour certaines pages de
Bergotte, son charme ne m'était visible qu'à distance et
s'évanouissait quand j'étais près d'elle, car il résidait dans
ma mémoire et dans mon imagination. Mais enfin, malgré
tout, les Guermantes comme Gilberte aussi, différaient des
autres gens du monde en ce qu'ils plongeaient plus avant
leurs racines dans un passé de ma vie où je rêvais davantage
et croyais plus aux individus. Ce que je possédais avec
ennui, en causant en ce moment avec l'une et avec l'autre,
c'était du moins celles des imaginations de mon enfance
que j'avais trouvées le plus belles et crues le plus
inaccessibles, et je me consolais en confondant, comme
un marchand qui s'embrouille dans ses livres, la valeur
de leur possession avec le prix auquel les avait cotées mon
désir.

Mais pour d'autres êtres, le passé de mes relations avec
eux était gonflé de rêves plus ardents, formés sans espoir,
où s'épanouissait si richement ma vie d'alors, dédiée à eux
tout entière, que je pouvais à peine comprendre comment
leur exaucement était ce mince, étroit et terne ruban d'une
intimité indifférente et dédaignée où je ne pouvais plus
rien retrouver de ce qui avait fait leur mystère, leur fièvre
et leur douceur. Tous n'avaient pas « reçu », été décorés,
pour quelques-uns l'adjectif était autre quoique pas plus
important, ils étaient récemment morts.

« Que devient la marquise d'Arpajon ? demanda
Mme de Cambremer. — Mais elle est morte, répondit
Bloch. — Vous confondez avec la comtesse d'Arpajon qui
est morte l'année dernière. » La princesse d'Agrigente se

mêla à la discussion ; jeune veuve d'un vieux mari très riche et porteur d'un grand nom, elle était beaucoup demandée en mariage et en avait pris une grande assurance[1]. « La marquise d'Arpajon est morte aussi il y a à peu près un an. — Ah ! un an, je vous réponds que non, répondit Mme de Cambremer, j'ai été à une soirée de musique chez elle il y a moins d'un an. » Bloch, pas plus que les « gigolos » du monde, ne pouvait prendre part utilement à la discussion, car toutes ces morts de personnes âgées étaient à une distance d'eux trop grande, soit par la différence énorme des années, soit par la récente arrivée (de Bloch, par exemple) dans une société différente qu'il abordait de biais, au moment où elle déclinait, dans un crépuscule où le souvenir d'un passé qui ne lui était pas familier ne pouvait l'éclairer. Et pour les gens du même âge et du même milieu, la mort avait perdu de sa signification étrange. D'ailleurs, on faisait tous les jours prendre des nouvelles de tant de gens à l'article de la mort, et dont les uns s'étaient rétablis tandis que d'autres avaient « succombé » qu'on ne se souvenait plus au juste si telle personne qu'on n'avait jamais l'occasion de voir s'était sortie de sa fluxion de poitrine ou avait trépassé. La mort se multipliait et devenait plus incertaine dans ces régions âgées. À cette croisée de deux générations et de deux sociétés qui, en vertu de raisons différentes, mal placées pour distinguer la mort, la confondaient presque avec la vie, la première s'était mondanisée, était devenue un incident qui qualifiait plus ou moins une personne sans que le ton dont on parlait eût l'air de signifier que cet incident terminait tout pour elle. On disait : « Mais vous oubliez, un tel est mort », comme on eût dit : « Il est décoré », « il est de l'Académie », ou — et cela revenait au même puisque cela empêchait aussi d'assister aux fêtes — « il est allé passer l'hiver dans le Midi », « on lui a ordonné les montagnes ». Encore, pour des hommes connus, ce qu'ils laissaient en mourant aidait à se rappeler que leur existence était terminée. Mais pour les simples gens du monde très âgés, on s'embrouillait sur le fait qu'ils fussent morts ou non, non seulement parce qu'on connaissait mal ou qu'on avait oublié leur passé, mais parce qu'ils ne tenaient en quoi que ce soit à l'avenir. Et la difficulté qu'avait chacun de faire un triage entre les maladies, l'absence, la retraite à la campagne, la mort des

vieilles gens du monde, consacrait, tout autant que
l'indifférence des hésitants, l'insignifiance des défunts.

« Mais si elle n'est pas morte, comment se fait-il qu'on
ne la voie plus jamais, ni son mari non plus ? demanda
une vieille fille qui aimait faire de l'esprit. — Mais je te
dirai », reprit sa mère qui, quoique quinquagénaire, ne
manquait pas une fête, « que c'est parce qu'ils sont vieux :
à cet âge-là on ne sort plus. » Il semblait qu'il y eût avant
le cimetière toute une cité close des vieillards, aux lampes
toujours allumées dans la brume. Mme de Saint-Euverte
trancha le débat en disant que la comtesse d'Arpajon était
morte il y avait un an, d'une longue maladie, mais que
la marquise d'Arpajon était morte aussi depuis, très vite,
« d'une façon tout à fait insignifiante ». Mort qui par là
ressemblait à toutes ces vies, et par là aussi expliquait
qu'elle eût passé inaperçue, excusait ceux qui confondaient. En entendant que Mme d'Arpajon était vraiment
morte, la vieille fille jeta sur sa mère un regard alarmé,
car elle craignait que d'apprendre la mort d'une de ses
« contemporaines » ne « frappât sa mère » ; elle croyait
entendre d'avance parler de la mort de sa propre mère
avec cette explication : « Elle avait été très *frappée* par la
mort de Mme d'Arpajon. » Mais la mère de la vieille fille,
au contraire, se faisait à elle-même l'effet de l'avoir
emporté dans un concours sur des concurrents de marque,
chaque fois qu'une personne de son âge « disparaissait ».
Leur mort était la seule manière dont elle prît encore
agréablement conscience de sa propre vie. La vieille fille
s'aperçut que sa mère, qui n'avait pas semblé fâchée de
dire que Mme d'Arpajon était recluse dans les demeures
d'où ne sortent plus guère les vieillards fatigués, l'avait
été moins encore d'apprendre que la marquise était entrée
dans la cité d'après, celle d'où on ne sort plus[1]. Cette
constatation de l'indifférence de sa mère amusa l'esprit
caustique de la vieille fille. Et pour faire rire ses amies,
elle faisait un récit désopilant de la manière allègre,
prétendait-elle, dont sa mère avait dit en se frottant les
mains : « Mon Dieu, il est bien vrai que cette pauvre
Mme d'Arpajon est morte. » Même pour ceux qui
n'avaient pas besoin de cette mort pour se réjouir d'être
vivants, elle les rendit heureux. Car toute mort est pour
les autres une simplification d'existence, ôte le scrupule
de se montrer reconnaissant, l'obligation de faire des

visites. Ce n'est pas ainsi que la mort de M. Verdurin avait été accueillie par Elstir.

Une dame sortit, car elle avait d'autres matinées et devait aller goûter avec deux reines. C'était cette grande cocotte du monde que j'avais connue autrefois, la princesse de Nassau[1]. Si sa taille n'avait pas diminué, ce qui lui donnait l'air, par sa tête située à une bien moindre hauteur qu'elle n'était autrefois, d'avoir ce qu'on appelle *un pied dans la tombe*, on aurait à peine pu dire qu'elle avait vieilli. Elle restait une Marie-Antoinette au nez autrichien, au regard délicieux, conservée, embaumée grâce à mille fards adorablement unis qui lui faisaient une figure lilas. Il flottait sur elle cette expression confuse et tendre d'être obligée de partir, de promettre tendrement de revenir, de s'esquiver discrètement, qui tenait à la foule des réunions d'élite où on l'attendait. Née presque sur les marches d'un trône, mariée trois fois, entretenue long-temps et richement, par de grands banquiers, sans compter les mille fantaisies qu'elle s'était offertes, elle portait légèrement sous sa robe, mauve comme ses yeux admirables et ronds et comme sa figure fardée, les souvenirs un peu embrouillés de ce passé innombrable. Comme elle passait devant moi en se sauvant *à l'anglaise*, je la saluai. Elle me reconnut, elle me serra la main et fixa sur moi les rondes prunelles mauves de l'air qui voulait dire : « Comme il y a longtemps que nous ne nous sommes vus ! Nous parlerons de cela une autre fois. » Elle me serrait la main avec force, ne se rappelant pas au juste si en voiture, un soir qu'elle me ramenait de chez la duchesse de Guermantes, il y avait eu ou non une passade entre nous. À tout hasard elle sembla faire allusion à ce qui n'avait pas été, chose qui ne lui était pas difficile puisqu'elle prenait un air de tendresse pour une tarte aux fraises, et mettait si elle était obligée de partir avant la fin de la musique l'air désespéré d'un abandon qui ne serait pas définitif. Incertaine d'ailleurs sur la passade avec moi, son serrement de main furtif ne s'attarda pas et elle ne me dit pas un mot. Elle me regarda seulement comme j'ai dit, d'une façon qui signifiait « Qu'il y a longtemps ! » et où repassaient ses maris, les hommes qui l'avaient entretenue, deux guerres, et ses yeux stellaires, semblables à une horloge astronomique taillée dans une opale, marquèrent successivement toutes ces heures solennelles du passé si

lointain qu'elle retrouvait à tout moment quand elle
voulait vous dire un bonjour qui était toujours une excuse.
Puis, m'ayant quitté, elle se mit à trotter vers la porte,
pour qu'on ne se dérangeât pas pour elle, pour me montrer
que si elle n'avait pas causé avec moi c'est qu'elle était
pressée, pour rattraper la minute perdue à me serrer la
main afin d'être exacte chez la reine d'Espagne qui devait
goûter seule avec elle. Même, près de la porte, je crus
qu'elle allait prendre le pas de course. Et elle courait en
effet à son tombeau.

Une grosse dame me dit un bonjour, pendant la courte
durée duquel les pensées les plus différentes se pressèrent
dans mon esprit. J'hésitai un instant à lui répondre,
craignant que ne reconnaissant pas les gens mieux que moi,
elle eût cru que j'étais quelqu'un d'autre, puis son
assurance me fit au contraire, de peur que ce fût quelqu'un
avec qui j'avais été très lié, exagérer l'amabilité de mon
sourire, pendant que mes regards continuaient à chercher
dans ses traits le nom que je ne trouvais pas. Tel un
candidat au baccalauréat, incertain, attache ses regards sur
la figure de l'examinateur et espère vainement y trouver
la réponse qu'il ferait mieux de chercher dans sa propre
mémoire[1], tel, tout en lui souriant, j'attachais mes regards
sur les traits de la grosse dame. Ils me semblèrent être
ceux de Mme Swann, aussi mon sourire se nuança-t-il de
respect, pendant que mon indécision commençait à cesser.
Alors j'entendis la grosse dame me dire, une seconde plus
tard : « Vous me preniez pour maman, en effet je
commence à lui ressembler beaucoup. » Et je reconnus
Gilberte[2].

Nous parlâmes beaucoup de Robert, Gilberte en parlait
sur un ton déférent, comme si ç'eût été un être supérieur
qu'elle tenait à me montrer qu'elle avait admiré et compris.
Nous nous rappelâmes l'un à l'autre combien les idées qu'il
exposait jadis sur l'art de la guerre (car il lui avait souvent
redit à Tansonville les mêmes thèses que je lui avais
entendu exposer à Doncières[3] et plus tard) s'étaient
souvent, et en somme sur un grand nombre de points,
trouvées vérifiées par la dernière guerre.

« Je ne puis pas vous dire à quel point la moindre des
choses qu'il me disait à Doncières me frappe maintenant,
et aussi pendant la guerre. Les dernières paroles que j'ai
entendues de lui, quand nous nous sommes quittés pour

ne plus nous revoir, étaient qu'il attendait Hindenburg,
général napoléonien, à un des types de la bataille
napoléonienne, celle qui a pour but de séparer deux
adversaires, peut-être, avait-il ajouté, les Anglais et nous.
Or, à peine un an après la mort de Robert, un critique
pour lequel il avait une profonde admiration et qui exerçait
visiblement une grande influence sur ses idées militaires,
M. Henry Bidou[1], disait que l'offensive d'Hindenburg en
mars 1918[2], c'était "la bataille de séparation d'un adversaire massé contre deux adversaires en ligne, manœuvre
que l'Empereur a réussie en 1796 sur l'Apennin et qu'il
a manquée en 1815 en Belgique[3]". Quelques instants
auparavant Robert comparait devant moi les batailles à des
pièces où il n'est pas toujours facile de savoir ce qu'a voulu
l'auteur, où lui-même a changé son plan en cours de route.
Or, pour cette offensive allemande de 1918, sans doute
en l'interprétant de cette façon Robert ne serait pas
d'accord avec M. Bidou. Mais d'autres critiques pensent
que c'est le succès d'Hindenburg dans la direction
d'Amiens, puis son arrêt forcé[4], son succès dans les
Flandres[5], puis l'arrêt encore qui ont fait, accidentellement
en somme, d'Amiens, puis de Boulogne, des buts qu'il
ne s'était pas préalablement assignés[6]. Et chacun pouvant
refaire une pièce à sa manière, il y en a qui voient dans
cette offensive l'annonce d'une marche foudroyante sur
Paris[7], d'autres des coups de boutoir désordonnés pour
détruire l'armée anglaise. Et même si les ordres donnés
par le chef s'opposent à telle ou telle conception, il restera
toujours aux critiques le loisir de dire, comme Mounet-
Sully à Coquelin qui l'assurait que *Le Misanthrope* n'était
pas la pièce triste, dramatique qu'il voulait jouer (car
Molière, au témoignage des contemporains, en donnait
une interprétation comique et y faisait rire) : "Eh bien,
c'est que Molière se trompait[8]."

  « Et sur les avions, vous rappelez-vous quand il disait
(il avait de si jolies phrases) : "Il faut que chaque armée
soit un Argus aux cent yeux" ? Hélas ! il n'a pu voir la
vérification de ses dires. "Mais si, répondis-je, à la bataille
de la Somme, il a bien su qu'on a commencé par aveugler
l'ennemi en lui crevant les yeux, en détruisant ses avions
et ses ballons captifs[9]. — Ah ! oui, c'est vrai." » Et comme
depuis qu'elle ne vivait plus que pour l'intelligence, elle
était devenue un peu pédante : « Et lui prétendait qu'on

revenait aux anciens moyens. Savez-vous que les expédi-
tions de Mésopotamie dans cette guerre[1] » (elle avait dû
lire cela, à l'époque, dans les articles de Brichot)
« évoquent à tout moment, inchangée, la retraite de
Xénophon[2] ? Et pour aller du Tigre à l'Euphrate, le
commandement anglais s'est servi de bellums, bateau long
et étroit, gondole de ce pays, et dont se servaient déjà
les plus antiques Chaldéens[3]. » Ces paroles me donnaient
bien le sentiment de cette stagnation du passé qui dans
certains lieux, par une sorte de pesanteur spécifique,
s'immobilise indéfiniment, si bien qu'on peut le retrouver
tel quel.

    « Il y a un côté de la guerre qu'il commençait, je crois,
à apercevoir, lui dis-je, c'est qu'elle est humaine, se vit
comme un amour ou comme une haine, pourrait être
racontée comme un roman, et que par conséquent, si tel
ou tel va répétant que la stratégie est une science, cela
ne l'aide en rien à comprendre la guerre, parce que la
guerre n'est pas stratégique. L'ennemi ne connaît pas plus
nos plans que nous ne savons le but poursuivi par la femme
que nous aimons, et ces plans peut-être ne les savons-nous
pas nous-mêmes. Les Allemands, dans l'offensive de mars
1918, avaient-ils pour but de prendre Amiens ? Nous n'en
savons rien. Peut-être ne le savaient-ils pas eux-mêmes,
et est-ce l'événement, leur progression à l'ouest vers
Amiens, qui détermina leur projet. À supposer que la
guerre soit scientifique, encore faudrait-il la peindre
comme Elstir peignait la mer, par l'autre sens, et partir
des illusions, des croyances qu'on rectifie peu à peu,
comme Dostoïevski raconterait une vie[4]. D'ailleurs, il est
trop certain que la guerre n'est point stratégique, mais
plutôt médicale, comportant des accidents imprévus que
le clinicien pouvait espérer d'éviter, comme la révolution
russe. »

    Mais j'avoue qu'à cause des lectures que j'avais faites
à Balbec non loin de Robert[5], j'étais plus impressionné,
comme dans la campagne de France de retrouver la
tranchée de Mme de Sévigné[6], en Orient, à propos du
siège de Kout-el-Amara[7] (Kout-l'émir, « comme nous
disons Vaux-le-Vicomte et Bailleau-l'Évêque », aurait dit
le curé de Combray s'il avait étendu sa soif d'étymologie
aux langues orientales), de voir revenir auprès de Bagdad
ce nom de Bassorah dont il est tant question dans Les Mille

et Une Nuits et que gagne chaque fois, après avoir quitté
Bagdad ou avant d'y rentrer, pour s'embarquer ou pour
débarquer, bien avant le général Townshend et le général
Gorringe, aux temps des Khalifes, Simbad le Marin[1].

Dans toute cette conversation Gilberte m'avait parlé de
Robert avec une déférence qui semblait plus s'adresser à
mon ancien ami qu'à son époux défunt. Elle avait l'air de
me dire : « Je sais combien vous l'admiriez. Croyez bien
que j'ai su comprendre l'être supérieur qu'il était. » Et
pourtant l'amour que certainement elle n'avait plus pour
son souvenir était peut-être encore la cause lointaine de
particularités de sa vie actuelle. Ainsi Gilberte avait
maintenant pour amie inséparable Andrée. Quoique
celle-ci commençât, surtout à la faveur du talent de son
mari et de sa propre intelligence, à pénétrer non pas certes
dans le milieu des Guermantes, mais dans un monde
infiniment plus élégant que celui qu'elle fréquentait jadis,
on fut étonné que la marquise de Saint-Loup condescendît
à devenir sa meilleure amie. Le fait sembla être un signe,
chez Gilberte, de son penchant pour ce qu'elle croyait une
existence artistique, et pour une véritable déchéance
sociale. Cette explication peut être la vraie. Une autre
pourtant vint à mon esprit, toujours fort pénétré que les
images que nous voyons assemblées quelque part sont
généralement le reflet, ou d'une façon quelconque l'effet,
d'un premier groupement assez différent quoique symétri-
que d'autres images, extrêmement éloigné du second. Je
pensais que si on voyait tous les soirs ensemble Andrée,
son mari et Gilberte, c'était peut-être parce que, tant
d'années auparavant, on avait pu voir le futur mari
d'Andrée vivant avec Rachel, puis la quittant pour
Andrée[2]. Il est probable que Gilberte alors, dans le monde
trop distant, trop élevé, où elle vivait, n'en avait rien su.
Mais elle avait dû l'apprendre plus tard, quand Andrée
avait monté et qu'elle-même avait descendu assez pour
qu'elles pussent s'apercevoir. Alors avait dû exercer sur
elle un grand prestige la femme pour laquelle Rachel avait
été quittée par l'homme, pourtant séduisant sans doute,
qu'elle avait préféré à Robert. (On entendait la princesse
de Guermantes répéter d'un air exalté et d'une voix de
ferraille que lui faisait son râtelier : « Oui, c'est cela, nous
ferons clan ! nous ferons clan ! J'aime cette jeunesse si

intelligente, si participante, ah ! quelle mugichienne vous
êtes ! » Et elle plantait son gros monocle dans son œil
rond, mi-amusé, mi-s'excusant de ne pouvoir soutenir la
gaieté longtemps, mais jusqu'au bout elle était décidée à
« participer », à « faire clan[1] ».)

Ainsi peut-être la vue d'Andrée rappelait à Gilberte ce
roman de sa jeunesse qu'avait été son amour pour Robert,
et inspirait aussi à Gilberte un grand respect pour Andrée,
de laquelle était toujours amoureux un homme, tant aimé
par cette Rachel que Gilberte sentait avoir été plus aimée
de Saint-Loup qu'elle ne l'avait été elle-même. Peut-être
au contraire ces souvenirs ne jouaient-ils aucun rôle dans
la prédilection de Gilberte pour ce ménage artiste, et
fallait-il y voir simplement, comme faisaient beaucoup, les
goûts habituellement inséparables chez les femmes du
monde, de s'instruire et de s'encanailler. Gilberte avait
peut-être autant oublié Robert que moi Albertine, et si
même elle savait que c'était Rachel que l'artiste avait
quittée pour Andrée, ne pensait-elle jamais, quand elle
les voyait, à ce fait qui n'avait jamais joué aucun rôle dans
son goût pour eux. On n'aurait pu décider si mon
explication première n'était pas seulement possible, mais
était vraie, que grâce au témoignage des intéressés, seul
recours qui reste en pareil cas, s'ils pouvaient apporter dans
leurs confidences de la clairvoyance et de la sincérité. Or
la première s'y rencontre rarement et la seconde jamais.
En tout cas la vue de Rachel, devenue aujourd'hui une
actrice célèbre, ne pouvait pas être bien agréable à
Gilberte. Je fus donc ennuyé d'apprendre qu'elle récitait
des vers dans cette matinée, et, avait-on annoncé, *Le
Souvenir* de Musset et des fables de La Fontaine.

« Mais comment venez-vous dans des matinées si
nombreuses ? me demanda Gilberte. Vous retrouver dans
une grande tuerie comme cela, ce n'est pas ainsi que je
vous schématisais. Certes, je m'attendais à vous voir
partout ailleurs qu'à un des grands tralalas de ma tante,
puisque tante il y a », ajouta-t-elle d'un air fin, car étant
Mme de Saint-Loup depuis un peu plus longtemps que
Mme Verdurin n'était entrée dans la famille, elle se
considérait comme une Guermantes de tout temps et
atteinte par la mésalliance que son oncle avait faite en
épousant Mme Verdurin et que, il est vrai, elle avait
entendu railler mille fois devant elle dans la famille, tandis

que naturellement ce n'était que hors de sa présence qu'on avait parlé de la mésalliance qu'avait faite Saint-Loup en l'épousant. Elle affectait d'ailleurs d'autant plus de dédain pour cette tante mauvais teint que, par l'espèce de perversion qui pousse les gens intelligents à s'évader du chic habituel, par le besoin aussi de souvenirs qu'ont les gens âgés, pour tâcher enfin de donner un passé à son élégance nouvelle, la princesse de Guermantes aimait à dire en parlant de Gilberte : « Je vous dirai que ce n'est pas pour moi une relation nouvelle, j'ai énormément connu la mère de cette petite-là, tenez, c'était une grande amie à ma cousine Marsantes. C'est chez moi qu'elle a connu le père de Gilberte. Quant au pauvre Saint-Loup, je connaissais d'avance toute sa famille, son propre oncle était mon intime autrefois à La Raspelière. » « Vous voyez que les Verdurin n'étaient pas du tout des bohèmes », me disaient les gens qui entendaient parler ainsi la princesse de Guermantes, « c'étaient des amis de tout temps de la famille de Mme de Saint-Loup. » J'étais peut-être seul, par mon grand-père, à savoir qu'en effet les Verdurin n'étaient pas des bohèmes. Mais ce n'était pas précisément parce qu'ils avaient connu Odette. Mais on arrange aisément les récits du passé que personne ne connaît plus, comme ceux des voyages dans les pays où personne n'est jamais allé. « Enfin, conclut Gilberte, puisque vous sortez quelquefois de votre tour d'ivoire, des petites réunions intimes chez moi, où j'inviterais des esprits sympathiques, ne vous conviendraient-elles pas mieux ? Ces grandes machines comme ici sont bien peu faites pour vous. Je vous voyais causer avec ma tante Oriane qui a toutes les qualités qu'on voudra, mais à qui nous ne ferons pas tort, n'est-ce pas, en déclarant qu'elle n'appartient pas à l'élite pensante. »

Je ne pouvais mettre Gilberte au courant des pensées que j'avais depuis une heure, mais je crus que, sur un point de pure distraction, elle pourrait servir mes plaisirs, lesquels en effet ne me semblaient pas devoir être de parler littérature avec la duchesse de Guermantes plus qu'avec Mme de Saint-Loup. Certes, j'avais l'intention de recommencer dès demain, bien qu'avec un but cette fois, à vivre dans la solitude. Même chez moi, je ne laisserais pas de gens venir me voir dans mes instants de travail, car le devoir de faire mon œuvre primait celui d'être poli ou même bon. Ils insisteraient sans doute, eux qui ne m'avaient pas vu depuis si longtemps, venant de me retrouver et me jugeant guéri, venant quand le labeur de leur journée ou de leur vie était fini ou interrompu, et ayant alors ce même besoin de moi que j'avais eu autrefois de Saint-Loup ; et parce que, comme je m'en étais déjà aperçu à Combray quand mes parents me faisaient des reproches au moment où je venais de prendre à leur insu les plus louables résolutions, les cadrans intérieurs qui sont départis aux hommes ne sont pas tous réglés à la même heure. L'un sonne celle du repos en même temps que l'autre celle du travail, l'un celle du châtiment par le juge quand chez le coupable celle du repentir et du perfectionnement intérieur est sonnée depuis longtemps. Mais j'aurais le courage de répondre à ceux qui viendraient me voir ou me feraient chercher, que j'avais, pour des choses essentielles au courant desquelles il fallait que je fusse mis sans retard, un rendez-vous urgent, capital, avec moi-même. Et pourtant, bien qu'il y ait peu de rapport entre notre moi véritable et l'autre, à cause de l'homonymat et du corps commun aux deux, l'abnégation qui vous fait faire le sacrifice des devoirs plus faciles, même des plaisirs, paraît aux autres de l'égoïsme.

Et d'ailleurs, n'était-ce pas pour m'occuper d'eux que je vivrais loin de ceux qui se plaindraient de ne pas me voir, pour m'occuper d'eux plus à fond que je n'aurais pu le faire avec eux, pour chercher à les révéler à eux-mêmes, à les réaliser ? À quoi eût servi que, pendant des années encore, j'eusse perdu des soirées à faire glisser sur l'écho à peine expiré de leurs paroles le son tout aussi vain des miennes, pour le stérile plaisir d'un contact mondain qui exclut toute pénétration ? Ne valait-il pas mieux que, ces gestes qu'ils faisaient, ces paroles qu'ils disaient, leur vie, leur nature, j'essayasse d'en décrire la courbe et d'en dégager la loi ? Malheureusement, j'aurais à lutter contre cette habitude de se mettre à la place des autres qui, si elle favorise la conception d'une œuvre, en retarde l'exécution. Car, par une politesse supérieure, elle pousse à sacrifier aux autres non seulement son plaisir mais son devoir, quand, se mettant à la place des autres, ce devoir quel qu'il soit, fût-ce, pour quelqu'un qui ne peut rendre aucun service au front, de rester à l'arrière où il est utile, apparaît comme, ce qu'il n'est pas en réalité, notre plaisir.

Et bien loin de me croire malheureux de cette vie sans amis, sans causerie, comme il est arrivé aux plus grands de le croire, je me rendais compte que les forces d'exaltation qui se dépensent dans l'amitié sont une sorte de porte-à-faux visant une amitié particulière qui ne mène à rien et se détournant d'une vérité vers laquelle elles étaient capables de nous conduire. Mais enfin, quand des intervalles de repos et de société me seraient nécessaires, je sentais que bien plutôt que les conversations intellectuelles que les gens du monde croient utiles aux écrivains, de légères amours avec des jeunes filles en fleurs seraient un aliment choisi que je pourrais à la rigueur permettre à mon imagination semblable au cheval fameux qu'on ne nourrissait que de roses[1]. Ce que tout d'un coup je souhaitais de nouveau, c'est ce dont j'avais rêvé à Balbec, quand sans les connaître encore, j'avais vu passer devant la mer Albertine, Andrée et leurs amies. Mais hélas ! je ne pouvais plus chercher à retrouver celles que justement en ce moment je désirais si fort. L'action des années qui avait transformé tous les êtres que j'avais vus aujourd'hui, et Gilberte elle-même, avait certainement fait de toutes celles qui survivaient, comme elle eût fait d'Albertine si elle n'avait pas péri, des femmes trop différentes de ce que je me rappelais. Je souffrais d'être obligé de moi-même à atteindre celles-là, car le temps qui change les êtres ne modifie pas l'image que nous avons gardée d'eux. Rien n'est plus douloureux que cette opposition entre l'altération des êtres et la fixité du souvenir, quand nous comprenons que ce qui a gardé tant de fraîcheur dans notre mémoire n'en peut plus avoir dans la vie, que nous ne pouvons, au dehors, nous rapprocher de ce qui nous paraît si beau au dedans de nous, de ce qui excite en nous un désir, pourtant si individuel, de le revoir, qu'en le cherchant dans un être du même âge, c'est-à-dire dans un autre être. C'est que, comme j'avais pu souvent le soupçonner, ce qui semble unique dans une personne qu'on désire ne lui appartient pas. Mais le temps écoulé m'en donnait une preuve plus complète, puisque, après vingt ans, spontanément, je voulais chercher, au lieu des filles que j'avais connues, celles qui possédaient maintenant cette jeunesse que les autres avaient alors. (D'ailleurs ce n'est pas seulement le réveil de nos désirs charnels qui ne correspond à aucune réalité parce qu'il ne tient pas compte du temps perdu. Il m'arrivait parfois de souhaiter que, par un miracle, entrassent auprès de moi, restées vivantes contrairement à ce que j'avais cru, ma grand-mère, Albertine. Je croyais les voir, mon cœur s'élançait vers elles[1]. J'oubliais seulement une chose, c'est que, si elles vivaient en effet, Albertine aurait à peu près maintenant l'aspect que m'avait présenté à Balbec Mme Cottard, et que ma grand-mère, ayant plus de quatre-vingt-quinze ans, ne me montrerait rien du beau visage calme et souriant avec lequel je l'imaginais encore maintenant, aussi arbitrairement qu'on donne une barbe à Dieu le Père, ou qu'on représentait au XVIIe siècle les héros d'Homère avec un accoutrement de gentilshommes et sans tenir compte de leur antiquité.)

Je regardais Gilberte, et je ne pensai pas : « Je voudrais la revoir », mais je lui dis qu'elle me ferait toujours plaisir en m'invitant avec de très jeunes filles, pauvres s'il était possible, pour qu'avec de petits cadeaux je puisse leur faire plaisir, sans leur rien demander d'ailleurs que de faire renaître en moi les rêveries, les tristesses d'autrefois, peut-être, un jour improbable, un chaste baiser. Gilberte sourit et eut ensuite l'air de chercher sérieusement dans sa tête.

Comme Elstir aimait à voir incarnée devant lui, dans sa femme, la beauté vénitienne, qu'il avait souvent peinte dans ses œuvres[2], je me donnais l'excuse d'être attiré par un certain égoïsme esthétique vers les belles femmes qui pouvaient me causer de la souffrance, et j'avais un certain sentiment d'idolâtrie pour les futures Gilberte, les futures duchesses de Guermantes, les futures Albertine que je pourrais rencontrer, et qui, me semblait-il, pourraient m'inspirer, comme un sculpteur qui se promène au milieu de beaux marbres antiques. J'aurais dû pourtant penser qu'antérieur à chacune était mon sentiment du mystère où elles baignaient et qu'ainsi, plutôt que de demander à Gilberte de me faire connaître des jeunes filles, j'aurais mieux fait d'aller dans ces lieux où rien ne nous rattache à elles, où entre elles et soi on sent quelque chose d'infranchissable, où à deux pas, sur la plage, allant au bain, on se sent séparé d'elles par l'impossible. C'est ainsi que mon sentiment du mystère avait pu s'appliquer successivement à Gilberte, à la duchesse de Guermantes, à Albertine, à tant d'autres. Sans doute l'inconnu, et presque l'inconnaissable, était devenu le connu, le familier, indifférent ou douloureux, mais retenant de ce qu'il avait été un certain charme.

Et à vrai dire, comme dans ces calendriers que le facteur nous apporte pour avoir ses étrennes, il n'était pas une de mes années qui n'eût eu à son frontispice, ou intercalée dans ses jours, l'image d'une femme que j'y avais désirée ; image souvent d'autant plus arbitraire que parfois je n'avais jamais vu cette femme, quand c'était par exemple, le femme de chambre de Mme Putbus, Mlle d'Orgeville, ou telle jeune fille dont j'avais vu le nom dans le compte rendu mondain d'un journal, parmi « l'essaim des charmantes valseuses ». Je la devinais belle, m'éprenais d'elle, et lui composais un corps idéal dominant de toute sa hauteur un paysage de la province où j'avais lu, dans *L'Annuaire des châteaux*, que se trouvaient les propriétés de sa famille. Pour les femmes que j'avais connues, ce paysage était au moins double. Chacune s'élevait, à un point différent de ma vie, dressée comme une divinité protectrice et locale, d'abord au milieu d'un de ces paysages rêvés dont la juxtaposition quadrillait ma vie et où je m'étais attaché à l'imaginer, ensuite vue du côté du souvenir, entourée des sites où je l'avais connue et qu'elle me rappelait, y restant attachée, car si notre vie est vagabonde notre mémoire est sédentaire, et nous avons beau nous élancer sans trêve, nos souvenirs, eux, rivés aux lieux dont nous nous détachons, continuent à y combiner leur vie casanière, comme ces amis momentanés que le voyageur s'était faits dans une ville et qu'il est obligé d'abandonner quand il la quitte, parce que c'est là qu'eux, qui ne partent pas, finiront leur journée et leur vie comme s'il était là encore, au pied de l'église, devant le port et sous les arbres du cours. Si bien que l'ombre de Gilberte s'allongeait non seulement devant une église de l'Ile-de-France où je l'avais imaginée, mais aussi sur l'allée d'un parc du côté de Méséglise, celle de Mme de Guermantes dans un chemin humide où montaient en quenouilles des grappes violettes et rougeâtres, ou sur l'or matinal d'un trottoir parisien. Et cette seconde personne, celle née non du désir, mais du souvenir, n'était pas pour chacune de ces femmes, unique. Car chacune, je l'avais connue à diverses reprises, en des temps différents, où elle était une autre pour moi, où moi-même j'étais autre, baignant dans

des rêves d'une autre couleur. Or la loi qui avait gouverné
les rêves de chaque année maintenait assemblés autour
d'eux les souvenirs d'une femme que j'y avais connue, tout
ce qui se rapportait, par exemple, à la duchesse de
Guermantes au temps de mon enfance était concentré, par
une force attractive, autour de Combray, et tout ce qui avait
trait à la duchesse de Guermantes qui allait tout à l'heure
m'inviter à déjeuner, autour d'un être sensitif tout différent ; il y avait plusieurs duchesses de Guermantes, comme
il y avait eu depuis la dame en rose, plusieurs madame
Swann, séparées par l'éther incolore des années, et de l'une
à l'autre desquelles je ne pouvais pas plus sauter que si
j'avais eu à quitter une planète pour aller dans une autre
planète que l'éther en sépare. Non seulement séparée, mais
différente, parée des rêves que j'avais en des temps si
différents, comme d'une flore particulière, qu'on ne retrouvera pas dans une autre planète ; au point qu'après avoir
pensé que je n'irais déjeuner ni chez Mme de Forcheville,
ni chez Mme de Guermantes, je ne pouvais me dire, tant
cela m'eût transporté dans un monde autre, que l'une n'était
pas une personne différente de la duchesse de Guermantes
qui descendait de Geneviève de Brabant, et l'autre de la
dame en rose, que parce qu'en moi un homme instruit me
l'affirmait avec la même autorité qu'un savant qui m'eût
affirmé qu'une voie lactée de nébuleuses était due à la
segmentation d'une seule et même étoile. Telle Gilberte
à qui je demandais pourtant, sans m'en rendre compte, de
me permettre d'avoir des amies comme elle avait été
autrefois, n'était plus pour moi que Mme de Saint-Loup. Je
ne songeais plus en la voyant au rôle qu'avait eu jadis dans
mon amour, oublié lui aussi par elle, mon admiration pour
Bergotte, pour Bergotte redevenu simplement pour moi
l'auteur de ses livres, sans que je me rappelasse (que dans
des souvenirs rares et entièrement séparés) l'émoi d'avoir
été présenté à l'homme, la déception, l'étonnement de sa
conversation, dans le salon aux fourrures blanches, plein de
violettes, où on apportait si tôt, sur tant de consoles
différentes, tant de lampes. Tous les souvenirs qui composaient la première Mlle Swann étaient en effet retranchés
de la Gilberte actuelle, retenus bien loin par les forces
d'attraction d'un autre univers, autour d'une phrase de
Bergotte avec laquelle ils faisaient corps, et baignés d'un
parfum d'aubépine.

La fragmentaire Gilberte d'aujourd'hui écouta ma requête en souriant. Puis, en se mettant à y réfléchir, elle prit un air sérieux. Et j'en étais heureux, car cela l'empêchait de faire attention à un groupe dont la vue n'eût pu certes lui être agréable. On y remarquait la duchesse de Guermantes en grande conversation avec une affreuse vieille femme que je regardais sans pouvoir du tout deviner qui elle était : je n'en savais absolument rien. En effet, c'était avec Rachel, c'est-à-dire avec l'actrice, devenue célèbre, qui allait, au cours de cette matinée, réciter des vers de Victor Hugo et de La Fontaine, que la tante de Gilberte, Mme de Guermantes, causait en ce moment. Car la duchesse, consciente depuis trop longtemps d'occuper la première situation de Paris (ne se rendant pas compte qu'une telle situation n'existe que dans les esprits qui y croient et que beaucoup de nouvelles personnes, si elles ne la voyaient nulle part, si elles ne lisaient son nom dans le compte rendu d'aucune fête élégante, croiraient qu'elle n'occupait en effet aucune situation), ne voyait plus, qu'en visites aussi rares et aussi espacées qu'elle pouvait et dans un bâillement, le faubourg Saint-Germain qui, disait-elle, l'ennuyait à mourir, et en revanche se passait la fantaisie de déjeuner avec telle ou telle actrice qu'elle trouvait délicieuse. Dans les milieux nouveaux qu'elle fréquentait, restée bien plus la même qu'elle ne croyait, elle continuait à croire que s'ennuyer facilement était une supériorité intellectuelle, mais elle l'exprimait avec une sorte de violence qui donnait à sa voix quelque chose de rauque. Comme je lui parlais de Brichot : « Il m'a assez embêtée pendant vingt ans », et comme Mme de Cambremer disait : « Relisez ce que Schopenhauer dit de la musique[1] », elle nous fit remarquer cette phrase en disant avec violence : « *Relisez* est un chef-d'œuvre ! Ah ! non, ça, par exemple, il ne faut pas nous la faire. » Le vieux d'Albon sourit en reconnaissant une des formes de l'esprit Guermantes. Gilberte, plus moderne, resta impassible. Quoique fille de Swann, comme un canard couvé par une poule, elle était plus lakiste, disait : « Je trouve ça d'un touchant ; il a une sensibilité charmante. »

Je dis à Mme de Guermantes que j'avais rencontré M. de Charlus. Elle le trouvait plus « baissé » qu'il n'était, les gens du monde faisant des différences, en ce qui concerne l'intelligence, non seulement entre divers gens du monde chez lesquels elle est à peu près semblable, mais même chez une même personne à différents moments de sa vie. Puis elle ajouta : « Il a toujours été le portrait de ma belle-mère ; mais c'est encore plus frappant maintenant. » Cette ressemblance n'avait rien d'extraordinaire. On sait en effet que certaines femmes se projettent en quelque sorte elles-mêmes en un autre être avec la plus grande exactitude, la seule erreur est dans le sexe. Erreur dont on ne peut pas dire : *felix culpa*, car le sexe réagit sur la personnalité et chez un homme le même féminisme devient afféterie, la réserve susceptibilité, etc. N'importe, dans la figure, fût-elle barbue, dans les joues, même congestionnées sous les favoris, il y a certaines lignes superposables à quelque portrait maternel. Il n'est guère un vieux Charlus qui ne soit une ruine, où l'on ne reconnaisse avec étonnement sous tous les empâtements de la graisse et de la poudre de riz quelques fragments d'une belle femme en sa jeunesse éternelle. À ce moment, Morel entra ; la duchesse fut avec lui d'une amabilité qui me déconcerta un peu. « Ah ! je ne prends pas parti dans les querelles de famille, dit-elle. Est-ce que vous ne trouvez pas que c'est ennuyeux, les querelles de famille ? »

Car si dans ces périodes de vingt ans les conglomérats de coteries se défaisaient et se reformaient selon l'attraction d'astres nouveaux destinés d'ailleurs eux aussi à s'éloigner, puis à reparaître, des cristallisations puis des émiettements suivis de cristallisations nouvelles avaient lieu dans l'âme des êtres. Si pour moi Mme de Guermantes avait été bien des personnes, pour Mme de Guermantes, pour Mme Swann, etc., telle personne donnée avait été un favori d'une époque précédant l'affaire Dreyfus, puis un fanatique ou un imbécile à partir de l'affaire Dreyfus, qui avait changé pour eux la valeur des êtres et classé autrement les partis, lesquels s'étaient depuis encore défaits et refaits. Ce qui y sert puissamment et y ajoute son influence aux pures affinités intellectuelles, c'est le temps écoulé, qui nous fait oublier nos antipathies, nos dédains, les raisons mêmes qui expliquaient nos antipathies et nos dédains. Si on avait analysé l'élégance de la jeune Mme de Cambremer, on y eût trouvé qu'elle était la fille du marchand de notre maison, Jupien, et que ce qui avait pu s'ajouter à cela pour la rendre brillante, c'était que son père procurait des hommes à M. de Charlus[1]. Mais tout cela combiné avait produit des effets scintillants, alors que les causes déjà lointaines, non seulement étaient inconnues de beaucoup de nouveaux, mais encore que ceux qui les avaient connues les avaient oubliées, pensant beaucoup plus à l'éclat actuel qu'aux hontes passées, car on prend toujours un nom dans son acception actuelle. Et c'était l'intérêt de ces transformations de salons qu'elles étaient aussi un effet du temps perdu et un phénomène de mémoire.

La duchesse hésitait encore, par peur d'une scène de M. de Guermantes, devant Balthy et Mistinguett[2], qu'elle trouvait adorables, mais avait décidément Rachel pour amie. Les nouvelles générations en concluaient que la duchesse de Guermantes, malgré son nom, devait être quelque demi-castor qui n'avait jamais été tout à fait du gratin. Il est vrai que, pour quelques souverains dont l'intimité lui était disputée par deux autres grandes dames, Mme de Guermantes se donnait encore la peine de les avoir à déjeuner. Mais d'une part, ils viennent rarement, connaissent des gens de peu, et la duchesse, par la superstition des Guermantes à l'égard du vieux protocole (car à la fois les gens bien élevés l'*assommaient* et elle tenait à la bonne éducation), faisait mettre : « Sa Majesté a ordonné à la duchesse de Guermantes, a daigné », etc. Et les nouvelles couches, ignorantes de ces formules, en concluaient que la position de la duchesse était d'autant plus basse. Au point de vue de Mme de Guermantes, cette intimité avec Rachel pouvait signifier que nous nous étions trompés quand nous croyions Mme de Guermantes hypocrite et menteuse dans ses condamnations de l'élégance, quand nous croyions qu'au moment où elle refusait d'aller chez Mme de Saint-Euverte, ce n'était pas au nom de l'intelligence mais du snobisme qu'elle agissait ainsi, ne la trouvant bête que parce que la marquise laissait voir qu'elle était snob, n'ayant pas encore atteint son but. Mais cette intimité avec Rachel pouvait signifier aussi que l'intelligence était, en réalité, chez la duchesse, médiocre, insatisfaite et désireuse sur le tard, quand elle était fatiguée du monde, de réalisations, par ignorance totale des véritables réalités intellectuelles et une pointe de cet esprit de fantaisie qui fait à des dames très bien, qui se disent : « comme ce sera amusant », finir leur soirée d'une façon à vrai dire assommante, en faisant la farce d'aller réveiller quelqu'un, à qui finalement on ne sait que dire, près du lit de qui on reste un moment dans son manteau de soirée, après quoi, ayant constaté qu'il est fort tard, on finit par aller se coucher.

Il faut ajouter que l'antipathie qu'avait depuis peu pour Gilberte la versatile duchesse pouvait lui faire prendre un certain plaisir à recevoir Rachel, ce qui lui permettait en plus de proclamer une des maximes des Guermantes, à savoir qu'ils étaient trop nombreux pour épouser les querelles (presque pour prendre le deuil) les uns des autres, indépendance du « je n'ai pas à » qu'avait renforcée la politique qu'on avait dû adopter à l'égard de M. de Charlus, lequel, si on l'avait suivi, vous eût brouillé avec tout le monde.

Quant à Rachel, si elle s'était en réalité donné une grande peine pour se lier avec la duchesse de Guermantes (peine que la duchesse n'avait pas su démêler sous des dédains affectés, des impolitesses voulues, qui l'avaient piquée au jeu et lui avaient donné grande idée d'une actrice si peu snob), sans doute cela tenait d'une façon générale à la fascination que les gens du monde exercent à partir d'un certain moment sur les bohèmes les plus endurcis, parallèle à celle que ces bohèmes exercent eux-mêmes sur les gens du monde, double reflux qui correspond à ce qu'est dans l'ordre politique la curiosité réciproque et le désir de faire alliance entre peuples qui se sont combattus. Mais le désir de Rachel pouvait avoir une raison plus particulière. C'est chez Mme de Guermantes, c'est de Mme de Guermantes, qu'elle avait reçu jadis sa plus terrible avanie[1]. Rachel l'avait peu à peu non pas oubliée mais pardonnée, mais le prestige singulier qu'en avait reçu à ses yeux la duchesse ne devait s'effacer jamais. L'entretien, de l'attention duquel je désirais détourner Gilberte, fut du reste interrompu, car la maîtresse de maison cherchait l'actrice dont c'était le moment de réciter et qui bientôt, ayant quitté la duchesse parut sur l'estrade.

Or pendant ce temps avait lieu à l'autre bout de Paris un spectacle bien différent. La Berma, comme je l'ai dit, avait convié quelques personnes à venir prendre le thé pour fêter son fils et sa belle-fille[2]. Mais les invités ne se

pressaient pas d'arriver. Ayant appris que Rachel récitait
des vers chez la princesse de Guermantes (ce qui
scandalisait fort la Berma, grande artiste pour laquelle
Rachel était restée une grue qu'on laissait figurer dans les
pièces où elle-même, la Berma, jouait le premier rôle,
parce que Saint-Loup lui payait ses toilettes pour la
scène — scandale d'autant plus grand que la nouvelle avait
couru dans Paris que les invitations étaient au nom de la
princesse de Guermantes, mais que c'était Rachel qui, en
réalité, recevait chez la princesse), la Berma avait récrit
avec insistance à quelques fidèles pour qu'ils ne manquas-
sent pas à son goûter, car elle les savait aussi amis de la
princesse de Guermantes qu'ils avaient connue Verdurin.
Or, les heures passaient et personne n'arrivait chez la
Berma. Bloch, à qui on avait demandé s'il voulait y venir,
avait répondu naïvement : « Non, j'aime mieux aller chez
la princesse de Guermantes. » Hélas ! c'est ce qu'au fond
de soi chacun avait décidé. La Berma, atteinte d'une
maladie mortelle qui la forçait à fréquenter peu de monde,
avait vu son état s'aggraver quand, pour subvenir aux
besoins de luxe de sa fille, besoins que son gendre souffrant
et paresseux ne pouvait satisfaire, elle s'était remise à jouer.
Elle savait qu'elle abrégeait ses jours mais voulait faire
plaisir à sa fille à qui elle rapportait de gros cachets, à son
gendre qu'elle détestait mais flattait, car le sachant adoré
par sa fille, elle craignait, si elle le mécontentait qu'il la
privât, par méchanceté, de voir celle-ci. La fille de la Berma
aimée en secret par le médecin qui soignait son mari, s'était
laissé persuader que ces représentations de *Phèdre* n'étaient
pas bien dangereuses pour sa mère. Elle avait en quelque
sorte forcé le médecin à le lui dire, n'ayant retenu que
cela de ce qu'il lui avait répondu, et parmi les objections
dont elle ne tenait pas compte ; en effet, le médecin avait
dit ne pas voir grand inconvénient aux représentations de
la Berma. Il l'avait dit parce qu'il avait senti qu'il ferait
ainsi plaisir à la jeune femme qu'il aimait, peut-être aussi
par ignorance, parce qu'aussi il savait de toutes façons la
maladie inguérissable, et qu'on se résigne volontiers à
abréger le martyre des malades quand ce qui est destiné
à l'abréger nous profite à nous-même, peut-être aussi par
la bête conception que cela faisait plaisir à la Berma et
devait donc lui faire du bien, bête conception qui lui avait
paru justifiée quand, ayant reçu une loge des enfants de

la Berma et ayant pour cela lâché tous ses malades, il l'avait trouvée aussi extraordinaire de vie sur la scène qu'elle semblait moribonde à la ville[1]. Et en effet nos habitudes nous permettent dans une large mesure, permettent même à nos organes de s'accommoder d'une existence qui semblerait au premier abord ne pas être possible. Qui n'a vu un vieux maître de manège cardiaque faire toutes les acrobaties auxquelles on n'aurait pu croire que son cœur résisterait une minute ? La Berma n'était pas une moins vieille habituée de la scène, aux exigences de laquelle ses organes étaient si parfaitement adaptés qu'elle pouvait donner en se dépensant avec une prudence indiscernable pour le public l'illusion d'une bonne santé troublée seulement par un mal purement nerveux et imaginaire. Après la scène de la déclaration à Hippolyte, la Berma avait beau sentir l'épouvantable nuit qu'elle allait passer, ses admirateurs l'applaudissaient à toute force, la déclarant plus belle que jamais. Elle rentrait dans d'horribles souffrances, mais heureuse d'apporter à sa fille les billets bleus, que par une gaminerie de vieille enfant de la balle elle avait l'habitude de serrer dans ses bas, d'où elle les sortait avec fierté, espérant un sourire, un baiser. Malheureusement ces billets ne faisaient que permettre au gendre et à la fille de nouveaux embellissements de leur hôtel, contigu à celui de leur mère : d'où d'incessants coups de marteau qui interrompaient le sommeil dont la grande tragédienne aurait tant eu besoin[2]. Selon les variations de la mode, et pour se conformer au goût de M. de X... ou de Y..., qu'ils espéraient recevoir, ils modifiaient chaque pièce. Et la Berma, sentant que le sommeil, qui seul aurait calmé sa souffrance, s'était enfui, se résignait à ne pas se rendormir, non sans un secret mépris pour ces élégances qui avançaient sa mort, rendaient atroces ses derniers jours. C'est sans doute un peu à cause de cela qu'elle les méprisait, vengeance naturelle contre ce qui nous fait mal et que nous sommes impuissants à empêcher. Mais c'est aussi parce qu'ayant conscience du génie qui était en elle, ayant appris dès son plus jeune âge l'insignifiance de tous ces décrets de la mode, elle était quant à elle restée fidèle à la tradition qu'elle avait toujours respectée, dont elle était l'incarnation, qui lui faisait juger les choses et les gens comme trente ans auparavant, et par exemple juger Rachel non comme l'actrice à la mode qu'elle était aujourd'hui,

mais comme la petite grue qu'elle avait connue. La Berma
n'était pas, du reste, meilleure que sa fille, c'est en elle
que sa fille avait puisé, par l'hérédité et par la contagion
de l'exemple qu'une admiration trop naturelle rendait plus
efficace, son égoïsme, son impitoyable raillerie, son
inconsciente cruauté. Seulement tout cela, la Berma l'avait
immolé à sa fille et s'en était ainsi délivrée. D'ailleurs, la
fille de la Berma n'eût-elle pas eu sans cesse des ouvriers
chez elle, qu'elle eût tout de même fatigué sa mère, comme
les forces attractives, féroces et légères de la jeunesse
fatiguent la vieillesse, la maladie, qui se surmènent à
vouloir les suivre. Tous les jours c'était un déjeuner
nouveau, et on eût trouvé la Berma égoïste d'en priver
sa fille, même de ne pas assister au déjeuner où on
comptait, pour attirer bien difficilement quelques relations
récentes et qui se faisaient tirer l'oreille, sur la présence
prestigieuse de la mère illustre. On la « promettait » à
ces mêmes relations pour une fête au dehors, afin de leur
faire une politesse. Et la pauvre mère, gravement occupée
dans son tête-à-tête avec la mort installée en elle, était
obligée de se lever de bonne heure, de sortir. Bien plus,
comme à la même époque Réjane, dans tout l'éblouisse-
ment de son talent, donna à l'étranger des représentations
qui eurent un succès énorme[1], le gendre trouva que la
Berma ne devait pas se laisser éclipser, voulut que la
famille ramassât la même profusion de gloire et força la
Berma à des tournées où on était obligé de la piquer à
la morphine, ce qui pouvait la faire mourir à cause de l'état
de ses reins. Ce même attrait de l'élégance, du prestige
social, de la vie, avait le jour de la fête chez la princesse
de Guermantes, fait pompe aspirante et avait amené là-bas,
avec la force d'une machine pneumatique, même les plus
fidèles habitués de la Berma, où par contre et en
conséquence, il y avait vide absolu et mort. Un jeune
homme, qui n'était pas certain que la fête chez la Berma
ne fût, elle aussi, brillante, était venu. Quand la Berma
vit l'heure passer et comprit que tout le monde la lâchait,
elle fit servir le goûter et on s'assit autour de la table, mais
comme pour un repas funéraire. Rien dans la figure de
la Berma ne rappelait plus celle dont la photographie
m'avait, un soir de mi-carême, tant troublé[2]. La Berma
avait, comme dit le peuple, la mort sur le visage. Cette
fois c'était bien d'un marbre de l'Érechtéion[3] qu'elle avait

l'air. Ses artères durcies étant déjà à demi pétrifiées, on voyait de longs rubans sculpturaux parcourir les joues, avec une rigidité minérale. Les yeux mourants vivaient relativement, par contraste avec ce terrible masque ossifié, et brillaient faiblement comme un serpent endormi au milieu des pierres. Cependant le jeune homme, qui s'était mis à table par politesse, regardait sans cesse l'heure, attiré qu'il était par la brillante fête chez les Guermantes.

La Berma n'avait pas un mot de reproche à l'adresse des amis qui l'avaient lâchée et qui espéraient naïvement qu'elle ignorerait qu'ils étaient allés chez les Guermantes. Elle murmura seulement : « Une Rachel donnant une fête chez la princesse de Guermantes. Il faut venir à Paris pour voir ces choses-là. » Et elle mangeait, silencieusement et avec une lenteur solennelle, des gâteaux défendus, ayant l'air d'obéir à des rites funèbres. Le « goûter » était d'autant plus triste que le gendre était furieux que Rachel, que lui et sa femme connaissaient très bien, ne les eût pas invités. Son crève-cœur fut d'autant plus grand que le jeune homme invité lui avait dit connaître assez bien Rachel pour que s'il partait tout de suite chez les Guermantes, il pût lui demander d'inviter ainsi, en dernière heure, le couple frivole. Mais la fille de la Berma savait trop à quel niveau infime sa mère situait Rachel, et qu'elle l'eût tuée de désespoir en sollicitant de l'ancienne grue une invitation. Aussi avait-elle dit au jeune homme et à son mari que c'était chose impossible. Mais elle se vengeait en prenant pendant ce goûter des petites mines exprimant le désir des plaisirs, l'ennui d'être privée d'eux par cette gêneuse qu'était sa mère. Celle-ci faisait semblant de ne pas voir les moues de sa fille et adressait de temps en temps, d'une voix mourante, une parole aimable au jeune homme, le seul invité qui fût venu. Mais bientôt la chasse d'air qui emportait tout vers les Guermantes, et qui m'y avait entraîné moi-même, fut la plus forte, il se leva et partit, laissant Phèdre ou la mort, on ne savait trop laquelle des deux c'était, achever de manger, avec sa fille et son gendre, les gâteaux funéraires[1].

Nous fûmes interrompus par la voix de l'actrice qui venait de s'élever. Le jeu de celle-ci était intelligent, car il présupposait la poésie que l'actrice était en train de dire comme un tout existant avant cette récitation et dont nous n'entendions qu'un fragment, comme si l'artiste, passant sur un chemin, s'était trouvée pendant quelques instants à portée de notre oreille.

L'annonce de poésies que presque tout le monde connaissait avait fait plaisir. Mais quand on vit l'actrice, avant de commencer, chercher partout des yeux d'un air égaré, lever les mains d'un air suppliant et pousser comme un gémissement chaque mot, chacun se sentit gêné, presque choqué de cette exhibition de sentiments. Personne ne s'était dit que réciter des vers pouvait être quelque chose comme cela. Peu à peu on s'habitue, c'est-à-dire qu'on oublie la première sensation de malaise, on dégage ce qui est bien, on compare dans son esprit diverses manières de réciter, pour se dire : ceci c'est mieux, ceci moins bien. Mais la première fois, de même que quand dans une cause simple on voit un avocat s'avancer, lever en l'air un bras d'où retombe la toge, commencer d'un ton menaçant, on n'ose pas regarder ses voisins. Car on se figure que c'est grotesque, mais après tout c'est peut-être magnifique, et on attend d'être fixé.

Néanmoins, les auditeurs furent stupéfaits en voyant cette femme, avant d'avoir émis un seul son, plier les genoux, tendre les bras, en berçant quelque être invisible, devenir cagneuse, et tout d'un coup, pour dire des vers fort connus, prendre un ton suppliant. Tout le monde se regardait, ne sachant trop quelle tête faire, quelques jeunesses mal élevées étouffèrent un fou rire, chacun jetait à la dérobée sur son voisin le regard furtif que dans les repas élégants, quand on a auprès de soi un instrument nouveau, fourchette à homard, râpe à sucre, etc., dont on ne connaît pas le but et le maniement, on attache sur un convive plus autorisé qui, espère-t-on, s'en servira avant vous et vous donnera ainsi la possibilité de l'imiter. Ainsi fait-on encore quand quelqu'un cite un vers qu'on ignore mais qu'on veut avoir l'air de connaître et à qui, comme en cédant le pas devant une porte, on laisse à un plus instruit, comme une faveur, le plaisir de dire de qui il est. Tel, en écoutant l'actrice, chacun attendait, la tête baissée et l'œil investigateur, que d'autres prissent l'initiative de rire ou de critiquer, ou de pleurer ou d'applaudir.

Mme de Forcheville, revenue exprès de Guermantes, d'où la duchesse était à peu près expulsée, avait pris une mine attentive, tendue, presque carrément désagréable,

soit pour montrer qu'elle était connaisseuse et ne venait
pas en mondaine, soit par hostilité pour les gens moins
versés dans la littérature qui eussent pu lui parler d'autre
chose, soit par contention de toute sa personne, afin de
savoir si elle « aimait » ou si elle n'aimait pas, ou peut-être
parce que, tout en trouvant cela « intéressant », elle
n'« aimait » pas, du moins la manière de dire certains
vers. Cette attitude eût dû être plutôt adoptée, semble-t-il,
par la princesse de Guermantes. Mais comme c'était chez
elle, et que, devenue aussi avare que riche, elle était
décidée à ne donner que cinq roses à Rachel, elle faisait
la claque. Elle provoquait l'enthousiasme et faisait la presse
en poussant à tous moments des exclamations ravies. Là
seulement elle se retrouvait Verdurin, car elle avait l'air
d'écouter les vers pour son propre plaisir, d'avoir eu
l'envie qu'on vînt les *lui* dire, à elle toute seule, et qu'il
y eût par hasard là cinq cents personnes, ses amis, à qui
elle avait permis de venir comme en cachette assister à
son propre plaisir.

Cependant je remarquai, sans aucune satisfaction
d'amour-propre car elle était vieille et laide, que l'actrice
me faisait de l'œil, avec une certaine réserve d'ailleurs.
Pendant toute la récitation elle laissa palpiter dans ses yeux
un sourire réprimé et pénétrant qui semblait l'amorce
d'un acquiescement qu'elle eût souhaité venir de moi.
Cependant quelques vieilles dames, peu habituées aux
récitations poétiques, disaient à un voisin : « Vous avez
vu ? » faisant allusion à la mimique solennelle, tragique,
de l'actrice, et qu'elles ne savaient comment qualifier. La
duchesse de Guermantes sentit le léger flottement et
décida de la victoire en s'écriant : « C'est admirable ! »
au beau milieu du poème, qu'elle crut peut-être terminé.
Plus d'un invité alors tint à souligner cette exclamation
d'un regard approbateur et d'une inclinaison de tête, pour
montrer moins peut-être leur compréhension de la
récitante que leurs relations avec la duchesse. Quand le
poème fut fini, comme nous étions à côté de l'actrice,
j'entendis celle-ci remercier Mme de Guermantes et en
même temps, profitant de ce que j'étais à côté de la
duchesse, elle se tourna vers moi et m'adressa un gracieux
bonjour. Je compris alors que c'était une personne que
je devais connaître, et qu'au contraire des regards
passionnés du fils de M. de Vaugoubert, que j'avais pris

pour le bonjour de quelqu'un qui se trompait, ce que j'avais pris chez l'actrice pour un regard de désir n'était qu'une provocation contenue à se faire reconnaître et saluer par moi. Je répondis par un salut souriant au sien. « Je suis sûre qu'il ne me reconnaît pas, dit la récitante à la duchesse. — Mais si, dis-je avec assurance, je vous reconnais parfaitement. — Eh bien, qui suis-je ? » Je n'en savais absolument rien et ma position devenait délicate. Heureusement, si pendant les plus beaux vers de La Fontaine cette femme qui les récitait avec tant d'assurance n'avait pensé, soit par bonté, ou bêtise, ou gêne, qu'à la difficulté de me dire bonjour, pendant les mêmes beaux vers Bloch n'avait songé qu'à faire ses préparatifs pour pouvoir dès la fin de la poésie bondir comme un assiégé qui tente une sortie, et passant sinon sur le corps du moins sur les pieds de ses voisins, venir féliciter la récitante, soit par une conception erronée du devoir, soit par désir d'ostentation. « Comme c'est drôle de voir ici Rachel ! » me dit-il à l'oreille. Ce nom magique rompit aussitôt l'enchantement qui avait donné à la maîtresse de Saint-Loup la forme inconnue de cette immonde vieille. Sitôt que je sus qui elle était, je la reconnus parfaitement. « C'était bien beau », dit-il à Rachel, et ayant dit ces simples mots, son désir étant satisfait, il repartit et eut tant de peine et fit tant de bruit pour regagner sa place que Rachel dut attendre plus de cinq minutes avant de réciter la seconde poésie. Quand elle eut fini celle-ci, « Les Deux Pigeons », Mme de Morienval s'approcha de Mme de Saint-Loup, qu'elle savait fort lettrée sans se rappeler assez qu'elle avait l'esprit subtil et sarcastique de son père : « C'est bien la fable de La Fontaine, n'est ce pas ? » lui demanda-t-elle, croyant bien l'avoir reconnue mais n'étant pas absolument certaine, car elle connaissait fort mal les fables de La Fontaine et, de plus, croyait que c'était des choses d'enfant qu'on ne récitait pas dans le monde. Pour avoir un tel succès l'artiste avait sans doute pastiché des fables de La Fontaine, pensait la bonne dame. Or, Gilberte l'enfonça sans le vouloir dans cette idée car, n'aimant pas Rachel et voulant dire qu'il ne restait rien des fables avec une diction pareille, elle le dit de cette manière trop subtile qui était celle de son père et qui laissait les personnes naïves dans le doute sur ce qu'il voulait dire : « Un quart est de l'invention de l'interprète, un quart de la folie, un

quart n'a aucun sens, le reste est de La Fontaine », ce qui
permit à Mme de Morienval de soutenir que ce qu'on
venait d'entendre n'était pas « Les Deux Pigeons » de
La Fontaine, mais un arrangement où tout au plus un quart
était de La Fontaine, ce qui n'étonna personne, vu
l'extraordinaire ignorance de ce public.

Mais un des amis de Bloch étant arrivé en retard, celui-ci
eut la joie de lui demander s'il n'avait jamais entendu
Rachel, de lui faire une peinture extraordinaire de sa
diction, en exagérant et en trouvant tout d'un coup, à
raconter, à révéler à autrui cette diction moderniste, un
plaisir étrange qu'il n'avait nullement éprouvé à l'entendre. Puis Bloch, avec une émotion exagérée, félicita
Rachel sur un ton de fausset et présenta son ami qui
déclara n'admirer personne autant qu'elle ; et Rachel, qui
connaissait maintenant des dames de la haute société et
sans s'en rendre compte les copiait, répondit : « Oh ! je
suis très flattée, très honorée par votre appréciation. »
L'ami de Bloch lui demanda ce qu'elle pensait de la Berma.
« Pauvre femme, il paraît qu'elle est dans la dernière
misère. Elle n'a pas été je ne dirai pas sans talent, car ce
n'était pas au fond du vrai talent, elle n'aimait que des
horreurs, mais enfin elle a été utile, certainement ; elle
jouait d'une façon plus vivante que les autres, et puis c'était
une brave personne, généreuse, elle s'est ruinée pour les
autres, et comme voilà bien longtemps qu'elle ne fait plus
un sou, parce que le public depuis bien longtemps n'aime
pas du tout ce qu'elle fait... Du reste, ajouta-t-elle en riant,
je vous dirai que mon âge ne m'a permis de l'entendre,
naturellement, que tout à fait dans les derniers temps et
quand j'étais moi-même trop jeune pour me rendre
compte. — Elle ne disait pas très bien les vers ? » hasarda
l'ami de Bloch pour flatter Rachel qui répondit : « Oh !
çà, elle n'a jamais su en dire un ; c'était de la prose, du
chinois, du volapük[1], tout, excepté un vers. »

Mais je me rendais compte que le temps qui passe
n'amène pas forcément le progrès dans les arts. Et de
même que tel auteur du XVIIᵉ siècle, qui n'a connu ni la
Révolution française, ni les découvertes scientifiques, ni
la guerre, peut être supérieur à tel écrivain d'aujourd'hui,
et que peut-être même Fagon était un aussi grand médecin
que du Boulbon[2] (la supériorité du génie compensant ici
l'infériorité du savoir), de même la Berma était, comme

on dit, à cent piques au-dessus de Rachel, et le temps, en la mettant en vedette en même temps qu'Elstir, avait surfait une médiocrité et consacré un génie.

Il ne faut pas s'étonner que l'ancienne maîtresse de Saint-Loup débinât la Berma. Elle l'eût fait quand elle était jeune. Ne l'eût-elle pas fait alors, qu'elle l'eût fait maintenant. Qu'une femme du monde de la plus haute intelligence, de la plus grande bonté, se fasse actrice, déploie dans ce métier nouveau pour elle de grands talents, n'y rencontre que des succès, on s'étonnera, si on se trouve auprès d'elle après longtemps, d'entendre non son langage à elle, mais celui des comédiennes, leur rosserie spéciale envers les camarades, ce qu'ajoutent à l'être humain, quand ils ont passé sur lui, « trente ans de théâtre[1] ». Rachel les avait et ne sortait pas du monde.

« On peut dire ce qu'on veut, c'est admirable, cela a de la ligne, du caractère, c'est intelligent, personne n'a jamais dit les vers comme ça », dit la duchesse craignant que Gilberte ne débinât. Celle-ci s'éloigna vers un autre groupe pour éviter un conflit avec sa tante, laquelle, d'ailleurs, me dit de Rachel que des choses fort ordinaires. Mme de Guermantes, au déclin de sa vie, avait senti s'éveiller en soi des curiosités nouvelles. Le monde n'avait plus rien à lui apprendre. L'idée qu'elle y avait la première place était aussi évidente pour elle que la hauteur du ciel bleu par-dessus la terre. Elle ne croyait pas avoir à affirmer une position qu'elle jugeait inébranlable. En revanche, lisant, allant au théâtre, elle eût souhaité avoir un prolongement de ces lectures, de ces spectacles ; comme jadis, dans l'étroit petit jardin où on prenait de l'orangeade, tout ce qu'il y avait de plus exquis dans le grand monde venait familièrement, parmi les brises parfumées du soir et les nuages de pollen, entretenir en elle le goût du grand monde, de même maintenant un autre appétit lui faisait souhaiter savoir les raisons de telles polémiques littéraires, connaître les auteurs, voire les actrices. Son esprit fatigué réclamait une nouvelle alimentation. Elle se rapprocha, pour connaître les uns et les autres, des femmes avec qui jadis elle n'eût pas voulu échanger de cartes et qui faisaient valoir leur intimité avec le directeur de telle revue dans l'espoir d'avoir la duchesse. La première actrice invitée crut être la seule dans un milieu extraordinaire, lequel parut plus médiocre à la seconde quand elle vit celle qui l'y avait précédée. La duchesse, parce qu'à certains soirs elle recevait des souverains, croyait que rien n'était changé à sa situation. En réalité, elle, la seule d'un sang vraiment sans alliage, elle qui, étant née Guermantes, pouvait signer : « Guermantes-Guermantes » quand elle ne signait pas : « La duchesse de Guermantes », elle qui à ses belles-sœurs même semblait quelque chose de plus précieux, comme un Moïse sauvé des eaux, un Christ échappé en Égypte, un Louis XVII enfui du Temple, le pur du pur, maintenant sacrifiant sans doute à ce besoin héréditaire de nourriture spirituelle qui avait fait la décadence sociale de Mme de Villeparisis, elle était devenue elle-même une Mme de Villeparisis, chez qui les femmes snobs redoutaient de rencontrer telle ou tel, et de laquelle les jeunes gens, constatant le fait accompli sans savoir ce qui l'a précédé, croyaient que c'était une Guermantes d'une moins bonne cuvée, d'une moins bonne année, une Guermantes déclassée.

Mais puisque les meilleurs écrivains cessent souvent, aux approches de la vieillesse, ou après un excès de production, d'avoir du talent, on peut bien excuser les femmes du monde de cesser à partir d'un certain moment d'avoir de l'esprit. Swann ne retrouvait plus dans l'esprit dur de la duchesse de Guermantes le « fondu » de la jeune princesse des Laumes. Sur le tard, fatiguée au moindre effort, Mme de Guermantes disait énormément de bêtises. Certes, à tout moment et bien des fois au cours même de cette matinée, elle redevenait la femme que j'avais connue et parlait des choses mondaines avec esprit. Mais à côté de cela, bien souvent il arrivait que cette parole pétillante sous un beau regard, et qui pendant tant d'années avait tenu sous son sceptre spirituel les hommes les plus éminents de Paris, scintillât encore mais pour ainsi dire à vide. Quand le moment de placer un mot venait, elle s'interrompait pendant le même nombre de secondes qu'autrefois, elle avait l'air d'hésiter, de produire, mais le mot qu'elle lançait alors ne valait rien. Combien peu de personnes d'ailleurs s'en apercevaient ! La continuité du procédé leur faisait croire à la survivance de l'esprit, comme il arrive à ces gens qui, superstitieusement attachés à une marque de pâtisserie, continuent à faire venir leurs petits fours d'une même maison sans s'apercevoir qu'ils sont devenus détestables. Déjà pendant la guerre, la duchesse avait donné des marques de cet affaiblissement. Si quelqu'un disait le mot culture, elle l'arrêtait, souriait, allumait son beau regard, et lançait : « la KKKKultur », ce qui faisait rire les amis qui croyaient retrouver là l'esprit des Guermantes. Et certes c'était le même moule, la même intonation, le même sourire qui avaient ravi Bergotte, lequel, du reste, avait aussi gardé ses mêmes coupes de phrase, ses interjections, ses points suspensifs, ses épithètes, mais pour ne rien dire. Mais les nouveaux venus s'étonnaient et parfois disaient, s'ils n'étaient pas tombés un jour où elle était drôle et « en pleine possession de ses moyens » : « Comme elle est bête ! »

La duchesse, d'ailleurs, s'arrangeait pour canaliser son encanaillement et ne pas le laisser s'étendre à celles des personnes de sa famille desquelles elle tirait une gloire aristocratique. Si au théâtre, elle avait pour remplir son rôle de protectrice des arts, invité un ministre ou un peintre et que celui-ci ou celui-là lui demandât naïvement si sa belle-sœur ou son mari n'étaient pas dans la salle, la duchesse, timorée avec les superbes apparences de l'audace, répondait insolemment : « Je n'en sais rien. Dès que je sors de chez moi, je ne sais plus ce que fait ma famille. Pour tous les hommes politiques, pour tous les artistes, je suis veuve. » Ainsi s'évitait-elle que le parvenu trop empressé s'attirât des rebuffades — et lui attirât à elle-même des réprimandes — de Mme de Marsantes et de Basin.

« Je ne peux pas vous dire comme ça me fait plaisir de vous voir. Mon Dieu, quand est-ce que je vous avais vu la dernière fois ?... — En visite chez Mme d'Agrigente où je vous trouvais souvent. — Naturellement j'y allais souvent, mon pauvre petit, comme Basin l'aimait à ce moment-là. C'est toujours chez sa bonne amie du moment qu'on me rencontrait le plus parce qu'il me disait : "Ne manquez pas d'aller lui faire une visite." Au fond, cela me paraissait un peu inconvenant, cette espèce de "visite de digestion" qu'il m'envoyait faire une fois qu'il avait consommé. J'avais fini assez vite par m'y habituer, mais ce qu'il y avait de plus ennuyeux c'est que j'étais obligée de garder des relations après qu'il avait rompu les siennes. Ça me faisait toujours penser au vers de Victor Hugo :

Emporte le bonheur et laisse-moi l'ennui !

« Comme dans la même poésie, j'entrais tout de même
avec un sourire[1], mais vraiment ce n'était pas juste, il aurait
dû me laisser à l'égard de ses maîtresses le droit d'être
volage, car en accumulant tous ses laissés-pour-compte,
j'avais fini par ne plus avoir une après-midi à moi.
D'ailleurs, ce temps me semble doux relativement au
présent. Mon Dieu, qu'il se soit remis à me tromper, ça
ne pourrait que me flatter parce que ça me rajeunit. Mais
je préférais son ancienne manière. Dame, il y avait trop
longtemps qu'il ne m'avait trompée, il ne se rappelait plus
la manière de s'y prendre ! Ah ! mais nous ne sommes pas
mal ensemble tout de même, nous nous parlons, nous nous
aimons même assez », me dit la duchesse, craignant que
je n'eusse compris qu'ils étaient tout à fait séparés et
comme on dit de quelqu'un qui est très malade : « Mais
il parle encore très bien, je lui ai fait la lecture ce matin
pendant une heure. » Elle ajouta : « Je vais lui dire que
vous êtes là, il voudra vous voir. » Et elle alla près du
duc qui, assis sur un canapé auprès d'une dame, causait
avec elle. J'admirais qu'il était presque le même et
seulement plus blanc, étant toujours aussi majestueux et
aussi beau. Mais en voyant sa femme venir lui parler, il
prit un air si furieux qu'elle ne put que se retirer. « Il
est occupé, je ne sais pas ce qu'il fait, vous verrez tout
à l'heure », me dit Mme de Guermantes, préférant me
laisser me débrouiller.

Bloch s'étant approché de nous et ayant demandé de
la part de son Américaine qui était une jeune duchesse
qui était là, je répondis que c'était la nièce de M. de
Bréauté, nom sur lequel Bloch, à qui il ne disait rien,
demanda des explications. « Ah ! Bréauté », s'écria
Mme de Guermantes en s'adressant à moi, « vous vous
rappelez ça, comme c'est vieux, comme c'est loin ! Eh bien,
c'était un snob[2]. C'était des gens qui habitaient près de
chez ma belle-mère. Cela ne vous intéresserait pas,
monsieur Bloch ; c'est amusant pour ce petit, qui a connu
tout ça autrefois en même temps que moi », ajouta
Mme de Guermantes en me désignant, et par ces paroles
me montrant de bien des manières le long temps qui s'était
écoulé. Les amitiés, les opinions de Mme de Guermantes
s'étaient tant renouvelées depuis ce moment-là qu'elle
considérait rétrospectivement son charmant Babal comme
un snob. D'autre part, il ne se trouvait pas seulement

reculé dans le temps, mais, chose dont je ne m'étais pas
rendu compte quand à mes débuts dans le monde je l'avais
cru une des notabilités essentielles de Paris, qui resterait
toujours associé à son histoire mondaine comme Colbert
à celle du règne de Louis XIV, il avait lui aussi sa marque
provinciale, il était un voisin de campagne de la vieille
duchesse, avec lequel la princesse des Laumes s'était liée
comme tel. Pourtant ce Bréauté, dépouillé de son esprit,
relégué dans des années si lointaines qu'il datait (ce qui
prouvait qu'il avait été entièrement oublié depuis par la
duchesse) et dans les environs de Guermantes, était, ce
que je n'eusse jamais cru le premier soir à l'Opéra-
Comique quand il m'avait paru un dieu nautique[1] habitant
son antre marin, un lien entre la duchesse et moi, parce
qu'elle se rappelait que je l'avais connu, donc que j'étais
son ami à elle, sinon sorti du même monde qu'elle, du
moins vivant dans le même monde qu'elle depuis bien plus
longtemps que bien des personnes présentes, qu'elle se
le rappelait, et assez imparfaitement cependant pour avoir
oublié certains détails qui m'avaient à moi semblé alors
essentiels, que je n'allais pas à Guermantes et n'étais qu'un
petit bourgeois de Combray au temps où elle venait à la
messe de mariage de Mlle Percepied[2], qu'elle ne m'invitait
pas, malgré toutes les prières de Saint-Loup, dans l'année
qui suivit son apparition à l'Opéra-Comique[3]. À moi cela
me semblait capital, car c'est justement à ce moment-là
que la vie de la duchesse de Guermantes m'apparaissait
comme un paradis où je n'entrerais pas. Mais pour elle,
elle lui apparaissait comme sa même vie médiocre de
toujours, et, puisque j'avais à partir d'un certain moment
dîné souvent chez elle, que j'avais d'ailleurs été, avant cela
même, un ami de sa tante et de son neveu, elle ne savait
plus exactement à quelle époque notre intimité avait
commencé et ne se rendait pas compte du formidable
anachronisme qu'elle faisait en faisant commencer cette
amitié quelques années trop tôt. Car cela faisait que j'eusse
connu la Mme de Guermantes du nom de Guermantes,
impossible à connaître, que j'eusse été reçu dans le nom
aux syllabes dorées, dans le faubourg Saint-Germain, alors
que tout simplement j'étais allé dîner chez une dame qui
n'était déjà plus pour moi qu'une dame comme une autre,
et qui m'avait quelquefois invité, non à descendre dans
le royaume sous-marin des Néréides, mais à passer la soirée

dans la baignoire de sa cousine. « Si vous voulez des
détails sur Bréauté qui n'en valait guère la peine,
ajouta-t-elle en s'adressant à Bloch, demandez-en à ce
petit-là (qui le vaut cent fois) : il a dîné cinquante fois
avec lui chez moi. N'est-ce pas que c'est chez moi que
vous l'avez connu ? En tout cas c'est chez moi que vous
avez connu Swann. » Et j'étais aussi surpris qu'elle pût
croire que j'avais peut-être connu M. de Bréauté ailleurs
que chez elle, donc que j'allasse dans ce monde-là avant
de la connaître, que de voir qu'elle croyait que c'était chez
elle que j'avais connu Swann. Moins mensongèrement que
Gilberte quand elle disait de Bréauté : « C'est un vieux
voisin de campagne, j'ai plaisir à parler avec lui de
Tansonville », alors qu'autrefois, à Tansonville, il ne les
fréquentait pas, j'aurais pu dire : « C'était un voisin de
campagne qui venait souvent nous voir le soir » de Swann
qui en effet me rappelait tout autre chose que les
Guermantes.

    « Je ne saurais pas vous dire. C'était un homme qui avait
tout dit quand il avait parlé d'altesses. Il avait un lot
d'histoires assez drôles sur des gens de Guermantes, sur
ma belle-mère, sur Mme de Varambon avant qu'elle fût
auprès de la princesse de Parme. Mais qui sait aujourd'hui
qui était Mme de Varambon ? Ce petit-là, oui, il a connu
tout ça, mais tout ça c'est fini, ce sont des gens dont le
nom même n'existe plus et qui d'ailleurs ne méritaient pas
de survivre. » Et je me rendais compte, malgré cette chose
une que semble le monde, et où en effet les rapports
sociaux arrivent à leur maximum de concentration et où
tout communique, comme il y reste des provinces, ou du
moins comme le Temps en fait, qui changent de nom, qui
ne sont plus compréhensibles pour ceux qui y arrivent
seulement quand la configuration a changé. « C'était une
bonne dame qui disait des choses d'une bêtise inouïe »,
reprit la duchesse qui, insensible à cette poésie de
l'incompréhensible qui est un effet du temps, dégageait
en toute chose l'élément drôle, assimilable à la littérature
genre Meilhac, esprit des Guermantes. « À un moment,
elle avait la manie d'avaler tout le temps des pastilles qu'on
donnait dans ce temps-là contre la toux et qui s'appelaient » (ajouta-t-elle en riant elle-même d'un nom si
spécial, si connu autrefois, si inconnu aujourd'hui des gens
à qui elle parlait) « des pastilles Géraudel[1]. "Madame de

Varambon, lui disait ma belle-mère, en avalant tout le temps comme cela des pastilles Géraudel vous vous ferez mal à l'estomac. — Mais madame la duchesse, répondit Mme de Varambon, comment voulez-vous que cela fasse mal à l'estomac puisque cela va dans les bronches ?" Et puis c'est elle qui disait : "La duchesse a une vache si belle, si belle qu'on la prend toujours pour étalon". » Et Mme de Guermantes eût volontiers continué à raconter des histoires de Mme de Varambon, dont nous connaissions des centaines[1], mais nous sentions bien que ce nom n'éveillait dans la mémoire ignorante de Bloch aucune des images qui se levaient pour nous sitôt qu'il était question de Mme de Varambon, de M. de Bréauté, du prince d'Agrigente et, à cause de cela même, excitait peut-être chez lui un prestige que je savais exagéré mais que je trouvais compréhensible, non pas parce que je l'avais moi-même subi, nos propres erreurs et nos propres ridicules ayant rarement pour effet de nous rendre, même quand nous les avons percés à jour, plus indulgents à ceux des autres.

La réalité, d'ailleurs insignifiante, de ce temps lointain était tellement perdue que quelqu'un ayant demandé non loin de moi si la terre de Tansonville venait à Gilberte de son père M. de Forcheville, quelqu'un répondit : « Mais pas du tout ! Cela vient de la famille de son mari. Tout cela c'est du côté de Guermantes. Tansonville est tout près de Guermantes. Cela appartenait à Mme de Marsantes, la mère du marquis de Saint-Loup. Seulement c'était très hypothéqué. Aussi on l'a donné en dot au fiancé et la fortune de Mlle de Forcheville l'a racheté[2]. » Et une autre fois, quelqu'un à qui je parlais de Swann pour faire comprendre ce que c'était qu'un homme d'esprit de ce temps-là, me dit : « Oh ! oui, la duchesse de Guermantes m'a raconté des mots de lui ; c'est un vieux monsieur que vous aviez connu chez elle, n'est-ce pas ? »

Le passé s'était tellement transformé dans l'esprit de la duchesse (ou bien les démarcations qui existaient dans le mien avaient été toujours si absentes du sien que ce qui avait été événement pour moi avait passé inaperçu d'elle) qu'elle pouvait supposer que j'avais connu Swann chez elle et M. de Bréauté ailleurs, me faisant ainsi un passé d'homme du monde qu'elle reculait même trop loin. Car cette notion du temps écoulé que je venais d'acquérir, la duchesse l'avait aussi, et même, avec une illusion inverse de celle qui avait été la mienne de le croire plus court qu'il n'était, elle, au contraire, exagérait, elle le faisait remonter trop haut, notamment sans tenir compte de cette infinie ligne de démarcation entre le moment où elle était pour moi un nom, puis l'objet de mon amour — et le moment où elle n'avait été pour moi qu'une femme du monde quelconque. Or je n'étais allé chez elle que dans cette seconde période où elle était pour moi une autre personne. Mais à ses propres yeux ces différences échappaient, et elle n'eût pas trouvé plus singulier que j'eusse été chez elle deux ans plus tôt, ne sachant pas qu'elle était une autre personne, ayant un autre paillasson[1], et sa personne n'offrant pas pour elle-même, comme pour moi, de discontinuité[2].

Je dis à la duchesse de Guermantes : « Cela me rappelle la première soirée où je suis allé chez la princesse de Guermantes, où je croyais ne pas être invité et qu'on allait me mettre à la porte, et où vous aviez une robe toute rouge et des souliers rouges. — Mon Dieu, que c'est vieux, tout cela », dit la duchesse de Guermantes, accentuant ainsi pour moi l'impression du temps écoulé. Elle regardait dans le lointain avec mélancolie, et pourtant insista particulièrement sur la robe rouge. Je lui demandai de me la décrire, ce qu'elle fit complaisamment. « Maintenant cela ne se porterait plus du tout. C'était des robes qui se portaient dans ce temps-là. — Mais est-ce que ce n'était pas joli ? » lui dis-je. Elle avait toujours peur de donner un avantage contre elle par ses paroles, de dire quelque chose qui la diminuât. « Mais si, moi je trouvais cela très joli. On n'en porte pas parce que cela ne se fait plus en ce moment. Mais cela se reportera, toutes les modes reviennent, en robes, en musique, en peinture », ajouta-t-elle avec force, car elle croyait une certaine originalité à cette philosophie. Cependant la tristesse de vieillir lui rendit sa lassitude qu'un sourire lui disputa : « Vous êtes sûr que c'était des souliers rouges ? Je croyais que c'était des souliers d'or. » J'assurai que cela m'était infiniment présent à l'esprit, sans dire la circonstance qui me permettait de l'affirmer[3]. « Vous êtes gentil de vous rappeler cela », me dit-elle d'un air tendre, car les femmes appellent gentillesse se souvenir de leur beauté comme les artistes admirer leurs œuvres. D'ailleurs, si lointain que soit le passé, quand on

est une femme de tête comme était la duchesse, il peut
ne pas être oublié. « Vous rappelez-vous », me dit-elle
en remerciement de mon souvenir pour sa robe et ses
souliers, « que nous vous avons ramené, Basin et moi ?
Vous aviez une jeune fille qui devait venir vous voir après
minuit. Basin riait de tout son cœur en pensant qu'on vous
faisait des visites à cette heure-là. » En effet ce soir-là
Albertine était venue me voir après la soirée de la princesse
de Guermantes[1]. Je me le rappelais aussi bien que la
duchesse, moi à qui Albertine était maintenant aussi
indifférente qu'elle l'eût été à Mme de Guermantes, si
Mme de Guermantes eût su que la jeune fille à cause de
qui je n'avais pas pu entrer chez eux était Albertine. C'est
que longtemps après que les pauvres morts sont sortis de
nos cœurs, leur poussière indifférente continue à être
mêlée, à servir d'alliage, aux circonstances du passé. Et,
sans plus les aimer, il arrive qu'en évoquant une chambre,
une allée, un chemin, où ils furent à une certaine heure,
nous sommes obligés, pour que la place qu'ils occupaient
soit remplie, de faire allusion à eux, même sans les
regretter, même sans les nommer, même sans permettre
qu'on les identifie. (Mme de Guermantes n'identifiait
guère la jeune fille qui devait venir ce soir-là, ne l'avait
jamais su et n'en parlait qu'à cause de la bizarrerie de
l'heure et de la circonstance.) Telles sont les formes
dernières et peu enviables de la survivance.

Si les jugements que la duchesse porta sur Rachel
étaient en eux-mêmes médiocres, ils m'intéressèrent en ce
que, eux aussi, marquaient une heure nouvelle sur le
cadran. Car la duchesse n'avait pas plus complètement que
Rachel perdu le souvenir de la soirée que celle-ci avait
passée chez elle[2], mais ce souvenir n'y avait pas subi une
moindre transformation. « Je vous dirai, me dit-elle, que
cela m'intéresse d'autant plus de l'entendre, et de
l'entendre acclamer, que je l'ai dénichée, appréciée,
prônée, imposée à une époque où personne ne la
connaissait et où tout le monde se moquait d'elle. Oui,
mon petit, cela va vous étonner, mais la première maison
où elle s'est fait entendre en public, c'est chez moi ! Oui,
pendant que tous les gens prétendus d'avant-garde comme
ma nouvelle cousine », dit-elle en montrant ironiquement
la princesse de Guermantes qui pour Oriane restait
Mme Verdurin, « l'auraient laissée crever de faim sans

daigner l'entendre, je l'avais trouvée intéressante et je lui avais fait offrir un cachet pour venir jouer chez moi devant tout ce que nous faisons de mieux comme gratin. Je peux dire, d'un mot un peu bête et prétentieux, car au fond le talent n'a besoin de personne, que je l'ai lancée. Bien entendu, elle n'avait pas besoin de moi. » J'esquissai un geste de protestation et je vis que Mme de Guermantes était toute prête à accueillir la thèse opposée : « Si ? Vous croyez que le talent a besoin d'un appui ? de quelqu'un qui le mette en lumière ? Au fond vous avez peut-être raison. C'est curieux, vous dites justement ce que Dumas me disait autrefois. Dans ce cas je suis extrêmement flattée si je suis pour quelque chose, pour si peu que ce soit, non pas évidemment dans le talent, mais dans la renommée d'une telle artiste. » Mme de Guermantes préférait abandonner son idée que le talent perce tout seul comme un abcès, parce que c'était plus flatteur pour elle, mais aussi parce que depuis quelque temps, recevant des nouveaux venus, et étant du reste fatiguée, elle s'était faite assez humble, interrogeant les autres, leur demandant leur opinion pour s'en former une. « Je n'ai pas besoin de vous dire, reprit-elle, que cet intelligent public qui s'appelle le monde ne comprenait absolument rien à cela. On protestait, on riait. J'avais beau leur dire : "C'est curieux, c'est intéressant, c'est quelque chose qui n'a encore jamais été fait", on ne me croyait pas, comme on ne m'a jamais crue pour rien. C'est comme la chose qu'elle jouait, c'était une chose de Maeterlinck, maintenant c'est très connu, mais à ce moment-là tout le monde s'en moquait, eh bien, moi je trouvais ça admirable[1]. Ça m'étonne même, quand j'y pense, qu'une paysanne comme moi, qui n'a eu que l'éducation des filles de sa province, ait aimé du premier coup ces choses-là. Naturellement je n'aurais pas su dire pourquoi, mais ça me plaisait, ça me remuait ; tenez, Basin qui n'a rien d'un sensible avait été frappé de l'effet que ça me produisait. Il m'avait dit : "Je ne veux plus que vous entendiez ces absurdités, ça vous rend malade." Et c'était vrai, parce qu'on me prend pour une femme sèche et que je suis, au fond, un paquet de nerfs. »

À ce moment se produisit un incident inattendu. Un valet de pied vint dire à Rachel que la fille de la Berma et son gendre demandaient à lui parler. On a vu que la

fille de la Berma avait résisté au désir qu'avait son mari
de faire demander une invitation à Rachel. Mais après le
départ du jeune homme invité, l'ennui du jeune couple
auprès de leur mère s'était accru, la pensée que d'autres
s'amusaient les tourmentait, bref, profitant d'un moment
où la Berma s'était retirée dans sa chambre, crachant un
peu de sang, ils avaient quatre à quatre revêtu des
vêtements plus élégants, fait appeler une voiture et étaient
venus chez la princesse de Guermantes sans être invités.
Rachel, se doutant de la chose et secrètement flattée, prit
un ton arrogant et dit au valet de pied qu'elle ne pouvait
pas se déranger, qu'ils écrivissent un mot pour dire l'objet
de leur démarche insolite. Le valet de pied revint portant
une carte où la fille de la Berma avait griffonné qu'elle
et son mari n'avaient pu résister au désir d'entendre Rachel
et lui demandaient de les laisser entrer. Rachel sourit de
la niaiserie de leur prétexte et de son propre triomphe.
Elle fit répondre qu'elle était désolée, mais qu'elle avait
terminé ses récitations. Déjà, dans l'antichambre où
l'attente du couple s'était prolongée, les valets de pied
commençaient à se gausser des deux solliciteurs éconduits.
La honte d'une avanie, le souvenir du rien qu'était Rachel
auprès de sa mère, poussèrent la fille de la Berma à
poursuivre à fond une démarche que lui avait fait risquer
d'abord le simple besoin de plaisir. Elle fit demander
comme un service à Rachel, dût-elle ne pas avoir à
l'entendre, la permission de lui serrer la main. Rachel était
en train de causer avec un prince italien, séduit, disait-on,
par l'attrait de sa grande fortune dont quelques relations
mondaines dissimulaient un peu l'origine ; elle mesura le
renversement des situations qui mettait maintenant les
enfants de l'illustre Berma à ses pieds. Après avoir narré
à tout le monde d'une façon plaisante cet incident, elle
fit dire au jeune couple d'entrer, ce qu'il fit sans se faire
prier, ruinant d'un seul coup la situation sociale de la
Berma comme il avait détruit sa santé. Rachel l'avait
compris, et que son amabilité condescendante donnerait
dans le monde la réputation, à elle de plus de bonté, au
jeune couple de plus de bassesse, que n'eût fait son refus.
Aussi les reçut-elle les bras ouverts avec affectation, disant
d'un air de protectrice enviée et qui sait oublier sa
grandeur : « Mais je crois bien ! c'est une joie. La princesse
sera ravie. » Ne sachant pas qu'on croyait au théâtre que

c'était elle qui invitait, peut-être avait-elle craint qu'en refusant l'entrée aux enfants de la Berma, ceux-ci doutassent, au lieu de sa bonne volonté, ce qui lui eût été bien égal, de son influence. La duchesse de Guermantes s'éloigna instinctivement, car au fur et à mesure que quelqu'un avait l'air de rechercher le monde, il baissait dans l'estime de la duchesse. Elle n'en avait plus en ce moment que pour la bonté de Rachel et eût tourné le dos aux enfants de la Berma si on les lui eût présentés. Rachel cependant composait déjà dans sa tête la phrase gracieuse dont elle accablerait le lendemain la Berma dans les coulisses : « J'ai été navrée, désolée, que votre fille fasse antichambre. Si j'avais compris ! Elle m'envoyait bien cartes sur cartes. » Elle était ravie de porter ce coup à la Berma. Peut-être eût-elle reculé si elle eût su que ce serait un coup mortel. On aime à faire des victimes, mais sans se mettre précisément dans son tort, en les laissant vivre. D'ailleurs où était son tort ? Elle devait dire en riant quelques jours plus tard : « C'est un peu fort, j'ai voulu être plus aimable pour ses enfants qu'elle n'a jamais été pour moi, et pour un peu on m'accuserait de l'avoir assassinée. Je prends la duchesse à témoin. » Il semble que tous les mauvais sentiments des acteurs et tout le factice de la vie de théâtre passent en leurs enfants sans que chez eux le travail obstiné soit un dérivatif comme chez la mère ; les grandes tragédiennes meurent souvent victimes des complots domestiques noués autour d'elles, comme il leur arrivait tant de fois à la fin des pièces qu'elles jouaient.

La vie de la duchesse ne laissait pas d'ailleurs d'être très malheureuse et pour une raison qui par ailleurs avait pour effet de déclasser parallèlement la société que fréquentait M. de Guermantes. Celui-ci qui, depuis longtemps calmé par son âge avancé, et quoiqu'il fût encore robuste, avait cessé de tromper Mme de Guermantes, s'était épris de Mme de Forcheville sans qu'on sût bien les débuts de cette liaison. (Quand on pensait à l'âge que devait avoir maintenant Mme de Forcheville, cela semblait extraordinaire. Mais peut-être avait-elle commencé la vie de femme galante très jeune. Et puis il y a des femmes qu'à chaque décade on retrouve en une nouvelle incarnation, ayant de nouvelles amours, parfois alors qu'on les croyait mortes, faisant le désespoir d'une jeune femme que pour elles abandonne son mari.)

Mais cette liaison avait pris des proportions telles que le vieillard, imitant dans ce dernier amour la manière de ceux qu'il avait eus autrefois, séquestrait sa maîtresse au point que si mon amour pour Albertine avait répété, avec de grandes variations, l'amour de Swann pour Odette, l'amour de M. de Guermantes rappelait celui que j'avais eu pour Albertine. Il fallait qu'elle déjeunât, qu'elle dînât avec lui, il était toujours chez elle ; elle s'en parait auprès d'amis qui sans elle n'eussent jamais été en relation avec le duc de Guermantes et qui venaient là pour le connaître, un peu comme on va chez une cocotte pour connaître un souverain, son amant. Certes, Mme de Forcheville était depuis longtemps devenue une femme du monde. Mais recommençant à être entretenue sur le tard, et par un si orgueilleux vieillard qui était tout de même chez elle le personnage important, elle se diminuait à chercher seulement à avoir les peignoirs qui lui plussent, la cuisine qu'il aimait, à flatter ses amis en leur disant qu'elle lui avait parlé d'eux, comme elle disait à mon grand-oncle qu'elle avait parlé de lui au grand-duc qui lui envoyait des cigarettes ; en un mot elle tendait, malgré tout l'acquis de sa situation mondaine, et par la force de circonstances nouvelles, à redevenir, telle qu'elle était apparue à mon enfance, la dame en rose[1]. Certes, il y avait bien des années que mon oncle Adolphe était mort. Mais la substitution autour de nous d'autres personnes aux anciennes nous empêche-t-elle de recommencer la même vie ? Ces circonstances nouvelles, elle s'y était prêtée sans doute par cupidité, aussi parce que, assez recherchée dans le monde quand elle avait une fille à marier, laissée de côté dès que Gilberte eut épousé Saint-Loup, elle sentit que le duc de Guermantes, qui eût tout fait pour elle, lui amènerait nombre de duchesses peut-être enchantées de jouer un tour à leur amie Oriane ; peut-être enfin piquée au jeu par le mécontentement de la duchesse sur laquelle un sentiment féminin de rivalité la rendait heureuse de prévaloir.

Cette liaison avec Mme de Forcheville, liaison qui n'était qu'une imitation de ses liaisons plus anciennes, venait de faire perdre au duc de Guermantes, pour la deuxième fois, la présidence du Jockey[2] et un siège de membre libre à l'Académie des beaux-arts, comme la vie de M. de Charlus, publiquement associée à celle de Jupien, lui avait fait

manquer la présidence de l'Union et celle aussi de la
Société des amis du vieux Paris. Ainsi les deux frères, si
différents dans leurs goûts, étaient arrivés à la déconsidération à cause d'une même paresse, d'un même manque de
volonté, lequel était sensible, mais agréablement, chez le
duc de Guermantes leur grand-père, membre de l'Académie française, mais qui, chez les deux petits-fils, avait
permis à un goût naturel et à un autre qui passe pour ne
l'être pas, de les désocialiser.

Jusqu'à sa mort Saint-Loup y avait fidèlement mené sa
femme[1]. N'étaient-ils pas tous deux les héritiers à la fois
de M. de Guermantes et d'Odette, laquelle d'ailleurs serait
sans doute la principale héritière du duc ? D'ailleurs,
même des neveux Courvoisier fort difficiles, Mme de
Marsantes, la princesse de Trania, y allaient dans un espoir
d'héritage, sans s'occuper de la peine que cela pouvait faire
à Mme de Guermantes, dont Odette, piquée par ses
dédains, disait du mal.

Le vieux duc de Guermantes ne sortait plus, car il passait
ses journées et ses soirées avec elle. Mais aujourd'hui, il
vint un instant pour la voir, malgré l'ennui de rencontrer
sa femme. Je ne l'avais pas aperçu et je ne l'eusse sans
doute pas reconnu, si on ne me l'avait clairement désigné.
Il n'était plus qu'une ruine, mais superbe, et moins encore
qu'une ruine, cette belle chose romantique que peut être
un rocher dans la tempête. Fouettée de toutes parts par
les vagues de souffrance, de colère de souffrir, d'avancée
montante de la mort qui la circonvenaient, sa figure,
effritée comme un bloc, gardait le style, la cambrure que
j'avais toujours admirés[2] ; elle était rongée comme une de
ces belles têtes antiques trop abîmées mais dont nous
sommes trop heureux d'orner un cabinet de travail. Elle
paraissait seulement appartenir à une époque plus ancienne
qu'autrefois, non seulement à cause de ce qu'elle avait pris
de rude et de rompu dans sa matière jadis plus brillante,
mais parce qu'à l'expression de finesse et d'enjouement
avait succédé une involontaire, une inconsciente expression, bâtie par la maladie, de lutte contre la mort, de
résistance, de difficulté à vivre. Les artères ayant perdu
toute souplesse avaient donné au visage jadis épanoui une
dureté sculpturale. Et sans que le duc s'en doutât, il
découvrait des aspects de nuque, de joue, de front, où
l'être, comme obligé de se raccrocher avec acharnement

à chaque minute, semblait bousculé dans une tragique
rafale, pendant que les mèches blanches de sa magnifique
chevelure moins épaisse venaient souffleter de leur écume
le promontoire envahi du visage. Et comme ces reflets
étranges, uniques, que seule l'approche de la tempête où
tout va sombrer donne aux roches qui avaient été jusque-là
d'une autre couleur, je compris que le gris plombé des
joues raides et usées, le gris presque blanc et moutonnant
des mèches soulevées, la faible lumière encore départie
aux yeux qui voyaient à peine, étaient des teintes non pas
irréelles, trop réelles au contraire, mais fantastiques, et
empruntées à la palette, de l'éclairage, inimitable dans ses
noirceurs effrayantes et prophétiques, de la vieillesse, de
la proximité de la mort.

Le duc ne resta que quelques instants, assez pour que
je comprisse qu'Odette, toute à des soupirants plus jeunes,
se moquait de lui. Mais, chose curieuse, lui qui jadis était
presque ridicule quand il prenait l'allure d'un roi de
théâtre, avait pris un aspect véritablement grand, un peu
comme son frère, à qui la vieillesse, en le désencombrant
de tout l'accessoire, le faisait ressembler. Et, comme son
frère, lui, jadis orgueilleux bien que d'une autre manière,
semblait presque respectueux, quoique aussi d'une autre
façon. Car il n'avait pas subi la déchéance de son frère,
réduit à saluer avec une politesse de malade oublieux ceux
qu'il eût jadis dédaignés. Mais il était très vieux, et quand
il voulut passer la porte et descendre l'escalier pour sortir,
la vieillesse, qui est tout de même l'état le plus misérable
pour les hommes et qui les précipite de leur faîte le plus
semblablement aux rois des tragédies grecques, la vieillesse, en le forçant à s'arrêter dans le chemin de croix que
devient la vie des impotents menacés, à essuyer son front
ruisselant, à tâtonner en cherchant des yeux une marche
qui se dérobait, parce qu'il aurait eu besoin pour ses pas
mal assurés, pour ses yeux ennuagés, d'un appui, lui
donnant à son insu l'air de l'implorer doucement et
timidement des autres, la vieillesse l'avait fait, encore plus
qu'auguste, suppliant.

Ne pouvant pas se passer d'Odette, toujours installé
chez elle dans le même fauteuil d'où la vieillesse et la
goutte le faisaient difficilement lever, M. de Guermantes
la laissait recevoir des amis qui étaient trop contents d'être
présentés au duc, de lui laisser la parole, de l'entendre

parler de la vieille société, de la marquise de Villeparisis,
du duc de Chartres.

Ainsi, dans le faubourg Saint-Germain, ces positions en
apparence imprenables du duc et de la duchesse de
Guermantes, du baron de Charlus, avaient perdu leur
inviolabilité, comme toutes choses changent en ce monde,
par l'action d'un principe intérieur auquel on n'avait pas
pensé : chez M. de Charlus l'amour de Charlie qui l'avait
rendu esclave des Verdurin, puis le ramollissement ; chez
Mme de Guermantes, un goût de nouveauté et d'art ; chez
M. de Guermantes un amour exclusif, comme il en avait
déjà eu de pareils dans sa vie, mais que la faiblesse de
l'âge rendait plus tyrannique et aux faiblesses duquel la
sévérité du salon de la duchesse, où le duc ne paraissait
plus et qui d'ailleurs ne fonctionnait plus guère, n'opposait
plus son démenti, son rachat mondain. Ainsi change la
figure des choses de ce monde ; ainsi le centre des empires,
et le cadastre des fortunes, et la charte des situations, tout
ce qui semblait définitif est-il perpétuellement remanié,
et les yeux d'un homme qui a vécu peuvent-ils contempler
le changement le plus complet là où justement il lui
paraissait le plus impossible.

Par moments, sous le regard des tableaux anciens
réunis par Swann dans un arrangement de « collectionneur » qui achevait le caractère démodé, ancien, de cette
scène, avec ce duc si « Restauration » et cette cocotte
tellement « Second Empire », dans un de ses peignoirs
qu'il aimait, la dame en rose l'interrompait d'une
jacasserie ; il s'arrêtait net et plantait sur elle un regard
féroce. Peut-être s'était-il aperçu qu'elle aussi, comme la
duchesse, disait quelquefois des bêtises ; peut-être, dans
une hallucination de vieillard, croyait-il que c'était un trait
d'esprit intempestif de Mme de Guermantes qui lui coupait
la parole, et se croyait-il à l'hôtel de Guermantes, comme
ces fauves enchaînés qui se figurent un instant être encore
libres dans les déserts de l'Afrique. Et levant brusquement
la tête, de ses petits yeux ronds et jaunes qui avaient l'éclat
d'yeux de fauves, il fixait sur elle un de ses regards qui
quelquefois chez Mme de Guermantes, quand celle-ci
parlait trop, m'avaient fait trembler. Ainsi le duc regardait-
il un instant l'audacieuse dame en rose. Mais celle-ci, lui
tenant tête, ne le quittait pas des yeux, et au bout de
quelques instants qui semblaient longs aux spectateurs, le

vieux fauve dompté se rappelant qu'il était, non pas libre
chez la duchesse dans ce Sahara dont le paillasson du palier
marquait l'entrée, mais chez Mme de Forcheville dans la
cage du Jardin des plantes, il rentrait dans ses épaules sa
tête d'où pendait encore une épaisse crinière dont on
n'aurait pu dire si elle était blonde ou blanche, et reprenait
son récit. Il semblait n'avoir pas compris ce que Mme de
Forcheville avait voulu dire et qui d'ailleurs généralement
n'avait pas grand sens. Il lui permettait d'avoir des amis
à dîner avec lui ; par une manie empruntée à ses anciennes
amours, qui n'était pas pour étonner Odette, habituée à
avoir eu la même de Swann, et qui me touchait, moi, en
me rappelant ma vie avec Albertine, il exigeait que ces
personnes se retirassent de bonne heure afin qu'il pût dire
bonsoir à Odette le dernier. Inutile de dire qu'à peine
était-il parti, elle allait en rejoindre d'autres. Mais le duc
ne s'en doutait pas ou préférait ne pas avoir l'air de s'en
douter : la vue des vieillards baisse comme leur oreille
devient plus dure, leur clairvoyance s'obscurcit, la fatigue
même fait faire relâche à leur vigilance. Et à un certain
âge c'est en un personnage de Molière — non pas même
en l'olympien amant d'Alcmène mais en un risible Géronte
— que se change inévitablement Jupiter. D'ailleurs Odette
trompait M. de Guermantes, et aussi le soignait, sans
charme, sans grandeur. Elle était médiocre dans ce rôle
comme dans tous les autres. Non pas que la vie ne lui
en eût souvent donné de beaux, mais elle ne savait pas
les jouer[1].

Et de fait, chaque fois que je voulus la voir dans la suite
je n'y pus réussir, car M. de Guermantes, voulant à la fois
concilier les exigences de son hygiène et de sa jalousie,
ne lui permettait que les fêtes de jour, à condition encore
que ce ne fussent pas des bals. Cette réclusion où elle était
tenue, elle me l'avoua avec franchise, pour diverses
raisons. La principale est qu'elle s'imaginait, bien que je
n'eusse écrit que des articles ou publié que des études,
que j'étais un auteur connu, ce qui lui faisait même
naïvement dire, se rappelant le temps où j'allais avenue
des Acacias pour la voir passer, et plus tard chez elle :
« Ah ! si j'avais pu deviner que ce serait un jour un grand
écrivain ! » Or, ayant entendu dire que les écrivains se
plaisent auprès des femmes pour se documenter, se faire
raconter des histoires d'amour, elle redevenait maintenant

avec moi simple cocotte pour m'intéresser. Elle me
racontait : « Tenez, une fois il y avait un homme qui s'était
toqué de moi et que j'aimais éperdument aussi. Nous
vivions d'une vie divine. Il avait un voyage à faire en
Amérique, je devais y aller avec lui. La veille du départ,
je trouvai que c'était plus beau de ne pas laisser diminuer
un amour qui ne pourrait pas rester toujours à ce point.
Nous eûmes une dernière soirée où il était persuadé que
je partais, ce fut une nuit folle, j'avais près de lui des joies
infinies et le désespoir de sentir que je ne le reverrais pas.
Le matin même j'étais allée donner mon billet à un
voyageur que je ne connaissais pas. Il voulait au moins
me l'acheter. Je lui répondis : "Non, vous me rendez un
tel service en me le prenant, je ne veux pas d'argent." »
Puis c'était une autre histoire : « Un jour j'étais dans les
Champs-Élysées, M. de Bréauté, que je n'avais vu qu'une
fois, se mit à me regarder avec une telle insistance que
je m'arrêtai et lui demandai pourquoi il se permettait de
me regarder comme ça. Il me répondit : "Je vous regarde
parce que vous avez un chapeau ridicule." C'était vrai.
C'était un petit chapeau avec des pensées, les modes de
ce temps-là étaient affreuses. Mais j'étais en fureur, je lui
dis : "Je ne vous permets pas de me parler ainsi." Il se
mit à pleuvoir. Je lui dis : "Je ne vous pardonnerais que
si vous aviez une voiture. — Eh bien, justement j'en ai
une et je vais vous accompagner. — Non, je veux bien
de votre voiture, mais pas de vous." Je montai dans la
voiture, il partit sous la pluie. Mais le soir, il arrive chez
moi. Nous eûmes deux années d'un amour fou. Venez
prendre une fois le thé avec moi, je vous raconterai
comment j'ai fait la connaissance de M. de Forcheville.
Au fond, dit-elle d'un air mélancolique, j'ai passé ma vie
cloîtrée parce que je n'ai eu de grands amours que pour
des hommes qui étaient terriblement jaloux de moi. Je ne
parle pas de M. de Forcheville, car au fond c'était un
médiocre et je n'ai jamais pu aimer véritablement que des
gens intelligents. Mais, voyez-vous, M. Swann était aussi
jaloux que l'est ce pauvre duc ; pour celui-ci je me prive
de tout parce que je sais qu'il n'est pas heureux chez lui.
Pour M. Swann, c'était parce que je l'aimais follement,
et je trouve qu'on peut bien sacrifier la danse et le monde
et tout le reste à ce qui peut faire plaisir ou seulement
éviter des soucis à un homme qui vous aime[1]. Pauvre

Charles, il était si intelligent, si séduisant, exactement le genre d'hommes que j'aimais. » Et c'était peut-être vrai. Il y avait eu un temps où Swann lui avait plu, justement celui où elle n'était pas « son genre[1] ». À vrai dire « son genre », même plus tard, elle ne l'avait jamais été. Il l'avait pourtant alors tant et si douloureusement aimée. Il était surpris plus tard de cette contradiction. Elle ne doit pas en être une si nous songeons combien est forte dans la vie des hommes la proportion des souffrances par des femmes « qui n'étaient pas leur genre ». Peut-être cela tient-il à bien des causes ; d'abord, parce qu'elles ne sont pas « votre genre » on se laisse d'abord aimer sans aimer, par là on laisse prendre sur sa vie une habitude qui n'aurait pas eu lieu avec une femme qui eût été « notre genre » et qui, se sentant désirée, se fût disputée, ne nous aurait accordé que de rares rendez-vous, n'eût pas pris dans notre vie cette installation dans toutes nos heures qui plus tard, si l'amour vient et qu'elle vienne à nous manquer, pour une brouille, pour un voyage où on nous laisse sans nouvelles, ne nous arrache pas un seul lien mais mille. Ensuite, cette habitude est sentimentale parce qu'il n'y a pas grand désir physique à la base, et si l'amour naît le cerveau travaille bien davantage : il y a un roman au lieu d'un besoin. Nous ne nous méfions pas des femmes qui ne sont pas « notre genre », nous les laissons nous aimer, et si nous les aimons ensuite, nous les aimons cent fois plus que les autres, sans avoir même près d'elles la satisfaction du désir assouvi. Pour ces raisons et bien d'autres, le fait que nous ayons nos plus gros chagrins avec les femmes qui ne sont pas « notre genre » ne tient pas seulement à cette dérision du destin qui ne réalise notre bonheur que sous la forme qui nous plaît le moins. Une femme qui est « notre genre » est rarement dangereuse, car elle ne veut pas de nous, nous contente, nous quitte vite, ne s'installe pas dans notre vie, et ce qui est dangereux et procréateur de souffrances dans l'amour, ce n'est pas la femme elle-même, c'est sa présence de tous les jours, la curiosité de ce qu'elle fait à tous moments ; ce n'est pas la femme, c'est l'habitude.

J'eus la lâcheté de dire que c'était gentil et noble de sa part, mais je savais combien c'était faux et que sa franchise se mêlait de mensonges. Je pensais avec effroi au fur et à mesure qu'elle me racontait des aventures, à tout ce que Swann avait ignoré, dont il aurait tant souffert parce qu'il avait fixé sa sensibilité sur cet être-là, et qu'il devinait à en être sûr, rien qu'à ses regards quand elle voyait un homme, ou une femme, inconnus et qui lui plaisaient. Au fond, elle le faisait seulement pour me donner ce qu'elle croyait des sujets de nouvelles. Elle se trompait, non qu'elle n'eût de tout temps abondamment fourni les réserves de mon imagination, mais d'une façon bien plus involontaire et par un acte émané de moi-même qui dégageais d'elle à son insu les lois de sa vie.

M. de Guermantes ne gardait ses foudres que pour la duchesse, sur les libres fréquentations de laquelle Mme de Forcheville ne manquait pas d'attirer l'attention irritée de celui-ci. Aussi la duchesse était-elle fort malheureuse. Il est vrai que M. de Charlus, à qui j'en avais parlé une fois, prétendait que les premiers torts n'avaient pas été du côté de son frère, que la légende de pureté de la duchesse était faite en réalité d'un nombre incalculable d'aventures habilement dissimulées. Je n'avais jamais entendu parler de cela. Pour presque tout le monde Mme de Guermantes était une femme toute différente. L'idée qu'elle avait été toujours irréprochable gouvernait les esprits. Entre ces deux idées je ne pouvais décider laquelle était conforme à la vérité, cette vérité que presque toujours les trois quarts des gens ignorent. Je me rappelais bien certains regards bleus et vagabonds de la duchesse de Guermantes dans la nef de Combray[1]. Mais vraiment aucune des deux idées n'était réfutée par eux, et l'une et l'autre pouvaient leur donner un sens différent et aussi acceptable. Dans ma folie, enfant, je les avais pris un instant pour des regards d'amour adressés à moi. Depuis j'avais compris qu'ils n'étaient que les regards bienveillants d'une suzeraine, pareille à celle des vitraux de l'église, pour ses vassaux. Fallait-il maintenant croire que c'était ma première idée qui avait été la vraie, et que si plus tard jamais la duchesse ne m'avait parlé d'amour, c'est parce qu'elle avait craint de se compromettre avec un ami de sa tante et de son neveu plus qu'avec un enfant inconnu rencontré par hasard à Saint-Hilaire de Combray ?

La duchesse avait pu un instant être heureuse de sentir son passé plus consistant parce qu'il était partagé par moi, mais à quelques questions que je lui posai sur le provincialisme de M. de Bréauté, que j'avais à l'époque peu distingué de M. de Sagan ou de M. de Guermantes, elle reprit son point de vue de femme du monde, c'est-à-dire de contemptrice de la mondanité. Tout en me parlant la duchesse me faisait visiter l'hôtel. Dans des salons plus petits on trouvait des intimes qui pour écouter la musique avaient préféré s'isoler. Dans un petit salon Empire, où quelques rares habits noirs[1] écoutaient assis sur un canapé, on voyait à côté d'une psyché supportée par une Minerve une chaise longue, placée de façon rectiligne, mais à l'intérieur incurvée comme un berceau et où une jeune femme était étendue. La mollesse de sa pose, que l'entrée de la duchesse ne lui fît même pas déranger, contrastait avec l'éclat merveilleux de sa robe Empire en une soierie nacarat devant laquelle les plus rouges fuchsias eussent pâli et sur le tissu nacré de laquelle des insignes et des fleurs semblaient avoir été enfoncés longtemps, car leur trace y restait en creux. Pour saluer la duchesse elle inclina légèrement sa belle tête brune. Bien qu'il fît grand jour, comme elle avait demandé qu'on fermât les grands rideaux, en vue de plus de recueillement pour la musique, on avait, pour ne pas se tordre les pieds, allumé sur un trépied une urne où s'irisait une faible lueur. En réponse à ma demande, la duchesse de Guermantes me dit que c'était Mme de Saint-Euverte. Alors je voulus savoir ce qu'elle était à la madame de Saint-Euverte que j'avais connue. Mme de Guermantes me dit que c'était la femme d'un de ses petits-neveux, parut supporter l'idée qu'elle était née La Rochefoucauld, mais nia avoir elle-même connu des Saint-Euverte. Je lui rappelai la soirée (que je n'avais sue, il est vrai, que par ouï-dire) où, princesse des Laumes, elle avait retrouvé Swann[2]. Mme de Guermantes affirma n'avoir jamais été à cette soirée. La duchesse avait toujours été un peu menteuse et l'était devenue davantage. Mme de Saint-Euverte était pour elle un salon — d'ailleurs assez tombé avec le temps — qu'elle aimait à renier. Je n'insistai pas. « Non, qui vous avez pu entrevoir chez moi, parce qu'il avait de l'esprit, c'est le mari de celle dont vous parlez et avec qui je n'étais pas en relations. — Mais elle n'avait pas de mari. — Vous vous l'êtes figuré parce qu'ils étaient séparés, mais il était bien plus agréable qu'elle. » Je finis par comprendre qu'un homme énorme, extrêmement grand, extrêmement fort, avec des cheveux tout blancs, que je rencontrais un peu partout et dont je n'avais jamais su le nom était le mari de Mme de Saint-Euverte. Il était mort l'an passé. Quant à la nièce, j'ignore si c'est à cause d'une maladie d'estomac, de nerfs, d'une phlébite, d'un accouchement prochain, récent ou manqué, qu'elle écoutait la musique étendue sans se bouger pour personne. Le plus probable est que, fière de ses belles soies rouges, elle pensait faire sur sa chaise longue un effet genre Récamier[1]. Elle ne se rendait pas compte qu'elle donnait pour moi la naissance à un nouvel épanouissement de ce nom Saint-Euverte, qui à tant d'intervalle marquait la distance et la continuité du Temps. C'est le Temps qu'elle berçait dans cette nacelle où fleurissaient le nom de Saint-Euverte et le style Empire en soies de fuchsias rouges. Ce style Empire, Mme de Guermantes déclarait l'avoir toujours détesté ; cela voulait dire qu'elle le détestait maintenant[2], ce qui était vrai car elle suivait la mode, bien qu'avec quelque retard. Sans compliquer en parlant de David qu'elle connaissait peu, toute jeune elle avait cru M. Ingres le plus ennuyeux des poncifs, puis brusquement le plus savoureux des maîtres de l'Art nouveau, jusqu'à détester Delacroix. Par quels degrés elle était revenue de ce culte à la réprobation importe peu, puisque ce sont là nuances du goût que le critique d'art reflète dix ans avant la conversation des femmes supérieures. Après avoir critiqué le style Empire, elle s'excusa de m'avoir parlé de gens aussi insignifiants que les Saint-Euverte et de niaiseries comme le côté provincial de Bréauté, car elle était aussi loin de penser pourquoi cela m'intéressait que Mme de Saint-Euverte-La Rochefoucauld, cherchant le bien de son estomac ou un effet ingresque, était loin de soupçonner que son nom m'avait ravi, celui de son mari, non celui plus glorieux de ses parents, et que je lui voyais comme fonction dans cette pièce pleine d'attributs, de bercer le Temps.

« Mais comment puis-je vous parler de ces sottises, comment cela peut-il vous intéresser ? » s'écria la duchesse. Elle avait dit cette phrase à mi-voix et personne n'avait pu entendre ce qu'elle disait. Mais un jeune homme (qui m'intéressa dans la suite par un nom bien plus familier de moi autrefois que celui de Saint-Euverte[3]) se leva d'un air exaspéré et alla plus loin pour écouter avec plus de recueillement. Car c'était la *Sonate à Kreutzer* qu'on jouait, mais s'étant trompé sur le programme, il croyait que c'était

un morceau de Ravel[1] qu'on lui avait déclaré être beau
comme du Palestrina[2], mais difficile à comprendre. Dans
sa violence à changer de place, il heurta à cause de la
demi-obscurité un bonheur-du-jour, ce qui n'alla pas sans
faire tourner la tête à beaucoup de personnes pour qui
cet exercice si simple de regarder derrière soi interrompait
un peu le supplice d'écouter « religieusement » la *Sonate
à Kreutzer*. Et Mme de Guermantes et moi, causes de ce
petit scandale, nous nous hâtâmes de changer de pièce.
« Oui, comment ces riens-là peuvent-ils intéresser un
homme de votre mérite ? C'est comme tout à l'heure,
quand je vous voyais causer avec Gilberte de Saint-Loup.
Ce n'est pas digne de vous. Pour moi c'est exactement
rien cette femme-là, ce n'est même pas une femme, c'est
ce que je connais de plus factice et de plus bourgeois au
monde » (car même à sa défense de l'intellectualité la
duchesse mêlait ses préjugés d'aristocrate). « D'ailleurs
devriez-vous venir dans des maisons comme ici[3] ? Aujourd'hui encore je comprends, parce qu'il y avait cette
récitation de Rachel, ça peut vous intéresser. Mais si belle
qu'elle ait été, elle ne se donne pas devant ce public-là.
Je vous ferai déjeuner seul avec elle. Alors vous verrez
l'être que c'est. Mais elle est cent fois supérieure à tout
ce qui est ici. Et après le déjeuner elle vous dira du
Verlaine. Vous m'en direz des nouvelles. Mais dans des
grandes machines comme ici, non, ça me passe que vous
veniez. À moins que ce ne soit pour faire des études... »,
ajouta-t-elle d'un air de doute, de méfiance, et sans trop
s'aventurer car elle ne savait pas très exactement en quoi
consistait le genre d'opérations improbables auquel elle
faisait allusion.

Elle me vanta surtout ses après-déjeuners où il y avait
tous les jours X... et Y... Car elle en était arrivée à cette
conception des femmes à « salons » qu'elle méprisait
autrefois (bien qu'elle le niât aujourd'hui) et dont la
grande supériorité, le signe d'élection selon elle, étaient
d'avoir chez elles « tous les hommes ». Si je lui disais que
telle grande dame à « salons » ne disait pas du bien, quand
elle vivait, de Mme Howland[4], la duchesse éclatait de rire
devant ma naïveté : « Naturellement, l'autre avait chez
elle tous les hommes et celle-ci cherchait à les attirer. »

« Est-ce que vous ne croyez pas, dis-je à la duchesse,
que ce soit pénible à Mme de Saint-Loup d'entendre ainsi

comme elle vient de le faire, l'ancienne maîtresse de son
mari ? » Je vis se former dans le visage de Mme de
Guermantes cette barre oblique qui relie par des raisonnements ce qu'on vient d'entendre à des pensées peu
agréables. Raisonnements inexprimés il est vrai, mais
toutes les choses graves que nous disons ne reçoivent
jamais de réponse ni verbale, ni écrite. Les sots seuls
sollicitent en vain dix fois de suite une réponse à une lettre
qu'ils ont eu le tort d'écrire et qui était une gaffe ; car
à ces lettres-là il n'est jamais répondu que par des actes,
mais la correspondante qu'on croit inexacte vous dit
monsieur quand elle vous rencontre au lieu de vous
appeler par votre prénom. Mon allusion à la liaison de
Saint-Loup avec Rachel n'avait rien de si grave et ne put
mécontenter qu'une seconde Mme de Guermantes en lui
rappelant que j'avais été l'ami de Robert et peut-être son
confident au sujet des déboires qu'avait procurés à Rachel
sa soirée chez la duchesse. Mais celle-ci ne persista pas dans
ses pensées, la barre orageuse se dissipa, et Mme de
Guermantes répondit à ma question relative à Mme de
Saint-Loup : « Je vous dirai je crois que ça lui est d'autant
plus égal, que Gilberte n'a jamais aimé son mari. C'est
une petite horreur[1]. Elle a aimé la situation, le nom, être
ma nièce, sortir de sa fange, après quoi elle n'a pas eu
d'autre idée que d'y rentrer. Je vous dirai que ça me faisait
beaucoup de peine à cause du pauvre Robert, parce qu'il
avait beau ne pas être un aigle, il s'en apercevait très bien,
et d'un tas de choses. Il ne faut pas le dire parce qu'elle
est malgré tout ma nièce, je n'ai pas la preuve positive
qu'elle le trompait, mais il y a eu un tas d'histoires. Mais
si, je vous dis que je le sais, avec un officier de Méséglise,
Robert a voulu se battre. C'est pour tout ça que
Robert s'est engagé, la guerre lui est apparue comme une
délivrance de ses chagrins de famille ; si vous voulez ma
pensée, il n'a pas été tué, il s'est fait tuer. Elle n'a eu aucune
espèce de chagrin, elle m'a même étonnée par un rare
cynisme dans l'affectation de son indifférence, ce qui m'a
fait beaucoup de chagrin, parce que j'aimais bien le pauvre
Robert. Ça vous étonnera peut-être parce qu'on me
connaît mal, mais il m'arrive encore de penser à lui : je
n'oublie personne. Il ne m'a jamais rien dit, mais il avait
bien compris que je devinais tout. Mais voyons, si elle avait
aimé tant soit peu son mari, pourrait-elle supporter avec

ce flegme de se trouver dans le même salon que la femme dont il a été l'amant éperdu pendant tant d'années ? on peut dire toujours, car j'ai la certitude que ça n'a jamais cessé, même pendant la guerre. Mais elle lui sauterait à la gorge ! » s'écria la duchesse, oubliant qu'elle-même, en faisant inviter Rachel et en rendant possible la scène qu'elle jugeait inévitable si Gilberte eût aimé Robert, agissait peut-être cruellement. « Non, voyez-vous, conclut-elle, c'est une cochonne. » Une telle expression était rendue possible à Mme de Guermantes par la pente qu'elle descendait du milieu des Guermantes agréables à la société des comédiennes, et aussi parce qu'elle greffait cela sur un genre XVIIIe siècle qu'elle jugeait plein de verdeur, enfin parce qu'elle se croyait tout permis. Mais cette expression lui était dictée par la haine qu'elle éprouvait pour Gilberte, par un besoin de la frapper, à défaut de matériellement, en effigie. Et en même temps la duchesse pensait justifier par là toute la conduite qu'elle tenait à l'égard de Gilberte ou plutôt contre elle, dans le monde, dans la famille, au point de vue même des intérêts et de la succession de Robert.

Mais comme parfois les jugements qu'on porte reçoivent de faits qu'on ignore et qu'on n'eût pu supposer une justification apparente, Gilberte, qui tenait sans doute un peu de l'ascendance de sa mère (et c'est bien cette facilité que j'avais sans m'en rendre compte escomptée, en lui demandant de me faire connaître de très jeunes jeunes filles), tira, après réflexion, de la demande que j'avais faite, et sans doute pour que le profit ne sortît pas de la famille, une conclusion plus hardie que toutes celles que j'avais pu supposer elle me dit : « Si vous le permettez, je vais aller vous chercher ma fille pour vous la présenter. Elle est là-bas qui cause avec le petit Mortemart et d'autres bambins sans intérêt. Je suis sûre qu'elle sera une gentille amie pour vous. »

Je lui demandai si Robert avait été content d'avoir une fille : « Oh ! il était très fier d'elle. Mais naturellement, je crois tout de même qu'étant donné ses goûts, dit naïvement Gilberte, il aurait préféré un garçon. » Cette fille, dont le nom et la fortune pouvaient faire espérer à sa mère qu'elle épouserait un prince royal et couronnerait toute l'œuvre ascendante de Swann et de sa femme, choisit plus tard comme mari un homme de lettres obscur, car

elle n'avait aucun snobisme, et fit redescendre cette famille
plus bas que le niveau d'où elle était partie. Il fut alors
extrêmement difficile de faire croire aux générations
nouvelles que les parents de cet obscur ménage avaient
eu une grande situation. Les noms de Swann et d'Odette
de Crécy ressuscitèrent miraculeusement pour permettre
aux gens de vous apprendre que vous vous trompiez, que
ce n'était pas du tout si étonnant que cela comme famille ;
et on croyait que Mme de Saint-Loup avait fait en somme
le meilleur mariage qu'elle avait pu, que celui de son père
avec Odette de Crécy (n'étant rien) fait en cherchant à
s'élever vainement alors qu'au contraire, du moins au point
de vue de son amour son mariage avait été inspiré des
théories comme celles qui purent pousser au XVIIIe siècle
des grands seigneurs, disciples de Rousseau, ou des
pré-révolutionnaires, à vivre de la vie de la nature et à
abandonner leurs privilèges[1].

L'étonnement de ces paroles et le plaisir qu'elles me
firent furent bien vite remplacés, tandis que Mme de
Saint-Loup s'éloignait vers un autre salon, par cette idée
du Temps passé, qu'elle aussi, à sa manière, me rendait
et sans même que je l'eusse vue, Mlle de Saint-Loup.
Comme la plupart des êtres, d'ailleurs, n'était-elle pas
comme sont dans les forêts les « étoiles » des carrefours
où viennent converger des routes venues, pour notre vie
aussi, des points les plus différents ? Elles étaient nombreuses pour moi, celles qui aboutissaient à Mlle de
Saint-Loup et qui rayonnaient autour d'elle. Et avant tout
venaient aboutir à elle les deux grands « côtés » où j'avais
fait tant de promenades et de rêves — par son père Robert
de Saint-Loup le côté de Guermantes, par Gilberte sa mère
le côté de Méséglise qui était le « côté de chez Swann ».
L'une, par la mère de la jeune fille et les Champs-Élysées,
me menait jusqu'à Swann, à mes soirs de Combray, au
côté de Méséglise ; l'autre, par son père, à mes après-midi
de Balbec où je le revoyais près de la mer ensoleillée.
Déjà entre ces deux routes des transversales s'établissaient.
Car ce Balbec réel où j'avais connu Saint-Loup, c'était en
grande partie à cause de ce que Swann m'avait dit sur les
églises, sur l'église persane surtout, que j'avais tant voulu
y aller, et d'autre part, par Robert de Saint-Loup, neveu
de la duchesse de Guermantes, je rejoignais, à Combray
encore, le côté de Guermantes. Mais à bien d'autres points

de ma vie encore conduisait Mlle de Saint-Loup, à la dame en rose, qui était sa grand-mère et que j'avais vue chez mon grand-oncle. Nouvelle transversale ici, car le valet de chambre de ce grand-oncle, qui m'avait introduit ce jour-là et qui plus tard m'avait par le don d'une photographie[1] permis d'identifier la Dame en rose, était le père du jeune homme que non seulement M. de Charlus, mais le père même de Mlle de Saint-Loup avait aimé, pour qui il avait rendu sa mère malheureuse. Et n'était-ce pas le grand-père de Mlle de Saint-Loup, Swann, qui m'avait le premier parlé de la musique de Vinteuil, de même que Gilberte m'avait la première parlé d'Albertine ? Or, c'est en parlant de la musique de Vinteuil à Albertine que j'avais découvert qui était sa grande amie et commencé avec elle cette vie qui l'avait conduite à la mort et m'avait causé tant de chagrins. C'était du reste aussi le père de Mlle de Saint-Loup qui était parti tâcher de faire revenir Albertine. Et même toute ma vie mondaine, soit à Paris dans le salon des Swann ou des Guermantes, soit tout à l'opposé chez les Verdurin, et faisant ainsi s'aligner à côté des deux côtés de Combray, des Champs-Élysées, la belle terrasse de La Raspelière. D'ailleurs, quels êtres avons-nous connus qui, pour raconter notre amitié avec eux, ne nous obligent à les placer successivement dans tous les sites les plus différents de notre vie ? Une vie de Saint-Loup peinte par moi se déroulerait dans tous les décors et intéresserait toute ma vie, même les parties de cette vie où il fut le plus étranger comme ma grand-mère ou comme Albertine. D'ailleurs, si à l'opposé qu'ils fussent, les Verdurin tenaient à Odette par le passé de celle-ci, à Robert de Saint-Loup par Charlie ; et chez eux quel rôle n'avait pas joué la musique de Vinteuil ! Enfin Swann avait aimé la sœur de Legrandin[2], lequel avait connu M. de Charlus, dont le jeune Cambremer avait épousé la pupille. Certes, s'il s'agit uniquement de nos cœurs, le poète a eu raison de parler des « fils mystérieux » que la vie brise[3]. Mais il est encore plus vrai qu'elle en tisse sans cesse entre les êtres, entre les événements, qu'elle entre-croise ces fils, qu'elle les redouble pour épaissir la trame, si bien qu'entre le moindre point de notre passé et tous les autres un riche réseau de souvenirs ne laisse que le choix des communications[4].

On peut dire qu'il n'y avait pas, si je cherchais à ne pas en user inconsciemment mais à me rappeler ce qu'elle avait été, une seule des choses qui nous servaient en ce moment qui n'avait été une chose vivante, et vivant d'une vie personnelle pour nous, transformée ensuite à notre usage en simple matière industrielle. Ma présentation à Mlle de Saint-Loup allait avoir lieu chez Mme Verdurin : avec quel charme je repensais à tous nos voyages avec cette Albertine dont j'allais demander à Mlle de Saint-Loup d'être un succédané — dans le petit tram, vers Doville, pour aller chez Mme Verdurin, cette même Mme Verdurin qui avait noué et rompu, avant mon amour pour Albertine, celui du grand-père et de la grand-mère de Mlle de Saint-Loup — ! Tout autour de nous étaient des tableaux de cet Elstir qui m'avait présenté à Albertine. Et pour mieux fondre tous mes passés, Mme Verdurin tout comme Gilberte avait épousé un Guermantes.

Nous ne pourrions pas raconter nos rapports avec un être que nous avons même peu connu, sans faire se succéder les sites les plus différents de notre vie. Ainsi chaque individu — et j'étais moi-même un de ces individus — mesurait pour moi la durée par la révolution qu'il avait accomplie non seulement autour de soi-même, mais autour des autres, et notamment par les positions qu'il avait occupées successivement par rapport à moi. Et sans doute tous ces plans différents suivant lesquels le Temps, depuis que je venais de le ressaisir dans cette fête, disposait ma vie, en me faisant songer que, dans un livre qui voudrait en raconter une, il faudrait user, par opposition à la psychologie plane dont on use d'ordinaire, d'une sorte de psychologie dans l'espace[1], ajoutaient une beauté nouvelle à ces résurrections que ma mémoire opérait tant que je songeais seul dans la bibliothèque, puisque la mémoire, en introduisant le passé dans le présent sans le modifier, tel qu'il était au moment où il était le présent, supprime précisément cette grande dimension du Temps suivant laquelle la vie se réalise[2].

Je vis Gilberte s'avancer. Moi pour qui le mariage de Saint-Loup, les pensées qui m'occupaient alors et qui étaient les mêmes ce matin, étaient d'hier, je fus étonné de voir à côté d'elle une jeune fille d'environ seize ans, dont la taille élevée mesurait cette distance que je n'avais pas voulu voir. Le temps incolore et insaisissable s'était,

pour que pour ainsi dire je puisse le voir et le toucher,
matérialisé en elle, il l'avait pétrie comme un chef-
d'œuvre, tandis que parallèlement sur moi, hélas ! il n'avait
fait que son œuvre. Cependant Mlle de Saint-Loup était
devant moi. Elle avait les yeux profondément forés et
perçants, et aussi son nez charmant légèrement avancé en
forme de bec et courbé, non point peut-être comme celui
de Swann, mais comme celui de Saint-Loup. L'âme de ce
Guermantes s'était évanouie ; mais la charmante tête aux
yeux perçants de l'oiseau envolé était venue se poser sur
les épaules de Mlle de Saint-Loup, ce qui faisait longuement rêver ceux qui avaient connu son père.

Je fus frappé que son nez, fait comme sur le patron de
celui de sa mère et de sa grand-mère, s'arrêtât juste par
cette ligne tout à fait horizontale sous le nez, sublime
quoique pas assez courte. Un trait aussi particulier eût fait
reconnaître une statue entre des milliers, n'eût-on vu que
ce trait-là, et j'admirais que la nature fût revenue à point
nommé pour la petite-fille, comme pour la mère, comme
pour la grand-mère, donner, en grand et original sculpteur,
ce puissant et décisif coup de ciseau. Je la trouvais bien
belle : pleine encore d'espérances, riante, formée des
années mêmes que j'avais perdues, elle ressemblait à ma
jeunesse[1].

Enfin cette idée du Temps avait un dernier prix pour
moi, elle était un aiguillon, elle me disait qu'il était temps
de commencer, si je voulais atteindre ce que j'avais
quelquefois senti au cours de ma vie, dans de brefs éclairs,
du côté de Guermantes, dans mes promenades en voiture
avec Mme de Villeparisis, et qui m'avait fait considérer
la vie comme digne d'être vécue. Combien me le
semblait-elle davantage, maintenant qu'elle me semblait
pouvoir être éclaircie, elle qu'on vit dans les ténèbres,
ramenée au vrai de ce qu'elle était, elle qu'on fausse sans
cesse, en somme réalisée dans un livre[2] ! Que celui qui
pourrait écrire un tel livre serait heureux, pensais-je, quel
labeur devant lui ! Pour en donner une idée, c'est aux arts
les plus élevés et les plus différents qu'il faudrait emprunter
des comparaisons ; car cet écrivain, qui d'ailleurs pour
chaque caractère en ferait apparaître les faces opposées,
pour montrer son volume, devrait préparer son livre,
minutieusement, avec de perpétuels regroupements de
forces, comme une offensive, le supporter comme une

fatigue, l'accepter comme une règle, le construire comme
une église, le suivre comme un régime, le vaincre comme
un obstacle, le conquérir comme une amitié, le suralimen-
ter comme un enfant[1], le créer comme un monde sans
laisser de côté ces mystères qui n'ont probablement leur
explication que dans d'autres mondes et dont le pressentiment est ce qui nous émeut le plus dans la vie et dans
l'art. Et dans ces grands livres-là, il y a des parties qui n'ont
eu le temps que d'être esquissées, et qui ne seront sans
doute jamais finies, à cause de l'ampleur même du plan
de l'architecte. Combien de grandes cathédrales restent
inachevées ! On le nourrit, on fortifie ses parties faibles,
on le préserve, mais ensuite c'est lui qui grandit, qui
désigne notre tombe, la protège contre les rumeurs et
quelque temps contre l'oubli. Mais pour en revenir à
moi-même, je pensais plus modestement à mon livre, et
ce serait même inexact que de dire en pensant à ceux qui
le liraient, à mes lecteurs. Car ils ne seraient pas, selon
moi, mes lecteurs, mais les propres lecteurs d'eux-mêmes,
mon livre n'étant qu'une sorte de ces verres grossissants
comme ceux que tendait à un acheteur l'opticien de
Combray ; mon livre, grâce auquel je leur fournirais le
moyen de lire en eux-mêmes. De sorte que je ne leur
demanderais pas de me louer ou de me dénigrer, mais
seulement de me dire si c'est bien cela, si les mots qu'ils
lisent en eux-mêmes sont bien ceux que j'ai écrits (les
divergences possibles à cet égard ne devant pas, du reste,
provenir toujours de ce que je me serais trompé, mais
quelquefois de ce que les yeux du lecteur ne seraient pas
de ceux à qui mon livre conviendrait pour bien lire en
soi-même). Et, changeant à chaque instant de comparaison
selon que je me représentais mieux, et plus matériellement,
la besogne à laquelle je me livrerais, je pensais que sur
ma grande table de bois blanc, regardé par Françoise,
comme tous les êtres sans prétention qui vivent à côté de
nous ont une certaine intuition de nos tâches (et j'avais
assez oublié Albertine pour avoir pardonné à Françoise
ce qu'elle avait pu faire contre elle), je travaillerais auprès
d'elle, et presque comme elle (du moins comme elle faisait
autrefois : si vieille maintenant, elle n'y voyait plus
goutte) ; car, épinglant ici un feuillet supplémentaire, je
bâtirais mon livre, je n'ose pas dire ambitieusement comme
une cathédrale, mais tout simplement comme une robe.

Quand je n'aurais pas auprès de moi toutes mes paperoles, comme disait Françoise, et que me manquerait juste celle dont j'aurais besoin, Françoise comprendrait bien mon énervement, elle qui disait toujours qu'elle ne pouvait pas coudre si elle n'avait pas le numéro de fil et les boutons qu'il fallait. Et puis parce qu'à force de vivre de ma vie, elle s'était fait du travail littéraire une sorte de compréhension instinctive, plus juste que celle de bien des gens intelligents, à plus forte raison que celle des gens bêtes. Ainsi quand j'avais autrefois fait mon article pour *Le Figaro*, pendant que le vieux maître d'hôtel, avec ce genre de commisération qui exagère toujours un peu ce qu'a de pénible un labeur qu'on ne pratique pas, qu'on ne conçoit même pas, et même une habitude qu'on n'a pas, comme les gens qui vous disent : « Comme ça doit vous fatiguer d'éternuer comme ça », plaignait sincèrement les écrivains en disant : « Quel casse-tête ça doit être », Françoise au contraire devinait mon bonheur et respectait mon travail. Elle se fâchait seulement que je racontasse d'avance mon article à Bloch, craignant qu'il me devançât, et disant : « Tous ces gens-là, vous n'avez pas assez de méfiance, c'est des copiateurs. » Et Bloch se donnait en effet un alibi rétrospectif en me disant, chaque fois que je lui avais esquissé quelque chose qu'il trouvait bien : « Tiens, c'est curieux, j'ai fait quelque chose de presque pareil, il faudra que je te lise cela. » (Il n'aurait pas pu me le lire encore, mais allait l'écrire le soir même.)

À force de coller les uns aux autres ces papiers que Françoise appelait mes paperoles, ils se déchiraient çà et là. Au besoin Françoise ne pourrait-elle pas m'aider à les consolider, de la même façon qu'elle mettait des pièces aux parties usées de ses robes, ou qu'à la fenêtre de la cuisine, en attendant le vitrier comme moi l'imprimeur, elle collait un morceau de journal à la place d'un carreau cassé ? Françoise me dirait, en me montrant mes cahiers rongés comme le bois où l'insecte s'est mis : « C'est tout mité, regardez, c'est malheureux, voilà un bout de page qui n'est plus qu'une dentelle » et l'examinant comme un tailleur : « Je ne crois pas que je pourrai la refaire, c'est perdu. C'est dommage, c'est peut-être vos plus belles idées. Comme on dit à Combray, il n'y a pas de fourreurs qui s'y connaissent aussi bien comme les mites. Ils se mettent toujours dans les meilleures étoffes. »

D'ailleurs, comme les individualités (humaines ou non) sont dans un livre faites d'impressions nombreuses qui, prises de bien des jeunes filles, de bien des églises, de bien des sonates, servent à faire une seule sonate, une seule église, une seule jeune fille, ne ferais-je pas mon livre de la façon que Françoise faisait ce bœuf mode[1], apprécié par M. de Norpois, et dont tant de morceaux de viande ajoutés et choisis enrichissaient la gelée[2] ? Et je réaliserais enfin ce que j'avais tant désiré dans mes promenades du côté de Guermantes et cru impossible, comme j'avais cru impossible, en rentrant, de m'habituer jamais à me coucher sans embrasser ma mère ou, plus tard, à l'idée qu'Albertine aimait les femmes, idée avec laquelle j'avais fini par vivre sans même m'apercevoir de sa présence ; car nos plus grandes craintes, comme nos plus grandes espérances ne sont pas au-dessus de nos forces, et nous pouvons finir par dominer les unes et réaliser les autres.

Oui, à cette œuvre, cette idée du Temps que je venais de former disait qu'il était temps de me mettre. Il était grand temps ; mais, et cela justifiait l'anxiété qui s'était emparée de moi dès mon entrée dans le salon, quand les visages grimés m'avaient donné la notion du temps perdu, était-il temps encore et même étais-je encore en état ? L'esprit a ses paysages dont la contemplation ne lui est laissée qu'un temps. J'avais vécu comme un peintre montant un chemin qui surplombe un lac dont un rideau de rochers et d'arbres lui cache la vue. Par une brèche il l'aperçoit, il l'a tout entier devant lui, il prend ses pinceaux. Mais déjà vient la nuit où l'on ne peut plus peindre, et sur laquelle le jour ne se relèvera pas. Seulement, une condition de mon œuvre telle que je l'avais conçue tout à l'heure dans la bibliothèque était l'approfondissement d'impressions qu'il fallait d'abord recréer par la mémoire. Or celle-ci était usée.

D'abord, du moment que rien n'était commencé, je pouvais être inquiet, même si je croyais avoir encore devant moi, à cause de mon âge, quelques années, car mon heure pouvait sonner dans quelques minutes. Il fallait partir en effet de ceci que j'avais un corps, c'est-à-dire que j'étais perpétuellement menacé d'un double danger, extérieur, intérieur. Encore ne parlais-je ainsi que pour la commodité du langage. Car le danger intérieur, comme celui d'hémorragie cérébrale, est extérieur aussi, étant du corps. Et avoir un corps, c'est la grande menace pour l'esprit, la vie humaine et pensante, dont il faut sans doute moins dire qu'elle est un miraculeux perfectionnement de la vie animale et physique, mais plutôt qu'elle est une imperfection, encore aussi rudimentaire qu'est l'existence commune des protozoaires en polypiers, que le corps de la baleine, etc., dans l'organisation de la vie spirituelle. Le corps enferme l'esprit dans une forteresse ; bientôt la forteresse est assiégée de toutes parts et il faut à la fin que l'esprit se rende.

Mais, pour me contenter de distinguer les deux sortes de dangers menaçant l'esprit, et pour commencer par l'extérieur, je me rappelais que souvent déjà dans ma vie, il m'était arrivé dans des moments d'excitation intellectuelle où quelque circonstance avait suspendu chez moi toute activité physique, par exemple quand je quittais en voiture, à demi gris, le restaurant de Rivebelle pour aller à quelque casino voisin, de sentir très nettement en moi l'objet présent de ma pensée, et de comprendre qu'il dépendait d'un hasard non seulement que cet objet n'y fût pas encore entré, mais qu'il fût, avec mon corps même, anéanti. Je m'en souciais peu alors. Mon allégresse n'était pas prudente, pas inquiète. Que cette joie finît dans une seconde et entrât dans le néant, peu m'importait. Il n'en était plus de même maintenant ; c'est que le bonheur que j'éprouvais ne venait pas d'une tension purement subjective des nerfs qui nous isole du passé, mais au contraire d'un élargissement de mon esprit en qui se reformait, s'actualisait ce passé, et me donnait, mais hélas ! momentanément, une valeur d'éternité. J'aurais voulu léguer celle-ci à ceux que j'aurais pu enrichir de mon trésor. Certes, ce que j'avais éprouvé dans la bibliothèque et que je cherchais à protéger, c'était plaisir encore, mais non plus égoïste, ou du moins d'un égoïsme (car tous les altruismes féconds de la nature se développent selon un mode égoïste, l'altruisme humain qui n'est pas égoïste est stérile, c'est celui de l'écrivain qui s'interrompt de travailler pour recevoir un ami malheureux, pour accepter une fonction publique, pour écrire des articles de propagande[1]) d'un égoïsme utilisable pour autrui. Je n'avais plus mon indifférence des retours de Rivebelle, je me sentais accru de cette œuvre que je portais en moi (comme par quelque chose de précieux et de fragile qui m'eût été confié et que

j'aurais voulu remettre intact aux mains auxquelles il était
destiné et qui n'étaient pas les miennes). Maintenant, me
sentir porteur d'une œuvre rendait pour moi un accident
où j'aurais trouvé la mort, plus redoutable, même (dans
la mesure où cette œuvre me semblait nécessaire et
durable) absurde, en contradiction avec mon désir, avec
l'élan de ma pensée, mais pas moins possible pour cela
puisque (comme il arrive chaque jour dans les incidents
les plus simples de la vie, où, pendant qu'on désire de
tout son cœur ne pas faire de bruit à un ami qui dort,
une carafe placée trop au bord de la table tombe et le
réveille) les accidents étant produits par des causes
matérielles peuvent parfaitement avoir lieu au moment où
des volontés fort différentes, qu'ils détruisent sans les
connaître, les rendent détestables. Je savais très bien que
mon cerveau était un riche bassin minier, où il y avait une
étendue immense et fort diverse de gisements précieux.
Mais aurais-je le temps de les exploiter ? J'étais la seule
personne capable de le faire. Pour deux raisons : avec ma
mort eût disparu non seulement le seul ouvrier mineur
capable d'extraire ces minerais, mais encore le gisement
lui-même ; or, tout à l'heure quand je rentrerais chez moi,
il suffirait de la rencontre de l'auto que je prendrais avec
une autre pour que mon corps fût détruit[1] et que mon
esprit, d'où la vie se retirerait, fût forcé d'abandonner à
tout jamais les idées nouvelles qu'en ce moment même,
n'ayant pas eu le temps de les mettre plus en sûreté dans
un livre, il enserrait anxieusement de sa pulpe frémissante,
protectrice, mais fragile. Or par une bizarre coïncidence,
cette crainte raisonnée du danger naissait en moi à un
moment où, depuis peu, l'idée de la mort m'était devenue
indifférente. La crainte de n'être plus moi m'avait fait jadis
horreur, et à chaque nouvel amour que j'éprouvais (pour
Gilberte, pour Albertine), parce que je ne pouvais
supporter l'idée qu'un jour l'être qui les aimait n'existerait
plus, ce qui serait comme une espèce de mort. Mais à force
de se renouveler, cette crainte s'était naturellement
changée en un calme confiant.

L'accident cérébral n'était même pas nécessaire. Ses
symptômes, sensibles pour moi par un certain vide dans
la tête et par un oubli de toutes choses que je ne retrouvais
plus que par hasard, comme quand en rangeant des affaires
on en trouve une qu'on avait oublié qu'on avait même

à chercher, faisaient de moi comme un thésauriseur dont
le coffre-fort crevé eût laissé fuir au fur et à mesure les
richesses. Quelque temps il exista un moi qui déplora de
perdre ces richesses et s'opposait à elle, à la mémoire, et
bientôt je sentis que la mémoire en se retirant emportait
aussi ce moi.

Si l'idée de la mort dans ce temps-là m'avait, on l'a vu,
assombri l'amour, depuis longtemps déjà le souvenir de
l'amour m'aidait à ne pas craindre la mort. Car je
comprenais que mourir n'était pas quelque chose de
nouveau, mais qu'au contraire depuis mon enfance j'étais
déjà mort bien des fois. Pour prendre la période la moins
ancienne, n'avais-je pas tenu à Albertine plus qu'à ma vie ?
Pouvais-je alors concevoir ma personne sans qu'y continuât
mon amour pour elle ? Or je ne l'aimais plus, j'étais, non
plus l'être qui l'aimait, mais un être différent qui ne l'aimait
pas, j'avais cessé de l'aimer quand j'étais devenu un autre.
Or je ne souffrais pas d'être devenu cet autre, de ne plus
aimer Albertine ; et certes ne plus avoir un jour mon corps
ne pouvait me paraître en aucune façon quelque chose
d'aussi triste que m'avait paru jadis de ne plus aimer un jour
Albertine. Et pourtant, combien cela m'était égal maintenant de ne plus l'aimer ! Ces morts successives, si redoutées
du moi qu'elles devaient anéantir, si indifférentes, si douces
une fois accomplies, et quand celui qui les craignait n'était
plus là pour les sentir, m'avaient fait depuis quelque temps
comprendre combien il serait peu sage de m'effrayer de la
mort. Or c'était maintenant qu'elle m'était depuis peu
devenue indifférente, que je recommençais de nouveau à
la craindre, sous une autre forme il est vrai, non pas pour
moi, mais pour mon livre, à l'éclosion duquel était au
moins pendant quelque temps indispensable cette vie que
tant de dangers menaçaient. Victor Hugo dit :

Il faut que l'herbe pousse et que les enfants meurent[1].

Moi je dis que la loi cruelle de l'art est que les êtres
meurent et que nous-mêmes mourions en épuisant toutes
les souffrances, pour que pousse l'herbe non de l'oubli
mais de la vie éternelle, l'herbe drue des œuvres fécondes,
sur laquelle les générations viendront faire gaiement, sans
souci de ceux qui dorment en dessous, leur « déjeuner
sur l'herbe[2] ».

J'ai dit des dangers extérieurs ; des dangers intérieurs aussi. Si j'étais préservé d'un accident venu du dehors, qui sait si je ne serais pas empêché de profiter de cette grâce par un accident survenu au-dedans de moi, par quelque catastrophe interne, avant que fussent écoulés les mois nécessaires pour écrire ce livre.

Quand tout à l'heure je reviendrais chez moi par les Champs-Élysées, qui me disait que je ne serais pas frappé par le même mal que ma grand-mère, un après-midi où elle était venue y faire avec moi une promenade qui devait être pour elle la dernière, sans qu'elle s'en doutât, dans cette ignorance qui est la nôtre, d'une aiguille arrivée sur le point, ignoré par elle, où le ressort déclenché de l'horlogerie va sonner l'heure ? Peut-être la crainte d'avoir déjà parcouru presque tout entière la minute qui précède le premier coup de l'heure, quand déjà celui-ci se prépare, peut-être cette crainte du coup qui serait en train de s'ébranler dans mon cerveau, cette crainte était-elle comme une obscure connaissance de ce qui allait être, comme un reflet dans la conscience de l'état précaire du cerveau dont les artères vont céder, ce qui n'est pas plus impossible que cette soudaine acceptation de la mort qu'ont des blessés qui, quoiqu'ils aient gardé leur lucidité, que le médecin et le désir de vivre cherchent à les tromper, disent, voyant ce qui va être : « Je vais mourir, je suis prêt » et écrivent leurs adieux à leur femme.

Et en effet ce fut là la chose singulière qui arriva avant que je n'eusse commencé mon livre, ce qui arriva sous une forme dont je ne me serais jamais douté. On me trouva, un soir où je sortis, meilleure mine qu'autrefois, on s'étonna que j'eusse gardé tous mes cheveux noirs. Mais je manquai trois fois de tomber en descendant l'escalier[1]. Ce n'avait été qu'une sortie de deux heures ; mais quand je fus rentré, je sentis que je n'avais plus ni mémoire, ni pensée, ni force, ni aucune existence. On serait venu pour me voir, pour me nommer roi, pour me saisir, pour m'arrêter, que je me serais laissé faire sans dire un mot, sans rouvrir les yeux, comme ces gens atteints au plus haut degré du mal de mer et qui, traversant sur un bateau la mer Caspienne, n'esquissent même pas une résistance si on leur dit qu'on va les jeter à la mer. Je n'avais à proprement parler aucune maladie, mais je sentais que je n'étais plus capable de rien, comme il arrive à des

vieillards, alertes la veille, et qui s'étant fracturé la cuisse
ou ayant eu une indigestion, peuvent mener encore
quelque temps dans leur lit une existence qui n'est plus
qu'une préparation plus ou moins longue à une mort
désormais inéluctable. Un des moi, celui qui jadis allait
dans ces festins de barbares qu'on appelle dîners en ville
et où, pour les hommes en blanc[1], pour les femmes à demi
nues et emplumées, les valeurs sont si renversées que
quelqu'un qui ne vient pas dîner après avoir accepté, ou
seulement n'arrive qu'au rôti, commet un acte plus
coupable que les actions immorales dont on parle
légèrement pendant ce dîner, ainsi que des morts récentes,
et où la mort ou une grave maladie sont les seules excuses
à ne pas venir, à condition qu'on eût fait prévenir à temps
pour l'invitation d'un quatorzième, qu'on était mourant,
ce moi-là en moi avait gardé ses scrupules et perdu sa
mémoire. L'autre moi, celui qui avait conçu son œuvre,
en revanche se souvenait. J'avais reçu une invitation de
Mme Molé et appris que le fils de Mme Sazerat était mort.
J'étais résolu à employer une de ces heures après lesquelles
je ne pouvais plus prononcer un mot, la langue liée
comme ma grand-mère pendant son agonie, ou avaler du
lait, à adresser mes excuses à Mme Molé et mes
condoléances à Mme Sazerat. Mais au bout de quelques
instants j'avais oublié que j'avais à le faire. Heureux oubli,
car la mémoire de mon œuvre veillait et allait employer
à poser mes premières fondations l'heure de survivance
qui m'était dévolue. Malheureusement, en prenant un
cahier pour écrire, la carte d'invitation de Mme Molé
glissait près de moi. Aussitôt le moi oublieux mais qui avait
la prééminence sur l'autre, comme il arrive chez tous ces
barbares scrupuleux qui ont dîné en ville, repoussait le
cahier, écrivait à Mme Molé (laquelle d'ailleurs m'eût sans
doute fort estimé, si elle l'eût appris, d'avoir fait passer
ma réponse à son invitation avant mes travaux d'architecte). Brusquement, un mot de ma réponse me rappelait
que Mme Sazerat avait perdu son fils, je lui écrivais aussi,
puis ayant ainsi sacrifié un devoir réel à l'obligation factice
de me montrer poli et sensible, je tombais sans forces, je
fermais les yeux, ne devant plus que végéter pour huit
jours. Pourtant, si tous mes devoirs inutiles, auxquels
j'étais prêt à sacrifier le vrai, sortaient au bout de quelques
minutes de ma tête, l'idée de ma construction ne me

quittait pas un instant. Je ne savais pas si ce serait une église
où des fidèles sauraient peu à peu apprendre des vérités
et découvrir des harmonies, le grand plan d'ensemble, ou
si cela resterait — comme un monument druidique au
sommet d'une île — quelque chose d'infréquenté à jamais.
Mais j'étais décidé à y consacrer mes forces qui s'en allaient
comme à regret et comme pour pouvoir me laisser le temps
d'avoir, tout le pourtour terminé, fermé « la porte
funéraire[1] ». Bientôt je pus montrer quelques esquisses.
Personne n'y comprit rien[2]. Même ceux qui furent
favorables à ma perception des vérités que je voulais
ensuite graver dans le temple, me félicitèrent de les avoir
découvertes au « microscope », quand je m'étais au
contraire servi d'un télescope[3] pour apercevoir des choses,
très petites en effet, mais parce qu'elles étaient situées à
une grande distance, et qui étaient chacune un monde.
Là où je cherchais les grandes lois, on m'appelait fouilleur
de détails. D'ailleurs, à quoi bon faisais-je cela ? J'avais
eu de la facilité, jeune, et Bergotte avait trouvé mes pages
de collégien « parfaites* ». Mais au lieu de travailler
j'avais vécu dans la paresse, dans la dissipation des plaisirs,
dans la maladie, les soins, les manies, et j'entreprenais mon
ouvrage à la veille de mourir, sans rien savoir de mon
métier. Je ne me sentais plus la force de faire face à mes
obligations avec les êtres, ni à mes devoirs envers ma
pensée et mon œuvre, encore moins envers tous les deux.
Pour les premières, l'oubli des lettres à écrire, etc.,
simplifiait un peu ma tâche. Mais tout d'un coup,
l'association des idées ramenait au bout d'un mois le
souvenir de mes remords, et j'étais accablé du sentiment
de mon impuissance. Je fus étonné d'y être indifférent,
mais c'est que depuis le jour où mes jambes avaient
tellement tremblé en descendant l'escalier, j'étais devenu
indifférent à tout, je n'aspirais plus qu'au repos, en
attendant le grand repos qui finirait par venir. Ce n'était
pas parce que je reportais après ma mort l'admiration
qu'on devait, me semblait-il, avoir pour mon œuvre, que
j'étais indifférent aux suffrages de l'élite actuelle. Celle
d'après ma mort pourrait penser ce qu'elle voudrait, cela
ne me souciait pas davantage. En réalité, si je pensais à
mon œuvre et point aux lettres auxquelles je devais

---

* Allusion au premier livre de l'auteur, *Les Plaisirs et les Jours*[1].

répondre, ce n'était même plus que je misse entre les deux choses, comme au temps de ma paresse et ensuite au temps de mon travail jusqu'au jour où j'avais dû me retenir à la rampe de l'escalier, une grande différence d'importance. L'organisation de ma mémoire, de mes préoccupations, était liée à mon œuvre, peut-être parce que, tandis que les lettres reçues étaient oubliées l'instant d'après, l'idée de mon œuvre était dans ma tête, toujours la même, en perpétuel devenir. Mais elle aussi m'était devenue importune. Elle était pour moi comme un fils dont la mère mourante doit encore s'imposer la fatigue de s'occuper sans cesse, entre les piqûres et les ventouses. Elle l'aime peut-être encore, mais ne le sait plus que par le devoir excédant qu'elle a de s'occuper de lui. Chez moi les forces de l'écrivain n'étaient plus à la hauteur des exigences égoïstes de l'œuvre. Depuis le jour de l'escalier, rien du monde, aucun bonheur, qu'il vînt de l'amitié des gens, des progrès de mon œuvre, de l'espérance de la gloire, ne parvenait plus à moi que comme un si pâle grand soleil, qu'il n'avait plus la vertu de me réchauffer, de me faire vivre, de me donner un désir quelconque, et encore était-il trop brillant, si blême qu'il fût, pour mes yeux qui préféraient se fermer, et je me retournais du côté du mur. Il me semble, pour autant que je sentais le mouvement de mes lèvres, que je devais avoir un petit sourire d'un coin infime de la bouche quand une dame m'écrivait : « J'ai été *très surprise* de ne pas recevoir de réponse à ma lettre. » Néanmoins, cela me rappelait sa lettre, et je lui répondais. Je voulais tâcher, pour qu'on ne pût me croire ingrat, de mettre ma gentillesse actuelle au niveau de la gentillesse que les gens avaient pu avoir pour moi. Et j'étais écrasé d'imposer à mon existence agonisante les fatigues surhumaines de la vie. La perte de la mémoire m'aidait un peu en faisant des coupes dans mes obligations ; mon œuvre les remplaçait.

Cette idée de la mort s'installa définitivement en moi comme fait un amour. Non que j'aimasse la mort, je la détestais. Mais, après y avoir songé sans doute de temps en temps comme à une femme qu'on n'aime pas encore, maintenant sa pensée adhérait à la plus profonde couche de mon cerveau si complètement que je ne pouvais m'occuper d'une chose sans que cette chose traversât d'abord l'idée de la mort, et même si je ne m'occupais

de rien et restais dans un repos complet l'idée de la mort
me tenait une compagnie aussi incessante que l'idée du
moi. Je ne pense pas que le jour où j'étais devenu un
demi-mort, c'était les accidents qui avaient caractérisé cela,
l'impossibilité de descendre un escalier, de me rappeler
un nom, de me lever, qui avaient causé par un
raisonnement même inconscient l'idée de la mort, que
j'étais déjà à peu près mort, mais plutôt que c'était venu
ensemble, qu'inévitablement ce grand miroir de l'esprit
reflétait une réalité nouvelle. Pourtant je ne voyais pas
comment des maux que j'avais on pouvait passer sans être
averti à la mort complète. Mais alors je pensais aux autres,
à tous ceux qui chaque jour meurent sans que l'hiatus entre
leur maladie et leur mort nous semble extraordinaire. Je
pensais même que c'était seulement parce que je les voyais
de l'intérieur (plus encore que par les tromperies de
l'espérance) que certains malaises ne me semblaient pas
mortels pris un à un, bien que je crusse à ma mort, de
même que ceux qui sont le plus persuadés que leur terme
est venu sont néanmoins persuadés aisément que s'ils ne
peuvent pas prononcer certains mots, cela n'a rien à voir
avec une attaque, l'aphasie, etc., mais vient d'une fatigue
de la langue, d'un état nerveux analogue au bégaiement,
de l'épuisement qui a suivi une indigestion.

Moi, c'était autre chose que j'avais à écrire, de plus
long, et pour plus d'une personne. Long à écrire. Le jour,
tout au plus pourrais-je essayer de dormir. Si je travaillais,
ce ne serait que la nuit. Mais il me faudrait beaucoup de
nuits, peut-être cent, peut-être mille. Et je vivrais dans
l'anxiété de ne pas savoir si le Maître de ma destinée,
moins indulgent que le sultan Sheriar[1], le matin quand
j'interromprais mon récit, voudrait bien surseoir à mon
arrêt de mort et me permettrait de reprendre la suite le
prochain soir. Non pas que je prétendisse refaire, en quoi
que ce fût, *Les Mille et Une Nuits*, pas plus que les *Mémoires*
de Saint-Simon[2], écrits eux aussi la nuit, pas plus qu'aucun
des livres que j'avais aimés dans ma naïveté d'enfant,
superstitieusement attaché à eux comme à mes amours,
ne pouvant sans horreur imaginer une œuvre qui serait
différente d'eux. Mais, comme Elstir Chardin, on ne peut
refaire ce qu'on aime qu'en le renonçant. Sans doute mes
livres eux aussi, comme mon être de chair, finiraient un
jour par mourir. Mais il faut se résigner à mourir. On

accepte la pensée que dans dix ans soi-même, dans cent ans ses livres, ne seront plus. La durée éternelle n'est pas plus promise aux œuvres qu'aux hommes.

Ce serait un livre aussi long que *Les Mille et Une Nuits* peut-être, mais tout autre. Sans doute, quand on est amoureux d'une œuvre, on voudrait faire quelque chose de tout pareil, mais il faut sacrifier son amour du moment, ne pas penser à son goût, mais à une vérité qui ne vous demande pas vos préférences et vous défend d'y songer. Et c'est seulement si on la suit qu'on se trouve parfois rencontrer ce qu'on a abandonné, et avoir écrit, en les oubliant, les « Contes arabes » ou les « *Mémoires* de Saint-Simon » d'une autre époque[1]. Mais était-il encore temps pour moi ? N'était-il pas trop tard ?

Je me disais non seulement : « Est-il encore temps ? » mais « Suis-je encore en état ? » La maladie qui, en me faisant, comme un rude directeur de conscience, mourir au monde[2], m'avait rendu service « car si le grain de froment ne meurt après qu'on l'a semé, il restera seul, mais s'il meurt, il portera beaucoup de fruits[3] », la maladie qui, après que la paresse m'avait protégé contre la facilité, allait peut-être me garder contre la paresse, la maladie avait usé mes forces, et comme je l'avais remarqué depuis longtemps notamment au moment où j'avais cessé d'aimer Albertine, les forces de ma mémoire. Or la recréation par la mémoire d'impressions qu'il fallait ensuite approfondir, éclairer, transformer en équivalents d'intelligence, n'était-elle pas une des conditions, presque l'essence même de l'œuvre d'art telle que je l'avais conçue tout à l'heure dans la bibliothèque ? Ah ! si j'avais encore les forces qui étaient intactes encore dans la soirée que j'avais alors évoquée en apercevant *François le Champi* ! C'était de cette soirée, où ma mère avait abdiqué, que datait, avec la mort lente de ma grand-mère, le déclin de ma volonté, de ma santé. Tout s'était décidé au moment où, ne pouvant plus supporter d'attendre au lendemain pour poser mes lèvres sur le visage de ma mère, j'avais pris ma résolution, j'avais sauté du lit et étais allé, en chemise de nuit, m'installer à la fenêtre par où entrait le clair de lune jusqu'à ce que j'eusse entendu partir M. Swann. Mes parents l'avaient accompagné, j'avais entendu la porte du jardin s'ouvrir, sonner, se refermer...

Alors, je pensai tout d'un coup que si j'avais encore la force d'accomplir mon œuvre, cette matinée — comme

autrefois à Combray certains jours qui avaient influé sur
moi — qui m'avait, aujourd'hui même, donné à la fois
l'idée de mon œuvre et la crainte de ne pouvoir la réaliser,
marquerait certainement avant tout, dans celle-ci, la forme
que j'avais pressentie autrefois dans l'église de Combray,
et qui nous reste habituellement invisible, celle du Temps.

Certes, il est bien d'autres erreurs de nos sens, on a
vu que divers épisodes de ce récit me l'avaient prouvé,
qui faussent pour nous l'aspect réel de ce monde. Mais
enfin je pourrais à la rigueur, dans la transcription plus
exacte que je m'efforcerais de donner, ne pas changer la
place des sons, m'abstenir de les détacher de leur cause
à côté de laquelle l'intelligence les situe après coup, bien
que faire chanter doucement la pluie au milieu de la
chambre et tomber en déluge dans la cour l'ébullition de
notre tisane ne dût pas être en somme plus déconcertant
que ce qu'ont fait si souvent les peintres quand ils peignent,
très près ou très loin de nous, selon que les lois de la
perspective, l'intensité des couleurs et la première illusion
du regard nous les font apparaître, une voile ou un pic
que le raisonnement déplacera ensuite de distances
quelquefois énormes. Je pourrais, bien que l'erreur soit
plus grave, continuer comme on fait à mettre des traits
dans le visage d'une passante, alors qu'à la place du nez,
des joues et du menton, il ne devrait y avoir qu'un espace
vide sur lequel jouerait tout au plus le reflet de nos désirs.
Et même si je n'avais pas le loisir de préparer, chose déjà
bien plus importante, les cent masques qu'il convient
d'attacher à un même visage, ne fût-ce que selon les yeux
qui le voient et le sens où ils en lisent les traits, et pour
les mêmes yeux selon l'espérance ou la crainte, ou au
contraire l'amour et l'habitude qui cachent pendant trente
années les changements de l'âge, même enfin si je
n'entreprenais pas, ce dont ma liaison avec Albertine
suffisait pourtant à me montrer que sans cela tout est factice
et mensonger, de représenter certaines personnes non pas
au-dehors mais au-dedans de nous où leurs moindres actes
peuvent amener des troubles mortels, et de faire varier
aussi la lumière du ciel moral, selon les différences de
pression de notre sensibilité, ou quand, troublant la
sérénité de notre certitude sous laquelle un objet est si
petit, un simple nuage de risque en multiplie en un
moment la grandeur, si je ne pouvais apporter ces

changements et bien d'autres (dont la nécessité, si on veut peindre le réel, a pu apparaître au cours de ce récit) dans la transcription d'un univers qui était à redessiner tout entier, du moins ne manquerais-je pas d'y décrire l'homme comme ayant la longueur non de son corps mais de ses années, comme devant, tâche de plus en plus énorme et qui finit par le vaincre, les traîner avec lui quand il se déplace.

D'ailleurs, que nous occupions une place sans cesse accrue dans le Temps, tout le monde le sent, et cette universalité ne pouvait que me réjouir puisque c'est la vérité, la vérité soupçonnée par chacun, que je devais chercher à élucider. Non seulement tout le monde sent que nous occupons une place dans le Temps, mais cette place, le plus simple la mesure approximativement comme il mesurerait celle que nous occupons dans l'espace, puisque des gens sans perspicacité spéciale, voyant deux hommes qu'ils ne connaissent pas, tous deux à moustaches noires ou tout rasés, disent que ce sont deux hommes l'un d'une vingtaine, l'autre d'une quarantaine d'années. Sans doute on se trompe souvent dans cette évaluation, mais qu'on ait cru pouvoir la faire signifie qu'on concevait l'âge comme quelque chose de mesurable. Au second homme à moustaches noires, vingt années de plus se sont effectivement ajoutées.

Si c'était cette notion du temps incorporé, des années passées non séparées de nous, que j'avais maintenant l'intention de mettre si fort en relief, c'est qu'à ce moment même, dans l'hôtel du prince de Guermantes, ce bruit des pas de mes parents reconduisant M. Swann, ce tintement rebondissant, ferrugineux, intarissable, criard et frais de la petite sonnette qui m'annonçait qu'enfin M. Swann était parti et que maman allait monter, je les entendis encore, je les entendis eux-mêmes, eux situés pourtant si loin dans le passé. Alors, en pensant à tous les événements qui se plaçaient forcément entre l'instant où je les avais entendus et la matinée Guermantes, je fus effrayé de penser que c'était bien cette sonnette qui tintait encore en moi, sans que je pusse rien changer aux criaillements de son grelot, puisque ne me rappelant plus bien comment ils s'éteignaient, pour le réapprendre, pour bien l'écouter, je dus m'efforcer de ne plus entendre le son des conversations que les masques tenaient autour de moi. Pour tâcher de l'entendre de plus près, c'est en moi-même que j'étais obligé de redescendre. C'est donc que ce tintement y était toujours, et aussi, entre lui et l'instant présent tout ce passé indéfiniment déroulé que je ne savais que je portais. Quand elle avait tinté j'existais déjà, et depuis pour que j'entendisse encore ce tintement, il fallait qu'il n'y eût pas eu discontinuité, que je n'eusse pas un instant cessé, pris le repos de ne pas exister, de ne pas penser, de ne pas avoir conscience de moi, puisque cet instant ancien tenait encore à moi, que je pouvais encore le retrouver, retourner jusqu'à lui, rien qu'en descendant plus profondément en moi. Et c'est parce qu'ils contiennent ainsi les heures du passé que les corps humains peuvent faire tant de mal à ceux qui les aiment, parce qu'ils contiennent tant de souvenirs de joies et de désirs déjà effacés pour eux, mais si cruels pour celui qui contemple et prolonge dans l'ordre du temps le corps chéri dont il est jaloux, jaloux jusqu'à en souhaiter la destruction. Car après la mort le Temps se retire du corps, et les souvenirs — si indifférents, si pâlis — sont effacés de celle qui n'est plus et le seront bientôt de celui qu'ils torturent encore, mais en qui ils finiront par périr quand le désir d'un corps vivant ne les entretiendra plus. Profonde Albertine que je voyais dormir et qui était morte.

J'éprouvais un sentiment de fatigue et d'effroi à sentir que tout ce temps si long non seulement avait, sans une interruption, été vécu, pensé, sécrété par moi, qu'il était ma vie, qu'il était moi-même, mais encore que j'avais à toute minute à le maintenir attaché à moi, qu'il me supportait, moi, juché à son sommet vertigineux, que je ne pouvais me mouvoir sans le déplacer comme je le pouvais avec lui. La date à laquelle j'entendais le bruit de la sonnette du jardin de Combray, si distant et pourtant intérieur, était un point de repère dans cette dimension énorme que je ne me savais pas avoir. J'avais le vertige de voir au-dessous de moi, en moi pourtant, comme si j'avais des lieues de hauteur, tant d'années.

Je venais de comprendre pourquoi le duc de Guermantes, dont j'avais admiré en le regardant assis sur une chaise, combien il avait peu vieilli bien qu'il eût tellement plus d'années que moi au-dessous de lui, dès qu'il s'était levé et avait voulu se tenir debout, avait vacillé sur des jambes flageolantes comme celles de ces vieux archevêques sur lesquels il n'y a de solide que leur croix métallique et vers lesquels s'empressent des jeunes séminaristes gaillards, et ne s'était avancé qu'en tremblant comme une feuille, sur le sommet peu praticable de quatre-vingt-trois années, comme si les hommes étaient juchés sur de vivantes échasses, grandissant sans cesse, parfois plus hautes que des clochers, finissant par leur rendre la marche difficile et périlleuse, et d'où tout d'un coup ils tombaient. (Était-ce pour cela que la figure des hommes d'un certain âge était, aux yeux du plus ignorant, si impossible à confondre avec celle d'un jeune homme et n'apparaissait qu'à travers le sérieux d'une espèce de nuage ?) Je m'effrayais que les miennes fussent déjà si hautes sous mes pas, il ne me semblait pas que j'aurais encore la force de maintenir longtemps attaché à moi ce passé qui descendait déjà si loin. Aussi, si elle m'était laissée assez longtemps pour accomplir mon œuvre, ne manquerais-je pas d'abord d'y décrire les hommes, cela dût-il les faire ressembler à des êtres monstrueux, comme occupant une place si considérable, à côté de celle si restreinte qui leur est réservée dans l'espace, une place au contraire prolongée sans mesure puisqu'ils touchent simultanément, comme des géants plongés dans les années à des époques, vécues par eux si distantes, entre lesquelles tant de jours sont venus se placer — dans le Temps.

FIN[1]

DOSSIER

ESQUISSE

Odette était la maîtresse de Cottard

Le texte de cette esquisse constitue l'un des plus longs ajouts au « bal de têtes ». Son intérêt majeur réside dans la révélation d'une longue liaison amoureuse entre Cottard et Odette. Proust n'a pas conservé l'épisode dans Le Temps retrouvé. *Il semble bien pourtant qu'il soit annoncé dans* À l'ombre des jeunes filles en fleurs *lorsque le père du héros s'étonne de la présence de Mme Cottard dans le salon de Mme Swann :* « D'ailleurs — en dehors d'une autre raison qu'on ne sut que bien des années après — Mme Swann, en conviant cette amie bienveillante, réservée et modeste, n'avait pas à craindre d'introduire chez soi à ses jours brillants un traître ou une concurrente » (p. 87).*

Le texte de l'esquisse est rédigé sur une très longue paperole (de 1,69 m dans sa totalité) appartenant au fonds Proust de la Bibliothèque nationale. Le point d'insertion de cette paperole dans Le Temps retrouvé *est incertain : selon une indication du Cahier 74, l'épisode s'enchaînerait au passage sur la duchesse de Guermantes que son mari délaisse pour Odette (p. 325).*

Nous reproduisons la leçon établie par Eugène Nicole et Brian Rogers dans la Pléiade (t. IV, p. 975-978), le texte ayant été publié pour la première fois par Denise Mayer dans Commentaire *en 1983. Les crochets aigus < > indiquent les mots absents du manuscrit que nous restituons ; les étoiles encadrent les indications de montage, notes de régie et aide-mémoire de l'auteur, qui ne font pas partie du récit. La transcription est très simplifiée : elle ignore les passages biffés et intègre les additions.*

Bien souvent il m'était impossible, dans une femme qui me parlait, de plus rien retrouver des <traits> de la blonde d'autrefois, je me détournais d'elle mais alors tout d'un coup je les voyais qui me souriaient dans le visage de sa fille où ils avaient élu domicile, comme s'il existait pour chaque famille un seul masque, un seul « loup », disponible et vivant, et qui, vivant plus longtemps qu'un individu, s'amusait à rester quinze ans sur le visage d'une femme, puis en disparaissait et se retrouvait alors tout d'un coup reconnaissable sur la figure de sa fille qu'il déserterait aussi.

Il paraît que peu de temps avant sa mort j'avais rencontré Cottard, je ne l'avais pas reconnu. Or maintenant je regardais quelqu'un dont il me semblait que ce devait être un des fils de Cottard, mais il ne faisait pas que ressembler à son père, il le répétait, il était semblable au Cottard qui m'avait jadis soigné et indirectement mis en relation avec les Swann. Ce petit Cottard qui était là avait l'air d'un homme déjà grisonnant, d'un demi-vieillard. Pour me rendre compte qu'il en était déjà un en effet, je fus obligé de calculer les années, comme par certains jours d'hiver on regarde l'heure pour s'expliquer qu'on soit déjà obligé d'allumer les lampes. Dans sa figure j'apercevais encore incomplets, mais en train de cristalliser, tous les changements d'yeux, l'arrondissement du nez, la froideur satisfaite du docteur. Les traits que le Temps était en train de tirer, de graver, et le buste aussi, c'étaient ceux du Professeur Cottard comme s'il n'avait pas suffi que pendant tant d'années il y en eût eu un, comme si au contraire sa présence était indispensable à cet univers ; à un Cottard disparu, un semblable Cottard succédait, lequel n'avait le droit d'en différer un peu que jusqu'à la mort du précédent, après quoi il était nécessaire que le nouveau restituât à l'humanité présente qui n'avait pas assez joui de l'autre, les prunelles éteintes et le sourire disparu. — Sans doute cette métamorphose dont la nécessité n'apparaissait pas, et qui donnait à la vie quelque chose d'inutile, était-elle préparée depuis longtemps et la nature avait-elle jeté, dans le visage autrefois agréable du jeune homme, les stigmates, que je n'y avais jamais soupçonnés et qui ne devaient apparaître, comme un nègre en bois dans un coucou, qu'au moment où l'heure sonnerait.

Sa mère n'était pas avec lui. Car un grand malheur, pire peut-être encore que la perte de son mari, avait fondu sur elle. En dehors de ses enfants, elle n'avait jamais aimé que lui dans la vie. Si elle s'efforça de survivre au premier, ce fut pour être utile aux seconds. Mais alors une correspondance pourtant bien froide de ton mais pleine de petits faits que le docteur lui avait expliqués autrement acheva Mme Cottard en lui révélant que son mari n'avait jamais cessé d'entretenir, à intervalles fixes, des relations avec Odette. C'était évidemment d'elle (je n'avais pas su le deviner) que Rachel avait voulu me parler quand elle m'avait dit à propos de Cottard, supposant d'ailleurs une femme toute différente (Duplay) : « Il paraît qu'il a une maîtresse très jolie, il prétend qu'elle a quelque chose de moi. » Et c'était peut-être en partie ce quelque chose qui, hérité par Gilberte, l'avait fait

choisir par Robert. Certes, Mme de Forcheville, dans les derniers
temps de la vie de Cottard qu'elle semble avoir abrégée,
n'exerçait plus qu'exceptionnellement son ancien métier de
cocotte. Mais, de l'avoir appris selon les règles et su à fond, il
lui restait dans l'exécution des caresses ce quelque chose
d'inimitable qui distinguait encore, il y a quelques années, les
survivantes de l'Ancien Théâtre. Peut-être eût-on même pu
reprocher à ce point de vue à son jeu quelque chose de trop
classique, de trop conservatoire. On était étonné de la voir
toujours faire précéder ou suivre certains baisers d'une série de
fioritures comme celles < sans > lesquelles les maîtres du bel
canto ne croyaient pas pouvoir aborder la scène. Ainsi ce n'était
pas seulement pour le rire mutin et clair dont s'accompagnait
sa conversation mondaine *(à mettre quand je vois chez elle
Mme de Galliffet)* qu'on reconnaissait en elle la grande cocotte
formée à la fin du Second Empire mais au style avec lequel elle
chantait certains morceaux toujours identiques des duos amoureux. On s'étonnait, n'ayant pas l'habitude de ces vocalises, mais
on était vite ravi et on se sentait comblé.

Il l'avait connue toute jeune, quand elle était elle-même peu
connue (c'était lui qui l'avait introduite chez les Verdurin
plus tard), lui donnait chaque fois une toute petite somme et était
resté avec elle, comme un vieux client, aux mêmes prix dérisoires,
même quand elle était devenue une grande cocotte, puis
Mme Swann, puis Mme de Forcheville, puis quand le duc de
Guermantes avait dépensé pour elle des millions. Mais Odette
aimait l'argent comme lui, admettait comme lui d'avoir des
clients qui payaient à peine à côté d'autres qui payaient très cher[1].
Encore ne lui donnait-il rien si ce jour-là elle était venue lui
demander une consultation ou s'il pouvait lui offrir une carte
d'invitation pour aller l'entendre parler dans quelque solennité
médicale. Il était son « docteur chéri » et peut-être faisait-elle
plus pour lui qui ne lui donnait qu'un louis, des choses que Swann
et maintenant le duc de Guermantes n'eussent peut-être pas osé
lui demander. Et cela ne l'empêchait pas de donner à Cottard
de meilleures caresses que celles que des petites femmes de rien
lui eussent fait payer très cher. Odette était comme les grandes
maisons qui à un ancien client fournissent pour rien une doublure

1. *En marge* : Si Odette avait gardé ses anciens prix pour Cottard c'est
qu'en effet dévorer une fortune pour une femme de peu comme l'avait
fait Saint-Loup pour Rachel n'est pas seulement absurde ; mais c'est que
la femme à 20 francs à qui on en donne cent mille ne néglige pas malgré
cela l'occasion qui se présente de gagner 20 francs en se donnant, comme
les millionnaires qui ne négligent < pas > le plus petit profit, ainsi l'on
est constamment trompé tout de même ; les millions qu'on donne ne vous
assurent pas là contre et c'est cela qui est si triste.

et des boutons neufs mais ne lui donnent que du beau par point
d'honneur professionnel *(peut-être une seule phrase : grande
maison, grande artiste, etc.)*

Mme Cottard ne comprit jamais une expression qui revenait
quelquefois dans ces lettres : « Consommer le sacrifice. » Sans
doute Cottard, occupé, laborieux, craignant de n'avoir pas tous
ses moyens le soir à une société savante ou de faire trop attendre
une cliente, reculait-il souvent devant les fatigues amoureuses.
Si Odette l'amenait cependant à les accepter, il devait dire sans
doute : « Le sacrifice est consommé. Moi qui ne voulais pas
consommer le sacrifice, crédié, je suis attendu à la sous-
commission des maladies contagieuses, il est tard. — Il n'est
jamais trop tard pour bien faire », répondait tendrement Odette.
« Il faut nous presser si nous voulons consommer le sacrifice. »
Que de fois, d'ailleurs, dans l'appartement même de Mme Cottard, tandis que les malades attendaient dans le grand salon
< avec > une anxiété pire que leur mal, les murs ne durent-ils
pas entendre des dialogues comme celui-ci : « Ça c'est très
agréable. — C'est bien pour cela que je le fais. — Ça me fait
du bien. — Tant que ça ! Dame j'ai beau être un prince de la
Science, je ne suis pas de bois. — J'en sais quelque chose *ou
bien cela pour Jupien et Charlus et alors grand gosse*. — Dame
quand je trouve une porte ouverte j'entre. » « Comment, ça vous
fait tant de plaisir que cela ? » disait naïvement Cottard.
« Comme vous êtes névrosée, il ne faut pas d'exagération : *In
medias res virtus*. — L'excès en tout est un défaut. Savez-vous
de qui c'est ? c'est d'Hippocrate. » Et pris lui-même par le plaisir
qu'Odette n'avait fait que simuler : « Ça est bon, disait-il,
savez-vous ? — Il fait bien chaud là, j'aime bien ça. — Vous aimez
ce qui est bon. » — Allons je laisse le professeur à ses malades,
du reste moi aussi il faut que je rentre, Charles m'attend. —
Comment en plus du reste vous l'appelez charlatan ! » *mettre
petits cahiers Putbus et finir par ces mots*

Car ce n'est pas seulement sur le langage de la critique
littéraire, du roman, du journalisme politique, de la conversation
mondaine, de l'éloquence religieuse et des écrits militaires que
la médiocrité d'esprit et l'instinct d'imitation apposent leur sceau
vulgaire, éternel et changeant. Celui-ci enlaidit même les paroles
d'amour d'une Odette sans qu'il y paraisse d'ailleurs non
seulement pour un Cottard mais pour un homme supérieur qui
pourrait s'y complaire. Car il en est des paroles d'amour comme
des paroles dans un opéra, on oublie leur niaiserie parce qu'on
ne les lit pas mais qu'on les chante.

Quand j'appris la douleur de Mme Cottard, j'aurais voulu
pouvoir aller la voir puisqu'elle n'était pas ici, comme autrefois
j'aurais voulu rassurer la conscience de Mlle Vinteuil. Il me

semblait que l'expérience du chagrin qui depuis la mort d'Albertine avait survécu chez moi au chagrin lui-même m'aurait permis de lui dire des choses qui lui auraient fait du bien. Je lui aurais dit : « Ne regrettez pas d'être si malheureuse car cela prouve que vous l'aimez toujours ; si vous commenciez à être moins malheureuse c'est que vous oublieriez, que vous aimeriez moins. N'ayez pas votre souffrance en haine — ne croyez pas non plus qu'il ne vous aimait pas » (c'est cette idée-là surtout qui devait lui faire du mal). « Du moment qu'il vous trompait, qu'il prenait tant de peine pour que vous ne sachiez pas, c'est qu'il avait peur de vous faire de la peine, c'est qu'il vous respectait et vous préférait. Il n'y a que vous qui ne < saviez > pas combien il vous aimait. À ses maîtresses il disait que vous étiez un ange, qu'il n'aurait pas pu faire sa carrière sans vous. Au ciel, il n'y a que vous qu'il désirera revoir. » Je lui aurais dit tout cela si j'avais pu aborder ce sujet, mais je la connaissais si peu qu'en l'abordant je l'eusse offensée. Ainsi je me dis cette époque que j'aurais aimé être prêtre pour pouvoir mettre à profit les qualités que créait en moi mon absence d'amour-propre, ma perspicacité, mon désir de faire du bien aux autres mais ce n'était pas là ma vocation comme je le connus plus tard.

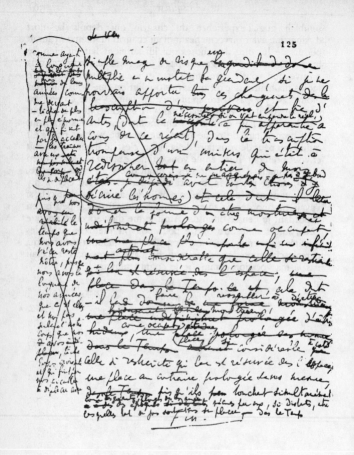

La dernière page du *Temps retrouvé* (Cahier XX).
(photo © Bibliothèque Nationale)

BIBLIOGRAPHIE

ÉDITIONS (par ordre chronologique)

Le Temps retrouvé, Éditions de la Nouvelle Revue Française, 2 vol.,
achevé d'imprimer le 22 septembre 1927.
À la recherche du temps perdu, édition de Pierre Clarac et André Ferré,
préface d'André Maurois, « Bibliothèque de la Pléiade »,
Gallimard, 1954, 3 vol. (*Le Temps retrouvé* figure dans le tome III.)
Le Carnet de 1908, établi et présenté par Philip Kolb, « Cahiers Marcel
Proust », nouvelle série, 8, Gallimard, 1976.
Matinée chez la princesse de Guermantes. Cahiers du « Temps retrouvé »,
édition critique établie par Henri Bonnet en collaboration avec
Bernard Brun, Gallimard, 1982.
Le Temps retrouvé, édition réalisée sous la direction de Jean Milly (pour
ce volume : établissement du texte, introduction et bibliographie
par Bernard Brun), GF, Flammarion, 1986.
À la recherche du temps perdu, édition présentée par Bernard Raffalli,
« Bouquins », Robert Laffont, 1987, 3 vol. (*Le Temps retrouvé* figure
dans le tome III. Texte établi par Thierry Laget, annoté par André
Alain Morello et François Bouchet.)
À la recherche du temps perdu, édition publiée sous la direction de
Jean-Yves Tadié, « Bibliothèque de la Pléiade », Gallimard,
1987-1989, 4 vol. (*Le Temps retrouvé* figure dans le tome IV. Texte
présenté par Pierre-Louis Rey et Brian Rogers, établi par
Pierre-Edmond Robert et Brian Rogers, et annoté par Jacques
Robichez et Brian Rogers. Relevé de variantes par Pierre-Edmond
Robert et Brian Rogers. Texte des esquisses établi et annoté par
Eugène Nicole et Brian Rogers, relevé de variantes par Eugène
Nicole et Brian Rogers.)

CORRESPONDANCES

Marcel Proust, *Correspondance*, édition établie par Philip Kolb, Plon, 18 vol. parus depuis 1970. Le tome XVIII, qui couvre l'année 1919, est paru en 1990.

Et, parmi les correspondances séparées :

Marcel Proust-Jacques Rivière, *Correspondance (1914-1922)*, édition établie, présentée et annotée par Philip Kolb, Gallimard, 1976.
Marcel Proust-Gaston Gallimard, *Correspondance*, édition établie, présentée et annotée par Pascal Fouché, Gallimard, 1989.

BIOGRAPHIES (par ordre alphabétique)

Albaret (Céleste), *Monsieur Proust*, Robert Laffont, 1973 (souvenirs recueillis par Georges Belmont).
Maurois (André), *À la recherche de Marcel Proust*, Hachette, 1949.
Painter (George), *Marcel Proust*, 2 vol., 1959 et 1965 (pour la traduction en français : Mercure de France, 1966).
Tadié (Jean-Yves), *Marcel Proust*, Gallimard, 1996.

OUVRAGES ET ARTICLES CRITIQUES (par ordre alphabétique)

Bardèche (Maurice), *Marcel Proust romancier*, Les Sept Couleurs, 1971, 2 vol.
Bonnet (Henri), « *Le Temps retrouvé* dans les Cahiers », *Études proustiennes*, I, Gallimard, 1973.
Brée (Germaine), *Du temps perdu au temps retrouvé*, Les Belles Lettres, 1950.
Brun (Bernard), « Note sur la genèse du *Temps retrouvé* », *Bulletin d'informations proustiennes*, Presses de l'École Normale Supérieure, n° 11, 1980.
Brun (Bernard), « *Le Temps retrouvé* dans les avant-textes de Combray », *Bulletin d'informations proustiennes*, n° 12, 1981.
Deleuze (Gilles), *Marcel Proust et les signes*, P.U.F., 1964 ; nouvelle édition, 1970.
Descombes (Vincent), *Proust, philosophie du roman*, Éditions de Minuit, 1987.
Genette (Gérard), *Figures I*, Le Seuil, 1966, et *Figures III*, Le Seuil, 1972.
Henry (Anne), *Marcel Proust. Théories pour une esthétique*, Klincksieck, 1981.
Henry (Anne), *Proust romancier. Le Tombeau égyptien*, Flammarion, 1983.
Houston (John Porter), « Les structures temporelles », dans *Recherche de Proust*, ouvrage collectif, « Points », Le Seuil, 1980.

Jullien (Dominique), *Proust et ses modèles. « Les Mille et Une Nuits »
et les « Mémoires » de Saint-Simon*, Corti, 1989.

Lattre (Alain de), *La Doctrine de la réalité chez Proust*, Corti, 1979-1985,
3 vol.

Milly (Jean), *Proust dans le texte et l'avant-texte*, Flammarion, 1985
(reprend l'article sur « Le pastiche Goncourt dans *Le Temps
retrouvé* », paru en septembre-décembre 1971 dans la *Revue d'histoire
littéraire de la France*).

Muller (Marcel), *Les Voix narratives dans « À la recherche du temps
perdu »*, Droz, 1965.

Muller (Marcel), « Charlus dans le métro ou pastiche et cruauté chez
Proust », *Études proustiennes*, III, Gallimard, 1979.

Raimond (Michel), *Proust romancier*, S.E.D.E.S., 1984.

Richard (Jean-Pierre), *Proust et le monde sensible*, Le Seuil, 1974.

Ricœur (Paul), *Temps et récit*, tome II : *La Configuration du temps dans
le récit de fiction*, Le Seuil, 1984.

Rogers (Brian G.), *Proust's Narrative Techniques*, Droz, 1965.

Roloff (Volker), « *François le Champi* et le texte retrouvé », *Études
proustiennes*, III, Gallimard, 1979.

Tadié (Jean-Yves), *Proust et le roman*, Gallimard, 1971 (coll. Tel, 1986).

Tadié (Jean-Yves), *Proust*, Belfond, 1983.

Yoshikawa (Kazuyoshi), « Vinteuil ou la genèse du Septuor », *Études
proustiennes*, III, Gallimard, 1979.

P.-L. R.

NOTES

Les éditeurs remercient bien vivement Florence Callu, Odile Albaret-Gévaudan, Anne Chevalier, Claude Mauriac et Jean-Yves Tadié.

Page 3.

1. La chambre évoquée ici est annoncée dans « Combray » (voir *Swann*, p. 7).

Page 4.

1. Les développements sur l'homosexualité de Saint-Loup au début du *Temps retrouvé* sont la conséquence de la structure antérieure du texte. Rappelons que Proust, en 1918, annonce comme suit la répartition des épisodes : « Tome V : *Sodome et Gomorrhe II — Le Temps retrouvé* : Vie en commun avec Albertine — Les Verdurin se brouillent avec M. de Charlus — Disparition d'Albertine — Le chagrin et l'oubli — Mlle de Forcheville — Exception à une règle — Séjour à Venise — Nouvel aspect de Robert de Saint-Loup — M. de Charlus pendant la guerre : ses opinions, ses plaisirs — Matinée chez la princesse de Guermantes — L'adoration perpétuelle — Le Temps retrouvé » (plan annoncé dans l'édition des *Jeunes Filles*. Voir *Albertine disparue*, préface, p. XXX).

2. Sur les vertus attribuées à la source thermale de Bohême, on trouve, à peu près, la même phrase à la fin d'*Albertine disparue*, à propos de Legrandin (voir p. 245).

Page 5.

1. En matière de sport et d'éducation physique, la nécessité pour la France d'imiter l'exemple anglo-saxon est fréquemment soulignée à l'époque de Proust. Voir, par exemple, Pierre de Coubertin : *L'Éducation des adolescents au XXᵉ siècle. I. L'Éducation physique*, 1905. L'enquête d'Agathon (Alfred de Tarde et Henri Massis), *Les Jeunes Gens d'aujourd'hui*, 1913, considère le sport comme l'un des éléments d'une renaissance du patriotisme.

Page 6.

1. Le texte de la *Recherche* ne se lisant pas dans l'ordre où il a été rédigé, le lecteur voit ici reparaître Bergotte, dont il a appris la mort

antérieurement (voir *La Prisonnière*, p. 171 et suiv. ; dans le même ouvrage, il réapparaissait déjà p. 210, d'ailleurs associé comme ici à Morel).

Page 7.

1. Voir, dans *Albertine disparue* (p. 171), le passage où le narrateur reçoit une lettre d'une écriture populaire signée « Sanilon ». Le paragraphe qui commence à « Par politesse » se trouve dans une addition marginale débutant à « Je comprenais » (p. 6). Il n'est pas en place et, s'il en avait eu le loisir, Proust l'aurait supprimé ou fait précéder d'une phrase d'introduction.

2. En donnant à Morel le prénom de Charlie au lieu de celui de Bobby (voir note sur le texte, p. XXIII), il est possible que Proust ait songé à Charlie Humphries, valet de chambre très intime de l'ami de Proust, Henri Bardac (voir *Sodome*, p. 254, n. 1). Mais voir aussi *La Prisonnière*, p. 275, et *Albertine disparue*, p. 262, n. 2.

Page 8.

1. Théodora, courtisane épousée par Justinien, qui, devenu empereur d'Orient en 527, l'associa au pouvoir, est l'héroïne du drame de Victorien Sardou qui porte son nom. Il fut créé en 1884, dans une mise en scène dont le luxe byzantin fut reproché à l'auteur. Sarah Bernhardt y remporta un de ses plus grands succès.

Page 10.

1. *Splendeurs et misères des courtisanes*, Folio, p. 529. Voir *Sodome*, p. XV.

2. « Les homosexuels seraient les meilleurs maris du monde s'ils ne jouaient pas la comédie d'aimer les femmes » (*Albertine disparue*, p. 263).

3. Courvoisier : « jeune homme d'une jolie figure et d'un air impertinent », traité par Charlus avec une indifférence affectée au cours de la soirée chez la princesse de Guermantes (voir *Sodome*, p. 53).

Page 11.

1. Sur la manœuvre d'encerclement d'Ulm, en octobre 1805, voir *Guermantes*, p. 104, n. 1.

2. La première guerre balkanique, déclenchée en octobre 1912, oppose aux Turcs une coalition comprenant le Monténégro, la Serbie, la Grèce, la Bulgarie. L'armée bulgare, par des menaces successives de débordement, notamment à Lullé-Burgas, le 29 octobre, repousse les Turcs vers Constantinople. Le *Journal des Débats* du 24 novembre 1916, dans un article utilisé par Proust, compare à ces manœuvres les opérations victorieuses conduites par les Allemands et les Bulgares contre la Roumanie à l'automne 1916 (voir *Guermantes*, p. 102, n. 1).

Page 12.

1. Voir *Jeunes Filles*, p. 83.

2. Cet alinéa apparaît dans une addition marginale, comme de nombreux passages relatifs à Albertine, qui, rappelons-le, était absente de l'état originel du *Temps retrouvé*.

3. Le lecteur risque de ne pas s'en souvenir non plus. Ces trois lignes viennent d'une addition marginale inopportune (voir *Albertine disparue*, p. 259).

4. On sait que *La Fille aux yeux d'or* évoque les amours de deux femmes. La marquise de San-Réal assassine sa maîtresse, Paquita Valdès, coupable de s'être donnée à Henri de Marsay, frère de la marquise et son sosie.

Page 13.

1. L'église, qui aura servi d'observatoire à l'ennemi, sera détruite par les Français et les Anglais durant les premières années de la guerre (voir p. 102).

Page 14.

1. Le catalogue « Matières » de la Bibliothèque nationale mentionne cinq thèses consacrées de 1899 à 1913 au philosophe et économiste Charles Fourier (1772-1837).

2. C'est à Tobolsk, en Sibérie, que le tsar Nicolas II et sa famille furent internés de l'automne de 1917 au printemps de 1918, avant d'être transférés à Iékaterinbourg, où ils furent assassinés.

Page 15.

1. Edmond de Goncourt fit paraître, de 1887 à 1896, année de sa mort, les neuf volumes, très expurgés, du *Journal. Mémoires de la vie littéraire* (1851-1895). Nos références renvoient à cette édition. Proust eut l'occasion d'exprimer son sentiment sur le *Journal* quelques mois avant sa mort. Dans *Le Gaulois du dimanche* du 25 mai 1922, il rappelait qu'il avait souvent vu Edmond de Goncourt chez Alphonse Daudet et chez la princesse Mathilde ; tout en reconnaissant que le *Journal* « reste un livre délicieux et divertissant », il reprochait à Edmond de Goncourt d'y avoir accordé plus de soin à la minutie de la note quotidienne qu'à la création artistique d'êtres vivants. Il ne condamne pas cependant le style de l'écrivain et, rappelant le pastiche qu'il en a déjà publié (*Pastiches et mélanges*), il annonce aussi celui du *Temps retrouvé*, considéré par lui comme une critique de « synthèse », « laudative en somme » (voir *Essais et articles*, Pléiade, p. 642).

2. Voir les promenades où le narrateur, persuadé qu'il n'a « pas de dispositions pour les lettres », se sent en même temps mystérieusement sollicité par certaines images ou certaines odeurs (*Swann*, p. 176-177).

3. Dans ce pastiche, qui s'en prend à Edmond de Goncourt plutôt qu'aux deux frères, car il s'inspire à peu près exclusivement des derniers volumes du *Journal*, où la vanité de l'aîné se laisse voir plus

naïvement (Jules mourut dès 1870), on pourrait aisément citer pour chaque phrase du pseudo-Goncourt une phrase du vrai. On se contentera de quelques rapprochements, en s'efforçant de ne pas reprendre ceux que Jean Milly a relevés dans l'étude approfondie qu'il a consacrée à ce texte (« Le Pastiche Goncourt dans *Le Temps retrouvé* », *Revue d'histoire littéraire de la France*, septembre-décembre 1971). On remarquera que le style même de Proust : amplitude, reprises, références de culture, raffinement dans le rendu des nuances, n'est pas sans rapport avec celui de Goncourt. Les effets comiques sont obtenus par une observation satirique de l'homme plus que de l'écrivain.

4. Expression chère à Goncourt : « Jean Lorrain tombe chez moi, de retour d'Alger » (*Journal*, 5 avril 1893). Mais l'inversion du sujet, soulignant l'effet de brusquerie, est de l'invention de Proust.

5. Successivement *Revue des Deux Mondes* et *Revue bleue* dans les brouillons.

6. Dans les versions antérieures, Proust avait fait de M. Verdurin l'auteur d'un livre sur l'école de Barbizon, puis d'un ouvrage sur Manet. Il avait plusieurs raisons de choisir finalement Whistler, qu'il avait eu l'occasion de rencontrer et qui est souvent évoqué dans la *Recherche*, soit explicitement (par exemple *Jeunes Filles*, p. 218 ; *La Prisonnière*, p. 289), soit à travers le personnage d'Elstir, dont il est l'un des principaux modèles (voir préface, p. XVI). Whistler et Ruskin s'étaient affrontés, en 1878, dans un procès qui eut un grand retentissement et retint l'attention de Goncourt (voir le *Journal* à la date du 5 avril 1893).

7. « Grandes sanguines de Fragonard, à huit francs pièce, représentant des danseuses du plus beau *faire* » (*ibid.*, 14 février 1888).

8. « Une femme à la joliesse que rend piquante un grain de beauté, en haut d'une pommette » (*ibid.*, 30 mai 1894).

9. « Une bouche un rien entrouverte, où il y a comme l'épellement heureux de ce qu'elle lit » (*ibid.*, 1er février 1895). — « Sur un coin du divan Mme Charles Hugo est affaissée dans le chiffonnement mou d'une robe de dentelle noire » (*ibid.*, 5 mars 1876)

10. Madeleine est l'héroïne du roman de Fromentin, *Dominique* (1863). L'auteur s'y est inspiré de son amour de jeunesse pour Mme Léocadie Béraud (1817-1844). Voir, ci-dessus, préface, p. XVII.

11. Charles Blanc (1813-1882), historien de l'art, fut directeur de l'administration des Beaux-Arts de 1848 à 1850 et, à nouveau, de 1870 à 1873. Familier des Goncourt, il figure dans plusieurs passages du *Journal*, avec des appréciations de ce genre : « C'est bien l'homme le plus mal élevé, et le plus furibondement comique qui soit que ce Charles Blanc » (3 avril 1872).

12. Edmond de Goncourt, intime du critique Paul de Saint-Victor (1827-1881), était le parrain de la fille que l'écrivain avait eue de Lia Félix, sœur de Rachel. L'amitié des deux hommes s'était assez rapidement refroidie et à la mort de Saint-Victor ils étaient brouillés (*Journal*, 10 juillet 1881).

13. En mêlant Sainte-Beuve à des écrivains considérés comme de second ordre, Goncourt et Verdurin sont ici les porte-parole de Proust.

14. Compagnon assidu d'Edmond de Goncourt, le critique d'art Philippe Burty (1830-1890), très souvent cité dans le *Journal*, l'est fréquemment de façon désobligeante.

15. L'appréciation de Verdurin sur le livre de Fromentin paru en 1876 devrait provoquer une protestation du pseudo-Goncourt, Fromentin étant mainte fois élogieusement cité dans le *Journal*. Proust, au contraire, est sévère. Il voit quelque chose « de court et de niais » dans « une certaine distinction » de Fromentin (*Pastiches et mélanges*, Pléiade, p. 189). Il lui reproche avec vivacité de n'avoir, dans *Les Maîtres d'autrefois*, même pas cité Vermeer (*Essais et articles*, Pléiade, p. 580) — ce qui est d'ailleurs inexact, mais Fromentin écrit « Van der Meer » !

Page 16.

1. « Un ciel mauve, où les lueurs des illuminations mettent comme le reflet d'un immense incendie, [...] la place de la Concorde, une apothéose de lumière blanche, au milieu de laquelle l'obélisque apparaît avec la couleur rosée d'un sorbet au champagne » (*Journal*, 6 mai 1889). À propos des tours du Trocadéro, voir *La Prisonnière*, p. 157, et ci-dessous, p. 69, n. 4.

2. Aucune mention d'un hôtel de ce nom, quai Conti, dans Jacques Hillairet, *Connaissance du vieux Paris*. Proust l'a peut-être inventé d'après l'hôtel des Ambassadeurs de Hollande, rue Vieille-du-Temple.

3. Dès *Swann*, et mainte fois par la suite, on a vu que l'imagination de Proust se complaît à évoquer *Les Mille et Une Nuits*, dont la traduction de Mardrus avait paru de 1899 à 1904. Elles réapparaîtront, avec les *Mémoires* de Saint-Simon, aux dernières pages du roman (voir p. 348).

4. « [...] dans le joli de ce visage, cependant quelque chose de fatal » (*Journal*, 25 février 1892).

5. « Courteline, un petit homme de la race des chats maigres [...]. Son dire débute ainsi [...] » (*ibid.*, 11 janvier 1894).

6. Il est généralement admis que la rue du Bac doit son nom au bac qui avait transporté sur la rive droite de la Seine les pierres utilisées pour la construction des Tuileries. Les Miramiones, religieuses établies à la fin du XVIIᵉ siècle quai de la Tournelle, empruntaient évidemment un itinéraire plus direct pour se rendre « aux offices de Notre-Dame » — erreur, non de Proust, mais du pseudo-Goncourt, comme le vrai en commet quelquefois.

7. En réalité, Goncourt, comme Proust, est un Parisien de la rive droite. Mais ce dernier goûtait la beauté du quai Conti, où il situe l'hôtel Verdurin. Dans une lettre à Porto-Riche, nommé administrateur de la Mazarine, il évoque la « vue incomparable de la Seine et du vieux Paris » que l'on aperçoit des fenêtres de l'Institut (lettre du 21 ou 22 juillet 1906, *Correspondance*, t. VI, p. 163). Dans *La Maison*

d'un artiste, Edmond de Goncourt se rappelle lui aussi le charme de ce quartier de Paris où il a flâné dans sa jeunesse (1881, t. I, p. 31).

8. Goncourt évoque longuement dans le *Journal* (30 août 1892) sa tante, Mme Jules Lebas de Courmont, née Nephtalie Lefebvre de Béhaine (1802-1844), qui habitait, non quai Conti, mais 15, rue de la Paix.

9. « [...] un mari trompé par sa femme qui veut la *raimer* » (*ibid.*, 27 mai 1894).

10. Petit Dunkerque : « magasin de bijouterie et de quincaillerie, au bas du Pont-Neuf », mentionné dans les *Nouvelles à la main* que les Goncourt lisent à la bibliothèque Saint-Marc, à Venise (*L'Italie d'hier*, 1894, p. 31). Edmond en parle à nouveau dans *La Maison d'un artiste* (t. II, p. 12). L'enseigne se trouve aujourd'hui au musée Carnavalet.

11. *L'Art du XVIIIe siècle* analyse en détail l'art des frères Saint-Aubin (voir, dans l'édition de 1882, les p. 105-262 du t. II). Les Goncourt y célèbrent, dans les dessins et les eaux-fortes de Gabriel de Saint-Aubin (1724-1780), « la chronique la plus complète des *faits divers* du Paris du XVIIIe siècle » (p. 119).

12. « Mon *Grenier* [...] ce microcosme de choses de goût, d'objets d'élection, de *jolités* rarissimes » (*Journal*, 14 décembre 1894).

13. Cette référence bibliographique est déconcertante. On connaît l'édition dite des Fermiers généraux des *Contes et nouvelles en vers* de La Fontaine (2 vol., 1762, vignettes de Charles Eisen). Les frères Goncourt y voient un « exemple sans égal de la richesse d'un livre [...] une des plus belles dépenses de l'Argent intelligent et sensuel du règne de Louis XV » (*L'Art du XVIIIe siècle*, t. III, p. 3-4). Mais il n'existe pas d'édition « des Fermiers généraux » des *Fables*. Erreur ou invention de Proust ?

Page 17.

1. Dans *La Maison d'un artiste*, Edmond de Goncourt décrit en détail chaque pièce de sa maison d'Auteuil, l'ameublement, les objets d'art. Proust a remarqué la page qu'il consacre à ses bronzes dorés : « J'ai dans mon antichambre un portoir [...] au départ semblable au dos bombé et sinueux d'un coquillage, et qui se creuse, et se renfle, et ondule, et serpente, et se branche et se termine en des tiges ornementales qui ont pour boutons de fleurs ces perles longues qu'on dirait les larmes de la sculpture » (t. I, p. 16). On notera dans ce cas précis la discrétion du pastiche : la caricature est moins chargée que le modèle.

2. Première (et seule) occurrence du nom complet du sculpteur polonais, jusque-là désigné par le diminutif « Ski ». Voir *Sodome*, p. 260.

3. C'est la princesse Sherbatoff. — Voir *Sodome*, p. 269.

4. Le drame de Mayerling a déjà été évoqué dans les *Jeunes Filles*, p. 263.

5. « Berendsen aurait révélé à Huysmans l'espèce d'adoration littéraire qu'on aurait pour moi, en Danemark, en Botnie et autres

pays entourant la Baltique, des pays où tout homme frotté de littérature qui se respecte ne se coucherait pas — toujours au dire de Berendsen — sans lire une page de *La Fauſtin* ou de *Chérie* » (*Journal*, 17 mai 1885).

6. Goncourt use de « jette » dans les incises, aussi souvent que de « tombe » dans les principales et avec la même intention. « Whiſtler [...] quand on lui demande combien il a mis de temps à peindre sa toile [...] jette dédaigneusement : "Une ou deux séances" » (*ibid.*, 5 avril 1893).

7. « Poictevin [...] entre, disant dans un emportement colère que la communion chrétienne eſt une idolâtrie de sauvage » (*ibid.*, 6 juin 1894).

8. Faut-il entendre « de Yung-Tsching et de ses successeurs » ? ou bien « des assiettes Yung-Tsching » ? Il s'agit de l'empereur Yong-Zen, qui régna de 1723 à 1736.

Page 18.

1. La description eſt étroitement inspirée de celle des assiettes de porcelaine qui décoraient le cabinet de toilette d'Edmond de Goncourt : chinoises de la période « Yung-Tsching », japonaises, de Saxe (*La Maison d'un artiſte*, t. II, p. 191-196).

2. Évoquant le luxe dont Mme Du Barry était entourée à Luciennes — aujourd'hui Louveciennes —, les Goncourt ont cette précision à propos de la vaisselle : « Un entrelacement de myrte et de laurier eſt la marque et comme la devise de toutes pièces » (*La Du Barry*, 1860, p. 127 de l'éd. de 1878).

3. Pour cette évocation gaſtronomique, Prouſt se souvient surtout de *La Maison d'un artiſte* (t. I, p. 19-21) : Goncourt, décrivant sa salle à manger, rappelle les dîners que son frère et lui offraient à leurs amis quand ils habitaient rue Saint-Georges. On trouvera là à peu près tous les détails du paſtiche : le léoville, Montalivet, les plats « cuisinés, fricotés, mijotés », le cordon bleu de province, les provinciaux seuls à « avoir ce qu'on appelle la *gueule fine* », tandis que les Parisiens acceptent de boire du vin ordinaire, de manger du « beurre à trente sous la livre » et du « poisson aux arêtes imprimées en biſtre sur les filets ». Des échos de ces gourmandises se trouvent dans le *Journal*, quand les deux frères, puis Edmond seul, sont reçus dans leur famille en province : « [...] les fricassés de poulets, au beurre d'écrevisse, les salmis de bécasses, parfumées de baies de genièvre, tous ces *fricots sublimes* que n'a jamais goûtés un Parisien » (*Journal*, 29 septembre 1874). Un autre rapprochement s'impose avec les pages où, sous le pseudonyme de Pampille, Mme Léon Daudet diſtingue, dans un ſtyle qui rappelle beaucoup celui de son mari, la saine cuisine traditionnelle et la cuisine frelatée, honnie aussi par Huysmans (voir *Les Bons Plats de la France*, Fayard, p. 178-181). Voir *Guermantes*, p. 486, n. 1 ; *Sodome*, p. 293, n. 2.

3. Jean d'Heurs, ancienne abbaye située entre Saint-Dizier et Bar-le-Duc, vendue à la Révolution comme bien national, appartenait

aux cousins des Goncourt, Léon et Fédora Rattier. Edmond y a fréquemment séjourné, l'été, dans les vingt dernières années de sa vie.

5. Léoville est le nom de trois deuxièmes grands crus, classés en 1855, de vin de Bordeaux dans la catégorie des Médoc : léoville-barton, léoville las-cases et léoville-poyferré.

6. Il s'agit, non d'un empereur, mais d'une sorte de céramique particulièrement recherchée, « rouge de sacrifices », dite Tchi-Hong.

7. « Nom du rebord dans les plats et assiettes de faïence et de porcelaine. [...] Dans certains genres de décoration, le marli est peint d'une seule couleur, d'autres fois orné de rubans entrelacés, bordé de filets d'or, de perles d'or etc. » (*Littré*).

8. « En chemin de fer, Rodin, que je trouve vraiment changé, et très mélancolieux de son état d'affaissement » (*Journal*, 6 juillet 1895).

Page 19.

1. Pour ce passage, comme l'a remarqué Jean Milly, Proust utilise, non ses propres souvenirs de Normandie, mais la description que fait Goncourt de son jardin d'Auteuil dans *La Maison d'un artiste* (t. II, p. 374-381).

2. L'usage d'une série de qualifications introduites par la préposition *à* est une des manies de Goncourt : « Exposition de Carrière [...] visages d'enfants, aux tempes lumineuses, au bossuage du front, à la linéature indécise des paupières, [...] aux petits trous d'ombre des narines, au vague rouge d'une molle bouche entrouverte, à la fluidité des chairs lactées [...] » (*Journal*, 4 mai 1891).

3. Le cryptoméria est ignoré par Littré et Robert. Le *Larousse du XIXᵉ siècle* donne « cryptomérie » et précise que ce grand arbre « très voisin des cyprès » a été introduit en Europe venant du Japon — ce qui explique l'intérêt que lui porte Goncourt. Il est probable que Proust retient le mot pour sa rareté, sans se soucier vraiment d'évoquer une couleur.

4. Gouthière, fondeur et ciseleur (1732-1813), avait, écrivent les Goncourt, travaillé « amoureusement les bronzes » qui ornaient la demeure de Mme Du Barry à Louveciennes (*La Du Barry*, p. 129).

5. Voici une autre manie comique de Goncourt : « jette » recherche un effet de vivacité ; « confesse » vise à donner au propos le plus banal le piquant d'un secret dévoilé.

Page 20.

1. Les Goncourt préféraient Diderot à Voltaire et à Rousseau. Ils le citent fréquemment dans le *Journal*, vantent son style oral, sa verve réaliste. C'est au château de Grandval, près de Charenton, chez Mme d'Aine, belle-mère du baron d'Holbach, que Diderot prenait part aux causeries mêlées de petits jeux qu'il rapportait à sa correspondante, Sophie Volland.

2. « Ma tante se trouvait être, en ces années, une des quatre ou cinq personnes de Paris, énamourées de vieilleries, du *beau* des siècles passés » (*Journal*, 30 août 1892).

3. Porcelaine de la fabrique de Nymphenburg en Bavière.

4. On se souvient que, dans *La Prisonnière*, M. Verdurin se prénomme tantôt Auguste (p. 297), tantôt Gustave (p. 303).

5. Dans *Swann* (p. 200, n. 1) et les *Jeunes Filles* (p. 426), le surnom d'Elstir est, non pas Tiche, mais Biche. Mme Verdurin l'appelle Tiche dans *Sodome*, p. 329. — On comparera le présent passage avec celui où Mme Verdurin évoque les fleurs d'Elstir dans *Sodome* (p. 333), passage en marge duquel Proust a indiqué dans le manuscrit de *Sodome* : « NOTA BENE. Ne pas dire dans ce volume que Mme Verdurin l'appelait M. Tiche, ni 2° que je comprends que c'est le même dont on m'avait raconté autrefois la vie. Et garder la première chose pour le pastiche Goncourt, la deuxième pour le chapitre final de l'ouvrage. »

6. Écho, sur un nouveau registre, des propos d'Oriane au sujet du mariage de Swann (*Guermantes*, p. 500).

7. « La femme [...] dans le renversement las de sa tête sur un fauteuil ; dans son agenouillement devant le feu d'une cheminée, avec le retournement de son visage contre le chambranle » (*Journal*, 1er février 1895).

Page 21.

1. Sur ce portrait, qui fait penser à celui de *Madame Charpentier et ses enfants*, de Renoir (d'ailleurs cité plus loin, p. 28), voir *Guermantes*, p. 407, n. 3. Proust a hésité sur la composition et sur la destinée de l'œuvre, mentionnée à plusieurs reprises dans la *Recherche* : dès *Swann* (p. 369), Mme Cottard évoque le portrait de son mari par celui qui n'est encore que « Biche ». Dans *Guermantes* (p. 407), le narrateur admire chez le duc de Guermantes, dans la galerie des Elstir, le portrait d'« un homme en frac », qui peut être rapproché de celui de la famille Cottard pour deux raisons : d'une part cet « homme en frac » était, dans son esquisse préparatoire (*Guermantes*, p. 596), entouré de sa femme et de ses enfants, et la description des toilettes, du salon de l'esquisse correspond au portrait de la famille Cottard qu'on lit ici ; d'autre part, l'œuvre mentionnée dans *Guermantes* entrera elle aussi au Luxembourg, donnée par Mme Verdurin dans le présent passage, ou bien, sous le titre « Portrait de la famille X », vendue par la princesse de Guermantes (*La Prisonnière*, p. 389-390) à qui son cousin Basin en a fait cadeau (*Guermantes*, p. 559).

2. Goncourt parlait, à propos d'une exposition de pointes sèches d'Helleu, d'« une sorte de monographie de la femme, dans toutes les attitudes intimes de son chez-soi » (*Journal*, 1er février 1895).

3. Proust rapporte à l'incendie de l'hôtel Verdurin (*La Prisonnière*, p. 190) un phénomène mentionné par Goncourt à propos d'un incendie en Angleterre : des perles enfermées dans un coffret de fer « étaient devenues toutes noires, et, chose curieuse, [...] avaient conservé leur orient » (*Journal*, 26 avril 1893). Le *Journal* évoque aussi (21 septembre 1887) la comtesse de Beaulaincourt montrant « un collier de perles, avec perles usées, qui viendrait de la femme

du duc de La Rochefoucauld, l'auteur des Maximes ». On sait que la comtesse de Beaulaincourt (1818-1904) est un des modèles de Mme de Villeparisis (voir *Guermantes*, p. 193, n. 5) : il est donc naturel de lire quelques lignes plus loin que le portrait où sont représentées les perles a appartenu à Mme de Villeparisis et à ses deux sœurs.

4. C'est la première fois qu'est indiquée explicitement la parenté entre Mme de Beausergent, la mémorialiste des *Jeunes Filles* (p. 221), avec Mme de Villeparisis et la princesse d'Hanovre, parenté qui n'était que sous-entendue dans *La Prisonnière* (p. 282). Ajoutons que le nom de Hatzfeldt est celui du premier mari de Pauline de Castellane (voir, ci-dessous, p. 235, n. 4) qui, devenue veuve, épousa Louis de Talleyrand-Périgord et eut pour petit-fils Boni de Castellane, l'ami de Proust.

Page 22.

1. On sait que les romans des Goncourt, par exemple *Germinie Lacerteux* (1865), s'intéressent volontiers à des situations psychologiques morbides. Mais Proust songe plutôt ici aux travaux de Théodule Ribot, dont plusieurs ouvrages importants avaient été publiés dans les années qui précédaient son entrée en philosophie. Ribot évoque les phénomènes de dédoublement, poussés jusqu'à des cas de démence caractérisés, parmi les « maladies de la personnalité », dans le livre qui porte ce titre (1885). Ce thème est au centre de la psychologie de Proust.

2. Le roman de Stevenson, *The Strange Case of Dr Jekyll and Mr Hyde* (1885), avait été traduit en français en 1890 par Mme B.J. Lowe. Proust a plusieurs fois exprimé son admiration pour Stevenson. Il la fait partager à son héros dans *Jean Santeuil* (Pléiade, p. 367, 572). Dans une lettre de juillet 1907 à Mme de Caraman-Chimay, il marque sa prédilection, dans l'œuvre de l'écrivain, pour le *Docteur Jekyll*, livre d'« épouvante » et de « beauté » (*Correspondance*, t. VII, p. 225).

3. Construit par le Bernin, le palazzo Barberini, chef-d'œuvre d'architecture baroque, se trouve à Rome, à l'intersection de la via Barberini et de la via delle Quattro Fontane. Nous ignorons si des plafonds ont été effectivement enlevés à l'œuvre primitive.

Page 23.

1. « Curieux vraiment pénétrant » pour Goncourt, mais, en réalité, intéressé par des niaiseries aux yeux du lecteur de la *Recherche* et de Proust, qui se souvient peut-être ici d'une page du *Journal* de Goncourt consacrée à une exposition de la Révolution et de l'Empire. Parmi les reliques de l'Empereur prisonnier à Sainte-Hélène, Goncourt décrit une « veste de piqué blanc, aux taches jaunes, qui semblent sorties du foie du Prométhée de l'île africaine » (*Journal*, 25 mai 1895).

2. On rapprochera ce passage sur le sommeil de ceux de *Guermantes* (p. 78-85), de *Sodome* (p. 370-375), de *La Prisonnière* (p. 112-117) : il sera complété plus loin par l'analyse des rêves (p. 218-219).

Page 24.

1. Proust cite inexactement le dernier vers du poème des *Contemplations* dont le titre est un « ? » (livre III, XI). Hugo y multiplie les images lugubres de tous les maux qui sur la terre accablent l'humanité et il s'exclame en conclusion : « Et que tout cela fasse un astre dans les cieux ! »

2. Voir l'image de la psychologie plane et de la psychologie dans l'espace, p. 336.

Page 26.

1. La phrase rappelle une formule du portrait qu'a tracé Proust de Léon Radziwill : « il n'écrira jamais *Le Curé de Tours* ni *La Chartreuse de Parme* », bien qu'il soit un « observateur exquis de la réalité médiocre » (voir *Essais et articles*, Pléiade, p. 475). — Proust a fait deux fois au moins écho au passage de *La Cousine Bette* où Balzac oppose l'amateur perdu en de nonchalants projets et le véritable artiste voué à l'obligation interne constante de la création (voir *La Cousine Bette*, Folio, p. 230-237, et *Contre Sainte-Beuve*, Pléiade, p. 225 et 278).

Page 27.

1. Le poème est intitulé « La Fontaine de Boileau. Épître à Mme la comtesse Molé » (*Pensées d'août*). Sainte-Beuve rend d'abord hommage à Boileau en des vers irréprochablement classiques. Mais, dans le parc de Champlâtreux où il se promène, l'épître VI de Boileau à la main, il retrouve quelque bonheur d'expression en saluant la grâce juvénile de la jeune personne, qui deviendra la duchesse de Noailles, belle-mère d'Anna de Noailles : « Fleur de tout un passé majestueux et grave », qui « Porte légèrement tout ce poids des aïeux / Et court sur le gazon, le vent dans ses cheveux. » — Le mot « génie » (voir ligne suivante) est celui dont Proust se sert le plus habituellement à propos de la comtesse de Noailles. C'est par une variation sur ce mot que commence en 1907 son article du *Figaro* intitulé « Les Éblouissements » (*Essais et articles*, Pléiade, p. 533). On retrouve ce terme « génie », parmi d'autres flatteries d'une démesure inouïe, dans presque toutes les lettres qu'il adresse au poète du *Cœur innombrable* (voir *Guermantes*, p. 100, n. 1).

Page 28.

1. Le point de vue de Proust est ici proche de celui des Goncourt dans *Manette Salomon* (1867 ; voir chap. CVI).

2. Voir p. 21, n. 1. Proust fréquenta, lors du procès Zola, en 1898, le salon de Georges Charpentier, l'éditeur des naturalistes. C'est là qu'il put voir le portrait de *Madame Charpentier et ses enfants* (1878), portrait qui contribua à lancer Renoir et entra en 1907 au Metropolitan Museum de New York, comme ces autres « déracinés » qui vont exciter plus bas (p. 102) les regrets de Charlus.

3. Pierre-Auguste Cot (1837-1883), peintre français, fut l'élève de Léon Cogniet, Cabanel et Bouguereau. Le *Dictionnaire des peintres et sculpteurs*, de Bénézit, ne mentionne pas le portrait qui lui est ici attribué, mais signale *Portrait de dame de qualité* dans une vente de 1890 *[?]*. On trouve une allusion méprisante à Cot dans une lettre de Proust à Montesquiou de juin 1916 (*Correspondance*, t. XV, p. 180).

4. Le peintre Charles-Josuah Chaplin (1825-1891) est l'auteur d'un portrait, admiré de Proust, de la comtesse Aymery de La Rochefoucauld, admiration plus inspirée, semble-t-il, par le modèle que par l'artiste (voir *Essais et articles*, Pléiade, p. 436).

Page 29.

1. On sait que, après la mort de sa mère, Proust a passé lui-même quelques semaines, en décembre 1905 et janvier 1906, dans la maison de santé du docteur Sollier, à Boulogne-sur-Seine, sans en retirer d'ailleurs le moindre avantage quant à son équilibre nerveux.

2. Proust avait été dégagé de toute obligation militaire en septembre 1911. On le voit, au début de la guerre, redouter une éventuelle visite médicale dite de « contre-réforme ». Ses lettres d'octobre et de novembre 1914 manifestent sans équivoque son désir d'y échapper.

3. Le rapprochement se rencontre chez beaucoup de témoins, par exemple dans *Vie et mort des Français, 1914-1918*, par André Ducasse, Jacques Meyer, Gabriel Perreux (Hachette, 1959, p. 264) : « Quand on survole cette année 1916, on ne peut s'empêcher de penser au Directoire... avec cette circonstance aggravante que la "bamboche" s'est installée, cette fois, au cœur même de la crise, au lieu de lui succéder. » Les mêmes auteurs signalent (p. 262), comme Proust, le style « guerre » des modes féminines.

Page 30.

1. Proust pense peut-être au *Portrait d'une princesse de la maison d'Este* de Pisanello, qui se trouve au Louvre (voir *Guermantes*, p. 205, n. 1).

2. Proust a pris cette phrase aux Goncourt (*Histoire de la société française pendant le Directoire*, 1864, p. 264-265) : « Il semblera peut-être étrange à d'austères républicains de nous occuper des arts quand l'Europe coalisée assiège le territoire de la liberté. » Les Goncourt ont eux-mêmes extrait cette citation de la *Description des ouvrages de peinture, exposés au salon du Louvre, par les artistes composant la commune générale des arts, le 10 août 1793, l'an IIᵉ de la République française, une et indivisible.*

Page 31.

1. Les Goncourt (ouvr. cité, p. 401) mentionnent l'influence prédominante des modes anglaises sur les élégances du Directoire.

2. Nous ne savons pas si cette citation et celles qui précèdent sont de l'invention de Proust ou s'il les a véritablement trouvées dans la presse de l'époque. S'il s'agit d'un pastiche, il est peu chargé,

comme on peut le constater en lisant à la bibliothèque du musée des Arts décoratifs *Le Style parisien* (1915), *Les Élégances parisiennes* (1916-1917), *Fémina* (1917-1919). Par exemple, dans *Les Élégances parisiennes*, nº 4, juillet 1916 (époque où se prolonge la bataille de Verdun et où va commencer celle de la Somme), l'article de Martine Renier commence ainsi : « Nous voici présentement en pleine saison d'attente. Nos couturiers s'environnent de tissus nouveaux et de mystère. » Dans le numéro 7, d'octobre 1916, le même auteur écrit : « Nous désirons être belles pour la Victoire qui s'approche » ; et dans le numéro 10, de janvier 1917, contre la réprobation que suscitent de tels articles : « Femmes et poilus tiendront. Nous voulons être belles pour sourire au retour du permissionnaire. »

3. « Dames à haut turban » est complément d'objet direct de « obligeait ».

Page 32.

1. Proust se rappelle ici les impressions rapportées de Venise en guerre par Barrès, en mai 1916, une vision de nuit par exemple : « Ceux qui virent ces extraordinaires ténèbres en deviendront fort redoutables : ils ne manqueront plus jamais, si l'on parle de Venise, de fatiguer leurs contemporains en répétant avec insistance : "C'est en 1916 qu'il fallait s'y promener !" » (*L'Écho de Paris*, 27 juin 1916).

Page 33.

1. Les Goncourt consacrent le chapitre X de leur *Histoire de la société française pendant le Directoire* à Mme de Staël et surtout à Mme Tallien : « La révolution de thermidor, écrivent-ils, a été la victoire de la femme » (p. 293).

2. Il est probable que, parmi les hommes politiques qui ont, comme M. Bontemps, bénéficié d'un retournement de l'opinion mondaine, Proust songe à Joseph Reinach (1856-1921), l'un des chefs du mouvement dreyfusard et son premier historien, donc honni par *L'Écho de Paris* au temps de l'Affaire, puis favorable, contre beaucoup de ses anciens amis, à une politique de vigilance à l'égard de l'Allemagne, promoteur de la Loi de trois ans (voir n. 3) et enfin, pendant la guerre, rédacteur au *Figaro* des chroniques militaires réunies sous le titre *Commentaires de Polybe*. Le fils et le gendre de Reinach avaient été tués à l'ennemi dès le premier mois de la guerre. Dans une lettre à Robert Dreyfus de mars 1916, Proust juge de façon très désobligeante les chroniques de Reinach (voir *Correspondance*, t. XV, p. 65).

3. En raison des mesures renforçant en Allemagne les effectifs de l'armée active, la question de la durée du service militaire, réduite à deux ans en 1905, est au premier plan de la vie politique française pendant les six premiers mois de l'année 1913, qui correspondent au début de la présidence de Poincaré. Le ministère Barthou fait adopter, malgré la violente opposition des socialistes et des radicaux-socialistes, le service de trois ans, en juillet à la Chambre, en août au Sénat.

Page 34.

1. Proust exprime pour son compte la même idée dans une lettre à Charles d'Alton de février 1916. Il voit entre le temps de la guerre et celui de l'avant-guerre un « fossé » creusé comme par une « formidable convulsion géologique » (*Correspondance*, t. XV, p. 54).

2. De même, pour Pascal, les opinions populaires, contestées par les demi-habiles, sont conformes à celles des habiles, conformité trompeuse puisque les habiles jugent par des raisons qui n'ont rien à voir avec celles du peuple (*Pensées*, éd. Michel Le Guern, Folio, fragments 83 et 84).

3. Ces pages de Chateaubriand où Proust reconnaît le phénomène de la mémoire spontanée qui est au centre de son propre livre (voir *Essais et articles*, Pléiade, p. 599) sont, d'une part, celle du début du livre III des *Mémoires d'Outre-Tombe* (Pléiade, t. I, p. 76) : « Je fus tiré de mes réflexions par le gazouillement d'une grive perchée sur la plus haute branche d'un bouleau. À l'instant, ce son magique fit reparaître à mes yeux le domaine paternel » ; et, d'autre part, celle du livre VI, chap. V (*ibid.*, p. 211), inspirée par une escale à l'île Saint-Pierre, lors du voyage de l'auteur en Amérique ; elles seront exactement citées plus loin (p. 226). Proust se contente ici d'une allusion et, se trompant de fleur, écrit, au lieu d'« héliotrope », « réséda », peut-être par une réminiscence du sonnet de Verlaine « Après trois ans » (*Poèmes saturniens*).

Page 35.

1. « JUSQU'AU BOUT. — C'est le mot de la journée », écrit Barrès après la séance de la Chambre du 22 décembre 1914 (*Chronique de la Grande Guerre*, t. II, p. 306). Les « jusqu'au-boutistes » flétrissaient l'attitude opposée par un autre néologisme que Louis Dumur, en 1923, donnera pour titre à son roman d'espionnage : *Les Défaitistes* (Albin Michel).

2. À propos du comte d'Haussonville (1843-1924), arrière-petit-fils de Mme de Staël que Proust rencontra chez Mme Straus et chez Mme Lemaire, on lira l'article sur « Le Salon de la comtesse d'Haussonville » qu'il publia dans *Le Figaro* en 1904 (*Essais et articles*, Pléiade, p. 482). Le comte d'Haussonville, tenté d'abord par une carrière politique, y renonça et se consacra à l'histoire littéraire et à l'étude des questions sociales. Élu à l'Académie française en 1888, il y rejoignit le duc d'Aumale et le duc d'Audiffret-Pasquier et figura ensuite, avec d'autres académiciens de familles aristocratiques (Vogüé, Costa de Beauregard, de Mun, Ségur), dans un groupe improprement baptisé le « parti des ducs », supposé détenir un nombre de suffrages décisifs dans les élections académiques.

3. Depuis le début de la guerre, l'attitude de la Grèce, unie à la Serbie par un traité d'alliance défensive, était ambiguë. Le roi Constantin, beau-frère de Guillaume II, ouvertement germanophile, se heurtait à son premier ministre, Venizélos, favorable à l'Entente,

qui fut forcé de démissionner en 1915. À la fin de 1916, un contingent
de marins français débarqua en Grèce avec l'accord du gouvernement
royal fut victime d'un guet-apens. C'est en juin 1917 seulement que
la France contraignit Constantin à abdiquer en faveur de son second
fils, Alexandre. Venizélos, revenu au pouvoir, engagea immédiatement la Grèce dans le camp des Alliés.

4. G.Q.G. : le Grand Quartier général était le siège du
commandement du généralissime des armées françaises, successivement Joffre, Nivelle, Pétain. Voir Jean de Pierrefeu (avec qui Proust
était en relation) : *G.Q.G. Secteur 1* (L'Édition française illustrée,
1920).

Page 36.

1. Sur la manie des surnoms dans l'aristocratie et sur celui du prince
d'Agrigente : « Grigri », voir *Guermantes*, p. 418-419.

2. Guillaume II appelle « Tino » son beau-frère Constantin,
comme il appelait « Georgie » son cousin George V, ou « Nicky »
son cousin Nicolas II. « Fonfonse » est le roi d'Espagne
Alphonse XIII, dont la jeunesse et la crânerie avaient séduit les foules,
lors de la visite officielle qu'il avait faite à Paris en 1905 et au cours
de laquelle il avait échappé à un attentat. Une autre visite, en mai
1913, avait eu le même succès.

Page 37.

1. Les « antirévisionnistes », croyant à la culpabilité de Dreyfus,
condamné en 1894, s'opposaient à la révision du procès que
réclamaient les partisans de Dreyfus. Ces derniers l'emportèrent et
le second procès eut lieu à Rennes en 1899. Dreyfus y fut de nouveau
déclaré coupable.

2. Le général de Galliffet (1830-1909), brillant cavalier du Second
Empire, chef de guerre glorieux en 1870, se signala en 1871 par la
rigueur avec laquelle il réprima l'insurrection de la Commune. Il
accepta d'entrer comme ministre de la Guerre dans le cabinet
favorable à Dreyfus formé par Waldeck-Rousseau en juin 1899.
Honni par la gauche à partir de 1871, il le fut par la droite pendant
les dernières années de sa vie.

3. Dans les choux : il s'agit d'Octave qu'on a vu apparaître sous
des traits peu sympathiques dans les *Jeunes Filles* (p. 441-446), mais
qui, depuis *Albertine disparue* (p. 184, n. 1 et p. 185, n. 1), fait songer
à Cocteau, avec qui il n'avait d'abord aucun rapport. — Comme
Octave, Cocteau était réformé.

4. D'après les explications fournies par Andrée, c'est le mariage
projeté d'Albertine avec Dans les choux qui l'a contrainte, pour obéir
à sa tante, à abandonner le narrateur (*Albertine disparue*, p. 194).

Page 38.

1. C'est en mai et juin 1909 que furent donnés au Châtelet les
premiers Ballets russes, qui révélèrent aux Parisiens Nijinski et Bakst

(voir *Sodome*, p. 140, n. 1). — « En réaction des Ballets russes » : cette hostilité d'Octave peut faire allusion à la brouille (1918) qui opposa Cocteau à Stravinski après *Le Coq et l'Arlequin.*

2. Melchior, marquis de Polignac (1880-1950), fut un mécène et amateur éclairé des manifestations les plus originales de l'art contemporain.

3. Les décors les plus applaudis de Bakst (1866-1924) furent ceux des ballets *Cléopâtre* (1909), *Schéhérazade* (1910), *Le Martyre de saint Sébastien* (1911) et *Prélude à l'après-midi d'un faune* (1912), sur les musiques de d'Arensky, Rimski-Korsakov et Debussy. Proust admirait Bakst « prodigieusement » (lettre à Reynaldo Hahn du 4 mars 1911, *Correspondance*, t. X, p. 258). Voir *Jeunes Filles*, p. 506, n. 1.

4. Guillaume Dubufe (1853-1909), peintre et décorateur, fut chargé sous la IIIᵉ République de nombreuses commandes officielles, pour l'Hôtel de Ville, l'Élysée, la Sorbonne, la Comédie-Française.

5. Dans les premières années du XXᵉ siècle, le « modern-style » connaît un grand succès à Munich, où il est considéré, en architecture, comme une réaction contre les pastiches gréco-romains du temps de Louis II et, dans l'ameublement, comme « une protestation contre les appartements encombrés et les meubles trop lourds » (Jules Huret, *La Bavière et la Saxe*, 1913, p. 145).

6. C'est la première fois que cette Juliette apparaît dans la *Recherche.* On ne l'y rencontrera plus.

Page 39.

1. Les journalistes — au premier rang d'entre eux Clemenceau, qui donne à son journal, *L'Homme libre*, le nouveau titre *L'Homme enchaîné* — ne cessent de protester au cours de la guerre contre les rigueurs de la Censure. L'expression « caviarder » pour « censurer » est largement antérieure.

2. Joffre, dès le début de la guerre, retira leur commandement à de nombreux généraux, jugés par lui insuffisants, et les affecta à la région de Limoges, d'où le néologisme familier qui a survécu à la guerre : « limoger ». Le général Alexandre Percin (1846-1928) avait été chef de cabinet du général André, successeur en mai 1900 de Galliffet au ministère de la Guerre. Directement mêlé au scandale maçonnique des « fiches » en 1904 (voir p. 104, n. 4), il s'efforça de se disculper en chargeant son subordonné, le capitaine Mollin (1906). Versé dans la réserve en 1911, il reprit du service et commanda la 1ʳᵉ Région militaire à Lille du 5 au 25 août 1914, date à laquelle il fut relevé de son commandement et où Lille fut, sur ordre supérieur, évacuée de sa garnison. Rendu responsable de cet abandon et replacé dans le cadre de réserve (1915), il multiplia les démarches auprès de ses amis politiques pour obtenir une réhabilitation qui lui fut accordée en 1917. Mis à la retraite en 1921, il s'illustra encore fâcheusement par des articles de journaux qui lui valurent (1926) une « censure » du Conseil de l'ordre de la Légion d'honneur.

Page 40.

1. Même idée dans *Sodome* (p. 389) : « un petit bout de jardin avec quelques arbres, qui paraîtrait mesquin à la campagne, prend un charme extraordinaire avenue Gabriel ou bien rue de Monceau, où des multimillionnaires seuls peuvent se l'offrir. »

2. Du 31 juillet au 5 août 1914, plusieurs décrets instituent le *moratorium*, ou suspension de l'obligation de certains paiements, dont les loyers.

3. « Hôtel Majestic, 19 avenue Kléber, 400 chambres dont 300 avec salles de bains » (*Baedeker 1914*, p. 3).

Page 41.

1. L'aviation militaire du camp retranché de Paris, sous les ordres du commandant Girod, député du Doubs, était chargée par Gallieni d'un rôle de surveillance et de protection. Les vols pouvaient s'élever jusqu'à une altitude de 2 400 mètres (*L'Écho de Paris*, 11 décembre 1914).

2. Voir *La Prisonnière*, p. 391.

3. Le *Baedeker 1914*, à la rubrique « Cinématographes », p. 40, indique quinze salles dont le théâtre Édouard-VII, le Gaumont-Palace, Pathé, Omnia, Pathé-Palace, Palace, Dufayel, etc. Beaucoup de ces salles étaient situées sur les grands boulevards.

Page 43.

1. Voir l'image du « grand poirier blanc » dans *Guermantes*, p. 149-150.

Page 44.

1. Voir *Sodome*, p. 236-239.

Page 45.

1. Voir *Sodome*, p. 319 et 480.

Page 46.

1. Cancan est le surnom du marquis de Cambremer (voir *Sodome*, p. 213 et 305).

2. Sur le snobisme de la marquise Renée de Cambremer, rencontrée pour la première fois par le narrateur à la soirée de Mme de Saint-Euverte (*Swann*, p. 331), voir en particulier *Sodome* (p. 202-210) et ici p. 297.

3. L'état de santé de Guillaume II, qui devait mourir octogénaire, est une des préoccupations constantes de la propagande française. Ainsi, *L'Écho de Paris* du 11 décembre 1914 annonce en première page que le souverain souffre d'une « pneumonie aggravée de dépression nerveuse », ce qui « cause une grande anxiété en Allemagne ».

Page 47.

1. La correspondance échangée pendant la guerre entre le banquier Lionel Hauser et Proust montre celui-ci beaucoup plus au fait des cours de la Bourse qu'on ne l'attendrait d'un artiste : l'« Extérieure » est la valeur dite « Extérieure espagnole », dont Proust dit avoir vendu des actions dans une lettre du 18 mai 1916 (*Correspondance*, t. XV, p. 99). Quant à la « de Beers » (mines de diamants), elle est au centre des pastiches de « L'Affaire Lemoine » (*Pastiches et mélanges*, Pléiade, p. 195 et suiv.).

2. Voir la lettre de Proust à Lucien Daudet, du 7 mars 1915 : « Boche ne figure pas dans mon vocabulaire » (*Correspondance*, t. XIV, p. 66) ; et sa lettre du 8 mars 1915 à Louis d'Albufera, sur la mort de Bertrand de Fénelon, qui refusait de s'associer à l'exécration générale vouée à l'« Empereur » d'Allemagne (*ibid.*, p. 71).

Page 50.

1. Il s'agit du maréchal Moltke (1800-1891), le vainqueur de 1871 (dont le neveu, le général Moltke, sera chef de l'État-Major en 1914). Nous n'avons pu déterminer exactement où se sont exprimées ces « prophéties ». Mais le livre de F. E. Whitton, *Moltke* (Londres, Constable and Company, 1921 ; voir p. 306-307), permet d'en deviner la substance. Le maréchal Moltke n'a cessé d'observer le relèvement militaire et moral de la France. Dans l'éventualité d'une guerre de revanche, où il prévoyait l'alliance franco-russe, Moltke écartait rigoureusement l'idée d'une violation de la neutralité belge. Il préconisait à l'égard de la France une politique de temporisation initiale excluant une guerre éclair à l'ouest.

Page 51.

1. Dans les deux années précédant la guerre, jugée imminente, l'opinion que cette guerre serait très courte s'appuyait sur l'esprit offensif officiellement défini par le *Règlement sur la conduite des grandes unités* qu'évoque Saint-Loup : « Il était rédigé en une prose ardente, un peu à la manière d'une profession de foi : certaines phrases même rappellent un peu le style de la Convention décrétant la victoire. Il affirme comme une sorte de dogme que le succès à la guerre ne va qu'à celui qui recherche la bataille et sait la livrer offensivement avec tous ses moyens » (maréchal Joffre, *Mémoires*, Plon, 1932, t. I, p. 39).

2. Après les débauches de sublime des premiers mois, la littérature de guerre recourt à des procédés plus subtils, soit en dissimulant l'émotion sous une brutalité exagérée, soit en la montrant maîtrisée héroïquement par les servitudes des obligations professionnelles. Proust ridiculise ici et dans la page qui suit les deux affectations, sans viser, nous semble-t-il, un écrivain en particulier. Voici, chez Dorgelès, concurrent malheureux de Proust pour le prix Goncourt, un exemple du premier procédé. C'est, au cours d'une attaque

meurtrière, le mot d'un capitaine à ses hommes : « Vous êtes de braves cochons... On va enlever leur troisième ligne » (*Les Croix de bois*, Albin Michel, 1919, p. 201).

Page 52.

  1. Voir *Jeunes Filles*, p. 449 et n. 2.

Page 53.

  1. La plaisanterie est outrée : la niaiserie du directeur ne peut aller jusqu'à ignorer que le Japon et la Russie sont dans le camp des Alliés. Mais que des opérations militaires aient pu menacer les côtes de la Normandie, c'est ce que Léon Daudet avait affirmé dans *L'Avant-guerre*, 1914, p. 155-173.

  2. C'est le 2 septembre 1914 que, les Allemands n'étant plus qu'à quelques heures de marche de Paris, le président de la République et le gouvernement étaient partis pour Bordeaux, où ils devaient rester jusqu'au début de décembre.

Page 54.

  1. Cette affirmation est, à l'époque, moins banale qu'elle ne paraît aujourd'hui. L'importance décisive de l'aviation ne s'est pas imposée immédiatement, même aux meilleurs esprits. À la veille de la guerre, Foch la contestait encore, selon Pierrefeu (*Plutarque a menti*, Grasset, 1923, p. 306).

  2. Voir *La Prisonnière*, p. 285.

Page 55.

  1. Voir *Jeunes Filles*, p. 512.

Page 57.

  1. La propagande hostile à Poincaré, en France et à l'étranger, n'a cessé de lui reprocher d'avoir voulu une guerre de revanche. Il s'est mainte fois disculpé sur ce point, par exemple dans *Au service de la France. IV. L'Union sacrée*, Plon, 1927, p. 528.

  2. Voir *La Prisonnière*, p. 179.

Page 58.

  1. Jouy-le-Vicomte, village proche de Combray, lorsque Combray est situé en Beauce, l'est encore lorsqu'il a été transporté par le romancier dans la zone des opérations. Proust a sans doute imaginé ce nom d'après Jouy-le-Potier, qui est situé à une quinzaine de kilomètres d'Orléans, où il a fait son service militaire ; il existe aussi un Jouy-le-Comte, près de Pontoise (voir André Ferré, *Géographie de Marcel Proust*, éd. du Sagittaire, 1939, p. 140). L'inquiétude du narrateur reflète celle qu'inspirèrent, en août 1914, les progrès, avoués avec retards, de l'invasion allemande.

  2. *Taube* : « pigeon » en allemand. C'est le 30 août 1914 qu'un avion jeta pour la première fois des bombes sur Paris, faisant un mort

et trois blessés (R. Poincaré, *Au service de la France. V. L'Invasion*, éd. citée, p. 217). Les dégâts et les pertes causés par les *taubes* dans les semaines qui suivirent furent limités. L'effet sur le moral de la population fut nul.

3. Gilberte s'expliquera plus loin sur ce départ (voir p. 62-63). À ce point du récit et à ce moment de la guerre, fuir les dangers de Paris vers le nord-est apparaît comme une inadvertance du romancier ou une incohérence du personnage. — Quant à la « petite fille » dont il est question, on se souvient que Gilberte était enceinte dans *Albertine disparue* (p. 260) ; dans le « bal de têtes », on verra le narrateur faire connaissance de la « jeune fille d'environ seize ans » (ci-dessous, p. 333-337).

Page 59.

1. Proust a exprimé lui-même des réserves quant à la germanophobie exacerbée de 1914 à 1918 : « Je crois qu'on généralise trop les crimes allemands », écrit-il à Louis d'Albufera en mars 1915 (*Correspondance*, t. XIV, p. 71). Dans la même lettre il évoque, d'après *Le Figaro* du 19 septembre 1914, les circonstances où, comme Gilberte, le peintre Madeleine Lemaire n'aurait eu qu'à se louer de la courtoisie de l'envahisseur, dans son château de Réveillon, près de Meaux.

2. Proust a sans doute puisé dans les rubriques militaires des journaux du temps cette vision cyclique et simpliste de la stratégie pendant la Grande Guerre. En fait, les décisions de l'État-Major furent dictées par les circonstances plutôt que par une doctrine préétablie. À la fin de 1914, on voit Foch renoncer à l'idée d'une percée et placer ses espoirs dans l'emploi d'« une forte artillerie, capable d'effets d'écrasement sur les abris et les tranchées » (*Mémoires*, Plon, 1931, t. I, p. 262). La bataille de la Somme, en 1916, ayant mis en œuvre des bombardements d'une très grande violence, il est vrai que Foch (*ibid.*, t. II, p. XXII) et Weygand (*Idéal vécu*, Flammarion, 1953, p. 352) reconnaissent les difficultés que le terrain bouleversé oppose à la progression de l'infanterie. Mais, naturellement, bien loin de revenir en arrière, le commandement ne cessera d'accroître le rôle de préparations d'artillerie de plus en plus violentes jusqu'à la victoire.

Page 60.

1. Sur Geslin de Bourgogne, voir *Guermantes*, p. 120, n. 4 ; sur Galliffet, voir ci-dessus, p. 37, n. 2 ; sur Négrier, voir *Guermantes*, p. 120, n. 2.

2. Le général Pau (1848-1932), nommé au Conseil supérieur de la guerre en 1909, commandait l'extrême droite française qui prit pied en Alsace en août 1914.

3. Les deux formules, vulgarisées à l'extrême, datent de la bataille de Verdun. En remettant au général Nivelle, le 2 mai 1916, le commandement de la IIᵉ armée, Pétain lui déclare : « Général, mon mot d'ordre au début de la bataille a été : *Ils ne passeront pas*. Je vous le transmets. » Quant à *On les aura*, qui était le titre du journal du 279ᵉ territorial et sera la légende d'une affiche d'Abel Faivre pour

un emprunt de guerre, Pétain utilise l'expression dans l'ordre du jour où il félicite ses troupes d'avoir contenu héroïquement les attaques allemandes de février, mars, avril 1916 : « Les Allemands attaqueront sans doute encore ; que chacun travaille et veille pour obtenir le même succès qu'hier. Courage... on les aura ! » (A. Ducasse, J. Meyer, G. Perreux, ouvr. cité, p. 166 et 141).

4. Sur la vulgarité initiale du mot « poilus » appliqué aux combattants, sur la grandeur héroïque que les circonstances lui ont peu à peu conférée, Barrès exprime des idées très voisines de celles de Saint-Loup, à propos de la « Journée du Poilu », le 22 septembre 1915 (voir *Chronique de la Grande Guerre*, t. VI, 1933, p. 102-106).

Page 62.

1. Romain Rolland publia, de septembre 1914 à août 1915, dans *Le Journal de Genève*, un certain nombre d'articles réunis en volume en 1915 sous le titre de l'un d'entre eux : *Au-dessus de la mêlée* (Paris, Ollendorff/Neuchâtel, Attinger). Souhaitant une victoire française, il la voulait exempte de haine, d'injustice et de mensonge. Il gardait son estime à l'Allemagne de Goethe, distinguée de l'Allemagne belliciste moderne. Une grande partie de l'opinion française taxa de trahison cette attitude idéaliste. (Sur le peu d'estime que Proust a pour son œuvre littéraire, voir p. 189, n. 1.)

2. Le commandant du Paty de Clam (1853-1916) interrogea Dreyfus le 15 octobre 1894 et conclut à sa culpabilité. Il fut appelé comme témoin dans le procès intenté à Zola en février 1898 à la suite de la publication, dans *L'Aurore* du 13 janvier, de la lettre « J'accuse ». Témoin dans le même procès, le poète Pierre Quillard (1864-1912) était un ardent partisan de Dreyfus. Il avait publié dans la revue *La Pléiade*, en avril 1886, *La Fille aux mains coupées*, « mystère », de cent cinquante vers, harmonieux débat entre la chasteté et l'instinct, qui a fait partie du spectacle du Théâtre d'Art de Paul Fort les 19 et 21 mars 1891. Proust, à propos de l'anecdote ici rapportée, a noté : « fait authentique que je tiens de feu Pierre Quillard » (Cahier 74, Pléiade, t. IV, p. 772). Il avait peut-être tort de ne pas y voir une intention ironique de l'officier. — Rappelons que Proust assista au procès de Zola, auquel il consacra un chapitre de *Jean Santeuil*.

3. L'épisode de l'oiseau magique qu'écoute et suit Siegfried se situe au deuxième acte du drame musical de Wagner. L'exaspération de beaucoup d'écrivains et d'artistes français contre l'Allemagne se traduisait par des condamnations sans appel de l'art et de la pensée d'outre-Rhin. Wagner était particulièrement visé dans une campagne dont Saint-Saëns avait pris la tête dans *L'Écho de Paris*. Proust désapprouvait les excès de ce chauvinisme. Dans une lettre à Paul Souday, qui avait, en temps de guerre, défendu Wagner et soutenu Richard Strauss contre l'auteur dramatique à la mode Miguel Zamacoïs, Proust déclare : « Une victoire dont le seul résultat serait de substituer à l'esthétique de Wagner celle de M. Zamacoïs ne serait pas féconde » (lettre du 11 avril 1915, *Correspondance*, t. XIV, p. 100).

Page 63.

1. Gilberte propose une deuxième explication pour son départ de Paris, oubliant qu'elle en a donné une autre deux ans plus tôt (voir p. 58 et n. 3). Proust, cherchant la vérité sous le faux-semblant, nous invite à croire à la première, la peur, non à la seconde, l'héroïsme. Mais il oublie lui-même que la seconde seule n'est pas en désaccord total avec la vraisemblance.

2. En transportant sur le front le Combray beauceron et en donnant à la « bataille de Méséglise » les caractéristiques — durée, pertes — de celle de Verdun, Proust entend associer à l'héroïsme des combats de 1916 les vertus ancestrales de l'humble France profonde, celle du porche de Saint-André-des-Champs (voir *Swann*, p. 149).

Page 64.

1. Les premières permissions datent de juillet 1915.

Page 65.

1. Souvenir, peut-être, de « Booz endormi » : « Les tribus d'Israël avaient pour chef un juge ; / La terre, où l'homme errait sous la tente, inquiet / Des empreintes de pieds de géants qu'il voyait, / Était encor mouillée et molle du déluge. »

2. Le premier bombardement par zeppelins sur Paris et sa banlieue date du 21 mars 1915. Il fut peu meurtrier. Le second raid, beaucoup plus grave, fit des dégâts et des victimes, en particulier dans le XXe arrondissement (29 janvier 1916).

Page 66.

1. Le mot « berloque » (ou parfois « breloque ») est sorti de l'usage strictement militaire et s'est répandu pendant la Grande Guerre pour indiquer la sonnerie de clairon, la batterie de tambour, ou le signal de la sirène marquant la fin d'une alerte.

2. « La Garde au Rhin », poème de Max Schneckenburger (1819-1849), fut composé en 1840, au moment de la crise franco-allemande. En 1870, il figure dans un recueil posthume : *Deutsche Lieder* (« Chants allemands »), et le compositeur Karl Wilhelm le met en musique. C'est grâce à cette mélodie et aux circonstances que ce chant grandiloquent devient célèbre et retrouve périodiquement sa popularité.

3. L'épisode de la chevauchée des divinités guerrières se trouve au troisième acte de *La Walkyrie*. Wagner, constamment présent dans les évocations de Proust dès qu'il s'agit de musique, est l'objet de l'enthousiasme affecté du salon Verdurin, mais aussi du culte d'un amateur comme Saint-Loup, qui ne pardonnait pas à son père d'avoir « bâillé à Wagner et raffolé d'Offenbach » (voir *Jeunes Filles*, p. 301).

4. Dans un livre que Proust admirait (lettre à Robert de Montesquiou, début de mars 1912, *Correspondance*, t. XI, p. 52), Barrès avait analysé ce tableau à deux étages où s'opposent la terre et le

ciel, « dans le bas l'enterrement du seigneur d'Orgaz ; au-dessus sa réception à la cour céleste » (*Greco ou le secret de Tolède : L'Œuvre de Maurice Barrès*, Club de l'honnête homme, 1967, t. VII, p. 338). *L'Enterrement du comte d'Orgaz*, commandé au Greco en 1584, se trouve à l'église Santo Tomé, à Tolède.

5. Chroniqueur mondain au *Figaro*, François Ferrari, sous la rubrique « Le Monde et la Ville », mentionnait, en plusieurs colonnes et selon des formules immuables, les personnalités « reconnues » aux réceptions diverses de la capitale. Sa dernière chronique est du 15 mai 1909 et *Le Figaro* du 17 annonce qu'il vient de mourir à l'âge de soixante-douze ans. Proust, sensible au comique involontaire de cette rubrique, semble en avoir été un lecteur assidu.

Page 67.

1. On sait les péripéties nocturnes où sont jetés les héros de *L'Hôtel du Libre-échange*, de Georges Feydeau et Maurice Desvallières (1894). Toute la page où Proust évoque sur deux tons une nuit de bombardement est inspirée d'une expérience personnelle. Elle reprend dans ses détails le récit qu'il fait à Mme Straus dans une lettre de la fin de juillet 1917. On y retrouve l'Apocalypse, *L'Hôtel du Libre-échange*, *L'Enterrement du comte d'Orgaz*, l'hôtel Ritz, d'où Proust, client assidu, a contemplé effectivement le spectacle. Mais, naturellement, « juives américaines » et « seins décatis » n'avaient pas leur place dans une lettre destinée à la fille de Fromental Halévy. D'où la variante : « Des dames en chemise de nuit ou même en peignoir de bain rôdaient dans le hall "voûté" en serrant sur leur cœur des colliers de perles » (*Correspondance*, t. XVI, p. 106).

2. Bressant (1815-1886) et Delaunay (1826-1903), sociétaires de la Comédie-Française, étaient également réputés pour l'élégance avec laquelle ils jouaient les jeunes premiers, même — pour le second — après avoir largement dépassé l'âge du rôle.

Page 68.

1. Le lecteur a déjà devancé Proust dans cette appréciation sur les propos passablement incohérents de Saint-Loup. Si on les reprend dans l'ordre, on accorde, il est vrai, au neveu de Charlus qu'Hindenburg est « une vieille révélation ». En effet, quand il prend en août 1916 le commandement suprême, il s'est déjà illustré par sa double victoire sur les Russes à Tannenberg et aux lacs de Mazurie en 1914 et par ses opérations sur le front oriental en 1915. Mais en quoi « future révolution » est-il justifié, en dehors de la paronymie ? révolution dans l'ordre de la stratégie ? ou sociale, politique, due aux abus de pouvoir d'un gouvernement militaire ? On ne sait. Et que dire du reproche comique de ménager l'ennemi ? de ne pas abattre l'Autriche et l'Allemagne ? de restreindre des responsabilités imaginaires attribuées à Mangin ? « Européaniser la Turquie » peut, à la rigueur, se présenter comme un ambitieux projet politique ; mais « monténégriser » la France — l'armée autrichienne occupait le Monténégro depuis janvier 1916 — ne présente d'autre

intérêt que celui d'un néologisme. La situation de rupture existant entre le Vatican et la monarchie italienne depuis 1870 peut créer des difficultés à la diplomatie française, en face des deux Rome rivales et des sympathies de la première pour l'Autriche catholique. Mais l'opposition entre diplomatie « secrète » et diplomatie « concrète » relève encore une fois de la paronymie plus que d'une véritable analyse. Et la paronymie triomphe aussi dans les plaisanteries de la fin : « carpes » appelle « escarpes » et tous deux entrent dans une expression calquée sur « avaler des couleuvres ». Charlus, par fidélité à la mémoire du comte de Chambord, fréquenterait la comtesse Molé, malgré sa niaiserie de carpe (*La Prisonnière*, p. 222), et Arthur Meyer, directeur du *Gaulois*, catholique et royaliste douteux, si on pouvait le convaincre de leur légitimisme. (Le mot « escarpe à la Chambord » pour Arthur Meyer était rebattu. Goncourt le cite dans son *Journal* le 16 décembre 1894.) De même, par haine de la République, Charlus irait s'abonner au *Bonnet rouge*, journal révolutionnaire qui, avec son directeur Almereyda, est au cœur des trahisons de 1917. — Les « carpes à la Chambord » sont farcies de ris de veau, foie gras et truffes, cuites dans un court-bouillon de champagne et assorties de volailles et de truffes !

2. Citation du poème de Baudelaire « Le Balcon », v. 27-29, légèrement altérée : il y a « d'un gouffre » chez Baudelaire, et une virgule après « sondes ».

3. Voir *Guermantes*, p. 104-105.

Page 69.

1. Les tactiques d'Austerlitz, d'Arcole, d'Eckmühl sont connues. C'est en Prusse orientale, en août 1914, qu'Hindenburg applique aux deux armées russes d'invasion les principes napoléoniens : rapidité des mouvements et batailles successives contre les forces ennemies divisées. De mai à septembre 1915, par des offensives menées l'une après l'autre sur un front de plus de mille kilomètres, il contraint l'armée russe à une retraite générale qui lui fait perdre la Courlande, la Lituanie, la Pologne. Quant aux replis stratégiques, le plus efficace que l'on puisse citer est celui qu'effectuera Hindenburg en mars 1917 sur le front français et qui fut l'une des causes de l'échec de l'offensive du général Nivelle en avril.

2. Les avions de type « Gotha » utilisés par les Allemands étaient supérieurs en vitesse et en charge à ceux des Alliés. Le premier raid de gothas sur Paris, dans la nuit du 30 au 31 janvier 1918, fit quarante-cinq morts et plus de deux cents blessés. Les raids s'intensifièrent dans les mois suivants. Dans une lettre à Mme Straus de février 1918, Proust raconte avoir été surpris dans la rue par un bombardement de gothas (*Correspondance*, t. XVII, p. 104).

3. C'est en juin 1916 que le gouvernement français, suivant l'exemple de l'Allemagne, de l'Autriche, de l'Italie et de l'Angleterre, et surmontant de vives oppositions, fit adopter l'heure d'été.

4. L'ancien palais du Trocadéro, édifié à l'occasion de l'Exposition

universelle de 1878, par Davioud et Bourdais, était surmonté d'une coupole métallique encadrée de deux tours rectangulaires.

Page 70.

1. Il est possible que Proust se souvienne ici des *Mémoires* de la comtesse de Boigne. Mais en ce cas il oublie qu'elle distingue les deux occupations de Paris : celle de 1814 où les Parisiens s'ébahissent de l'uniforme cosaque, « le large pantalon bleu, une tunique en dalmatique également bleue, rembourrée à la poitrine et serrée fortement autour de la taille, etc. » (Mercure de France, 1971, t. I, p. 226) ; et celle de 1815, où, l'occupant se montrant cette fois franchement hostile, sa présence est jugée insupportable (*ibid.*, p. 343).

2. Parmi les œuvres de Carpaccio, Proust (comme le précise un passage du Carnet 3, Pléiade, t. IV, p. 786) pense au combat de *Saint Georges et le dragon* (Venise, San Giorgio degli Schiavoni) et à l'*Arrivée de sainte Ursule à Cologne* (Académie de Venise), épisode de cette *Légende de sainte Ursule* qu'il a déjà souvent évoquée dans la *Recherche*, en particulier dans *Guermantes*, p. 519. Le narrateur aime, chez Carpaccio, une « Venise tout encombrée d'Orient » (*La Prisonnière*, p. 355), comme l'est le Paris de la guerre (voir ci-dessus préface, p. XVI, n. 1). Voir *Albertine disparue*, p. 226, n. 3.

Page 71.

1. L'expression s'est répandue d'autant plus facilement que Léon Daudet l'avait utilisée dès le temps de paix comme titre de son livre *L'Avant-guerre* (1914). Dans son chapitre premier (p. 6), Léon Daudet se présente comme l'inventeur du mot et ajoute que la presse allemande lui a « fait l'honneur de traduire ce mot nouveau par *Vorkrieg* ».

Page 72.

1. On sait que Charlus, d'abord enthousiaste admirateur de la comtesse Molé (*Sodome*, p. 74 et 90), l'avait ensuite accablée des plus cruelles calomnies jusqu'à l'en faire mourir (*La Prisonnière*, p. 211), fin tragique que Proust avait oubliée quelques pages plus loin (*ibid.*, p. 222), qu'il continue d'oublier ici, et, ci-dessous, p. 98.

2. En allemand, « Altesse sérénissime » (voir *Sodome*, p. 338, n. 3).

3. Voir *La Prisonnière*, p. 307-309. La reine de Naples était d'origine bavaroise (voir *La Prisonnière*, p. 235, n. 1).

Page 73.

1. Sur les inquiétudes de ce genre, voir p. 53 et n. 1.

2. Dans *La Prisonnière* (p. 255 et n. 1) Charlus ironisait au contraire à propos d'Éliane de Montmorency et de son « nom contesté ».

Page 75.

1. Proust peut songer, dans l'œuvre de Beethoven, aux *Douze menuets et danses allemandes pour orchestre* (1796), ou aux *Douze danses allemandes pour piano* (1796-1800), ou encore aux *Bagatelles* (1783-1825) qui contiennent elles aussi des allemandes.

2. « Anastasie » était le surnom donné à la Censure : les récriminations contre « Anastasie » sont particulièrement fréquentes pendant la guerre de 1914-1918, mais le surnom est antérieur. On le trouve, par exemple, dans une notice sur l'Inspection des théâtres, où il semble en usage de longue date, notice que reproduit *Nos artistes*, de Jules Martin (1901, p. 388).

Page 76.

1. Proust a déjà joué plusieurs fois de l'équivoque sur l'expression « en être » (voir, par exemple, *Sodome*, p. 332).

2. Proust, ami intime de Reynaldo Hahn, se souvient de la lointaine *Île du rêve* (voir *Essais et articles*, Pléiade, p. 556), mais ne prend pas soin d'ajouter ici quelques précisions, dont, sans doute, après vingt ans, le lecteur non prévenu aurait grand besoin. *L'Île du rêve*, idylle polynésienne d'après le roman de Pierre Loti *Le Mariage de Loti* (1880), paroles d'André Alexandre et de Georges Hartmann, musique de Reynaldo Hahn, fut créée à l'Opéra-Comique en 1898. C'est ici la seule citation d'une œuvre de Reynaldo Hahn dans le roman.

Page 77.

1. Par suite de l'insuffisante révision du texte (voir préface, p. III), Proust mentionne ici la mort de Cottard, après l'avoir fait mourir une première fois, puis ressusciter, dans *La Prisonnière*, p. 230 et 267. Il va ressusciter ci-dessous, p. 98. — Le surmenage mentionné ici peut faire allusion aux « fatigues amoureuses » révélées par l'esquisse que nous reproduisons p. 357.

2. Voir *Jeunes Filles*, p. 413-415.

3. Voir ci-dessus, p. 28. — C'est en qualité de « peintre des fêtes galantes », on le sait, que Watteau (sur qui Proust laissa quelques pages où il évoque son goût pour les costumes, voir *Essais et articles*, Pléiade, p. 665) fut reçu en 1717 à l'Académie royale de peinture et de sculpture avec, comme ouvrage de réception, *L'Embarquement pour Cythère*.

4. *Le Moulin de la Galette*, de Renoir — qu'on a pu reconnaître dans *Les Plaisirs de la danse* d'Elstir, tableau évoqué dans *La Prisonnière*, p. 390 —, date de 1876.

Page 78.

1. Il apparaît déjà à certains détails, dans les pages qui précèdent — recul d'Hindenburg, raids des gothas —, et plus nettement à partir de ce développement, que les allusions à la guerre ne se situent pas strictement dans le cadre imaginé par Proust : le retour

du narrateur à Paris en 1916. C'est à la fin de 1916, le 12 décembre, que l'Allemagne fait transmettre aux Alliés par les Neutres des propositions relatives à des négociations pour la paix. Le 31 décembre, ces propositions, dénuées de toute précision et considérées comme une manœuvre de guerre, sont rejetées par les dix puissances de l'Entente.

2. Pendant la première année de la guerre, le tsar Ferdinand de Bulgarie (1861-1948) s'était employé à duper les Alliés, en se proclamant neutre et même en esquissant un certain rapprochement en leur direction. En septembre 1915, il se démasque, s'allie aux Austro-Allemands et en octobre attaque la Serbie.

3. On a vu (p. 35, n. 3) que le roi Constantin de Grèce (1868-1923) a maintenu, plus longtemps encore que le tsar Ferdinand, la fiction de la neutralité grecque.

Page 79.

1. Les pertes de l'armée de terre ont été, en moyenne, de 21 000 morts par mois en 1916 (Jean-Jacques Becker, *La Première Guerre mondiale*, M.A. éditions, 1985, p. 158). En revanche, dans la seconde moitié de cette même année, « la guerre sous-marine avait été pratiquement suspendue » et la flotte allemande bloquée dans ses ports (*ibid.*, p. 87-89) ; voir cependant la note suivante.

Page 80.

1. Ce naufrage joua un rôle considérable dans la guerre des propagandes : le 7 mai 1915, le paquebot anglais *Lusitania* fut torpillé à huit milles des côtes d'Irlande. Il transportait près de deux mille personnes, dont moins de huit cents furent sauvées. On comptait cent cinquante passagers américains parmi les victimes. Sur les catastrophes dont un personnage prend connaissance en lisant le journal au réveil, voir « Sentiments filiaux d'un parricide », *Pastiches et mélanges*, Pléiade, p. 154.

Page 81.

1. La « grosse Bertha » — du prénom de la fille de l'industriel allemand Krupp — est le surnom donné au canon à très longue portée qui bombarda Paris pendant plusieurs mois à partir du 23 mars 1918, depuis une distance de cent huit kilomètres et selon une trajectoire de cent quarante-huit kilomètres (voir J.-J. Becker, ouvr. cité, p. 15).

2. Voir *Sodome*, p. 3 et suiv.

Page 82.

1. Voir l'opinion de Zola, qui compare volontiers Delacroix et Manet, tous deux victimes à leurs débuts de l'incompréhension des critiques rétrogrades (*La Revue du XIXe siècle*, 1er janvier 1867 ; *La Situation*, 1er juillet 1867). — Sur l'illusion que trahit la formule « ce n'est pas la même chose », voir *Sodome*, p. 91, et *Essais et articles*, Pléiade, p. 583).

2. Les restrictions alimentaires ont frappé plus durement, pendant la guerre, l'Allemagne que la France. Voici, par exemple, un témoignage de la princesse Blücher, de janvier 1917 : « Nous maigrissons tous les jours, et les contours arrondis de la race allemande ne sont plus qu'une légende du passé. Maintenant nous sommes tous décharnés et osseux, nos yeux sont cerclés d'ombres noires, tandis que nos pensées sont surtout absorbées par la préoccupation de ce que sera notre prochain repas, et par le rêve des bonnes choses qui ont été » (*Notes intimes de la princesse Blücher*, Payot, 1921, p. 174).

Page 83.

1. Proust, pendant la guerre, lisait chaque jour plusieurs journaux, bien que, comme Charlus, il les trouvât « stupides ». Il appréciait cependant les articles militaires du colonel Feyler, dans *Le Journal de Genève*, et surtout la rubrique tenue par Henry Bidou (qui sera nommément cité p. 287) dans le *Journal des Débats*, sous le titre « La situation militaire » ; voir *Guermantes*, notes des p. 102 à 108, ainsi que la lettre écrite par Proust à Robert Dreyfus en mars 1916, *Correspondance*, t. XV, p. 65. En revanche, on sait (voir ci-dessus, p. 33, n. 2) que Proust n'estimait guère les articles de Joseph Reinach signés Polybe dans *Le Figaro*.

Page 84.

1. C'est dans la nuit du 29 au 30 décembre 1916 que Raspoutine, favori du tsar et de la tsarine, fut assassiné par le prince Félix Youssoupov, au cours d'une soirée sur laquelle on trouvera des détails dans l'ouvrage de Maurice Paléologue *La Russie des tsars pendant la Grande Guerre*, Plon, 1922, t. III, p. 127-146.

Page 85.

1. Proust fait allusion à une nouvelle de l'écrivain suisse Carl Spitteler (1845-1924) qu'il nomme une vingtaine de lignes plus loin, nouvelle intitulée *Die Mädchenfeinde* (1907), traduite en français par la vicomtesse de Roquette-Buisson, sous le titre *Les Petits Misogynes* (1917). Dans le chapitre « La Perfidie du coche » (p. 91-97), deux jeunes garçons, Hansli et Gérold, cherchent vainement à entrer en conversation avec un dragon dont ils admirent naïvement le shako et l'uniforme.

2. Ces trois officiers jouèrent un rôle important dans l'affaire Dreyfus. Ils étaient l'objet de l'hostilité des dreyfusards. Sur du Paty de Clam, voir ci-dessus, p. 62, n. 2. Le général de Boisdeffre, chef d'état-major général en 1893, donna sa démission en 1898 à la suite de la découverte du faux Henry. Le lieutenant-colonel Henry (voir *Guermantes*, p. 232, n. 2), attaché en 1894 à la section de statistique (contre-espionnage) du 2ᵉ Bureau de l'état-major de l'armée, fut l'un des premiers officiers convaincus de la culpabilité de Dreyfus. Il avoua, le 30 août 1898, avoir fabriqué un document destiné à la

prouver de façon définitive. Incarcéré aussitôt, il se trancha la gorge dans sa cellule. Les adversaires de la révision faisaient remarquer que le faux, postérieur à la première condamnation de Dreyfus, ne pouvait y avoir joué un rôle.

3. Le Fol Étudiant, dans le chapitre auquel il donne son nom (ouvr. cité, p. 143-163), apparaît comme un ermite anarchiste et non-violent. Sur l'amour, sur la société, sur la religion, il met en garde le jeune Gérold par des conseils comme celui-ci : « Fais bien attention. Tu commences à penser, c'est un métier ingrat, antipatriotique, nuisible au bien public et haï des hommes » (p. 153).

Page 86.

1. Proust se moque de Cottard, mais il est lui-même sans indulgence pour la « naïveté » de Nietzsche (*Guermantes*, p. 383 et n. 1).

2. Exagérations de Brichot : il n'est pas tout à fait exact que la peinture du peuple chez Zola soit poétiquement privilégiée par rapport à celle des autres classes sociales. En revanche, il est vrai que mainte page du *Journal* montre les Goncourt, champions d'une esthétique de la modernité, plaidant pour Diderot et Watteau contre le culte conventionnel et universitaire d'Homère et de Raphaël. — À Vauquois, village d'Argonne proche de Varennes, à 25 km à l'ouest de Verdun, se livrèrent de violents combats en février et mars 1915 ; le village resta sur la ligne de feu pendant presque toute la guerre. Une note du Cahier 74 fait allusion à « ce que R*** m'a dit de Vauquois » (Pléiade, t. IV, p. 775), où, derrière l'initiale, on peut reconnaître le frère de l'écrivain, le docteur Robert Proust, qui ne cessa de s'exposer dans des postes avancés, en particulier à l'hôpital de campagne d'Étain, près de Verdun, puis sur le front italien.

3. L'orthographe *kolossal*, de même que *Kultur*, stigmatise dans la propagande française la lourdeur de l'art allemand, avec une insistance dont Proust se déclare lassé dans une lettre à Paul Souday du 11 avril 1915 (*Correspondance*, t. XIV, p. 99).

Page 87.

1. Voir *Sodome*, p. 464.

2. Sans parler d'affaires de mœurs compromettant des membres de la société française, on songe au procès d'Oscar Wilde et, plus récemment, au scandale qui avait frappé, dans l'entourage de Guillaume II, le prince Philippe d'Eulenbourg en 1907-1908 ; voir *Mémoires du Chancelier, prince de Bulow*, trad. Henri Bloch, Plon, 1930, t. II, p. 299-312 ; et la préface de *Sodome*, p. XV.

Page 88.

1. Dans *Des effets de la fécondation croisée et de la fécondation directe dans le règne végétal* (trad. de l'anglais par E. Heckel, 1877), Darwin se propose d'établir que l'amélioration des espèces végétales, comme celle des espèces animales, est obtenue par des croisements fréquents entre variétés aussi éloignées que possible d'une même espèce ; la

fécondation prolongée à l'intérieur d'une même variété étant, au contraire, cause de dégénérescence (voir *Sodome* p. 5 et n. 2).

Page 89.

1. Les exemples qui vont suivre s'ajoutent à ceux que le narrateur relevait dans les propos de Norpois, au début des *Jeunes Filles*, p. 33.

2. Demi-citation parodique : « Hélas ! que j'en ai vu mourir de jeunes filles ! » (Hugo, *Les Orientales*, « Fantômes »).

3. Joseph Caillaux, chef du parti radical, ancien ministre et ancien président du Conseil, inculpé d'intelligence avec l'ennemi et d'attentat contre la sûreté extérieure de l'État, est écroué à la prison de la Santé le 14 janvier 1918. Il attendra plus de deux ans pour passer en Haute Cour, où il sera condamné à trois ans de prison le 23 avril 1920 pour « correspondance avec des sujets d'une puissance ennemie ». Amnistié en janvier 1925, Caillaux sera, la même année, rappelé au ministère des Finances.

Page 90.

1. Voir *Sodome*, p. 137-138.

2. Pendant les premiers mois de la guerre, l'Italie est sollicitée — avec promesses d'extension territoriale aux dépens de l'Autriche — à la fois par l'Allemagne et par les Alliés, pour lesquels elle se décidera, en mai 1915, en déclarant la guerre, à l'Autriche d'abord. Giolitti (1842-1928), qui avait été plusieurs fois président du Conseil, était germanophile et opposé à l'alliance avec la France et l'Angleterre (voir les *Mémoires du Chancelier, prince de Bulow*, t. III, p. 216).

3. Immédiatement après l'armistice du 11 novembre 1918, commencent à se manifester des divergences de vues entre Alliés. Elles seront durables. L'Angleterre, fidèle à sa politique d'équilibre des forces sur le continent, s'efforce de limiter les bénéfices que la France pourrait tirer de sa victoire, tant sur le plan politique (constitution d'un État rhénan indépendant) que sur le plan économique (paiement des réparations).

Page 91.

1. L'Autriche-Hongrie, dont les armes sont constituées essentiellement par une aigle à deux têtes.

2. La région des lacs de Mazurie, en Prusse orientale, où les Russes avaient été battus en 1914, avait été définitivement abandonnée par eux dès cette date.

3. Ces « élections neutralistes » sont celles qui, au printemps de 1916, avaient ramené à la Chambre grecque une majorité hostile à Venizélos, c'est-à-dire à l'entrée en guerre de la Grèce aux côtés des Alliés (voir p. 35, n. 3).

Page 92.

1. C'est à la fin d'août 1916 que, mettant fin à de longues hésitations, la Roumanie se décide à déclarer la guerre à l'Autriche — en même temps que l'Italie à l'Allemagne.

2. La Grèce était liée à la Serbie par un traité d'alliance défensive consécutive à la deuxième guerre balkanique (juin-août 1913), où les deux puissances avaient été victorieuses de la Bulgarie.

3. L'Italie faisait partie, en 1914, de la Triplice. La Roumanie avait passé avec l'Allemagne des accords économiques.

Page 93.

1. Les Habsbourg régnaient sur l'Autriche depuis la fin du XIIIe siècle et avaient donné au Saint-Empire ses empereurs du XVe au début du XIXe siècle. Au contraire, les Hohenzollern n'acquirent la dignité de rois de Prusse qu'en 1701, avec Frédéric Ier, et d'empereurs d'Allemagne qu'en 1871, avec Guillaume Ier.

2. Le grand maître de l'ordre de Malte était en effet, depuis 1905, Fra Galeazzo de Thun et Hohenstein (*Almanach de Gotha*, 1916, p. 1012).

Page 94.

1. Voir p. 35, n. 3.

2. Par deux fois, en 1915, le roi Constantin avait prononcé la dissolution de Chambres où la majorité était favorable à Venizélos : d'où la protestation des Alliés, garants des traités qui avaient mis fin à la deuxième guerre balkanique.

3. Diadoque : titre, en Grèce, du prince héritier de la couronne.

4. Peut-être s'agit-il d'Alexandrine, duchesse de Mecklembourg, née en 1879, mariée en 1898 au prince Christian de Danemark, cousin germain de Nicolas II.

5. Nous n'avons rencontré nulle part le mot « affiche » dans le sens qu'impose le contexte. L'homosexualité de Ferdinand de Bulgarie a déjà été évoquée dans *Guermantes*, p. 234.

Page 95.

1. Voir *Sodome*, p. 101.

2. Charlus ne manquerait pas, s'il avait à justifier ces présomptions, d'alléguer les accusations d'homosexualité portées contre quelques proches de Guillaume II, le prince Philippe d'Eulenbourg en particulier (voir p. 87, n. 2, et *Guermantes*, p. 280).

Page 96.

1. Voir *Sodome*, p. 339-341.

Page 97.

1. Les différents ridicules du style de Brichot rappellent le pastiche de Faguet ; ainsi, pour la trivialité : « Quant à Lemoine, il veut absolument aller se balader avec le juge [...] » (« Dans un feuilleton dramatique de M. Émile Faguet », *Pastiches et mélanges*, Pléiade p. 31).

Page 99.

1. Dans le pastiche de Faguet (voir note précédente) : « On nous dit que Lemoine a découvert le secret de la fabrication du diamant. [...] nous marchons » (Pléiade, p. 30).

2. Mme Verdurin donne le surnom de « Chochotte » à Brichot dans *Sodome*, p. 314 et 316.

3. « Les livres ont leur destin. » Cette sentence, modèle de citation éculée, est extraite du traité en vers *De litteris, syllabis, pedibus et metris* de Terentianus Maurus, grammairien de la fin du IIe siècle après Jésus-Christ. Maurus évoque les jugements variés que les lecteurs, selon la capacité de chacun, porteront sur son livre : « *pro captu lectoris habent sua fata libelli* » (édition de Nicolas Brissé, Paris, Simon Colin, 1531 [B.N. Rés. X 771], p. 114).

4. Les deux adversaires des jésuites ici rapprochés et le mot de Pascal sont connus. Combes avait obtenu d'Anatole France, en 1904, une préface pour son livre *Une campagne laïque, 1902-1903*. Celle-ci fut éditée séparément sous le titre *Le Parti noir* (1904). Sur l'attitude de Proust à l'égard de la politique anticléricale, voir *Albertine disparue*, p. 50, n. 1.

5. Voir le pastiche de Faguet : « La pièce est allée, je ne dirai pas par-dessus les nues, mais enfin est allée aux nues » (Pléiade, p. 29). Le même tic, dans les articles de Joseph Reinach signés Polybe, est ridiculisé par Proust dans la lettre à Robert Dreyfus de mars 1916 déjà citée, à propos des articles des 3, 4 et 8 mars 1916 dans *Le Figaro* (*Correspondance*, t. XV, p. 65-67).

Page 100.

1. La disparate des œuvres de deux théoriciens de l'art militaire, d'un poète et d'un moraliste souligne le pédantisme bavard de Brichot.

2. Le P. Henri Didon (1840-1900), dominicain, fut un prédicateur et théologien en renom. Léon Bloy lui consacre un chapitre, « Le Révérend Père Judas », dans *Les Dernières Colonnes de l'Église* (1903).

3. Les « Bouillons Duval », restaurants à bon marché, répandus surtout dans les quartiers de la rive droite, avaient été créés dans celui des Batignolles sous le Second Empire. Le Baedeker *Paris et ses environs* de 1878 recommande (p. 17) ces établissements aux touristes : « La nourriture y est bonne, surtout la viande, mais les portions ne sont pas fortes [...]. Il règne dans tous une très grande propreté. Le service y est fait d'une manière fort convenable, souvent par des dames, vêtues d'un costume uniforme sévère. »

Page 101.

1. Nous n'avons pas trouvé trace de cette « mauvaise affaire » dans l'œuvre de Paul Morand. Ce dernier a sans doute raconté l'anecdote à Proust. On peut la lire aujourd'hui dans le chapitre du livre d'Erna von Watzdorf consacré à Auguste II le Fort, électeur de Saxe et roi de Bavière (1670-1733) : *August der Stark Kunst und Kultur*

des Barock, C. Heinrich, Dresde, 1933, p. 58. — « Clarisse » est le titre de la première des trois nouvelles qui composent *Tendres stocks* (1921). La nouvelle avait paru dans *Mercure de France*, en 1917, sous le titre « Clarisse ou l'Amitié ». Proust, qui avait lu ce texte sur épreuves, publiera, dans *La Revue de Paris* en 1920 un article intitulé « Pour un ami (remarques sur le style) », qui sera repris comme préface à *Tendres stocks* (voir *Essais et articles*, Pléiade, p. 606).

2. Voir *Swann*, p. 319.

3. Jusqu'au repli allemand de mars 1917, Noyon occupé par l'ennemi, à cent kilomètres de Paris, est le leitmotiv angoissant des articles de Clemenceau. Libérée pendant un an, la ville retombera aux mains des Allemands en mars 1918.

4. On trouvera chez un auteur éloigné de toute germanophobie un écho de la réprobation provoquée par les bombardements allemands, suivis d'un très grave incendie, sur la cathédrale de Reims en septembre 1914, « crime inexpiable », dit Romain Rolland (« Pro aris », *Au-dessus de la mêlée*, éd. citée, p. 10). Voir aussi « La Mort des cathédrales », *Pastiches et mélanges*, Pléiade, p. 141, note de Proust.

5. L'intervention des États-Unis dans la guerre est votée par le Congrès le 2 avril 1917. Les premières troupes américaines débarquent en France en mai. À la fin de la guerre, leurs effectifs atteignent deux millions.

Page 102.

1. L'allusion aux *Déracinés* (1897) de Barrès est hors de propos avec l'exportation des œuvres d'art aux États-Unis.

2. Saint Firmin est honoré dans la cathédrale d'Amiens, dont il fut le premier évêque. Sur la « porte Saint-Firmin », nom du porche septentrional de la façade principale, voir « Ruskin à Notre-Dame d'Amiens » (*Pastiches et mélanges*, Pléiade, p. 99). Le saint y est présenté par Proust sous des traits moins avantageux que dans le roman : « [...] saint Firmin qui tapage et crie comme un énergumène dans les rues d'Amiens, insulte, exhorte, persuade, baptise, etc. » (*ibid.*, p. 73, note de Proust).

3. Dans une lettre à Mme Straus du 31 mai 1918, Proust dit ses inquiétudes pour les villes menacées du front, Amiens, Reims, Laon, mais il ajoute : « Je pleure et j'admire plus les soldats que les églises qui ne furent que la fixation d'un geste héroïque, aujourd'hui à chaque instant recommencé » (*Correspondance*, t. XVII, p. 270).

4. Déjà avant 1914, la statue de Strasbourg, place de la Concorde, et, après l'invasion, celle de Lille, furent des lieux de pèlerinage où s'exprimait l'espoir de la Revanche et de la Victoire. Paul Déroulède, président de la Ligue des patriotes, y était assidu. Barrès lui succéda à cette présidence. Le 28 janvier 1917, il organisa sur sa tombe, à La Celle-Saint-Cloud, une manifestation du souvenir.

Page 103.

1. Le 20 septembre 1914, après avoir exprimé son indignation devant le bombardement et l'incendie de la cathédrale de Reims,

Barrès écrit : « Périssent les merveilles du génie français, plutôt que le génie français lui-même ! Que les plus belles pierres soient anéanties, et que le sang de ma race demeure ! À cette minute, je préfère le plus humble, le plus fragile fantassin de France à nos chefs-d'œuvre dignes de l'immortalité » (*Chronique de la Grande Guerre*, t. I, p. 241-242).

2. Cette excuse présentée par les Allemands est repoussée par Romain Rolland dans son article « Pro aris » (voir p. 101, n. 4) : « Qui tue cette œuvre assassine plus qu'un homme, il assassine l'âme la plus pure d'une race » (*Au-dessus de la mêlée*, éd. citée, p. 10).

3. Les premières semaines de guerre ayant confirmé l'Allemagne dans l'espoir d'une victoire éclair sur la France, le chancelier Bethmann-Hollweg envisageait, parmi les conditions à lui imposer (« Programme du 9 septembre 1914 »), la cession du bassin de Briey, d'une bande côtière de Dunkerque à Boulogne, du versant occidental des Vosges, et de Belfort (Fritz Fischer, *Les Buts de guerre de l'Allemagne impériale, 1914-1918*, éd. Trévise, 1970, p. 113).

4. Le point de vue de Barrès évolue au cours de la guerre. Le 25 février 1915, il demandait que la France, après la victoire, portât sa frontière sur le Rhin (« Les clés de la maison », *Chronique de la Grande Guerre*, t. III, p. 278). Au lendemain de l'armistice, les Alliés s'opposent à toute annexion. Barrès se contente alors, dans ses conférences de novembre 1920 à l'Université de Strasbourg (*Le Génie du Rhin*, Plon, 1921) et dans ses nombreuses interventions à la Chambre, d'insister sur la nécessité d'émanciper la Rhénanie de l'influence prussienne qui s'y est établie arbitrairement en 1815. Dusseldorf, Cologne, Bonn, Coblence et Mayence sont devenues sur le Rhin de nouveaux « bastions de l'Est ».

5. Jusqu'en 1914, le retour des provinces perdues en 1871 ne figurait, en effet, dans aucune revendication officielle de la France. Ce retour est évoqué dès les premiers jours de la guerre, quand l'armée française entre en Alsace. Le 24 novembre 1914, Joffre se rend à Thann reconquise et déclare : « Notre retour est définitif ; vous êtes français pour toujours » (Barrès, *Chronique de la Grande Guerre*, t. II, p. 214). La restitution à la France de l'Alsace-Lorraine constituera le point VIII des quatorze exigences énoncées le 8 janvier 1918 par le président Wilson.

6. L'expression, qu'on trouve déjà sous la forme *France dulce* dans la *Chanson de Roland*, a été remise en honneur par un livre de lectures scolaires de René Bazin, très largement diffusé dans les établissements catholiques : *La Douce France*, éd. J. de Gigord, 1911.

7. Cette théorie a été énoncée dans l'épisode de la mort de la grand-mère (*Guermantes*, p. 317), où toutefois le narrateur ne s'adressait pas à Charlus.

Page 104.

1. Sur le scepticisme, quant aux chances d'une Séparation, des hommes politiques les plus éloignés de sympathies cléricales, on notera le mot de Maurice Rouvier à Zévaès en mars 1905 : « Vous

y croyez, vous, à la Séparation ? Eh bien ! nous en reparlerons dans dix ans » (Alexandre Zévaès, *Histoire de la IIIe République*, éditions de la Nouvelle revue critique, 1946, p. 248). La loi fut, en fait, promulguée en décembre 1905. — Dreyfus, deux fois condamné par les Conseils de guerre de 1894 à Paris et, après révision, de 1899 à Rennes, introduit une seconde demande en révision en novembre 1903. La Cour de cassation casse en juillet 1906 la décision de Rennes, *sans renvoi devant une autre juridiction*, ce qui apparaît aux yeux des antidreyfusards comme une violation de la loi. Dreyfus est alors décoré, promu chef d'escadron, tandis que Picquart, l'un de ses principaux défenseurs, est réintégré dans l'armée avec le grade de général de brigade, en attendant que Clemenceau lui confie le ministère de la Guerre dans le cabinet formé en octobre 1906.

2. « Mademoiselle Monk ou la Génération des événements » est le titre de l'article écrit par Maurras à propos de la publication en 1902, par Étienne Lamy, des *Mémoires d'Aimée de Coigny* (1769-1820), la « jeune captive » d'André Chénier, plus tard conspiratrice qui poussa Talleyrand à trahir Napoléon et à servir la cause de Louis XVIII. Maurras a recueilli ce texte dans *L'Avenir de l'intelligence* (1905 ; nouv. éd., 1917). Proust devait à Maurras l'article le plus pénétrant qui ait paru sur *Les Plaisirs et les Jours* (*La Revue encyclopédique*, 22 août 1896).

3. Voir p. 60, n. 2.

4. Gabriel Syveton (1864-1904), l'un des fondateurs de la Ligue de la patrie française, député nationaliste du IIe arrondissement de Paris, gifla le général André, ministre de la Guerre, au cours d'un débat à la Chambre, le 4 novembre 1904, sur la pratique des délations anticléricales dans l'armée. Traduit pour cette raison devant la cour d'assises de la Seine, il fut — suicide ou assassinat — trouvé mort chez lui la veille de sa comparution.

Page 105.

1. Proust songe surtout à Clotilde du Mesnil, l'héroïne cyniquement immorale de *La Parisienne* d'Henry Becque (1885).

2. C'est sur la proposition de Nicolas II, détrôné en 1917 et assassiné en 1918, que se réunit à La Haye, en mai-juillet 1899, la première Conférence internationale de la paix, qui préconisa en cas de guerre un certain nombre de mesures humanitaires et décida la constitution, dans cette même ville, d'une Cour permanente d'arbitrage.

3. Contamination, pour traduire les vicissitudes de la destinée, du *Sic transit gloria mundi* de *L'Imitation de Jésus-Christ* et de l'expression « la roue de fortune », qui remonte au Moyen Âge.

4. D'après le mot du Christ dans l'Évangile selon saint Matthieu, XII, 30 : « Qui n'est pas avec moi est contre moi. »

Page 106.

1. Souvenir lointain de Robert de Montesquiou : dans une lettre à Mme de Noailles, du 12 mars 1904, Proust communique ses

impressions d'un dîner chez le comte, dont les gestes et la voix
« suraiguë » semblaient trahir « une exaltation presque maladive »
(*Correspondance*, t. IV, p. 85).

Page 107.

1. Voir ci-dessus, p. 70 et n. 2.

2. Il est vraisemblable que Proust pense ici à la princesse Marthe
Bibesco et aux amitiés allemandes qui lui furent reprochées pendant
la guerre (voir le *Journal* de l'abbé Mugnier, Mercure de France,
1985, p. 265, 281, 284, 291).

3. On voit mal comment Charlus pourrait être comparé à deux
personnages que tout sépare : le Saint-Vallier de Hugo (*Le roi s'amuse*,
1832) et le Saint-Mégrin de Dumas (*Henri III et sa cour*, 1829).

Page 108.

1. Voir une lettre à Louis d'Albufera de mars 1915 : « Deux ou
trois jours avant la victoire de la Marne, quand on croyait le siège
de Paris imminent, je me suis levé un soir, je suis sorti, par un clair
de lune lucide, éclatant, réprobateur, serein, ironique et maternel,
et en voyant cet immense Paris que je ne savais pas tant aimer,
attendant dans son inutile beauté la ruée que rien ne semblait plus
pouvoir empêcher, je n'ai pu m'empêcher de sangloter » (*Correspondance*, t. XIV, p. 71).

2. Proust emprunte l'expression « inutile beauté » à Maupassant,
mais en la détournant de son sens. Elle signifie chez Maupassant, dans
le conte qui porte ce titre (*L'Écho de Paris*, 2-7 avril 1890), la beauté
de la femme stérile.

3. Voir *Guermantes*, p. 71.

4. « Ils regardaient monter en un ciel ignoré / Du fond de l'Océan
des étoiles nouvelles » (Heredia, « Les Conquérants »).

Page 109.

1. L'expression est doublement paradoxale, puisque c'est par une
lumière éblouissante et brève que la combustion du magnésium
permet, à l'époque de Proust, de prendre des photographies en milieu
obscur.

Page 112.

1. Le début de cette lettre alambiquée illustre l'opposition du
« médiocre » et du « juste » par celle des deux mots de même
famille, « défaut » et « faillir » : le manquement du « médiocre »
conjure le manquement du « juste ». Mais Charlus abandonne
ensuite le sens étymologique de « défaut », souligné par les
caractères romains, pour prendre le mot dans son sens courant.

2. La promesse du Psalmiste au Juste dit exactement : *Super aspidem
et viperam gradieris, / Conculcabis leonem et draconem* (« Tu marcheras
sur l'aspic et la vipère, / Tu écraseras sous tes talons le lion et le
dragon », Psaumes, XC, 13).

Page 113.

1. Dans le *Larousse du XXᵉ siècle* de 1928, on lit : « *Ambrine* : nom donné à un mélange de paraffine et de résine de couleur ambrée. » Georges Duhamel, mobilisé dans le service de santé, a connu l'inventeur de ce produit, utilisé dans les hôpitaux militaires pour soigner les brûlures et les engelures (*Journal littéraire* de Paul Léautaud, 5 mars 1926). Il est possible qu'il ait été employé aussi en parfumerie, comme filtre solaire.

Page 114.

1. Henry Thédenat, dans son ouvrage *Pompéi. Histoire. Vie privée* (1906), signale une inscription « sur le mur d'une maison (région IX, île 1, n° 26) » portant « ces deux mots : *Sodoma, Gomora* ».

2. « Les Jeunes Gens de Platon » est le titre d'un article de Taine (1855) recueilli dans les *Essais de critique et d'histoire*. « Platon, écrit-il, a pris plaisir à figurer aux yeux les plus jeunes, ceux en qui la pensée, pour la première fois, s'éveille [...]. Son style si aisé, si doux, presque fluide, convient pour peindre ces âmes molles et tendres, ces corps flexibles » (Hachette, 9ᵉ éd., 1904, p. 157). On comprend que Charlus n'ait pas oublié un pareil texte.

3. Ce sont les saints sculptés sur la façade principale de la cathédrale, conçue et réalisée au début du XVIᵉ siècle par l'architecte Roulland Le Roux.

4. « Sous les tilleuls », célèbre avenue de Berlin.

Page 115.

1. « Allemagne au-dessus de tout », l'hymne national allemand.

2. Le souvenir renvoie au volontariat de Proust (voir préface, p. XX). — Il n'y a pas eu de fusil modèle 76 (c'est-à-dire 1876) en service dans l'armée française, dans les années où le narrateur a pu souffrir d'un recul bizarrement situé « contre l'omoplate ». Les différents fusils réglementaires à cette époque ont été le fusil Gras (1874), puis le fusil Lebel (1886, modifié 1893). Rappelons que Proust fit son volontariat au 76ᵉ régiment d'Infanterie, d'où peut-être un lapsus.

3. L'arche du pont — et non pas son « plateau » ou tablier —, complétée par son reflet dans l'eau, forme une sorte d'anneau, mais non « circulaire », au travers duquel passe le fleuve.

Page 116.

1. Sequin est le nom commun à différentes monnaies ayant cours en Italie et au Levant du XIVᵉ au début du XIXᵉ siècle. C'est arbitrairement que Proust lui attribue la forme d'un croissant.

2. Proust a déjà évoqué dans *Guermantes* (p. 182) l'exotisme d'Alexandre Decamps.

3. Souvenir du service d'assiettes de Combray (*Swann*, p. 18 et 56 ; voir aussi *Jeunes Filles*, p. 465-466). — Sur l'importance des *Mille et Une Nuits* dans la *Recherche* depuis « Combray », voir en particulier *Swann*, p. 18 ; *Sodome*, p. 230 ; *La Prisonnière*, p. 122, n. 1. Sur le calife Haroun Al Raschid, voir ci-dessous, p. 139, n. 1. Voir aussi, ci-dessus, p. 16, n. 3.

Page 120.

1. Les combattants sans ressources et sans famille — les autres aussi, parfois — étaient souvent « adoptés » par une correspondante, dite « marraine de guerre », de qui ils recevaient, au front, lettres, argent et colis.

Page 122.

1. Voir des situations analogues dans *Swann*, p. 157-163 et *Sodome*, p. 9-10. Dans ce dernier passage Proust avoue lui-même : « Les choses de ce genre auxquelles j'assistai eurent toujours, dans la mise en scène, le caractère le plus imprudent et le moins vraisemblable. » Voir aussi *Sodome*, p. 465.

2. Il est généralement admis que l'hôtel dont Jupien est le tenancier a pour modèle un établissement commandité et fréquenté par Proust pendant la guerre, et dirigé par Albert Le Cuziat. Cet établissement était situé 11, rue de l'Arcade (on verra, p. 257, que la rue de l'Arcade caractérise certains invités du « bal de têtes »). Proust y fit porter certains meubles qui lui venaient de ses parents.

Page 123.

1. L'Action libérale, fondée le 5 juillet 1901 par Jacques Piou, représente à la Chambre une droite catholique modérée.

2. Honorable, c'est-à-dire député, d'après la formule d'usage, l'« honorable parlementaire ».

3. C'est le 21 mars 1908 que paraît le premier numéro du quotidien royaliste et nationaliste, dirigé par Léon Daudet et Charles Maurras, *L'Action française*. Presque aussi vigoureusement qu'à la gauche installée au pouvoir, *L'Action française* s'attaque à l'opposition, qui manque à son gré de mordant, et, entre autres groupes, couvre de sarcasmes *L'Action libérale* (voir *La Prisonnière*, p. 286).

Page 124.

1. Abréviation de « bataillon d'Afrique », unité disciplinaire stationnée en Afrique du Nord.

2. Mlle d'Oloron est la nièce de Jupien que Charlus a adoptée en lui donnant ce nom (*La Prisonnière*, p. 299).

Page 125.

1. Voir *Sodome*, p. 254.

2. Voir *Jeunes Filles*, p. 328.

3. Voir *Swann*, p. 286.

Page 127.

1. La croix de guerre avait été instituée, à l'instigation de Barrès, par une loi du 8 avril 1915.

Page 128.

1. La destruction systématique de Louvain, et en particulier de sa riche bibliothèque universitaire, les 25 et 26 août 1914, est l'un des actes de guerre les plus violemment reprochés aux Allemands au début des hostilités.

2. Lors de l'invasion de la Belgique et du Nord de la France, les civils avaient été victimes d'un certain nombre d'exactions et de crimes : pillages, incendies, viols, assassinats. Le bruit courait même que les Allemands avaient mutilé de jeunes enfants en leur coupant la main. On voit Gide (*Journal*, 1889-1939, Pléiade, p. 500) chercher vainement des preuves de ces mutilations. Voir Pierre Nothomb, *Les Barbares en Belgique*, Perrin, 1915, et « La Belgique martyre » (*Revue des Deux Mondes*, 1ᵉʳ janvier 1915, p. 118 à 155). Parmi les atrocités signalées dans cet article, et décrites avec précision, Nothomb mentionne deux cas (p. 135 et 137) où un enfant aurait eu la main coupée. Voir encore Joseph Bédier, *Les Crimes allemands d'après des témoignages allemands* (A. Colin, 1915).

3. Je préférerais être fusillé pour insoumission. L'argot « pruneau » signifie « obus » ou, plus rarement, comme ici, « balle de fusil ».

4. « Influenza » est employé à l'époque de Proust dans le sens de « grippe » et plus couramment que « grippe ». La phrase de Mme Swann n'a jamais été citée auparavant dans la *Recherche*.

5. Voir ci-dessus, p. 39, n. 1.

Page 130.

1. Le « carré » est le palier sur lequel donnent, à chaque étage de l'escalier d'un immeuble modeste, les portes des différents logements.

Page 131.

1. « Barbeau » : en argot, « souteneur ».

2. « Thune » : en argot, « pièce de 5 francs ».

Page 132.

1. « Carton » (voir *La Prisonnière*, p. 207) signifie en argot : « femme ». Le *Dictionnaire d'argot* de G. Esnault (1904) donne ce sens général : « femme, voire épouse légitime, de la locution *faire un carton* », avec une référence littéraire de 1903, dans un texte de Jean Lorrain et D. Fabrice.

2. Nous n'avons pas retrouvé cette citation, peut-être apocryphe. Mais elle correspond bien à l'attitude de Sarah Bernhardt pendant la guerre. Amputée d'une jambe à l'âge de soixante et onze ans, le 22 février 1915, elle avait recommencé à jouer la même année à Paris, puis en Angleterre, puis en tournée sur les arrières du front et enfin aux États-Unis, d'où elle ne revient qu'en novembre 1918.

Page 133.

1. Boissier et Gouache, pâtissiers confiseurs établis, le premier, 7, boulevard des Capucines (*Baedeker*, 1878 et 1914), le second, au temps

de l'enfance de Proust (*Baedeker*, 1878), 17, boulevard de la Madeleine (voir *Sodome*, p. 444, et *Jeunes Filles*, p. 64).

Page 136.

1. On reconnaît ici Tartuffe justifiant la déclaration qu'il vient d'adresser à Elmire : « Je sais qu'un tel discours de moi paraît étrange : / Mais, madame, après tout, je ne suis pas un ange » (*Tartuffe*, acte III, sc. III, v. 969-970). — La prononciation archaïque « une ange » est encore recommandée par Littré, si « un » est article indéfini et non pas adjectif numéral. Elle a subsisté assez longtemps dans l'usage de certains prédicateurs. Elle n'est donc pas déplacée ici. En revanche il est parfaitement invraisemblable — invraisemblance parmi beaucoup d'autres dans cette longue scène — que ce mauvais prêtre ait, pour cette soirée, conservé ses vêtements ecclésiastiques ! Mais il fallait un prêtre pour illustrer le caractère universel de la perversion de Charlus.

Page 137.

1. *Les Saltimbanques*, opérette de Maurice Ordonneau sur une musique de Louis Ganne, fut créée en 1899. Selon Edmond Stoullig (*Les Annales du théâtre et de la musique*, 1899, p. 240), Maurice Ordonneau ne s'était pas « donné une méningite » pour en composer le livret. La pièce était, en tout cas, destinée à un succès durable.

2. Du prince d'Harcourt, Saint-Simon écrit qu'il vécut longtemps à Lyon, « avec du vin, des maîtresses du coin des rues, une compagnie à l'avenant », ne se ruinant pas au jeu, et même faisant le contraire (*Mémoires*, éd. d'Yves Coirault, Pléiade, t. II, p. 270). Rien de pareil sur le duc de Berry, petit-fils de Louis XIV, dont les *Mémoires* signalent seulement, avec sa droiture morale, sa timidité et sa lourdeur d'esprit (Pléiade, t. IV, p. 768-769). En revanche, Proust se souvient avec précision de l'anecdote suivante. Saint-Simon et M. de Chevreuse sont chargés par le roi de se rendre chez le duc de La Rochefoucauld (le fils du moraliste) : « quelle fut notre surprise, j'ajouterai notre honte, de trouver M. de La Rochefoucauld seul dans sa chambre jouant aux échecs avec un de ses laquais en livrée assis vis-à-vis de lui ! La parole en manqua à M. de Chevreuse et à moi, qui le suivais. M. de La Rochefoucauld s'en aperçut et demeura confondu lui-même [...] il balbutia, il s'empêtra, il essaya des excuses de ce que nous voyions, il dit que ce laquais jouait très bien, et qu'aux échecs on jouait avec tout le monde. M. de Chevreuse n'était pas venu pour le contredire, moi encore moins ; on glissa, on s'assit, on se releva bientôt pour ne pas troubler la partie, et nous nous en allâmes au plus tôt » (Pléiade, t. IV, p. 727-728).

Page 138.

1. Ces considérations sur le bon usage, en littérature, des perversions et des risques qu'elles comportent ne semblent pas étrangères aux réflexions que sa vie et son œuvre pouvaient inspirer à Proust.

2. C'est dans l'*Apologie de Socrate* qu'on voit le philosophe rappeler qu'à la différence des sophistes, il n'a jamais rien fait payer aux jeunes gens qui venaient l'écouter (Platon, *Œuvres complètes*, t. I, Pléiade, p. 150-151).

Page 139.

1. Proust cite de mémoire, en déformant un peu le conte : le calife Haroun Al Raschid, accompagné de Giafar son grand vizir, se promène la nuit, incognito, dans les rues de Bagdad. Il est intrigué par des voix, des rires, de la musique qui viennent de la maison de la belle Zobéide. Elle les accueille gracieusement mais se met ensuite à fouetter cruellement deux chiennes noires dont elle essuie finalement les larmes. Zobéide révèle alors que ses deux sœurs l'ayant trahie ont été changées en chiennes par une fée, qui l'a obligée, sous peine de subir la même métamorphose, à leur donner chaque soir cent coups de fouet (33e et 34e nuit ; 66e nuit ; *Les Mille et Une Nuits*, trad. Antoine Galland, Garnier-Flammarion, t. I, p. 124-128 et 215-216).

2. Proust a fait paraître sa traduction de l'ouvrage de Ruskin en 1906, avec une préface qui avait été publiée dans *La Renaissance latine*, le 15 juin 1905 : « Sur la lecture », titre devenu « Journées de lecture » en 1919 dans *Pastiches et mélanges* (Pléiade, p. 160-194). Sur la traduction de *Sésame et les lys*, voir préface, p. VI.

Page 140.

1. Voir *Sodome*, p. 417.
2. Voir ci-dessus, p. 69, n. 2.
3. Voir ci-dessus, p. 114.
4. Le mot « iceberg » évoque le naufrage du *Titanic* (15 avril 1912).

Page 141.

1. « L'obscurité persiste » : le présent de ce verbe annonce mal l'imparfait qui va suivre.

Page 144.

1. Une revue aussi étrangère aux excès de la polémique que la *Revue des Deux Mondes* n'en donne pas moins dans ces opinions « antigermaniques » : voir, de Louis Bertrand, « Nietzsche et la Méditerranée » (1er janvier 1915) et « Goethe et le germanisme » (15 avril 1915) ; de Camille Bellaigue, « Un grand tragique français : Gluck » (1er août 1915) ; d'André Michel, « L'Art gothique, œuvre de France » (1er août 1916).

2. Le livre et l'accueil qu'est censée lui réserver la critique semblent de l'invention de Proust.

Page 145.

1. Voir ci-dessus, p. 72.

Page 146.

1. La formule se comprend par opposition aux cathédrales gothiques. Celle d'Arras date de la fin du XVIIIe siècle et n'a été achevée que sous Louis-Philippe. Elle fut presque entièrement détruite par les bombardements de 1914 et de 1915, et devait être restaurée en 1934.

2. Dans une lettre adressée à Walter Berry au début de 1922, Proust fait le portrait de Céleste Albaret, « femme qui depuis qu'elle est à Paris ne connaît qu'un seul Louvre, pas celui de *La Dentellière*, mais celui où on vend tant de fausses dentelles » (*Correspondance générale*, t. V, p. 79).

Page 147.

1. « Barre de justice, terme de marine : barre de fer employée pour infliger la peine des fers à bord » (*Littré*).

2. Le sens de l'expression « croix de justice » n'est pas douteux, mais nous ne l'avons pas trouvée dans les dictionnaires que nous avons consultés.

3. Voir p. 66 et n. 1.

4. Suggérer que ne pas porter une décoration puisse présenter quelque inconvénient montre à quel point Proust était ignorant des usages de la vie militaire.

Page 148.

1. Voir ci-dessus, p. 47, n. 2.

2. La loi du 1er juillet 1901 sur les associations inspirée par le président du Conseil Waldeck-Rousseau soumettait les congrégations religieuses au régime de l'autorisation préalable. Après les élections du printemps 1902, Combes, nouveau chef du gouvernement, procéda à l'exécution sectaire de cette loi, en refusant systématiquement les autorisations demandées, en particulier par les congrégations enseignantes. Voir *Sodome*, p. 210, n. 1.

Page 149.

1. Voir *Guermantes*, p. 16.

Page 151.

1. Voir *Swann*, p. 87-88.

Page 152.

1. Voir p. 35, n. 3.

2. Il a été question des cousins riches de Françoise dans *Guermantes*, p. 321, mais nous n'avons pas trouvé dans la *Recherche* la remarque de la mère du narrateur.

3. Berry-au-Bac, sur l'Aisne, à mi-chemin de Reims et de Laon, a été sur la ligne de feu depuis la stabilisation du front en 1914 jusqu'aux offensives victorieuses de Foch en 1918.

4. Voir la préface, p. XX, n. 1, ainsi que les différentes lettres adressées par Proust à Marcelle, Adèle et André Larivière, apparentés à Céleste Albaret, la gouvernante de Proust, dans *Monsieur Proust*, Laffont, 1973.

Page 153.

1. *Lectures pour tous* : magazine fondé en octobre 1898.

2. Guillaumesse : appellation populaire pour l'impératrice d'Allemagne, Augusta-Victoria, qui avait épousé en 1881 le futur Guillaume II (voir *Guermantes*, p. 18).

3. Les sentiments que Proust prête à Saint-Loup sont ceux dont il admirait la noblesse chez Bertrand de Fénelon (voir ci-dessus, p. 47, n. 2).

Page 154.

1. Voir *Jeunes Filles*, p. 296.

2. Voir *Guermantes*, p. 399.

3. « Je n'avais pas vu Bertrand depuis plus de douze ans » (lettre du 13 mars 1915 à Georges de Lauris, *Correspondance*, t. XIV, p. 89). Proust avait fait avec Fénelon un voyage à Bruges et en Hollande en 1902.

4. Voir *Jeunes Filles*, p. 374.

5. Voir *Guermantes*, p. 64.

6. Voir *ibid.*, p. 172.

7. Voir *Sodome*, p. 90.

8. Voir *Jeunes Filles*, p. 354.

Page 155.

1. Voir *Guermantes*, p. 63.

2. Voir *Albertine disparue*, p. 19.

3. La mort d'Agostinelli, dont l'avion s'est abîmé en Méditerranée, a sans doute inspiré cette image d'une mort d'Albertine par noyade ; on peut rapprocher cette mort de celle que Proust situera plus tard « au bord de la Vivonne » dans la version d'*Albertine disparue* éditée par Nathalie Mauriac et Étienne Wolff. Voir *Albertine disparue* (Folio), p. XXXIII et p. 58, n. 2.

Page 157.

1. Comme la comparaison avec la tourelle bibliothèque (voir *Jeunes Filles*, p. 384 et n. 1), les obsèques de Saint-Loup s'inspirent de celles du prince Edmond de Polignac (voir « Le Salon de la princesse Edmond de Polignac », *Essais et articles*, Pléiade, p. 465).

Page 158.

1. Voir *Guermantes*, p. 495.

2. *Ibid.*, p. 433.

Page 159.

1. Le grand-duc Wladimir (1847-1909) et le grand-duc Paul (1860-1919) sont deux frères du tsar Alexandre III, père de Nicolas II.

Le premier épousa en 1874 Marie-Pavlovna (1854-1920), fille de Frédéric, grand-duc de Mecklembourg-Schwerin. Le second, veuf à vingt et un ans de la princesse de Grèce Alexandra-Georgievna, contracta en 1902 un mariage morganatique avec Olga-Valerianovna Karnovitch (1865-1929), divorcée du général Pistohlkors, comtesse de Hohenfelsen en 1904, puis princesse Paley. L'agacement de la grande-duchesse Wladimir, qui fit de longs séjours à Paris avec son mari, vient de ce qu'à ses yeux la seconde épouse du grand-duc Paul n'a pas le droit de partager son titre. Maurice Paléologue (1859-1944), de qui Proust s'est légèrement moqué dans *Sodome* (p. 46), fut ambassadeur de France auprès de Nicolas II de 1914 à 1917. Dans son journal, *La Russie des tsars pendant la Grande Guerre*, sont évoquées ses relations extrêmement confiantes avec la famille impériale. On est surpris de constater avec quelle franchise les deux grandes-duchesses, et surtout la grande-duchesse Marie-Pavlovna, ardente francophile, critiquaient devant l'ambassadeur le couple impérial. On ne trouve pas trace dans leurs entretiens de l'« agacement » mentionné par Proust. — Sur le grand-duc Wladimir et son épouse, voir *Sodome*, p. 57, et *Guermantes*, p. 506.

2. Voir ci-dessus, p 87.

Page 160.

1. Les élections législatives du 16 décembre 1919 sont un succès pour le « Bloc national », c'est-à-dire pour la droite. On compte parmi les nouveaux députés, à côté des élus de l'Alsace-Lorraine, Léon Daudet, le général de Maudhuy, le général de Castelnau. Cette majorité s'inspire de l'esprit patriotique qui a animé la politique de Clemenceau ; d'où le nom de chambre « bleu horizon », couleur adoptée pendant la guerre pour les uniformes de l'armée française.

2. Voir p. 67 et p. 68, n. 1.

3. C'est-à-dire d'anciens combattants. L'un des « as » de l'aviation française, René Fonck, était député des Vosges dans la chambre « bleu horizon ».

4. En fait, beaucoup de députés de la précédente législature n'avaient pas été réélus. Les élections s'étaient faites selon un nouveau mode de scrutin : le scrutin de liste. Proust laisse entendre que les alliances électorales qui avaient permis le succès du Bloc national s'étaient formées au mépris de véritable convictions et il se souvient de la fable de La Fontaine, « Le Chat et un vieux rat » : « Ce bloc enfariné ne me dit rien qui vaille » (livre III, fable XVIII).

5. Le président de la République, Raymond Poincaré, était académicien depuis 1909 ; le président de la Chambre des députés, Paul Deschanel, depuis 1899. Foch et Joffre avaient été élus en 1918.

Page 161.

1. Le 13 décembre 1919, *L'Écho de Paris* donne pour De Beers (voir p. 47 et n. 1) la cote 1275. Le même journal donnait, le 11 décembre 1914, pour cette valeur la cote 255.

2. Nous n'avons pas retrouvé la source précise où Proust a puisé ces détails sur les victimes du bolchevisme. Il pouvait être renseigné sur la férocité bestiale des révolutionnaires russes par la presse : il a sans doute lu, dans le *Journal des Débats* du 18 avril 1918, « Le Paradis anarchiste réalisé », par V. Svetloff ; dans la *Revue des Deux Mondes* des 15 octobre et 1er novembre 1918, « La Russie en feu », par L. Grondijs ; dans *La Revue de Paris* des 15 juin et 1er juillet 1919, « Prisons russes », par André Mazon ; dans la *Revue des Deux Mondes* du 1er août 1920, « Le Crime d'Ekaterinbourg », par N. de Berg-Poggenpohl, ainsi que les deux « Lettres de Petrograd », par X***, parues les 1er et 15 juillet 1921. Des témoignages analogues avaient paru en librairie : Alexandre Édallin, *La Révolution russe, par un témoin*, 1918 ; Marylic Markovitch, *La Révolution russe vue par une Française*, 1918 ; Paulette Pax, *Journal d'une comédienne sous la terreur bolchoviste*, 1919 ; Serge de Chessin, *Au pays de la démence rouge*, 1919, et *L'Apocalypse russe, la révolution bolchevique*, 1921.

3. Sur cet épisode, l'un des plus anciens du roman, voir préface, p. VI.

Page 162.

1. La Berma reparaît ici, bien que sa mort ait été annoncée dans *Albertine disparue*, p. 41.

Page 163.

1. La rue de l'Oiseau est celle qui mène au côté de Guermantes ; voir *Swann*, p. 164.

2. Sur l'évolution sociale du quartier, voir préface, p. XII. L'avenue du Bois, qui portait encore le nom d'avenue de l'Impératrice à l'époque d'« Un amour de Swann » (*Swann*, p. 239), est l'actuelle avenue Foch. Proust songe peut-être au « Palais Rose » que Boni de Castellane s'y était fait construire, à l'angle de l'avenue Malakoff.

Page 164.

1. Potel et Chabot, traiteurs, étaient installés 25, boulevard des Italiens, 4, avenue Victor-Hugo, et 3, rue Saint-Augustin (voir un jugement de Proust sur cette maison dans *La Prisonnière*, p. 225).

2. La galerie que fonda à Paris Alexandre Bernheim-Jeune (1839-1915), fils de Joseph Bernheim, connut une rapide extension sous l'impulsion de ses deux fils, Josse et Gaston. Ceux-ci, résolument tournés vers la peinture moderne — impressionniste et néo-impressionniste —, transférèrent en 1906 leur galerie de la rue Laffitte à la place de la Madeleine et rue Richepanse ; Proust était un familier de leurs expositions, comme le montre sa correspondance.

3. Voir p. 167 et n. 1.

Page 165.

1. La première récapitulation de la vie du narrateur, qui commence ici, a été précédée par celle de ses rapports avec Saint-Loup. *Le Temps*

retrouvé ouvre des coupes transversales dans les volumes précédents, dont il est comme une lecture nouvelle.

2. Voir *Jeunes Filles*, p. 58.

3. Voir *Swann*, p. 73.

Page 166.

1. Comme l'atteste une note du Cahier 74 : « Charlus ramolli (Sagan) » (Pléiade, t. IV, p. 796), Proust s'inspire, pour ce portrait, de la déchéance physique de Boson de Talleyrand-Périgord (1832-1910), prince de Sagan, puis duc de Talleyrand, qui contraste avec son élégance à l'époque des *Jeunes Filles* (p. 209), déchéance qui sera décrite aussi en 1925 par Boni de Castellane, son neveu : « J'allai rendre visite au duc de Talleyrand, ex-prince de Sagan. Après son attaque d'apoplexie, sa femme l'avait ramené dans son bel hôtel de la rue Saint-Dominique. J'éprouvais de la peine à le voir, lui que j'avais connu si brillant et portant beau, poussé dans une petite voiture, la tête penchée, la langue barbouillée et le dos courbé. Ses longs cheveux neigeux étaient restés comme un nuage blanc au-dessus de son visage [...]. Sa main fine et aristocratique s'était crispée sur le bras de son fauteuil roulant, et dénotait un effort perpétuel soit pour parler, soit pour se lever » (*L'Art d'être pauvre*, 1925, repris dans *Mémoires*, éd. Perrin, 1986, p. 283).

Page 167.

1. Sur les sentiments qu'inspirent à une partie de l'aristocratie française les grandes fortunes américaines, à la fois convoitées et méprisées, voir Boni de Castellane, *Comment j'ai découvert l'Amérique* (1924, repris dans *Mémoires*, éd. citée). Celui-ci avait épousé, en 1895, à New York, Anna Gould, considérée comme la plus riche héritière des États-Unis mais très peu préparée par son éducation et sa tournure d'esprit à devenir comtesse de Castellane. Après leur divorce en 1906, Anna Gould épousa le cousin germain de Boni, Hélie, fils de Boson et prince de Sagan.

2. Plusieurs expressions, dans cette phrase, évoquent Bossuet, qui est nommé quelques lignes plus loin ; les derniers mots sont proches du texte de l'*Oraison funèbre d'Henriette d'Angleterre*. Bossuet justifie le choix de ce texte, tiré de l'*Ecclésiaste* (I, 2) : « Vanité des vanités [...] et tout est vanité. » « Je veux, dit-il [...] dans une seule mort faire voir la mort et le néant de toutes les grandeurs humaines. »

Page 168.

1. Voir *Jeunes Filles*, p. 319. Le Cahier 51 (Pléiade, t. IV, p. 795) précise : « C'était exactement la même réclame de Liebig. »

Page 169.

1. Pour la dernière apparition de Charlus, après les allusions à Shakespeare, Sophocle et Bossuet, la litanie des morts, avec la référence au fossoyeur et à la tombe, est la refonte discrète d'un

passage des *Mémoires d'Outre-Tombe* (livre XL, chap. 3, Pléiade, t. II, p. 767-768) : Chateaubriand retourne à Vérone onze ans après le congrès de 1822, qui réunit les souverains de l'Europe, et où il avait joué le rôle important que l'on sait : « Monarques ! princes ! ministres ! voici votre ambassadeur, voici votre collègue revenu à son poste : où êtes-vous ? répondez. L'empereur de Russie Alexandre ? — Mort. [...] Le roi de France Louis XVIII ? — Mort. [...] Le roi d'Angleterre George IV ? — Mort. Le roi de Naples Ferdinand Ier ? — Mort. » La liste des défunts se poursuit avec des appels au roi de Sardaigne, au duc de Montmorency, à Canning, Gentz, Consalvi, plusieurs autres. Chateaubriand conclut : « Personne ne se souvient des discours que nous tenions autour de la table du prince de Metternich ; mais, ô puissance du génie ! aucun voyageur n'entendra jamais chanter l'alouette dans les champs de Vérone sans se rappeler Shakespeare. » La funèbre évocation de Proust mêle personnages de fiction — Bréauté, Swann — et personnages réels sur qui l'*Almanach de Gotha* donne, dans les années où nous l'avons consulté, les précisions suivantes : Antoine, 6e duc de Mouchy, 1841-1909 (voir *Guermantes*, p. 565) ; Adalbert de Talleyrand-Périgord, 1er duc de Montmorency, 1837-1915 (voir *Jeunes Filles*, p. 209) ; Boson, 4e duc de Talleyrand, 1832-1910 (voir *ibid.*) ; Sosthène, 4e duc de Doudeauville, 1825-1908 (voir *Guermantes*, p. 204).

Page 171.

1. Cette indication et celle de la page 161, mentionnant que « beaucoup d'années » ont passé entre la visite de 1916 et le dernier retour du narrateur à Paris, laissent évidemment sans réponse la question, naïve, de savoir quand se situe l'épisode final de la *Recherche*. C'est après 1918, et, au-delà, après la mort de Proust en 1922. Le narrateur se projette dans une vieillesse que le romancier n'a pas connue, mais dont il avait tôt fait l'expérience chez autrui.

2. Proust éprouvait, dès l'armistice, la crainte d'une revanche allemande. Dans une lettre à Mme Straus du 12 novembre 1918 (*Correspondance*, t. XVII, p. 453), épousant la thèse de Jacques Bainville, il appelle de ses vœux, à défaut d'une paix de réconciliation, un traité assez rigoureux pour interdire à l'Allemagne toute possibilité de relèvement.

Page 172.

1. Les reproches que fait Proust à la photographie correspondent à son refus de la « littérature de notations » (voir ci-dessus, p. 15, n. 1).

2. Voir *Jeunes Filles*, p. 139.

Page 173.

1. « Ce n'est qu'à la fin du livre, et une fois les leçons de la vie comprises que ma pensée se dévoilera » (lettre à Jacques Rivière, 7 février 1914, *Correspondance*, t. XIII, p. 99).

2. Le terme de wattman, introduit en 1895, désigna uniquement par la suite le conducteur d'un tramway électrique. Mais les voitures « de ville », au début du siècle, étaient parfois à propulsion électrique.

3. Suit la synthèse des impressions décrites au troisième chapitre d'*Albertine disparue* (voir p. 203-234 et, plus particulièrement, la p. 225, où le narrateur et sa mère foulent « les mosaïques de marbre et de verre du pavage » du baptistère).

Page 174.

1. Voir le projet de préface du *Contre Sainte-Beuve*, évoqué ci-dessus, p. VIII (*Swann*, document I, p. 432).

Page 175.

1. Voir le projet de préface du *Contre Sainte-Beuve*, *Swann*, p. 433.

2. Aladdin, enfermé par le « magicien africain » dans un caveau souterrain, désespère d'en sortir et s'abandonne en joignant les mains à la volonté de Dieu. « Dans cette action de mains jointes, il frotta sans y penser l'anneau que le magicien africain lui avait mis au doigt et dont il ne connaissait pas encore la vertu. Aussitôt un génie d'une figure énorme et d'un regard épouvantable s'éleva devant lui comme de dessous la terre jusqu'à ce qu'il atteignît de la tête à la voûte. et dit à Aladdin ces paroles : "Que veux-tu ? Me voici prêt à t'obéir comme ton esclave" » (« Histoire d'Aladdin ou la Lampe merveilleuse », *Les Mille et Une Nuits*, éd. citée, t. III, p. 82).

3. Voir *Jeunes Filles*, p. 241.

Page 176.

1. Voir *Jeunes Filles*, p. 378.

2. *Ibid*, p. 241.

Page 179.

1. De ce « même titre de livre », on trouvera l'explication p. 190.

Page 180.

1. Nous n'avons pas retrouvé ces « longs cris » dans la *Recherche*, ni dans les esquisses publiées dans l'édition de la Pléiade.

Page 182.

1. Voir *La Prisonnière*, p. 154.

Page 183.

1. « L'ombre qu'il y avait ce jour-là sur le canal où m'attendait ma gondole, tout le bonheur, tout le trésor de ces heures se précipita à la suite de cette sensation reconnue, et, dès ce jour, lui-même revécut pour moi » (projet de préface du *Contre Sainte-Beuve*, *Swann*, p. 433).

2. C'est la « leçon de la vie » (voir ci-dessus, p. 173, n. 1) apprise dans *Swann* et les *Jeunes Filles* : « Noms de pays : le nom » et « Noms de pays : le pays ».

3. Proust ne retourna plus à Venise après les deux séjours qu'il y avait faits en 1900, l'un, avec sa mère, en mai (voir la *Correspondance*, t. II, lettre à Léon Yeatman, s.d., p. 397) ; l'autre, seul, en octobre (*ibid.*, lettre à Douglas Ainslie, s.d., p. 412). En mai 1906, il écrivait à Mme Catusse : « Venise est trop pour moi un cimetière de bonheur pour que je me sente encore la force d'y retourner. Je le désire beaucoup, mais quand j'y pense avec la netteté d'un projet, trop d'angoisses suscitées s'opposent à sa réalisation prochaine » (*Correspondance*, t. VI, p. 75).

Page 184.

1. C'est la « leçon de la vie » contenue dans « Un amour de Swann ».

2. « Leçon de la vie » contenue dans *La Prisonnière* : « c'était une joie ineffable qui semblait venir du Paradis » (p. 248-249).

Page 185.

1. On reconnaît dans ce passage l'esthétique du symbolisme telle qu'elle s'est exprimée en France dans les dernières années du XIXe siècle.

Page 187.

1. On ne trouve pas trace dans « Combray » de ce rideau de percale, sans doute parce qu'à l'origine (contrairement à ce qu'on lit ici) Proust envisageait de ne pas faire aboutir l'effort de réminiscence (voir projet de préface du *Contre Sainte-Beuve*, *Swann*, p. 433, et, ci-dessus, préface, p. VII, n. 2).

Page 188.

1. Voir (Pléiade, t. IV, p. 844) l'esquisse où figure déjà, dans le Cahier 57, la phrase de Bloch, prononcée non par lui, mais par le directeur d'une revue, et où est condamné l'art utilitaire prôné par Romain Rolland. — Voir aussi (Cahier 58, Pléiade, t. IV, p. 799) la conversation du narrateur et de Bloch, conversation qui, dans la version de 1910, avait lieu juste avant qu'ils n'entrent à l'hôtel de Guermantes, et qui a disparu du texte final (voir préface, p. X). La conception d'une littérature humanitaire, étrangère aux préoccupations formelles, y est prise à partie dès 1910, littérature à laquelle s'ajouteront à partir de 1914 les œuvres nées de la guerre.

Page 189.

1. La condamnation de la littérature, celle des recherches raffinées de style, l'exaltation de la vie : tel est l'essentiel du credo artistique de Romain Rolland dans *La Foire sur la place* (1908). Proust s'est

énergiquement opposé à cette conception dans quelques pages non publiées de son vivant (« Romain Rolland », *Contre Sainte-Beuve*, Pléiade, p. 307-310).

2. Voir *Jeunes Filles*, p. 44 et n. 1.

3. Voir l'article « Réflexions sur la littérature » (*La Nouvelle Revue française*, 1ᵉʳ juin 1914) où Albert Thibaudet ridiculise *La Nouvelle Croisade des enfants* d'Henry Bordeaux, modèle d'« un type nouveau de roman : le roman-film ».

Page 191.

1. Voir *Swann*, p. 37-43.

2. Voir ci-dessus, p. 15, n. 1, et p. 172, n. 1.

Page 193.

1. Les esquisses publiées dans l'édition de la Pléiade portent la trace de cette expérience que le volume définitif (*Swann*, 3ᵉ partie) n'a pas conservée.

2. Comme le montre une note du Cahier 57 (Pléiade, t. IV, p. 846), Proust pense en réalité non pas à *François le Champi*, mais à *Saint-Mark's Rest* de Ruskin.

Page 195.

1. Le développement sur l'art populaire est inspiré par la lecture de Romain Rolland ; voir p. 189, n. 1.

2. La Confédération générale du travail s'était formée au congrès de Limoges de l'union des Bourses du travail et des Fédérations de métiers, en 1895.

3. Comme le montre une note du Cahier 57 (Pléiade, t. IV, p. 844), Proust mêle ici deux souvenirs touchant Barrès, sans avoir eu le temps de procéder aux vérifications nécessaires. En 1913, après un discours prononcé à Metz par Barrès, le 15 août, il a, dans deux lettres adressées à l'académicien (*Correspondance*, t. X, p. 340 et p. 351), laissé entendre que pour lui un artiste sert mieux sa patrie par son œuvre que par l'action politique, ce qui pouvait passer pour une critique exprimée dans les termes les plus diplomatiques. Et, en 1916 (donc non pas « dès le début de la guerre »), il a lu l'article de *L'Écho de Paris* du 14 juin où Barrès, après avoir visité le front italien, exprime une idée voisine à propos d'une inscription gravée sur la maison natale du Titien. Idée voisine que Proust tire encore un peu plus à lui dans le présent passage.

4. C'est ce mépris qu'Anatole France prête au peintre Évariste Gamelin, austère partisan de la Révolution, dans l'art comme dans la cité : « Les Français régénérés, disait-il, doivent répudier tous les legs de la servitude : le mauvais goût, la mauvaise forme, le mauvais dessin. Watteau, Boucher, Fragonard travaillaient pour des tyrans et pour des esclaves. Dans leurs ouvrages, nul sentiment du bon style ni de la ligne pure ; nulle part la nature ni la vérité. Des masques, des poupées, des chiffons, des singeries. La postérité méprisera leurs frivoles ouvrages » (*Les dieux ont soif*, 1912, éd. Folio, p. 64).

5. Voir *La Prisonnière*, p. 365.

6. Qu'entendre exactement par la formule « art bref » ? Écoles littéraires éphémères ? Ou plutôt rythmes poétiques inspirés des progrès de la vitesse, qui évoquent Cendrars, Cocteau, Morand, Larbaud, Giraudoux, le groupe des Six notamment ?

7. Proust signale dans « La Mort des cathédrales », texte réédité en 1919, les « caravanes de snobs » qui « vont à la ville sainte (que ce soit, Amiens, Chartres, Bourges, Laon, Reims, Beauvais, Rouen, Paris) » (*Pastiches et mélanges*, Pléiade, p. 142-143).

Page 196.

1. Dans les premiers états du texte, Proust parlait d'« alliance de mots » et non de métaphore (voir préface, p. X). Pour sa définition de la métaphore, voir la lettre à Maurice Duplay de juin 1907, où l'auteur critique la tendance d'un Jaurès, par exemple, à considérer l'image comme « la servante purement pratique et utilitaire du raisonnement, pareille à ces plans en relief qui servent à mieux faire comprendre aux élèves une leçon. Non, l'image doit avoir sa raison d'être en elle-même, sa brusque naissance toute divine » (*Correspondance*, t. VII, p. 167). On voit d'après cette citation que, malgré le caractère méthodique et volontaire de la recherche unifiante qui aboutit au « beau style », l'image heureuse est accidentelle et gratuite, et — mise à part la différence de ton — Proust et Breton (qui fut quelquefois son secrétaire) pensent de même sur cette gratuité et sur la vanité de ce que le premier *Manifeste surréaliste* appellera la littérature « d'information pure et simple », littérature photographique pour Proust (voir ci-dessus, p. 172, n. 1).

2. Voir *Guermantes*, p. 336, et *Albertine disparue*, p. 76.

3. Voir *Swann*, p. 153.

Page 197.

1. L'exclamation rappelle celle du docteur Du Boulbon à propos de Bergotte (*Guermantes*, p. 292), mais dans les esquisses du *Temps retrouvé* (Cahiers 58 et 57), c'est en pensant à Flaubert que le narrateur traduit ainsi son impression (Pléiade, t. IV, p. 810 et 819).

2. Comme le montrent les mêmes esquisses, l'allusion renvoie à nouveau à la conversation avec Bloch, qui a disparu du texte final du *Temps retrouvé* (voir ci-dessus, p. 188, n. 1).

3. Plutôt qu'au dîner chez la duchesse de Guermantes tel qu'il se présente dans le texte définitif de *Guermantes* (p. 530-531), l'allusion renvoie à l'esquisse du même passage (*Guermantes*, p. 605).

Page 199.

1. Une note du Cahier 57 (Pléiade, t. IV, p. 850) montre que Proust pense en particulier à Henri de Saussine (1859-1940), romancier et compositeur qu'il apprécia dans sa jeunesse au point de lui avoir, en 1893, dédié une « étude » dans *La Revue blanche* (reprise dans *Les Plaisirs et les Jours*, voir ci-dessous, p. 331, n. 2) en même temps

qu'il lui consacrait un article élogieux (*Essais et articles*, Pléiade, p. 358). Vingt ans plus tard, Proust se montre beaucoup plus sévère : « Ainsi Saussine compare anxieusement Wagner, Bach et Chausson dans sa tête, mais au piano semble n'avoir jamais lu que Poise » (lettre du 1er février 1913 à Reynaldo Hahn, *Correspondance*, t. XII, p. 48).

Page 200.

1. Le grief formulé par Proust s'applique, en fait, moins à David, condamné comme peintre d'histoire, qu'à Chenavard (1807-1895), qui faisait délibérément de la peinture la servante de la philosophie et méritait à ce titre les sarcasmes de Baudelaire, certainement présents à la mémoire de Proust : « Chenavard est un grand esprit de décadence et il restera comme signe monstrueux du temps » (*Œuvres complètes*, Pléiade, t. II, p. 603). Quant à Brunetière, Proust ne pouvait que trouver absurde son point de vue sur la littérature classique, jugée admirable parce que, porteuse d'une leçon morale, sociale et intellectuelle, elle privilégie le « fond » par rapport à la « forme ».

Page 201.

1. L'expression « port-royaliste », assez inattendue, suggère rigueur et refus de s'associer aux courants de pensée en faveur auprès d'un gouvernement ou, en d'autres temps, de l'opinion publique.
2. *Les Femmes savantes*, acte III, sc. II, v. 790-792 (réplique de Philaminte) : « Ce *quoi qu'on die* en dit beaucoup plus qu'il ne semble. / Je ne sais pas, pour moi, si chacun me ressemble ; / Mais j'entends là-dessous un million de mots. »
3. *Les Caractères*, « Du cœur », n° 16.

Page 202.

1. L'analyse de Proust rencontre ici la célèbre formule de Mallarmé dans sa réponse à Jules Huret : « Le monde est fait pour aboutir à un beau livre » (*Enquête sur l'évolution littéraire*, 1891).

Page 203.

1. Proust reprend dans ce qui suit les analyses de « Noms de pays . le nom » et de « Autour de Mme Swann ».

Page 204.

1. Proust reprend l'argument du *Contre Sainte-Beuve* : « Il [Sainte-Beuve] ne faisait pas de démarcation entre l'occupation littéraire où, dans la solitude, [...] nous tâchons d'entendre, et de rendre, le son vrai de notre cœur, — et la conversation ! » (Pléiade, p. 224). Le pastiche de Sainte-Beuve permet de comprendre dans le détail ce que Proust entend par « phrase parlée », en particulier : interjections (« Quoi ! » — « Eh bien »), prise à partie de Flaubert critiqué par Sainte-Beuve (« Vous qui venez nous dire » — « Qu'en

savez-vous ? » — « Avouez »), familiarités (« Le cri du pétrel, il a trouvé que cela faisait bien et, dare-dare, il nous l'a servi ») (« Critique du roman de M. Gustave Flaubert *[...]* », *Pastiches et mélanges*, éd. citée, p. 16-21).

Page 206.

1. Proust se souvient de l'Évangile selon saint Jean (XII, 24) : « Si le grain de blé tombé en terre ne meurt pas, il demeure seul, mais s'il meurt, il porte beaucoup de fruit. » Quand le moi du créateur est envahi par la joie qui accompagne une idée originale, le moment d'inspiration ressemble à une graine. Cessant de germer dans l'atmosphère trop sèche de l'intelligence, elle est ressuscitée par l'humidité et la chaleur de la vérité.

2. Rappel de la phrase de *Guermantes* (p. 385), avant le détour des « années inutiles » qui suivent le dîner chez la duchesse de Guermantes.

3. Voir *Swann*, p. 322, n. 1.

Page 209.

1. Le narrateur associe le souvenir de sa grand-mère à l'éclosion de sa vocation. « Expiation » implique un sentiment de culpabilité qui se rapporte à l'« indifférence » de la phrase précédente, mais dont on sait qu'il a tenu une place importante dans les sentiments de Proust pour ses parents.

Page 213.

1. Proust fait allusion aux nombreux autoportraits exécutés par le peintre jusque dans sa vieillesse. Dans l'étude qu'il consacre à Rembrandt, Proust montre le vieux Ruskin, à Amsterdam, en train de contempler les tableaux du peintre, sur qui, dans sa jeunesse, il a écrit « tant de pages ardentes » : « Grimé comme un Rembrandt par l'ombre du crépuscule, par la patine du temps, par l'effacement des années, le même effort pour comprendre la beauté le conduisait encore » (*Essais et articles*, Pléiade, p. 663).

2. Une phrase qui se rapporte au portrait du vieux Ruskin (voir note précédente) est à rapprocher de la matinée du *Temps retrouvé* : chez un vieillard « à l'œil terni, à l'air hébété », il arrive que se manifeste un dernier trait « de l'intacte survie de sa pensée *[...]* sous forme de livre, de poème où rit l'ironie d'une âme grimée, dans les mêmes jours où elle les traçait, des grimaces chagrines et perpétuelles d'une face paralysée qui, quand nous le rencontrons, nous fait croire à la promenade d'un idiot » (*Essais et articles*, Pléiade, p. 662-663).

Page 215.

1. Le narrateur reprend ici à son compte le raisonnement qu'il avait appliqué à Bergotte dans *La Prisonnière* (p. 172-173).

Page 216.

1. On trouvera p. 338-339 une description précise des « paperoles » du narrateur... et de Proust, démentant la distinction trop tranchée qu'on veut parfois maintenir entre l'un et l'autre.

2. Ce « cas » est celui d'une passion malheureuse vécue par l'auteur, source féconde d'une œuvre romanesque : *Les Souffrances du jeune Werther* (1774). Proust plaçait Goethe, à côté de Byron, Barrès, Ruskin et Chateaubriand, dans un « sénat idéal de Venise » (« En mémoire des églises assassinées / III. John Ruskin », *Pastiches et mélanges*, Pléiade, p. 131).

Page 217.

1. Voir *Sodome*, p. 114, et document II, p. 534-541.

2. Voir *Albertine disparue*, p. 178-179, où Charlus cite « La Nuit d'octobre », mais pas « Souvenir ».

Page 219.

1. Proust définit sa conception du roman dans *Les Annales politiques et littéraires* du 26 février 1922 : « C'est un peu le même genre d'effort prudent, docile, hardi, nécessaire à quelqu'un qui, dormant encore, voudrait examiner son sommeil avec l'intelligence, sans que cette intervention amenât le réveil » (*Essais et articles*, Pléiade, p. 641). Voir aussi p. 346, n. 3.

2. Voir *Jeunes Filles*, p. 270 et suivantes.

3. Voir *Guermantes*, p. 150 ; et *Albertine disparue*, p. 20.

Page 220.

1. Sur Joseph Reinach, voir p. 33, n. 2.

2. Sur l'entrée en guerre de la Roumanie aux côtés des Alliés, voir p. 92, n. 1 et n. 3. Le roi de Roumanie, Ferdinand (1865-1927), était Hohenzollern-Sigmaringen. Albert Ier (1875-1934), roi des Belges, était allemand par sa mère, la princesse Marie de Hohenzollern-Sigmaringen, et par son grand-père paternel, le premier roi des Belges, Léopold Ier, prince de Saxe-Cobourg. L'impératrice de Russie, Alexandra Feodorovna (1872-1918), épouse de Nicolas II, était la fille du grand-duc de Hesse-Darmstadt.

3. Voir ci-dessus, p. 82, n. 1.

4. Voir p. 148, n. 2.

5. On trouve cette affirmation chez Drumont, par exemple : « La patrie, dans le sens que nous attachons à ce mot, n'a aucun sens pour le Sémite. Le Juif — pour employer l'expression énergique de *L'Alliance israélite* — est d'un *inexorable universalisme* » (*La France juive*, Marpon-Flammarion, nouvelle édition, s.d., t. I, p. 60).

6. Thème constant de la propagande française : ainsi, cette affirmation de Frédéric Masson, approuvée par Barrès (*Chronique de la Grande Guerre*, Plon, t. I, p. 241) : « Guillaume II, empereur allemand, a ordonné de brûler l'Université de Louvain, au nom de la culture germanique et par haine de la culture catholique et latine. »

7. Une parenthèse de *Sodome* (p. 210) associait déjà le « péril jaune » à l'« enseignement contre nature » des congrégationistes pour montrer comment les théories viennent à l'appui de la politique. Mais, alors que la race jaune semblait menaçante au lendemain de la défaite russe de 1905, elle est ici « momentanément réhabilitée », le Japon ayant déclaré la guerre à l'Allemagne le 24 août 1914.

8. Voir p. 128 et n. 2.

Page 221.

1. Voir *Albertine disparue*, p. 121.

2. L'entrée en guerre de la Bulgarie, en septembre 1915, aux côtés de l'Allemagne amène les Alliés à constituer, sous le commandement du général Sarrail (1856-1929), un corps expéditionnaire qui débarque à Salonique en octobre, mais ne peut empêcher l'écrasement de la Serbie. L'année suivante, le 27 août, le gouvernement roumain déclare la guerre aux Empires centraux : l'armée roumaine est écrasée en quelques semaines, sans avoir reçu de la Russie tout l'appui nécessaire et sans que les opérations victorieuses menées par Sarrail dans la région de Monastir aient pu provoquer une diversion suffisante. La mission à Salonique, en novembre 1916, du général Roques (1856-1920), ministre de la Guerre de mars à décembre 1916, concernait moins les opérations elles-mêmes que les méthodes de commandement de Sarrail, qui était en butte à l'hostilité de Joffre et dont l'autorité était contestée par les chefs alliés placés sous ses ordres (voir les *Mémoires du maréchal Joffre*, Plon, 1932, t. II, p. 306-340).

Page 222.

1. Voir *Swann*, p. 377-378.

2. Dans le Cahier 51, la réception du *Temps retrouvé* était une « soirée » (voir préface, p. X). Proust, ici, n'a pas corrigé.

3. Le passage resserre les liens entre le baiser du soir dans « Combray » et les passages sur la jalousie dans « Un amour de Swann ».

Page 223.

1. Voir *Sodome*, p. 121, n. 1.

Page 224.

1. On sait — mais Proust l'ignorait peut-être — que Dunkerque est une sous-préfecture du Nord, distante seulement, à vrai dire, d'une vingtaine de kilomètres de la limite du Pas-de-Calais.

Page 226.

1. Pour les deux citations des *Mémoires d'Outre-Tombe*, voir, ci-dessus, p. 34, n. 3. Quelques lignes après la seconde se trouve l'épisode de la « jeune marinière » aux jambes nues, dont Proust parle avec admiration dans une lettre de 1904 à Henry Bordeaux (*Correspondance*, t. IV, p. 97).

2. Le passage auquel Proust fait allusion ici se trouve à la fin du Ier chapitre de *Sylvie* (*Les Filles du feu*, Folio, p. 132). Le héros, rêvant aux chances qu'il a de séduire une actrice admirée chaque soir, parcourt machinalement un journal : « Et j'y lus ces deux lignes : "*Fête du Bouquet provincial.* — Demain, les archers de Senlis doivent rendre le bouquet à ceux de Loisy." Ces mots, fort simples, réveillèrent en moi toute une nouvelle série d'impressions : c'était un souvenir de la province depuis longtemps oublié, un écho lointain des fêtes naïves de la jeunesse. »

3. Voir « Sainte-Beuve et Baudelaire », *Contre Sainte-Beuve*, Pléiade, p. 243-262.

4. « Cheveux bleus, pavillon de ténèbres tendues. / Vous me rendez l'azur du ciel immense et rond [...] » (*Les Fleurs du mal*, « La Chevelure »).

5. « Guidé par ton odeur vers de charmants climats, / Je vois un port rempli de voiles et de mâts [...] » (« Parfum exotique », *ibid.*).

Page 227.

1. L'impression du temps écoulé et du vieillissement frappa Proust à plusieurs reprises, avant la rupture des quatre ans de guerre. Le phénomène est notamment commenté dans sa correspondance : en avril 1907, lors d'un concert où on joua *Le Bal de Béatrice d'Este* de Reynaldo Hahn (voir, ci-dessous, p. 249, n. 1) ; en décembre 1912, au théâtre Sarah-Bernhardt à la répétition générale de *Kismet*, conte arabe en trois actes d'Edward Knoblauch, adapté à la scène française par Jules Lemaitre (lettre à Louis de Robert de décembre 1912, *Correspondance*, t. XI, p. 337). Avec les séparations de la guerre, le phénomène s'intensifia, comme on le voit dans une lettre à Mme Straus du 30 juillet 1918 (*Correspondance*, t. XVII, p. 331).

2. Une note du Cahier 57 (Pléiade, t. IV, p. 903) indique que le modèle de Fezensac est ici Philippe Crozier, chef du protocole sous Félix Faure, lors de la première de *Briséis* (1899), drame lyrique de Chabrier (dont on sait qu'il est un des modèles du Septuor de Vinteuil, voir *La Prisonnière*, p. 237, n. 2).

Page 228.

1. Voir *Guermantes*, p. 203.
2. Voir *ibid.*, p. 282.

Page 229.

1. L'allusion renvoie, dans le théâtre de Regnard, au *Légataire universel* (1708). Éraste se désespère de ce que son oncle, Géronte, qu'on croit mourant, va disparaître sans avoir fait de testament en sa faveur. À la scène VI de l'acte IV, Crispin, valet d'Éraste, se fait passer pour Géronte et dicte aux notaires un testament qui fait d'Éraste le légataire universel de son oncle.

2. Le général Dourakine, dans le roman de la comtesse de Ségur qui porte ce titre (1863), est un boyard à l'aspect farouche et aux colères redoutables, mais finalement capable de s'humaniser.

Page 230.

1. Les guillemets indiquent que le mot est employé dans son sens particulier et précis. « *Intriguer* » quelqu'un, dans un bal masqué, c'est s'amuser à lui parler, à montrer qu'on le connaît, mais sans dévoiler sa propre identité.

Page 232.

1. Les « vues optiques » ou « vues d'optique » ont eu une vogue considérable au XVIIIe siècle. Elles permettaient, grâce à un appareil spécial, de faire apparaître en relief des décors, des événements, des vues de villes.

2. Voir *La Prisonnière*, p. 261.

3. Ces modifications de la flore signaleraient un changement de latitude plutôt que de longitude.

Page 233.

1. On a vu (p. 171, n. 1) qu'il est vain de prétendre dater la matinée du *Temps retrouvé*. À quelques détails, telle l'abondance de barbes, on remarquera que ces vieillards sont des vieillards de 1910, plutôt que de 1920 !

Page 235.

1. Proust transporte à la date hypothétique où se situera la matinée l'épidémie de 1918.

2. Ici encore (voir p. 233, n. 1), cette appellation, courante pour désigner Mac-Mahon pendant sa présidence, serait radicalement inintelligible dans une conversation située après 1918, puisque, dès la fin de cette année, l'armée française compte déjà trois maréchaux : Joffre, Foch et Pétain. C'est un nouvel exemple de l'indifférence de Proust pour la couleur chronologique — ou de la tension entre deux chronologies, l'une qui se termine avant la guerre, l'autre qui l'englobe.

3. La duchesse de Galliera (1811-1888) est connue en France et en Italie pour ses œuvres de charité, et, à Paris, par le musée auquel elle a laissé son nom.

4. Pauline de Castellane (1823-1895) épousa en 1861 Louis de Talleyrand-Périgord, troisième duc de Talleyrand (1811-1898), veuf de sa première femme épousée en 1829, Alix de Montmorency (1810-1858). Le frère de Louis, Edmond, marquis de Talleyrand-Périgord (1813-1894), troisième duc de Dino (jusqu'en 1887, date de sa renonciation au titre), épousa en 1839 Marie-Valentine de Sainte-Aldegonde (1820-1891). Pauline de Périgord — pour reprendre l'expression de Proust — et la duchesse de Dino, citée treize lignes plus bas, sont donc belles-sœurs.

5. Sur Mgr Dupanloup, voir *Guermantes*, p. 186, n. 1, et *Sodome*, p. 117, n. 1.

Page 239.

1. Voir *Sodome*, p. 317-318, 365, etc.

2. Une note du Cahier 57 (Pléiade, t. IV, p. 909) indique que Proust pense ici à Jacques Bizet (1872-1922), son ancien condisciple à Condorcet, qui sombra dans l'alcool et la morphine.

Page 243.

1. L'allusion à Mme d'Arpajon fut ajoutée tardivement ; l'auteur oublie que le personnage est déjà mort (voir p. 282-283).

2. On dirait que Proust, observant à la loupe ces visages de femmes, veut rivaliser avec la technique des peintres de portraits, telle qu'elle s'est modifiée depuis l'époque où Lecomte du Nouÿ et Jacques-Émile Blanche peignaient ceux du docteur Adrien Proust (1885) et de son fils (1892).

Page 245.

1. Voir *Jeunes Filles*, p. 341.

2. Sans doute s'agit-il du marquis de Beausergent (voir *Guermantes*, p. 49). — Une note du Cahier 57 indique les différents modèles qui ont posé pour le personnage (Pléiade, t. IV, p. 912 et n. 2).

Page 249.

1. Ce paragraphe transcrit une impression que Proust exprime dans une lettre à Reynaldo Hahn du 11 avril 1907 : « Que tous les gens que j'ai connus ont vieilli. Seule la Polignac atteint enfin la jeunesse à laquelle elle joint la douceur de la maturité. Et aussi quelques vieilles divinités rudimentaires et féroces, dans leur dessin sommaire n'ont pu changer. Mme Odon de Montesquiou, Mme Fernand de Montebello, Saint-André, etc. restent immuables dans la hideur barbare de leur effigie lombarde. Ce sont des portraits de monstres du temps où on ne savait pas dessiner » (*Correspondance*, t. VII, p. 139). Voir p. 227 et n. 1.

Page 251.

1. Au chant XI de l'*Odyssée*, « Évocation des morts », Ulysse, après avoir parlé au spectre de sa mère et avoir entendu sa réponse, veut la serrer dans ses bras : « Trois fois, je m'élançai ; tout mon cœur la voulait. Trois fois, entre mes mains, ce ne fut plus qu'une ombre ou qu'un songe envolé. L'angoisse me poignait plus avant dans le cœur » (v. 206-208, trad. Victor Bérard, Folio, p. 236).

2. Proust se souvient peut-être de l'Exposition de 1900. Voir E. Hospitalier et J.-A. Montpellier, *L'Électricité à l'Exposition de 1900*, Dunod, 1900-1902.

3. Il semble qu'on puisse faire dater de 1890 environ une certaine recrudescence de l'usage des stupéfiants dans les milieux mondains et artistiques de Paris (voir Émilien Carassus, *Le Snobisme et les Lettres françaises de Paul Bourget à Marcel Proust*, Colin, 1966, p. 430-433). On notera de nouveau à ce propos que l'atmosphère du *Temps retrouvé* n'est pas celle des années 1918-1922.

Page 253.

1. Leopoldo Fregoli (1867-1936), acteur italien à transformations, est célèbre pour la rapidité avec laquelle, dans des scénarios créés par lui, il arrivait à remplir plus de cinquante rôles différents. Il se produisit à Paris à plusieurs reprises, à partir de 1896 et jusque pendant la guerre, avec tant de succès que son nom tendait à être utilisé comme un nom commun dès qu'il s'agissait d'évoquer de brusques métamorphoses successives.

Page 254.

1. Proust, qui avait d'abord écrit la date de 1889, a corrigé en 1878 pour rendre plus vraisemblable la chronologie d'Odette. Voir, ci-dessous, p. 320, la parenthèse évoquant les « décades » successives, et *La Prisonnière*, p. 363, n. 1. — L'Exposition universelle de 1878 comportait deux édifices principaux, l'un, rectangulaire, au Champ-de-Mars, l'autre, seul destiné à être conservé, sur la colline du Trocadéro (voir ci-dessus, p. 69, n. 4). Ce dernier fit place au palais actuel construit pour l'Exposition de 1937. — Proust, enfant, a pu entendre parler de la revue *Tant plus ça change* (par Edmond Gondinet et Pierre Véron, Palais-Royal, 28 décembre 1878). L'actrice chargée du rôle de l'Exposition était coiffée de « deux petites tours représentant les tours du Trocadéro » (Noël et Stoullig, *Les Annales du théâtre et de la musique*, 1878).

Page 255.

1. Il ne peut exister de clef unique pour cet homme politique. Mais l'histoire de la IIIᵉ République offrait à Proust l'exemple de carrières à violents contrastes de défaveur et de faveur, celle de Clemenceau, celle de Maurice Rouvier (1842-1911), et il pouvait imaginer que Louis Malvy (1875-1949), condamné en 1918 pour forfaiture, Joseph Caillaux, condamné lui aussi en 1920 (voir, ci-dessus, p. 89 et n. 3), reviendraient un jour au pouvoir, ce qu'ils firent en effet.

2. L'expression « chéquard », qui date du scandale de Panama (1892), désignait les parlementaires et les journalistes accusés de s'être laissé corrompre par les émissaires de la Compagnie universelle du canal interocéanique de Panama, fondée en 1880.

Page 256.

1. Voir *Swann*, p. 416.

Page 258.

1. Voir cependant, ci-dessus, p. 234-235.

2. Les pseudonymes de ce genre sont en faveur, non seulement dans la haute galanterie, mais aussi chez les gens de lettres : ainsi Francis de Croisset, auteur dramatique, pour Franz Wiener (1877-1937).

3. Voir *Swann*, p. 91.

4. *Ibid.*, p. 90.

Page 259.

1. Voir *Sodome*, p. 38-39.

Page 261.

1. Sur la nouvelle identité de la princesse de Guermantes, voir préface, p. XI. Cette nouvelle identité, qui constitue le coup de théâtre du « bal de têtes », n'est, dans le manuscrit, annoncée qu'incidemment par une addition sur une paperole. — On trouve dans le Cahier 57 la note suivante : « Capitalissime : Bloch dira : "Quelle distinction !" de Mme de Duras ignorant que c'est Mme Verdurin et ne trouvera pas la princesse de Guermantes si étrange (marquise de Noailles duchesse de Noailles selon Lauris) ignorant que le prince est remarié » (Pléiade, t. IV, p. 922). Peut-être s'agit-il d'Éléonore-Alexandrine comtesse douairière Swieykowska, née Lachman (1827-1892), épouse du marquis de Noailles (1830-1909) ; quant à Georges de Lauris (1876-1963), il s'agit de l'ami de Proust.

2. On a vu (*Guermantes*, p. 221) que l'on appelle la première princesse de Guermantes, tantôt Marie-Gilbert, du prénom du prince, tantôt Marie-Hedwige, d'un autre de ses prénoms.

Page 263.

1. Trois barons Tossizza figurent dans le *Tout-Paris* de 1914 ; il s'agit d'une opulente famille de négociants grecs établie en Égypte, puis anoblie par le grand-duc de Lucques. Quant à la famille Kleinmichel, elle n'est pas d'origine allemande comme Proust le suggère quelques lignes plus loin, mais finlandaise ; elle s'établit en Russie, où elle connut une situation particulièrement brillante puisque le comte Kleinmichel était maître des cérémonies du tsar. La comtesse Kleinmichel est mentionnée dans un pastiche de 1906 (*Lettres à Reynaldo Hahn*, éd. Ph. Kolb, Gallimard, 1956, p. 92). Boni de Castellane la rencontre à Rome peu après 1906, date où il a divorcé (*Mémoires*, Perrin, 1986, p. 292). Louis de Robien a plusieurs fois l'occasion de signaler son attitude courageuse à Petrograd en 1917-1918 ; elle avait alors soixante-dix ans (*Journal d'un diplomate en Russie*, Albin Michel, 1967, *passim*). André de Fouquières note dans *Cinquante ans de panache* : « Le salon de la comtesse Kleinmichel, où je prends contact avec le monde diplomatique, n'est ouvert qu'à peu d'initiés, triés sur le volet. Les ambassadeurs de tous les pays s'y rencontrent » (Pierre Horay, 1951, p. 141) et : « Vingt ans après mon premier voyage en Russie, je devais revoir à Paris la comtesse Kleinmichel qui avait quitté Saint-Petersbourg [...]. Elle vivait solitaire, abandonnée de tous, hors quelques vieux amis, elle qui avait régné sur le plus brillant salon diplomatique de Saint-Petersbourg » (*ibid.*, p. 143).

Page 264.

1. Sur la duchesse de Montmorency, voir p. 73, n. 2 ; sur la duchesse de Mouchy (1841-1924), voir *Guermantes*, p. 505, n. 2 ; sur la

duchesse de Sagan (1839-1905), épouse de Boson de Talleyrand-Périgord, voir *Swann*, p. 186, n. 1.

Page 267.

1. Le texte de Saint-Simon est légèrement modifié : « À peine lui apprit-on à lire et à écrire, et il demeura tellement ignorant que les choses les plus connues d'histoire, d'événements, de fortunes, de conduites, de naissance, de lois, il n'en sut jamais un mot. Il tomba par ce défaut et quelquefois en public, dans les absurdités les plus grossières » (Pléiade, t. V, p. 478).

Page 268.

1. *Ibid.* La citation est exacte, cette fois, comme est exacte la paraphrase qui précède.

2. Proust traite le texte de Saint-Simon avec quelque désinvolture. Tout d'abord, pour accentuer le trait comique, il prétend que le mémorialiste fait passer la culture scientifique du prince de Conti (neveu du grand Condé) après sa connaissance des généalogies. Or Saint-Simon observe précisément l'ordre inverse. Avant : « C'était un très bel esprit, lumineux, juste [...] », il a écrit que le prince de Conti était « l'ami avec discernement des savants, et souvent l'admiration de la Sorbonne, des jurisconsultes, des astronomes et des mathématiciens les plus profonds » (Pléiade, t. III, p. 368). D'autre part, Proust emprunte à Saint-Simon, avec de menues modifications, des éléments dispersés qu'il soude en une citation unique, factice et tronquée. Saint-Simon écrit : « C'était un très bel esprit, lumineux, juste, exact, vaste, étendu, d'une lecture infinie, qui n'oubliait rien, qui possédait les histoires générales et particulières, qui connaissait les généalogies, leurs chimères et leurs réalités. » Une vingtaine de lignes plus loin, on lit : « Doux jusqu'à être complaisant dans le commerce, extrêmement poli, mais d'une politesse distinguée selon le rang, l'âge, le mérite, et mesuré avec tous ; il ne dérobait rien à personne ; il rendait tout ce que les princes du sang doivent, et qu'ils ne rendent plus ; il s'en expliquait même et sur leurs usurpations et sur l'histoire des usages et de leurs altérations. L'histoire des livres et des conversations lui fournissait de quoi placer, avec un art imperceptible, ce qu'il pouvait de plus obligeant sur la naissance, les emplois, les actions » (*ibid.*, p. 369).

3. La Société des bibliophiles français a été fondée en 1820 à l'intention de faire imprimer des ouvrages devenus très rares, ou des ouvrages étrangers avec la traduction française. — Après la destruction de la cathédrale de Reims (voir p. 101, n. 4), une « Société des amis de la cathédrale de Reims » se chargea de réunir, au moins en partie, les fonds nécessaires à la restauration du monument, achevée en 1927.

Page 270.

1. Voir l'article que Proust a consacré dans *Le Figaro* du 20 mars 1907 aux *Mémoires* de Mme de Boigne (*Essais et articles*, Pléiade,

p. 527-533 et n. 2 de la p. 532) : les femmes du monde qui laissent des Mémoires donnent en général de leur salon et de la société qui le fréquentait une peinture parfaitement fausse. Le personnage de Mme Blanche Leroi est, depuis *Guermantes*, p. 177-178, le symbole du snobisme et l'exemple de sa relativité.

Page 271.

1. Il y a évidemment ici une lacune. On attendrait par exemple « par le prince de Galles ».

2. Voir *Jeunes Filles*, p. 79. Colombin était un salon de thé situé 6, rue Cambon (*Baedeker*, « Paris et ses environs », 14ᵉ éd., 1900).

3. Voir *Swann*, p. 242.

4. Voir *Swann*, p. 18. C'est à Twickenham, à York House, sur la Tamise, que le comte de Paris (mort en 1894) avait eu sa résidence (*Almanach de Gotha*, 1906, p. 26-27).

5. L'épisode, si Proust ne se trompe pas sur les titres, ne peut se situer qu'après 1901. Quand le prince Albert de Broglie (1821-1901) devient à la mort de son père (1870) 4ᵉ duc de Broglie, il est, depuis 1860, veuf de Pauline de Béarn (1825-1860). C'est seulement à sa mort, en 1901, que sa belle-fille, née Pauline d'Armaillé (1851-1928), épouse du 5ᵉ duc, sera duchesse de Broglie. Ce dernier titre n'a donc pas été porté de 1838 (date de la mort d'Albertine de Staël, épouse du 3ᵉ duc de Broglie) à 1901.

Page 273.

1. Il n'y a pas le moindre rapport entre le caractère de Bloch et le personnage du *Marchand de Venise*. C'est uniquement en tant que juif que Shylock est ici évoqué.

Page 274.

1. Sur le comte d'Haussonville (1843-1924), voir, ci-dessus, p. 35 et n. 2. Il est le fils du mémorialiste auquel se rapporte la note qui suit.

2. Proust se réfère à *Ma Jeunesse, 1814-1830. Souvenirs par le comte d'Haussonville* (1885, p. 11-12). L'auteur y souligne les unions inattendues des Broglie et des d'Haussonville avec la descendance du banquier Necker, honni à la veille de la Révolution par les chefs des deux familles aristocratiques françaises : Victor, duc de Broglie (1785-1870), a épousé en 1816 Albertine de Staël, petite-fille de Necker. Vingt ans plus tard, leur fille Louise-Albertine a épousé le comte d'Haussonville (1809-1884), auteur de ces *Souvenirs*.

3. Sur le poète Pierre-Antoine Lebrun (1785-1873), voir *Jeunes Filles*, p. 278 et n. 1.

4. Jean-Jacques Ampère (1800-1864), historien, professeur au Collège de France, est cité dans le pastiche de Sainte-Beuve, dont il était l'ami (« Critique du roman de M. Gustave Flaubert [...] », *Pastiches et mélanges*, Pléiade, p. 19).

Page 276.

1. Voir *Jeunes Filles*, p. 430.

2. Allusion à *L'Hygiène du dyspeptique*, par le Dr Georges Linossier, 1900, ouvrage paru dans la collection de la Bibliothèque d'hygiène thérapeutique que dirigeait Adrien Proust (*Correspondance*, t. IV, p. 253, lettre de Proust au Dr Linossier, de septembre 1904 ; les lettres de Proust à sa mère sont riches en détails sur sa digestion).

Page 277.

1. Voir *Guermantes*, p. 517-518.

Page 278.

1. La princesse Françoise d'Orléans (1844-1925), fille du prince de Joinville, fut mariée en 1863 à son cousin germain, Robert, duc de Chartres (1840-1910), second fils du duc d'Orléans. On se souvient que Swann était familier du duc de Chartres (*Swann*, p. 305).

Page 279.

1. La précision intime du détail exclut l'intention de désigner en particulier un président parmi ceux auxquels on pourrait songer : Grévy, à cause de son grand âge, ou, pour d'autres raisons, Félix Faure, Deschanel.

Page 280.

1. On se souvient que Mme de Souvré avait eu recours à toutes les ressources de la duplicité mondaine pour ne pas présenter le narrateur au prince de Guermantes (*Sodome*, p. 49-50).

2. Idée voisine dans une lettre à Louisa de Mornand, de juin 1905 : « notre mémoire nous présente souvent des "vues" des événements historiques de notre propre vie, pas toujours très faciles à discerner, un peu comme celles qu'on s'exténue à distinguer par le petit bout d'un porte-plume en coquillages, souvenir des bains de mer. Mais dans ces vues que la mémoire nous présente des jours heureux ou tragiques qui commandent encore aujourd'hui notre destinée, nous apercevons inévitablement le personnage accessoire, le comparse qui y fut mêlé, le Marcel Proust dont le souvenir se teinte ainsi pour nous de la couleur qui baigne tout le tableau » (*Correspondance*, t. V, p. 252-253).

3. Le dôme de l'église Santa Maria della Salute signale, à Venise, l'entrée du Grand Canal. Proust y songe dans le pastiche du *Journal* des Goncourt, devant « la coupole silhouettée de l'Institut » (voir, ci-dessus, p. 16).

Page 282.

1. « Inapprochable » socialement ; mais le mot souligne en même temps le statut paradoxal de la race Guermantes, hommes et femmes oiseaux, c'est-à-dire chargés d'une inaccessible séduction érotique.

Page 283.

1. Nouvelle inadvertance de Proust. La princesse d'Agrigente n'est pas « veuve » puisqu'on a vu son mari, en très bonne forme, p. 240.

Page 284.

1. La tournure est de ton classique. On songe aux enfers de Virgile : *ripam irremeabilis undae*, « rive d'une onde d'où l'on ne peut revenir » (*Énéide*, chant VI, v. 425).

Page 285.

1. La princesse de Nassau n'a jamais été nommée jusqu'à cet endroit de la *Recherche*. Elle présente une certaine ressemblance avec la princesse d'Orvillers, rencontrée jadis chez la princesse de Guermantes (*Sodome*, p. 118). Proust aurait peut-être, dans les révisions qu'il n'a pu faire, unifié les deux personnages.

Page 286.

1. Même comparaison, ci-dessus, p. 256.
2. Le narrateur s'est déjà entretenu avec Gilberte, p. 237, et la réplique reprend celle de la p. 254.
3. Voir *Guermantes*, p. 102-110.

Page 287.

1. Voir p. 83, n. 1. On sait que Proust a beaucoup utilisé les articles d'Henry Bidou dans le *Journal des Débats* ; voir notamment *Guermantes*, p. 108 et, *ibid.*, les notes des p. 102 à 108.
2. Cette offensive fut déclenchée le 21 mars contre les IIIᵉ et XVIIᵉ armées anglaises, respectivement commandées par le général Byng et le général Gough. Elle avait pour but, selon Ludendorff, de couper « de l'armée française le gros des forces anglaises en les poussant à la côte » (Weygand, *Mémoires*, t. I, *Idéal vécu*, Flammarion, 1953, p. 452).
3. La phrase est tirée de la « situation militaire » de Bidou intitulée « Où en est l'offensive allemande ? » (*Journal des Débats*, 19 avril 1918), bilan, après un mois de combat, des offensives finalement infructueuses contre les armées anglaises de Picardie, puis de Flandre. L'article évoque la possibilité d'une troisième offensive, qui se produisit en effet sur l'Aisne, contre les Français, le 27 mai. — Bonaparte, en 1796, affronte deux adversaires en Italie septentrionale : une armée sarde et une armée autrichienne. Il empêche leur jonction et bouscule, d'une part les Autrichiens, à Montenotte le 12 avril et à Dego le 14, d'autre part les Sardes à Millesimo le 13 avril et à Mondovi le 28. Les Autrichiens battent en retraite et les Sardes demandent un armistice. En juin 1815, Napoléon bat les Prussiens à Ligny le 16 juin, mais il ne peut les empêcher de revenir porter secours aux Anglais, à Waterloo, le 18 juin.
4. Les premiers jours de l'offensive allemande de mars 1918 sont marqués par une progression rapide, qui peut faire craindre la rupture

entre les deux armées alliées. Mais Foch, investi du commandement unique le 26 mars, fait échec à ces tentatives et stabilise le front au nord et au sud d'Amiens. Ainsi le premier succès défensif franco-anglais de la campagne de 1918 est acquis, le 5 avril.

5. Les 9 et 10 avril 1918, les Allemands attaquent de nouveau l'armée anglaise, en direction d'Hazebrouck cette fois, avec, comme objectifs éloignés, Boulogne, Calais, Dunkerque. Malgré d'importants succès initiaux, cette seconde offensive se solde au bout de trois semaines par un échec.

6. L'idée, ici exprimée, que l'art du stratège est de profiter, à l'intérieur d'un plan général, des chances imprévues que lui offrent les opérations est soutenue, tout au long de la guerre, par Henry Bidou dans le *Journal des Débats*.

7. La troisième offensive allemande, partie du Chemin-des-Dames le 27 mai en direction du sud-ouest, avait été conçue comme une manœuvre de diversion préludant à de nouvelles opérations contre les Anglais. Mais le succès inattendu de cette offensive fit concevoir au commandement français les plus vives inquiétudes pour Paris. La situation ne sera rétablie qu'à la mi-juillet.

8. C'est dans *Molière et le Misanthrope* (1881) que Coquelin s'oppose à l'interprétation qui fait d'Alceste un héros tragique. Nous ne savons pas où Proust a pris la boutade de Mounet-Sully.

9. Henry Bidou, décrivant les préparatifs de l'offensive alliée dans la Somme en 1916, écrit : « Le 25 juin, l'aviation anglaise exécuta une attaque générale sur les saucisses allemandes et en abattit neuf, privant l'ennemi, pour un moment, de cette forme d'observation » (*Histoire de la Grande Guerre*, 5ᵉ éd., Gallimard, 1936, p. 440).

Page 288.

1. Proust évoque ici les premières phases de la lutte menée par les Anglais contre les Turcs en Mésopotamie : occupation de Bassorah (novembre 1914), prise de Kout-el-Amara (septembre 1915), bataille indécise de Ctésiphon, à 25 km de Bagdad (22 novembre 1915), contre-attaque turque qui contraint les Anglais à retraiter et à s'enfermer (décembre 1915) dans Kout, dont les Turcs s'emparent après un siège de cinq mois. Au mois d'août 1916, le général Maude, nouveau commandant en chef, reprend l'offensive, et les Anglais ne cesseront de progresser jusqu'à la victoire (armistice de Mudros, 30 octobre 1918).

2. Cette retraite est racontée dans *L'Anabase* par Xénophon qui, après la bataille de Cunaxa (401 av. J.C.), ramena jusqu'au Pont-Euxin les dix mille mercenaires grecs enrôlés dans l'expédition de Cyrus le Jeune.

3. Le mot anglais *bellum* désigne « un bateau du golfe Persique contenant huit personnes et propulsé par des pagaies ou des perches » (Webster's *Third New International Dictionary*, Londres, Bell and sons, 1961).

4. La *Recherche* exploite volontiers les erreurs que nous entretenons quant aux êtres qui nous sont le plus proches et les incessantes

rectifications auxquelles sont assujettis nos jugements sur autrui. C'est
le schéma que le narrateur trouve chez Dostoïevski quand il explique
l'originalité du romancier russe à Albertine (voir *La Prisonnière*,
p. 364).

5. On se souvient que le narrateur a relu *Les Mille et Une Nuits*
lors de son second séjour à Balbec (*Sodome*, p. 230).

6. Mme de Sévigné emploie souvent le mot « tranchée » quand
elle donne à sa fille des nouvelles militaires. Mais le mot est de l'usage
le plus banal avant et après elle ; avec cette différence que, sous
Louis XIV ou Louis XV, dans des guerres de mouvements, la tranchée
est ouverte par l'assaillant d'une place forte, tandis qu'en 1914-1918
elle est le principal élément d'un système défensif.

7. Voir la note 1 de cette page.

Page 289.

1. Le général Townshend avait brillamment commandé le corps
expéditionnaire jusqu'à l'issue du siège de Kout, où il fut fait
prisonnier. Le général Gorringe s'était distingué en 1915, d'abord
à l'aile droite, puis à l'aile gauche du dispositif anglais. En avril 1916
il tenta vainement de débloquer Kout. C'est à cette occasion que son
nom apparaît dans *L'Écho de Paris* (1er mai 1916), ce qui permet de
dater la rédaction de Proust. On le retrouve en 1918 à la tête d'une
division dans la Somme (voir *The Times History of the War*, vol. X,
XII, XVIII, XIX). — C'est à Bassorah que débarque Sindbad à la
fin de ses sept voyages des *Mille et Une Nuits*, mais il ne s'y embarque
qu'au début des trois premiers et du septième.

2. Voir *Albertine disparue*, p. 184, et, ci-dessus, p. 37, n. 3.

Page 290.

1. Voir *Swann*, p. 185.

Page 293.

1. Où Proust a-t-il trouvé l'histoire de ce cheval nourri de roses ?
Souvenir incertain de l'âne d'Apulée, qui recouvre la forme humaine
en mangeant une couronne de roses ? (*Les Métamorphoses*, Folio,
p. 269.)

Page 294.

1. Souvenir, peut-être, de l'*Odyssée* (voir, ci-dessus, p. 251, n. 1).

2. Voir *Jeunes Filles*, p. 414.

Page 297.

1. Voir *Jeunes Filles*, p. 104, n. 2. — Anne Henry, analysant les
pages consacrées à la musique par Schopenhauer dans *Le Monde comme
volonté et comme représentation*, estime que Proust y a puisé par la suite
des éléments essentiels de son esthétique (*Marcel Proust. Théorie pour
une esthétique*, Klincksieck, 1983, p. 46-55).

Page 299.

1. La jeune Mme de Cambremer est tantôt la fille, tantôt la nièce de Jupien. La grand-mère du narrateur faisait la confusion dans *Swann* (p. 20). Sur cette hésitation, voir *Sodome*, p. 397, n. 1.

2. Louise Balthy (1869-1925) était une chanteuse de revues et d'opérettes. Mistinguett (pseudonyme de Jeanne Bourgeois, 1875-1956), actrice de music-hall qui connut longtemps un grand succès populaire, a publié en 1954 *Toute ma vie* (2 vol., Julliard).

Page 300.

1. Voir *Jeunes Filles*, p. 350-351 et *Guermantes*, p. 214.

2. Lapsus pour « fille et gendre ». Il trahit l'origine de l'épisode (voir note suivante).

Page 302.

1. Proust s'inspire ici de la vieillesse de Réjane. Il habita, pendant l'été 1919, dans le même immeuble qu'elle, son fils et sa belle-fille, 8 *bis*, rue Laurent-Pichat. La comédienne, âgée de soixante-trois ans, gravement malade et qui devait mourir l'année suivante, remontait parfois sur la scène et y retrouvait, pour un soir, sa vitalité et son talent (voir Jacques Porel, *Fils de Réjane. Souvenirs, 1895-1920*, Plon, 1951, t. I, p. 370-372). Une note du Cahier 60 indique que Proust a pu songer aussi à la vieillesse de l'acteur Le Bargy (Pléiade, t. IV, p. 1299).

2. Proust a souffert des mêmes inconvénients pendant les semaines qu'il a passées rue Laurent-Pichat (voir lettre du 2 juillet 1919 à Mme Sydney Schiff, *Correspondance*, t. XVIII, p. 294).

Page 303.

1. Reprenant un procédé de Balzac, Proust, ami du fils de l'actrice, affecte de nommer ici Réjane, pour l'éliminer comme modèle de la Berma.

2. Voir *Jeunes Filles*, p. 58, souvenir d'un soir non de mi-carême, mais de 1er janvier.

3. Voir *Jeunes Filles*, p. 130.

Page 304.

1. L'expression « gâteaux funéraires », que prépare le rappel de l'interprétation de Phèdre par la Berma, évoque les offrandes qui, dans l'antiquité grecque, faisaient partie du rite des obsèques. Jacques Porel (ouvr. cité, t. I, p. 331-333) a donné quelques détails sur l'amitié de Proust et de sa mère, dont l'écrivain était un grand admirateur.

Page 308.

1. Langue universelle inventée en 1879 par l'Allemand Schleyer, le volapük, après quelques années de faveur, céda la place à l'esperanto et le mot seul subsista avec une nuance de dérision.

2. Guy-Crescent Fagon (1638-1718) fut médecin de Louis XIV de 1693 à la mort du roi. Proust doit peut-être à Saint-Simon, son admirateur, l'appréciation élogieuse qu'il formule à son sujet (voir *Mémoires*, Pléiade, t. I, p. 108-109).

Page 309.

1. L'expression eſt entre guillemets parce que c'eſt le nom de l'œuvre fondée en 1901 par Adrien Bernheim, à la fois pour secourir les vieux comédiens et pour faire connaître un théâtre de qualité à des auditoires populaires.

Page 312.

1. Prouſt cite doublement le poème « 15 février 1843 » (*Les Contemplations*, IV, 11), deux quatrains adressés par Hugo à sa fille Léopoldine, le jour de son mariage : « Aime celui qui t'aime, et sois heureuse en lui. / — Adieu ! — Sois son trésor, ô toi qui fus le nôtre ! / Va, mon enfant béni, d'une famille à l'autre. / *Emporte le bonheur et laisse-nous l'ennui !* / Ici, l'on te retient ; là-bas, on te désire. / Fille, épouse, ange, enfant, fais ton double devoir. / Donne-nous un regret, donne-leur un espoir, / Sors avec une larme ! *entre avec un sourire !* »

2. Dans *Guermantes*, p. 437, la duchesse affirme le contraire.

Page 313.

1. M. de Bréauté, dont on connaît le monocle depuis *Swann* (p. 321), n'eſt pas nommé dans la soirée à l'Opéra de *Guermantes* (soirée qui, dans une variante, se déroulait à l'Opéra-Comique), mais il y figure peut-être sous l'apparence de ce « demi-dieu aquatique » qui a « pour regard un disque en criſtal de roche » (p. 34).

2. Voir *Swann*, p. 172.

3. Voir *Guermantes*, p. 134.

Page 314.

1. Nous n'avons, en effet, pas trouvé de publicité après 1914 pour les paſtilles Géraudel recommandées contre la toux et très répandues avant la guerre.

Page 315.

1. Les naïvetés de Mme de Varambon, dont le leſteur a eu un premier aperçu dans *Guermantes*, p. 529, sont empruntées par Prouſt à la baronne de Galbois (1828-1896), leſtrice de la princesse Mathilde, célèbre pour la niaiserie réjouissante de sa conversation : « Mme de Galbois, écrit Goncourt dans son *Journal*, le 26 décembre 1883, n'ouvre la bouche que pour dire des imbécillités. » Prouſt, sans la nommer, a mis en scène Mme de Galbois dans son article du *Figaro* du 25 février 1903, « Un salon hiſtorique. Le salon de S.A.J. la princesse Mathilde » (*Essais et articles*, Pléiade p. 445).

2. Voir, ci-dessus, p. 267.

Page 316.

1. Voir *Guermantes*, p. 24.

2. On trouve après ce mot dans le manuscrit une note biffée de Proust : « Capitalissime (visite à Glisolles). » Glisolles, près d'Évreux, était le château du duc de Clermont-Tonnerre, où Proust se rendit avec Agostinelli à l'automne 1907 au retour de Cabourg. Si Proust ne précise pas dans quel sens l'événement peut être rapproché du contexte, on peut néanmoins deviner l'importance de cet épisode qu'il a évoqué à plusieurs reprises, en particulier dans le *Carnet de 1908*, éd. Ph. Kolb, Gallimard, 1976, p. 52.

3. Voir *Guermantes*, p. 576, et *Sodome*, p. 120.

Page 317.

1. Voir *Sodome*, p. 135-136.

2. Voir, ci-dessus, p. 300 et n. 1.

Page 318.

1. On mesurera le revirement de la duchesse de Guermantes à propos de Maeterlinck depuis *Guermantes* (p. 220-221), où elle n'avait pas de mots assez durs contre *Les Sept Princesses*. La carrière de Maeterlinck s'inscrit entre ses premières pièces symbolistes, réservées à un public restreint (*Les Aveugles*, 1891 ; *Pelléas et Mélisande*, 1893), et, en 1911, le prix Nobel.

Page 321.

1. Voir *Swann*, p. 74-77.

2. Voir *La Prisonnière*, p. 32-33.

Page 322.

1. Chez Mme de Forcheville. La phrase est une de celles qui témoignent d'une révision insuffisante.

2. Le portrait du duc de Guermantes vieilli fut inspiré en 1920 par le comte d'Haussonville (voir, ci-dessus, p. 35, n. 2) et diffère sensiblement du portrait esquissé quelques pages plus haut (p. 312). Proust avait aperçu le comte à une soirée de gala donnée à l'Opéra, le 4 mai 1920 : « Je l'ai à peine entrevu (et lui ne m'a pas vu), mais il m'a semblé que les années avaient donné à sa tête, sans en modifier la cambrure, une majesté qu'elle n'avait pas à ce degré » (lettre à Mme Straus du 5 ou 6 mai 1920, datée, par erreur, du 20 avril dans la *Correspondance générale*, t. VI, p. 234-235).

Page 325.

1. C'est ici que paraît devoir s'insérer l'épisode où l'on voit Odette maîtresse de Cottard (voir p. 357).

Page 326.

1. Autre exemple des images déformées que la mémoire ordinaire, innocemment parfois, garde du passé : voir *Swann*, p. 284-287, où la méchanceté d'Odette était précisément le contraire de l'abnégation dont elle se flatte ici.

Page 327.

1. Telle est la conclusion d'« Un amour de Swann » ; voir *Swann*, p. 375.

Page 328.

1. Voir *Swann*, p. 174.

Page 329.

1. Ces « habits noirs », l'après-midi, sont un vestige de l'état antérieur où la « matinée » était une « soirée » (voir, ci-dessus, p. 222, n. 2).

2. Voir *Swann*, p. 325-347.

Page 330.

1. Selon le célèbre *Portrait de Madame Récamier* (1805, Musée Carnavalet), par François Gérard.

2. On se souvient qu'après avoir honni le style Empire (*Swann*, p. 333) la duchesse de Guermantes s'enthousiasma pour lui, au point de « descendre du grenier tous les splendides meubles Empire que Basin avait hérités des Montesquiou » (*Guermantes*, p. 501). Il s'agit donc ici du deuxième revirement de la duchesse.

3. Le lecteur ne saura jamais quel est ce « nom bien plus familier ».

Page 331.

1. C'est la seule allusion à Ravel dans la *Recherche*. Selon Painter (t. II, p. 305), parmi les quatuors que le quatuor Poulet vint jouer chez Proust en 1916, il y eut celui de Ravel, qui date de 1907.

2. Dans un chapitre des *Plaisirs et les Jours* (Pléiade, p. 52) datant de 1893, Proust évoque, sur le piano de M. de Saussine, « quelques cahiers encore ouverts de Haydn, de Haendel ou de Palestrina », alors que les opéras de Wagner, les symphonies de Franck ou de d'Indy sont mis « au rancart », ce qui date les fluctuations de la mode musicale.

3. Gilberte a tenu précédemment le même propos au narrateur (voir p. 290). Née Swann, Gilberte rejoint psychologiquement la duchesse de Guermantes ; de même, le vieux duc de Guermantes a pris l'apparence de son frère Charlus, mais non son rôle tragique de vieux roi Lear, puisqu'il finit en « risible Géronte » (p. 325).

4. Voir *La Prisonnière*, p. 30, n. 2. — Mme Meredith Howland était connue pour les réceptions élégantes qu'elle donnait en son hôtel, 24 *bis*, rue de Berry (*Correspondance*, t. VI, note de Ph. Kolb, p. 225).

Proust lui avait dédié, dans *La Revue blanche* du 15 septembre 1893, « Mélancolique villégiature de Mme de Breyves », repris dans *Les Plaisirs et les Jours* (Pléiade, p. 66 et suiv.).

Page 332.

1. Sur les revirements de la duchesse de Guermantes à l'égard de Gilberte, voir *Sodome*, p. 79-80, et *Albertine disparue*, p. 154 et suivantes.

Page 334.

1. La phrase ne peut être comprise qu'en répétant « meilleur » à la dixième ligne, avant « que celui de son père ».

Page 335.

1. Voir *Guermantes*, p. 255-257.
2. C'est pour retrouver la jeune Mme de Cambremer, née Legrandin, que Swann quitte Paris à la fin d'« Un amour de Swann » (*Swann*, p. 374).
3. « Que peu de temps suffit pour changer toutes choses ! / Nature au front serein, comme vous oubliez ! / Et comme vous brisez dans vos métamorphoses / Les fils mystérieux où nos cœurs sont liés ! » (Victor Hugo, *Les Rayons et les Ombres*, « Tristesse d'Olympio »).
4. Après la révélation par Gilberte qu'à Combray un chemin de traverse reliait le côté de Méséglise au côté de Guermantes (*Albertine disparue*, p. 268), cette récapitulation d'une vie, composée d'allusions à tous les volumes précédents, est le point culminant de toutes les « transversales » pratiquées dans *Le Temps retrouvé*.

Page 336.

1. Voir la formule de la lettre à Jacques Rivière citée préface p. X.
2. On trouve dans l'interview accordée par Proust à Élie-Joseph Bois (*Le Temps*, 13 novembre 1913, reproduite dans *Swann*, p. 451-453) une interprétation assez voisine des conclusions esthétiques du *Temps retrouvé*.

Page 337.

1. Une note du Cahier 22 précise : « Ne pas oublier : Statue de ma jeunesse (Simone) » (Pléiade, t. I, p. 939). Il s'agit de Simone de Caillavet (1894-1968), qui épousera André Maurois. Elle était la fille de Jeanne Pouquet et de Gaston de Caillavet. Dans une lettre à Jeanne de Caillavet du 14 avril 1908, Proust exprime l'admiration que lui inspire l'adolescente (*Correspondance*, t. VIII, p. 91).
2. Les réflexions du narrateur sur le travail qu'il lui reste à accomplir et sur « l'aiguillon » du Temps rappellent maints passages de la correspondance de Proust, à partir de 1907.

Page 338.

1. Proust emploie souvent cette comparaison : « J'ai tellement l'impression qu'une œuvre est quelque chose qui sorti de nous-

même, vaut cependant mieux que nous-même, que je trouve tout naturel de me démener pour elle, comme un père pour son enfant » (lettre à Mme Straus du 10 novembre 1912, *Correspondance*, t. XI, p. 293).

Page 340.

1. L'origine de la comparaison remonte à 1909 ; elle se trouve dans la lettre que l'auteur adresse, le 12 juillet, à Céline Cottin, la félicitant sur son excellente cuisine : « Je voudrais bien réussir aussi bien que vous ce que je vais faire cette nuit, que mon style soit aussi brillant, aussi clair, aussi solide que votre gelée — que mes idées soient aussi savoureuses que vos carottes et aussi nourrissantes et fraîches que votre viande. En attendant d'avoir terminé mon œuvre, je vous félicite de la vôtre » (*Correspondance*, t. IX, p. 139).

2. Voir *Jeunes Filles*, p. 30.

Page 341.

1. C'est ici un écho de la réponse que Proust adressa, le 27 septembre 1921, à Gaston Gallimard, à l'occasion du centenaire de Dostoïevski. Déclinant l'invitation de donner à *La Nouvelle Revue française* un article sur l'écrivain demandé par Jacques Rivière, il commenta : « Je ne puis que répondre comme le prophète Néhémie (je crois) monté sur son échelle (et qu'on appelait pour je ne sais plus quoi) : *Non possum descendere, magnum opus facio*. Si *magnum* est pris dans un sens élogieux je ne puis l'appliquer à la *Recherche du temps perdu*. Mais s'il s'agit de longueur, Jacques ne se doute pas du travail que j'ai fourni en faisant ce livre » (*Correspondance* Marcel Proust-Gaston Gallimard, éd. Pascal Fouché, Gallimard, 1989, p. 408).

Page 342.

1. Les lettres que Proust écrit à divers correspondants en octobre 1918 le montrent très frappé par le grave accident d'auto dont son frère venait d'être victime.

Page 343.

1. *Les Contemplations*, IV, xv, « À Villequier ».

2. Proust touche ici à l'idée romantique de la fécondité de la souffrance ; mais, différence essentielle, elle n'est plus célébrée pour elle-même, elle n'est plus inspiratrice comme chez Musset. Par l'abnégation héroïque et quotidienne de l'écrivain, elle est seulement la condition — inéluctable — de l'enfantement des œuvres d'art. *Le Déjeuner sur l'herbe* de Manet (1863), sur un thème traité par Giorgione, symbolise l'insouciance heureuse avec laquelle chaque génération esthétique s'élève sur la négation de la précédente, tout en héritant de ses expériences, avant de vivre douloureusement les siennes.

Page 344.

1. « J'ai fait aujourd'hui 5 chutes par vertige » (lettre à Jacques Rivière du début de septembre 1922, *Correspondance* Marcel Proust-Jacques Rivière, p. 246).

Page 345.

1. L'expression est inexplicable. Si « en blanc » n'est pas un lapsus pour « en frac », serait-ce une formule abrégée pour « en cravate blanche » (*white tie*) ? Ou une simple allusion au plastron blanc ?

Page 346.

1. Nouvelle citation de Victor Hugo : « Et je vais suivre ceux qui m'aimaient, moi, banni. / Leur œil fixe m'attire au fond de l'infini / J'y cours. Ne fermez pas la porte funéraire » (*Toute la lyre*, « À Théophile Gautier »).

2. Voir, entre autres réactions incompréhensives des premiers lecteurs, celle de Jacques Copeau, par exemple. Proust, le 22 mai 1913, le remercie d'une de ses lettres « relative au charme du souvenir » : « Comme témoignage de sympathie, elle m'a été précieuse. Mais j'ai craint que faisant allusion à des pages que vous avez lues de moi, [elle] ne contînt un malentendu. Le souvenir auquel j'attache tant d'importance n'est nullement ce qu'on appelle généralement ainsi. L'attitude d'un dilettante qui se contente de s'enchanter du souvenir des choses est le *contraire* de la mienne » (*Correspondance*, t. XII, p. 179).

3. La correspondance de Proust abonde en protestations de ce genre. Voir, par exemple, en juillet 1913, une lettre à Louis de Robert, qui l'avait félicité de ses analyses minutieuses : « Vous me parlez de mon art minutieux du détail, de l'imperceptible, etc. Ce que je fais, je l'ignore, mais je sais ce que je veux faire ; or j'omets (sauf dans les parties que je n'aime pas) tout détail, tout fait, je ne m'attache qu'à ce qui me semble [...] déceler quelque loi générale » (*Correspondance*, t. XII, p. 230).

4. *Les Plaisirs et les Jours* ont paru en 1896 chez Calmann-Lévy, avec une préface d'Anatole France qui louait chez Proust « une sûreté qui surprend en un si jeune archer » (*Les Plaisirs et les Jours*, Pléiade, p. 4).

Page 348.

1. C'est à Sheriar que Shéhérazade raconte les histoires des *Mille et Une Nuits*, gage de sa vie nuit après nuit. Proust aimait se comparer aux personnages des *Mille et Une Nuits*. Voir sa lettre à Gaston Calmette, du 14 juin 1906, le remerciant de l'article d'André Beaunier, dans *Le Figaro* du même jour, sur *Sésame et les Lys* (*Correspondance*, t. VI, p. 117).

2. « Je n'ai, naturellement, pas l'idée folle de croire que je suis au niveau de l'homme de génie qui a écrit les *Mémoires*. Je sais trop les milliers de mètres qui me séparent de son altitude. Mais dans

les choses où Saint-Simon est sommaire, je crois qu'un autre écrivain remplit son devoir en tâchant d'approfondir. Je ne sais si je ne vous ai pas déjà dit que ce qui m'avait poussé à écrire comme un pensum tant de répliques de la duchesse de Guermantes et à rendre cohérent, toujours identique, l'esprit des *Guermantes*, c'était la déception que j'avais eue en voyant Saint-Simon nous parler toujours de "l'esprit des Mortemart" [...] de ne pas trouver [...] la plus légère indication qui permît de savoir en quoi consistait cette singularité de langage propre aux Mortemart » (lettre à Paul Souday du 17 juin 1921, *Correspondance générale*, t. III, p. 94-95).

Page 349.

1. Il est probable que Proust songe ici à Balzac, qui se flattait d'être l'auteur des « Mille et Une Nuits de l'Occident » (Introduction, par Félix Davin, aux *Études philosophiques* ; Balzac, *La Comédie humaine*, Pléiade, t. X, p. 1217. Voir aussi le début de *Facino Cane* , *ibid.*, t. VI, p. 1019).

2. « Mourir au monde », dans le sens de « renoncer pour toujours à », est du langage de la dévotion — d'où « directeur de conscience ».

3. Voir p. 206, n. 1.

Page 353.

1. Proust écrivit « Fin » à la dernière page du *Temps retrouvé* en 1922, au printemps, selon Céleste Albaret (*Monsieur Proust*, R. Laffont, 1973, p. 402-404). Les variantes révèlent pourtant que la conclusion du roman porte de nombreuses incohérences. Le sens que voulait donner l'auteur à la méditation finale était arrêté depuis longtemps : « la dernière page de mon livre est écrite depuis plusieurs années (la dernière page de tout l'ouvrage, la dernière page du dernier volume) » (lettre du 1er janvier 1920 à Jacques Boulenger, *Correspondance générale*, t. III, p. 202). On trouvera p. 362 le fac-similé de la dernière page du manuscrit.

RÉSUMÉ

À Tansonville[1]. Chez Gilberte de Saint-Loup à Tansonville ; dans la fenêtre de ma chambre, la forêt de Méséglise et le clocher de Combray (3). À l'inverse de Charlus, Saint-Loup a pris sous l'effet de son vice l'aspect d'un officier de cavalerie (4). Ses mensonges (5). Françoise l'estime dans son rôle de protecteur vis-à-vis de Morel (6). Sentiments de Saint-Loup pour Gilberte (7), pour Morel (9). Saint-Loup ressemble de plus en plus à tous les Guermantes (9). L'homosexualité chez les Guermantes et les Courvoisier (10). Mes conversations avec Saint-Loup se limitent à l'art militaire (11). Gilberte n'est pas plus explicite à l'égard d'Albertine (12).

Le « Journal » des Goncourt. Au lieu de *La Fille aux yeux d'or*, je lis un passage du journal inédit des Goncourt (14). Transcription de ce passage : un dîner chez les Verdurin (15). Leur hôtel (16), Brichot ; leur salon (17). Le peintre Elstir a été découvert par eux ; Swann (21), Cottard (22).

Prestige de la littérature (23) ! Si je ne sais ni regarder ni écouter comme la lecture du journal des Goncourt me le prouve (24), c'est que je m'attache aux lois psychologiques (25). Et la vérité des mémorialistes n'est pas celle des artistes qu'ils ont fréquentés (26). Le sujet, les modèles, sont secondaires dans l'œuvre d'art (27).

*

M. de Charlus pendant la guerre : ses opinions, ses plaisirs. Après de longues années dans une maison de santé, mon second retour à Paris, en 1916, après celui de 1914 (29). Le Paris de la guerre ressemble au Directoire, ses reines en sont Mme Verdurin et Mme Bontemps (29). Nouvelles modes, nouvelles mœurs (30). La guerre, après l'affaire Dreyfus, a bouleversé les situations mondaines (32). Le salon Verdurin ; anciens et nouveaux fidèles

1. Nous avons utilisé dans ce résumé les titres annoncés en 1918 dans l'édition des *Jeunes Filles en fleurs* : « M. de Charlus pendant la guerre : ses opinions, ses plaisirs — Matinée chez la princesse de Guermantes — L'Adoration perpétuelle — Le Temps retrouvé ». « Le Bal de têtes » est également un titre de Proust, correspondant à ses ébauches de 1909. En revanche, « À Tansonville », ainsi que les subdivisions « Le "Journal" des Goncourt » et « L'hôtel de Jupien » ont été ajoutés par nous dans le résumé pour faciliter le repérage de ces épisodes. Les alinéas du résumé correspondent aux alinéas doubles du texte (voir notre Note sur le texte).   P.-E. R.

(35) : Morel, déserteur (37), Octave « Dans les choux », devenu l'auteur d'une œuvre admirable, a épousé Andrée (37). Avances de Mme Verdurin à Odette (38). La nouvelle demeure des Verdurin (39).

Avions dans le ciel d'été à la tombée du jour (41). Mes promenades à la nuit dans Paris me rappellent celles de Combray (42).

Mon premier retour à Paris, en 1914 ; j'y avais retrouvé Saint-Loup, à la déclaration de guerre (43). Il cache ses efforts pour se faire envoyer au front (44). Le faux patriotisme de Bloch (45) ; vrai patriotisme de Saint-Loup (47), comme celui de ses camarades de Doncières (49). L'idéal de virilité des homosexuels, officiers, diplomates-écrivains (51). Le directeur du Grand Hôtel de Balbec est en camp de concentration, son liftier veut s'engager dans l'aviation (53). Le maître d'hôtel tourmente Françoise avec les nouvelles de la guerre (55). Françoise n'a perdu aucun de ses défauts : indiscrétion, mauvaise foi (56), goût pour les tournures empruntées au mauvais usage (57). De retour dans ma maison de santé, j'y avais reçu, en septembre 1914, une lettre de Gilberte, réfugiée à Tansonville occupé par les Allemands (58). Saint-Loup, dans une autre lettre, me parlait de la guerre, de l'évolution de ses lois (59), de la mort du jeune Vaugoubert (60). Ses jugements intellectuels et artistiques (60).

Mon second retour à Paris ; nouvelle lettre de Gilberte : elle affirme maintenant qu'elle était à Tansonville pour défendre son château (62). Les combats dans le secteur de Combray (63). Visite récente de Saint-Loup, en permission (64). Ses propos sur la guerre : beauté wagnérienne des bombardements de nuit (65).

Ses considérations stratégiques, diplomatiques, où il se montre brillant quoique moins original que son oncle Charlus (67). Tout en me rendant à pied chez les Verdurin, j'admire en peintre l'impression d'Orient produite par le coucher du soleil sur la ville (69). Je rencontre Charlus (71). Il ressemble maintenant à tous les invertis ; baisse de sa situation mondaine (71). Malveillance de Mme Verdurin à son égard (72). Il est démodé (73). Cruauté de Morel, auteur d'articles calomnieux (74). Mme Verdurin continue à recevoir, M. de Charlus à aller à ses plaisirs (76). La guerre répète à l'échelle des nations les rapports entre les individus (78). Le croissant de Mme Verdurin le jour du naufrage du *Lusitania* (80). La germanophilie de Charlus (80). Il n'a que sarcasmes pour les articles de Brichot, devenu, comme toute la presse, militariste (85), et m'en fait part (86). Sa brouille intermittente avec Morel (87). Charlus me détaille les absurdités des articles de Norpois (88), de Brichot (93), laisse voir ses propres enfantillages (94). Mme de Forcheville a adapté son anglomanie au discours de l'heure (95). Brichot devenu la cible des railleries de Mme Verdurin exaspérée du succès de ses articles pédants (96). La conversation de Charlus sur la guerre le trahit tout entier (101) ; il est défaitiste par esthétisme (102), respect des traditions (104). Sa dangereuse harangue sur les boulevards où il est suivi par des individus louches (106). Ciel nocturne où continuent d'évoluer les aéroplanes, à la différence de 1914 (108) ; clair de lune (109). Charlus voudrait renouer avec Morel (110). Deux ans plus tard, Morel m'avouera sa peur de Charlus (111), justifiée par une lettre de celui-ci qui me parviendra après sa mort (112). Retour à la conversation de Charlus, comparant Paris à Pompéi (113). Les soldats de toutes les armées de la guerre résument son idéal de virilité inspiré de l'antique (114). En me quittant, sa poignée de main (116).

L'hôtel de Jupien. Je marche dans un Paris dont la nuit a fait un décor des *Mille et Une Nuits* (116). Pour me reposer et me désaltérer j'entre dans un hôtel d'où je vois sortir un officier qui ressemble à Saint-Loup (117). Dans l'hôtel, conversation de clients, militaires et ouvriers (118) ; celle-ci prend un tour inquiétant (119). J'obtiens une chambre ; j'observe un homme enchaîné qu'on fouette : Charlus (122). Arrivée de Jupien, maître des lieux dont Charlus est le véritable propriétaire (122). Les jeunes gens que recrute Jupien, pas assez brutaux au gré de Charlus, ressemblent tous à Morel (124). Universalité des lois de l'amour (125). Dans l'antichambre de l'hôtel : une croix de guerre y a été perdue (127). Deux clients très élégants ; comment l'émotion se révèle dans le langage (129). Jupien me dissimule dans la chambre contiguë au vestibule d'où on peut voir et entendre sans être vu (130). Charlus et son harem de jeunes gens (131), dont l'absence de perversité le déçoit (133). Un mauvais prêtre parmi les habitués (135). Après le départ du baron, Jupien justifie son rôle avec toutes les ressources de son esprit (136), concluant par une évocation de *Sésame et les lys* de Ruskin, que j'avais traduit (139). De nouveau dans les rues ; alerte aux avions (140). Les Pompéiens dans les couloirs du métro (141), toutes classes sociales confondues (142). Nos habitudes, indépendantes de toute valeur morale (143), comme chez Charlus (145) dont les aberrations trahissent l'universel rêve poétique de l'amour (146). À la fin de l'alerte, je rentre chez moi ; Saint-Loup y était venu, cherchant sa croix de guerre perdue (147). Françoise et la guerre ; les tourments que lui inflige le maître d'hôtel (148). Le triomphe de la vertu : les Larivière, cousins millionnaires de Françoise (152). Mort de Saint-Loup, le surlendemain de son retour au front (153). Souvenirs d'une amitié (154). Secret de sa vie, parallèle à celle d'Albertine ; Françoise en pleureuse (155). Lois de la mort (156). J'écris à Gilberte (157). Le chagrin inattendu de la duchesse de Guer-

mantes (158). Autre conséquence de la mort de Saint-Loup :
Morel, arrêté pour désertion et faisant inquiéter par ses
révélations Charlus et Argencourt, est envoyé au front, y gagne
la croix de guerre (159). Si Saint-Loup avait survécu... (160)

*

Matinée chez la princesse de Guermantes. L'Adoration perpétuelle.
Mon troisième retour à Paris, après la guerre (161). Arrêt du
train en pleine campagne, une ligne d'arbres ne suscite plus en
moi la moindre émotion : confirmation de mon impuissance à
écrire (161). Invitation pour une matinée chez la princesse de
Guermantes ; plaisir mondain dont je n'ai plus à me priver,
charme retrouvé du nom de Guermantes (162). En route pour
l'avenue du Bois (163). C'est aussi un voyage dans le temps, vers
les hauteurs silencieuses du souvenir (164). Sur les Champs-
Élysées je rencontre Charlus, vieux prince tragique, accompagné
de Jupien (165). Son salut à Mme de Saint-Euverte dont il a oublié
qu'il la méprisait autrefois (166). Les signes de l'aphasie ; sa
mémoire intacte (168). Il m'énumère les noms de ses parents et
de ses amis morts (169). Rencontre de la duchesse de Létourville ;
elle fait grief à Charlus de son infirmité (169). Mais celui-ci est
resté coureur comme un jeune homme, au dire de Jupien (170).
Autre constante : sa germanophilie (171). En arrivant chez la
princesse de Guermantes, mon plaisir frivole, la certitude de mon
absence de talent (171). Je ne connais pas les joies de l'esprit,
comme le croyait Bergotte (172). Dans la cour de l'hôtel de
Guermantes, je bute contre des pavés mal équarris : je retrouve
la même félicité qu'à d'autres moments de ma vie, en particulier
à la saveur de la madeleine (173). Résurrection du souvenir de
Venise (174). Dans l'hôtel, nouvelles sensations exaltantes (174).
En attendant au salon-bibliothèque la fin d'un morceau de
musique pour entrer, je retrouve l'origine de plaisirs identiques,
bruit de la cuiller, raideur de la serviette, qui ramènent un instant
de ma vie passée (175). Les vrais paradis sont les paradis qu'on
a perdus (177). Ces impressions bienheureuses, par l'identité
entre le présent et le passé, font jouir de l'essence des choses,
en dehors du temps (177). Tandis que l'observation intellectuelle
de la réalité déçoit (178). Caractère fugitif de ce trompe-
l'œil (180). Mais un autre écho d'une sensation passée (180) me
prouve que le plaisir qu'il donne est le seul fécond et
véritable (182). Le souvenir permet d'atteindre cette réalité, alors
que les voyages ne peuvent recréer le temps perdu (183). Le
bonheur proposé à Swann par la petite phrase de la sonate et qui
ne lui avait pas été révélé (184). Insuffisance de l'intelligence (185).
L'œuvre d'art, seul moyen d'interpréter les sensations, signes

d'autant de lois et d'idées (186). Difficultés de déchiffrer ce livre intérieur (186). L'art permet de découvrir notre vraie vie ; inutilité des théories littéraires (187), des mots d'ordre modernistes (188). La découverte de *François le Champi* dans la bibliothèque du prince de Guermantes confirme mon raisonnement (189). Ce livre suscite en moi l'enfant de Combray (190), car les livres restent unis à ce que nous étions quand nous les lûmes (192). J'aurais été un bibliophile particulier, collectionnant les éditions de mes premières lectures (193). L'idée d'un art populaire comme d'un art patriotique me semblait ridicule (194). La réalité est un certain rapport entre sensations et souvenirs ; l'écrivain l'exprime dans une métaphore (195). Le devoir et la tâche d'un écrivain sont ceux d'un traducteur (196). L'erreur des « célibataires de l'art », ébauches informes de l'artiste (197). Constante aberration de la critique littéraire ; sa logomachie (199). Le meilleur des lecteurs n'est que la pleine conscience d'un autre (201). La littérature de notations est dénuée de valeur (201). La seule vie pleinement vécue, c'est la littérature (202). Les artistes originaux mettent des mondes différents à notre disposition (202). Rendre aux moindres signes le sens que l'habitude leur avait fait perdre (204). Les vérités que l'intelligence dégage directement de la réalité ne sont pas à dédaigner (205). Les matériaux de l'œuvre littéraire, c'était ma vie passée, peut-être résumée sous ce titre : une vocation (206). J'ai fait mon carnet de croquis sans le savoir (207), même contre mon gré (208). Extraire la généralité de notre chagrin (209). Un livre est un grand cimetière (210). Pourquoi l'œuvre est signe de bonheur (211). Le bonheur seul est salutaire pour le corps, le chagrin développe les forces de l'esprit (212). Les idées, succédanés de chagrins (213). Comment on fait son apprentissage d'homme de lettres (214). La souffrance créatrice (215) nous mène à la vérité et à la mort (216). Sens des moindres épisodes de ma vie passée ; la matière de l'œuvre est indifférente, ce que prouve le phénomène de l'inversion sexuelle (217). Les rêves aussi sont un mode pour retrouver le Temps perdu (218). Seule la perception grossière et erronée place tout dans l'objet, quand tout est dans l'esprit (219). Subjectivité de l'amour et de la haine (220). Caractère purement mental de la réalité (221). Mon expérience, laquelle serait la matière de mon livre, me venait de Swann (221), et par là exclut toutes les autres vies possibles (222). La jalousie est un bon recruteur (223).

✻

Le Bal de têtes. Retour à la matinée : le maître d'hôtel vient me dire que je pouvais entrer dans les salons (224). Chateaubriand, Gérard de Nerval, Baudelaire m'ont précédé dans le domaine des impressions esthétiques (226). Coup de théâtre qui élève contre mon entreprise la plus grave des objections : ma difficulté à reconnaître le maître de maison et les invités, car tous se sont fait des têtes de vieillards (227). Argencourt en vieux mendiant (228). Il est la révélation du Temps qu'il rendait ainsi visible (231). Changements plus profonds des caractères (231). Le temps a passé aussi pour moi (233). La duchesse de Guermantes, la jeune Létourville m'obligent à le constater (233). Entrée de Bloch vieilli (234) ; nous avons le même âge (235). Mon angoisse en découvrant cette action destructrice du Temps au moment où je voulais peindre dans une œuvre d'art des réalités extra-temporelles (236). Entière métamorphose de certaines personnes, telle Mme Sazerat (237). Maintenant je comprenais ce qu'était la vieillesse, découverte qui serait la matière même de mon livre (238). M. de Cambremer défiguré par le masque du Temps (239). Mais la vieillesse avait embelli le prince d'Agrigente (240). Legrandin, sculptural comme un dieu égyptien (241). La vieillesse a fait de certains des adolescents fanés (242), d'autres ont acquis des personnalités nouvelles (243). Changements ataviques (244), familiaux, comme chez Bloch (245). Reconnaître quelqu'un c'est penser un mystère presque aussi troublant que celui de la mort (245). Chez le jeune Cambremer, la ressemblance avec son oncle Legrandin préfigure le vieillard qu'il sera un jour (249). Un ancien camarade, de qui je ne retrouve que la voix (250). Les mesures du temps peuvent être pour certaines personnes accélérées ou ralenties (251). Lutte des femmes contre l'âge (252). Odette, défi miraculeux aux lois de la chronologie (254). L'ancien président du Conseil « chéquard », redevenu ministre, bien des années après (254). Mme de Forcheville avait l'air d'une rose stérilisée (256). Moi qui l'avais tant recherchée, je ne sais plus que lui dire (256) ; elle devait bientôt tomber dans un demi-gâtisme (257). Bloch, maintenant Jacques du Rozier, rendu méconnaissable par son chic anglais (258) ; je le présente au duc de Guermantes (259). Bloch m'interroge sur l'ancienne société mondaine (260). La nouvelle princesse de Guermantes n'est autre que l'ex-madame Verdurin (261). La déférence qui entoure Morel (262). Le faubourg Saint-Germain s'est déclassé ; l'oubli et l'ignorance en sont la cause, comme en politique (263). Le rôle du temps dans ces changements mondains ; l'exemple de la duchesse de Guermantes (265), de Mme de Forcheville (266), méprises comparables à celles que dénonçait Saint-Simon dans ses *Mémoires* (267). Les erreurs d'une nouvelle venue (269) sur Mme Leroi, dont on ne parle plus (270). Charlus, Swann, Bloch sont d'autres exemples des effets du Temps sur les valeurs mondaines (271) : non un phénomène social, mais un phénomène de mémoire (272). Un

nom, c'est tout ce qui reste d'un être, même de son vivant
(273). Bloch en vieux Shylock ; sa vision du Faubourg n'est
pas plus exacte que la mienne quand j'y étais entré (273) ; un
jour il aurait les mêmes réactions que moi devant ses
changements (274). Lui est devenu bon et discret (275). Les
invités de la matinée font ressortir les aspects variés de ma vie
(276). Récapitulation de mes différentes perspectives sur
Mlle Swann, Charlus, Saint-Loup, la duchesse de Guermantes
(277), leurs rôles différents (278). Images des êtres dans le
souvenir, changement dans les idées qu'ils se font les uns des
autres, l'exemple de Legrandin, maintenant aimable avec Bloch
(280). Relativité du souvenir, ainsi avec Albertine (281). Ce
qui subsiste du charme des Guermantes dans ma mémoire et
mon imagination (281).

Incertitude sur la mort des gens du monde les plus âgés, comme
Mme d'Arpajon (282). Toute mort est pour les autres une
simplification d'existence (284). Sortie de la princesse de Nassau,
courant à son tombeau (285). Je prends Gilberte pour sa mère
(286). Je parle avec elle de Saint-Loup et de ses idées sur la guerre
(286).

Gilberte a maintenant pour amie Andrée (289) ; peut-être
parce qu'Octave, son mari, avait été aimé par Rachel (289).
Gilberte m'invite à de petites réunions intimes chez elle (291).
Mon intention de recommencer à vivre dans la solitude pour mon
œuvre (291), et pour des intervalles de repos et de société, je
préférerai des jeunes filles en fleurs (293), avec qui je demande
à Gilberte de m'inviter (294). À la manière d'Elstir, mes
justifications esthétiques (294). La duchesse de Guermantes, amie
de Rachel venue réciter des vers (297). Son snobisme à rebours
(298), son antipathie pour Gilberte (300).

Pendant ce temps, chez la Berma : attente vaine des invités
au goûter qu'elle donnait (300). Elle est remontée sur la scène
pour sa fille et son gendre (301), en dépit de sa maladie mortelle
(302). Seul un jeune homme a préféré son goûter à la fête donnée
par Rachel chez la princesse de Guermantes (303).

Le jeu et la diction de Rachel récitant des vers (305).
Étonnement des invités (306), approbation de la duchesse de
Guermantes, de Bloch ; je reconnais enfin Rachel dans cette
vieille femme (307). Elle méprise le talent de la Berma (308).
Le temps qui passe n'amène pas forcément le progrès dans les
arts (308). Le déclin mondain de la duchesse de Guermantes,
semblable à celui de Mme de Villeparisis (310). Les conséquences
du renouvellement de ses amitiés, son esprit (310). Elle me confie
les infidélités de son mari (311). Contradictions entre ses
souvenirs et les miens, sur M. de Bréauté (312), Swann (314) ;
ses anecdotes (314), la transformation du passé dans son esprit

(315). Je lui rappelle ma première soirée chez la princesse de Guermantes (316). La duchesse de Guermantes prétend qu'elle a lancé Rachel (317).

La fille et le gendre de la Berma se font recevoir par Rachel chez la princesse de Guermantes (318).

La liaison du duc de Guermantes avec Mme de Forcheville (320). Il n'est plus qu'une ruine, mais superbe (322). Odette se moque de lui ; sa déconsidération mondaine (323). Ainsi change la figure des choses de ce monde (324). Le duc de Guermantes est devenu un risible Géronte ; la réclusion dans laquelle il tient Odette me rappelle ma vie avec Albertine (325). Odette me raconte ses souvenirs d'amour, me parle de Swann, de Forcheville, tous deux jaloux aussi (326). La plupart des hommes souffrent par des femmes « qui n'étaient pas leur genre » (327). Des aventures d'Odette, je dégage à son insu les lois de sa vie (328). Je me demande quelle est la véritable duchesse de Guermantes ; son point de vue de femme du monde (328). Une nouvelle Mme de Saint-Euverte (329) : nouvel épanouissement de ce nom pour moi (330). Les reniements de la duchesse de Guermantes (330), ses propos haineux sur Gilberte (331). Celle-ci va me présenter sa fille (333), ce qui me ramène à l'idée du temps passé ; les points les plus différents de ma vie aboutissaient à Mlle de Saint-Loup (334). Dans mon livre, je veux user d'une sorte de psychologie dans l'espace (336). Mlle de Saint-Loup a seize ans (336), elle ressemble à ma jeunesse (337). Aiguillon de l'idée du Temps (337). Que mon livre ne reste pas inachevé (338) ! Comment je le bâtirai, sinon comme une cathédrale, du moins comme une robe, avec l'aide de Françoise (338). Il est grand temps de m'y mettre (340), car je suis à la merci d'un accident (341). Pourtant l'idée de la mort m'est devenue indifférente (343), mais non pour mon livre (343). Malaise un soir où je suis sorti (344). Le moi mondain et le moi qui a conçu mon œuvre (345). Personne ne comprend rien à mes premières esquisses ; je me sers d'un télescope, et non pas d'un microscope (346). L'idée de la mort s'installe en moi comme fait un amour (347). Travailler la nuit, beaucoup de nuits, à un livre aussi long que *Les Mille et Une Nuits*, ou les *Mémoires* de Saint-Simon (348). La maladie, en me faisant renoncer au monde, m'avait rendu service, malgré l'usure des forces de ma mémoire (349). Donner à mon œuvre la forme du Temps (349), à l'homme la longueur de ses années (350). J'entends encore le tintement de la sonnette dans notre jardin de Combray, annonçant le départ de Swann (351), si lointain que j'en éprouve un sentiment de vertige et d'effroi (352). Marquer mon œuvre du sceau du Temps (353).

DU MÊME AUTEUR

Dans la même collection

Impression Société Nouvelle Firmin-Didot
à Mesnil-sur-l'Estrée, le 26 mars 1999.
Dépôt légal : mars 1999.
1er dépôt légal dans la collection : octobre 1990.
Numéro d'imprimeur : 46562.
ISBN 2-07-038293-1/Imprimé en France.

91356